Die Geheimloge

Scott McBain

Die Geheimloge

Mystery-Thriller

Deutsch von
Karl-Heinz Ebnet

Weltbild

Originaltitel: *The Mastership Game*
Originalverlag: HarperCollins, London

Weltbild Taschenbuch

Der Autor

Scott McBain lebt in London und Panama. Er ist seit vielen Jahren ein gefeierter Autor von Mystery-Thrillern. Mit seinen Romanen *Der Mastercode* und *Der Judasfluch* feierte er große Erfolge.

Für den besten Sohn der Welt
Alan Hightower, USMC (United States Marine Corps)
SEMPER FI

Denn man sieht die Menschen in dem,
was sie sich vorgenommen haben,
sei es Ruhm oder Reichtum,
auf verschiedene Arten zum Ziele streben, einer vorsichtig,
der andere ungestüm, einer mit Gewalt,
der andere mit List,
einer mit Geduld, der andere mit dem Gegenteil;
und jeder kann auf seine besondere Weise dazu gelangen.

Machiavelli, Der Fürst

Prolog

Macht korrumpiert. Je größer die Konzentration an Macht, umso größer ist auch die Korruption.

Niemals galt dies mehr als zu Beginn des einundzwanzigsten Jahrhunderts. Der Aufstieg der supranationalen Konzerne, die Einigung Europas und die Globalisierung der Wirtschaft sorgten dafür, dass zum ersten Mal in der Geschichte der Menschheit ungeheure Macht in den Händen einiger weniger konzentriert lag. Der größte Teil der Weltbevölkerung profitierte von diesen Entwicklungen in Form vermehrten materiellen Wohlstands. Sie bargen aber auch die Gefahr einer weltumspannenden Diktatur.

Diese Machtkonzentration allein war bereits bedrohlich, durch die dramatische Zunahme des Informationsflusses aber wurde sie zu einer äußerst heimtückischen Gefahr – bedeutete es paradoxerweise doch, dass sich die Wahrheit nur noch sehr schwer bestimmen ließ. Zu Beginn des neuen Millenniums wurde die Menschheit mit einem unablässig anwachsenden Datenstrom überschwemmt: einer ungefilterten Nachrichtenflut, die ihren Weg rund um den Globus antrat, ausgesandt von den Supermedien (so lautete das neue Schlagwort für das fein gesponnene Netzwerk aus Presse, Fernsehen, Satellitenübertragungen und Supernet), deren Heerscharen an Kommentatoren und selbst ernannten Experten nur allzu gern der Versuchung erlagen, die Fakten so hinzudrehen, dass sie ihren eigentlichen Zweck erfüllten – den der guten Story. Denn schließlich war der bloßen Wahrheit nur selten etwas Interessantes abzugewinnen. Den dafür zu zahlenden Preis hatten jedoch nur die wenigsten vorhergesehen. Die Bevölkerung erkannte bald, dass Informationen und mit ihnen die Wahrheit manipuliert wurden, damit zum Nachteil der Mehrheit einige wenige finanziellen und politischen Gewinn daraus erzielen konnten. Das Ergebnis: Die Gesellschaft begann den Grundfesten der Demokratie zu misstrauen.

Die Regierungen waren die Ersten, die sich versündigten. Politiker handelten mit ökonomischen und politischen Informationen, lange bevor diese der Öffentlichkeit zugänglich waren. Fakten wurden zu einer Ware, die, von den hoch dotierten Schönrednern aus Profitgründen verdreht und neu verpackt, unter die Leute gebracht wurde. Wahrheit und virtuelle Realität ließen sich nicht mehr unterscheiden.

Wer erzählte den Menschen wirklich die Wahrheit? Der US-Kongress, die russische Duma, das Europäische Parlament, die japanische Diet – saßen da ehrliche Abgeordnete? Die Männer und Frauen auf der Straße zweifelten daran. Sie erfuhren die Korruption am eigenen Leib und sahen, wenn auch nur flüchtig, schattenhaft, die Hände, die unter dem Tisch die Gelder hin und her schoben.

Das inzestuöse Verhältnis zwischen den Supermedien, den Baronen der Hochtechnologie und den Aktienmärkten wurde dabei immer enger und verlagerte sich von den Geldbörsen zu den Betten der Beteiligten. Die Bevölkerung wusste, dass sie von jenen, denen sie ihr Vertrauen geschenkt hatte, hintergangen wurde. Das einundzwanzigste Jahrhundert wurde zu einem Zeitalter des Zynismus und des Unglaubens.

Was also war die Wahrheit? Und wer war bereit, sie auszusprechen? Dies wurde nicht nur für die Mehrheit der Bevölkerung zu einem akuten Problem, sondern auch für jene, die an der Spitze des Staates standen. An wen konnten sich Präsidenten und Premierminister wenden, wenn sie korrekte, ausgewogene Ratschläge benötigten? Ihre Ministerien und Denkfabriken, die vorgaben, objektive Meinungen zu vertreten, verfolgten eigene, verborgene Ziele oder wurden insgeheim von multinationalen und kriminellen Organisationen kontrolliert. In ihrer Verzweiflung wandten sich die Staatenlenker an internationale Institute und ratgebende Gremien. Doch auch unter diesen gab es viele, die im Lauf der Zeit der Versuchung erlagen, gegen Geld Halbwahrheiten zu verschachern.

Die bedeutendste Einrichtung unter den wenigen Instituten, die noch unvoreingenommene Auskünfte erteilten, war das Kollegium. Diese Geheimorganisation, im dreizehnten Jahrhundert auf einer abgelegenen Insel vor der schottischen Westküste gegründet, galt seit langem als herausragende ratgebende Körperschaft und wurde von Staatsmännern aus allen Ländern aufgesucht. Seit ihrer Gründung stand sie dem Treiben der Außenwelt unparteiisch gegenüber und verfolgte nur ein Ziel: die politischen Vertreter aller Nationen zum Zwecke des Friedens zu beraten. Ging es darum, schwierige gesellschaftliche Probleme zu lösen, so wandten sich die Großen und Mächtigen an das Kollegium. Bei Bürgerkriegen, Umweltkatastrophen, Grenzstreitigkeiten, weltpolitischen Themen – irgendwann klopfte jedes Staatsoberhaupt an die Tore des Kollegiums, um objektive Lösungsvorschläge einzuholen. Immer geschah dies im Verborgenen.

Eifersüchtig wachte das Kollegium auf der kleinen Insel über seine Integrität. Da es keine Bildungseinrichtung im üblichen Sinn war, beherbergte es keine Studenten, hielt es keine Examen ab und war auch nicht auf fremde Finanzmittel angewiesen. Alle achtzig Kollegiumsmitglieder hatten sich durch herausragende Leistungen ausgezeichnet. Wer ernannt wurde, erhielt seine Stellung auf Lebenszeit und war finanziell abgesichert, damit er den Aufgaben nachgehen konnte, auf die er und der Meister sich verständigt hatten. Es gab nur eine Bedingung: Die Verbindung zum Kollegium und alles, was dort vor sich ging, hatten geheim zu bleiben.

Und der Meister? Obwohl die Öffentlichkeit wusste, dass es ihn gab, war über die Person, die dort die höchste Macht ausübte, nahezu nichts bekannt. Der Meister verharrte im

Bereich der Spekulation; er war eine rätselhafte, brillante, einsam aufragende, nicht fassbare Gestalt. Sein Einfluss auf das Weltgeschehen allerdings ließ sich nicht bestreiten. Sogar Papst Julius IV. scherzte während einer Audienz: »Petrus hält zwar den Schlüssel zum Himmelreich in der Hand, der Meister jedoch jenen zu den Korridoren der weltlichen Macht.«

Je weiter das einundzwanzigste Jahrhundert voranschritt, umso ohnmächtiger und hilfloser wurden die Regierungen und die internationalen Organisationen; nur das Kollegium konnte sich dessen entziehen, es blieb weiterhin die reine Quelle, zu der die Regierungsvertreter aller Nationen pilgerten, wo sie ihre Fragen vorbringen konnten und vertraulichen, objektiven Rat erhielten. Doch die Staatenlenker, die die Auflösung ihrer Gesellschaften mit ansehen mussten, stellten sich die bange Frage, wie lange das Kollegium sich der anbrandenden Flut noch erwehren könne. Und was würde geschehen, wenn es ebenfalls fiel? Was wäre mit dem Meister? Wer sollte diesem mächtigen Schutzherrn nachfolgen, der im Geheimen das Treiben der Menschheit beschirmte?

Keiner unter ihnen allerdings wusste von dem Spiel noch vom Weg zur Wahrheit.

Das Wesen der Macht

1

So ist denn ein Fürst, der das Übel erst dann erkennt,
wenn es da ist, nicht wahrhaft weise,
was ja nur wenigen gegeben ist.
Machiavelli, Der Fürst

Eine politische Krise war der Auslöser für das Treffen zwischen dem neuen Präsidenten der Vereinigten Staaten und dem Meister. Die Zusammenkunft hatte zwar keinerlei Auswirkungen auf das Spiel oder auf seine Beteiligten, aber es hatte Einfluss auf den Präsidenten. Vermutlich brachte es den mächtigsten Mann der Welt dazu, über das Wesen der Macht nachzudenken und darüber, wer sie am besten ausüben sollte; in dieser Hinsicht beeinflusste der Meister das Leben des Präsidenten, so wie er das von Millionen anderen beeinflusst hatte – ob sie es wussten oder nicht.

Bevor jedoch das Spiel begann, gab es eine politische Krise und eine Leiche.

Jack Caldwell, der Sonderberater des US-Präsidenten, war anwesend, als alles begann. Wie alle großen politischen Katastrophen ereignete sie sich völlig unerwartet, wenngleich zu einem Zeitpunkt, an dem sich Politiker vor verräterischen Umtrieben besonders in Acht nehmen sollten – an Weihnachten, dem Fest der Liebe.

»Jack, der Präsident will Sie unverzüglich sprechen.« Die Stimme des Pressesekretärs klang nervös und angespannt.

Jack erhob sich von seinem Schreibtisch und schritt durch den Gang. Er war ein großer, schlanker Mann Anfang sechzig, hatte graues Haar und eine unbewegliche Miene. Er gehörte seit langem zum Regierungsapparat und hatte unter einigen Präsidenten als Oberster Berater gedient. Es gab kaum etwas im politischen System, das er nicht kannte; die Leute vertrauten ihm und verließen sich auf sein Urteil. Kurz warf er einen Blick aus dem Fenster hinüber zum Weißen Haus. Es hatte heftig geschneit, und die beiden jungen Töchter des Präsidenten, Jessica und Karen, bauten einen Schneemann. Lachend und kichernd rannten sie durch den Garten und hatten ihren Spaß dabei. Jack lächelte. Er musste an die Kennedy-Jahre denken, an den fotogenen Präsidenten, an dessen attraktive Frau und die beiden kleinen Kinder. Präsident Davison war ebenso clever und fotogen wie Kennedy damals. Auch er konnte sich mit der Zeit zu einer großen Persönlichkeit entwickeln.

Im Gang öffnete sich eine Tür, und eine Sekretärin erschien.

»Sir, treten Sie bitte sofort ein«, sagte sie ihm.

Bei Gott, ging es Caldwell durch den Kopf, als er das Oval Office betrat, das Land hatte einen ehrlichen Präsidenten bitter nötig. Das politische System der Vereinigten Staaten steckte seit einigen Jahren in einer tiefen Krise, darin unterschied es sich kaum von dem zahlreicher anderer Länder. Ein korrupter Kongress, ein Ex-Präsident (den Caldwell nicht beraten hatte), der wegen Schmiergeldzahlungen seines Amtes enthoben worden war, und eine Regierung, die dem Volk nicht diente, sondern ihm das Geld abpresste. Die letzten Jahre waren verheerend gewesen, sodass Abscheu und Zynismus gegenüber der Politik in der amerikanischen Öffentlichkeit mittlerweile äußerst tief saßen. Und weshalb der dreiundvierzigjährige Davison mit großer Mehrheit zum Präsidenten der USA gewählt worden war. Seit zwei Monaten war er nun im Amt und war bereits einigen auf die Zehen getreten – jenen nämlich, die zu verhindern suchten, dass er ihre korrupten Machenschaften aufdeckte, und die daher alles unternahmen, um seinen wunden Punkt zu finden. Es hatte geradezu zwangsläufig so kommen müssen. Aber noch besaß Davison die Unterstützung der Wähler, und das zählte in der Politik. Noch.

»Jack, kommen Sie und nehmen Sie Platz.«

Jack folgte der ausgestreckten Hand des Präsidenten und ließ sich auf dem Sofa nieder. Ihm gegenüber saßen bereits drei weitere Personen. Er kannte sie alle. Joe Buchanan, der exzellente Vizepräsident, ein kräftiger Mann aus Nebraska. Neben ihm Paul Faucher, der Nationale Sicherheitsberater, der in den Korridoren der Macht zu Hause war und keinen Zweifel an seiner Autorität ließ noch an den Konsequenzen, wenn sich ihm jemand widersetzen sollte. Und schließlich William Olsen, der rätselhafte, Brille tragende Direktor der CIA, der, bereits Ende fünfzig, auf seine Pensionierung wartete. Sie hielten zusammen wie Pech und Schwefel. Im Raum herrschte eine angespannte Atmosphäre. Caldwell fiel auf, dass kein Militär anwesend war, was seltsam erschien.

»Mr. President, es handelt sich hier um eine sehr ernste Angelegenheit«, setzte Faucher wütend die bereits begonnene Diskussion fort. »Wir haben es hier wahrscheinlich mit dem schlimmsten Anschlag auf die Sicherheit des Landes zu tun, der uns bislang widerfahren ist.«

Präsident Davison, der zwischen den beiden Sofas in einem Armsessel saß, blickte zu Caldwell. Sein berühmtes breites Grinsen fehlte. Gedankenverloren fuhr er sich durch das dichte, dunkelbraune Haar, das an manchen Stellen graue Strähnen aufzuweisen begann; augenfällige Anzeichen des Alters, die ihm aber einen Anflug von Würde verliehen und ihm sicherlich nicht schaden sollten. Davison war noch immer ein attraktiver Mann, der sich durch sein wunderbar gelassenes Auftreten auszeichnete.

»Erklären Sie Jack doch bitte, worum es geht, Paul.«

Faucher wandte sich an Caldwell. Es fiel nicht schwer, den Sicherheitsberater nicht zu mögen; er war ein durch und durch gerissener Politiker, aber in der Politik musste ein Präsident zuweilen mit seltsamen Gefährten zusammenarbeiten: mit den Guten, den Schlechten und, in Fauchers Fall, mit den abgrundtief Hässlichen.

»Im Grunde geht's um Folgendes.« Faucher knallte einen Ordner auf den Tisch. »Letzte Nacht erhielten wir eine Nachricht von einer hochrangigen Quelle in der russischen Regierung. Sie sind im Besitz von streng geheimen Informationen: den Blaupausen unserer atomaren Raketenstellungen in Japan und in der Türkei.« Er zögerte. »Was schon schlimm genug wäre. Aber es kommt noch heftiger. Als Quelle diente ein geheimes Kabinettspapier.« Unruhig rutschte er auf dem Sofa herum, als säße er über einer Flamme, die allmählich unangenehm heiß wurde.

Caldwell war wie vor den Kopf geschlagen. »Die Informationen sind verlässlich?«

»Oh, keine Sorge, das sind sie«, knurrte Faucher und wischte die Frage mit einer abschätzigen Handbewegung fort. »Unser russischer Maulwurf hat uns eine Kopie zukommen lassen. Man könnte glauben, er habe bei uns im Kabinettszimmer gesessen und das beschissene Ding selbst gelesen.«

»Als undichte Stelle kommt nur jemand ganz oben in Betracht«, warf Buchanan ein und senkte die Stimme. »Jemand aus dem Kabinett. Jemand, der dem Präsidenten sehr nahe steht. Das heißt, wir haben einen Verräter in unseren Reihen.«

Es folgte Schweigen. »Wie viel Zeit bleibt uns, bis die Medien davon erfahren?«, fragte der Präsident.

Faucher sah auf seine Uhr. »Ich schätze, vier bis fünf Stunden. Man weiß doch, die russische Regierung ist so undicht wie ein Sieb. Außerdem tauchen im Internet bereits die ersten Gerüchte auf. Wir werden die Sache bald bekannt geben müssen.«

Alle sahen zum Präsidenten. Davison wirkte völlig gelassen. Starke Nerven gehörten zu seinen hervorstechendsten

Eigenschaften. Er dachte über das Problem nach und beugte sich dann mit entschlossener Miene in seinem Sessel vor.

»Wir sollten Folgendes tun. Als Erstes, Joe«, und damit wandte er sich an den Vizepräsidenten, »will ich, dass Sie und Paul« – mit einem Kopfnicken wies er auf Faucher – »herausfinden, wo die undichte Stelle sitzt. Das hat oberste Priorität. Als Zweites werde ich für heute Abend eine außerordentliche Kabinettssitzung einberufen. Und als Drittes müssen wir von Anfang an der Berichterstattung in den Medien die Schärfe nehmen.«

»Sagen Sie das mal dem Kongress«, erwiderte Olsen mürrisch. »Das Militär hat soeben einige Milliarden Dollar für die Modernisierung dieser Stellungen ausgegeben, die Anlagen in Japan haben noch dazu offiziell nie existiert. Das ist der Auftakt zu einem neuen Rüstungswettlauf. Der Kongress wird Zeter und Mordio schreien.« Er stand kurz vor einem Wutausbruch.

»Ich weiß, ich weiß«, erwiderte Davison und erhob sich. »Und ich will, dass mir jemand bei der Pressekonferenz am Nachmittag eine Frage zuspielt. Heute Abend müssen wir wissen, wo die undichte Stelle sitzt und wie die Dokumente in die Hände der Russen gelangt sind.«

Davison und Jack tauschten einen kurzen Blick miteinander: Sie hatten sich verstanden. Es gab eine Krise, aber sie war zu bewältigen. Noch war es vielleicht möglich, die Geschichte unter den Teppich zu kehren. Dennoch, wenn sensible Kabinettspapiere den Russen in die Hände gespielt worden waren, welche anderen Geheimnisse waren dann noch preisgegeben worden?

An jenem Nachmittag, am Ende der Jahrestagung des Verbands der Amerikanischen Industrie, hielt Präsident Davison eine, wie es schien, spontan einberufene Pressekonferenz ab – deren Ablauf kaum eine Stunde zuvor bis ins kleinste Detail festgelegt worden war. Auf dem Podium stand ein entspannt wirkender Präsident, neben ihm seine Frau Christina; ein wunderbares Paar. Die Fragen wurden ihm leicht und locker zugespielt und ließen sich mühelos parieren.

»Mr. President, einige Worte zum Stand der Wirtschaft und der Inflation.« »Was ist mit dem Ölteppich vor der Küste von Miami?« »Was mit dem Einbruch des Aktienmarkts in Brasilien?« »Wollen Sie dieses Jahr noch nach Russland reisen, um sich mit Präsident Barchow zu treffen?«

Die Antworten des Präsidenten zeugten von Witz und Esprit, hin und wieder ließ er sein strahlendes Lächeln aufblitzen. Eine beeindruckende Vorstellung. Caldwell hatte es bereits hundertmal gesehen, war aber dennoch immer wieder fasziniert. Davison war der begabteste Redner, der ihm jemals untergekommen war. Dann, am Ende der Konferenz, als die Medienmaschine entspannt und eingelullt war, kam die Frage.

»Mr. President, stimmt es, dass ein Spion Einzelheiten über US-amerikanische Raketenbasen an die Russen verraten hat?«

Präsident Davison grinste verhalten. *Säe den Samen des Zweifels gleich zu Beginn.* »Nun, Sie wissen ja, wir leben in einer Welt, in der Verschwörungen und außerirdische Interventionen an der Tagesordnung sind.« Das Publikum lachte; jeder dachte an den in der vergangenen Woche erschienenen Zeitungsartikel, in dem ein exzentrischer Kongressabgeordneter seine Überzeugung vertreten hatte, das Weiße Haus sei von Außerirdischen infiltriert. »Natürlich sind auch uns diese Gerüchte zu Ohren gekommen, und wir werden ihnen nachgehen.« *Und säe noch mehr Zweifel.* »Wir denken, dass es sich dabei um veraltete Informationen über ehemalige Raketenbasen handelt.« *Und dann bring dich in Sicherheit.* Er zuckte mit den Schultern; seine Körpersprache schien anzudeuten, dass an den Gerüchten nichts dran sei, auch wenn er das Gegenteil sagte. »Dennoch werden wir uns sehr ernsthaft damit beschäftigen.«

»Okay, Leute, das war's dann«, kam es laut von einem der Pressereferenten, bevor jemand eine weitere Frage stellen konnte.

Der Präsident wandte sich ab und wollte gehen. In diesem Moment, in dem noch die Kameras der Welt auf das Podium gerichtet waren, kam seine fünfjährige Tochter Karen, sanft von einer unsichtbaren Hand dazu genötigt, auf ihn zugerannt. Der Präsident erblickte sie, streckte seine Hände aus und schloss das kichernde, rothaarige Bündel in seine Arme. 58 Millionen Amerikaner an den Fernsehbildschirmen bekamen diese Vorstellung elterlicher Zuneigung zu sehen, und es dürfte kaum eine Mutter oder einen Vater gegeben haben, der oder dem es dabei nicht warm ums Herz wurde. Mit diesem bewundernswert inszenierten »choreographierten Spontanereignis«, wie es die Wortverdreher nannten, vergaß die Nation alles, was soeben gesagt worden war, und sah nur noch den stolzen, Vertrauen erweckenden Familienvater.

Präsident Davison, die Arme um seine Tochter geschlungen, zeigte sein breites Lächeln. Der Nation ging es gut – genau das verkörperte er mit diesem Lächeln, seinem gelassenen Auftreten, das die Herzen der Mitbürger berührte. Gott schütze ihn, Gott schütze Amerika.

Natürlich brach diese Illusion in sich zusammen, als die Leiche gefunden wurde.

»Ich glaube es nicht!«

Es war früh am Abend. Der Präsident war soeben von der Verbandstagung zurückgekehrt. Das gesamte Kabinett hatte sich um den Tisch versammelt, und zwei Reihen angestrengter Gesichter blickten zu ihm auf. Der Generalstabschef schien vor Wut schier zu platzen, nachdem er die Neuigkeiten erfahren hatte. Man hatte sein Spielzeug entdeckt. Nun würde er sich was Neues suchen müssen.

»Ich glaube es einfach nicht«, wiederholte der Präsident, diesmal mit flacher Stimme.

Paul Faucher, der Nationale Sicherheitsberater, beharrte allerdings auf seinen Informationen. »Es tut mir Leid, Mr. President, aber die undichte Stelle befindet sich in unserer Botschaft in Paris. Die Geheimdienste sind sich dessen sicher, außerdem wurde es von unserem hochrangigen Kontakt in der russischen Regierung bestätigt. Das grenzt den Personenkreis ein. Im Grunde ...«, und dabei ließ er seinen Blick über die Versammelten schweifen, »gibt es nur einen, der Zugang zu solchen Informationen hat. Nur Ihr oberster politischer Berater kann diese Kabinettspapiere erhalten und mit nach Paris genommen haben.«

»Nein. Hören Sie«, erwiderte Präsident Davison und zeigte wütend auf Faucher, während er mit leicht belegter Stimme fortfuhr, »Botschafter Pearlman ist so unschuldig wie am Tag seiner Geburt. Ich habe ihn ernannt. Ich kenne ihn seit Jahren. Undenkbar, dass er ein Spion ist.«

Im Kabinett herrschte Schweigen. Jeder ließ sich durch den Kopf gehen, welche Konsequenzen die Worte des Präsidenten nach sich ziehen konnten. Falls dessen bester Freund Geheimnisse an die Russen verraten hatte, dann wäre der Präsident selbst in großen Schwierigkeiten.

Sie alle kannten Dan Pearlman. Er war ein bodenständiger Rinderzüchter aus Montana, der es mit dem Viehhandel zum Multimillionär gebracht hatte. Obwohl er sich durchaus einen intellektuellen Anstrich zu geben versuchte, konnte er seine einfache Weltsicht, seinen ausgeprägten Patriotismus und seine Geradlinigkeit niemals verbergen.

Er war so heimatverbunden wie James Stewart und verkörperte das wahre Herz Amerikas.

»Gut.« Davison stockte kurz, aber er wusste, dass ihm keine andere Wahl blieb. »Ich werde den Botschafter anweisen, unverzüglich in die USA zurückzukehren, damit Sie ihn befragen können. In der Zwischenzeit« – er neigte seinen Kopf in Richtung des Vizepräsidenten und des Sicherheitsberaters – »fahren Sie mit Ihren Untersuchungen fort. Ich will über alle Einzelheiten informiert werden: Wer hatte eventuell noch Zugang zu diesen Kabinettspapieren, wie wurden sie an die Russen weitergeleitet und wann? Wir werden uns morgen früh um sieben Uhr erneut treffen. Die Kabinettssitzung ist hiermit beendet.«

Er erhob sich vom Tisch. »Joe«, sagte er zum Vizepräsidenten, »kann ich mit Ihnen reden? Und mit Ihnen auch, Jack?«

Sie setzten sich in einem kleinen Nebenraum zusammen. Präsident Davison betrachtete seine Berater. In einer Welt, in der die Politik Freundschaften nicht gerade förderte, vertraute er nur diesen beiden Männern. Dan Pearlman, ging ihm durch den Kopf, hatte er auch vertraut. Verräter finden sich meist in der unmittelbarsten Umgebung.

»Wir haben eine Krise«, sagte er leise. Caldwell sah die Traurigkeit in seinem Blick. »Aber ich will nicht, dass Dan Pearlman den Wölfen zum Fraß vorgeworfen wird, ohne dass er die Möglichkeit hat, etwas zu seiner Verteidigung zu äußern. Ist das klar?«

Und noch während er die Worte aussprach, schoss ihm ein weiterer Gedanke durch den Kopf. Warum wurden ausgerechnet diese Papiere weitergeleitet und nicht andere? Sie waren so brisant, dass ihre Veröffentlichung ungeheuren politischen Schaden heraufbeschwören konnte. Schaden für wen? Für die Vereinigten Staaten? Oder für den Präsidenten? Er wollte bereits fortfahren, behielt dann seine Vermutungen aber für sich. Manche Geheimnisse konnten nicht erzählt werden. Sie waren einfach zu persönlich.

Sie konnten den Sturz des Präsidenten bedeuten.

Dan Pearlman nahm den Anruf in seiner weitläufigen Pariser Wohnung entgegen, die an die US-Botschaft angeschlossen war. Obwohl er bereits auf die Siebzig zuging und sich guter Gesundheit erfreute, fühlte er sich um einiges älter, als er den Hörer wieder auflegte. Er hatte sich zeit seines Lebens mit einer Unzahl von Gegnern herumgeschlagen, hinter seinem freundlichen Gesichtsausdruck verbarg sich daher stählerne Entschlossenheit: Er machte sich auf das Schlimmste gefasst. Der Wirbelsturm kam näher und hatte direkten Kurs auf ihn genommen. Aber die Flucht zu ergreifen war nicht seine Art. Er würde durchhalten. Mehr Sorgen machte er sich um seine Frau.

»Nur die Ruhe, Dan. Es wird sich alles geben«, murmelte er, während er die Treppe zum Schlafzimmer hochstieg, wo sich Ingela für den offiziellen Dinnerempfang vorbereitete.

Das Leben hatte es gut mit ihm gemeint, er war der Letzte, der das bestreiten wollte. Er war buchstäblich aus dem Nichts aufgestiegen. Seine Eltern, kleine Farmer, hatten vieles durchgemacht und während der Weltwirtschaftskrise große Not gelitten. Und sie hatten ihm eingetrichtert, ehrlich zu sein und hart zu arbeiten. Mit vierzig war Dan ein reicher Mann und zufrieden mit sich und seinem Leben. Das Schicksal jedoch hielt mehr für ihn bereit, als er sich erhofft hatte. Im Alter von dreiundsechzig Jahren, als seine geliebte erste Frau an Krebs starb, hatte er sich bereits darauf eingestellt, den Rest seiner Tage allein und einsam zu verbringen. Es sollte anders kommen.

Er betrat das Schlafzimmer. Ingela, eine schwedische Schönheit mit langem blonden Haar, einer wohl proportionierten Figur und fantastischen Gesichtszügen, war soeben mit dem Ankleiden fertig. Dan hatte sie eines Abends vor vier Jahren auf einer Dinnerparty bei einem alten Freund kennen gelernt. Eine leidenschaftliche Affäre war gefolgt, schließlich die Heirat. Natürlich wusste er, was die anderen sich dachten – dass er ein alter Trottel sei, dass die dreißig Jahre jüngere Ingela ihn nur seines Geldes wegen geheiratet hatte, dass sie die Macht wollte und sehr ehrgeizig war.

»Genau«, hatte er den engen Freunden geantwortet, die den Mut besaßen, das Thema zur Sprache zu bringen, »so ist das eben. Frauen werden von Geld und Macht angezogen, so war das schon immer.« Und dann holte er zum entscheidenden Schlag aus. »Aber sie liebt mich auch.«

Schwer ließ er sich auf dem Bett nieder und betrachtete seine Frau, während sie ihre Diamanten anlegte. Liebte sie ihn noch? Er glaubte es. Klar, ihm waren ebenfalls die Gerüchte zu Ohren gekommen, aber er ignorierte sie. Das zählte nicht. Was zählte, war ihre Liebe. Sie würde es ihm sagen, wenn sie es für richtig befand, und er würde ihr verzeihen. So war er eben, und Dan Pearlman hatte nicht vor, sich in seinem Alter noch zu ändern. Nicht für diese Welt. Wenn, dann musste sich die Welt schon für ihn ein wenig ändern.

»Meine Liebe, der Präsident hat mich unverzüglich in die Staaten zurückbeordert«, sagte er. Er erzählte ihr, was ihm ein alter Freund aus dem Kabinett soeben am Telefon mitgeteilt hatte.

Ingela nahm die schlechten Neuigkeiten mit äußerster Skepsis auf. »Sie halten dich für einen Spion? Welch infame Lügen«, sagte sie und spreizte ihre lackierten Fingernägel. »Du bist der ehrlichste Mensch, der mir jemals begegnet ist. Außerdem, warum solltest du Kabinettsgeheimnisse preisgeben? Was sollte da für dich herausspringen?«

»Gut«, antwortete er ihr, »ich hab nichts getan, so viel steht fest. Das kann also nur eines bedeuten: Jemand hat es auf mich abgesehen.«

»Wer?«

»Das weiß ich nicht, meine Liebe, aber ich werde es sicherlich herausfinden.«

Sie reagierte bestürzt. Ihre Miene verriet ihre Furcht und Panik.

»Werden sie hierher kommen?«

»Ja«, erwiderte der Botschafter. »Es wird nicht lange dauern, und es wimmelt hier von CIA-Leuten, die alles auf den Kopf stellen.« Mit einer abschätzigen Handbewegung wischte er den Gedanken fort. »Aber mir wird nichts geschehen. Ich habe nichts zu verbergen.« Er stand auf. »Mein Flug geht morgen um halb acht. Wir werden den Empfang nicht abblasen, es hat keinen Sinn, die Gäste zu beunruhigen.« Er küsste sie – ein müder, alter Mann. »Mach dir keine Sorgen, wir überstehen das. Wir sehen uns dann unten, Liebling, in ein paar Minuten.«

Ingela sah zu, wie er davonschritt. Als sie sicher war, dass er nicht mehr zurückkam, ging sie zu einem verschlossenen Schreibpult, setzte sich und verfasste hastig einen kurzen Brief; Tränen standen ihr in den Augen. Überraschend schnell war ihr Endspiel gekommen.

Die Party war ein großer Erfolg, die Gäste amüsierten sich. Dan war ein guter Unterhalter, und Ingela brillierte wie immer. Keiner kam auch nur im Entferntesten auf den Gedanken, dass etwas nicht stimmen könnte. Es war bei ihrem letzten Gang in die Küche, als Ingela beiläufig ihre philippinische Köchin Marcella bat, für sie ein Päckchen aufzugeben. Von allen unbemerkt legte sie es in Marcellas alte lederne Einkaufstasche und umarmte die Köchin flüchtig zum Abschied.

In jener Nacht, als die Ereignisse in Washington bereits aus dem Ruder zu laufen begannen, wartete Ingela, bis ihr Ehemann fest eingeschlafen war. Dann schlüpfte sie aus dem Bett und warf sich einen Morgenmantel über ihr Satin-Nachthemd.

»Leb wohl.« Sie küsste ihn sacht auf die Stirn. Dan Pearlman war ein guter Mann. Einen besseren hätte sie sich nicht wünschen können. »Ich habe dich geliebt«, sagte sie halb zu sich selbst und halb zu ihm.

Sie schritt zur Tür, trat auf den Treppenabsatz hinaus und dann nach oben, wo weitere Schlafzimmer lagen, die für Botschaftsgäste bestimmt waren und im Moment leer standen. Ihre Bewegungen waren bedächtig und fließend.

In einem der Schlafzimmer öffnete sie das Fenster, stieg auf den schmalen Sims hinaus und von dort über eine Feuerleiter nach oben. Manchmal, ging ihr durch den Kopf, gab es einfach keine Lösung mehr. Die Fähigkeit der Menschen, Böses zu tun und Grausamkeiten zu begehen, hatte sie immer überrascht, aber sie hatte gelernt, es als ein unauslöschliches Merkmal der Menschen zu akzeptieren. So war es eben, das würde sich nie ändern. Ingela stand auf dem Dachsims. Ein eisiger Wind strich über ihr Gesicht. Unter ihr funkelten die Lichter der unzähligen Gebäude und des nächtlichen Pariser Verkehrs. Vier Stockwerke tiefer lag der umschlossene Hof der Botschaft. Sie war nicht allein. Millionen Menschen lebten hier in unmittelbarer Nähe. Und doch hatte sie sich noch nie zuvor in ihrem Leben so verlassen gefühlt. Niemand konnte ihr mehr helfen. Langsam breitete sie die Arme aus; in tiefster Verzweiflung hatte sie ihre Entscheidung getroffen. Sie sah an ihrem Körper hinab, den sie verschiedenen Männern geschenkt hatte, aber keinem mehr als Dan – und dem anderen, jenem, den sie ebenfalls geliebt hatte. Ingela wusste, dass Dan mit seiner Vermutung falsch lag. Diese Leute wollten nicht nur ihn zu Fall bringen. Es steckte mehr dahinter. Zu lange schon hatten sie versucht, sie zu erpressen.

»Mutter«, sagte sie auf Schwedisch, der Sprache ihrer Kindheit. Dann öffnete sie die Arme und trat über den Balkon. Endlich war sie frei.

»Botschafter, wachen Sie auf!«

Sie weckten ihn morgens um vier Uhr. Verschlafen drehte sich Dan Pearlman im Bett um und sah in die verängstigten Gesichter seines Ersten Sekretärs und zweier anderer Botschaftsmitarbeiter.

»Kommen Sie bitte mit.«

Sie eilten durch den Gang, die Treppe hinab und weigerten sich ihm zu erzählen, was vorgefallen war. Pearlman trat in den Hof hinaus. Dann erblickte er Ingela. Sie wirkte so ernst, wie sie so vor ihm lag – das blonde Haar im Schnee ausgebreitet, das wunderschöne Gesicht von den Hoflampen angestrahlt. Der Aufprall hatte keine äußeren Verletzungen nach sich gezogen, nur über die linke Seite ihres Kopfes zog sich ein schmales Blutrinnsal, das im Schnee versickerte. Mit schlurfenden Schritten, als wäre er ein alter Mann, näherte sich Dan seiner Frau. Ihre blauen Augen standen weit offen, und als er sie schloss, liefen ihm Tränen über die Wangen – denn in ihrem Blick lag die reine Unschuld. Nicht einmal seine Liebe hatte sie von ihrer Tat abhalten können.

»Botschafter, Sie müssen reinkommen.« Nun hatten sie also die Leiche.

Als die Neuigkeiten bekannt wurden, galten sie als politischer Skandal des Jahrzehnts. Die Schlagzeilen waren deutlich genug:

GEHEIME KABINETTSDOKUMENTE AN RUSSEN VERRATEN

EHEFRAU DES US-BOTSCHAFTERS IN FRANKREICH BEGEHT SELBSTMORD

HAUSANGESTELLTE GIBT PÄCKCHEN AUF. EMPFÄNGER UNBEKANNT. WAREN ES BRIEFE?

Beide Pearlmans waren eng mit dem Präsidenten befreundet. Die aufgeregte Presse bohrte nach. Weitere Skandale kamen ans Licht. Ingela Pearlman hatte eine Affäre mit einer prominenten Person gehabt – aber mit wem? Die Jagd war eröffnet. Die Medien, die Kommentatoren, die Experten, sie alle waren glücklich, mit blutrünstigen Blicken erspähten sie ihr Opfer und den zu erwartenden Profit. Natürlich sei es im Interesse der Öffentlichkeit, alles schonungslos aufzudecken – was sie dieser auch beizeiten mitteilten.

Noch besser als den Medien aber erging es den Waffenlieferanten. Russland, China, Pakistan, der Iran und der Irak, alarmiert von der Veröffentlichung der atomaren Raketenstellungen und innerem militärischen Druck ausgesetzt, kündigten bald darauf an, dass sie ihre eigenen Arsenale aufstocken wollten, um der Bedrohung zu begegnen.

Natürlich kannte jeder die Wahrheit, oder? Jemand, der dem Präsidenten sehr nahe stand, hatte die vertraulichen Papiere übergeben, um den US-Interessen zu schaden. Ganz klar. Die Politiker, die sofort spürten, dass sich der Wind gedreht hatte, begannen sich vom Präsidenten zu distanzieren. Sogar Vizepräsident Buchanan machte sich auf leisen Sohlen davon, was ihn jedoch nicht daran hinderte, währenddessen lauthals seine Loyalität gegenüber seinem Vorgesetzten kundzutun. Schließlich wartete das Kabinett darauf, dass der Justizminister den Todesstreich führte: »Mr. President, ich denke, Sie sollten die Möglichkeit in Betracht ziehen …«

Und auf den Fernsehbildschirmen sah die enttäuschte und traurige Nation, wie die Tragödie ihren Lauf nahm. Denn die Menschen im Land waren sich noch zweier simpler Wahrheiten bewusst, die die Presse ignorierte – dass auch gute Menschen nur Menschen waren, und dass man erst dann ein Urteil fällen sollte, wenn alle Fakten offen auf dem Tisch lagen.

Allerdings waren sie ebenso fest davon überzeugt, dass der Präsident stürzen würde, sollten die Briefe entdeckt werden.

Es war am Morgen des dritten Tages nach Ingela Pearlmans Tod, dass Jack Caldwell das Oval Office betrat. Präsident Davison blickte aus dem Fenster. Seine Miene war angespannt, er war in den letzten Tagen sichtbar gealtert. Davison wusste, dass jemand ihn vernichten wollte, allerdings war nicht klar, wer dahintersteckte – die Russen? Ingela? Leute in Washington? Es spielte im Moment keine Rolle, denn die Briefe würden sein Schicksal besiegeln. Der Präsident hatte eine Affäre mit einer Spionin gehabt.

Jack schritt über den dunkelblauen Teppich zum Schreibtisch, der das Herz der Nation symbolisierte; er wusste, sollte dieser Präsident fallen, hätte das tief greifende Auswirkungen auf das demokratische Regierungssystem in Amerika. Es war schon katastrophal genug, dass der Vorgänger durch ein Amtsenthebungsverfahren seinen Sessel hatte räumen müssen. Wenn nun auch noch der Nachfolger stürzte, würde dies den gesamten Staat unterminieren. Wenn das geschah, würden jene, denen nach der Macht dürstete, die sie auf legitime Weise aber nicht erlangen konnten, die Grundfeste des politischen Systems aushebeln. Caldwell wusste, was er zu tun hatte.

»Jack ...« Langsam wandte sich Präsident Davison vom Fenster ab. Seine dunkelbraunen Augen waren auf Caldwell gerichtet. Die letzten Tage waren sehr lehrreich gewesen. Er hatte über Macht nachgedacht und ihr wahres Wesen. Macht und die Gier danach fraßen die Menschen auf – wie eine ätzende Säure. Sie zersetzte ihre Seelen und verwandelte sie in böswillige Ungeheuer. Um der Macht willen waren sie bereit zu lügen, Verrat zu üben, Intrigen zu spinnen. Und dies umso mehr, je größer die Macht war. Das wusste Präsident Davison inzwischen. Er sah es tagtäglich an jenen, die ihm nahe standen, die alles taten, um ihn zu Fall zu bringen, auch wenn sie ihm die Treue schworen. Sogar er selbst war nicht mehr in der Lage, eine Lösung für sein Problem zu erkennen.

»Jack ...« Er zögerte. »Ich habe beschlossen zurückzutreten.«

Bedächtig schüttelte Caldwell den Kopf.

»Nein«, antwortete er. »Sie sollten den Meister aufsuchen.«

2

Der Berufene versteht es immer gut, die Menschen zu retten;
darum gibt es für ihn keine verworfenen Menschen.
Er versteht es immer gut, die Dinge zu retten;
darum gibt es für ihn keine verworfenen Dinge.
Das heißt die Klarheit erben.

Laotse, Tao Te King

Über die öde schottische Insel fegte ein schneidender Wind, der dichtes Schneegestöber vor sich hertrieb. Der Präsident blickte aus dem Wagenfenster. Es war spätnachmittags. Sie waren im Anschluss an eine NATO-Konferenz in Paris nach Schottland geflogen und dann mit einem Helikopter vom Festland auf die Insel Tirah. Nun befanden sie sich auf dem letzten Abschnitt ihrer Reise zur Burg, die, im Zentrum der Insel gelegen, das Kollegium beherbergte.

Davison betrachtete die Schneeflocken, die gegen die Windschutzscheibe gewirbelt wurden. Ein ehemaliger Präsident hatte ihm erzählt, wie sehr er diese Ausflüge zur Insel genossen hatte. Sie wären eine willkommene Unterbrechung des sterilen Tagesgeschäfts gewesen und hätten ihm Zeit gegeben, seine Gedanken zu ordnen und die unzähligen Quatschköpfe hinter sich zu lassen. Präsident Davison dachte an die vielen anderen, die im Lauf der Jahrhunderte hierher gekommen waren – als hätten sie sich auf einer Pilgerfahrt befunden, um Antworten auf Fragen zu finden, die sie selbst nicht lösen konnten.

»Noch etwa zwanzig Minuten, Mr. President.«

Jack Caldwells Stimme riss ihn aus seinen Gedanken. Es war klug gewesen, Jack mitzunehmen. Jack kannte den Meister von seiner Arbeit für frühere Regierungen; das würde das Eis brechen.

»Mr. President?«

Davison drückte auf einen Knopf im Wagen. Die tiefe Stimme seines Sicherheitschefs meldete sich über Funk.

»Die Straße zum Kollegium ist geräumt, Sir. Die Fahrt sollte problemlos verlaufen.«

»Danke, Tom.«

Ein leises metallisches Klacken war zu hören, als die Präsidentenlimousine die gewölbte Fläche des Hubschrauberlandeplatzes verließ. Weitere Wagen reihten sich vor und hinter ihm in den kleinen Konvoi ein. Dann dröhnten die Motoren, und über Funk erklang das laute Stimmengewirr des Sicherheitspersonals.

Davison achtete kaum auf seine Umgebung. In zwei Tagen war Weihnachten. Er sah seine Töchter vor sich, die aufgeregt im Garten des Weißen Hauses spielten und von der Tragödie nichts wussten. Er dachte an seine Frau Christina, der er am vergangenen Abend alles gestanden hatte. Und er dachte an Ingela Pearlman, deren Berührungen er noch immer zu spüren vermeinte, deren Körpergeruch, deren sanftes Lachen noch immer bei ihm waren. Warum hatte sie ihn verraten?

»Ich hoffe, es ist die Mühe wert, Jack.«

Caldwell lächelte verhalten. »Keine Sorge, Mr. President.«

Davison wusste, dass sein Nationaler Sicherheitsberater sowie der Vizepräsident heftig gegen die Reise votiert hatten. Sie hatten ihn gewarnt, das Kollegium unterstütze nicht die USA; wahrscheinlich würde es den Russen helfen, hatten sie dunkel anklingen lassen. Außerdem sei das Kollegium eine Institution, die nicht nur undurchsichtig, sondern auch sehr mächtig war. Es wäre daher nicht klug, ihm noch mehr Einblick in die inneren Probleme der USA zu gestatten, die es, wenn es die Lage erfordern sollte, gegen das Land verwenden könnte. Nun, Davison würde es heute selbst herausfinden. Vielleicht waren sie nur neidisch, da ausschließlich Regierungschefs Zugang zum Meister hatten. Trotz aller Sorgen war Davison sehr gespannt, einen Mann zu treffen, dessen Ruf und geheimnisumwobene Stellung ihn auf das Äußerste beeindruckten.

Vor ihnen erstreckte sich eine schmale Straße, die in einem Waldabschnitt verschwand. Die Äste der Fichten, die zu beiden Seiten standen, wurden unter der Last des Schnees tief nach unten gedrückt. Die Präsidentenlimousine setzte sich in Bewegung, Schneematsch wurde von den Reifen aufgewühlt. Nach einer Kurve waren die Fähranlegestelle und der Hubschrauberlandeplatz nicht mehr zu sehen. Davison lauschte dem monotonen Geräusch der Scheibenwischer. In der Ferne waren durch das Schneetreiben hindurch die dunklen Silhouetten zweier Berggipfel zu erkennen.

»Sie sollten hier einen Flugplatz bauen oder uns wenigstens im Kollegium landen lassen.«

Jack Caldwell lachte. Es war das erste Mal seit Tagen, dass ihm wieder danach zumute war. Gewöhnlich klang er dabei heiter und selbstsicher, diesmal jedoch war seine Anspannung deutlich herauszuhören.

»Sprechen Sie doch den Meister darauf an, Mr. President, wenn Sie wollen, aber ich bin mir nicht sicher, ob er Ihrem Vorschlag zustimmen wird. Bereits für die Errichtung des Hubschrauberlandeplatzes war eine Ausnahmegenehmigung nötig. Der von der UN abgezeichnete Sonderstatus von Tirah sieht lediglich eine Fähre zum Festland vor. Das Kollegium achtet sehr auf seine Abgeschiedenheit. Und selbst wenn Tirah über eine genügend große Fläche für ein Rollfeld verfügen würde, bezweifle ich, dass der Meister zustimmen würde. Außerdem«, und seine Stimme wurde wieder ernster, »lässt sich die kurze Fahrt im Auto wunderbar zum Nachdenken nutzen.«

Davison nickte. Sie waren nun gänzlich vom Wald umgeben; draußen legte sich ein weißer Kokon um den Wagen, eine andere Welt. Konnte ihm der Meister wirklich helfen? Wie sollte es möglich sein, dass er mehr wusste als der amerikanische Präsident? Und dennoch …

»Jack«, sagte Davison, ohne den Blick vom Fenster zu nehmen, »der letzte Generalsekretär der UN gab mir noch einen Ratschlag mit auf den Weg, als er vor einigen Monaten aus dem Amt schied. Er patschte mir auf seine onkelhafte Art auf den Arm und meinte: ›Vergessen Sie eines nicht, wenn die Aktien so richtig im Keller stehen, dann konsultieren Sie den Meister.‹«

»Da hatte er nicht Unrecht, Mr. President«, erwiderte Caldwell.

Davison drehte sich vom Wagenfenster weg und musterte seinen Berater. »Ja, schon, trotzdem will ich nicht recht glauben, dass er so viel weiß, wie man über ihn sagt – Staatsgeheimnisse, Einzelheiten unserer Raketenstellungen, unserer militärischen Ausrüstung, solche Dinge eben.«

»Er kennt nicht alle unsere Geheimnisse«, erwiderte Caldwell gleichmütig. Als Mitglied des Kollegiums wollte er nicht zu viel verraten. »Aber ich nehme an, er ist über das meiste unterrichtet. Er hat Zugang zu Personen und Informationen, von denen andere nur träumen können, und er trifft sich seit mehr als dreißig Jahren mit Staatsmännern aus der ganzen Welt auf einer sehr vertraulichen Ebene. Ich glaube, der Meister ist der einzige Mensch, der sowohl die Geheimarchive des Vatikan *und* jene der Kommunistischen Partei Chinas in Peking besucht hat. Da er über dem politischen Tagesgeschehen steht und das Vertrauen der Großen und Mächtigen besitzt, erfährt er Dinge, die noch nicht einmal die CIA den Leuten entlocken kann. Ein früherer Präsident hat mir einmal erzählt, wenn man sich mit ihm trifft, dann sei dies, als würde man zur Beichte gehen. Und wie ein Priester verrät er niemals die ihm anvertrauten Geheimnisse.«

»Niemals?«, fragte Davison misstrauisch. »Sind Sie sich dessen sicher?«

»Ja«, erwiderte Caldwell, »nach allem, was wir über ihn wissen. In seinem Fall bin ich sogar felsenfest überzeugt davon.«

»Ich hoffe, Sie haben Recht, Jack.«

Müde schüttelte Präsident Davison den Kopf und wandte sich wieder der vorbeiziehenden Landschaft zu. Eine Reihe von Fragen ging ihm durch den Kopf. Würde seine Frau ihn verlassen? Sie meinte nein, aber würde diese Antwort noch Bestand haben, wenn die Geschichte publik und sie von den Medien unter Druck gesetzt wurde? Und was war mit seinen Kindern? Wie erklärte man ihnen, die einen bedingungslos liebten, solche Dinge? Würde er ihnen begreiflich machen müssen, dass der Dad, den sie kannten, nunmehr eine ganz und gar andere, eine suspekte und weniger verlässliche Person war? Davison seufzte.

Der Wald ging über in eine felsige Berglandschaft. Die Vegetation bestand fast nur noch aus Heidekraut und Stechginster. Sie näherten sich dem Zentrum der Insel, bald würde das Kollegium zu sehen sein. Davison verfluchte sich für seine Dummheit. Liebe und Macht waren starke Aphrodisiaka. Leider vertrugen sie sich nicht.

»Reichen Sie mir die Briefing-Unterlagen.«

Erneut überflog er sie und blätterte schnell durch die Seiten. In seiner Funktion als Präsident der Vereinigten Staaten hatte er Zugang zu wesentlich mehr Informationen über das Kollegium als vor seiner Wahl. Die Öffentlichkeit und die Presse wussten zwar von der Insel Tirah, durften sie jedoch nicht betreten. Das Kollegium besaß alle Eigenschaften, die zur Legendenbildung notwendig waren; seine Geschichte faszinierte Davison ungemein. Im Mittelalter von einem berühmten schottischen Adeligen gegründet, versteckt auf einer abgeschiedenen Insel gelegen, sollte es allen Staatsoberhäuptern, sofern sie darum baten, unparteiischen Rat zukommen lassen – wie hatte es all die Jahrhunderte überdauern können? Zudem war es nicht nur bestehen geblieben, es hatte sogar noch an Größe und Einfluss gewonnen. Mittlerweile stellte es die wichtigste ratgebende Körperschaft der Welt dar. Davison war froh, dass Jack ihn dazu überredet hatte, hierher zu kommen. Zumindest würde er nun den Ort mit eigenen Augen sehen, zum ersten und wahrscheinlich auch letzten Mal in seinem Leben. Etwas, was er noch seinen Enkelkindern erzählen konnte. Er legte die Unterlagen beiseite und streckte die Beine aus.

»Jack, wie ist das Kollegium aufgebaut? Ich habe immer noch kein rechtes Bild davon.«

Caldwell zog unmerklich die Augenbrauen hoch. »Ich denke, keiner außerhalb des Kollegiums weiß das mit Sicherheit zu sagen. Wir wissen nur sehr wenig über seine innere Struktur, außer dass der Meister das Oberhaupt ist. Er wird von fünf Schiedsmännern unterstützt, hochrangigen Mitgliedern, die von ihm ernannt werden und ihm bei Verwaltungsaufgaben helfen. Insgesamt gibt es nie mehr als achtzig Personen, die dem Kollegium angehören. Wir wissen auch, dass der Meister die oberste Exekutive, Judikative und Legislative der Institution darstellt.«

»Wer ernennt wen?«

»Der Meister ernennt die Schiedsmänner; diese wiederum die Kollegiumsmitglieder. Der Meister ernennt auch seinen Nachfolger, soweit es uns bekannt ist. Aber damit, fürchte ich, erschöpft sich unser Wissen.«

Präsident Davison fühlte sich kaum klüger als zuvor. »Ja, aber wie kommt das Kollegium an die Informationen? Woher wissen sie so viel über uns?«

Caldwell beugte sich vor. »Nun, Mr. President, man kann sie vielleicht mit Freimaurern vergleichen. Die Mitglieder geben nach außen hin ihre Identität nicht preis. Sie sind in hohen Regierungsstellen beschäftigt, bei Forschungseinrichtungen, Universitäten oder internationalen Organisationen –

überall dort, wo Macht ausgeübt wird und auf staatlicher Ebene Entscheidungen getroffen werden. Sie sind die Augen und Ohren des Meisters und der Schiedsmänner.«

»Und der Meister? Ist er der Einzige, der alles überblickt und versteht, wie sich alles zusammenfügt?«

»Ja«, antwortete Caldwell. »Verstehen Sie, er sitzt im Zentrum eines gewaltigen Systems zur Informationsbeschaffung, das über Hunderte von Jahren entstanden ist. Daneben sind wir aufgrund gewisser Auskünfte von Mitgliedern davon überzeugt, dass das Kollegium schon seit langem in der Lage ist, sich weltweit in jeden militärischen oder Firmencomputer einzuloggen. Sogar die Mitglieder, fürchte ich, wissen nur einen Bruchteil dessen, was in diesem fein gesponnenen Netz wirklich vor sich geht. Auf diese Weise kann das Kollegium seinen geheimen Status bewahren und ist im Grunde unangreifbar. Ein sehr ausgeklügeltes System, das sich bereits seit Jahrhunderten einer Operationsweise bediente, die derjenigen heutiger Terroristenzellen gleicht: Wird ein Teil aufgedeckt, kann nicht sofort die gesamte Struktur zerstört werden. Das alles basiert auf dem mittelalterlichen Konzept des großen Lebensrades – ähnlich der Planeten, die um die Sonne kreisen, nur stellt in diesem Fall der Meister die Sonne dar, das innerste Machtzentrum.«

Weiter erklärte Caldwell, dass das Kollegium im Zuge seiner beratenden Aufgaben, »die dem Erhalt des Friedens dienen«, nicht nur Kriege und militärische Maßnahmen, sondern alle Bereiche der menschlichen Tätigkeiten verfolge. Das Kollegium besitze Datenbanken zur Genforschung, zur Kriminalität, der Umwelt, Raumfahrttechnik, Medizin, Wirtschaft, Politik, zu den Aktienmärkten und bediene sich daraus, wenn es darum ging, den Staatsmännern mit Ratschlägen beizustehen. Auf diese Weise verfügte das Kollegium über einen weitreichenden, wenngleich schwer fassbaren Einfluss auf die Welt. Es glich in gewisser Weise einem wohlwollenden Wächter, der den Weg und die Richtung, die

die Menschheit einschlug, unauffällig mitbestimmte. Wenn eine Institution über Macht, ihren Gebrauch und Missbrauch Bescheid wusste, dann das Kollegium. »Wir gehen davon aus, dass ihre Computer unseren deutlich überlegen sind.«

Präsident Davison blickte ihn kritisch an, und kurz blitzte sein breites Grinsen auf. »Sie könnten also auch zum Kollegium gehören, Jack?«

Caldwell sah geringschätzig an sich hinab. »Wer weiß? Der Chef der CIA, der Vorsitzende des Obersten Gerichtshofs, der Vorsitzende der Zentralbank – sie alle könnten Mitglieder sein. Nur der Meister könnte ihre Identität preisgeben, aber das ist, soweit wir wissen, bislang noch nie geschehen.«

Davison trommelte mit den Fingern gegen die Armlehne seines Sitzes. Er dachte daran, was er dem Meister sagen wollte. Wer hatte mehr Einfluss, der Meister oder der Präsident der Vereinigten Staaten? Er begann die Vorherrschaft seines Amtes, die er bislang stillschweigend immer vorausgesetzt hatte, in Frage zu stellen. Und außerdem, was erzählten ihm seine Leute wirklich?

»Jack, glauben Sie, das Kollegium missbraucht seine Macht?«

»Das ist schwer nachzuweisen«, erwiderte sein Sonderberater. »Ich persönlich glaube, dass dies nicht geschieht. Das Kollegium wurde ursprünglich geschaffen, um den Frieden zu erhalten, und ich denke, an dieser Maxime haben sie über die Jahrhunderte hinweg festgehalten. Dennoch hängt vieles vom Meister und der Integrität des Kollegiums ab. Wie alles vom Menschen Geschaffene wird es nie vollkommen sein. Ein einziger fauler Apfel, und das ganze System kann zerstört werden. Angesichts dessen nehmen wir an, dass auch im Kollegium Kontrollmechanismen vorhanden sind und die Korruption bis ganz nach oben, bis zum Meister selbst gehen muss, bevor das System zum Einsturz gebracht werden kann.

Es gleicht daher ein wenig dem Papsttum; an der Spitze ist enorme Macht konzentriert, die in direkter Verbindung zu allen steht, die von Bedeutung sind, Gott vielleicht einmal ausgeschlossen.«

»Ich hoffe, man hat den Meister sorgfältig ausgewählt«, antwortete Davison trocken. Und fast beiläufig fügte er hinzu: »Können wir nicht mehr Infos über das Kollegium besorgen?«

Caldwell wusste nur zu gut, worauf Davison wirklich abzielte. Könnte die US-Regierung das Kollegium nicht infiltrieren und manipulieren, nur ein wenig, sodass es den Interessen der USA wohlwollender gegenüberstand? So wie sie es mit fast jeder internationalen Organisation getan hatten. Andere Präsidenten hatten ihm die gleiche Frage gestellt, manche Länder hatten sogar versucht, diesen Gedanken in die Tat umzusetzen, bislang allerdings immer vergebens.

»Das lässt sich nur schwer verwirklichen.« Caldwell erklärte, die CIA besitze zwar Satellitenaufnahmen des Kollegiums und von Tirah, doch seien diese relativ wertlos. Man müsste schon in das Innere des Systems eindringen, was aber mit großen Problemen verbunden sei – als wollte man sich in einen Mönchsorden einschleusen; auch wenn den Mitgliedern mittlerweile erlaubt war zu heiraten.

»Und außerdem, Mr. President«, und Caldwell hüstelte höflich, »wissen Sie, dass der US-Kongress 1860 ein Gesetz zum Schutz des Kollegiums und seines materiellen sowie geistigen Eigentums verabschiedet hat. Das Gleiche gilt für die Charta der Vereinten Nationen. Jeder Präsident, der dort eindringen oder dessen Mitglieder bestechen will, wäre nicht gut beraten. Sobald das Kollegium es herausfindet, fällt der Vorhang. Das Vertrauensverhältnis wäre zerstört, und Sie wären unweigerlich der Verlierer.«

»Natürlich«, kam es hastig von Davison. »War ja nur so ein Gedanke.«

Und da es Caldwell damit nicht bewenden lassen wollte,

erzählte er zur zusätzlichen Warnung vom Plan einer früheren US-Regierung, im Verbund mit der CIA die Wahl eines ihr genehmen Mitglieds durchzusetzen. Trotz gewaltiger Anstrengungen hatte es sich als unmöglich erwiesen. Caldwell wartete, bis die Botschaft angekommen war; seine Miene verriet nicht im Geringsten, dass er selbst es damals gewesen war, der den Meister gewarnt hatte. Das System besaß viele subtile und diskrete Möglichkeiten, sich zu schützen. Davison, ernüchtert ob der unausgesprochenen Zurückweisung, nickte.

Die Fahrt war fast zu Ende. Vor ihnen ragten gewaltige Burgmauern auf, und der Wagen begann den steilen Aufstieg. Gespannt spähte Davison nach draußen. »Das hier muss einzigartig sein.«

»Nur in gewisser Weise«, erwiderte Caldwell. »Die Idee, die dahintersteckt, ist nicht neu. Die alten Griechen hatten ihren berühmten Tempel in Delphi. Dorthin gingen die Menschen, um das Orakel, eine Priesterin, zu befragen. Da jede bedeutende Person bei ihr um Rat nachfragte, wusste sie mehr als jeder andere. Ihre Prophezeiungen waren daher erstaunlich genau. Nun, der Meister ist ebenfalls so etwas wie ein Orakel. Jemand hat mir mal gesagt, er lüge nie, und nach einem Besuch bei ihm sei man immer klüger als zuvor.«

»Dann weiß er also, wer den Russen die Geheimnisse verraten hat?« Davison klang zynisch und verzweifelt.

Caldwell musterte den Präsidenten, sein jugendliches, offenes Gesicht, das ehrliche Lächeln, durch das er Millionen Herzen gewonnen hatte: die Person mit dem weltweit höchsten Bekanntheitsgrad – und deren Schwächen sie so überaus menschlich machten.

»Ich denke schon«, sagte er leise.

Das Kollegium war auf einer Felserhebung inmitten von Tirah erbaut und überragte die Fichten- und Kiefernwälder, von denen es umschlossen wurde; von dort oben konnte man nahezu die gesamte Insel überblicken, nur im Westen schoben sich die vierhundert Meter hohen Gipfel des Mullach Coll und des Mullach Mor vor den Atlantik. Das Kollegium glich in allem einer mittelalterlichen Burg: Es besaß steile, glatt aufragende Wände, die direkt aus dem Fels zu wachsen schienen, Fenster, die Schießscharten glichen, und Zinnen aus wuchtigen Granitblöcken. Tatsächlich war das Gebäude als Burg erbaut worden, bevor der Lord der Inseln sie dem Kollegium vermacht hatte. Vieles hatte sich seitdem verändert. Nach außen hin hatte es sich sein altes, Ehrfurcht gebietendes Aussehen bewahrt, die Innenräume allerdings waren im Lauf der Jahrhunderte grundlegend umgebaut worden und vermittelten den Eindruck, als befände man sich in einer alten Universität.

Nur eine Straße führte zum Kollegium, kurz vor den Burgwällen bog sie zu einem kleinen Parkplatz ab. Die jeweiligen Gäste – keiner konnte ohne die Erlaubnis des Meisters auf Tirah landen – mussten daraufhin eine steile Treppe hochsteigen, wollten sie über eine Steinbrücke, den einzigen Zugang, die Burg betreten. Das Tor bestand aus einem Rundbogen, in dem große Eichentüren eingelassen waren, die untertags immer offen standen. Anschließend waren zwei Innenhöfe zu durchqueren.

Der erste und größere von beiden war nahezu rechtwinklig und geräumig. In der Mitte befand sich ein großer Brunnen, gepflasterte Wege führten um ihn herum. In den vier Ecken des Hofs standen Kiefern, die, vor langer Zeit gepflanzt, durch die hohen, zinnbewehrten Mauern vor der Gewalt der Winde geschützt lagen. An die Außenwände waren mit Sandstein verkleidete Gebäude errichtet; sie waren bereits im fünfzehnten Jahrhundert gebaut worden und besaßen Bleiglasfenster und Wendeltreppen, Efeu rankte sich über die Wände. Hier wohnten die Mitglieder, wenn sie im Kollegium weilten. Über allem lag eine akademische, klösterliche Atmosphäre, die von Ruhe, Kontemplation und Abgeschiedenheit zeugte.

Ein schmaler Gang führte vom Ende des ersten Innenhofs zum zweiten. Dieser war kleiner und wirkte pittoresker. Er verfügte über einen ausgedehnten Garten, in dessen Mitte sich ein Teich voller alter Karpfen befand. Rechts davon lag die Große Halle, in der die Mitglieder das Essen einnahmen, gleich daneben die Bibliothek, ein eleganter Bau mit einer Marmorfassade, die, wenngleich kleiner, dem Parthenon nachempfunden war. Beide Gebäude grenzten an die Außenwand des Kollegiums und wurden selbst im Winter von hohen Bäumen und Sträuchern verdeckt. An der linken Seite befand sich die Empfangshalle. Sie war ebenfalls mit Sandstein verkleidet, glich in ihrer Bauweise den Gebäuden im ersten Hof und beherbergte die Räume, in denen der Meister seine Gäste empfing.

Während der erste Innenhof Ruhe ausstrahlte, lag über dem zweiten eine Aura des Unwirklichen, als führte der schmale Gang in einen rätselhaften inneren Raum, der nur wenigen Auserwählten vorbehalten war. Beide Höfe erfreuten das Auge, vor allem, wenn man sie mit dem öden, abweisenden Äußeren der Burg verglich. Den Besuchern erschienen sie oft wie wertvolle Juwelen, die in einer grob gezimmerten Kiste verborgen gehalten wurden. Das gesamte Kollegium schien aus diesen beiden Innenhöfen zu bestehen.

Einzig und allein für den Meister – um den sich die ganze Einrichtung drehte – kam der geheime Charakter des Kollegiums auch im Bauplan der Burg zum Ausdruck. Der zweite Innenhof endete an einer hohen Mauer, die in Größe und Gestalt den Außenwänden der Burg glich, sodass sich jedem der Eindruck aufdrängte, dahinter befände sich nichts mehr. Und da es aufgrund der zerklüfteten Berglandschaft und den Wäldern nahezu unmöglich war, das Kollegium vollständig zu umrunden, ließ sich dieser Eindruck kaum widerlegen. Dennoch täuschte er.

Denn in der Ecke der Wand am westlichen Abschnitt des zweiten Innenhofs lag eine hinter Bäumen und Efeu versteckte Tür. Und hinter ihr schloss sich ein dritter Innenhof an, das innerste Heiligtum des Kollegiums, ein geheimer Ort, der nur die Räume des Meisters beherbergte. Der dritte Hof war daher unsichtbar, verborgen – Sinnbild der Geisteshaltung und der Bestrebungen seiner Bewohner.

Zusammen mit Jack Caldwell und seinen Leibwächtern stand Präsident Davison auf der Schwelle des mittelalterlichen Gangs, der in den zweiten Innenhof führte. Hinter dem schmalen Rundbogen war bereits der große Garten zu sehen, der bis auf einen geräumten Pfad von Schnee bedeckt war. Der Präsident sah zu seinen Sicherheitsleuten.

»Sie bleiben hier.«

Es folgte unangenehmes Schweigen. Nervös traten die Leibwächter von einem Fuß auf den anderen; unter ihren Anzügen hatten sie ihre Funkausrüstung verborgen.

»Wir sind gehalten, Ihnen überallhin zu folgen, Sir«, sagte einer von ihnen mit fester Stimme. »Zu Ihrer eigenen Sicherheit.«

»Aber nicht hier«, antwortete Präsident Davison. »Das ist ein Befehl.« Er trat in den Durchgang. »Kommen Sie, Jack.« Der Präsident und sein oberster Berater schlenderten durch den Garten, bis sie nicht mehr in Sichtweite ihrer Beschützer waren. Davison, in einen dicken Wollmantel gehüllt, ließ sich auf einer Steinbank am Teich nieder. Caldwell nahm neben ihm Platz.

»Das Folgende ist sehr schwer zu erklären.« Der Präsident sah über den zugefrorenen Teich. Einen kurzen Augenblick lang spürten beide die Ruhe, die dieser Ort ausstrahlte. »Jack, könnte es sein, dass bei der Übergabe der Kabinettspapiere an die Russen die undichte Stelle bei mir lag?«

Lange schwiegen die beiden. Dann entfuhr Davison ein Seufzer. »Ingela und ich hatten eine Affäre. Sollte sie eine Spionin gewesen sein, hätte sie in meinen Räumen Zugang zu diesen Papieren gehabt. Unser letzter Abschied ist etwas unglücklich verlaufen, aber ich hätte niemals gedacht, dass sie mich oder ihre Wahlheimat verraten würde. Sie beging Selbstmord, noch bevor ich mit ihr sprechen konnte.« Er hielt kurz inne, dann fuhr er mit einem Anflug von Verzweiflung fort: »Dummheit ist eine Gabe, die die Götter zu gleichen Teilen an die Menschheit vergeben haben, Jack. Wenn ich das Geschehene ändern könnte, würde ich es tun. Doch das ist nicht möglich.«

Das also schien es gewesen zu sein. Ein Verräter, der dem Präsidenten sehr nahe gestanden hatte. Genau wie die Medien vermuteten.

»Ich denke, das Päckchen, hinter dem alle her sind, enthält Briefe, die ich Ingela geschrieben habe«, setzte der Präsident seine Beichte fort. »Sie sind sehr intimen Inhalts. Verstehen Sie, ich habe ihr vollkommen vertraut.« Davison stellte sich vor, wie er über das Eis auf dem Teich ging; tiefe Risse taten sich unter ihm auf.

Caldwell hörte zu, sagte aber nichts. Er wusste bereits alles, was der Präsident ihm gestanden hatte. »Wer, glauben Sie, ist im Besitz der Briefe?«, fragte er ihn.

»Entweder die Russen oder Personen in Washington. So oder so, ich denke, es ist vorbei«, antwortete der Präsident. »Es gibt nichts mehr zu tun. Diese Briefe werden, wenn sie veröffentlicht sind, mein Schicksal besiegeln. Der Kongress wird mir eine Affäre mit einer Agentin nicht verzeihen.«

Caldwell nickte.

»Glauben Sie, der Meister hat eine Antwort darauf?«, fragte der Präsident.

Caldwell sah ihn an, dann blickte er hoch zum stillen Himmel.

Symes, der ältliche Kammerdiener, klopfte sacht gegen die Tür zum Arbeitszimmer und trat dann ein. In einer Ecke am Fenster stand ein großer, von einer alten Tischlampe beleuchteter Schreibtisch, darauf waren unzählige Papiere ausgebreitet. Symes erkannte mit einem Blick, dass der Meister die Nacht durchgearbeitet hatte. Er runzelte die Stirn. Schon seit langem war er nicht mehr erstaunt über die außerordentliche Fähigkeit dieses Mannes, Informationen in einer Vielzahl von Sprachen aufzunehmen und zu verarbeiten. Doch auch der Meister wurde älter. Unmöglich, dass er dieses Arbeitspensum beibehielt. Symes brachte noch mehr Papiere, diesmal von der indischen Regierung über die sich zuspitzende Lage in Kaschmir. Weitere Papiere, weitere Probleme, weitere dringliche Anfragen für ein Treffen mit den Staatsoberhäuptern der Welt. Was, wenn der Meister nicht mehr wäre – wer würde dann seinen Platz einnehmen? Wer würde den Ring tragen und die Staatenlenker in Friedensfragen beraten?

»Meister, der Präsident der Vereinigten Staaten ist eingetroffen.«

Der Meister sah von seinem Schreibtisch auf und nickte. Er war ein großer, gut gebauter Mann mit schiefergrauen Augen und einem Haar, das sich allmählich weiß färbte. Die hohe Stirn, die ausgeprägten Wangenknochen, die scharf geschnittene Nase sowie seine unerschütterliche Miene verliehen ihm eine Ausstrahlung, die unweigerlich die Aufmerksamkeit auf sich zog. Es war ein Gesicht, wie man es sich aus der Zeit der Renaissance vorstellte, das Gesicht eines Medici oder eines Herrschers in einem italienischen Stadtstaat. Ein Gesicht, das von der Macht und ihrer Ausübung zeugte.

»Das Bankett des Kollegiums«, fuhr Symes fort, »ist für acht Uhr abends vorgesehen.« Der Meister warf einen kurzen Blick auf die Dokumente, die Symes ihm soeben überreicht hatte, und legte sie dann zur Seite. Symes wartete. Er wusste, seine nächste Neuigkeit würde sogar das Oberhaupt des Kollegiums überraschen.

»Meister, noch ein Treffen ist für heute geplant. Der Oberste Schiedsmann wünscht Sie dringend zu sprechen. Und er bittet Sie, niemanden sonst darüber in Kenntnis zu setzen.« Der Meister blickte von seiner Arbeit auf. Symes schien es, als huschte ein trauriger Ausdruck über sein Gesicht, als würde er sich bewusst werden, dass etwas seinem Ende zuging.

»Symes?«

»Die Gesetze des Kollegiums erlauben es dem Obersten Schiedsmann, bei besonderen Anlässen um ein solches Treffen zu bitten«, fuhr Symes fort. »Solange ich am Kollegium bin, ist dies noch nie vorgekommen. Aber es scheint mir…« Seine Stimme verlor sich. Er hatte das Gefühl, als hätte er den Meister hintergangen, nachdem er ihn nicht früher vor dem Anliegen gewarnt hatte. Aber die Worte des Obersten Schiedsmanns waren eindeutig gewesen.

»Sagen Sie bitte dem Obersten Schiedsmann«, antwortete der Meister ruhig, »dass seine Bitte gewährt wird. Das Treffen wird in meinen Räumen unmittelbar nach dem Bankett stattfinden.«

Präsident Davison und Jack Caldwell saßen im großen Empfangssaal des zweiten Hofs. Der Raum war licht und hell. Die Einrichtung bestand aus Louis-Seize-Möbeln, überall prangten vergoldete Verzierungen, große Gemälde und wunderbare Antiquitäten waren zu sehen. Besucher des Kollegiums, die noch die karge Landschaft und das einschüchternde Äußere der Burg vor Augen hatten, waren unweigerlich überrascht. Im offenen Kamin brannte knisternd ein Feuer. Unnötigerweise, wie es schien, da es im Raum bereits warm war. Eine Tür ging auf.

»Mr. President.«

Präsident Davison gab dem Meister die Hand. Der Handschlag war stark und fest. Das also war der Wächter unzähliger Geheimnisse.

»Mr. Caldwell«, und damit wandte sich der Meister an seinen zweiten Gast, »wir kennen uns ja bereits.«

Caldwell blickte zum Präsidenten.

»Danke, Jack«, kam es von Davison. »Sie können jetzt gehen. Wir treffen uns dann draußen wieder.«

Der Meister und der Präsident setzten sich. Symes schenkte Kaffee ein und zog sich zurück. Davison betrachtete sein Gegenüber, der ein Vierteljahrhundert älter war als er selbst. Das Gesicht des Meisters war von Falten überzogen, es strahlte Ruhe und Geduld aus, als lebte er zurückgezogen von der Welt, die ihn nichts anging. Präsident Davison war im Lauf seiner Politikerkarriere mit allen möglichen Menschen zusammengetroffen; er wusste, der äußere Anschein konnte täuschen. Menschen, die sich distanziert gaben, waren oft die größten Egoisten. Warum sollte es beim Meister anders sein? Und welchen Rat konnte er ihm wirklich geben? Keinen, dachte er sich. Das war ganz und gar ausgeschlossen, die Reise war verschwendete Zeit, ganz sicher. Der Präsident beschloss, ihn ebenso brüsk und entschieden zu behandeln wie sein Kabinett. Was soll's, zum Teufel, er war doch auch nur ein Berater, eine Art Bürokrat, auch wenn man für seine Dienste nicht bezahlen musste.

»Sie haben den Hintergrundbericht über die Kabinettspapiere, die Ihnen Jack Caldwell geschickt hat, gelesen?«

»Ja«, antwortete der Meister. »Ich habe auch mit Präsident Barchow gesprochen.«

»Er reagiert nicht auf meine Anrufe.«

»Der russische Premier ist ein sehr eigensinniger Mensch«, entgegnete der Meister. Kurz blickte er aus dem Fenster, dann sah er wieder zum Präsidenten. »Ich glaube, dieser Teil Ihres Problems ist gelöst.«

»Wirklich?« Davison überraschte die Autorität in der Stimme des Meisters.

»Ja«, antwortete er. »Wie Sie bereits wissen, ist Präsident Barchow im Besitz der Blaupausen über die nuklearen Raketenstellungen der USA in der Türkei und in Japan. Er beabsichtigt, heute eine Erklärung dazu abzugeben.«

Es waren also die Russen, die ihn zu Fall bringen wollten. Er hatte Recht gehabt.

»Um Ihnen zu helfen«, fuhr der Meister fort.

Der Präsident starrte ihn völlig fassungslos an. »Aber…«, begann er schließlich, noch immer erstaunt, »warum sollte Barchow mir helfen wollen?«

»Weil die Kabinettspapiere nicht von einem russischen Agenten übermittelt wurden. Sie kamen von jemandem in Ihrer Regierung. Das alles ist Teil eines Plans, der vorsieht, Sie aus dem Amt zu entfernen.«

Davison schwieg einen Moment. »Von wem?«, fragte er kurz darauf.

»Präsident Barchow sagte mir, sein Geheimdienst habe die Dokumente von einem Angehörigen der US-Botschaft in Paris erhalten.« Der Meister erwähnte einen Namen – nicht den von Dan Pearlman. »Es ist also ganz klar, die Papiere stammen von jemandem aus Ihrem Kabinett.«

»Von wem?« Die Stimme des Präsidenten war trocken und rau.

Der Meister schrieb zwei Namen auf. Präsident Davison bleib beinahe die Luft weg, als er sie las. »Mein Gott!«, entfuhr es ihm leise. »Haben Sie dafür Beweise?«

Der Meister nickte. »Präsident Barchow hat mir das für Sie geschickt.« Er reichte Davison einige Dokumente. »Ich habe Sie Ihnen übersetzen lassen, wahrscheinlich ist es das Beste, wenn diese Dokumente hier bei uns bleiben. Wie Sie sehen, handelt es sich um eine gut geplante Operation. Wir haben die meisten Namen. Es gibt noch einige Einzelheiten zu überprüfen. Sie werden noch heute Nacht weitere Informationen erhalten. Ich rate Ihnen, handeln Sie schnell, Mr. President. Das hier ist eine sehr ernste Angelegenheit, dahinter stehen mächtige, gegen Sie gerichtete Interessen, sowohl in den USA als auch in Russland.«

»Ist Jack Caldwell zu trauen? Oder steht er auf der anderen Seite?«

Der Meister musterte ihn eindringlich. »Er wird Sie nicht hintergehen.«

»Und Olsen, der CIA-Chef?«

»Ebenso. Ich schlage vor, Sie wechseln nach Ihrer Ankunft in Washington so schnell wie möglich Ihre Leibwächter aus.«

»Was haben diese Leute vor?«

»Sie wollen Ihren Rücktritt erzwingen. Und zwei Wochen später sollten Sie bei einem Flugzeugabsturz ums Leben kommen.« Die Worte, gleichmütig ausgesprochen, waren in ihrer Wirkung umso bestürzender.

Die Unterhaltung verlief völlig anders, als Davison erwartet hatte. Nun verstand er, was Caldwell gemeint hatte, als er vom Meister gesprochen hatte. Er war kein Berater, kein Bürokrat. Hier war ein Mann, der mit ruhiger und fester Stimme wie ein Orakel sprach, dessen Tonfall von absoluter Sicherheit zeugte, dessen Gesicht ernst und bar jeder Sorgen zu sein schien. Hier war ein Mann, der dem Präsidenten der Vereinigten Staaten erzählte, was wirklich vorgefallen war und was noch vorfallen würde. Sagte er tatsächlich die Wahrheit? Schweigend las Davison die Papiere und die Übersetzung der handschriftlichen Anmerkungen des russischen Präsidenten. Danach wusste er, dass der Meister ihn nicht belogen hatte – und bald darauf sollte er den Beweis dafür erhalten.

Die schreckliche Anspannung, die Angst, die ihm während der letzten Tage im Nacken gesessen hatte, begannen sich zu lösen. Die Wahrheit sah anders aus, als er gedacht hatte. Ingela hatte ihn nicht verraten. Er lehnte sich in seinen Sessel zurück und lauschte dem Ratgeber so fasziniert, als wäre dieser ein weiser, alter Freund.

»Sie fragen sich vielleicht, warum Präsident Barchow Ihnen helfen möchte«, fuhr der Meister fort. »Er ist der Meinung, es käme niemandem zugute, wenn Sie von Ihrem Posten entfernt werden würden. Wenn Sie stürzen, wird die politische Lage in den USA äußerst instabil. Dies liegt nicht im Interesse der russischen noch irgendeiner anderen Regierung. Vieles deutet darauf hin, dass es die Verschwörer langfristig auch auf einen Machtwechsel in Russland abgesehen haben.«

Kurz hielt der Meister inne, bevor er mit ebenso ruhiger Stimme fortfuhr: »Angesichts dieser Bedenken möchte Präsident Barchow Sie bereits im Voraus von seinen Plänen informieren. In einer Stunde wird er in Moskau eine kurzfristig anberaumte Pressekonferenz abhalten. Dabei wird er Sie offiziell zu einem Gipfeltreffen in Russland einladen, um weitere Gespräche zur Reduzierung der Atomwaffen zu führen. Er wird zudem durchblicken lassen, dass er die entwendeten Kabinettspapiere für wertlos erachtet und als Teil einer Verschwörung sieht, die darauf abzielt, die russisch-amerikanischen Beziehungen zu zerstören. Und schließlich wird er die Identität des amerikanischen Beamten in Paris preisgeben, der die Dokumente weitergeleitet hat. Von Ihnen erwartet er, dass Sie schnell und entschieden handeln. Hier ist der übersetzte Text seiner Rede.«

Davison nickte und überflog die Papiere. Sein breites Grinsen blitzte kurz auf.

»Das trägt doch Ihre Handschrift, nicht wahr, Meister?«

Der Meister beschied es mit einer abschlägigen Handbewegung. »Ein, zwei Worte vielleicht. Wenn Sie sich auf das Gipfeltreffen einlassen und in den nächsten Wochen Russland besuchen, wird Barchow die Falken in seinem Kabinett isolieren können, die sich für den weiteren Ausbau der Atomwaffenarsenale einsetzen und die gestohlenen Papiere zu ihren Zwecken nutzen wollen. Präsident Barchow will, dass sowohl sein Land als auch Ihres als Sieger daraus hervorgehen – nicht die Militaristen in seiner Regierung noch die Verräter in Ihrer. Mr. President, Sie verstehen, diese beiden Personen gehören einer mächtigen Interessenvereinigung an, die in den USA und Russland ihr Unwesen treibt. Sie haben in der Vergangenheit vor allem für die Vergabe von Atomwaffenverträgen Schmiergelder erhalten. Sie wollten Sie stürzen, weil sie fürchteten, Sie könnten alles herausfinden. Also beschlossen sie, vorsorglich zuzuschlagen.«

»Es ging ihnen also ums Geld?«

»Zum Teil. Wenn sie Ihren Todestag wüssten, hätten sie an den internationalen Aktienmärkten große Gewinne erzielen können. Was sie aber langfristig wollten, war die Macht. Die Macht des amerikanischen Präsidenten.«

Davison kam es vor, als wäre der Sieg in dieser Sache zum Greifen nah – nachdem noch kurz zuvor die Niederlage unausweichlich erschienen war.

Er überlegte. Der Rat des Meisters traf den Kern der Sache, und doch hatte das alles noch einen Haken, oder? Was wollte der Meister dafür im Gegenzug? »Geschieht dies alles«, fragte er abrupt, »um die USA in irgendeiner Form zu schwächen? Wollen Sie Barchow helfen?«

Der Blick des Meisters verriet eher leise Belustigung als Zorn oder Argwohn. »Mr. President, ich stehe auf keiner Seite. Ich versuche nur Ratschläge zu geben, die den Frieden fördern. Das Kollegium erteilt lediglich Vorschläge. Ob Sie sich daran halten, ist Ihre Entscheidung.«

Davison strich sich mit der Hand über das Kinn. Auch wenn er Barchow trauen sollte und dieser sein Wort hielt, so war eine Lösung auch noch aus anderen Gründen unmöglich.

»Sie wirken besorgt«, sagte der Meister. Er stellte seine Kaffeetasse zurück aufs Tablett. »Besorgt wegen persönlicher Angelegenheiten.«

Der Präsident seufzte. Die Welt würde sowieso davon erfahren, wenn die Briefe erst veröffentlicht waren – warum also nicht gleich mit dem Meister darüber reden? »Ingela Pearlman hat jemandem ein Päckchen mit Briefen geschickt. Sie kennen nicht zufällig den Empfänger?«

»Doch.«

Davison sah ihn an. Ihm stockte fast der Atem.

»Sie hat sie mir gesandt«, antwortete der Meister. »Weil sie mir mehr traute als jedem anderen. Sie teilte mir mit, dass sie von eben jenen Personen in Washington erpresst wurde, die auch Ihren Sturz herbeiführen wollten. Den Briefen fügte sie eine Notiz bei, in der sie erklärte, sie stammten von jemandem, mit dem sie eine Affäre gehabt hatte. Sie konnte es nicht über sich bringen, die Briefe zu vernichten, wusste aber, dass ihre persönlichen Dinge nach ihrem Tod durchsucht werden würden. Also hat sie die Briefe mir geschickt. Sie bat mich, zu entscheiden, was mit ihnen geschehen soll.«

Es folgte Schweigen. Dann fragte Präsident Davison mit leerer Stimme: »Und was haben Sie mit ihnen vor?«

Der Meister deutete zum Kamin. Erst jetzt bemerkte der Präsident, dass auf dem daneben stehenden Tisch ein kleines Päckchen lag.

»Mr. President«, begann der Meister mit ruhiger Stimme, »ich habe diese Briefe nicht gelesen und bin mir sicher, dass kein einziger von ihnen an die Russen gelangt ist. Noch vermag ich zu sehen, wie ihre Veröffentlichung dem Frieden oder der politischen Stabilität Ihres Landes nutzen soll.« Der Meister erhob sich. »Ich denke, diese Briefe sollten an jene Person zurückgehen, die sie geschrieben hat. Denn das, glaube ich, hat sich Ingela Pearlman wirklich gewünscht. Vielleicht könnten Sie in dieser Sache behilflich sein.« Er zögerte. »Ich überlasse diese Entscheidung Ihnen.«

In der nachfolgenden Stille wurde Davison klar, dass er den Meister völlig falsch eingeschätzt hatte. Wenn jemand das Wesen der Macht kannte und wusste, wie mit ihr umzugehen war, dann dieser Mann.

»Sie müssen mich jetzt entschuldigen«, kam es vom Meister. »Das Bankett des Kollegiums, bei dem ich zugegen sein muss, findet heute Abend statt. Vielleicht wollen Sie noch ein wenig hier sitzen bleiben, um Ihre Gedanken zu ordnen. Hier am Feuer.« Er schritt zur Tür.

»Meister?« Die große, leicht nach vorn gebeugte Gestalt drehte sich um.

»Wenn ich Ihnen jemals helfen kann«, sagte Präsident Davison, »dann fragen Sie nur.«

»Danke«, erwiderte der Meister. »Hilfe ist die Grundlage jeden Rats.«

Der Konvoi des Präsidenten verließ das Kollegium. Davison und sein Berater hörten im Wagen die von Satelliten übertragenen Nachrichten. Präsident Barchow hatte soeben seine Rede gehalten. Der russische Bär war so direkt wie immer. Ja, sie hätten US-Kabinettspapiere mit geheimen Einzelheiten über Atomwaffen erhalten, wüssten aber, dass es sich dabei um Falschinformationen handelt, die von einem unzufriedenen Botschaftsangehörigen weitergeleitet wurden, um die russisch-amerikanischen Beziehungen zu stören. Auch einige russische Beamte seien am Komplott beteiligt. Man werde sich um sie kümmern. Es gebe keine Krise. Allerdings sei dies der passende Zeitpunkt für ein weiteres Gipfeltreffen zum Thema Abrüstung. Er wolle Präsident Davison nach Russland einladen, um sich mit ihm auszutauschen, um ihm die russische Gastfreundschaft und guten Wodka anzutragen. Man lebe im Zeitalter der Zusammenarbeit.

Präsident Davison schaltete die Satellitenverbindung aus.

»Was halten Sie vom Meister?«, fragte Jack Caldwell.

Der Konvoi fuhr in den Wald hinein. Davison starrte aus dem Fenster und dachte an die Briefe, die er den Flammen übergeben hatte. Jetzt verstand er, warum das Feuer im Kamin entfacht worden war. Der Meister hatte bereits vorhergesehen, was passieren würde, noch bevor er den Raum betrat. Und noch etwas ging dem Präsidenten durch den Kopf. Hatte wirklich er um ein Treffen mit dem Meister gebeten? Oder war es nicht vielmehr so gewesen, dass der Meister die Zusammenkunft mit dem Präsidenten arrangiert hatte, um ein Problem aus der Welt zu schaffen, dass Davison nicht allein lösen konnte? Verstohlen blickte er zu seinem Begleiter. Jack würde ihm nie verraten, ob er ein Mitglied des Kollegiums war.

»Was war das noch, was Sie über ihn gesagt haben?«

Caldwell runzelte die Stirn. »Ich habe nur gehört, wenn man ihn verlässt, sei man immer klüger als zuvor.«

Präsident Davison grinste. Er hatte wieder zu seinem alten

Selbst gefunden und würde nach Hause, zu seiner Frau und zu seinen Kindern zurückkehren.

»Jack, ich denke, Sie haben sich ein großes Weihnachtsgeschenk verdient.«

Auch andere erhielten ihre Weihnachtsgeschenke. Sie kamen gerade zur rechten Zeit. An Heiligabend wurde der Nationale Sicherheitsberater Paul Faucher entlassen; als Grund wurde die illegale Weitergabe von vertraulichen Kabinettspapieren und die Annahme von Schmiergeldern angeführt. Bevor die polizeilichen Untersuchungen anliefen, beging Faucher Selbstmord.

Zwei Wochen später erfuhr die Nation, dass Joe Buchanan, der Vizepräsident, aus gesundheitlichen Gründen von seinem Amt zurücktrat. Offensichtlich litt er unter einer Herzschwäche. Der arme alte Joe, hieß es in den Medien. Hatte in letzter Zeit so unter Stress gestanden – hatte loyal zu seinem Präsidenten gehalten und dann erfahren müssen, dass sein Freund, der Nationale Sicherheitsberater, sie alle hintergangen hatte.

Mit dem Rücktritt des Vizepräsidenten verstummten die Gerüchte um Ingela Pearlman und den Präsidenten. Die allwissenden Experten der Presse ließen kurz darauf verlauten, dass sie nicht mit dem Präsidenten, sondern vielmehr mit Paul Faucher eine Affäre gehabt haben soll. Und sie mussten es ja wissen.

Und Davison? Er stürzte sich wieder in seine Arbeit und wurde einer der ganz großen Präsidenten des einundzwanzigsten Jahrhunderts.

Mit seiner Frau an seiner Seite.

Das Kollegium

3

Herrscht ein ganz Großer,
so weiß das Volk kaum, dass er da ist.

Laotse, Tao Te King

Die Insel Tirah oder das Land der Weisheit lag in grandioser Abgeschiedenheit mehr als hundert Kilometer vor der schottischen Westküste. Sie war nur ein kleiner Punkt im Atlantik und maß in der Länge nicht mehr als zwanzig, in der Breite nicht mehr als sechs Kilometer. Sie besaß keine alteingesessene Bevölkerung und verfügte nur über eine Bucht, ansonsten fehlte ihr jede Sehenswürdigkeit – sah man vom Kollegium ab.

Ihre isolierte und unbedeutende Lage hatte lange Zeit Bestand gehabt. Kelten und Wikinger, die mehr als tausend Jahre lang die schottische Küste überfielen, dort ihre lokalen Konflikte austrugen und trotz des Blutvergießens dabei kaum etwas gewannen, hatten die Insel mehr oder minder ignoriert. Erst im achten Jahrhundert wurde darauf eine kleine Burg errichtet. Sie gehörte zum Herrschaftsbereich eines ehrgeizigen Gutsherrn, des Lords der Inseln, der auch die meisten anderen Inseln vor der schottischen Küste beanspruchte. Sie wurde bald wieder verlassen; die Nachfolger des Lords kamen zu dem Schluss, dass Plünderer auf diesem öden, zerklüfteten Außenposten herzlich willkommen seien. Die Jahrhunderte vergingen, und die Insel mit ihren zwei Erhebungen und den beiden großen Seen blieb unberührt, nur Tölpel und andere Seevögel legten hier auf ihrer Reise von und nach Island Zwischenstation ein. Nur dunkel erinnerten sich die Lords daran, dass die Insel ihnen gehörte; keiner besuchte sie.

Im Jahr 1165 dann heiratete Donald, der Lord der Inseln, Margaret von Beauvais, mit der er einen Sohn, James, hatte. Dies geschah in einer Zeit fortgesetzter Stammesfehden, die großes Blutvergießen über Schottland brachten. Bald darauf starb Donald in der Schlacht und ließ eine trauernde Witwe und einen jungen Sohn zurück. Als James in die Mannesjahre kam, hatten sich die Kämpfe in andere Weltgegenden verlagert. So entschied er, sich auf einen Kreuzzug zu begeben, um ein Land zu befreien, welches so sehr mit Blut getränkt war, dass es kaum noch als das Heilige bezeichnet werden konnte. James wurde vor Jerusalem in der Schlacht verletzt. Als er allein, mit eiternden Wunden und gebrochenem Kampfgeist, im Lazarett der Sterbenden lag, beschloss er, endlich etwas für Gott zu tun, statt immer nur Gott darum zu bitten, dass er etwas für ihn tat. Er legte ein Gelübde ab: Sollte er jemals wieder die zerklüftete Küste Schottlands erblicken, würde er eine seiner Inseln abtreten, damit auf ihr ein Kollegium »gelehrter Personen« errichtet werden konnte, deren einzige Aufgabe es sein sollte, »die Führer aller Länder und Nationen zum Zwecke des Friedens zu beraten«.

Durch Gottes Gnade überlebte James, und der Lord der Inseln kehrte vom Heiligen Land in seine Heimat zurück. Als sein eigener Sohn erwachsen war, legte James seinen Titel ab und widmete sich für den Rest seines Lebens dem Bau der Burg auf der Insel Tirah. Und dort, an einem eisigen Tag im Dezember 1217, wurde unter seiner Führung, im Beisein von zwanzig Schülern, das Kollegium ins Leben gerufen. Nur wenige glaubten, dass es über den Tod seines Gründers hinaus bestehen würde. Doch das Schicksal und vielleicht auch Gott meinten es anders. Denn als James starb – mittlerweile war er weithin bekannt als ein Mann von heiliger Gesinnung –, versammelten sich bei seiner Beerdigung alle Adeligen Schottlands. Und in einem seltenen Moment der Einigkeit schworen diese grobschlächtigen Männer und furchtlosen Kämpfer auf dem Friedhof von Iona auf das keltische Kreuz, dass sie, ihre Kinder und ihre Clans dafür sorgen wollten, dass James' Gelübde »im Namen Schottlands und des Friedens« auch weiterhin Bestand habe. So ging aus dem einfachen Glauben eine große Tat hervor.

Große Summen wurden aufgebracht, ein Tribut, um den niemals ersucht, sondern der aus freien Stücken gegeben wurde, aus Liebe zu einem Mann und seinem Werk. Diese Haltung verbreitete sich allmählich in der gesamten schottischen Bevölkerung, die im Geiste, wenn auch nicht politisch, immer frei und unabhängig geblieben war. Mit den schottischen Auswanderern setzte sich der Ruhm des Kollegiums im Ausland fort. Im Lauf der Zeit wurde es bei den Reichen ebenso wie den Armen zahlreicher Völker üblich, testamentarisch einen Teil ihres Erbes dem Kollegium zu vermachen, damit das »Gelübde« erfüllt werden konnte – das Geld stammte von Menschen, die niemals ihren Fuß auf Tirah gesetzt hatten, aber fest davon überzeugt waren, dass der Meister ihre Staatenlenker auf den Weg der Weisheit und des Friedens geleiten würde.

James hatte in den Gründungsstatuten festgelegt, dass die Zahl der Kollegiumsmitglieder achtzig nie überschreiten dürfe, dass sie mit herausragenden Fähigkeiten gesegnet sein müssen und ihnen ein Meister vorstehe. Diese Dekrete wurden strikt befolgt. Ebenso das der *Geheimhaltung*. Jedes Mitglied, so hatte es James verfügt, müsse seine Zugehörigkeit vor der Welt verborgen halten, was ebenfalls die Ratschläge betraf, die das Kollegium aussprach. Denn er meinte, würde die Institution vor der Welt mit ihren Fähigkeiten renommieren, würde sie dem Übel des Stolzes und der Gefallsucht anheimfallen, und die Mitglieder würden bald versuchen, einander auszustechen. Daher agierten die Kollegiumsmitglieder in all den Jahrhunderten unerkannt, auch wenn es im Fall einiger herausragender Persönlichkeiten wie Joachim di Fiore, Roger Bacon, Jane Gascon, Duns Scotus, Pierre Rochelle, Isaac Newton, Athanasius Kircher und Robert Boyle ziemlich offenkundig war, dass sie zum Orden gehörten und in ihrer Zeit vielleicht sogar das Amt des Meisters innehatten.

Zum Angedenken des Meisters wurde jedes Jahr im Dezember das so genannte Bankett des Kollegiums abgehalten, ein Ereignis, das seit seiner Gründung befolgt wurde und eine der wenigen Gelegenheiten bot, zu der sich möglichst alle Mitglieder versammelten. Im Allgemeinen wohnten sie das Jahr über nicht im Kollegium, auch wenn sie dort Räume besaßen, in die sie sich jederzeit zurückziehen konnten.

So überdauerte das Kollegium die Jahrhunderte, gewann fortwährend an Macht und Einfluss und achtete beständig darauf, die eigene Größe nicht zu offenbaren.

Nach dem Treffen mit dem Präsidenten der Vereinigten Staaten kehrte der Meister zum dritten Innenhof und seinen Gemächern zurück. Er benutzte dabei einen unterirdischen Gang, zu dem nur er Zutritt hatte. Nachdem er die Marmorstufen zum oberen Stockwerk seiner Räume hinaufgeschritten war, begann er sich für das feierliche Ereignis umzuziehen. Draußen läutete die Glocke der Kapelle zum Bankett.

Ein loderndes Feuer brannte im Kamin der Großen Halle und warf seinen Lichtschein auf die Bleiglasfenster, die Holzschnitzereien und die mittelalterlichen Wandgemälde. Lange, auf Böcke gestellte Tische, deren Holz zu Beginn der Renaissance geschlagen worden war, trugen das schwere Gewicht des Silbergeschirrs, auf Beistelltischen standen Karaffen mit Wein bereit, die, sobald sie geleert waren, sofort nachgefüllt wurden. Nur wenig hatte sich hier seit den Anfängen verändert, die Traditionen hatten die Jahrhunderte überdauert. Hier schlug das Herz des Kollegiums, zugleich erinnerte dieser große Raum an das hohe Alter der Institution.

Die Halle begann sich zu füllen. Nur wenige Minuten später saßen die Mitglieder, in schwarze Umhänge gehüllt, auf den ihnen zugewiesenen Plätzen. Nur wenige fehlten, solche wie Jack Caldwell, dessen Anwesenheit dem amerikanischen Präsidenten seine wahre Rolle verraten hätte. Dann verstummten alle. Erst als die Uhr den letzten, achten Schlag getan hatte, erklang die laute Stimme von Symes.

»Erheben Sie sich für den Meister.«

Im goldenen Umhang betrat er die Halle. Alle Blicke waren auf den Meister gerichtet – ihn, die lebendige Verkörperung der Institution, der sie alle ihr Leben gewidmet hatten.

»Das Bankett des Kollegiums ist eröffnet.«

Der Jahrestag bot den Mitgliedern die Möglichkeit, sich über die ihnen aufgetragene Arbeit auszutauschen. So erhielten sie Einblick in das gewaltige Netz aus Informationen und Kontakten, die das Kollegium im Lauf der Jahrhunderte durch seinen Umgang mit den Staatsoberhäuptern gesponnen hatte. Da sie alle auf Lebenszeit ernannt waren, erschloss sich ihnen so allmählich die labyrinthische Struktur der verdeckten Aktivitäten, die die Institution betrieb, besonders dann, wenn sie vom Meister zum inneren Kreis der Schiedsmänner ernannt worden waren. Das Kollegium und das, wofür es stand, erschien ihnen somit wie eine Vision, die erst unscharf, wie durch ein trübes Glas hindurch wahrgenommen und sich dann von Jahr zu Jahr aufhellte und immer klarer wurde.

Obwohl bei diesem Bankett viele Themen diskutiert wurden, gebot es die Tradition, kein Wort über die Tätigkeiten des Meisters verlauten zu lassen. Die Mitglieder konnten nur mutmaßen, wie weitreichend sein Einfluss war; das Einzige, was sie mit Bestimmtheit wussten, war, dass er ihre Leistungen bei weitem mühelos übertraf.

»Tanya!«

Der Meister, der zusammen mit den Schiedsmännern am Hohen Tisch saß, hörte den Ruf, der den Lärm in der Halle noch übertönte. Er blickte auf. Eines der Mitglieder, Tanya, lachte heiter und warf dann jemandem am Tisch eine Kusshand zu. Das musste Sebastien Defrage sein. Sie schienen sehr verliebt zu sein.

Der Meister ließ den Blick schweifen, um die anderen drei zu suchen, mit denen er noch reden musste. Rex Boone war kaum zu übersehen. Sein massiger Körper ragte wie der Bug eines Schiffes von einer der Bänke auf, während er mit seinem Nachbarn wild gestikulierend über irgendein Problem in der Atomphysik diskutierte. Und dann Andrew Brandon, der an einem Tisch an der hinteren Wand der Halle saß und mit einer ernst wirkenden Frau plauderte, einer Expertin auf dem Gebiet der Weltraumforschung. Der arme Brandon, nach dem Tod seiner Frau hatte er nicht mehr zu seiner früheren Fröhlichkeit zurückgefunden. Schließlich fiel der Blick des Meisters auf die schlanke Gestalt von Ivan Radic, der sich an einem Tisch nicht weit von dem seinen in der Gesellschaft von anderen Geheimdienstexperten befand. Der Meister hatte mit ihm zusammengearbeitet, um die Verschwörung aufzudecken, die den Sturz von Präsident Davison betrieben hatte. Ivan hatte dabei eine beeindruckende Vorstellung seiner Fähigkeiten geliefert. Seine Kontakte zum russischen Geheimdienst waren äußerst hilfreich gewesen. Hier war ein Mann, dem noch Großes bevorstand.

»Die erste Rede wird der Zweite Schiedsmann halten.«

Alle verstummten, als der Mann, der am Hohen Tisch zur Rechten des Meisters saß, die Versammlung begrüßte. Der Meister hörte nicht mehr zu. Seine Gedanken schweiften ab. Was würde James, der Lord der Inseln, von alldem halten, wenn er hier sein könnte? Fast achthundert Jahre waren seit der Gründung vergangen, in denen das Kollegium immer versucht hatte, den hohen Zielsetzungen zu entsprechen. Der Meister betrachtete die versammelten Mitglieder. Sie hatten wenig gemein mit gewöhnlichen Akademikern, diese Menschen hier waren völlig anders. Obwohl hochtalentiert und von ihren Heimatuniversitäten mit vielfältigen Auszeichnungen belegt, hatten sie geschworen, ihr Leben einer Institution zu widmen, die im Geheimen agierte und ihren Beitrag, ihre mühselige und äußerst anspruchsvolle Arbeit in der Welt niemals öffentlich ehren würde.

»Meister.« Symes trat an seine Seite. »Eine Nachricht ist eingetroffen«, murmelte er leise. »Der Präsident der Vereinigten Staaten wird in Kürze verkünden, dass er nächste Woche zu Abrüstungsgesprächen nach Russland reist. Er möchte, dass Sie es im Voraus erfahren.«

Der Meister nickte, dann hing er wieder seinen Gedanken nach. Das Kollegium würde sich wandeln müssen. Die Gefahren, denen es sich in diesem neuen Jahrhundert ausgesetzt sah, waren mit den alten Bedrohungen nicht mehr zu vergleichen. Es war im Zeitalter der globalen Machtkonzentration eine der wenigen Bastionen, die noch unvoreingenommen Ratschläge erteilten. Doch der äußere Druck, dieses Sanktuarium der Weisheit zu zerstören, wurde immer stärker. Wollte es auch weiterhin dieser Bedrohung standhalten, war ein sehr weiser, sehr fähiger Meister nötig; eine Person, die das wahre Wesen der Macht verstand bis hinein in seine subtilsten Verästelungen.

Alle in der Halle Versammelten nahmen in der Welt äußerst einflussreiche Positionen ein. Ein Einfluss, der im Verborgenen blieb. Noch mehr traf dies auf die Schiedsmänner und auf ihn selbst zu, die die höchste Autorität im Kollegium innehatten. Der Meister betrachtete die Mitglieder, deren Blicke auf den Redner gerichtet waren. Er kannte ihre Gedanken. Sie sehnten sich danach, an seiner Stelle zu stehen, an der obersten Spitze, von der es möglich war, wie von einem hohen Berggipfel herab die innersten Geheimnisse der Menschheit ausgebreitet zu sehen. Ihr Wunsch war verständlich. Aber in ihrem Verlangen nach größtmöglicher Macht begingen Menschen die schrecklichsten Dinge. Der Meister wusste es; er selbst hatte es am eigenen Leib erfahren. Wie sollte er das den Kollegiumsmitgliedern verständlich machen, wie sollte er ihnen mitteilen, was er seit langem insgeheim vorhergesehen hatte?

Der Meister ließ seinen Blick durch die Halle schweifen, zum treuen Symes und den anderen Bediensteten, die sich wie ihre Vorfahren so fürsorglich um das Kollegium kümmerten, dann zu den einzelnen Mitgliedern und den Schiedsmännern. Konnte er sie allein lassen? Jetzt, zu einem Zeitpunkt, an dem sie seine Hilfe am nötigsten brauchten? In diesen bevorstehenden kritischen Jahren, in denen das Kollegium um sein eigenes Überleben zu kämpfen haben würde? Es könnte katastrophale Folgen haben, wenn er jetzt seine Macht aufgab. Doch diese Entscheidung lag nicht bei ihm. Sie hing von einem anderen ab.

In der Großen Halle herrschte Stille. Dann verkündete Symes: »Der Meister hält die Abschlussrede.«

Der Meister erhob sich.

Mit der Rede des Meisters war das Bankett offiziell beendet, doch viele der Mitglieder und Schiedsmänner saßen noch zusammen und unterhielten sich. Symes führte den Obersten Schiedsmann durch den dritten Innenhof zu den Gemächern des Meisters, hinauf zu einem der Empfangszimmer im ersten Stock. Der Schiedsmann ließ sich an einem langen Tisch nieder und wartete. Seine Rede war vorbereitet.

Er sah sich um. An den Wänden hingen die Porträts der Meister von der Gründung bis in die Gegenwart. Auf einer Anrichte schimmerten Silberkelche, wertvolle Antiquitäten standen auf Beistelltischen. Auf einem von ihnen bemerkte er eine wunderschöne chinesische Geheimschatulle.

Der Meister trat in den Raum und setzte sich ihm gegenüber an den Tisch. Sein Gesicht hatte sich in den fünfunddreißig Jahren, in denen der Schiedsmann ihn kannte, kaum verändert. Obwohl er nun bereits Ende sechzig war, wirkten seine Gesichtszüge so prägnant wie eh und je; die Augen wirkten konzentriert und wachsam, Spiegel der bemerkenswerten Intelligenz, die sich dahinter verbarg.

Schweigend wartete der Meister. Er wusste, was der

Schiedsmann vorzutragen hatte, er kannte die Worte, die einer althergebrachten Formel folgten. Es dauerte nicht lange, und der Meister unterbrach ihn nicht.

Nachdem er gesagt hatte, was zu sagen war, erhob sich der Schiedsmann und ging. An der Tür des Empfangszimmers blieb er stehen und drehte sich noch einmal um.

»Wir erwarten Ihre Entscheidung, Meister. Sie hat innerhalb von drei Tagen zu erfolgen.«

Der Schiedsmann schritt durch den holzvertäfelten Gang und fragte sich, ob er den Meister jemals wieder zu Gesicht bekommen würde. Er hätte gern noch mehr Zeit mit ihm verbracht, mit ihm über die Vergangenheit geredet und die Erinnerung an viele gemeinsam verbrachte Jahre ausgekostet. Dafür war nun keine Zeit mehr. Eine Krise folgte der nächsten; er wusste, der Meister war unentbehrlich. Nahezu.

Der Meister saß am Tisch und lauschte den sich entfernenden Schritten, in Gedanken aber war er bei der soeben vorgelegten Aufgabe, einer Herkulesarbeit. Diesmal ging es nicht um ein Problem in der Welt dort draußen. Kein in Schwierigkeiten geratener Präsident klopfte an seine Tür, kein Herrscher, dessen Nation sich im Kriegszustand befand. Diesmal war das Kollegium selbst betroffen. Sorgenvoll beugte er den Kopf und dachte an die Worte des Obersten Schiedsmanns. Das Spiel um das Amt des Meisters hatte begonnen.

Das ultimative Spiel um die Macht.

Die Spieler

4

Überhaupt sind die menschlichen Begierden unersättlich,
da die Natur uns alles begehren lässt,
das Schicksal aber nur wenig zu erreichen erlaubt.
Machiavelli, Discorsi

Dezember, das Kollegium

Rex Boone freute sich; er freute sich sehr. Der Meister wollte ihn sehen. Er ging den gewundenen Pfad zum Bootshaus hinab, das einige Kilometer vom Kollegium entfernt lag, und atmete in tiefen Zügen die klare, frühmorgendliche Luft ein. Es tat gut, beachtet zu werden. Obwohl kaum die Gefahr bestand, dass man ihn übersehen könnte. Rex war ein Riese von Mann, hatte die Schultern eines Ochsen und den Körperbau eines Football-Spielers: das Paradebeispiel eines Sportlers, muskulös, dennoch flink, agil, mit kurz geschorenem blonden Haar, einem kantigen Gesicht und einem Kinn, das keinerlei Widerrede duldete. Ebenso beeindruckend wie sein Körper war auch sein Intellekt.

»Jenkins, ich werde etwa eine Stunde lang rudern«, rief er mit dröhnender Stimme der gedrungenen Gestalt des Bootshauswärters zu, der am Ufer stand und ihm nachwinkte.

»Kein Problem, Dr. Boone. Es treibt viel Eis auf dem See.« Rex grinste. Was kümmerte ihn das Eis. Am Ufer ließ er seinen muskulösen Körper in das schmale Ruderboot gleiten und wischte die Schneeflocken von den Ruderblättern. Natürlich würde Eis auf dem Wasser treiben, aber damit würde er spielend fertig. Es gab nichts, womit er nicht fertig geworden wäre. Glaubte er zumindest. Er spannte seine mächtigen Arme und Schultern. Lange hatte er danach gestrebt,

Mitglied des Kollegiums zu werden. Vor zwei Jahren schließlich war es so weit gewesen. Und dann, gestern, einige Tage nach dem Bankett und völlig unverhofft, hatte er von Symes eine Einladung zu einem Essen mit dem Meister erhalten. Welch eine Ehre! Er stellte sich vor, dass nur sie beide anwesend sein würden. Ein interessantes Tête-à-tête. Vielleicht ging es um seinen neuesten Artikel zur Atomphysik. Was würde als Nächstes anstehen?

»Ich fahre nach Cairn Druar und zurück«, brüllte er dem Bootshauswärter zu.

Das Boot schoss vom Ufer weg. Über ihm hingen die vereisten Zweige, sie hielten die wärmenden Strahlen der Sonne ab, die nur schwach die Wolkendecke durchdringen konnte. Wie ein Totenhemd breitete sich an den Berghängen die Schneedecke aus, auf dem Loch glänzte das träge, teilweise vereiste Wasser. Rex liebte es. Genauso hatte er sich immer das nördliche Schottland vorgestellt, von dem er geträumt hatte. Eine zerklüftete Landschaft, bitterkalte Winter, eine feindliche Wildnis. Und er beim Rudern. Dem Sport der Individualisten.

Das Boot nahm Kurs auf die Mitte des Sees. Rex sah zum Bootshaus zurück. Er war mit sich zufrieden, er war glücklich: Er war ein Gewinner.

Tanya sog die Luft ein und stieß sie in kurzen, flachen Zügen wieder aus, kurz darauf spürte sie, wie er in ihr zitterte und kam. Sie wurde gegen die Kissen gepresst, vergrub ihre Fingernägel in seinem Hintern, und dann begann ihr Körper zu rasen. Sie schloss die Augen, und einige, kurze Sekunden lang ließ sie sich von ihrem Körper überwältigen, fühlte sich außerhalb von Raum und Zeit, aller Sorgen entledigt und beschützt und eingehüllt in einer wärmenden Wonne.

Nur langsam, widerstrebend, wie ein Baby, das aus dem Mutterschoß gezogen wurde, kehrte sie in die äußere Welt zurück, in ihr Zimmer im Kollegium. Zurück zu Sebastien.

Zurück zur Realität, in der Glück und Wohlbefinden sehr unsichere Zustände waren. Sie lag da, während sich langsam ihre Gedanken wieder der Gegenwart annäherten. Mitglieder des Kollegiums waren doch zu etwas nütze, ging es ihr müßig durch den Kopf. In Augenblicken wie diesen konnte sie Sebastien alles verzeihen, obwohl sie mit ihm schon seit über zwei Jahren zusammen war. Sie griff sich eine Strähne seines schwarzen Haars und zog seinen müden Kopf vom Kissen hoch.

»Hast du mir nicht noch was zu sagen?«

»Ich liebe dich?«

»Versuch's noch mal.«

»Du warst wundervoll?«

»Noch mal.« Sie zupfte an seinem Haar. Was sie sah, gefiel ihr: ein hübsches, ausdrucksstarkes Gesicht, dunkelbraune Augen, einen jugendlichen Blick und an einer Schläfe eine kleine Narbe. In Kinofilmen, dachte sie, hätte er sich als geheimnisvoller Liebhaber gut gemacht. Was für eine Schande, dass er in der Wirklichkeit so anmaßend war.

»Das war der beste Sex, den ich jemals hatte?« In seiner Stimme schwang ein leicht verzweifelter Ton mit. »Noch mal.« Sie zog noch stärker an seinem Haar. Sebastien ließ sich auf das Kissen fallen. »Hilf mir auf die Sprünge.«

Tanya kicherte, stieß ihn von sich weg und fuhr dann mit dem Finger über seinen Nasenrücken. »Denk nach, du Idiot.«

Noch halb verträumt betrachtete Sebastien sie. Sein Blick strich über ihren Körper, liebkoste ihre Nacktheit, streichelte ihre schlanke Gestalt und blieb dann an ihrer vollen Brust hängen, die gegen das weiße Satin-Laken gepresst war; die Brustwarze wurde fast verdeckt.

»Sebastien?« Wieder zog sie seinen Kopf hoch. Schelmisch blickte er sie an. »Es gibt doch was, was du mir zu sagen hast, oder?«

»Wirklich?« Er starrte Tanya an. Ihr langes, dunkles Haar,

ihr rundes, italienisches Gesicht mit dem leicht bräunlichen Teint, ihre vollen Lippen und festen Wangen. Seine Geliebte war dreißig Jahre alt und auf dem Höhepunkt ihrer körperlichen Attraktivität. Erfahren, reif und sinnlich. Er spürte ihre Wärme und Liebe.

»Du hast doch die Einladung vom Meister erhalten?«

»Welche Einladung?« Pause.

»Sebastien, du hast nichts bekommen? Wirklich nicht?«

»Nein.« Er traf genau den richtigen Ton zwischen Verwirrung und Beleidigtsein.

Sie errötete. »Oh, Sebastien, das tut mir Leid. Ich wollte mich nicht über dich lustig machen.«

Jetzt hatte er sie. Er wandte sich ab. Er liebte ihr Zimmer, die modernen Kunstwerke mit ihren warmen Farben und satten Tönen. Er wusste, wenn er auf den Knopf neben dem Bett drückte, schwangen die Vorhänge zurück und gaben den Blick auf die karge Schönheit der Berglandschaft des Mullach Mor frei.

»Lass mich raten«, sagte Sebastien und richtete seinen Blick wieder auf die Schönheit vor ihm. Seine Stimme klang enttäuscht und leicht boshaft. »Du hast eine Einladung des Meisters zum Abendessen bekommen und hast mir davon nichts erzählt.«

Tanya zögerte. Wie immer hatte er richtig geraten. »Sebastien, es tut mir Leid. Ich dachte, du hättest sie ebenfalls erhalten und wolltest mich nur an der Nase herumführen. Wirklich!« Mit ihren Fingerspitzen berührte sie seinen kräftigen, muskulösen Körper.

»Spielt keine Rolle.« Er sah sie an, brachte dabei subtil zum Ausdruck, wie verletzt und verraten er sich fühlte, und ließ dann seinen Kopf wieder auf das Kissen fallen.

»Sebastien, ich sagte, es tut mir Leid«, erwiderte Tanya voll des schlechten Gewissens. »Ich wollte dich nicht verärgern. Ich dachte, der Meister würde dich auch einladen.« Keine Reaktion. Verdammt, er war enttäuscht, er war so verdammt ehrgeizig. Wie konnte sie es nur wieder gutmachen? Sebastien fand bald darauf die Antwort zwischen den Laken und ihren schlanken Beinen.

Nach ihrer zweiten Runde ging Tanya ins Badezimmer und trat unter die Dusche. Sebastien streckte sich auf den Kissen aus. Er lächelte.

»Du Mistkerl!«

Sie hatte seine Einladung des Meisters gefunden. Gleich neben dem Shampoo, dort, wo er sie hingelegt hatte.

Es war ein hektischer Tag im Studio. Total hektisch. Sabine Stricker, die Primadonna des deutschen Fernsehens, stieß einen Fluch aus. In wenigen Minuten würden sie die Kameras hereinfahren. Und ihr wichtigster Gast war noch immer nicht erschienen. Sein Flug hatte Verspätung. Sie warf ihr glattes blondes Haar zurück und schwor sich, dies wäre ihre letzte Sendung für die Deutsche Telefunken.

»Kristal!« Sie schob den Maskenbildner zur Seite und packte den Sendeleiter am Arm. »Wo ist unser Gast?«

»Keine Ahnung, Sabine.«

»Dann such ihn. Steh nicht einfach rum. Und zum Teufel noch mal, wo steckt der Produzent? Wo ist Georg?«

Rücksichtslos schob sie sich durch die Umstehenden. Der Kameramann und die Assistenten stoben auseinander, die Menschentraube teilte sich vor ihr wie das Rote Meer. In ihrem Blick lag Wut und Entschlossenheit. Sie würde ihn umbringen. Warum mussten Produzenten immer in der entscheidenden Phase eine Affäre beginnen? Es war allerdings nicht so sehr die Affäre, die sie aufbrachte, sondern die verfluchte Impertinenz ihres Ex-Ehemanns Georg, sich gerade dann auf die Titten einer holländischen Drehbuchschreiberin zu kaprizieren, wenn der letzte Teil der Sendereihe anstand. Warte nur, bis sie sich seinen Lieblingskameramann schnappte, den Polen mit dem unaussprechlichen Namen und einer Stimme wie geschliffenes Glas. Dann würde sie es ihm zeigen. Sie kaute auf ihrem Stift. Um sie herum herrschte angespannte Geschäftigkeit.

»Sabine Stricker?«

»Ich habe zu tun«, blaffte sie und drehte sich um. Sofort veränderten sich ihr Gesichtsausdruck und ihre gesamte Persönlichkeit.

»Oh, tut mir Leid«, hauchte sie auf Englisch. »Sie müssen Ivan Radic sein.« Er wirkte geschmeidiger, als sie gedacht hatte, entsprach aber sonst ganz dem Foto, das sie von ihm gesehen hatte: hellbraunes Haar, dünne Lippen, ein scharf geschnittenes, fast rechteckiges Gesicht. Sabine speicherte ihn in Gedanken ab, so wie sie es mit jedem machte. Ein kleines Merkmal allerdings, wurde ihr plötzlich bewusst, hatte sie vergessen, klein, aber wichtig für sie. Sein schmales Gesicht und die kalten blauen, slawischen Augen verliehen ihm etwas Strenges, beinahe Grausames. Sabine gefiel das. Ein Anflug von Härte und Schärfe. Wie die Avantgarde-Möbel der Dreißiger. Kompromisslos.

»Tut mir Leid, Mr. Radic.«

»Ivan.«

»Ivan.« Sie umfasste seine Taille und die teure Lederjacke, während sie ihn zum Set führte. »Die Sendung beginnt in wenigen Minuten, es ist eine Live-Show. Für Probeaufnahmen ist leider keine Zeit mehr.«

»Schon in Ordnung.«

Abgebrüht wie ein Profikiller. Sabine war beeindruckt.

»Okay, nehmen Sie hier Platz. Ich erkläre Ihnen kurz den Aufbau der Sendung. Ich werde einige einleitende Worte sprechen, darauf folgt direkt eine Diskussion über die Volkswirtschaften Osteuropas. Auf der Videoleinwand werden Professor Leo Tiedermann vom Mannheimer Institut und Károly Jánosa von der Ungarischen Universität für Technik und Ökonomie zugeschaltet sein.«

»Kein Problem.«

Die Bühnenassistenten verschwanden, die Lichter wurden

dunkler, die Kameras rollten heran. Sabine ließ sich in ihrem Sessel nieder, strich sich den Lederrock glatt und setzte ihren Schmollmund auf, der sie zur beliebtesten Nachrichtenmoderatorin Deutschlands hatte werden lassen.

»Guten Abend zum letzten Teil unserer Sendereihe über die Weltwirtschaft. Heute Abend werden wir uns mit der finanziellen Situation in Osteuropa beschäftigen und die Auswirkungen, die die Turbulenzen der fernöstlichen Märkte darauf haben. Zuerst aber ein Bericht über die Unruhen in Rumänien.«

Sabine sah zu Ivan, während der Film anlief. Sie hatte ganz vergessen zu fragen, wie gut sein Deutsch sei. Vermutlich war es angebrachter, wenn sie nach dem Film mit Tiedermann begann. Doch schon nach wenigen Minuten bedauerte sie ihre Entscheidung. Der gelehrte Professor langweilte sie und die Zuschauer mit der monotonen Präzision eines akademischen Uhrwerks.

Abrupt schaltete sich Sabine dazwischen. »Und, Herr Radic vom Institut für Auswärtige Angelegenheiten, stimmen Sie Professor Tiedermann zu, werden Bulgarien und die Tschechische Republik auch in Zukunft ein hohes Außenhandelsdefizit aufweisen?«

Es folgte eine kleine Verzögerung. Besorgt weiteten sich ihre Augen. Vielleicht sprach Radic, mit dem sie sich bislang nur auf Englisch unterhalten hatte, überhaupt kein Deutsch. Was für eine Katastrophe! Die Zuschauer würden Sturm laufen. Sie würde übersetzen müssen. Sie wollte bereits etwas sagen, als Ivan zu reden begann. In astreinem Deutsch, ohne den leisesten Akzent. Sofort zeigte sich, dass er sein Thema beherrschte und allgemein verständlich und mit geradezu hypnotischer Wirkung darüber referieren konnte.

Nach einer Minute lehnte sich Sabine zurück und hörte ihm zu; hörte ihm wirklich zu, statt nur so zu tun. Ein Glücksschauer lief ihr den Rücken hinab. Den Zuschauern würde es gefallen. Tiedermann war Deutschlands größter

Wirtschaftsguru, und heute Abend zeigte dem Langweiler endlich jemand, der noch dazu sehr viel jünger war als er, wie fehlerhaft seine Analysen waren, ja, nahm ihn regelrecht auseinander. Es war einfach zu köstlich, überaus erotisch. Sabine verschob ein wenig ihren geschlitzten Rock, damit die Zuschauer ihre Beine in voller Länge zu sehen bekamen. Die Zuschauer liebten das, und sie auch. Das trieb die Einschaltquoten nach oben.

»Wollen Sie damit sagen, Herr Radic«, fragte sie etwas affektiert, »dass Sie glauben, Professor Tiedermann habe bei der Beurteilung der bulgarischen Wirtschaft und vor allem ihres militärischen Sektors das Augenmerk zu sehr auf makroökonomische Faktoren gelegt?«

»Das denke ich.« Mit ruhiger, aber entschiedener Stimme sezierte Ivan die Argumente des Professors und kam zu dem Schluss, dass dessen Darlegungen doch etwas dürftig seien.

Sabine hing an seinen Lippen. Er hatte eine weiche Stimme, sein Tonfall war ruhig, abgeklärt, sodass es geradezu unhöflich erschien, wollte man ihm widersprechen. Wieder änderte sie ihre Position im Sessel und verschob ihren Rock. Sie konnte sich nicht erinnern, ob sie ein Höschen anhatte. Nun ja, was soll's. Es war ja schon nach zehn. Außerdem wollten die Zuschauer ja das gerade sehen.

»Danke, Herr Radic.« Am liebsten hätte sie ihn geküsst. Stattdessen wandte sie sich zur Videoleinwand. »Könnte ich bitte Herrn Jánosa haben?«

Der Akademiker legte seine Meinung dar. Sabine hatte geistig bereits abgeschaltet. Der Rest des Programms würde von allein laufen. Sie sah zu Ivan, der selbstsicher und kühl neben ihr saß. Ein nicht ganz anständiger Gedanke kam ihr in den Sinn.

»Herr Radic, stimmen Sie Herrn Jánosa zu?«

»Ich fürchte nein.«

»Ach, wirklich?« Erstaunt riss sie die Augen auf und zeigte

ein breites Lächeln. »Würden Sie uns bitte Ihre Gründe dafür nennen!«

Innerlich lachte sie, während Ivan sein vernichtendes Urteil zu Jánosas Analyse abgab. Besser hätte es nicht laufen können, der perfekte Abschluss der Sendereihe. Ein Genie und zwei Idioten, die glaubten, sie seien Genies. Ivan war ein toller Typ. Wie er wohl im Bett war? Stand er auf Leder und Neopren? Sie hoffte es. Sie mochte seine Jacke. Sie passte gut zu ihrem Rock.

»Und, Herr Radic, Ihr Kommentar zum zwanzigprozentigen Rückgang der slowakischen Kohleförderung in den letzten vier Monaten?« Konnte sie es wagen, ihn zu fragen, ob er mit ihr nach der Sendung ausgehen wollte? Kurz sah sie zur knubbeligen Gestalt ihres Georg hinter der Kamera, der mit einer Hand am Rücken dieser Holländerin rumfummelte. Scheiß drauf. Kokett strich sie sich durch das Haar und warf Ivan einen bewundernden Blick zu. Dann hatten die Klatschreporter wieder was zu schreiben. Sie wollte diesen Mann, sie wollte Ivan. Und was Sabine wollte, das bekam sie auch.

Das Programm war zu Ende. Sie erhoben sich, Sabine gab Ivan die Hand. »Danke. Sie waren großartig.« Sie fragte sich, ob er dem Kollegium angehörte. Was er ihr natürlich niemals erzählen würde.

»Wunderbar!« Plötzlich stand Georg neben ihnen, und hinter ihm kam die langbeinige Blondine angewackelt. Es fiel ihr sichtlich schwer, das Gleichgewicht zu halten, da ihre Silikonbrüste, die sich in die gleiche Richtung bewegen sollten wie sie, bedrohlich hin und her schwankten – wie eine wild ausschlagende Kompassnadel am Pol. Ivan trat zur Seite, als sie ihm gefährlich nahe kam. »Die Diskussion war wunderbar«, sagte Georg und klatschte Ivan auf den Rücken. »Und Sie, Herr Radic, waren einfach außergewöhnlich. Wir müssen Sie unbedingt wieder in unserer Sendung haben. Kommen Sie, feiern Sie mit uns.«

Ivan sah zu Sabine und dann zu Georg. Es war klar, mit »uns« meinte er ganz eindeutig nicht seine Ex-Frau. Ivan kräuselte kurz die Lippen, bevor er ein höfliches Lächeln aufsetzte. »Ein anderes Mal vielleicht. Ich muss leider sofort zurück.«

Sabine begleitete ihn zum Studioausgang und hinaus in die kalte Luft. Eine Limousine wartete bereits, um ihn zum Flughafen zu bringen. Sie zitterte, ihre kleinen Brustwarzen hoben sich deutlich unter der Satinbluse ab. »Nochmals danke«, sagte sie und kicherte. »Sie waren wirklich sehr gut. Professor Tiedermann wird Ihnen das niemals verzeihen.«

Ivans Augen strahlten vor Schadenfreude. »Es tat mir wirklich sehr Leid. Aber ich konnte ihm einfach nicht zustimmen. Er schafft es nicht, seine Analysen den Fakten anzupassen.«

Die Limousine fuhr vor. Sabine drückte ihm leicht den Arm, als er einstieg.

»Können Sie nicht doch bleiben?« Die Worte kamen wie von selbst.

»Bedaure, ich muss wirklich los.« Er lächelte sie liebevoll an.

»Vielleicht ein andermal.«

»Gern«, sagte er.

Der Wagen fuhr an. Ivan winkte. Welche Schande, Sabine war eine nette Frau. Erfreulicherweise war sie ihren Ehemann los. Sie hatte Besseres verdient. Allerdings gab es zwei Dinge, die Sabine nicht wusste. Zwei Dinge, die ihn davon abhielten, sich heute Abend näher auf sie einzulassen.

Erstens, er war homosexuell.

Zweitens hatte er eine Einladung des Meisters erhalten.

»Wir denken, dass sie sie dort gefangen halten, dort am Fluss, was die Sache nicht leichter macht. Wir können keine Truppen einfliegen.«

Der Militärbeamte der UN deutete mit dem Finger auf die

auf dem Tisch ausgebreitete Karte der Demokratischen Republik Kongo, des ehemaligen Zaire. Sie befanden sich in einer verfallenen Hütte, deren Grasdach eingebrochen war. Es war drückend heiß, Fliegen umschwärmten sie fortwährend. Weder Andrew Brandon noch der Militärbeamte beachteten das geronnene, verkrustete Blut am Boden. Nach dem Geruch zu urteilen waren die Leichen höchstens am Tag zuvor weggeschafft worden.

»Wie viele haben sie?«

»Etwa zehn Frauen und zwanzig Kinder.« Capitaine Garnaud kratzte sich an der Nase und musterte Andrew. »Ihr Zustand ist wahrscheinlich sehr bedenklich«, fuhr er fort und wischte sich über das Gesicht, um die Fliegen zu vertreiben. »Die Letzten haben sie vergewaltigt, die Frauen wie die Kinder. Die Rebellen haben versprochen, ihnen die Kehle aufzuschlitzen, wenn die Regierung bis fünf Uhr nicht den örtlichen Rebellenführer Musawena freilässt. Natürlich werden sie die Drohung wahrmachen.«

»Natürlich.« Andrew betrachtete den Capitaine. Er war ein hagerer Franzose mit spitzem Gesicht und einem nervösen Tick am Mundwinkel. Und er rauchte unaufhörlich. Andrew bemerkte das leichte Zittern seiner Hände. Der Capitaine, schätzte er, war nicht länger als drei Monate im kongolesischen Dschungel. Noch sechs Monate, und er war entweder tot oder verrückt. Er nahm sich vor, seine Ablösung zu empfehlen.

»Wie spät ist es jetzt?«

Garnaud sah auf seine Uhr. »Vier Uhr dreißig. Sie haben noch dreißig Minuten zu leben. Die Regierung wird Musawena niemals freilassen. Die armen Menschen.« Der Franzose trat seine Gitane am Boden aus und rollte die Karte zusammen.

Andrew ging zum Eingang der Hütte und sah hinaus. Von dem Dorf auf der Lichtung war nicht mehr viel übrig. Im grellen Sonnenlicht lagen die noch schwelenden Trümmer der Gebäude, es herrschte Stille. Eine bedrückende Stille, nachdem der Urwald Zeuge des von den Rebellen verübten Massakers geworden war. Über zweihundert Menschen hatten hier in dieser kleinen, florierenden Dorfgemeinschaft gelebt. Die Mehrzahl von ihnen lag nun in provisorisch ausgehobenen Gräbern. Die Mörder hatten in der warmen Nachmittagssonne gewartet, bis die Kinder von der Schule nach Hause gekommen waren. Dann hatten sie das ganze Dorf in der Kirche zusammengetrieben und alle systematisch umgebracht. Sogar eine Frau, bei der soeben die Wehen eingesetzt hatten, war getötet worden – das Kind wurde geboren, um zu sterben, bevor es jemals die warme, sonnendurchflutete Luft atmen konnte.

»Ich denke, wir können nichts tun«, sagte Capitaine Garnaud. Er hatte aufgegeben, nur wenige Minuten, nachdem er auf der Dorflichtung eingetroffen war – und die Rebellen, die die Geiseln festhielten, ihm gesagt hatten, dass sie auch die UN-Soldaten umbringen würden, falls diese versuchen sollten einzugreifen. Selbstmord war nicht seine Sache, und es war nicht sein Krieg.

»Nein«, kam es von Andrew. »Das denke ich nicht. Ich gehe ins Dorf. Allein.«

Ungläubig starrte ihn der Capitaine an, nachdem ihm die Bedeutung der Worte bewusst geworden war. Er lachte bitter. »Sie sind wahnsinnig. Sie werden Sie umbringen. Hören Sie, ich hab das alles schon unzählige Male erlebt.« Er breitete seine Hände aus. »Es ist nicht Ihre Schuld. Die Gefangenen werden sowieso sterben.«

»Vielleicht.« Andrew zuckte mit den Schultern. »Aber ich werde es versuchen.« Er ging zu seinem Jeep und holte ein Satelliten-Handy heraus. Dann warf er sich eine Jacke über die Schulter und schritt in den Dschungel davon.

Der Capitaine blickte ihm kopfschüttelnd nach. Ein Verrückter. Zwei Stunden zuvor hatte er die UN-Basis in Kapanga angerufen und dem Beauftragten für das Gebiet mitgeteilt, dass die Rebellen sich weigerten, die Geiseln freizulassen oder mit der UN zu verhandeln. Stattdessen hatten sie sich zum Fluss zurückgezogen und verkündet, sie würden jeden umbringen, der sich ihnen näherte. Man würde Hilfe schicken, hatte ihm der Colonel darauf geantwortet. Eine halbe Stunde später war ein einziger Mann aufgetaucht. Ein Australier, wie Garnaud feststellte, als der Fremde aus seinem Militärjeep gestiegen war. Von mittlerer Größe, mit sandfarbenem Haar, schroffem Äußeren, etwa fünfunddreißig Jahre alt und keine Spur militärischen Gehabes an sich. Obwohl Capitaine Garnaud ihn formvollendet begrüßte – Ergebnis seiner langjährigen Arbeit bei einer multinationalen Organisation –, wusste er, dass dies alles ein Witz war. Der Typ war ein Lückenbüßer, ein UN-Berater, und die UN wollte einfach nur zeigen, dass sie alles in ihrer Macht Stehende getan hatte, bevor die unvermeidlichen Gegenbeschuldigungen einsetzten. Er hatte das alles in Afrika zur Genüge erlebt. Selbst mit fünfzig Legionären hätten sie die Geiseln nicht befreien können. Und jetzt marschierte dieser Typ los, um sich selbst umzubringen. Die Menschen machten verrückte Sachen im Kongo.

Capitaine Garnaud setzte sich auf eine Bank in der Mitte des zerstörten Dorfes und wartete. Neben ihm saßen seine vier Männer. Der Capitaine grub die Absätze seiner Stiefel in den Lehmboden und rauchte eine weitere Zigarette. Sie plauderten, um sich die Zeit zu vertreiben. Er wusste, die Rebellen würden Andrew töten, er fragte sich nur, wie. Würden sie ihm mit einer Machete den Schädel spalten oder ihn einfach hinterrücks erschießen? Wahrscheinlich das Erstere. Sie verschwendeten keine Patronen. Nicht diese Leute. Noch fünfzehn Minuten.

Zwanzig Minuten später erschien Andrew. Hinter ihm schritten acht Frauen und zahlreiche Kinder. Eines von ihnen, einen kleinen Jungen, führte Andrew an der Hand. Sie blieben vor der Bank stehen.

»Das sind alle Geiseln«, sagte Andrew. »Bringen Sie sie bitte in das Flüchtlingslager in Kapanga. Der Junge hier heißt Obedi. Er hat eine kleine Schnittwunde, er braucht ärztliche Betreuung. In fünf Tagen komme ich wieder. Ich muss jetzt gehen.« Andrew legte sein Satelliten-Handy in den Jeep und fuhr davon. Der sprachlose Capitaine und seine UN-Kollegen starrten der Staubwolke hinterher.

In jener Nacht begab sich Capitaine Garnaud zum zweiten Mal in das Flüchtlingslager in Kapanga. Er wusste, wie sinnlos es wäre, mit den Frauen zu reden. Sie würden ihm nichts erzählen. Daher setzte er sich im Krankenzelt neben die Pritsche des siebenjährigen Obedi, der um den rechten Arm eine Bandage trug. Es war schwül unter der Leinwand, ein paar Sturmlampen spendeten etwas Licht. Obedi lag auf seiner Pritsche und starrte an die Decke; er schien misstrauisch zu sein, verstohlen blickte er zum Capitaine.

Garnaud ließ sich Zeit, bevor er den Jungen ansprach. Erst holte er Schokolade aus der Tasche und reichte sie ihm, dann plauderte er ein wenig mit der Krankenschwester, schließlich ließ er sich auf der Pritsche des Jungen nieder und kam zum Punkt. Nach einem weiteren Schokoriegel beschrieb Obedi nüchtern, was geschehen war. Der Weiße, Andrew, war zur Flussstation gekommen. Er hatte sich vor die Rebellen auf den Boden gesetzt. Er hatte ein Telefongespräch geführt. Dann noch eins. Und noch eins. Nach dem dritten Anruf hatte er die Frauen und Kinder mit sich fortgeführt.

»Wie interessant«, sagte Capitaine Garnaud. Mit wem hatte der Weiße telefoniert? Noch ein Schokoriegel. Nun, Obedi war ganz in der Nähe gewesen und hatte alles mitbekommen. Er wusste nicht, mit wem er beim ersten Mal telefoniert hatte. Aber beim zweiten hatte er mit dem Präsidenten des Kongo gesprochen. Und beim dritten mit dem obersten Rebellenführer. Nach diesem Anruf hatten die Rebellen sie gehen lassen. Deswegen hielt Obedi Telefone für eine tolle Sache. Sie lösten alle Probleme.

»Sehr interessant«, sagte Capitaine Garnaud. Mit wem hatte also der Weiße beim ersten Mal telefoniert? Könne er, Obedi, sich denn nicht erinnern? Nein, auch wenn er noch einen Schokoriegel bekommen würde. Aber es war doch merkwürdig gewesen, wie der Weiße das erste Telefonat beendet hatte. Daran konnte sich Obedi noch erinnern. Er hatte gesagt: »Danke, Meister.«

Andrew sah aus dem Fenster und lauschte dem Dröhnen der Triebwerke. Unter ihm erstreckte sich der afrikanische Dschungel. Morgen würde die Landschaft ganz anders aussehen.

Morgen würde er mit dem Meister zu Abend essen.

Der Meister

5

Also auch der Berufene:
Er handelt nicht, so verdirbt er nichts.
Er hält nicht fest, so verliert er nichts.
Also auch der Berufene:
Er wünscht Wunschlosigkeit.
Er hält nicht wert schwer zu erlangende Güter.

Laotse, Tao Te King

In der Pförtnerloge im Kollegium betrachtete Symes die Gästeliste des Meisters. Fünf Mitglieder waren eingeladen: Rex Boone, Ivan Radic, Andrew Brandon, Sebastien Defrage und Tanya Johnson. Symes legte die Liste beiseite und sah auf die Uhr. Acht. Es war an der Zeit. Sie würden an der Tür im zweiten Innenhof warten. Und zweifellos erfüllte sie die Aussicht, mit dem Meister in seinen eigenen Gemächern zu speisen, mit gespannter Neugier. Nur selten aß er mit gewöhnlichen Mitgliedern, und wenn, dann nur bei formellen Anlässen im Empfangsgebäude im zweiten Hof. Die Mitglieder bekamen den dritten Innenhof sowie die Privaträume des Meisters kaum je zu Gesicht, was jedoch als unvermeidlicher Aspekt der Verschwiegenheit akzeptiert wurde, die das Kollegium und seine Bewohner umgab. Symes verließ seine Pförtnerloge. Er ging über den Kiesweg durch den ersten und dann in den zweiten Innenhof. Alles war ruhig, die Mitglieder waren nach dem Bankett zu den Weihnachtsferien mit ihren Familien abgereist. Unter seinen Füßen knirschte der Schnee, unzählige Sterne standen am Himmel. Symes konnte sich nicht erinnern, dass in der Weihnachtszeit jemals ein solches Essen gegeben worden war. Zumindest nicht, solange er

Kammerdiener des Meisters war, der nun vor fast zweiunddreißig Jahren das Amt übernommen hatte.

Tanya drückte sich an Sebastiens Schulter, während sie auf Symes warteten.

»Mir ist kalt.«

Sie sah zu Rex. Er sagte nichts, im Licht der Laterne bemerkte sie, dass ein Lächeln auf seinen Lippen lag. Sie erwiderte es, zugleich fragte sie sich, was ihm durch den Kopf gehen mochte. Sie hatte Rex vor vier Jahren, bevor er Kollegiumsmitglied wurde, bei einem internationalen Symposium über Atomenergie kennen gelernt, an dem sie in ihrer offiziellen Stellung als Beraterin der Europäischen Computerunion teilgenommen hatte. Ihre Aufgabe hatte darin bestanden, Computermodelle für komplexe Rechenaufgaben zu entwerfen, unter anderen für die Simulation von Atomexplosionen. Und Rex hatte in seiner Eigenschaft als Berater des Globalen Forums für Nuklearforschung einen Vortrag gehalten. Tanya hatte ihm zugehört, seine eloquente Rede, voll trockenen Humors, hatte vor Selbstbewusstsein nur so gestrotzt und war die scharfsinnigste und intelligenteste des gesamten Symposiums gewesen. Sie hatte sich zu ihm hingezogen gefühlt, was aber nichts mit seinen zweifellos überragenden Fähigkeiten zu tun gehabt hatte. Sie hatte ihn einfach gemocht, so wie er damals auf dem Podium gestanden hatte, seine schiere Größe, die etwas Tröstendes und Sanftes an sich hatte. Wie ein riesiges Sofa, in das man versinken konnte und in dem man sich behütet fühlte. Tanya hatte sich nach der fürchterlichen Scheidung ihrer Eltern, die sie als kleines Kind miterlebt hatte, immer danach gesehnt. Nach jemandem, der für sie da war, ihr aber alle Freiheiten ließ. Etwas, das im ewigen Widerspruch zueinander stand. Rex als riesiges Sofa. Sie hatte sich damals nicht getäuscht.

In jener Nacht und in allen folgenden bis zum Ende des Symposiums hatten sie miteinander geschlafen. Am letzten

Tag war Tanya abgereist; für die dauerhafte Beziehung, die Rex ihr leidenschaftlich angetragen hatte, war sie nicht bereit gewesen. Sie hatte es ihm an ihrem letzten gemeinsamen Morgen gesagt, nachdem sie aufgestanden waren und sie sich unter der Dusche seinen Samen vom Körper gewaschen hatte. Er verstehe es, hatte Rex erwidert und weiter seine Sachen gepackt, doch sie würde nie seinen Blick vergessen, den Schmerz und die Enttäuschung in seiner Miene. So gern sie Rex mochte, zu jener Zeit hatte sie weder heiraten noch Kinder bekommen wollen. Außerdem hatte es noch andere Komplikationen gegeben. Sie war soeben ins Kollegium berufen worden und achtete sehr darauf, nicht zu viel von sich preiszugeben – eine Eigenschaft, die zu ihrem ureigensten Wesen gehörte und sich wohl nicht mehr ändern ließ. Ihre Freiheit ging ihr über alles.

Ihre Wege hatten sich daher getrennt, und Tanya blieb ohne Gefährten, bis sie Sebastien kennen lernte, der vor einem Jahr im Kollegium aufgenommen worden war. Und einige Monate danach betrat auch Rex wieder die Bühne, ebenfalls als neues Mitglied.

»Woran denkst du?«, fragte Sebastien.

»An nichts«, antwortete Tanya geistesabwesend. Sie wandte ihren Blick von Rex ab. Sebastien hatte sie nie von ihrer Beziehung zu Rex erzählt, und dieser hatte versprochen, es ebenfalls nicht zu tun. Sebastien würde es nicht verstehen und eifersüchtig werden. Sie hatte gehofft, er und Rex würden sich anfreunden, doch dazu waren sie sich viel zu ähnlich – beide waren unglaublich ehrgeizig – und dafür kreuzten sich ihre Wege zu selten, selbst als Mitglieder des Kollegiums.

Sebastien sah zum Hof. »Da kommt ja Symes.«

Tanya hing weiterhin ihren Gedanken nach. Oder beruhte vielleicht der Ehrgeiz und das Konkurrenzdenken der beiden Männer auf der Tatsache, dass sie uneingestanden wussten, welche Anziehungskraft Rex auf Tanya ausübte? Sie wusste es nicht, es spielte auch keine Rolle. Sie mochte Rex, und beide waren immer gut miteinander ausgekommen. Aber sie liebte Sebastien. Leidenschaft war eine Sache, Liebe eine ganz andere. Es tat ihr Leid, wenn Rex sie noch immer lieben sollte, seine Gefühle aber konnte sie nicht erwidern. Nicht jetzt.

»Noch mehr Gäste«, kam es von Rex in sehr enttäuschtem Tonfall. Sein privates Tête-à-tête mit dem Meister war wohl verschoben.

Bald darauf trafen die letzten Gäste ein. Andrew und Ivan schienen geradewegs aus der Dunkelheit im zweiten Innenhof aufzutauchen. Neugierig blickte sich Ivan um. Er kannte sie alle. Eine seltsame Mitgliederversammlung für ein Abendessen, dachte er. Er fragte sich, was der Meister mit ihnen bereden wollte. Da war Rex, ein Physiker, Tanya, eine Computerexpertin, Sebastien, ein Spezialist für die Finanzmärkte, Andrew, UN-Berater in Militärfragen, und er selbst, ein Spion, der sich als Politiktheoretiker und Ökonom ausgab. Alle in den Dreißigern, unverheiratet, alle mit sehr unterschiedlichen Persönlichkeiten. Und dann noch der Meister. Sollte eine interessante Unterhaltung werden, heute Abend. Rex würde natürlich am lautesten sein, und Ivan, er selbst, würde lediglich alles beobachten.

»Bitte folgen Sie mir.« Symes trat ins Licht.

In der Westecke des zweiten Innenhofs, am Ende des Gartens, stand eine von Lorbeerbäumen umwachsene Laube, dahinter lag die Mauer des zweiten Innenhofs. Zwischen den Bäumen und der Wand führte allerdings ein kaum erkennbarer Pfad zu einer schweren Eichentür. Symes geleitete die kleine Gruppe den Weg entlang, drückte auf ein elektronisches Kombinationsschloss und hieß die Gäste eintreten.

Keiner von ihnen wusste, was ihn erwartete, obwohl andere oft von der Schönheit und Größe des dritten Hofs geschwärmt hatten. Sie schritten durch eine Sandsteinarkade, bis sie vor dem Gebäude des Meisters standen – einem wundervollen elisabethanischen Gebäude mit schwarzen Fachwerkbalken und schweren Bleiglasfenstern. Der Mittelteil der Fassade wurde von einem hohen Erkerfenster eingenommen, unter dem das Wappen des Kollegiums angebracht war: eine Taube, die auf gekreuzten Schwertern saß. Vor dem Gebäude befand sich ein labyrinthisch angelegter Buchsbaumgarten, dessen Hecken kaum kniehoch standen; in den Ecken Kirschbäume, deren nackte Zweige sich unter den Schneemassen bogen. Nichts davon wäre in der Dunkelheit zu sehen gewesen, hätten nicht gusseiserne japanische Laternen, die in die Außenmauern eingelassen waren, für ein geisterhaftes Licht gesorgt. Ein Anblick, der bezaubernd und rätselhaft zugleich war, als handelte es sich um die Wohnstätte eines Magiers.

Den Gästen blieb kaum Zeit, alles in sich aufzunehmen, da Symes bereits den Pfad zum Eingang entlangeilte. So überrascht sie sich draußen auch gefühlt hatten, umso mehr gerieten sie nun ins Staunen, als sie das Innere des Gebäudes betraten. Vor ihnen, im holzvertäfelten Empfangsbereich, führte eine breite Marmortreppe nach oben. Möbel, Wandteppiche und Gemälde von seltener Schönheit nahmen jeden freien Platz ein. Sie blieben stehen, um die Schätze zu betrachten. Symes registrierte die Verzögerung mit Unmut. »Bitte folgen Sie mir, sonst kommen wir zu spät.«

Er führte sie die geschwungene Treppe hinauf und ließ ihnen keine Minute mehr, um die Bilder, Jadefiguren, Porzellanstücke und die anderen Kunstwerke zu bestaunen, die ihren Weg nach oben begleiteten. Am ersten Treppenabsatz ließ er sie anhalten.

Die Treppe führte weiter zu einem zweiten Stockwerk, wie Ivan erkannte, bevor er seine Aufmerksamkeit wieder auf Symes richtete, der diskret an die Kasemattentür klopfte, bevor er sie bat einzutreten.

Dann standen sie dem Meister gegenüber.

»Ich möchte, dass Sie sich etwas ansehen.« Andrew war in Gedanken abgeschweift. Er hatte sich entspannt, hier im Salon des Meisters, wo er es sich in einem Sessel bequem gemacht hatte und ein Glas Brandy in der Hand hielt. Er war nicht betrunken, seine Sinne aber waren vom ausgezeichneten Essen, den Weinen und der geistreichen Unterhaltung am Speisetisch wohlig eingeschläfert. Er fühlte sich zufrieden, zugleich aber war seine Wahrnehmung durch die Umgebung fast unmerklich geschärft worden. Er kniff die Augen zu schmalen Schlitzen zusammen, sodass alles ein wenig unscharf wurde und die Farben in seiner Umgebung deutlicher hervortraten. Das Orange des Feuers, das Blau-Weiß einer Ming-Vase, das schillernde Grün eines gläsernen Orchideenstengels von Fabergé, das nachgedunkelte Braun der Mahagoni-Paneele. Ein tiefes Wohlbefinden und eine große Ruhe hatten sich seiner bemächtigt.

Je länger Andrew darüber nachdachte, umso deutlicher wurde ihm bewusst, dass seine Gelassenheit von den Räumlichkeiten herrührte. Denn diese Gemächer waren nach den persönlichen Vorstellungen des Meisters eingerichtet und dienten keinerlei Repräsentationszwecken. So sprachen nicht nur die außergewöhnliche Qualität und Seltenheit der versammelten Kunstwerke seine Sinne an, sondern auch ihre Anordnung, was auf einen unabhängigen, unvoreingenommenen, ästhetischen Geist hindeutete, der mit sich selbst in Harmonie stand.

»Vielleicht interessieren Sie sich ja dafür.«

Die Stimme des Meisters riss Andrew aus seinen Gedanken, sofort richtete er seine Aufmerksamkeit wieder auf die um den Kamin versammelte Gruppe.

Der Meister hatte von einem Beistelltisch ein kleines Kästchen genommen und Sebastien gereicht. Dann ließ er sich wieder auf seinem Sessel nieder und fixierte den Jüngeren mit einem nahezu inquisitorischen Blick. Sebastien hatte das gleiche Gefühl wie damals vor vielen Jahren, als er an der Universität sein erstes Examen abgelegt hatte: Nervosität, vermischt mit dem unerschütterlichen Vertrauen in die eigenen Fähigkeiten. Er betrachtete das Objekt einige Minuten lang. Tanya, die neben ihm auf dem Sofa saß, lächelte ihm aufmunternd zu.

»Ich habe solche Geheimschatullen bereits gesehen. In einem Museum in Washington«, begann Sebastien. »Ich denke, es handelt sich hierbei um ein chinesisches Kästchen aus dem späten siebzehnten Jahrhundert, da der Deckel ein Siegel aus der Zeit des großen Herrschers Kangxi aufweist.« Er zögerte. »Angesichts der wundervollen Verarbeitung vermute ich, dass sie aus der Werkstatt von Chang stammt. Wahrscheinlich eine der letzten, die er hergestellt hat – erst im letzten Abschnitt seines Lebens malte er anstelle der früheren Stadtansichten Landschaften auf seine Kästchen.«

Keiner sagte etwas. Bewundernd sah Rex Boone zu Sebastien. Genau das Gleiche hätte er auch gesagt. Ein cleverer Dreckskerl. Gut aussehend, scharfsinnig und so verdammt ehrgeizig, so nahm Rex Sebastien wahr. Immer eine kluge Bemerkung parat, immer eloquent und schlagfertig. Er sah zu Tanya, und für eine Sekunde trafen sich ihre Blicke. Er war noch immer in sie verliebt. Wie schwierig doch eine Sache wie die Liebe war, dachte er. Man konnte sie niemals richtig ausblenden. Dennoch, er wollte hier ein wenig Schwung in die Geschichte bringen. Er versuchte sich daran zu erinnern, was er über Changs Geheimschatullen gelesen hatte. Es war nicht viel. Also führ die anderen ein wenig hinters Licht. So hatte man zu verfahren, wenn man feststeckte. Lass die anderen niemals wissen, dass du nicht weiter weißt. So konnte man sie täuschen, wobei er seine Zweifel hegte, ob es diesmal klappte. Nicht beim Meister. »Darf ich …?« Er beugte sich vor und nahm die Antiquität in seine riesigen Hände. Das Kästchen war nur etwa halb so groß wie ein Taschenbuch.

»Ich denke, Sebastien hat Recht.« Er blickte zu seinem

Kollegen und ließ ihm ein generöses Lächeln zukommen. »Aber ich denke, es lässt sich doch noch einiges mehr zu dieser Schatulle sagen. Sie ist ein großes Meisterwerk, eine chinesische Geheimschatulle und eine sehr seltene noch dazu, die Chang nur für einen sehr begrenzten Kundenkreis gefertigt hat.«

»Vor allem für die Mitglieder der chinesischen Kaiserfamilie.«

»Ähh, das stimmt«, musste Rex Ivans Zwischenkommentar anerkennen.

Ivan hatte wohl Recht. Außerdem war es gefährlich, jemandem zu widersprechen, der mit ziemlicher Sicherheit mehr als alle anderen Anwesenden über dieses Thema wusste.

»Chang veränderte die gewöhnlichen Schmuckschatullen so, dass sie nur noch zu öffnen waren, wenn man ein Rätsel löste, das im Gemälde auf dem Deckel enthalten war. Wie zu sehen, sind die Seiten des Kästchens aus verschiedenen Holzlagen gearbeitet, die jeweils mehrere Löcher aufweisen. Will man die Schatulle öffnen, müssen einer oder mehrere kleine Metallstifte in die Löcher gesteckt werden, da sich der Deckel nur durch einen innen angebrachten Hebelmechanismus betätigen lässt. Der Schlüssel zur Zahl der Stifte und zu deren genauen Positionen allerdings ist in dem Gemälde versteckt. Es ist nahezu unmöglich, allein durch Ausprobieren auf die Lösung zu kommen; die Zahl der möglichen Permutationen ist immens, denn man weiß nicht, wie viele Stifte einzuführen sind. Davon abgesehen bleibt einem nur die Möglichkeit, die Schatulle zu zerschmettern, wie es manche der weniger kultivierten Kunden von Chang getan haben, um an den Edelstein oder anderen wertvollen Inhalt zu gelangen.«

»Ich glaube, Chang hat in diesen Schatullen Edelsteine untergebracht, die mit dem jeweiligen Geburtsjahr des gerade regierenden Monarchen korrespondierten«, warf Tanya ein. »Eine Perle für das erste Jahr, Jade für das zweite und so fort.« Freundlich lächelte sie Rex an.

»Oh, das wusste ich nicht.«

»Tanya hat Recht«, meldete sich Sebastien zu Wort, der Rex' Lapsus weidlich auszunutzen gedachte. »Kann ich das Kästchen noch mal sehen?«

»Einen Moment noch«, erwiderte Rex und hob abwehrend die Hände. Alle schwiegen, während er sich auf das Gemälde konzentrierte und das Rätsel auf dem Deckel zu entziffern versuchte. Seine Gedanken rasten. Vor langer Zeit hatte er sich mit Changs Geheimschatullen beschäftigt und sich mit dem Problem herumgeschlagen, ob man ihnen nicht mit einem mathematischen Ansatz beikommen könnte. Damals allerdings war er – ebenso wie jetzt – zu keiner Lösung gelangt. Etwas, das ihn nicht sonderlich überraschte. Ihm war klar, dass er hier die Arbeit eines großen Künstlers betrachtete, ein Werk, das zweifellos auf dem Höhepunkt seiner Schaffenskraft entstanden war. Er sah zur silberhaarigen Gestalt des Meisters und hoffte auf Unterstützung, doch dieser starrte nur konzentriert ins Feuer, tief in Gedanken versunken. Auch keiner der anderen wollte ihm zu Hilfe eilen.

Schließlich reichte er mit dem schalen Gefühl, eine Niederlage eingesteckt zu haben, die Schatulle an Ivan weiter. Er hatte versagt. Verbittert musste er sich eingestehen, dass er sich überschätzt hatte. Er schwor sich, dass er es irgendwie wieder ausgleichen würde.

Ivan nahm das Kästchen mit seinen zierlichen Händen entgegen und betrachtete es durch seine Nickelbrille von allen Seiten, strich über den Lack und befühlte die Vertiefungen für die Stifte. Dann inspizierte er es eingehend.

»Es besteht kein Zweifel, diese Schatulle stammt von Chang. Keiner sonst wäre in der Lage gewesen, ein solches Kunstwerk zu schaffen. Das schönste Stück, das mir jemals untergekommen ist.«

»Ja, aber was ist der Schlüssel zum Rätsel?«, fragte Sebastien. Zum Teufel, warum ließ der Meister sie über dieses Kästchen reden? Er wusste doch bestimmt alles darüber. Warum trieb er hier sein Spielchen mit ihnen?

»Schwer zu sagen«, antwortete Ivan. »Der Schlüssel liegt im Gemälde auf dem Deckel verborgen. Eine ländliche Szene, Berge mit einem Fluss, der sich durch sie hindurchschlängelt und sich schließlich in einen Wasserfall ergießt. Insgesamt sind sechs Berggipfel zu sehen. Der Fluss liegt hinter vieren verborgen, bevor er zwischen zweien herausfließt und gischtend in die Tiefe stürzt. An den Berghängen stehen kleine Bäume, manche mit drei, andere mit fünf Ästen. Und schließlich sind die vier Ecken der Schatulle mit Schriftzeichen bedeckt. Sie sind in der Hanzi-Schrift verfasst und symbolisieren Tod, Erfolg, Leben und Ewigkeit. Mathematisch betrachtet ergeben sich so unzählige Möglichkeiten.«

»Die Räume zwischen den Bergen könnten für die Tiefe stehen, die Bäume für die Höhe, die Äste für die Breite«, sagte Rex.

»Tiefe?«, fragte Sebastien. »Die Berge repräsentieren doch eher die Höhe?«

»Könnte sein, aber den Raum zwischen den Bergen nehmen Täler ein, und diese könnten für die Tiefe stehen«, kam es von Tanya. »Man muss in das Bild mehr hineinlesen, als auf den ersten Blick ins Auge fällt.«

Rex grinste. Ein kluges Mädchen. Deshalb liebte er sie so. Sie dachte um die Ecke. Das war das Beste an ihr.

»Genau«, erwiderte Ivan. »Oder, auf unsere Zwecke bezogen, könnte dies für die Bewegung entlang der Schatulle stehen, auf, ab, links, rechts. Daneben besitzen die chinesischen Schriftzeichen numerische Entsprechungen; das Zeichen für Erfolg ist auch das Zeichen für die Zahl sechs, Tod steht für die Zahl vier, Leben für die drei und Ewigkeit für neun. Die Lösung für solche Geheimschatullen ist nicht nur eine mathematische Gleichung, sondern berührt auch philosophische Fragestellungen.«

Tanya sah zu Ivan und nahm von ihm das Kästchen entgegen. Ihm eilte der Ruf voraus, eine eigenwillige Person zu sein, distanziert, verschwiegen, an seinem analytischen Genie allerdings war nicht zu zweifeln. Warum behandelte er sie immer so abweisend? Mochte er keine Computerexpertinnen? Oder keine Frauen?

»Die eigentliche Schwierigkeit«, sagte Tanya, »liegt darin, die richtige Reihenfolge zu bestimmen. Betrachtet nur den zweiten Baum mit den drei Ästen. Er steht auf dem Hang zwischen den ersten beiden Bergen. Heißt das nun, dass man das Loch für den ersten Stift findet, indem man zwei nach oben, drei zur Seite und eins nach unten geht? Aber auf welcher Seite des Kästchens? Über dem Baum befindet sich das Zeichen für Leben, das auch für die Zahl drei steht. Bedeutet dies, dass der Stift vom Deckel aus im Uhrzeigersinn in die dritte Schatullenseite zu stecken ist?«

Sie starrte auf das Kästchen, aber eine Lösung wollte sich ihr nicht erschließen. Sie reichte es weiter. »Was denkst du, Andrew?«

»Ivan hat darauf hingewiesen«, begann Andrew, nachdem er die Schatulle einige Minuten lang betrachtet hatte, »dass die chinesischen Schriftzeichen sowohl eine numerische als auch eine philosophische Bedeutung tragen. Dem stimme ich zu. Welche Symbole verwendet wurden, hing oft vom philosophischen Hintergrund des Künstlers ab, der die Schatulle gefertigt hat. In der kosmischen Ordnung der Dinge, so wie Chang sie sah, kam das Leben wahrscheinlich an erster Stelle. Dann der Erfolg, die Erfüllung der menschlichen Bestimmung in dieser Welt. Darauf der Tod, das Ende aller irdischen Dinge. Und schließlich die Ewigkeit. Diese vier Symbole repräsentieren daher vielleicht die vier Seiten der Schatulle, ausgehend vom Leben oben, dem die anderen im Uhrzeigersinn folgen. Aber genau darin liegt die Schwierigkeit. Hat der Künstler wirklich an diese Reihenfolge geglaubt? Vielleicht meinte er, alle Dinge rühren von der Ewigkeit her, auch das Leben und der Tod, die nach vielen Kreisläufen wieder im großen Ganzen aufgehen. Sollte das zutreffen, würde der Kreislauf mit der Ewigkeit beginnen; darauf folgen Leben, Erfolg und Tod, die wieder in die Ewigkeit übergehen, damit ein neuer Kreislauf beginnen kann, wobei die Existenz des Einzelnen bei jedem Mal ein höheres Stadium der Erfüllung erreicht. Um die Reihenfolge zu verstehen, müssen wir den Künstler verstehen.«

Sie setzten ihre Betrachtung fort. Jeder wollte dem Meister zeigen, wie genial er war; doch schließlich mussten alle zugeben – nicht ganz unfreiwillig und voller Zorn, den sie voreinander ganz gut zu verbergen wussten –, dass sie nicht weiterkamen. Jeder glaubte, er sei einer Prüfung unterzogen worden, die er nicht bestanden hatte. Sebastien runzelte die Stirn und sah frustriert zur Decke. Die anderen stierten weiterhin das Bild auf dem Deckel an, nur Rex hatte sich bereits in seinem Sessel ausgestreckt und tappte mit den Absätzen gegen den Boden, erleichtert, dass es auch den anderen nicht gelungen war, das Rätsel zu lösen. Der Meister saß gedankenverloren und regungslos am Kamin: der Weise in der Mitte seiner Jünger.

Ivan schließlich war es, der das Schweigen brach: »Nun, Meister, wie lautet das Geheimnis?«

Einen Augenblick lang schien es, als wäre von dem ins Feuer starrenden Mann keine Antwort zu erwarten, als hätte er sie nicht gehört. Dann blickte der Meister auf.

»Ich glaube«, begann er leise, »dass Rätsel wie dieses hier mit dem Leben selbst gleichgesetzt werden können. Der Schlüssel erscheint so einfach, doch das Rätsel lässt sich nur unter gewaltigen Anstrengungen lösen. Auch das Leben erscheint so einfach, doch auf unserem Weg begegnen uns unvorhergesehene Schwierigkeiten und Gefahren, die Verwirrung und Verzweiflung auslösen. Für den Künstler Chang war es vielleicht ebenso. Ich habe viele Stunden mit diesem Rätsel und dem Leben des Mannes zugebracht, der dieses außergewöhnliche Kunstwerk geschaffen hat. Aber ich kenne die Lösung nicht.«

Seine Zuhörer waren erstaunt. Wenn noch nicht einmal das Oberhaupt dieser Einrichtung, in der die größten Gelehrten der Welt versammelt waren, die Antwort wusste, wie sollten sie dann die Lösung finden?

»Alle Probleme«, fuhr der Meister, sorgfältig seine Worte abwägend, fort, »haben eine Lösung. Daran habe ich immer geglaubt. Wenn Menschen meinen, es gebe keine Lösung, dann heißt das nur, dass sie sie nicht sehen können. Die Beschränkung liegt in ihnen selbst. Ihr starres, eingefahrenes Denken, ihr unvollkommener Blick lassen sie erblinden. Die Lösung selbst ist dabei weder besonders schwierig noch überaus komplex. Es ist der Betrachter, der die Verwirrung in das von ihm betrachtete Objekt erst hineinlegt, und wenn er seine Begierden und Vorurteile nicht ablegen kann, wird seine Suche immer vergebens sein. Wer die Lösung und den Weg zu ihr finden möchte, muss zuerst sich selbst und seine Gedanken prüfen. Nur dadurch ist es möglich, eine gegebene Situation mit der ungetrübten Klarheit eines Spiegels zu betrachten.

Was wissen wir über den Schöpfer dieser Schatulle? Wenig. Das Leben des Handwerkers Chang liegt zum großen Teil im Dunkeln. Sicherlich war er von niederer Herkunft, und nur langsam fand sein großes Genie die gebührende Anerkennung. Es scheint sogar, dass er selbst darauf hingewirkt hat, seinen Ruhm zu mindern, und zufrieden war, ein bescheidenes, anspruchsloses Leben zu führen. Obwohl er bereits für seine kunstvollen Kästchen zur Aufbewahrung von Schreibgerät berühmt war, begann er erst sehr spät mit der Anfertigung seiner ersten Geheimschatullen. Sie fanden bei den chinesischen Intellektuellen sofort begeisterte Aufnahme, nicht nur, weil sie unglaublich schön waren, sondern auch wegen der genialen Rätsel, die sie beinhalteten. Die elitären Gesellschaftsschichten rissen sich um sie. Chang stellte nur sehr wenige her, wobei sie immer komplizierter wurden. Leider gingen viele verloren oder wurden durch Menschenhand zerstört, sodass heute kaum noch zehn von ihnen übrig sind; die meisten befinden sich in Museen.«

Der Meister hielt kurz inne und sammelte seine Gedanken, bevor er fortfuhr: »Nach einer kurzen Phase des Ruhms zog sich Chang aus der Welt zurück – vermutlich aus Trauer ob der Habgier und des Ehrgeizes seiner Umgebung. Andere Aufzeichnungen berichten, dass er an einer tödlichen Krankheit litt. Er versteckte sich in einem Kloster, um die letzten Tage seines Lebens in Einsamkeit zu verbringen. Nur einem Menschen gelang es, ihn dazu zu bewegen, seinen Rückzugsort in den Bergen zu verlassen. Dies war der Himmelssohn, der Kaiser von China, der mächtigste aller Herrscher, Kangxi. Changs Geheimschatullen faszinierten ihn, und er ordnete an, das gesamte Land nach dem begnadeten Künstler zu durchsuchen. Der gebrechliche Alte wurde nach Peking gebracht. Und dort, in der Verbotenen Stadt, befahl der Herrscher Chang, für ihn eine letzte Geheimschatulle zu entwerfen. Die schönste und schwierigste von allen.«

Der Meister setzte sich auf und hielt das Kästchen gegen das Kaminfeuer.

»Das ist die Schatulle, die Chang entworfen hat.«

Tanya sah sich um und betrachtete die verzückten Gesichter ihrer Gefährten, die wie Schüler um ihren Lehrer saßen. Blickten sie zum Kästchen oder zum Meister, um die Lösung zu erfahren?

»Wahrscheinlich fragen Sie sich«, fuhr der Meister fort, »wie dieses Werk in meinen Besitz gekommen ist. Kaiser Kangxi vermachte es auf seinem Totenbett dem damaligen Meister für dessen Hilfeleistungen. So ging es auf mich über. Wenn ich sage, dass ich den Schlüssel zu dieser Geheimschatulle nicht kenne, bedarf dies einiger Erläuterungen. Ich glaube, dass ich die Antwort weiß. Mein Glaube allerdings gründet auf dem Wissen, dass, sollte ich Recht haben, dies niemals bewiesen werden kann. Ich werde versuchen, das zu erklären. Sein ganzes Leben lang hatte Chang Szenen aus dem Leben anderer Menschen dargestellt. Was tut nun jemand, dessen Todestag in absehbarer Nähe liegt? Welches kleine Erinnerungsstück möchte er zurücklassen als Zeichen seiner irdischen Existenz? Betrachten Sie genau das Gemälde, vor allem den Fluss. Er entspringt in der oberen linken Ecke des Deckels, ein schmaler Bach, der anwächst, bis er sich dem ersten Berg nähert. Dann verschwindet er aus dem Blickfeld, um wieder aufzutauchen, noch größer, noch breiter geworden. Wieder verschwindet er. Schließlich ist er als breiter Strom zu sehen, der in der Mitte des Bildes zwischen den größten Bergen hindurchfließt. Als einfache Erklärung dafür ließe sich sagen: Hat nicht Chang hier sein eigenes Leben aufgezeichnet? Eine Geburt, die im Dunkeln liegt, ein unsicherer Weg in den mittleren Jahren, zum Ende hin dann die volle Pracht seines Genies. Aber wohin führt diese Größe? Nirgendwohin. Der Wasserfall hängt einfach so da. Unten am Bild ist nichts mehr zu sehen, kein spritzendes, aufschäumendes Wasser, keine Felsen, kein See. Nichts.«

»Nichts«, kam es plötzlich von Ivan, »das kann doch nicht die Antwort sein. Die Geheimschatulle muss doch ein Geheimnis bergen. Sie kann doch nicht sinnlos sein.«

»Ich sagte nicht sinnlos«, erwiderte der Meister. »Ich denke, das Geheimnis dieser Schatulle hängt von der jeweiligen persönlichen Wahrnehmung ab. Für mich enthüllt diese Schatulle eine innere Schönheit, die wir Menschen in unserem Leben und in der Kunst unaufhörlich darzustellen versuchen. Nach der ungeheuren Komplexität die Einfachheit. Wie im Leben ist der Betrachter überzeugt, dass sie ein Geheimnis birgt, ein Rätsel, das es zu lösen gilt. Vielleicht gibt es aber überhaupt keines. Wer hat denn gesagt, dass es eines geben muss? Doch nur wir, die wir annehmen, dies sei eine chinesische Geheimschatulle. Eine Annahme, die sich aus unserer vorgefassten Meinung ergibt. Wir sehen die Lösung nicht, weil unsere Wahrnehmung mangelhaft ist. Ich glaube, die Antwort zu diesem Rätsel liegt nicht in dem Kästchen, sondern in uns selbst. Für mich sind diese Schatulle und ihre Schönheit sich selbst genug, sie enthält kein größeres Geheimnis.«

»Ja, und wenn das, was Sie sagen, wahr ist«, warf Tanya ein, »und sie im Grunde keine Geheimschatulle ist, dann lässt sich das nicht beweisen. Außer man zerstört sie, um zu sehen, was drin ist.«

»Das mag so sein«, antwortete der Meister. »Und so erfüllte Chang die Bitte des Kaisers, das schwierigste Rätsel überhaupt zu schaffen. Denn will man die Bedeutung des Kästchens verstehen, muss man sich selbst und seine Begierden verstehen.«

In diesem Moment ertönte der zweifache Schlag der Uhr. Keinem war bewusst geworden, wie schnell die Zeit vergangen war, so andächtig hatten sie seinen Worten gelauscht, so wütend waren sie gewesen, dass es ihnen nicht gelungen war, auf diese einfache und so wahre Lösung zu kommen. Sie erhoben sich und wollten sich verabschieden. Der Meister schien keine Anstalten zu machen aufzustehen. Sein Gesicht schien nur noch ernster zu werden.

»Es mag Sie vielleicht überraschen, aber ich habe Sie heute Abend nicht eingeladen, nur um über die chinesische Geheimschatulle zu sprechen. Jeder begibt sich ständig auf seine ganz persönliche Suche.« Er hielt kurz inne. »Ich habe Sie eingeladen, um Ihnen das Amt des Meisters anzubieten.«

Das Spiel

6

Das Heil einer Republik oder eines Reiches beruht also nicht auf einem Fürsten, der zeitlebens weise regiert, sondern darauf, dass er dem Staat Einrichtungen gibt, durch die er sich auch nach seinem Tode erhalten kann.

Machiavelli, Discorsi

Es war bislang ein außergewöhnlicher Abend gewesen, und er versprach noch außergewöhnlicher zu werden. Erstaunt lauschte Ivan den Worten des Meisters. Jeder Gedanke an die chinesische Geheimschatulle war vergessen. Sie hatten das Amt des Meisters angeboten bekommen. Eine Position uneingeschränkter Macht. Der größte Preis überhaupt. Konnte das wirklich sein? Er rückte seinen Stuhl etwas näher und bemerkte, dass die anderen ebenso erwartungsvoll zum Meister blickten. Dieser faltete die Hände. Im flackernden Feuerschein, der sein Gesicht erhellte, sah er aus wie ein betender Mönch.

»Beim Bankett des Kollegiums habe ich davon gesprochen, dass die Bürde des Meisters groß ist. Er ist nicht nur dem Kollegium verpflichtet, sondern vor allem der Welt draußen. Er muss beraten, ohne dabei übermäßigen Einfluss auszuüben. Dennoch muss er sich auch bewusst sein, dass sein Ratschlag weitreichende Auswirkungen auf seine Zuhörer hat. Diese Kombination von Macht und der Notwendigkeit, sie zurückhaltend auszuüben, ist eine große Last, die im Lauf der Jahre immer mehr zunimmt. Unweigerlich kommt der Moment, wo das Amt des Meisters auf einen anderen übergeht.«

Er hielt inne. Im Kamin knackten die Scheite. Rex Boone beugte sich aufgeregt nach vorn.

»Meister, Sie wollen sich zur Ruhe setzen?« Die anderen sahen ihn an. Ivan spitzte leicht amüsiert die Lippen. Trotz seiner unbestreitbaren Fähigkeiten war Rex doch ein wenig zu zielstrebig. Tanya blickte zu Sebastien. Verstohlen drückte sie seine Hand. Er beachtete sie kaum und war einzig auf den Meister fixiert.

»Ich wäre Ihnen dankbar«, antwortete der Meister, »wenn Sie mich ausreden lassen würden.« Wieder zögerte er kurz. »Allgemein wird angenommen, dass der Meister seinen Nachfolger bestimmt. Das jedoch gilt nur der Form nach, denn in Wirklichkeit wird der neue Meister durch einen Wettbewerb entschieden.«

Alle atmeten hörbar ein.

»Die obersten Kollegiumsmitglieder, die Schiedsmänner, legen sowohl die Richtlinien für den Wettbewerb fest als auch, wer daran teilnehmen darf. Darauf hat der Meister keinen Einfluss. Der Wettbewerb ist so ausgelegt, dass die Fähigkeiten der Teilnehmer aufs Äußerste auf die Probe gestellt werden. Der wahre Wert des Einzelnen offenbart sich nur unter härtesten Bedingungen. Der Meister muss mit allen weltlichen Angelegenheiten bestens vertraut sein, dazu gehört auch der Gebrauch sowie Missbrauch der Macht. Wenn dem nicht so wäre, hätten das Kollegium und alles, wofür es steht, schon lange aufgehört zu existieren. Und dennoch, lässt man sich von der Welt zu sehr vereinnahmen, ist dies der Weisheit abträglich, und das Kollegium und der Meister werden scheitern.« Der Meister hielt inne, nach einigem Nachdenken fuhr er schließlich fort: »Schauen Sie in Ihre Herzen. Die Antwort auf alles liegt in Ihnen verborgen. Wenn Sie nach dem Amt streben, dann nicht um Ihretwegen. Das Amt des Meisters ist kein Preis, sondern eine schreckliche Bürde. Es ist eine Gabe der Macht. Und so wie Macht korrumpiert, geschieht dies auch durch das Streben danach. Denn Macht lässt die Menschen zunehmend blind werden für die Wahrheit. Sie ist wie ein Leiden, sie lähmt einen, sodass man die Wirklichkeit der Dinge nicht mehr sieht.« Der Meister seufzte. »Es ist ein Drahtseilakt, zu dem alles Geschick und alle Intelligenz vonnöten sind, über die der menschliche Geist verfügt.«

Der Meister fuhr fort: »Auf Erlass der Schiedsmänner ist jeder von Ihnen ernannt worden, an der Prüfung teilzunehmen. Es steht Ihnen allerdings zu diesem Zeitpunkt frei, die Nominierung abzulehnen. Wünscht dies jemand von Ihnen?«

Es herrschte Stille. Alle fünf führten einen leisen Kampf mit sich und ihren Ambitionen: das Amt des Meisters. Der Vertraute aller Staatsoberhäupter zu sein, der Wächter über die faszinierendsten Geheimnisse der Menschheit. Welche Macht! Was hätten sie nicht dafür gegeben?

Ivan war der Erste, der sich wieder zu Wort meldete. »Worum geht es bei diesem Wettbewerb?«

»Das kann erst bekannt gegeben werden, wenn Sie der Nominierung zugestimmt haben«, erwiderte der Meister.

»Verstehe.« Er lächelte leise und sah dann zu Andrew, in dessen Blick ein Funken Verständnis aufzublitzen schien. Ein leichtes Räuspern. Alle blickten zu Rex, der sonst so gesprächig war. Sie warteten darauf, dass er etwas sagte, doch er hüllte sich in Schweigen und saß mit nachdenklicher Miene da, als hätte er schlechte Neuigkeiten erfahren, deren Bedeutung er jetzt erst zu verstehen begann. Er starrte in sein Brandy-Glas, ließ den Inhalt kreisen und nahm dann einen großen Schluck.

»Bis wann müssen wir uns entscheiden?«, fragte Sebastien.

»Bis Silvester. Wir werden uns dann erneut hier treffen. Bis dahin müssen Sie zu einer Entscheidung gelangt sein.«

Das Gespräch war zu Ende. Ivan erhob sich und inspizierte ein assyrisches Tablett, das auf einem Beistelltisch lag. Der Meister blieb am Feuer sitzen, seine Miene verriet nicht die geringste Regung.

»Meister, ich kann das nicht akzeptieren!« Rex' Worte durchbrachen die Stille wie ein Pistolenschuss. Verärgert schüttelte er den Kopf und stand auf.

»Sie meinen also, wir sollen uns auf diesen Wettbewerb einlassen, ohne zu wissen, was uns erwartet?«

»Ja. Das besagen die Regeln«, antwortete der Meister.

»Das ist doch verrückt!«

»Wer weiß noch von dem Wettbewerb?«, fragte Andrew.

»Nur wir und die Schiedsmänner.«

Sebastien stieß mit einem leisen Pfiff die Luft aus.

Rex hatte den Raum durchquert und sah durch das große Erkerfenster hinauf zu den Sternen. Er hatte dabei seine massige Gestalt leicht seitlich nach vorn gedreht, als würde er einen Angriff abwehren. Dann kehrte er zu den anderen zurück.

»Das ist nicht zu akzeptieren. Wahnsinn! Meint ihr nicht auch?«

»Ach, ich weiß nicht«, kam es von Ivan in nüchternem Ton. »Scheint mir doch eine ganz gute Idee zu sein. Darwins Prinzip, nur die Stärksten überleben.« Er wandte sich wieder dem assyrischen Tablett zu; der Meister besaß wertvollere Antiquitäten als das Britische Museum. Gleichzeitig aber ging ihm durch den Kopf: Das Amt des Meisters? Was würde ein Mensch nicht alles tun, um es zu erlangen?

»Na gut, ich jedenfalls werde nicht daran teilnehmen, wenn ich nicht mehr darüber erfahre. Nein, Sir«, ließ Rex verlauten. »Wollt ihr euch etwa darauf einlassen? Andrew?«

Andrew zuckte gleichmütig mit den Schultern. Er war noch müde vom Flug und brauchte Zeit zum Nachdenken. Der gesamte Abend war ungewöhnlich verlaufen. Außerdem verlangten wichtige Entscheidungen immer, dass man das Gute und Schlechte gegeneinander abwog, diese Entscheidung besonders. Welche Folgen zog dieser Wettbewerb nach sich?

»Tanya?«

»Ich weiß nicht Rex.« Warum verhielt er sich so seltsam? Er wirkte beunruhigt. Oder tat er nur so? Tanya achtete auf jede seiner Bewegungen. Warum spielte er ihnen etwas vor? Wen wollte er damit überzeugen? Den Meister? Oder sie? Einen Augenblick lang sah er sie beinahe prüfend an, dann wandte er seinen Blick ab. Wollte er ihr etwas mitteilen?

»Sebastien?«

»Rex, an deiner Stelle würde ich versuchen, mich etwas zu beruhigen.« Sebastiens Tonfall wirkte blasiert und herablassend, genau wie er beabsichtigt hatte. Rex starrte ihn finster an; seine Gestalt zeichnete sich vor dem Erkerfenster ab wie die eines bösen Geistes.

»Bevor ich nicht eine genaue Erklärung über die Art und Weise des Wettbewerbs bekomme, werde ich die Nominierung ausschlagen.« Er klang argwöhnisch.

Der Meister betrachtete ihn, nicht im mindesten unfreundlich, dann erwiderte er ruhig: »Sie haben bis Silvester Zeit, sich zu entscheiden. Und nun gute Nacht.«

Symes führte sie die Marmortreppe hinab. Der Meister schritt zum Fenster und sah ihnen in der Dunkelheit nach, während sie dem fahlen Schein von Symes' Lampe folgten. Er wusste, dass ihnen nur ein Gedanke durch den Kopf ging. Es konnte nur einen Meister geben.

Die Gäste des Meisters verließen den dritten Innenhof. Wieder standen sie vor dem Teich, an jenem Ort, der ihnen vertraut war. Doch nichts war mehr wie zuvor; sie fühlten sich verloren. Alles war durch den Meister und den dritten Innenhof verändert worden, und das unwiderruflich. Als hätten sie unvermittelt einen Blick in eine Welt getan, die rätselhafter und mächtiger war als ihre eigene. Ihr kleiner Kosmos war erschüttert worden, und man hatte ihnen angeboten, ihren geheimsten Herzenswunsch zu erfüllen, zu einem Zeitpunkt, zu dem sie es am wenigsten erwartet hatten.

Symes wünschte ihnen eine gute Nacht. Er wusste nichts

von den einschneidenden Ereignissen, die sich im Lauf des Abends zugetragen hatten, bemerkte aber, wie still und verschlossen sie nun waren. Die kleine Gruppe brach auf. Sebastien und Tanya kehrten zu seiner Wohnung im ersten Innenhof zurück. In ihrem Kopf drehte sich alles. Als hätte ein Magier einen Zauberspruch gesprochen und ihr etwas so unvergleichlich Schönes angeboten, das ihre tiefsten Gefühle zu erregen vermochte. Im Zentrum der Welt zu stehen. Als Meisterin, die Zugang zu den Oberhäuptern der Welt hatte, konnte sie – im Verborgenen, hinter den Kulissen – das Leben unzähliger Menschen beeinflussen und gestalten. Zum Wohle aller natürlich. Und sich alle ihre Wünsche erfüllen. Aber zu welchem Preis?

Tanya wusste, dass Sebastien die Nominierung annehmen würde. Daran gab es keinen Zweifel. Er war der ehrgeizigste Mensch, den sie jemals kennen gelernt hatte. Er wollte gewinnen, das war einer seiner grundlegendsten Wesenszüge. Und was war mit ihr? Wenn sie zwischen dem Höchsten, wonach sie sich sehnte, und ihrer Liebe zu Sebastien wählen musste, für wen oder was würde sie sich entscheiden? Würde sie gegen ihn antreten? Halb wusste sie die Antwort, doch noch wagte sie sich das nicht einzugestehen, nicht einmal vor sich selbst.

»Tanya!« Sebastien blieb stehen. »Ist es in Ordnung, wenn wir heute Nacht nicht beieinander schlafen? Ich brauche Zeit für mich. Ich muss nachdenken ... über diesen Abend.«

»Schon gut.« Sie war enttäuscht, konnte ihn aber verstehen. Sie küssten sich.

»Sebastien«, sagte sie. »Ich liebe dich.« Sie meinte es wirklich so.

»Ich liebe dich auch«, antwortete er.

Tanya sah ihm nach, bis er in der Dunkelheit verschwunden war. Hatte er gedankenlos, automatisch geantwortet? Meinte er es tatsächlich ernst? Würde er ihr zuliebe auf das Amt des Meisters verzichten? Nachdenklich blieb sie im Innenhof stehen.

»Süße Träume noch!« Erschreckt zuckte sie zusammen, so nah erklang die tiefe Stimme, dann fuhr sie sich mit der Hand durch das Haar.

»Oh, ja, gute Nacht, Rex.«

Rex beugte sich zu ihr hin und sog den Duft ihres Parfüms ein, der ihn an leidenschaftlichere Tage erinnerte. Er gab ihr einen Kuss auf die Wange. Dann blickte sie ihm nach, als er sich entfernte. Sie war glücklich und verwirrt. Glücklich, weil vielleicht wahr wurde, was sie sich nie zu erhoffen gewagt hatte. Und verwirrt wegen der Worte, die Rex ihr noch zugeflüstert hatte, als sein Mund leicht über ihr Ohr gestrichen hatte.

»Pass auf, Tanya. Das alles ist nicht so, wie es scheint.«

Sehr zufrieden mit sich kehrte Rex in sein Zimmer zurück. Er gluckste. Es war wie bei einer Ruderregatta, jeder nur für sich, doch er hatte bereits vom Start weg einen Vorsprung. Dennoch war da etwas, das ihn beunruhigte. Er sah auf die Uhr. Fast drei Uhr morgens, er brauchte etwas Schlaf. Morgen würde er ein Telefongespräch in die Staaten führen. Es würde ein, zwei Tage dauern, bis er das Material hatte, aber es waren wichtige Informationen, die er für seine endgültige Entscheidung brauchte. Von der Insel aus zu telefonieren war zu gefährlich, falls das Kollegium die Gespräche aufzeichnete. Er machte sich eine Tasse Kaffee, setzte sich vor seinen riesigen Computermonitor und wartete. Dass der Fisch anbeißen würde.

Er dachte an Tanya. Er machte sich Sorgen um sie, auch wenn sie eigentlich in der Lage war, auf sich selbst aufzupassen. Seine Gedanken schweiften ab. Sie war attraktiv, talentiert, und er hatte sich immer danach gesehnt, dass sie seine Frau und Partnerin wurde. Allerdings sah es nun ganz danach aus, als würde Sebastien ihn ausstechen. Für jemanden wie Rex, der nicht gewohnt war zu verlieren, ein geradezu quälender Gedanke. Und dabei war alles sein Fehler gewesen.

Damals, als sie sich beim Symposium kennen gelernt und miteinander geschlafen hatten, war er übers Ziel hinausgeschossen. Am letzten Abend hatten sie sich zum Essen verabredet und waren sich sehr nahe gekommen. Gebannt von ihren Worten, hatte er ihr zugehört, hatte sich zufrieden und sehr verliebt gefühlt. Und dann hatte er alles zerstört. Plötzlich hatte er wie ein Trottel drauflos geplappert und von einem gemeinsamen Leben, von Heirat und Kindern geredet. Durch seine Impulsivität und die schiere Kraft seiner Persönlichkeit hatte er versucht, sie mit seiner Liebe und seinem Verlangen zu überwältigen; hatte von einer festen Beziehung gesprochen, obwohl sie damals nur eine Freundschaft haben wollte und nichts Ernstes. Ein schwerer Fehler, wie eine mathematische Gleichung, die nicht aufging. Und am folgenden Morgen, als sie zum letzten Mal miteinander schliefen, hatte sie ihm – freundlich, aber gnadenlos – den Todesstoß verpasst.

In Wahrheit war er nie darüber hinweggekommen, noch immer gestand er sich nicht ein, wie vergebens es war, jemanden zu lieben, der seine Gefühle nicht erwiderte. Als er Mitglied des Kollegiums wurde, war Tanya bereits mit Sebastien liiert. Ihre gelegentlichen Begegnungen auf den weltweiten Kongressen waren ab diesem Zeitpunkt freundlich, aber distanziert verlaufen. Im tiefsten Herzen jedoch wusste er, dass sie noch immer liebevolle Erinnerungen an ihn aufbewahrte und eines Tages zu ihm zurückkehren würde – wenn Sebastien sie zugunsten eines jüngeren Opfers verließ oder sie seiner überdrüssig wurde. Außerdem würde sich durch den Wettbewerb um das Amt des Meisters sowieso alles ändern. Denn Tanya würde gegen Sebastien antreten, und bei diesem Spiel gab es keine Grenzen. Freundschaft und Liebe würden durch Macht ersetzt werden. So war es in der Welt. Außerdem, wie gut kannte sie Sebastien eigentlich?

»Rex Boone.«

Die E-Mail-Nachricht erschien auf seinem Bildschirm. Der erste Fisch hatte angebissen. Es war nicht Tanya.

»Enorm wichtig, dass wir uns morgen treffen und unterhalten, was zum gegenseitigen Nutzen sein sollte. Auf dem Festland. In Erris. 19.30 Uhr. Crossed Hears Hotel. Ivan.« Die Nachricht erlosch auf dem Schirm. Rex lehnte sich in seinem Schreibtischsessel zurück und überlegte. Ivan wollte sich mit ihm also nicht im Kollegium treffen. Er zog das Festland vor. Sehr klug. Vielleicht war auch er der Meinung, dass hier noch etwas fehlte. Vielleicht aber täuschte sich Rex auch. Er sollte kein voreiliges Urteil über den Wettbewerb fällen. Vielleicht waren die Dinge doch einfacher, als er annahm.

Er schloss seine schläfrigen Augen. In seinen Träumen ruderte er schon auf dem See nach Cairn Druar und wieder zurück. Auch die anderen saßen in ihren Booten. Aber er war ihnen weit, weit voraus.

Es war sechs Uhr morgens. Von den Bergen stieg dicker Nebel auf und begann sich im ersten Licht der Dämmerung aufzulösen. Andrew stand auf der Brücke der Fähre, die ihre erste Fahrt von Tirah zum Festland antrat. Er hatte gehofft, den Helikopter nehmen zu können, mit dem die Strecke in vierzig Minuten zu bewältigen war. Doch der Nebel verhinderte den Start, was zu dieser Tageszeit relativ häufig vorkam. Es war schneidend kalt, Andrew zitterte. Er sah zur Insel zurück.

Erst wenige Stunden waren vergangen, seitdem er für das Essen mit dem Meister hier eingetroffen war; bald musste er nach Afrika zurück, um seine Arbeit dort abzuschließen. Die kurzen Stunden beim Meister allerdings hatten einiges verändert. Würde er am Wettbewerb teilnehmen?

Er sah auf das von der Schiffsschraube aufgewühlte Wasser und von dort zum einzigen Hafen der Insel, der in der Ferne gerade noch zu erkennen war. Dahinter ragten die Fichten auf, die den steilen Berghang und die Flanken der beiden Berge bis fast hinauf zum Gipfel bedeckten. Verborgen im Inneren der Insel lag das Kollegium. Es steckte voller Geheimnisse, und Andrew war überzeugt, dass es noch wesentlich mehr verbarg, als ihnen bislang offenbart worden war. Die Institution war selbst eine chinesische Geheimschatulle.

Würde er teilnehmen?

Vor fünf Jahren war er zum Mitglied berufen geworden. Nach seinem Militärdienst war er der UNO beigetreten und hatte an einer friedenserhaltenden Mission in Taiwan teilgenommen; dies war zur Zeit der fehlgeschlagenen chinesischen Invasion gewesen. Dort hatte er Amy kennen gelernt, eine Taiwanesin, die als Nachrichtensprecherin arbeitete, und hatte sie geheiratet.

Kurz nach der Eheschließung hatte er von den Schiedsmännern die Einladung bekommen, Mitglied des Kollegiums zu werden. Das erste Treffen mit ihnen hatte – wie sollte es sonst sein – in aller Heimlichkeit im Hauptquartier der Eastern Military Alliance in Tokio stattgefunden, dessen Leiter ein Schiedsmann war. Andrew war erstaunt und erfreut gewesen, dass er eines solchen Postens für würdig befunden worden war. Ohne zu zögern hatte er das Angebot angenommen und es bislang keine Sekunde bereut.

Er war, wie er glaubte, vom Schicksal dazu auserkoren, still im Hintergrund mit Hilfe des Kollegiums die Fäden zu ziehen, um den Unruhegebieten auf der Welt Frieden zu bringen und das Leid der betroffenen Menschen zu lindern.

Er war froh um seine Entscheidung, und nach dem schrecklichen Verkehrsunfall ein Jahr darauf, bei dem Amy den Tod gefunden hatte, war seine Arbeit das Einzige gewesen, das ihn am Leben erhielt. Er trieb sich selbst an, um seinen anspruchsvollen Job bei der UN als Militärberater zu erfüllen sowie den jeweiligen Projekten des Kollegiums gerecht zu werden – zu den ihm aufgetragenen Aufgaben gehörten Recherchen zu den Aktivitäten der Regierung und der Handelsunternehmen in Myanmar, Berichte über den Bürgerkrieg in Kaschmir, Waffenstillstandsverhandlungen in Burundi, das Beschaffen von Informationen über die Attentäter des Präsidenten Laurent in Mali. Dabei arbeitete er manchmal mit anderen Kollegiumsmitgliedern zusammen, die weltweit militärische Aktivitäten überwachten – unter anderem mit Ivan während des Geheimkriegs im Jemen und mit Rex bei der Atomkatastrophe in Kasachstan. Rex war sicherlich eine beeindruckende Persönlichkeit, das musste Andrew zugeben. Rex hatte schnell herausgefunden, dass die Explosion im Kernkraftwerk auf mangelnde Wartungsarbeiten zurückzuführen war. Der Meister konnte damit den drohenden Grenzkonflikt mit Russland verhindern, das von der kasachischen Regierung der Sabotage verdächtigt worden war.

Andrew sah einer über dem Schiff kreisenden Lumme hinterher.

Über Sebastien wusste er nur wenig. Er hatte mit ihm noch nie zusammengearbeitet, was nicht überraschen konnte.

Das Kollegium befasste sich mit einer ganzen Reihe von Aktivitäten, wobei die jeweiligen Projekte streng voneinander abgeschottet wurden, damit keine Informationen nach außen sickerten; nur ein oder zwei Kollegiumsmitglieder holten Informationen ein und arbeiteten dabei ein oder zwei Schiedsmännern oder, was nur selten vorkam, dem Meister direkt zu.

Auch über Tanya wusste er nicht viel. Seine Kenntnisse auf dem Gebiet des Militärs und ihr Computerfachwissen waren bei einem gemeinsamen Projekt noch nie nötig gewesen. Er hatte sich mit ihr bisher lediglich während des Banketts des Kollegiums unterhalten und ihre anregende Gesellschaft genossen. Von den fünf Mitbewerbern verfügte sie sicherlich über den herausragendsten technischen Sachverstand. Ganz bestimmt war sie an der Programmierung der Computeranlage im Kollegium beteiligt gewesen und wusste sehr gut über die internen Vorgänge dort Bescheid. Schade, dass sie nicht zusammenarbeiteten. Sie und ihr Gefährte Sebastien allerdings gaben sicherlich ein starkes Team ab. Aber nur einer von ihnen konnte Meister werden, und er bezweifelte, dass ihre Beziehung das überstehen würde.

Sollte er teilnehmen?

Das Amt des Meisters war der Höhepunkt jeder Karriere. Der Wettstreit um das Amt war daher mit vielfältigen Gefahren verbunden; es war kein gewöhnliches Spiel und das Amt kein gewöhnlicher Posten. Für eine Position wie diese würden Menschen bereit sein, ihre moralischen Grundsätze über Bord zu werfen, dessen war sich Andrew sicher. Und er mutmaßte, dass der gefährlichste Konkurrent kein Mann sein würde, sondern eine Frau. Er dachte an Tanya.

Würde er also teilnehmen? Seine innere Stimme ließ nicht locker und versuchte alles andere aus seinen Gedanken zu verbannen.

Er beschloss, bis Silvester auf dem schottischen Festland zu bleiben, bevor er nach Afrika zurückkehrte. Dann konnte er das Kollegium aufsuchen und seine Teilnahme bekannt geben, falls er wirklich in den Ring steigen wollte. Er hatte Symes eine Nachricht hinterlassen, damit der Meister wusste, wo er sich aufhielt. Und dann stellte sich die Frage, ob er in der Zwischenzeit nicht irgendwelche Schritte unternehmen sollte, um seine Chancen auf das begehrte Amt zu erhöhen – immer vorausgesetzt, er wollte wirklich teilnehmen.

Die Insel war bald aus seinem Blickfeld verschwunden.

Nach dem Abendessen beim Meister kehrte Ivan in seine Räume im ersten Innenhof zurück. Er legte sein Dinnerjacket ab, hängte es sorgfältig auf einen Bügel und ging in seine Bibliothek. Dort betrachtete er eine volle Minute lang zufrieden seine Bücher in den Regalen, die großen Globen, die Radierungen alter Städte, die an der Wand hingen, und die kleinen griechischen und römischen Statuen, die den Kaminsims und die Beistelltische zierten. Er knöpfte sich das Hemd auf, legte die Manschetten auf den Schreibtisch und zog schließlich die schweren Samtvorhänge zurück, holte sich einen Stuhl ans Fenster und sah zu den Sternen hinauf.

Ein Wettbewerb um die intellektuell herausforderndste und vielleicht sogar mächtigste Position der Welt. Das Amt des Meisters. Ein Schachspiel, das auf einem Brett mit menschlichen Figuren gespielt wurde und bei dem es nur einen Gewinner geben konnte. Was der Meister ihnen anbot, war Macht, enorme Macht.

Er dachte an seine Mitbewerber, über deren Fähigkeiten er sich keinerlei Illusionen machte. Besonders Rex, von dem Ivan überzeugt war, dass er trotz seines entrüsteten Aufbegehrens teilnehmen würde. Ivan wusste jedoch auch, dass jeder von ihnen irgendwo seine Achillesferse hatte, einen kleinen Fehler, den es auszunutzen galt. Irgendetwas in ihrer Vergangenheit. Was nur allzu menschlich war. Allerdings würde es schwer werden, an Informationen zu gelangen. Das Kollegium war äußerst darum bemüht, jeden Hinweis auf ihre Mitgliedschaft zu tilgen; viele persönliche Details in den öffentlichen Datenbanken war »verloren gegangen« oder gelöscht worden, damit neugierige Zeitgenossen nicht allzu viel über sie herausfinden konnten. Nur einem Computerexperten dürfte es möglich sein, an die ursprünglichen Aufzeichnungen zu kommen und die Einzelheiten wieder zusammenzufügen. Tanya würde es zweifellos tun. Auf welche interessanten Geheimnisse würde sie bei ihm stoßen? Der Schein trog nur allzu oft.

Natürlich wusste er in groben Zügen, welcher Arbeit seine Kollegen nachgingen. Rex war Physiker, der für eine internationale Organisation an globalen Atomenergieprogrammen arbeitete, die sowohl zivile wie militärische Zwecke verfolgten. Andrew war Militärberater der Vereinten Nationen. Der clevere Sebastien war Berater der Weltbank und besaß ein umfassendes Wissen über globale Finanzsysteme und die Geldmärkte. War noch Tanya, deren Talent auf dem Gebiet der Computerprogrammierung lag und die über einen hoch entwickelten analytischen Verstand verfügte. Eine beeindruckende Auflistung individueller Fertigkeiten, die bei den Bewerbern im Einzelnen vorlagen. Und daneben waren sie allesamt Menschen, die erreichten, was sie sich vorgenommen hatten. Dennoch war Ivan überzeugt, dass ihre jeweiligen Fähigkeiten bei diesem Spiel letztendlich nicht ausschlaggebend waren; denn im Grunde zählt bei Spielen um die Macht nur eines: Wer man selbst war. Und deshalb schien klar zu sein, dass schließlich er, Ivan, ganz unabhängig von der Art des Wettbewerbs, das Amt des Meisters gewinnen würde.

Warum? Nun, weil Ivan sich selbst kannte und wusste, wo seine Stärken lagen. Er wusste, dass es ihm – anders als Sebastien – nicht leicht fiel, andere zu manipulieren und sie für die eigenen Ziele einzuspannen. Anders als Rex fehlte ihm das überschwengliche Selbstvertrauen in seine intellektuellen und körperlichen Fähigkeiten. Er konnte nicht auf herausragendes militärisches und taktisches Wissen zurückgreifen wie Andrew, und er besaß nicht den liebenswürdigen Charme Tanyas, der es ihr ermöglichte, die Hilfe und Kooperation anderer für sich zu gewinnen. Aber er wusste, er besaß eine Gabe, und eine sehr seltene noch dazu.

Ivan verfügte über eine kühle, rationale Objektivität, die kaum von Gefühlen wie Liebe und Angst, Schuld oder Reue berührt wurde. Diese menschlichen Schwächen waren für ihn erhebliche Fehler, sie beeinträchtigten den Geist und machten blind für die tiefsten Erkenntnisse über den Menschen und seine Beziehung zur Welt. Ivan lebte in einem mentalen Vakuum, in das Gefühle und Empfindungen nur selten vorstoßen konnten. Sein Verstand arbeitete wie der eines Klinikers: Er war objektiv, leidenschaftslos und kühl. Er war ein Purist, seine Gedankenwelt war die Machiavellis. Und da er sich weniger von Gefühlen leiten ließ als seine Kollegen, hatte er einen unbestreitbaren Vorteil, wenn es um Macht und ihre Ausübung ging – er war der geborene Spieler.

Er verließ seine Bibliothek, ging in seinen Salon und schickte an Rex eine E-Mail. Es war klar, dass dieser, enthusiastisch wie immer, auf der Stelle mit dem Spiel beginnen wollte. Vielleicht war er ein wenig zu enthusiastisch. Nun gut, lass uns spielen!

In jener Nacht ging das Leben auch für andere nicht weniger rätselhaft weiter. In Deutschland hatte die TV-Moderatorin Sabine Stricker, schon halb im Schlaf, die Beine um den polnischen Kameramann geschlungen. Sie hatte entdeckt, dass er nicht nur eine Stimme wie geschliffenes Glas besaß, sondern auch die Ausdauer eines Organisten beim Bearbeiten seiner Orgel. Was wollte sie mehr? Er hatte sie eingeladen, mit ihm auszugehen, kurz nachdem sie sich von Ivan verabschiedet hatte. Natürlich hatte ihr Ex-Mann Georg lauthals gewütet. Aber wen kümmerte das? Seltsam, wie einem das Leben so spielte. Sabine küsste seinen tätowierten Arm, und ihre Hand glitt zu seiner Lende. Wenn sie sich nur an seinen Namen erinnern könnte

Einen halben Erdkreis davon entfernt, im Flüchtlingslager im Kongo, lag Obedi in seinem Krankenbett und war hellwach. Er wartete auf die Rückkehr des rätselhaften Mannes mit dem Telefon. Und er fragte sich, ob man damit zu Gott reden konnte.

7

... wie leicht sich die Menschen verderben lassen
und einen entgegengesetzten Charakter annehmen,
auch wenn sie gut und wohlerzogen sind.
Machiavelli, Discorsi

Tanya streckte sich in ihrem Bett und gähnte. Es war spätmorgens, helles Licht strahlte bereits durch die Ritzen der geschlossenen Jalousien. Langsam begann ihr Gehirn zu arbeiten. Hatte sie den vergangenen Abend geträumt? Waren sie wirklich beim Meister zum Essen gewesen, und war ihnen tatsächlich sein Amt angeboten worden? Sie spürte, wie etwas weich auf ihrem Bett landete, gleich darauf schmiegte sich ein Pelzbündel gegen ihren Oberschenkel. Gemma, ihre Perserkatze, begrüßte sie. Katzen waren ein adäquater Männerersatz, ging es ihr durch den Kopf. Sie wärmten einen und waren nicht sofort erregt, wenn sie ein wenig nackte Haut zu Gesicht bekamen.

»Komm schon, Gemma, Zeit zum Aufstehen.«

Nur widerwillig schlug sie die Decke zurück und erhob sich, schlenderte in ihr Arbeitszimmer und beäugte müde den Tretapparat, genau wie Gemma, die gegen ihr Bein strich. Heute nicht. Sie würde später zum Joggen gehen. Vielleicht würde ja Sebastien mitkommen. Sie konnten zum Mullach Coll und zurück laufen. Sie schaltete die Nachrichten ein und begab sich unter die Dusche. Danach, als sie sich mit einem Handtuch das Haar trocknete, marschierte sie in die Küche, setzte sich mit einer Schale Müsli an den Tisch und verfolgte die TV-Schlagzeilen. Vieles deutete darauf hin, dass der amerikanische und der russische Präsident eine historische Vereinbarung über den Atomwaffenabbau in der westlichen Welt erzielen würden. Die Katastrophe, die vor wenigen Tagen noch über den US-Präsidenten hereinzubrechen drohte, schien abgewendet zu sein. Ob der Meister seine Finger im Spiel hatte? Wahrscheinlich. Sie ließ sich die aufgezeichneten Anrufe vorspielen.

»Tanya, ich habe beschlossen, für einige Tage die Insel zu verlassen. Ich muss über alles nachdenken. Wir sehen uns dann wieder an Silvester – falls du die Nominierung annimmst. Pass auf dich auf.«

Sebastiens knappe Worte schnitten wie ein Messer durch die Stimme der Nachrichtensprecherin. Tanya schaltete den Anrufbeantworter aus und schob ihre Frühstücksschale weg. Etwas in ihr hatte Alarm ausgelöst. Sie rief die Pförtnerloge an. Symes nahm den Hörer ab. Er bestätigte, dass Andrew, Sebastien, Ivan und Rex heute Morgen das Kollegium verlassen hatten; alle zu unterschiedlichen Zeiten, wobei Ivan und Sebastien den Helikopter genommen hatten, nachdem sich der Nebel gelichtet hatte.

»Dreckskerle«, murmelte sie, als sie den Hörer auflegte. Adrenalin schoss durch ihren Körper. Sie waren ohne sie verschwunden. Warum? Hatte es mit dem Wettbewerb und dem Amt des Meisters zu tun? Verdammt, und verflucht sei Sebastien! Hatten nicht er und Rex gesagt, sie solle auf sich »aufpassen«? Wussten sie etwas, das sie nicht wusste?

Eilig schlang sie ihr Frühstück hinunter. Sie musste herausfinden, wohin sie verschwunden waren. Das dürfte nicht einfach sein. Aber als Computerexpertin konnte sie sich ohne größere Schwierigkeiten nahezu in jeden Rechner auf der Welt einloggen. Das hieß, sie konnte sich eventuell Zugang zu Rex' Computer verschaffen; den Code für Sebastiens Rechner kannte sie ja bereits. Er konnte ihr vielleicht nützlich sein. Wenn jemand abreiste, hinterließ er oft eine Nachricht. Aber warum waren sie so früh aufgebrochen? War das Spiel ernster, als sie gedacht hatte?

»Du bleibst hier!« Sie streichelte Gemma. Katzen waren verlässlicher als Männer und blieben immer in der Nähe ihres Milchschälchens. Erst als sie über die Schwelle schritt wurde ihr bewusst, dass sie eine Entscheidung getroffen hatte, ohne wirklich darüber nachzudenken.

Sie würde am Spiel um das Amt des Meisters teilnehmen, komme was da wolle.

Die Fahrt von Tirah zum Festland dauerte je nach Wellengang mehrere Stunden. Zu dieser Jahreszeit war die See immer sehr rau, sodass man guten Gewissens eine weitere halbe Stunde Fahrtzeit hinzurechnen konnte. Rex störte das nicht. Er brauchte Zeit, um nachzudenken und um sich auf das Treffen mit Ivan vorzubereiten, der immer mit dem Helikopter reiste. Außerdem gab ihm die stampfende Fähre, die die stürmischen Gewässer des Atlantiks durchpflügte, das Gefühl, dass er vorankam, dass er Fortschritte erzielte. »Schön, Sie wiederzusehen, Dr. Boone.« Der Wachmann – eine Stelle, die ebenfalls in den Händen der Insel lag und seit Generationen vererbt wurde – nickte ihm zu, als er die Gangway hinabschritt.

Rex grüßte ihn ebenfalls mit einem Kopfnicken. Niemand verließ die Fähre, ohne dass das Kollegium davon erfuhr. Was keine große Rolle spielte, denn wollte der Meister es wissen, musste er nur Symes oder einen der anderen Pförtner fragen. Schwieriger war es schon, wenn er herausfinden wollte, wohin die jeweiligen Abreisenden sich dann aufmachten.

Nach einer zweistündigen Autofahrt traf Rex in Erris ein, einer kleinen Fischerstadt an der schottischen Westküste. Er bezog ein kleines Gästehaus nicht weit außerhalb. Er wollte keine Aufmerksamkeit erregen. Da sich das Wetter über Nacht verschlechtert hatte und viele der kleineren Straßen wegen eines Schneesturms unpassierbar geworden waren, hatte er für die Fahrt länger gebraucht als erwartet. Ob es

Ivan nach Erris und ins Hotel geschafft hatte? Er ging davon aus, dass sein berechnender Freund dafür Himmel und Hölle in Bewegung setzen würde, so erpicht war er darauf, sich mit ihm unterhalten zu können. Anscheinend hatte Ivan einen Plan, an dem er, Rex, teilhaben sollte. Könnte interessant werden. Was nicht hieß, dass es nicht noch einen besseren Plan gab.

Er sah auf die Uhr am Kaminsims. Zeit für den Anruf in die Staaten. Das Gespräch dauerte nicht lange. Danach und nach einem hastigen Essen auf seinem Zimmer setzte er sich hin, um einen Brief abzufassen. Ein Schreiben, das nicht ganz einfach war und viel Zeit in Anspruch nahm, während er sorgfältig seine Worte wählte. Es bestand die Gefahr, dass er von falschen Voraussetzungen ausging, dass er seine innere Stimme missachtete, die ihm sagte, niemandem zu vertrauen. Gedankenverloren starrte er durch das Fenster auf das Meer, viele Fragen gingen ihm durch den Kopf. Warum hatte der Meister beschlossen, ihnen das Amt anzubieten? Er hatte erzählt, seine Aufgabe werde mit jedem Jahr anstrengender, und es sei an der Zeit, sie jemand anderem aufzubürden. Aber war das wirklich alles? Könnte es nicht sein, dass etwas schief gelaufen war? Was eventuell mit dem Skandal um den US-Präsidenten zu tun hatte? War der Meister gezwungen zurückzutreten, und falls ja, würde er wirklich kampflos abtreten?

Und ihm ging durch den Kopf, dass er zumindest zeitweise seine Beraterstelle beim Globalen Forum für Nuklearforschung aufgeben müsste. Was kein Problem bedeutete. Er ließ sich oft freistellen, um Projekte für das Kollegium zu verfolgen.

Der Brief war noch immer nicht fertig, als er sich schließlich auf den Weg machte, um sich im Hotel mit Ivan zu treffen. Kurz bevor er sein Zimmer verließ, fiel sein Blick in den Spiegel. Er blieb stehen und nestelte am Kragen: Was er sah, gefiel ihm, und er verzieh sich den kurzen Moment der

Selbstbewunderung. Schließlich hatte doch jeder das Recht, hin und wieder an sich selbst Gefallen zu finden. Rex wusste, dass er über die Ausdauer und Hartnäckigkeit verfügte, um über die volle Distanz zu gehen; er konnte gewinnen. Außerdem war es bei einem Rennen oft entscheidend, die anderen bereits beim Start hinter sich zu lassen. Seine vorgetäuschte Entrüstung würde die anderen verwirren und unruhig werden lassen. Schon jetzt dachte er an das Amt des Meisters und was er unternehmen wollte.

Er beschloss, zu Fuß zu gehen; die frische Luft würde ihm gut tun. In seinem dicken Anorak trat er aus dem Gästehaus und machte sich auf den Weg zu der einige Kilometer entfernten Stadt. Das Unwetter hatte ein wenig nachgelassen, er atmete die eisige Luft ein und stapfte durch den Schnee. Er bedauerte lediglich, dass er heute nicht zum Rudern gekommen war. Das hätte die Anspannung ein wenig von ihm genommen. Trotzdem, was er hier unternahm, würde sich auszahlen, dessen war er sich sicher.

Oder doch nicht? Es hätte ihm nicht gefallen, wenn er erfahren hätte, dass keine zwanzig Minuten, nachdem er die Pension verlassen hatte, ein ungebetener Gast in sein Zimmer trat. Nachdem er das Schloss geöffnet hatte, sah er sich um und inspizierte die wenigen Habseligkeiten, die Rex für den eintägigen Aufenthalt in Erris mitgebracht hatte. Dann fiel sein Blick auf den Brief, der noch immer unvollendet, halb verdeckt unter der Schreibunterlage, auf dem Tisch lag. Sorgfältig las er ihn. Stille, dann war ein leiser Seufzer zu hören. Der Brief glitt in die Tasche des Eindringlings. Er sollte nicht abgeschickt werden.

Er war viel zu gefährlich.

»Traust du dem Meister?«

Sie saßen in der Kaminecke nahe beim Feuer. Die Gäste im Hotel umschwirrten sie in weihnachtlicher Vorfreude. Der Wirt, ein kleiner, stämmiger Mann, hielt hinter der Theke

Hof, und eine Gruppe junger Weihnachtssänger drohte nervös kichernd, ihren misstönenden Gesang auf die Gäste im Speisesaal loszulassen. Rex lehnte sich zurück und lachte.

»Na ja, eines zumindest habe ich bislang richtig eingeschätzt, Ivan. Ich bin davon ausgegangen, dass du mich hierher eingeladen hast, um über den Wettbewerb zu reden. Ich habe deine Freigiebigkeit also nicht unterschätzt.«

Ivan studierte das Gesicht seines Gegenübers. Sommersprossen, große Augen, eine flache Nase – ein Gesicht, das nichts verriet und so formbar war wie flüssiger Beton. Es passte zu seinem Schädel, dachte Ivan. Er würde nur Informationen preisgeben, wenn man ihm mit dem Tod drohte. Dennoch musste er es versuchen.

»Immerhin warst du so interessiert, dass du gekommen bist«, erwiderte er.

»Vielleicht«, gestand Rex ein. »Aber erst die wichtigen Dinge. Wer übernimmt die Rechnung?«

»Ich«, kam es von Ivan widerstrebend. Er ging davon aus, dass Rex ihn einiges kosten würde.

»So liebe ich das«, antwortete Rex. Er mochte Sportsmänner, fügte er noch hinzu und meinte, sie sollten die Unterhaltung einstellen, solange er die Speisekarte studierte. Nach einigen Minuten, in denen er die kulinarischen Köstlichkeiten gegeneinander abgewogen hatte, rief er den Kellner an den Tisch und bestellte Fois gras und ein großes Steak vom Filet mit einer Flasche Château Latour. Zum Dessert das Limonensoufflé und zum Abschluss Käse und Biskuits und einen Warre-Port von 1960.

»Ein guter Jahrgang, nicht wahr? Du kennst dich mit solchen Dingen doch aus?«

»Ich denke schon«, sagte Ivan leicht säuerlich.

»Dann nehmen wir vom Port doch gleich eine ganze Flasche«, rief er dem Kellner noch hinterher. Er fühlte sich großartig. Vielleicht hoffte Ivan, dass er im betrunkenen Zustand Dinge verriet, die er besser für sich behalten hätte. Aber das würde natürlich nicht geschehen. Er konnte ganze Batterien in sich hineinkippen. »Also, wo waren wir stehen geblieben?« Er grinste.

Ivan versuchte sich im Smalltalk, bis sich Rex seinem Hauptgericht zuwandte und sein Mund wie ein Mähdrescher das Essen in sich aufnahm. Dann begann er in seinem überzeugendsten Tonfall: »Ich denke, wir könnten uns beim Wettbewerb gegenseitig unterstützen.«

»Hmm, das bezweifle ich.« Rex schüttelte den Kopf. »Aber fahre fort.« Das Steak war ausgezeichnet. Wäre es unverschämt, ein weiteres zu ordern? Es war die Kälte, die ihm einen so großen Appetit verlieh. Er rief den Kellner und bestellte ein zweites.

»Es würde dich überraschen«, sagte Ivan mit seiner weichen Stimme. Rex richtete seine Aufmerksamkeit wieder auf ihn. Ivans Gesicht erinnerte ihn immer ein wenig an die Bildnisse des Kardinals Richelieu: Es war schmal, kantig, rätselhafte Augen blickten einen daraus an. Ivan würde kaum Skrupel kennen, um zu bekommen, was er wollte. War das Amt des Meisters etwas, das er unbedingt haben wollte? Rex hätte sein Leben darauf gesetzt.

»Rex«, fuhr Ivan fort, »ich möchte dich eines fragen: Vergangene Nacht hast du den Anschein erweckt, als würdest du dich nur ungern am Wettbewerb beteiligen. Natürlich habe ich dir das keine Sekunde lang abgenommen.«

»Nein?«

»Nein. Nicht eine Sekunde. Du wolltest doch nur sehen, wie wir und der Meister darauf reagieren.«

»Wirklich?« Rex zerlegte sein zweites Steak und kaute zufrieden fort. »Gib mir doch bitte den Spargel.«

»Ja, dein aufgebrachtes Gebaren sollte nur einen Zweck erfüllen: Du wollest feststellen, ob einer von uns von diesem Wettbewerb bereits gehört hat.«

»Aha. Und warum glaubst du das?« Rex war über sein Essen gebeugt. Äußerlich ließ er sich nicht das Geringste anmerken, insgeheim aber war er doch ein wenig beeindruckt. Ivan hatte zum ersten Mal ins Schwarze getroffen.

»Und«, fuhr Ivan in sanftem Ton fort, »das lässt darauf schließen, dass du etwas über den Wettbewerb weißt.«

»Hmm«, sagte Rex. Wieder hatte er Recht. Scheiße. Wo war der Kellner? Er könnte noch einige Kartoffeln gebrauchen. Er drehte sich um.

»Was du weißt, betrifft den Ablauf dieses Wettbewerbs. Und was du weißt, verheißt nichts Gutes.«

Rex legte Messer und Gabel weg. Der dritte Volltreffer. Er war wirklich beeindruckt. »Nun, und wenn schon?«, entfuhr es ihm schroff. »Angenommen, du hättest Recht, was schlägst du vor? Raus mit der Sprache. Man muss kein Atomphysiker sein, um sich zu denken, dass du einen Deal vorschlagen willst.«

Ein rasiermesserscharfes Lächeln umspielte Ivans Lippen. Ja, es war an der Zeit, auf den Punkt zu kommen. »Rex, die Aufgaben, die wir im Normalfall für das Kollegium übernehmen, sind alles andere als ein Kinderspiel und mit Risiken verbunden. Dieses Spiel aber ist sehr viel gefährlicher und komplexer. Wahrscheinlich die schwierigste Aufgabe, die uns im Leben begegnen wird.« Ivan hielt inne und nahm, vor allem der dramatischen Wirkung wegen und weniger aus Hunger, einen Bissen von seinem Lachs. »Dazu kommt das zusätzliche Problem, dass wir alle gewinnen wollen. Ich schlage daher vor, dass wir bis zu einem gewissen Grad zusammenarbeiten, zumindest im Anfangsstadium. Eine Allianz. Es wird vor allem darauf ankommen, einige Unwägbarkeiten auszuschließen. Es wäre ein kluger Zug, wie du zweifellos zugeben musst. Ich denke, wir beide könnten ein gutes Team abgeben, wie immer der Wettbewerb um das Amt des Meisters aussehen mag.« Er zögerte kurz. »Wir beide wissen, dass Sebastien und Tanya ebenfalls zusammenarbeiten werden.«

»Du bist dir dessen sicher?«

»O ja, ziemlich sicher«, kam es von Ivan, »auch wenn du in sie verliebt bist.«

Rex Boone lehnte sich, aufrichtig überrascht, zurück. War das wirklich so offensichtlich, oder hatte der andere nur glücklich geraten? Wie konnte er von ihrer kurzen Liaison vor vier Jahren erfahren haben? Rex wusste, dass er Ivan, den Spion, niemals unterschätzen sollte. Durch seine Arbeit mit den Geheimdiensten standen ihm unzählige Quellen offen. Vielleicht wurde er auch vom Kollegium eingesetzt, um ein Auge auf die anderen Mitglieder zu haben? Rex sah zur kleinen Kindergruppe der Sänger. Sie hatten sich mittlerweile im Speisesaal aufgestellt und begannen »Guter König Wenzeslaus« vorzutragen. Es klang, als würde an einem Patienten mit einem Staubsauger eine Herzoperation vorgenommen. Rex verzog das Gesicht und wandte sich wieder Ivan zu.

»Gut, was schlägst du vor?«

»Wie immer der Wettbewerb aussieht, wir arbeiten zusammen, um die anderen zu schlagen. Und dann sind nur noch wir beide da, du gegen mich. Möge der Beste gewinnen.« Seine Augen leuchteten.

»Du willst Meister werden?«, fragte Rex mit überraschtem Tonfall. Beide lachten.

Rex musterte sein Dessert. Sebastien würde ihm nie helfen, und insgeheim wusste er, dass Ivan mit ziemlicher Sicherheit Recht hatte. Er erhoffte sich zwar etwas anderes, aber wenn es hart auf hart kam, würde Tanya auf Sebastiens Seite stehen. Er brauchte also eine Absicherungsstrategie. Andrew? Eine unbekannte Größe: Er kam aus dem Militär, arbeitete häufig in Russland und im Fernen Osten, wo er, wie Rex annahm, Waffenlieferungen überwachte. Und Ivan? Welche Eigenschaften wies der Kroate mit seinem britischen Pass auf? Ein analytischer Geist mit einem leidenschaftslosen Temperament. Er soll, so lauteten einige Gerüchte, über sehr gute Beziehungen zu den Geheimdiensten einiger Länder verfügen, vor allem zu denen in den USA und Großbritannien.

Ein nützlicher Verbündeter und ein gefährlicher Gegner. Allerdings gab es für Rex ein weiteres Argument, das ihn dazu bewog, sich auf eine zeitweilige Kooperation einzulassen: Er wollte unter keinen Umständen, dass Sebastien gewann. Die Möglichkeit, dass Sebastien Meister des Kollegiums wurde, war für ihn vollkommen inakzeptabel – ebenso wie die Möglichkeit, dass er jemals aus dem Kollegium austreten würde. Was hieß, dass er gewinnen musste.

Als er sein Dessert verspeist hatte und den Teller von sich wegschob, zeigte sich ein dünnes Lächeln auf seinen Lippen. Es war kein Lächeln des Wohlbefindens nach dem hervorragenden Essen, sondern das Lächeln des Henkers, der bald seinen Gastauftritt auf der Bühne erwartete. Um Ivan würde er sich dann später kümmern.

»Gut, einverstanden. Eine Allianz. Aber Tanya überlässt du mir.«

»Kein Problem«, kam es gleichgültig von Ivan, obwohl er nicht die geringste Absicht hatte, sich darauf einzulassen. Er würde als Erstes versuchen, sie auszubooten. Sebastien und Tanya zusammen waren ein viel zu starkes Gespann.

»So, und jetzt erzähl mir, was du über den Wettbewerb weißt.«

Rex nickte. »Als der Meister vergangenen Abend davon sprach, fiel es mir wieder ein. Ich habe bereits früher von einem Wettbewerb um das Amt des Meisters gehört, von einem ehemaligen Kollegiumsmitglied, das daran teilgenommen hatte.«

»Wann war das? Und was ist damals geschehen?«

»Mehr kann ich dir im Moment nicht sagen. Ich brauche noch einige Informationen.« Seine Worte gingen in der Kakophonie der Weihnachtssänger unter. Rex und Ivan, die viel zu sehr mit sich beschäftigt waren, ignorierten sie. Doch es hätte sich gelohnt, wenn sie in diesem Moment aufgeblickt hätten, denn dann wäre ihnen eine Person aufgefallen, die aufmerksam in ihre Richtung spähte; eine Gestalt, die ebenso unbemerkt wieder verschwand, wie sie gekommen war.

»Rex«, und Ivan breitete in gespielter Demut seine Hände aus, »das ist doch erbärmlich. Wirklich. Alles, was du mir erzählen willst, ist, dass es bereits früher einen Wettkampf um das Amt des Meisters gegeben hat. Zweifellos hat der gegenwärtige Meister daran teilgenommen. Das kann sich doch jeder denken. Kannst du mir nicht ein wenig mehr erzählen? Sonst wäre dieses Treffen komplette Zeitverschwendung.«

»Tut mir Leid«, sagte Rex. Er warf seine Serviette auf den Tisch und erhob sich. »Danke für die Einladung, Ivan. Das Essen war köstlich, aber ich muss jetzt los. Zum gegenwärtigen Zeitpunkt gibt es nichts mehr zu sagen. Und ich muss noch mit jemandem reden. Den Käse und den Port lasse ich also ausfallen. Das kommt deiner Rechnung zugute. Du solltest dich freuen.« Er wandte sich zum Gehen.

»Ich denke, wir sollten die Sache etwas eingehender besprechen, Rex.«

»Nein.« Die Antwort war definitiv. »Wir bleiben in Kontakt. Ich melde mich bei dir.« Er grinste dem offensichtlich verblüfften Ivan zu und verließ das Restaurant.

Ivan blieb sitzen und trank noch sein Glas Wein. Obwohl er kaum harte Fakten präsentiert bekommen hatte, war er alles andere als enttäuscht. Rex war fürchterlich leicht zu durchschauen. Möglicherweise zu leicht, was darauf hinwies, dass er in Wirklichkeit keinerlei Interesse an einer Zusammenarbeit hatte. Aber das hatte er ja ebenfalls nicht. Also, was hatte er erfahren? Rex schien etwas sehr Wichtiges über den Wettbewerb zu wissen. Und diese Informationen trug er wahrscheinlich bei sich oder hatte sie zumindest ganz in der Nähe versteckt. Aber er glaubte nicht eine Sekunde lang, dass Rex es ihm jemals erzählen würde. Er würde sich also etwas anderes einfallen lassen müssen, um sie sich zu besorgen. Und er fragte sich, mit wem Rex reden wollte. Mit dem Meister vielleicht? Über das Spiel? Ivan ging zum Restaurantfenster und sah hinaus. Rex' riesige Gestalt stapfte wie ein grotesker Bär über die Einfahrt. Ivan bezahlte die Rechnung und verließ daraufhin ebenfalls das Hotel.

Kein schlechtes Treffen, ging ihm durch den Kopf, als er auf die Hotelveranda hinaustrat. Rex hatte bereits zu viel preisgegeben. Gut geraten, als er Rex auf den Kopf zugesagt hatte, in Tanya verliebt zu sein. Das passte hervorragend. Er fragte sich nur, ob es Sebastien wusste.

Rex spähte in die Nebelscheinwerfer der entgegenkommenden Fahrzeuge, die sich vorsichtig die Straße entlangtasteten. Das Schneetreiben hatte wieder zugenommen, die Sicht betrug nur noch wenige Meter. Er bog in eine Seitenstraße ab. Sein Gästehaus war keine zehn Minuten Fußmarsch mehr entfernt. Er drehte sich um. Nichts. Er wurde zu misstrauisch. Spätestens morgen sollte er seine Informationen aus den USA erhalten.

Er vergrub die Hände tiefer in den Taschen des Anoraks. Der Schnee schlug ihm ins Gesicht, er kniff die Augen zusammen. Er konnte sich nicht erinnern, dass in den letzten Jahren ähnlich miserables Wetter geherrscht hatte. Ein schlechtes Omen für den anstehenden Wettbewerb? Rex glaubte nicht an solche Dinge. Er richtete seine Gedanken auf das Spiel. Hatte er schon zu viel verraten? Nein, vermutlich nicht. Was er getan hatte, war nur darauf ausgerichtet, herauszufinden, ob sich die anderen der Tragweite des Wettstreits bewusst waren – was ganz offensichtlich nicht der Fall war. Ivan würde er natürlich im Moment heraushalten müssen. Aber die anderen steuerten geradewegs auf den wilden Sturm zu, dem schon mehr als ein Schiff zum Opfer gefallen war. Die Anforderungen in diesem Spiel waren gewaltig, jeder kleine Fehltritt würde bestraft werden. Es war an der Zeit, dass er sich zurückzog, bis sie alle wieder am Silvesterabend vor den Meister traten. Dann würde er dem Meister einiges zu erzählen haben. Er war gespannt, wie dieser darauf reagieren würde. Er kämpfte gegen den Sturm an. Den Brief an Tanya würde er heute Abend noch aufgeben.

Bald darauf hatte er fast das Gästehaus erreicht; nur eine Kurve noch. Er befand sich auf einem freien Abschnitt der Straße, auf dem ihm der Wind und der Schnee ins Gesicht bliesen. Kurz, als er das Eis unter den Füßen spürte, blickte er zu Boden. Dann hörte er hinter sich – trotz des heulenden Sturms – ein ungewöhnliches Dröhnen. Er drehte sich um. Im dichten Schneetreiben tauchte ein Wagen auf, der mit zunehmender Geschwindigkeit direkt auf ihn zuhielt. Mit einem Aufschrei versuchte er auszuweichen und an den Straßenrand zu treten. Doch die Natur und das Schicksal hatten sich gegen ihn verschworen: Er rutschte aus.

»Scheiße, das Eis!«

In den letzten unwirklichen Sekunden, bevor er die Wucht des Wagens spürte, sah er wieder sich selbst vor sich. Erneut ruderte er in Sichtweite des Kollegiums auf den Gewässern des Loch Moyne. Weit vor allen. Doch diesmal schien das Boot plötzlich die Richtung zu verlieren, wie er verzweifelt feststellte, die Ruder zerbrachen ihm zwischen den Händen. Andere Boote, Phantomboote, zogen an ihm vorbei und ließen ihn regungslos auf dem Wasser treibend zurück. Er war im Begriff, das Rennen zu verlieren; sein Boot begann zu sinken. Traurigkeit überkam ihn.

Mit einem heftigen Knall schlug sein mächtiger Körper gegen die Frontpartie des Wagens. Dann wurde er über die Motorhaube geschleudert und landete im schneeverwehten Graben. Er stöhnte und spürte bereits das gefrierende Blut auf den Lippen. Langsam drehte er sich auf die Seite, damit er den Himmel sehen konnte. Und dann rief er sich das Gesicht des Fahrers ins Gedächtnis; dessen Gesichtsausdruck, der Wut und Trauer zum Ausdruck zu bringen schien. Er war doch zu langsam gewesen. Und verraten worden.

»Tanya«, murmelte er.

Schneeflocken fielen auf sein Gesicht, während Blut aus

seinem Körper sickerte. Er starb unter großen Schmerzen. Der Wagen verschwand im Schneetreiben.

Andrew befand sich beim Bergsteigen in Schottland. Auch er, ein kleiner Punkt vor der eindrucksvollen Bergkulisse, dachte an den Wettbewerb. Es entsprach der Struktur des Kollegiums, überlegte er, wenn um die höchste Position eine Art Wettstreit durchgeführt wurde, der unter größtmöglicher Geheimhaltung ablief. Über allem aber hing der unmissverständliche und starke Geruch der Gefahr. Dennoch und trotz der Tatsache, dass sein Instinkt, auf den er sich gewöhnlich verlassen konnte, ihn warnte, wusste er, dass er teilnehmen würde. Wie ein Bergsteiger, der bereits unzählige Berge erklommen hatte, konnte er sich der tödlichen Anziehungskraft des höchsten Gipfels nicht entziehen – auch wenn die Chance, lebend zurückzukehren, mit jedem Schritt geringer wurde.

Methodisch begann er seinen Aufstieg, und nach einigen Stunden war er hoch oben an der felsigen Bergwand. Er kniete sich nieder, um die Schuhbänder neu zu schnüren, und sein Blick schweifte über die Landschaft. Plötzlich glaubte er unter sich etwas zu entdecken. Dann schob sich der Nebel dazwischen. Angestrengt versuchte er die Bewegung, die er wahrgenommen hatte, ein weiteres Mal aufzuspüren. Nichts. Mit einem Stirnrunzeln und ein wenig unruhig schritt er weiter. Er kam an einer Berghütte vorbei und schlug den schmalen Pfad nach oben ein. Nach nicht ganz einer Stunde wurde ihm bewusst, dass von Westen her ein Sturm aufzog. Wenn er sicher zurückkommen wollte, musste er sich beeilen.

Oben auf dem Gipfel breitete sich vor ihm das Bergpanorama und seine schneebedeckten Gipfel aus. Das Wetter allerdings verschlechterte sich nun zusehends. Als er seinen Blick wieder ins Tal schweifen ließ, entdeckte er durch ein Loch in der Wolkendecke weit unter sich eine Gestalt, deren

Silhouette sich gegen den Himmel abhob. Dann eine weitere. Andrew holte den Feldstecher heraus und richtete ihn auf die beiden. Sie schienen mit starken Ferngläsern die Berge abzusuchen, als hätten sie es auf ihn abgesehen. Er war verwirrt. Suchte jemand nach ihm? Wer wusste noch vom Wettbewerb um das Amt des Meisters? Und noch während er sie beobachtete, machte sich eine der Gestalten zur Berghütte auf; die andere verschwand aus seinem Blickfeld.

Andrew begann den Abstieg. Es war nicht ungewöhnlich, zu dieser Jahreszeit anderen Bergsteigern zu begegnen. Dennoch verspürte er ein Unbehagen, dessen Grund er nicht genau benennen konnte. Bald darauf näherte er sich wieder der Berghütte. Er war keine zwanzig Schritte entfernt, als die Tür aufgestoßen wurde und ein bulliger Mann herausgestürmt kam. Hastig löste er seine Schneebrille. Es war einer der Bergführer.

»Andrew. Gott sei Dank haben wir Sie gefunden. Mir wurde gesagt, Ihnen unverzüglich diese Nachricht zu überbringen. Ich fürchte, es ist nichts Gutes.«

Er reichte ihm einen weißen Zettel. Andrew las die Botschaft:

»Rex Boone starb bei einem Verkehrsunfall. Die Gedenkfeier findet morgen statt. Ihre Anwesenheit ist erforderlich. M.«

Die aus Granit erbaute Kapelle auf der Insel Tirah stand am Fuße des Mullach Mor, in Sichtweite des Meeres. Einige Kilometer landeinwärts lag das Kollegium. Dazwischen war nichts außer einer Straße, die sich, zum Teil in den Wäldern verborgen, wie eine Nabelschnur durch die Landschaft schlängelte. Der Kapelle haftete etwas Trostloses an, als würde sie nur selten besucht – was zutraf, da hier das Kollegium die Gedenkgottesdienste für verstorbene Mitglieder abhielt. Nur eine Hand voll Trauergäste waren zugegen, nur wenigen war Rex' Tod mitgeteilt worden. Der Gottesdienst war kurz, der Meister hielt die Gedenkpredigt. Wie zu erwarten, sagte er all das, was zu solchen Anlässen gewöhnlich gesprochen wurde: ein viel versprechender junger Mann… die Tragödie eines vorzeitigen Todes… ein unersetzlicher Verlust für das Kollegium… die Unsicherheiten und Unwägbarkeiten des Lebens. Im Lauf der dreißig Jahre, in denen der Meister dem Kollegium vorstand, hatte er zweifellos einige Male ähnliche Worte gesprochen, doch keinem entging, wie matt und belegt seine Stimme diesmal klang.

Ivan sah sich während der Rede in der kleinen Kirche um. Die Strahlen der Wintersonne glitzerten auf den Buntglasfenstern und erloschen dann. Die Kerzen warfen ihren flackernden Schimmer in die düsteren Ecken des Mittelschiffs. An den Wänden zeugten Gedenktafeln von vergangenen Jahrhunderten. Und auf dem Friedhof in Erris, im Inneren des Sargs, begann der mächtige Körper von Rex Boone, der noch vor wenigen Tagen vor Leben nur so gestrotzt hatte, seinen langsamen Verwesungsprozess. Bereits jetzt waren alle Verbindungen, die er einst zum Kollegium gehabt hatte, gekappt und das Geheimnis seiner Zugehörigkeit mit ihm begraben worden. Für die Welt draußen war ein nicht ganz unbekannter Physiker während eines Urlaubsaufenthalts in Schottland bei einem Verkehrsunfall ums Leben gekommen. Das war traurig, aber solche Dinge geschahen. Ende der Geschichte. Nicht einmal die Supermedien wussten es richtig auszuschlachten.

Tanya saß in einer der hinteren Bankreihen. Auch sie dachte an Rex. An den letzten Kuss, den er ihr gegeben hatte. An seine Leidenschaft und seine Hoffnung, dass zwischen ihnen mehr möglich wäre. Sie schloss die Augen, aber es kam ihr kein Gebet über die Lippen. Wieder sah sie Rex vor sich, wie er sie zum Bett geführt und sie geliebt hatte. Wie er ihr sanft die Bluse aufknöpfte, an ihren Brustwarzen saugte. Und schließlich in sie eindrang. Die Unmittelbarkeit ihrer Erinnerungen und ihre neu erweckten Gefühle für ihn waren so überwältigend, dass sie sich zwingen musste, die Augen zu öffnen und den Blick auf das einfache Holzkreuz am Altar zu richten. Sie sollte jetzt nicht an diese Dinge denken. Nicht hier. Dennoch kehrten ihre Erinnerungen während der Rede des Meisters erneut zu ihm und ihrer Beziehung zurück, die niemals Bestand gehabt hätte und nun für immer unmöglich geworden war. Der arme Rex. Er hatte immer alles gewollt, und immer sofort. Er hätte Meister werden können. Und was war aus seinem Ehrgeiz geworden – tot hatte er im Schnee gelegen. War es ein Unfall, oder ließ die Gier nach Macht Menschen Böses tun? Tief in ihrem Inneren kannte Tanya die Wahrheit.

»Also, wie ist er gestorben?«, fragte Sebastien.

Ivan und Sebastien standen nach dem Gottesdienst vor der Kapelle, rieben sich in der Kälte die Hände und schritten dann zum überdachten Eingangstor.

»Nach den Angaben des Polizeichefs in Erris, der es einem der Schiedsmänner berichtete, hatte sich Rex auf dem Rückweg zu seinem Gästehaus befunden«, erzählte Ivan. »Dabei wurde er von einem Wagen erfasst. Er war sofort tot. Der genaue Zeitpunkt seines Todes steht noch nicht fest, wahrscheinlich so um Mitternacht. Mehr weiß man noch nicht.«

»Und der Fahrer?«

»Flüchtete. Vielleicht hat er noch nicht einmal mitbekommen, dass er Rex angefahren hat. Das Wetter war miserabel. Unfall mit Todesfolge, so lautet bislang die offizielle Version.«

Es folgte eine kurze Pause. »Für Andrew ist das sicherlich nicht ganz einfach«, sagte Sebastien dann. Obwohl Sebastien und Ivan sich nicht besonders mochten, fühlten sie sich bei diesem Anlass in gemeinsamer Trauer verbunden. Andrew hatte soeben die Kapelle verlassen, hüllte sich in seinen dicken Mantel, richtete seinen Blick zum grauen, bewölkten Himmel und kam dann auf sie zugeschritten.

»Warum?«

»Seine Frau ist vor ein paar Jahren ebenfalls bei einem Verkehrsunfall ums Leben kommen. In Taiwan. Das dürfte seine Erinnerungen daran wiederaufleben lassen.«

»Ja«, sagte Ivan. »Eine tragische Sache.«

Sebastien wechselte das Thema. »Wo hatte sich Rex in jener Nacht aufgehalten?«

»Das weiß keiner«, log Ivan. »Wahrscheinlich in einer der Kneipen. Die Polizei erzählte dem Schiedsmann, dass der Alkoholspiegel in seinem Blut sehr hoch gewesen sei. Vielleicht war er betrunken und hat geschwankt.«

»Ja.«

Die beiden sahen sich an. Und plötzlich ging Sebastien ein Gedanke durch den Kopf. Sofort wandte er sich ab und sah hinaus aufs Meer. Doch es war bereits zu spät. In diesem Bruchteil einer Sekunde, in dem sich ihre Blicke getroffen hatten, war beiden bewusst geworden, dass sie den gleichen Gedanken hatten.

»Ich muss los«, sagte Sebastien. Mit einem Kopfnicken verabschiedete er sich von Ivan und Andrew, der die beiden soeben erreicht hatte, und eilte fort. Tanya hatte ihn bislang entschieden gemieden. Zweifellos wollte sie ihn bestrafen, nachdem er sie allein gelassen hatte in der Nacht, in der sie durch den Meister vom Wettbewerb erfahren hatten. Sie konnte manchmal sehr nachtragend sein; dennoch wollte er nicht die Insel verlassen, bevor er mit ihr gesprochen hatte. Als er jedoch durch das Tor schritt, war er mit etwas anderem beschäftigt.

Es war Sebastien gewesen, der in jener Nacht Ivan und Rex beim Abendessen gesehen hatte; Ivan hatte ihn also angelogen. Ein Punkt für Sebastien. Doch an dessen Blick hatte Ivan erkannt, dass Sebastien wusste, dass Ivan ihm nicht die Wahrheit gesagt hatte. Und das wiederum hieß, dass Ivan nun wusste, dass sich Sebastien in Erris aufgehalten hatte. Der Punkt ging also an Ivan.

Sebastien lächelte säuerlich. Wo aber war Andrew gewesen, als Rex gestorben war?

Sorgfältig schloss Tanya die Tür hinter sich. Die anderen würden bald vom Gottesdienst zurückkehren, bis dahin wollte sie das Kollegium bereits verlassen haben. Kurz zögerte sie, bevor sie Rex' Apartment im ersten Innenhof betrat. Noch immer war seine Persönlichkeit zu spüren, auch wenn über allem Trauer und Verzweiflung lagen. Sie betrachtete die Kunstwerke an den Wänden, die farbenprächtigen Gemälde von Monvillet und Chagall, die fremdartigen Holzplastiken von den Südseeinseln. Über der Bilderleiste hingen zwei Ruder, an denen die Auszeichnungen zahlreicher nationaler und internationaler Regatten angebracht waren, die er in seiner Jugend gewonnen hatte. Im Raum herrschte gespannte Stille. Fast glaubte sie, er könne im nächsten Augenblick aus seinem Schlafzimmer auftauchen, sich gegen den Türrahmen lehnen, sie mit seinen hellblauen Augen anstrahlen und dann zum Schlafzimmer weisen, damit sich ihre beiden Körper ein letztes Mal vereinigten. Aber so stark und intelligent er auch gewesen sein mochte, die größte Prüfung des menschlichen Körpers – die des Lebens – hatte er nicht bestanden. Er war bereits am Anfang ausgebootet worden. Er hatte sich als zu voreilig erwiesen.

Sie durfte keine Zeit verlieren und eilte in Rex' Arbeitszimmer. Nach seinem seltsamen Auftritt beim Essen mit dem Meister war ihr klar, dass er etwas über den Wettbewerb wusste oder zumindest ahnte. Die Informationen mussten hier irgendwo sein. In seinem Arbeitszimmer stapelten sich die Unterlagen und Computer-Disketten. Vor ihr, auf dem Schreibtisch, stand ein leistungsfähiger Rechner; der riesige Monitor starrte sie mit leerem Bildschirm an.

Sie zog eine lange Liste mit Zahlenreihen und einen kleinen Handheld aus der Tasche, den sie an der Rückseite des Computers anschloss. Dann schaltete sie Rex' Computer ein.

Als Erstes brauchte sie sein Passwort. Sie hatte sich bereits die letzten Tage damit beschäftigt, seit der Nachricht von seinem Tod. Bislang hatte sie es nicht gewagt, seine Wohnung zu betreten, und vergebens versucht, von ihrem eigenen Computer aus zuzugreifen. Nun also war sie hier. Sie musste sich vergewissern, ob er wirklich durch einen Unfall ums Leben gekommen war.

Nervös strich sie sich das Haar zurück und rückte den Stuhl näher an den Schreibtisch. Aufgrund seiner Mitarbeit an zivilen und militärischen Atomprogrammen musste sich Rex gegen einen unbefugten Zugriff auf seinen Computer geschützt haben. Aber es sollte nicht schwierig sein, das Passwort herauszufinden – was es dann aber doch war, wie sie schnell feststellen musste. Hatte er es in letzter Zeit geändert?

Plötzlich hielt sie inne und sah sich aufgeschreckt im Zimmer um. Die Sachen auf dem Boden – waren sie verrückt worden? Und die Bücher, die so seltsam auf dem Schreibtisch standen? Waren bereits andere hier gewesen?

Starb ein Mitglied, sichtete das Kollegium seine Besitztümer. Wichtige Dokumente wurden der Bibliothek überstellt, andere Papiere und persönliche Habseligkeiten wurden vernichtet, um so jeden Hinweis auf eine Verbindung zu der Institution zu löschen. Die Personen, die sich dessen annahmen, waren vom Kollegium angestellt und handelten unter der Aufsicht eines von den Schiedsmännern bestimmten Kollegiumsmitglieds. Sie wurden die »Cleaner« genannt. Waren die Cleaner bereits da gewesen? Oder jemand anderes, einer der Mitbewerber? Mit einem Gefühl drohenden Unheils flogen ihre Finger über die Tastatur und gaben eine numerische oder alphabetische Kombination nach der anderen ein.

»Komm schon, Rex, du musst mir helfen«, flüsterte sie.

Nichts. Plötzlich erschien ein Gesicht auf dem Bildschirm. Es gehörte einem Kind. Überrascht lehnte sie sich zurück. Das war bislang nicht vorgekommen, allerdings hatte sie natürlich seinen Monitor nicht vor Augen gehabt, als sie versucht hatte, von außen auf seinen Computer zuzugreifen. Das Bild stellte ein Baby dar, das – wie das Gotteskind – von Armen gehalten in einen Umhang gehüllt war. Es ergab keinen Sinn. Sie versuchte andere Kombinationen. Das Gesicht verschwand wieder. Dann tauchte es erneut auf. Besorgt blickte sie auf ihre Uhr. Sie würde es nicht schaffen. Ihre Finger flogen noch schneller über die Tastatur. Weitere Kombinationen, andere Permutationen – nichts.

»Denk nach, Tanya, denk nach«, sagte sie sich. Wieder erschien das Bild des Kindes. Mit einem leisen Aufschrei hielt sie inne. »O Rex.« Jetzt verstand sie es. Rex hatte eine Nachricht hinterlassen – eine Nachricht nur für sie. Also, wie lautete das Passwort? Es musste etwas sein, das sie mit Rex verband. Etwas, worauf nur sie kommen konnte. Denk nach! Verzweifelt versuchte sie sich zu erinnern, während die Minuten verstrichen. Schließlich kam ihr ein Gedanke. In der letzten Nacht des Symposiums hatte er sie gefragt, ob sie Kinder haben wollte. Sie hatte strikt abgelehnt: Sie sei viel zu sehr mit ihrem eigenen Leben beschäftigt. Er hatte nachgebohrt, ob sie sich ganz sicher sei? Sie hatte nur gelacht. Ja, ja, ganz sicher. Und dann hatte sie ihm von Gemma erzählt, ihrer Perserkatze, und dabei gesagt: »Gemma ist mein einziges Kind.«

Sie gab »Gemma« und »Kind« ein.

Nichts. Sie versuchte es mit verschiedenen anderen Kombinationen. Nichts.

Und schließlich: »Gemma – einziges Kind.«

Der Bildschirm veränderte sich. Fasziniert betrachtete Tanya die Botschaft, die daraufhin auftauchte. Ihre Botschaft. Und in diesem Moment hörte sie draußen im Gang Schritte, die schnell näher kamen. Kurz drehte sie sich um, dann blickte sie wieder zum Monitor.

»Tanya, ich werde morgen nach Erris fahren. Wenn du diese Botschaft liest, ist etwas Schreckliches geschehen. Wahrscheinlich wirst du dich dafür entscheiden, am Wettbewerb teilzunehmen. Ich weiß, du wirst es tun, aber traue keinem. Dieses Spiel ist wesentlich gefährlicher und schwieriger, als du denkst. Ich werde dir von Erris aus schreiben, falls ich dazu komme. Um alle Daten auf dieser Maschine zu löschen, gib die Worte ›Auf Wiedersehen‹ ein. Und, Tanya, ich habe dich immer geliebt. Und werde dich immer lieben. Rex.«

Es folgte ein PS: »Suche nach einem Max Stanton. Probier es an der Bostoner Zeitungs- und Zeitschriftenbibliothek, Raum 6B, am besten über den Netzzugang, wenn sie einen solchen haben. Und erzähl keinem davon.«

Sie musste einen Aufschrei unterdrücken, als sie die Schritte direkt vor der Tür hörte. Was sollte sie machen? Wollte Rex wirklich, dass sie alle seine Dateien löschte, jetzt, nachdem er tot war? Und wenn sie Informationen enthielten, die sie vielleicht gebrauchen konnte, um dieses Spiel zu gewinnen oder seinen Mörder zu finden? Sie war der Verzweiflung nahe. Mit Tränen in den Augen schrieb sie schließlich »Auf Wiedersehen«.

Ein leiser elektronischer Piepton zeigte an, dass jemand die Kombination am elektronischen Schloss eingab. Sie lief zur Tür, drückte sich neben ihr an die Wand, ergriff eine Bronzestatue und sah mit angehaltenem Atem, wie unmittelbar vor ihr langsam die Tür aufschwang. Wer immer an der Schwelle stehen sollte, er schien unschlüssig zu sein, das Zimmer zu betreten; vielleicht spürte er ihre Anwesenheit. Es schien eine Ewigkeit zu dauern, bis der Eindringling langsam in das Wohnzimmer und anschließend in Rex' Arbeitszim mer ging. In diesem Augenblick blinkte Rex' Monitor ein letztes Mal, und die Abertausend Dateien auf der Festplatte des Rechners waren gelöscht. Rex' analytisches Genie hatte sich in Nichts aufgelöst. Lautlos schlich sie hinaus in den Gang. Sie war wie traumatisiert – nicht nur wegen Rex' letzter Botschaft, die ihr sagte, dass er ermordet worden war, sondern auch, weil sie den Hinterkopf des Eindringlings erkannt hatte.

Es war der des Meisters.

8

Meine Worte sind sehr leicht zu verstehen,
sehr leicht auszuführen.
Aber niemand auf Erden kann sie verstehen,
kann sie ausführen.

Laotse, Tao Te King

Silvester

Symes betrat spätnachmittags das Arbeitszimmer des Meisters. Er erwartete, seinen Herrn am Schreibtisch vorzufinden, wo er wie immer in seine Arbeit vertieft wäre. Überrascht musste er allerdings feststellen, dass er am Fenster stand und zum schneebedeckten Gipfel des Mullach Mor sah. Als der Meister sich umdrehte, wirkte sein Gesicht müde, seine Wangen waren so blass, wie sie sein Kammerdiener noch nie gesehen hatte.

»Meister, das angehende Mitglied ist eingetroffen. Soll ich sie in den Empfangssaal führen?«

»Ja«, antwortete er. »Und die Gäste für die Verabredung um neunzehn Uhr sollen in die Bibliothek gewiesen werden, wenn sie kommen.«

»Sehr wohl, Meister.«

Etwas nervös erhob sich Susan Corelli, als der Meister den Empfangsraum betrat. Natürlich war sie fasziniert von diesem Mann, über den so wenig bekannt war und um den sich unzählige Legenden rankten. Sie war überzeugt gewesen, dass dieser mächtige und weise Mann sie einschüchtern würde, doch als sie sein Gesicht betrachtete, zerstreuten sich ihre Befürchtungen. Er war größer, als sie gedacht hatte, und seine Ausstrahlung wurde durch seine volle Gestalt und sein silbriges Haar noch erhöht. Seine Augen jedoch waren freundlich, seine Haltung ohne jeden Hochmut. Er schritt durch den Raum, gab ihr die Hand und betrachtete sie aufrichtig und ohne die geringste Befangenheit.

»Hallo, Susan.«

»Meister.«

»Ich weiß, es ist draußen etwas kalt, aber vielleicht könnten wir ein wenig durchs Kollegium schlendern. Alle anderen sind über die Neujahrsfeiertage bereits abgereist.«

»Gern.«

Sie gingen die Treppe hinab zum Erdgeschoss des Empfangsgebäudes und von dort hinaus in den Garten, wo die Wege vom Schnee geräumt worden waren. Der Meister musterte seinen Gast, über den er bereits alles wusste. Das Kollegium hatte sie bereits seit einigen Jahren beobachtet. Sie war eine attraktive Frau, schlank und zierlich, mit kastanienbraunem Haar, dunkelbraunen Augen und einem ausgeprägten, entschlossenen Kinn. Sie war dreißig Jahre alt, unverheiratet, hatte einen Lebensgefährten und war beim Globalen Forum für Nuklearforschung in Washington tätig. Rex Boone hatte sie empfohlen. Sie hatte für ihn gearbeitet.

Schweigend gingen sie die ersten Minuten nebeneinander her, damit sie sich in aller Ruhe auf ihre Umgebung konzentrieren konnte. Susan, fasziniert, zum ersten Mal in ihrem Leben das Kollegium zu erblicken, sah sich aufgeregt um. Allein der Gedanke an diese Einrichtung hatte seit Jahren eine magische Faszination auf sie ausgeübt – die Vorstellung, Mitglied zu werden, eine der wenigen Auserwählten zu sein, war für sie wie für so viele andere ein großer Traum und der Höhepunkt all ihrer intellektuellen Bestrebungen. Und heute waren das Kollegium und die Insel Tirah Wirklichkeit geworden. Sie war tatsächlich hier, und doch haftete dem Ort eine Aura des Mystischen an. Sie sog die Umgebung förmlich in sich auf und war fast versucht, alles zu berühren, damit es nicht wieder verschwand. Über die Jahrhunderte hinweg hatten Millionen Menschen auf der gesamten Welt Geld gespendet, damit es erhalten werden konnte, und das alles gründete auf einem einfachen Glauben – dem Glauben, dass irgendwo auf der Welt eine Institution bestehen sollte, die sich unabhängig von weltlichen Einflussfaktoren ausschließlich dem Frieden widmete. Was, wenn das Kollegium scheitern sollte? Ein schrecklicher Gedanke. Und welche Auswirkungen hätte sein Niedergang auf die Zivilisation?

»Sie haben vor einigen Tagen mit den Schiedsmännern gesprochen, nehme ich an.«

»Ja«, antwortete Susan lächelnd. »Ich traf mich mit dem Obersten Schiedsmann in New York. Er brachte mich zu zwei weiteren Schiedsmännern. Ich legte den Eid ab, über alles Stillschweigen zu bewahren, und sie boten mir an, Mitglied des Kollegiums zu werden. Ich konnte es kaum erwarten, das Angebot anzunehmen.«

»Sie sind sich über das Wesen unserer Einrichtung im Klaren?«

»Ich denke schon«, sagte sie. »Die Schiedsmänner und die Mitglieder des Kollegiums unterstützen den Meister bei seinen Aufgaben im Umgang mit den Staatsoberhäuptern und übernehmen die Aufträge, die ihnen der Meister und die Schiedsmänner zuweisen. Und das Kollegium verfolgt nur einen Zweck – sich ohne Rücksicht auf staatliche Bündnisse, politische Sympathien oder territoriale Grenzen für den Frieden einzusetzen.«

Sie blieben vor einer Steinbank neben dem Teich stehen. Nur wenige Tage zuvor hatte hier Präsident Davison mit Jack Caldwell gestanden.

»Das ist richtig«, sagte der Meister. »Aber lassen Sie mich erläutern, was das für Sie im Einzelnen bedeutet.« Er hielt inne. »Susan, wir haben Sie ausgewählt, weil wir glauben, dass Sie dazu befähigt sind, den Wünschen des Gründers gerecht zu werden. Ihre Arbeit für das Kollegium wird sehr beschwerlich sein. Sie werden zusätzlich zu Ihrer Arbeit als

Physikerin für das Globale Forum für Nuklearforschung fortwährend die Entwicklung aller Atomprogramme weltweit überwachen. Nützliche Informationen, die Ihnen dabei zufallen, werden Sie dem Kollegium berichten. Diese werden hier verarbeitet, Einzelheiten werden den Schiedsmännern und mir zugänglich gemacht, damit sie, wenn nötig, verwendet werden können. Von Zeit zu Zeit werden Sie daneben für besondere Einsätze abgestellt. Diese können sehr gefährlich sein.«

»Inwiefern?«

»Nun, Rex Boone inspizierte zum Beispiel vor einiger Zeit einen Atomreaktor in Rumänien. Offiziell war er als Berater des Forums unterwegs. Tatsächlich aber handelte er im Auftrag des Kollegiums, da uns über russische Geheimdienste einige beunruhigende Informationen zugekommen waren. Rex stellte fest, dass einige Reaktorbauteile gravierende Konstruktionsfehler aufwiesen, die der Hersteller zu verschleiern suchte. Er erstellte einen Geheimbericht, den er ans Kollegium schickte. Wir machten die rumänische Regierung darauf aufmerksam und setzten uns für sie bei der Weltbank ein, damit durch Kredite die Gefahrensituation entschärft werden konnte. Rex befand sich während seines gesamten Aufenthalts in Rumänien in großer Gefahr, da auf die Herstellerfirma einige Hundertmillionen Dollar Schadensersatzzahlungen zukamen und diese alles unternahm, damit die Fehler unentdeckt blieben.« Der Meister zögerte kurz. »Das Kollegium wird natürlich alles in seiner Macht Stehende tun, um Ihre Sicherheit zu gewährleisten. Unser Einfluss ist nicht unbeträchtlich.«

Er ist immens, dachte Susan.

»Als Mitglied«, fuhr der Meister fort, »werden Sie aufgrund Ihrer Position und den Geheimnissen, zu denen Sie Zugang haben, über weitreichenden Einfluss verfügen. Des Weiteren vertrauen wir Ihrer Diskretion, was Ihre Handlungen und Entscheidungen anbelangt. Wir sind überzeugt, dass Sie uns nicht enttäuschen werden.«

»Das werde ich nicht«, versprach sie. »Aber wie soll ich das meinem Boss beim Forum beibringen? Will der nicht wissen, was los ist, wenn ich von Zeit zu Zeit für Projekte des Kollegiums verschwinde? Wird er nicht misstrauisch werden?«

»Kein Problem«, sagte der Meister. »Der Leiter des Forums gehört ebenfalls dem Kollegium an.«

Susan lachte. »Verstehe. Das Kollegium hat überall seine Finger im Spiel.«

»Ja. Das hat es. Ein entscheidender Umstand, wenn es effektive Arbeit leisten will.« Und dann fuhr er fort: »Ihre Stellung im Forum wird sich ändern. Sie werden eine beratende Position einnehmen, damit Ihnen mehr Zeit für Ihre zusätzlichen neuen Aufgaben bleibt.«

Susan ließ sich die Neuigkeiten durch den Kopf gehen. »Kann ich Ihnen noch einige Fragen stellen?«

»Natürlich. Das war zu erwarten.«

»Warum wurde ich ausgewählt?«

Sie schlenderten weiter und traten anschließend, vorbei an schweren Eichentüren, über die Schwelle zum Haupteingang der Bibliothek. Susan war überrascht über die fehlenden Sicherheitsleute, bis ihr einfiel, dass man ohne die Erlaubnis des Meisters noch nicht einmal die Insel betreten konnte und jeder Eindringling sofort erkannt werden würde.

»Bevor wir jemanden zum Mitglied ernennen, beschäftigen sich die Schiedsmänner ausführlich mit den jeweiligen Kandidaten«, sagte der Meister. »Damit wir sichergehen können, auch den Richtigen auszuwählen. Dazu gehören die persönliche Einschätzung durch andere Mitglieder, eine eingehende Beurteilung ihres Privatlebens und ihres Charakters. Nur sehr wenige sind wirklich geeignet. Sie müssen bereit sein, ihre Wünsche und Vorstellungen jenen des Kollegiums unterzuordnen, und dürfen ihre privilegierte Position nicht missbrauchen. Und sie müssen bereit sein, unter strengster Geheimhaltung zu arbeiten – nur selten wissen sie, wozu ihre

Informationen eingesetzt werden, sie müssen sich immer darüber im Klaren sein, dass ihr Beitrag nur ein kleiner Teil in einem Puzzle darstellt. Und sie müssen akzeptieren, dass sie in der Welt niemals die höchsten politischen Ämter oder hohe Positionen in Wirtschaftsunternehmen erlangen können. Nur sehr wenige Menschen sind geneigt, sich darauf einzulassen.«

»Lediglich achtzig.«

Der Meister lächelte. »Das ist richtig. Der Gründer wählte diese Zahl mit Bedacht. Nur sehr wenige Menschen.«

Susan blickte sich um. Eine Bibliothek wie diese hatte sie noch nie gesehen. Im Erdgeschoss, in dem sie sich befanden, gab es keinerlei Bücher. Es bestand aus einem hohen, von griechischen Säulen getragenen Raum, der sehr viel größer war, als er von außen wirkte. Vor ihnen erstreckte sich ein mit makellos weißem Marmor verkleideter Mittelgang, links und rechts grenzten Räume an, die durch dünnes, undurchsichtiges Glas voneinander abgetrennt waren. Der Meister trat zur Seite und strich mit der Hand über ein Podest mit einem Sockel aus schwarzem Marmor oder Graphit. Es begann zu glühen, unzählige Lichtpünktchen leuchteten auf der Steuerkonsole auf. Der Meister drückte einen der Knöpfe, und die Trennwände aus Glas wurden plötzlich transparent. Innen, stellte Susan fest, befand sich meist nichts weiter als ein weißer Marmortisch und ein schwarzer Stuhl. Sie schritten durch den Mittelgang.

»Bücher und Dokumente lagern im Untergeschoss und im ersten Stock«, erklärte der Meister. »Dieses Stockwerk enthält ausschließlich Arbeitskabinen und Computer.« Dann setzte er das unterbrochene Gespräch fort. »Im ersten Jahr, Susan, wird Ihnen wahrscheinlich alles sehr merkwürdig vorkommen. Die Stellung allerdings ist auf Lebenszeit, wie Ihnen die Schiedsmänner sicherlich mitgeteilt haben, und Sie können jederzeit zum Kollegium zurückkehren. Eine Wohnung wird Ihnen hier zu Ihrer persönlichen Verfügung eingerichtet. Sie werden mit anderen Mitgliedern zusammenkommen, deren Arbeitsgebiete sich mit Ihrem Studienfeld überschneiden. Finanziell werden Sie für den Rest Ihres Lebens abgesichert sein, und das Kollegium wird alles tun, um Ihnen in jeder erdenklichen Form beizustehen.«

Sie blieben vor einer Seitentür stehen, die sich öffnete, als der Meister eine Lichtquelle auf Augenhöhe anblickte. Sie traten ein, und im selben Moment wurde die Glaswand wieder undurchsichtig. Drinnen war es so still wie in einer Mönchszelle, als befänden sie sich in einer Isolationskammer, nichts war zu sehen bis auf einen Marmortisch mit einem Stuhl, die zu einer Siliziumwand ausgerichtet waren. Wieder strich der Meister über einen im Marmor eingelassenen Graphitstab: Ein Keyboard erschien, und die weiße Wand begann zu schimmern, schließlich wurde ein etwa zwei Meter hoher Bildschirm auf sie projiziert. Eine sich drehende, in allen Farben blinkende Scheibe begann sich zu bilden.

»Ein Quantencomputer«, sagte Susan.

»Ja«, bestätigte der Meister. »Diese Computer sind sehr viel weiter entwickelt und komplexer als jene, die Sie vom Globalen Forum für Nuklearforschung kennen. Das Kollegium besitzt zwei davon, sie wurden von Mitgliedern konstruiert und werden von ihnen auch betrieben. Damit haben Sie unbemerkt Zugang zu jedem Computer der Welt. Sie sind auch an alle Bibliotheken und Institute angeschlossen. Einer der Computer steht den Kollegiumsmitgliedern für ihre Forschungen zur Verfügung.«

Susan fragte sich, für wen der zweite Rechner war. Für den Meister, um mit den Staatsoberhäuptern in Kontakt zu treten? Um noch mehr Informationen zu speichern? Welche?

»Alles«, fuhr der Meister fort, »was Ihnen bei Ihrer Arbeit wichtig erscheint und dem Kollegium zugänglich gemacht werden sollte, kann von jedem Ort der Welt und in jeder Sprache in die Datenbanken dieses Computers eingespeist werden. Sie haben jederzeit zu ihnen Zugang.«

Erneut führte der Meister seine Hand über die Graphitplatte; der Bildschirm verschwand. Sie verließen den Raum und schritten wieder durch den Mittelgang. »Sie fragten, warum ausgerechnet Sie ausgewählt wurden«, sagte der Meister. »Die Person, die sich bislang mit den Arbeiten beschäftigt hatte, die nun Ihnen zugewiesen werden, ist vor kurzem gestorben. Es handelte sich um Rex Boone.«

»Ich habe mit ihm am Forum an einigen Projekten zusammengearbeitet. Er war ein brillanter Kopf. Welch eine Tragödie, bei einem Verkehrsunfall ums Leben zu kommen. Ich hatte bis heute nicht die geringste Ahnung, dass er dem Kollegium angehörte.«

»Ja«, erwiderte der Meister, »sein Tod ist ein großer Verlust für uns. Die Schiedsmänner haben beschlossen, dass Sie seinen Platz einnehmen.«

»Das ist eine große Ehre.« Susan zögerte und dachte nach, bevor sie fortfuhr: »Was geschieht mit den Informationen, die wir in den Computer einspeisen?«

»Sie werden von mir und den Schiedsmännern vor allem für die Treffen mit den Staatsoberhäuptern aus mehr als zweihundert Ländern verwendet. Zum Beispiel versuchen wir im Voraus vor möglichen Umweltschäden und Naturkatastrophen zu warnen. In Ihrem Arbeitsbereich tun wir alles, um sicherzustellen, dass die Atomenergie für nichtmilitärische Zwecke eingesetzt wird und alle Anlagen kontrolliert und inspiziert werden. Auf dem Gebiet der Menschenrechte gelingt es uns häufig, im Austausch von Informationen und Hilfe die Freilassung von politischen Gefangenen zu erwirken. Wir tun dies, indem wir mit den Politikern auf einer vertraulichen Ebene kommunizieren. Sie können sich dann der Erfolge rühmen, wenn Durchbrüche erzielt werden, und ziehen nicht die Aufmerksamkeit der Medien auf sich, wenn dringende Probleme mit unserer Hilfe diskret gelöst werden. Es gibt immer eine Lösung. Man muss sie nur wahrnehmen und formulieren, das ist das ganze Geheimnis.«

Sie standen wieder auf den Stufen zur Bibliothek und gingen den Weg zum ersten Innenhof zurück. Ihr Einführungsgespräch mit dem Meister, wurde Susan klar, näherte sich dem Ende. Wie viel Einfluss hatte er wirklich? Er musste immens sein. Die plötzliche Öffnung von Myanmar? Die Hilfslieferungen an den Iran nach dessen schrecklichem Bürgerkrieg? Die Wiedervereinigung Koreas? Stand hinter allen diesen Ereignissen der Meister, hatte er andere von den Vorteilen überzeugt, die diese neuen Situationen mit sich brachten?

»Meister, warum versucht das Kollegium nicht, seinen Einfluss auf noch mehr Länder auszudehnen und sie zu zwingen, sich gemeinsam zum Wohl der Menschheit einzusetzen? Mit Ihrem Wissen und Ihrer Macht könnten Sie doch ganze Staaten kontrollieren!«

Der Meister schüttelte den Kopf. »Genau da liegt alles Übel verborgen. Das Kollegium kontrolliert niemanden. Wir wollen nur beraten. Wenn wir beginnen, uns in die Politik der einzelnen Länder einzumischen, wenn wir nur noch die Weltmächte unterstützen, würden wir ein riesiger bürokratischer Apparat werden, und dann wäre das Kollegium nichts anderes mehr als eine Diktatur – nur mit dem Unterschied, dass wir eine intellektuelle Diktatur wären. Der Zweck des Kollegiums ist nicht darauf ausgerichtet, andere Länder zu beherrschen oder der Welt seinen Willen aufzuzwingen, sondern der Menschheit als Ganzes mit Ratschlägen beizustehen und in all seinen Handlungen unparteiisch zu sein. Unsere Einrichtung verfolgt kein politisches Programm.«

»Aber warum muss dann das Kollegium und alles, was damit zusammenhängt, geheim bleiben?«

Sie betraten den ersten Innenhof.

»Das ist so seit den frühesten Anfängen«, erzählte der Meister. »Was würde denn geschehen, wenn es anders wäre? Die einzelnen Mitglieder würden miteinander konkurrieren. Die Weltpresse und die Medien würden über die Insel herfallen und uns zu beeinflussen suchen. Und schließlich würden die Staatsoberhäupter uns nicht mehr vertrauen, sie hätten nicht mehr die Sicherheit, dass nur sie unsere Ratschläge erhalten, niemand sonst davon Kenntnis hat und sie damit tun und lassen können, was sie wollen. Sollte das geschehen, würde das Kollegium der Korruption anheimfallen; alle seine Bemühungen wären daher zum Scheitern verurteilt. Sie sehen, diese Einrichtung kann nur überleben, wenn sie sich im Hintergrund hält. Sie will nicht konkurrieren, nur informieren.«

»Aber sie verfügt doch über enorme Macht, wenn ihr alle Geheimnisse der einzelnen Staaten bekannt sind?«

»So ist es«, erwiderte der Meister, »aber das Ziel des Kollegiums ist letztendlich nicht Macht, sondern Einsicht und Erkenntnis.«

Susan verkniff sich die Frage, was geschehen würde, wenn ein Mitglied Geheimnisse verriet, die das Kollegium betrafen. Das hatten ihr die Schiedsmänner bereits in aller Deutlichkeit klargemacht. Sie würden auf der Stelle entlassen werden. Nicht nur verloren sie ihre finanzielle Absicherung und das Privileg, mit ihrem Wissen am Weltgeschehen teilzunehmen, sie mussten auch alle Informationen an das Kollegium zurückgeben und hatten keinerlei Anteil mehr an seinen Vorgängen. Susan zweifelte nicht daran, dass das Kollegium über genügend Einfluss verfügte, um dies durchzusetzen. Und sicherlich war es auch in der Lage, seine Informationen vor dem Zugriff der Öffentlichkeit zu schützen – nicht zuletzt waren seine Archive durch nationale Gesetze sowie durch die UN-Charta für unantastbar erklärt worden. Hatte man das Kollegium und alle Staaten der Erde gegen sich, konnten diese dem ehemaligen Mitglied das Leben extrem schwer machen, falls es sich weigerte zu kooperieren. Susan fragte sich, ob das Kollegium so weit gehen würde, Verräter tatsächlich zu liquidieren. Doch das war vielleicht nicht ganz die angemessene Frage, die sie zu diesem Zeitpunkt dem Meister stellen sollte. Sie wechselte daher das Thema.

»Meister, so vieles liegt in der Welt draußen im Argen«, sagte sie. »Bürger sorgen sich um ihre Regierungen. Überall nehmen Gier und Korruption zu. Selbst der amerikanische Präsident schien vor nicht langer Zeit zu stürzen. Niemand traut den Supermedien und ihren Geschichten, die sie den Konsumenten auftischen. Die Leute wollen, dass das Kollegium die politische Arena betritt, seinen Schleier der Verborgenheit lüftet und allen die Wahrheit erzählt. Man sagt, es muss gegen die weltweite Korruption vorgehen und eine Führungsrolle übernehmen.«

»Genau das wird es nicht tun«, antwortete der Meister. »Solche Bitten werden seit achthundert Jahren vorgetragen. Aber sie entsprechen nicht dem Zweck dieser Institution. Unsere Macht muss immer im Verborgenen bleiben. Ansonsten würde das Kollegium schlimmer sein als die Einrichtungen, über die sich die Bürger beschweren.« Er richtete seinen Blick auf sie. »Haben Sie Vertrauen«, sagte er mit sanfter, aber fester Stimme. »Auf uns kommen sehr schwierige Zeiten zu, aber das Kollegium wird bis zum Schluss durchhalten, auch wenn alles andere untergehen sollte. Denn es besteht aus mehr als seinen einzelnen Mitgliedern. Es verkörpert ein Ideal, und dafür wird sich die Menschheit immer einsetzen, auch dann noch, wenn Sie und ich schon lange tot sind.«

»Aber sicherlich wird doch versucht, das Kollegium zu infiltrieren? Wie schützen Sie sich dagegen?«

»Das Kollegium tut, was es kann, um sich zu schützen«, erwiderte der Meister. Sie standen am Brunnen im ersten Hof, sein Eis war so klar und hell wie Glas. Mit bedächtiger Stimme fuhr er fort: »Natürlich kann ein Kollegiumsmitglied oder ein Schiedsmann diese Einrichtung für seine Zwecke missbrauchen. Niemand kann ein vollkommenes System schaffen, und manchmal ist die Kunst der Täuschung sehr groß. Das aber kommt nur selten vor, und es gibt Möglichkeiten, sich vor Korruption und innerem Zerfall zu schützen. Gelegentlich offenbaren die Menschen ihr wahres Wesen.«

»Das gilt auch für den Meister?«

Susan lächelte ihn herausfordernd an. Sie mochte ihn. Sie spürte, dass sie sich hier in Gegenwart eines bemerkenswerten Menschen befand und ahnte seine Demut und Größe. Doch in der Welt draußen waren verstärkt Gerüchte zu hören, dass das Kollegium nur noch für die Interessen einzelner Staaten eintrat und nicht mehr für den Frieden. Hatte nicht Paul Faucher, der Nationale Sicherheitsberater in den USA, vor seinem Selbstmord in seinem Abschiedsbrief behauptet, der Meister stehe hinter den Versuchen, Präsident Davison zu stürzen – auch wenn der Präsident dies entschieden zurückgewiesen hatte? Gab es nicht Bestrebungen innerhalb der UN, den privilegierten Status des Kollegiums aufzuheben? Wie konnte man beweisen, dass der Meister wirklich der war, den er vorgab zu sein?

»Ja, das gilt auch für den Meister. Auch er kann das Kollegium für sich und seine egoistischen Wünsche missbrauchen. Alle Menschen sind ihren Begierden unterworfen, jener nach Macht ganz besonders. Und alles kann schließlich scheitern. Das liegt im Wesen der Dinge.«

Sie hatten die Pförtnerloge erreicht. Symes erschien, um Susan in Empfang zu nehmen. Wenn sie das nächste Mal hierher kam, dann als Mitglied des Kollegiums. Dann würde sie innerhalb des Systems arbeiten.

»Noch eine letzte Frage«, kam es von Susan. »Kann man von der Mitgliedschaft zurücktreten?«

»Kollegiumsmitglieder oder Schiedsmänner können zurücktreten«, sagte er bedächtig, »aber das ist schon seit vielen Jahren nicht mehr vorgekommen. Sie werden bei Ihrer Arbeit für das Kollegium feststellen, dass sich Ihnen seine Geheimnisse mit der Zeit langsam erschließen. Jedem ergeht es so, sogar mir.« Sein Tonfall änderte sich. »Wenn jedoch ein Mitglied zurücktritt, wird es für immer vom Kollegium ausgeschlossen sein, der Geheimhaltungseid aber gilt für den Rest seines Lebens. Aber vielleicht zielte Ihre Frage ja auch darauf ab, ob ich als Meister zurücktreten kann.« Er beugte leicht seinen Kopf. »Die Antwort lautet nein.«

Sie gaben sich die Hand, und Susan wollte bereits gehen, als der Meister sie noch einmal ansprach: »Susan, wir möchten Sie bitten, dass Sie uns sofort bei einer Sache behilflich sind.«

»Worum geht es?«

Der Meister senkte die Stimme. »Rex Boones Tod kam für uns alle äußerst unerwartet. Wir schicken einige Leute zum Globalen Forum für Nuklearforschung, damit sein Schreibtisch gesichtet werden kann. Wir sind sehr daran interessiert, woran er kurz vor seinem Tod gearbeitet hat – an allen Informationen, die er zusammengetragen hat, vor allem über das Kollegium und seine internen Vorgänge. Wir bitten Sie, ihnen zu helfen. Einer der Schiedsmänner wird sich mit Ihnen in Verbindung setzen, wenn Sie wieder in Washington sind. Die Sache ist sehr dringlich.«

»Kein Problem«, kam es von Susan begeistert. Es war der schönste Tag in ihrem Leben. »Es freut mich, wenn ich Ihnen helfen kann. Auf Wiedersehen, Meister.«

»Auf Wiedersehen.«

Sie sah ihm nach, während er in den zweiten Innenhof zurückschritt und schließlich aus ihrem Blickfeld verschwand. Sein Rücken war dabei leicht gekrümmt; wie der eines Pilgers, der ein Kreuz mit sich trug.

Andrew, Ivan und Sebastien hatten sich im dritten Innenhof, in der Bibliothek des Meisters eingefunden. Symes teilte ihnen mit, dass der Meister bald erscheinen werde.

Wo steckte Tanya?

Die drei Bewerber betrachteten die Buchreihen – die Rücken schimmerten im gedämpften Licht der Lampen, die auf dem Kaminsims standen. Die Bibliothek umfasste nahezu das gesamte Spektrum des menschlichen Wissens: Naturwissenschaftliche Werke standen unmittelbar neben philosophischen Traktaten, Gesetzestexte neben Werken der Literatur in allen möglichen Sprachen. Politik und Religion waren in den gleichen Regalen platziert, wie als Puffer dazwischen geschoben fanden sich Bücher über Psychologie und Ökonomie. Die Regale, die sich vom Boden bis zur Decke erstreckten, enthielten die geistige Nahrung einer höchst belesenen Person, die unablässig die Annalen der Menschheits- und Geistesgeschichte durchstöberte, um ein klein wenig besser das seltsame Wesen verstehen zu lernen, das sich Mensch nannte. Was hatte der Meister bei seinen Studien herausgefunden? Welche geheimen Erkenntnisse besaß er über die menschliche Seele und deren Abgründe? Über die Begierden des Menschen nach Erfolg, nach Macht und Ruhm?

Ivan wusste es nicht. Er wusste nur eins: Er bewunderte und beneidete den Meister aus tiefstem Herzen. Er neidete ihm seine Macht, seine Gelehrsamkeit, seine Bücher, seine Räumlichkeiten, sein scheinbar müheloses Genie. Vor allem aber neidete er ihm das Amt des Meisters, das Aushängeschild seiner Fähigkeiten und das Fundament seines Erfolgs. Außerdem war er davon überzeugt, dass seine Gefährten die gleichen Gefühle hegten.

Wo war Tanya, fragte sich Sebastien. Hatte sie beschlossen, doch nicht teilzunehmen? Fast schien es so. Er war froh, er wollte mit ihr nicht konkurrieren. Es hätte beiden weh getan, außerdem hegte er keinen Zweifel, wer von ihnen beiden gewonnen hätte. Und trotzdem wollte er sie nicht verlieren – sie sollte während des Wettbewerbs bei ihm bleiben, ihn unterstützen und ihm ihre Liebe zuteil werden lassen. Mit einem schmalen Lächeln auf den Lippen betrachtete er die anderen. Ihnen musste bewusst sein, dass sie beide im Wettbewerb zusammenarbeiten würden. Was würden Andrew und Ivan dagegen machen? Sebastien wusste sehr genau, was er an ihrer Stelle tun würde.

In diesem Augenblick ging die Tür auf, und Tanya trat in den Raum. Sebastien verzog das Gesicht. Trotz ihres strahlenden Lächelns und tollen Kleids, das ihre Figur auf das Vorteilhafteste betonte, war nicht zu übersehen, wie wütend sie auf ihn war. Sie setzte sich neben Andrew auf das Sofa und vermied jeglichen Blickkontakt mit Sebastien. Er würde es schon wieder hinbiegen, obwohl er bereits jetzt wusste, dass dazu mehr als eine Entschuldigung nötig war. Er wollte etwas sagen, wurde jedoch vom Meister unterbrochen, der in diesem Moment die Bibliothek betrat.

»Ich nehme an, jeder von Ihnen hat beschlossen, die Nominierung anzunehmen.«

Er musterte sie der Reihe nach.

Unruhig sahen sie sich an, jeder war sichtlich darum bemüht, sein Begehren nicht allzu offen zur Schau zu tragen.

»Ja«, kam von jedem als Antwort.

»Überlegen Sie es sich gut. Haben Sie sich einmal dafür entschieden, gibt es kein Zurück mehr. Sie werden nicht mehr Mitglied des Kollegiums sein, und Sie werden nur dann wieder zurückkehren können, wenn Sie Meister sind. Ihr Geheimhaltungseid aber bleibt bestehen.«

»Ja.« Alle stimmten ohne Zögern zu.

»Gut.«

Gespannt warteten sie. Was er ihnen nun zu sagen hatte, würde für sie von enormer Bedeutung sein.

»Wie ich bereits angedeutet habe«, begann der Meister, »werden die Bedingungen für das Spiel um das Amt des Meisters von den Schiedsmännern festgelegt, denen ich mich ebenso gehorsam zu fügen habe wie Sie.« Einer Schublade entnahm er einen versiegelten Brief, öffnete ihn und las ihn vor:

»Das nächste Bankett des Kollegiums wird an Heiligabend um 20.00 Uhr abgehalten. Der Bewerber, der sich zu dieser Stunde in diesem Raum vor den Schiedsmännern einfindet und die Summe von zwanzig Millionen Dollar, die er durch eigene Bemühungen erlangt hat, auf ein von den Schiedsmännern benanntes Konto einzahlt, wird zum Meister ernannt.«

Es herrschte absolutes Schweigen. Ein perplexes Schweigen. Der Meister betrachtete sie. Er wusste, was ihnen durch den Kopf ging. Andrew entfuhr unwillkürlich ein Stöhnen. Das war doch nicht möglich! Er wollte seinen Ohren nicht trauen. Er war davon ausgegangen, dass der Wettbewerb um das Amt des Meisters ein Spiel des Geistes sei, ein Kampf der intellektuellen Fähigkeiten, aber nicht dieser abgefeimte Verkauf des Amtes an den Höchstbietenden. Auch seine Gefährten waren sichtlich verblüfft und konnten ihre Überraschung kaum verbergen. Das hatten sie nicht erwartet, ganz im Gegenteil. Wozu brauchte das Kollegium zwanzig Millionen Dollar? Das war doch lächerlich, die Stiftung war äußerst wohlhabend. Waren die Schiedsmänner verrückt geworden? Oder war auch das Kollegium wie so viele andere Institutionen Opfer seiner Gier geworden, wurde das Amt des Meisters nun an den Meistbietenden verschachert, so wie die Römer das Purpurgewand des Kaisers verkauft hatten? Andrew stand die Entrüstung ins Gesicht geschrieben. Unmöglich. Er musste sich verhört oder geträumt haben. Und dennoch wusste er, dass es so war. Er strich sich über die Brauen, seine Augen funkelten vor Wut – er war wütend auf sich und seinen Ehrgeiz, und für den Meister hatte er nur noch Verachtung übrig. Dafür sollte Rex Boone gestorben sein?

Sebastien war der Erste, der sich fing. Er lächelte sarkastisch. Nun befanden sie sich also mitten in einem Spiel, das das genaue Gegenteil dessen beinhaltete, was sie sich vorgestellt hatten. Ziemlich clever. Die Schiedsmänner waren nicht verrückt. Sie hatten es bestimmt nicht grundlos so festgelegt, und er glaubte zu wissen, was dahintersteckte.

»Wie sollen wir das Geld beschaffen?«, fragte er.

»Das ist Ihnen überlassen.«

»Legal oder illegal?«

»Auch das ist Ihre Entscheidung. Sie unterziehen sich dem Wettbewerb, und Ihr zukünftiger Weg wird ausschließlich von Ihnen allein bestimmt.«

Ivan sagte nichts, er behielt seine Gedanken für sich. Das Kollegium brauchte das Geld ganz offensichtlich nicht. Es verfügte über hohe Beträge, die treuhänderisch verwaltet wurden. Warum also die Bedingung, in einem Jahr zwanzig Millionen Dollar aufzutreiben? Warum diese große Summe? Hatte Rex herausgefunden, dass das Kollegium an verdächtigen Aktionen beteiligt war? Woran? Atomgeheimnissen? Musste es Schulden begleichen? Und vor allem, wem würde das Geld zugute kommen – dem Kollegium, den Schiedsmännern? Vielleicht sogar dem Meister? Musste er aus seinem Amt herausgekauft werden?

Tanya räusperte sich. Sie war sehr blass geworden, mit leicht belegter Stimme fragte sie: »In dem Brief heißt es, ›durch eigene Bemühungen‹. Was hat das zu bedeuten?«

»Es bedeutet«, antwortete der Meister, »dass Sie nicht die Unterstützung der Regierung, der Wirtschaftsunternehmen oder der multinationalen Organisationen in Anspruch nehmen dürfen, für die Sie arbeiten. Noch können Sie sich das Geld einfach leihen oder es von einem Dritten nehmen. Sie müssen es mit dem Ihnen zur Verfügung stehenden Geschick und den Ihnen eigenen Fähigkeiten erwerben.«

Nicht dumm, dachte Sebastien. Sonst könnte er ja einfach die amerikanische oder brasilianische Regierung dazu bewegen, ihm zu helfen, Meister zu werden, im Gegenzug würde er ihnen dann später gewisse Gefälligkeiten zukommen lassen. Natürlich konnte er diese Einschränkung einfach ignorieren, musste dann allerdings vorsichtig vorgehen. Schließlich arbeiteten Kollegiumsmitglieder in den höchsten Regierungsstellen. Vielleicht konnte er das Geld auch einfach klauen. Das wäre eine Möglichkeit. Aber er hatte noch viel Zeit, dies alles zu entscheiden. Durch den Tod von Rex Boone, schätzte er, sollte er in Führung liegen. Wer war sein größter Konkurrent? Er betrachtete Tanya, Ivan und Andrew. Er würde mit Tanya zusammenarbeiten, damit waren einige Unwägbarkeiten bereits ausgeschlossen. Blieben Andrew und Ivan. Er tippte auf Andrew. Militär schlägt politischen Taktierer. Philosoph schlägt Spion. Trotzdem …

Es herrschte abermals Schweigen. Alle grübelten über ihr Schicksal nach. Es war nahezu ausgeschlossen, in einem Jahr zwanzig Millionen Dollar legal zu erwerben, dachte Tanya. Und die Bedingung war gar nicht so dumm. So besaß keiner einen Vorteil, gleichgültig, über welche Kenntnisse oder Beziehungen er verfügte. Keiner war vom Start weg bevorzugt, und jeder ging große Risiken ein, wenn er illegal handelte. Sie konnten nicht mehr auf den Schutz des Kollegiums bauen, und wenn sie in irgendeinem ausländischen Gefängnis saßen, konnten sie nicht zum nächsten Bankett erscheinen. Sie betrachtete den Meister. Was hielt er vom Wettbewerb? War er nicht auch schockiert vom Ruch der Käuflichkeit, der ihm nun anhaftete? Seine Miene verriet nicht das Geringste; etwas, das sie noch mehr beunruhigte. Was hatte er in Rex' Wohnung getan? Wusste der Meister Näheres über Rex' Tod? Ihr fröstelte. Vielleicht sollten sie und Sebastien trotz allem zusammenarbeiten? Sollte sie ihm jetzt von ihrer Entscheidung berichten?

Ivan räusperte sich. »Es heißt ›der Bewerber‹. Was geschieht, wenn mehrere beim Bankett erscheinen?«

»Der von den Schiedsmännern aufgesetzte Wortlaut«, antwortete der Meister mit fester Stimme, »steht Ihrer Interpretation frei. Sie werden keine weiteren Erklärungen abgeben.«

»Verstehe.« Wenn er also gewinnen wollte, musste er sicherstellen, dass an jenem Tag kein anderer mehr erscheint. War das die Absicht, die dahintersteckte?

»Noch eins«, fuhr der Meister fort. »Wie bereits erwähnt, sind Sie nun auf sich allein gestellt. Niemand im Kollegium – einschließlich der Schiedsmänner oder ich – wird Ihnen Unterstützung zuteil werden lassen. Von diesem Tag an sind Sie nicht mehr Mitglied, Sie dürfen sich nicht mehr im Kollegium aufhalten, bis Sie am vereinbarten Tag vor die Schiedsmänner treten. Vermutlich wird Ihnen bewusst, welch ernste Aufgabe vor Ihnen liegt. Sie haben sie selbst gewählt. Viel Glück und auf Wiedersehen.«

Damit gab er jedem die Hand und führte sie zur Tür. Unten geleitete Symes sie zum letzten Mal aus dem dritten in den zweiten Innenhof. Er hatte nicht die geringste Ahnung, was soeben gesprochen worden war.

Der Meister ging in sein Arbeitszimmer und setzte sich an den Tisch. In wenigen Minuten stand das Treffen mit dem chinesischen Premier an. Dann traf der mexikanische Präsident ein, um sich mit ihm über die jüngsten blutigen Aufstände in der Chiapas-Region zu besprechen. Danach folgten weitere Termine und Telefongespräche bis spät in die Nacht. Die Arbeit des Meisters nahm kein Ende. Doch alles Menschliche ging einmal zu Ende … und kostete seinen Preis.

Er seufzte. Was kostete das Amt des Meisters?

9

Die Nichtwissenheit wissen ist das Höchste.
Nicht wissen, was Wissen ist, ist ein Leiden.
Laotse, Tao Te King

Januar, Kongo
Andrew fuhr in das UN-Flüchtlingslager in Kapanga, einer kleinen Township im Süden des Landes. Zwei Wochen waren vergangen, seitdem die Kandidaten das Kollegium verlassen hatten. Andrew war sofort nach Afrika zurückgeflogen, um seine Arbeit bei den Vereinten Nationen zum Abschluss zu bringen. Bevor er den Kongo endgültig verließ, wollte er noch einmal die Dorfbewohner besuchen, die er einen Monat zuvor aus der Gewalt der Rebellen befreit hatte. Sein letzter Besuch an diesem Tag führte ihn in das aus Wellblechhütten bestehende Krankenhaus am Rand des Lagers.

»Wo ist dein Telefon?«, fragte Obedi in Suaheli. Er betrachtete den sandhaarigen Mann mit seinem sonnenverbrannten, wettergegerbten Gesicht und dem hohen Haaransatz. Er hatte kein hässliches Gesicht, aber es war auch nicht hübsch. Doch in den dunkelblauen Augen strahlte enorm viel Leben, und das war wichtig für Obedi. Wenn aus den Augen das Leben wich, dann hieß dies, dass sich dieser Mensch aufgegeben hatte. Obedi wusste aus eigener Erfahrung, dass es besser war, sich von solchen Menschen fernzuhalten. Wenn du überleben willst, dann halte dich an die Überlebenden. Das hatte ihm seine Schwester gesagt. Es sei denn, sie gehörten zur Familie. Dann bleib bei ihnen bis zum bitteren Ende. Denn nach der Familie kam nichts mehr.

»Ich hab heute mein Telefon nicht dabei.«

»Oh«, sagte Obedi und blinzelte Andrew an. Sie saßen auf einer kleinen Holzbank vor dem Krankenhaus, eingehüllt in den Lärm der vielen Menschen, die sich für die nächste Essensausgabe anstellten. Obedi bohrte seine Zehen in den gelben Lehm. Andrew hatte den Siebenjährigen entdeckt, als er inmitten des allgemeinen Aufruhrs ruhig auf einer Bank gesessen und die Tragödie betrachtet hatte, die sich vor seinen Augen abspielte.

»Wie geht's dir?«

»Besser«, sagte Obedi. »Sie geben uns hier was zu essen. Und meinem Arm geht's auch besser.« Er befingerte den Verband, der erst diesen Morgen angelegt worden war. Das weiße Baumwolltuch war verstaubt und mit Lehm beschmiert.

»Gut. Und deiner Schwester?«

»Ganz okay. Sie kümmert sich um die Kinder.«

»Verstehe.« Andrew wartete auf Obedis Fragen. Vor sich sah er die Menschenmenge, die sich um das Essen prügelte, vor allem die Männer taten sich dabei hervor. Menschen, die auf einen niedrigeren Stand herabgesunken waren als Vieh. »Wie lange bleibst du?«

»Noch ein paar Tage«, antwortete Andrew. »Die UN wollen noch eine andere Flüchtlingsgruppe in diesem Lager unterbringen. Sie kommt aus dem Norden. Vielleicht helfe ich ihnen dabei.«

»Aha«, sagte Obedi. Er drehte sich auf der Bank, damit sein verletzter Arm nicht ungeschützt der Sonne ausgesetzt war. »Wann hört der Krieg auf?«

»Das weiß ich nicht. Hoffentlich bald.«

»Machst du, dass er aufhört?«

»Das versuche ich.«

»Mit den Männern am Telefon?«

»Ja, mit den Männern am Telefon.«

»Und was tust du dann?«

»Dann muss ich mich noch um was anderes kümmern.«

Er konnte dem Kind nicht erklären, dass er sich um eine der mächtigsten Positionen der Welt bewarb, die Position eines Mannes, der im Augenblick versuchte, den Kämpfen im Kongo und an so vielen anderen Orten der Welt ein Ende zu setzen.

»Kommst du dann wieder hierher?«

»Ja, aber das wird noch einige Zeit dauern.«

Obedi nickte. »Wenn du dann zurückkommst, besuchst du mich dann? Wenn ich dann noch am Leben bin.«

»Ja, ich werde dich besuchen«, sagte Andrew. Er strich dem Jungen über den Kopf. »Aber jetzt sollte ich erst mal mit deiner Schwester reden.«

Sie erhoben sich und drängten sich durch die dichte Menge.

»Dort ist sie.« Obedi zeigte auf ein dünnes Mädchen, das wahrscheinlich nicht älter als fünfzehn Jahre war. Sie trug ein einfaches rotes Kleid, keine Schuhe. Das Kleid war für ihre kindliche, durch Fehlernährung verkümmerte Figur viel zu groß, kleine Brüste zeichneten sich darunter ab, dünne Arme und Beine ragten hervor. Wahrscheinlich hatte sie das meiste von ihrem Essen dem Bruder gegeben. Mit einem sanften Blick sah sie auf. Sie kümmerte sich um eine Gruppe Kinder, die auf grob in den Staub gezeichneten, kastenförmigen Linien Himmel und Hölle spielten.

»Wie heißt deine Schwester?«, fragte Andrew.

»Shisvannah.«

»Schön. Hol dir jetzt was zu essen.«

Obedi rannte davon, Andrew setzte sich neben das Mädchen und begann sich mit ihr zu unterhalten. Wie Andrew vermutet hatte, besaßen Obedi und seine Schwester keine Eltern oder Verwandten mehr; sie waren beim Massaker im Dorf von den Rebellen ermordet worden. Andrew gab ihr etwas Geld und trug ihr auf, immer in der Nähe ihres Bruders zu bleiben. Er würde wiederkommen, wenn es möglich war. Und er würde die UN-Beauftragten bitten, ein Auge auf sie zu haben – obwohl er natürlich wusste, dass dies nicht viel nutzen würde; es gab Tausende von Menschen, um die sie sich kümmern mussten. Dann schickte er sie weg zur Essensausgabe. Er würde so lange auf die Kinder aufpassen.

Erschöpft lehnte er sich gegen die Wand der Hütte. Die Rebellen waren entgegen den von den UN ausgehandelten Vereinbarungen tief in den Süden des Landes vorgedrungen, Kämpfe waren erneut ausgebrochen, es hatte viele Tote gegeben. Obwohl der Meister seinen Einfluss geltend zu machen versuchte, schien es unwahrscheinlich, dass diesmal ein Waffenstillstand erzielt werden konnte. Und was machte er hier? Der Wettbewerb hatte bereits begonnen, und er konnte im Kongo nichts dafür tun. Zwanzig Millionen Dollar waren mehr, als im gesamten Bezirk hier an Reichtum verfügbar war. Andrew beobachtete die kleinen Kinder, die im Staub spielten. Was würde aus Obedi und seiner Schwester werden? Als Waisen waren ihre Überlebenschancen nicht besonders hoch. Sie hatten bereits an Gewicht verloren. Er stützte das Kinn auf die Hände. In seinem Kopf drehte sich alles.

»Nein, du kannst nicht in dieses Feld springen!«

»Warum nicht?«, fragte das kleinere Mädchen.

»Weil das nicht geht! Du musst in dieses Feld springen!« Das ältere Mädchen zeigte es ihr und stieß die Jüngere gegen die Brust. »Geh zurück und fang von vorn an!«

»Warum?«

»Weil es so gespielt wird.«

»Aber ich will in dieses springen.«

»Das geht aber nicht!«

Die beiden Kinder stritten sich. Und plötzlich war es Andrew, als würde ihm ein Schleier von den Augen gezogen. Himmel und Hölle und der Wettbewerb um das Amt des Meisters hatten etwas sehr Wichtiges gemeinsam. Der Meister hatte von dem Wettbewerb als einem Spiel gesprochen. Und alle Spiele besaßen Regeln. Der Meister hatte sie ihnen auch genannt. Zwanzig Millionen Dollar zu beschaffen und zu einem bestimmten Zeitpunkt die Schiedsmänner aufzusuchen. Die Wettbewerber allerdings, wurde Andrew nun bewusst, hatten die entscheidende Frage nicht gestellt. Sie hatten vergessen, sich nach den übrigen Regeln zu erkundigen. Den Regeln, die sich mit Fragen befassten wie, wann der Wettbewerb abzuhalten sei, wie viele daran teilnehmen und wie sie ausgewählt würden. Denn ein Spiel wie dieses konnte wie alle Spiele nur dann funktionieren, wenn alles strikt festgelegt war. Wie lauteten die anderen Regeln? Und vor allem, wo wurden sie aufbewahrt? Auf die letzte Frage konnte es nur eine Antwort geben: im Kollegium. Das Geheimnis dieses Spiels wurde so sicher wie möglich verwahrt.

Er stand auf, um sich von Obedi zu verabschieden.

Holland, Rotterdam

Andrew saß auf einem wackeligen Plastikstuhl in einem schmuddeligen Büro. Das Lagerhaus, in dessen zur Straße gelegenen Seite das Büro untergebracht war, lag in einer Seitenstraße in einem heruntergekommenen Hafenviertel Rotterdams. Ein unaufmerksamer Betrachter hätte das Gebäude keines zweiten Blickes gewürdigt. Es trug den verwaschenen Schriftzug einer Container-Verladegesellschaft und sah von außen wie alle Dock-Gebäude aus, ein wenig schäbig und vernachlässigt. Der äußere Eindruck aber konnte täuschen, was vor allem bei Waffendepots gern der Fall war.

Hinter der rückwärtigen Bürowand stieß man auf zahlreiche verschlossene Tore, und dahinter befand sich ein beeindruckendes Waffenarsenal. Es war von der führenden Gruppe holländischer Söldner aufgebaut worden, die ihre Dienstleistungen an den Höchstbietenden versteigerten. Andrew stand mit ihnen seit Jahren in Kontakt, so wie er weltweit ausgesprochen gute Verbindungen zu militärischen und terroristischen Organisationen pflegte. Dies alles war Bestandteil seiner Arbeit für das Kollegium gewesen, hinter der das Ziel stand, die militärische Stärke der einzelnen Länder einzuschätzen. Alles dünne Fäden im weit verzweigten Informationsnetz.

»Andrew!«

Der Holländer schüttelte ihm die Hand und ließ sich hinter dem verbeulten Metalltisch auf einen Stuhl fallen. Er war ein bulliger Mann mit breiten Schultern und einem ausladenden Bauch. Seine Gestalt, sein schon etwas schütteres, rötlich-blondes Haar, die Wabbelbacken und die Knollennase ließen kaum auf seine militärische Tätigkeit schließen. Er sah eher aus wie ein Metzger... oder wie ein leutseliger Gemeindepfarrer, der zu sehr die Gastfreundschaft seiner Schäfchen ausgekostet hatte. Trotzdem war er der Anführer der Söldnertruppe. Andrew kannte ihn seit geraumer Zeit und wusste alles über seine Einsätze. Der Holländer hingegen wusste über Andrew nicht sehr viel, sah man davon ab, dass er UN-Berater war und über die unheimliche Fähigkeit verfügte, regelmäßig an den schlimmsten Unruheherden der Welt aufzutauchen. Wer Andrew wirklich war, darum kümmerte sich der Holländer nicht, obwohl er so seine Verdachtsmomente hatte. Normalerweise war ihm natürlich sehr daran gelegen, alles über sein Gegenüber herauszufinden, in Andrews Fall aber machte er eine Ausnahme. Einige Jahre zuvor, im Dschungel von Papua Neuguinea, hatte Andrew ihn und zwei seiner verwundeten Kameraden davor bewahrt, von der Siegerseite aufgeschlitzt und ausgeweidet zu werden. Keine sehr schöne Aussicht – und dafür, dass er ihm das Leben gerettet hatte, schenkte ihm der Holländer nun sein vollstes Vertrauen. Andrew hatte noch einiges gut bei ihm, einen Gefallen, den er jetzt einlösen wollte.

»Pieter, ich brauche deine Hilfe. Ich will einer Insel einen Besuch abstatten.«

»Gut. Du siehst aus, als ob du ein wenig Urlaub gebrauchen könntest«, antwortete der Holländer in seinem nicht ganz akzentfreien Englisch. Er stand auf. »Lass uns ein wenig spazieren gehen.« Er griff sich eine Packung russischer Zigaretten. Er war vor kurzem erst im Ural gewesen.

Sie setzten sich auf die großen Poller an der Kaimauer und beobachteten die einlaufenden Tanker. Es nieselte, ein dünner Nebelschleier hing über dem Wasser.

»Ich muss unbemerkt auf eine Insel und wieder runter. Deshalb brauch ich deine Ausrüstung. Die beste, die du hast.«

Der Holländer nickte und zündete sich eine Zigarette an. An Lungenkrebs zu sterben war eines seiner geringsten Probleme. »Okay. Das kann arrangiert werden. Wann?«

»In drei Wochen.«

»Erzähl mir mehr davon. Um welche Insel handelt es sich?«

Andrew zögerte. »Gleich.« Er begann ihm von Tirah zu erzählen, ohne den Namen zu nennen. Es war aus mehreren Gründen äußerst schwierig, sie unbemerkt zu betreten. Zunächst wegen ihrer abgeschiedenen Lage. Zweitens war die Insel im Normalfall nur durch die Fähre, die am einzigen Hafen anlegte, oder durch einen Helikopter zu erreichen, der den einzigen Landeplatz ansteuerte. Beide Möglichkeiten aber kamen nicht in Frage, da man sie dabei beobachten würde. Drittens verhinderten die steilen Felsen und Klippen vor der Insel und die starken Meeresströmungen ein Anlanden per Boot, es sei denn, man benutzte den Hafen. Unangekündigte Besuche waren wegen der Topografie der Insel daher äußerst schwierig zu bewerkstelligen – weshalb der Lord der Inseln sie als Standort des Kollegiums ausgewählt hatte. Andrew ging davon aus, dass man sie nur nachts und per Hubschrauber unbemerkt erreichen konnte. Der Holländer grunzte, als er dies hörte.

»Verfügen sie über Radar?«

»Ganz bestimmt. Aber ich denke, sie können nur den oberen Luftraum überwachen, sagen wir ab einer Höhe von fünfhundert Metern. Darunter dürften zu hohe Interferenzen auftreten. Wenn ein kleiner Helikopter die Insel sehr niedrig, etwa auf Höhe der Felsen anfliegt, dann sollte er nicht zu entdecken sein. Vor allem, wenn er von Nordwesten kommt, wo die Berge sind. Zu dieser Jahreszeit, bei den stürmischen Winden über der See, also ein gefährlicher Trip. Ich brauche einen erfahrenen Piloten mit Blindflugeignung.«

»Erzähl weiter«, sagte der Holländer. Noch war er niemandem verpflichtet. Noch nicht einmal dem Mann, der ihm das Leben gerettet hatte.

»Ich gehe davon aus, dass die Chancen, die Insel auf diese Weise unbemerkt betreten und wieder verlassen zu können, nicht schlecht stehen. Außerdem geschieht es unerwartet. Denn es gibt keinen Grund, die Insel aufzusuchen, außer man will in das Hauptgebäude, eine Burg.«

»Eine Burg? Wer wohnt da?« Die Neugier des Söldners war geweckt. Das alles klang nach einem Gefängniskomplex. Versuchte Andrew, jemanden aus einem Gefängnis zu befreien?

Andrew erklärte, dass niemand auf der Insel lebte mit Ausnahme der Burgbewohner. Zu dieser Jahreszeit dürften sich inklusive des Personals höchstens dreißig Personen dort aufhalten. Aber das eigentliche Problem, führte er aus, sei es, in die Burg einzudringen. Es gebe nur einen Eingang, und er habe bislang keine detaillierte Karte des Ortes zu Gesicht bekommen. Er vermutete, es existiere keine.

Der Holländer war sichtlich erstaunt. »Es muss eine geben. Das russische oder amerikanische Militär hat Karten für jede Insel auf diesem Planeten.«

»Vielleicht.« Andrew schüttelte den Kopf. »Aber auf ihnen ist nicht viel zu sehen. Denn es kommt nicht auf die Oberfläche an, sondern auf den Untergrund. Unter der Erde liegt nämlich ein Tunnelsystem.«

»Wirklich? Du hast es gesehen?« Der Holländer drückte seine Zigarette aus und sah einem Tanker hinterher.

Andrew gestand, dass er sie noch nicht gesehen hatte. Der dritte Innenhof wurde nur von einem einzigen Menschen bewohnt, und er konnte sein Domizil unbemerkt betreten und wieder verlassen. Und da er den Weg nicht oberirdisch zurücklegte, konnte es nur unterirdisch sein. Die Gänge mussten vor langer Zeit angelegt worden sein. Andrew war fest davon überzeugt, dass es sie gab. Der Holländer musterte ihn eindringlich. Ein dritter Innenhof. Klang überhaupt nicht nach einer militärischen Einrichtung. Vielleicht war es ein Krankenhaus oder ein Forschungsinstitut. Und wer war die fragliche mysteriöse Person? Plante Andrew ein Attentat?

»Die Burg«, fuhr Andrew fort, »besitzt insgesamt drei Innenhöfe. Wie du dir vorstellen kannst, ist der dritte am schwierigsten zu erreichen. Es ist nahezu unmöglich.«

»Und in welchen der drei Höfe willst du?«, fragte der Holländer und machte dabei ein gequältes Gesicht.

Andrew lächelte. »In den dritten.«

»Klar«, kam es von seinem Gegenüber. »Ich habe gewusst, dass du den leichtesten nimmst. Gibt es neben den unterirdischen Gängen noch einen anderen Zugang?« Sie erhoben sich und spazierten am Kai entlang. Der Holländer kickte eine Cola-Dose ins Wasser. Kein Gefängnis. Eher doch wie eine militärische Einrichtung.

»Der einzige Zugang, den ich kenne, ist eine Tür zum dritten Innenhof«, sagte Andrew. »Aber die habe ich schon ausgeschlossen. Ich kenne die elektronische Kombination nicht, außerdem ist sie am leichtesten zu überwachen.«

Von seinen Aufenthalten am Kollegium wusste er, dass alle Wohnungen durch elektronische Kombinationsschlösser gesichert waren. Auch der Eingang zum dritten Hof. In den ersten beiden Höfen allerdings fanden sich diese Schlösser nicht, was darauf hindeutete, dass sich das Kollegium für relativ unangreifbar hielt. Aber er sollte keine voreiligen Schlüsse ziehen. Der dritte Innenhof war unbekanntes Terrain für ihn.

»Also«, sagte der Holländer, »was schlägst du vor?« Er sah auf seine Uhr. Er musste bald los. Er erwartete von seinen chinesischen Freunden, die immer schleunigst bezahlt werden wollten, eine Ladung Bazookas.

Andrew erklärte ihm seinen Plan. Er wollte die Burg nicht durch den Haupteingang noch durch den ersten oder dritten Innenhof betreten, sondern in den zweiten einsteigen und von dort über einen unterirdischen Gang, den es sicherlich geben musste, in den dritten Hof vordringen. Um in den zweiten Hof zu kommen, musste er aber erst die Felswand und dann die Granitmauer der Burg hochsteigen. Dafür brauchte er Kletterausrüstung, wie sie die Spezialeinheiten der USA benutzten.

Die nächsten Minuten sprachen sie über die vermutlichen Kosten. Nur widerstrebend bestätigte der Holländer, dass die geforderten Dinge alle zu besorgen wären. Er wurde vorsichtiger. Das alles deutete auf ein Attentat hin, und seine Meinung zu Andrew änderte sich grundlegend. Er war sich nicht mehr sicher, ob er mit der Sache überhaupt noch etwas zu tun haben wollte.

»Also, was ist mit dieser Person im dritten Innenhof«, fragte der Holländer beiläufig. »Woher willst du wissen, dass er auch da ist?«

»Ich hoffe, er ist es nicht. Aber das kann ich natürlich nicht mit Bestimmtheit sagen.«

Er hatte sich einen Tag für seinen Einbruch gewählt, an dem, wie er glaubte, der Meister sich nicht im Kollegium aufhalten würde: den Tag des G10-Treffens in Chicago am 26. Februar, an dem sich die Staatsoberhäupter der führenden Industrienationen trafen, um über die Weltwirtschaft zu beraten. Der Meister dürfte mit großer Wahrscheinlichkeit teilnehmen, um mit ihnen abseits des offiziellen Gipfeltreffens privat zusammenzutreffen. Und was, wenn er sich irrte? Wenn er im Kollegium entdeckt wurde und nicht mehr herauskam? Darüber konnte er sich Gedanken machen, wenn es so weit war.

»Noch mehr?«, wollte der Holländer wissen.

»Nein. Alles andere hängt von mir ab.« Andrew blieb am Ende des Kais stehen.

»Das heißt, du wirst es mir nicht erzählen. Verstehe.«

Der Holländer gluckste, als sie den Rückweg in sein Büro antraten.

»Eine wirklich geheime Sache also.«

»Genau«, antwortete Andrew. »Neben dem Helikopter brauche ich noch einen Hohlraumdetektor.«

»Kein Problem. Noch was?«

»Elektronische Sperren. Die besten, die es auf dem Markt gibt.«

»Und?«

»Das ist alles. Und ich muss in einer Nacht auf die Insel und in derselben wieder weg. Ich brauche also einen Piloten, dem ich absolut vertrauen kann. Jemanden in Aussicht?« Andrew verzog keine Miene.

»Du meinst mich?«, kam es vom Holländer in sarkastischem Tonfall, während er sich eine neue Zigarette anzündete.

Er sollte versuchen, das Rauchen einzuschränken. Vielleicht nur noch zwei Schachteln am Tag.

»Ja. Du bist der Einzige, dem ich vertrauen kann, dass er das alles für sich behält.«

Der Holländer schnalzte mit der Zunge. Das alles gefiel ihm ganz und gar nicht, aber er schuldete Andrew einen Gefallen; er hatte sich noch nie lumpen lassen. »Okay«, sagte er schließlich. »Aber ich will wissen, wie die Insel heißt. Wenn es wieder Papua Neuguinea ist, dann bin ich draußen.« Die Eingeborenen schlugen ihm einfach zu sehr auf den Magen.

»Nein, nicht Papua Neuguinea. Sie liegt vor der Westküste Schottlands.«

Der Holländer zog einen kleinen Kalender aus seiner Tasche und suchte im Kartenteil nach Schottland, dann las er ihm die Namen einiger Inseln vor. Bei jeder schüttelte Andrew den Kopf. Der Holländer hielt inne. Dann riss er den Kopf hoch.

»Scheiße. Du meinst doch nicht Tirah?«

»Doch.«

»Aber die ist unmöglich zu erreichen.« Dem Söldner stand die Bestürzung ins Gesicht geschrieben. Keiner wusste, wie die Insel überhaupt aussah. »Nicht unmöglich. Nahezu unmöglich. Ich werde dir die Koordinaten geben.«

Der Holländer blieb vor seinem Büro stehen. »Eine Frage noch: Warum willst du dort hin? Ich dachte immer, du seist vielleicht ein Mitglied. Warum also willst du einbrechen?«

»Das ist mein Geheimnis«, sagte Andrew. Er lächelte. »Vielleicht versuche ich nur, nach Hause zurückzukehren.«

Der Atlantik stürmte gegen die Insel Tirah, mit ohrenbetäubendem Krachen spritzten die Gischtwolken in die Luft. Majestätisch erhoben sich die Felsen mehr als vierhundert Meter steil über das Meer. Der Holländer sah sie in der Dunkelheit nicht, wusste aber vom Radarschirm, dass sie sehr nahe sein mussten. Er bremste den Helikopter ab.

Es war ein haarsträubender Flug gewesen. Sie waren bei Windstärke sieben am nördlichsten Ende Schottlands gestartet. Als sie in der Finsternis in den Atlantik hinausflogen, um sich von Nordwesten der Insel zu nähern, hatte der Wind Stärke neun erreicht.

Der Hubschrauber wurde durchgerüttelt, mehrere Male, als die Maschine gefährlich aufheulte, hatte der Holländer vorgeschlagen umzukehren. Andrew hatte jedes Mal nur den Kopf geschüttelt und darauf hingewiesen, dass es nicht mehr weit sei. Sie waren weitergeflogen, der Holländer aber hatte gespürt, wie sich in seiner Magengrube ein Knoten bildete. Aus seiner langen beruflichen Erfahrung wusste er, dass es einen Punkt gab, über den man nicht hinausgehen sollte, wenn einem sein Leben lieb und teuer war; genau diesen Punkt waren sie nun im Begriff zu überschreiten. Der Hubschrauber war für diese Belastungen nicht ausgelegt und konnte jeden Moment abschmieren. Und selbst wenn sie den Absturz überleben sollten, würden sie nach zwei Minuten in dem eiskalten Wasser erfrieren. Plötzlich erschienen ihm seine früheren Söldnereinsätze in einem ganz anderen Licht: Vielleicht war Papua Neuguinea doch nicht so schlimm.

»Noch eine Minute bis zum Ziel.«

»Die Koordinaten stimmen?«

Der Holländer grinste. »Falls nicht, musst du eben schwimmen.«

Er zog die Nase des Helikopters nach oben, die Maschine kämpfte gegen den Wind an, stieg aber in die Höhe. Nach der elektronischen Anzeige sollte die Insel noch einige hundert Meter entfernt sein, plötzlich stieß Andrew einen Warnschrei aus.

Doch es war bereits zu spät. Als der Holländer den Scheinwerfer anstellte, waren im Licht bereits die Felsen zu sehen. Direkt vor dem Cockpit ragten sie auf: ein ehrfurchtgebietender, schrecklicher Anblick, wie ein Ungeheuer, das sich aus der Tiefe des Meeres erhoben hatte. Sie waren viel zu nah. Nur einen Augenblick später geriet der Helikopter in die wirbelnden Böen, die sich an der Felswand gebildet hatten, und wurde erst zur Seite und sofort darauf nach oben gezogen. Dann befanden sie sich im Zentrum des lokalen Wirbels, und die Maschine stürzte im freien Fall nach unten.

»Scheiße!« Der Holländer kämpfte mit dem Steuerknüppel und versuchte den Helikopter vergebens von der Felswand wegzusteuern. Sie rauschten in die Tiefe. Alles dauerte nur einige Hundertstel Sekunden, in denen sie wie machtlose Zuschauer im Kino die zerklüfteten Kanten der Felswand nahe am Cockpitfenster vorbeirasen sahen. Der Helikopter stürzte auf die Wellen zu, die unten donnernd gegen die Klippen krachten. Wieder schrie der Holländer. Mit den Freiheitskämpfen würde es nun ein Ende haben.

»Das war's dann also!«

Mit einem letzten, verzweifelten Ruck am Steuerknüppel stellte er die Maschine hochkant. Was anderes blieb ihm nicht mehr übrig. So oder so, sie würden draufgehen. Mit einem dröhnenden Röhren begann die Maschine zu stottern, die Rotorblätter peitschten gegen die Wellen. Die elektronischen Anzeigen im Cockpit flackerten, das Glasfenster an der Rückseite splitterte unter dem Druck. Es war Zeit zum Abschiednehmen. Der Holländer ertappte sich sogar dabei, wie er betete – seine Ex-Frauen wären nicht wenig erstaunt gewesen. Und plötzlich, wie durch ein Wunder, wurde der Helikopter nach oben gerissen und von einer Bö, die mit einer Windgeschwindigkeit von weit mehr als zweihundert Stundenkilometern über die Insel fegte, weit hinaus in den Ozean getragen – als würden sie ohne Sicherheitsgurt und ohne Bremse Achterbahn fahren; kein Spaß, wenn man dazu auf dem Kopf stand.

»O Gott«, sagte der Holländer nach etwa einer Minute, als er den Schweiß unter seiner Fliegermontur spürte. »Ich glaube, wir leben noch.« Sein Gebet war augenblicklich vergessen.

Andrew sagte nichts. Er betrachtete das flackernden Armaturenbrett, dann erwiderte er ungerührt: »Wir müssen weiter nach Norden, und höher. Geh hinter dem Mullach Mor nieder. Der liegt vierhundert Meter über dem Meeresspiegel, du musst also Höhe gewinnen. Und pass auf die Felssäulen auf. Die musst du umgehen, der Wind ist zu stark, um zwischen ihnen hindurchzufliegen.«

Vor ihnen tauchten fünf Felsnadeln aus dem Meer auf. Vor Millionen Jahren hatten sie zur Insel gehört, bevor sie unter der Wucht der Atlantikstürme weggebrochen waren. Wollte man versuchen, auf ihnen zu landen, würden sie sofort einknicken; mit einer der wenigen Sehenswürdigkeiten der Insel wäre es auf der Stelle vorbei.

»Isabel«, murmelte der Holländer etwas atemlos und dachte an seine neue Freundin, »ich will nach Hause!«

Zehn Minuten später erreichten sie den westlichen Abhang des Mullach Mor. Der Helikopter schwebte nur wenige Meter über dem Boden. Andrew schob seine Ausrüstung hinaus und wandte sich dann an den alles andere als glücklich dreinschauenden Piloten. Regenspritzer klebten auf dessen Gesicht. »Danke, Pieter. Fünf Uhr morgens. Dieselben Koordinaten. Ich werde eine Leuchtbake aufstellen. Wenn ich nicht da bin, dann hau einfach wieder ab, okay?«

»Darauf kannst du Gift nehmen.« Der Holländer kramte nach einer weiteren Zigarette.

»Viel Glück«, sagte Andrew noch, beugte sich dann zu seinem Gefährten und fügte beiläufig an: »Ich denke, das Wetter wird noch schlechter werden.«

Damit verschwand er in der Dunkelheit. Der Holländer hatte dem nützlichen Kommentar nichts mehr hinzuzufügen. Er nahm Kurs auf das Festland und einen nicht zu knappen Drink. Vielleicht sollte er es doch noch mit einer dritten Ehe versuchen. Das war weniger riskant.

Andrew sammelte seine Ausrüstung ein und schlang sie über die Schulter. Bis zum Kollegium waren es fünf Kilometer. Die Nacht war pechschwarz, und bis auf den Wind und das Anbranden der Wellen war nichts mehr zu hören. Er hätte aus Leibeskräften brüllen können, es hätte keiner gehört, auch wenn er nur wenige Meter von ihm entfernt gestanden hätte. Er holte eine Taschenlampe heraus und machte sich auf den Weg.

Der Schnee und das Eis auf Tirah waren vom unablässigen Nieselregen weggewaschen, sodass er durch knöcheltiefen Schlamm stapfen musste. Er ging an der Rückseite des Mullach Mor vorbei und kämpfte sich durch einen dichten Fichtenwald. Nach einem zweistündigen Marsch ragte vor ihm die Burg auf.

Er blieb stehen, atmete tief durch und ließ den Strahl der Taschenlampe über die Felswand gleiten. Sie war fast vollkommen glatt, auch unterhalb der Granitblöcke der Burgmauer. Breite Wasserrinnsale strömten herab. Während er die Seile und Haken auspackte, erinnerte er sich an ähnliche Ereignisse: eine gefährliche nächtliche Klettertour in den peruanischen Hochanden, die er vor vielen Jahren mit Männern des US Special Service unternommen hatte, um die Stärke des Leuchtenden Pfads auszukundschaften; eine Tour allein im Dschungel von Borneo, um einen Politiker vor einem Attentatsversuch zu warnen und so einen drohenden Stammeskrieg zu verhindern; und eine schreckliche Wanderung über die Berge in das abgeschiedene Königreich Bhutan, bei der einer seiner Gefährten an Auszehrung gestorben war und er selbst geglaubt hatte, er würde es nicht schaffen. Dennoch fand er Gefallen an solchen Aufgaben und am Kampf gegen die Naturgewalten, damit das Kollegium seiner Pflicht nachkommen konnte. Reumütig schüttelte Andrew den Kopf. Nun versuchte er also ins Kollegium einzubrechen, einen Ort, den er nie wieder betreten konnte, es sei denn, er wurde Meister.

Er begann mit dem Aufstieg. Es war schwieriger, als er gedacht hatte, selbst für einen erfahrenen Kletterer. Mehr als einmal rutschte er ab. Der Wind übertönte den Lärm der Haken, die er in den Fels und später in die Granitblöcke trieb. Schließlich, auf einer Höhe von mehr als fünfzig Metern, erreichte er die Zinnen; er blickte hinüber. Unter ihm lag der zweite Innenhof mit dem Garten. Nahe an der Außenmauer befand sich die Rückseite der Bibliothek. Andrew betrachtete die Zinnen. Wie er vermutet hatte, war es nicht möglich, oben auf der Mauer zum dritten Hof zu gelangen. Altertümliche gekreuzte Eisenspieße waren in den Granit eingelassen. Er musste also in den zweiten Innenhof absteigen. Er ließ die Leine hinab und war sich ziemlich sicher, dass er mit thermischen Sensoren oder Bewegungsmeldern an der Wand nicht zu rechnen hatte, da der Schnee und der Regen sie sowieso außer Betrieb gesetzt hätten; auch im Garten sollten keine installiert sein, da alle Kollegiumsmitglieder Zugang zu ihm hatten. Im dritten Hof allerdings war das bestimmt anders. Dort hatte er vermutlich mit unzähligen Sensoren zu rechnen. Er musste sich also eine Route in den dritten Hof suchen, an die ein Außenstehender niemals denken würde; der Holländer hatte Recht gehabt, als er meinte, es sei unmöglich, unerkannt ins Kollegium einzubrechen. Es sei denn, man war Mitglied und kannte sich aus.

Die Bibliothek bestand aus dem Erdgeschoss, dem ersten Stock und einem Untergeschoss. Im Erdgeschoss schimmerte Licht – die sterile Schönheit der Räume war zu erkennen, gleichzeitig hieß dies aber auch, dass einige Mitglieder die ruhigen Abendstunden noch dazu nutzten, in den weltweit vernetzten Computerdatenbanken zu recherchieren. Andrew runzelte die Stirn. Die Bibliothek besaß lediglich zwei Eingänge, beide waren mit schweren Stahltüren gesichert: einen an der Vorderseite, den anderen an der Stirnseite, der nur vom Dienstpersonal genutzt wurde. Waren diese Türen erst einmal verschlossen, würde er wohl nicht mehr reinkommen, ohne Alarm auszulösen. Es blieb ihm also nicht mehr viel Zeit.

Er seilte sich an der Burgmauer ab, vergewisserte sich, dass niemand in der Nähe war, und betrat durch die Seitentür die Bibliothek. Das sicherste Versteck, nahm er an, war oben im ersten Stock, da er dort kein Licht brennen sah. Vom langen Gang führten zahllose Türen in einzelne Räume, die, nach Themen geordnet, mit Büchern und Datenmaterial gefüllt waren. An sie schlossen sich wiederum neue Räume an, die jedoch immer kleiner wurden. Die Bibliothek war nach der Vorstellung des sechzehnten Jahrhunderts konzipiert, wonach das Wissen einem Baum gleiche und sich immer mehr verzweige. In jedem dieser kleinen Räume konnte er sich verstecken. Verstohlen schlich er die steinerne Wendeltreppe hinauf, die noch zur ursprünglichen Bausubstanz des Gebäudes gehörte.

Fast oben angekommen, hörte er unter sich auf dem Treppenabsatz eine laute Stimme: »Guten Abend.«

Andrew drückte sich gegen die Wand und wartete, bis die Unterhaltung im Erdgeschoss beendet war. Hätten sie beschlossen, die Treppe hochzukommen, wäre er zweifellos entdeckt worden. Gespannt lauschte er den Stimmen, die dem Bibliotheksaufseher und einem der Schiedsmänner gehörten. Was machte der Letztere hier? Konnte es sein, dass in der Abwesenheit des Meisters einer der Schiedsmänner seinen Platz einnahm? Und wo hielt er sich dann auf – in den Gemächern des Meisters? Damit hatte er nicht gerechnet. Kurz überlegte er, ob er die Sache abblasen sollte. Aber im Grunde blieb ihm nichts anderes mehr übrig; nachdem er bereits so weit gekommen war, gab es kein Zurück mehr.

Schließlich entfernten sich die Stimmen. Gebückt lief Andrew den Gang entlang und verbarg sich in einem der Seitenräume. Er wartete. Nach knapp einer Viertelstunde hatte der Bibliotheksaufseher alle Lichter gelöscht und mit einem donnernden Knall die Stahltüren verschlossen. Eine geisterhafte Stille legte sich über die Räume. Andrew war allein mit den Werken der Kollegiumsmitglieder und dem Geist jahrhundertelanger Gelehrsamkeit, der über allem schwebte. Er erhob sich und stieg die Treppen ins Untergeschoss hinab.

Wenn es einen Weg in den dritten Innenhof geben sollte, dann ging er vom Untergeschoss der Bibliothek aus. Mit ziemlicher Sicherheit waren die Gemächer des Meisters durch einen unterirdischen Gang mit der Bibliothek verbunden. Und es war auch nicht sonderlich schwer zu erraten, wo er seinen Anfang nahm. Denn an der Rückseite, hinter dem Schreibtisch des Aufsehers, waren einige Räume ausschließlich für den Meister reserviert. Er streifte seinen Kälteschutzanzug ab und zog Filzschuhe über, die keinerlei Spuren hinterlassen würden. Mit den Ausrüstungsgegenständen, die er mitgebracht hatte, folgte er dem dünnen Lichtstrahl seiner Stabtaschenlampe nach unten.

Im unteren Geschoss, vor der Tür zu den Räumen des Meisters, steckte er ein schmales Gerät in das Schlüsselloch; der Laserstrahl tastete den Zwischenraum ab und übertrug dessen Ausmaße auf ein dünnes Plastikkärtchen, das nach zehn Minuten so weit ausgehärtet war, dass Andrew es ins Schloss stecken und die Tür öffnen konnte. Damit war der einfache Teil des Unternehmens beendet.

Der rechteckige Nebenraum schien als Archiv zu dienen. Die Bücherregale waren mit Dokumenten gefüllt, der Raum selbst aber hatte nichts Düsteres an sich. An den Wänden hingen Gemälde, auf den Regalen standen vereinzelt Antiquitäten. In einer Ecke lag ein türkischer Teppich, auf dem zwei chinesische Vasen aus der Yüan-Dynastie standen. Andrew hatte allerdings keine Zeit, um diese Schätze zu betrachten. Wonach er gesucht hatte, befand sich unmittelbar vor ihm. Von einem Sandsteinbogen überspannt, führten ausgetretene Stufen nach unten. Er zog einen elektrischen Sensor aus der Tasche, schaltete ihn an und begab sich in den Gang. Kurz darauf tat sich ein weiterer breiter Gang vor ihm auf, der, nach der Richtung zu schließen, nur zu den Räumen des Meisters führen konnte.

Andrew betrat den Gang. Er hielt den Sensor am ausgestreckten Arm von sich, in der anderen Hand die Taschenlampe. Der Gang war weder feucht noch eng, sondern wie ein Museumskorridor ausladend dekoriert. An der Wand hingen Porträts der ehemaligen Meister, auf reich verzierten Tischen standen Antiquitäten aus Holz, Jade, Speckstein und Porzellan. Viele von ihnen waren mehrere hundert Jahre alt. Andrew befand sich in einem umfangreichen Depot voller Kunstwerke. Woher stammten sie? Geschenke an frühere Meister? Kunstobjekte, die hier auf Regierungsanweisung aufbewahrt wurden, während draußen der Krieg tobte? Er wusste es nicht und hatte auch nicht die Zeit, sich darüber Gedanken zu machen.

Nach einigen Metern gabelte sich der Gang. Ein Weg

führte geradeaus weiter und endete an einigen Stufen und einem weiteren Bogen. Der andere zweigte im rechten Winkel ab. Andrew war überzeugt, dass er sich nun direkt unter dem dritten Innenhof befand und der erste Weg zu den Gemächern des Meisters führte. Er wusste, er sollte ihm folgen – die Zeit wurde knapp –, seine Neugier aber ließ ihn abbiegen. Ausgetretene Steinplatten zeugten vom hohen Alter des Seitengangs. Es musste sich hier um einen der ältesten Abschnitte des Kollegiums handeln. Schließlich weitete sich der Gang zu einer Höhle. Und was er im Strahl der Taschenlampe erblickte, ließ ihn nach Luft schnappen.

Vor ihm lag ein Mausoleum. Hier, unter dem dritten Innenhof, befand sich der Friedhof der Meister. Wie ein Kind, das aus dem Staunen nicht mehr herauskam, schritt er zwischen den marmornen Grabstätten umher. Gräber, die noch aus den Gründungszeiten des Kollegiums stammten, waren in den Boden eingelassen; auf ihren Platten war, in weißem Marmor, der volle Name jener Personen zu lesen, die im Lauf der Zeit den höchsten Titel getragen hatten. Denn wurde ein neuer Meister bestimmt, legte er seinen Geburtsnamen für immer ab, und selbst die Kollegiumsmitglieder konnten sich dann oft nicht mehr an die eigentlichen Namen erinnern. Der Meister wurde nur noch mit seinem Titel angesprochen. Alles wurde unternommen, um die Anonymität dessen zu wahren, der das höchste Amt der Institution innehatte. Der Lauf der Dinge im Kollegium wurde kaum unterbrochen, wenn nach dem Tod des Meisters sein Nachfolger dessen Platz einnahm. Ein Mitglied, das in der Welt draußen einen hochrangigen Posten – vielleicht den eines Professors oder eines Wissenschaftlers – besetzt hatte, trat in aller Stille in den Ruhestand, um hier, in der bemerkenswertesten Institution der Welt, das Amt des Meisters zu übernehmen. Erst durch den Tod kamen ihre wirklichen Namen und ihre Geburts- und Sterbedaten wieder zum Vorschein… um nur

Gott und ihren Nachfolgern in diesem hohen Amt bekannt zu sein.

Andrew wanderte zwischen den Gräbern umher und las die Namen der verstorbenen Meister. Er wusste, dass die Zeit verstrich. Aber er fühlte sich, verzaubert vom Mysterium und dem hohen Alter des Ortes, wie in Trance. An der Rückseite des Mausoleums, etwas abseits, stieß er auf die letzte Ruhestätte von James, des Lords der Inseln, des ersten Meisters. Sie war eine schlichte marmorne Grabstätte, auf der sich die liegende Alabastergestalt eines Mannes in einer einfachen Robe befand. Im Lichtschein der Taschenlampe wirkte sie so lebensecht, dass Andrew beinahe glaubte, sie könnte sich jeden Augenblick erheben und ihn ansprechen. Und darunter, für die Ewigkeit in den weißen Marmorsockel graviert, standen die letzten Gedanken, die James der Welt vermacht hatte:

»FRIEDE UND ERBARMEN«

Andrew setzte sich vor den Grabstein, ein Gefühl der Trauer überkam ihn. Was hätte sich dieser Heilige gedacht, wenn er erfahren hätte, dass seine großartige Einrichtung, der er sein Leben gewidmet hatte, nun einfach an den Meistbietenden verkauft werden konnte? Denn die Geldwechsler saßen bestimmt im Tempel selbst. Das Kollegium, das standhaft den Jahrhunderten getrotzt hatte, während viele andere Institutionen ihren Niedergang erleben mussten, war letztlich nun ebenfalls der Gier und dem Übel der Welt zum Opfer gefallen. Der Wettbewerb war der beste Beweis dafür. Sollte Andrew der neue Meister werden, würde er das zu ändern versuchen. Aber um Meister zu werden, lief er Gefahr, ebenfalls ein Opfer genau jenes Übels zu werden, dessen er das Kollegium und den Meister bezichtigte. Vielleicht sollte er die ganze Sache einfach sein lassen. Aber wahrscheinlich war es dafür schon zu spät. So viele Organisationen waren in den vergangenen Jahren der Korruption erlegen, dass es geradezu vernunftwidrig anmutete, wenn man annahm, das Kollegium würde ihr widerstehen können. Vor seinem geistigen Auge sah er einen riesigen Koloss vor sich, der sich langsam zur Seite neigte und dann in den Staub stürzte. Der arme James, dachte er. Alles vergeht, und auch wahre Größe war zum Scheitern verurteilt.

Andrew verließ das Mausoleum und näherte sich durch den Bogengang den Gemächern des Meisters. Sein Sensor meldete ein elektrisches Feld. Er stellte die Geräte auf, die der Holländer besorgt hatte, und deaktivierte das System. Jede Faser seines Körpers war gespannt, als er in das Feld trat; jeden Moment erwartete er, dass der Alarm losging, dass sich eine Tür hinter ihm schloss oder eine Falltür aufklappte. Nichts geschah. Er eilte durch die Gemächer und gelangte durch einen Nebenraum in den Treppenaufgang.

Rechts von ihm befand sich der Haupteingang zu den Gemächern, über dessen Schwelle Andrew und die anderen Kandidaten an jenem schicksalshaften Abend geschritten waren, als sie die Nominierung für das Amt des Meisters angenommen hatten. Links lag die Marmortreppe, die noch weiter nach oben führte. Andrew zog ein längliches Gerät von etwa der Größe eines Handys, einen Hohlraumdetektor, aus der Tasche und machte sich an die Arbeit. Es gab viele Räume, und in weniger als zwei Stunden musste er sich auf den Rückweg machen, wenn er vor der Morgendämmerung die Insel noch verlassen wollte.

Andrew begann mit dem Speisesaal und schritt nacheinander durch die anderen Zimmer im Erdgeschoss. Die Minuten vergingen, der Detektor schlug nicht an. Fast schien es Andrew, dass er sich geirrt hatte und es keine verborgenen Wandtresore gab, wie er vermutet hatte. Er ging nach oben, betrat den Salon, wo sie gesessen hatten, als der Meister ihnen von der chinesischen Geheimschatulle erzählt hatte, dann das Arbeitszimmer und den Empfangsraum. Schließlich, am Ende des Gangs, kam er zur Bibliothek. Hier hatten sie sich versammelt, um dem Meister ihre Entscheidung mitzuteilen, dass sie am Wettbewerb teilnehmen wollten.

Die Bibliothek bestand aus einem wunderschönen Raum mit einem offenen Marmorkamin, zu dessen Seiten ein bronzenes Astrolabium und eine Armillarsphäre standen. Zwei der übrigen Wände waren mit Bücherregalen vollgestellt, die sich bis zur Decke erstreckten, die dritte war mit Holz vertäfelt. Jedes Paneel wies ein Wappen der früheren Meister auf. Und obwohl nichts auf einen verborgenen Zugang hinwies, gab der Detektor lautstarke Signale von sich: Hinter der Holzvertäfelung befand sich ein großer Raum. Wie kam man hinein? Andrew setzte sich auf einen Stuhl und betrachtete die Wand. Vorausgesetzt, der Meister nutzte den versteckten Raum relativ häufig, sollte der Zugang weder schwer zu finden noch so konzipiert sein, dass viele Bücher wegzuräumen waren. Es musste also mit den Insignien in der Holzvertäfelung zu tun haben. Er untersuchte sie eingehend, drückte auf das eine Paneel, dann auf ein anderes. Nichts rührte sich. Schließlich, mehr aus Glück denn durch Überlegung, berührte er das Wappen des Meisters, in dessen Amtszeit im sechzehnten Jahrhundert der Raum zur Bibliothek umgebaut worden war. Lautlos glitt eines der Bücherregale zur Seite und gab einen fahl beleuchteten Gang frei, der steil nach unten führte. Andrew gestattete sich einen kurzen Moment der Freude, den Geheimgang entdeckt zu haben, dann eilte er hinab.

Beim Anblick, der sich vor ihm auftat, blieb ihm abermals die Luft weg. Der Gang endete auf einem schmalen Felssims. Unter ihm erstreckte sich eine weiträumige natürliche Höhle, die tief im Inneren des Berges liegen musste. Eine steinerne Wendeltreppe führte hinab zum Boden, vorbei an Räumen, die vor Hunderten von Jahren von Menschenhand aus dem

Fels gehauen worden waren. Die Gemächer des Meisters waren so rätselhaft in sich verschachtelt wie eine Geheimschatulle.

Er stieg die Treppe hinab und warf jeweils einen kurzen Blick in die Räume, an denen er auf den einzelnen Stockwerken vorbeikam. Ganz oben war ein Computerraum untergebracht. Jetzt wusste er, wo der zweite Quantencomputer des Kollegiums abgeblieben war. Wozu nutzte ihn der Meister? Um Informationen über das Kollegium und seine Mitglieder zu speichern? Um direkt mit den Staatsoberhäuptern zu kommunizieren? Andrew hatte keine Zeit, sich lange mit solchen Spekulationen aufzuhalten. Das Buch, das er suchte, würde sich nicht in seinem Speicher befinden; es war sehr viel älter. Weitere Stockwerke folgten, manche von ihnen führten zu großen Hallen voller Dokumente und Akten.

Im vierten Untergeschoss betrat Andrew seine Wunderhöhle. Gleich am Eingang stand ein Marmorbrunnen, der von Wasser gespeist wurde, das direkt aus dem Fels strömte. Neben dem Brunnen befand sich eine Tür. Andrew vermutete, dass sie vielleicht ins Freie führte; vielleicht ein unterirdischer Gang, in dem man zum Hafen oder einer anderen Stelle auf der Insel gelangen konnte und der dem Meister erlaubte, das Kollegium unerkannt zu betreten und zu verlassen. Dann schritt Andrew in die Geheimbibliothek der Meister.

Obwohl das Kollegium über eine hervorragende Bibliothek verfügte, kursierten unter den Mitgliedern seit langem Gerüchte über eine Sammlung, die nur den Schiedsmännern und dem Meister zugänglich war und die einige der seltensten Bücher der Welt besitzen sollte. Diese Bücher waren es, auf die Andrews Blick nun fiel. Der Raum war riesig; er enthielt wunderbar gearbeitete, mit Schnitzereien verzierte Holzregale und Leitern, die zu den oberen Reihen führten. In der Mitte standen Tische und Stühle – das Interieur glich einer mittelalterlichen Universität. Die Bibliothek zog sich weit in das Innere des Bergs hinein. Andrew wanderte an den unbezahlbaren Schätzen entlang und dann in andere Räume, die sich anschlossen. Ihm wurde bewusst, dass der Reichtum unzähliger Zivilisationen vor ihm lag: Werke, die man nur aus den Querverweisen anderer Bücher kannte oder von deren Existenz man überhaupt nichts wusste. Die Aphorismen des Aldricus, Bände aus der großen Enzyklopädie von Qianlong, Beckers *Astronomische Tafeln,* die Geheimedikte von Karl V., das *De Rerum Animarum* vom Heiligen Bernard von Clairvaux; Hunderte griechischer, römischer, aramäischer, koptischer, hebräischer und Sanskrit-Manuskripte. Hunderttausend weitere Texte. Woher stammten sie? Aus der Bibliothek von Alexandria? Der Bibliothek der römischen Kaiser? Des Vatikans? Andrew wusste es nicht. Er wusste nur, dass das Kollegium diese kostbaren Schätze besaß – Werke, die von den Menschen in ihren endlosen Vernichtungskriegen angeblich zerstört worden waren. Irgendwie hatte es das Kollegium wie durch ein Wunder geschafft, einige davon zu retten und für die Zukunft aufzubewahren. Zum Wohle der ganzen Menschheit.

Andrew schritt durch die Räume. Was würde er darum geben, hier einige Zeit verbringen zu dürfen, um in die Vergangenheit, in die verloren geglaubten Gedanken und Schriften einzutauchen? Doch jetzt gab es nur ein Buch, das er entdecken musste. Fieberhaft suchte er nach Dokumenten und Material, die sich auf das Kollegium selbst bezogen. In einem der Seitenräume wurde er schließlich fündig. Neben den Karten und Architekturplänen an den Wänden und einer umfangreichen Sammlung von Tagebuchaufzeichnungen sowie Notizbüchern, die in langen Regalreihen standen, lagen auf einem Tisch zwei gebundene Bücher. Eines handelte von den Schiedsmännern. Andrew beachtete es nicht weiter und wandte sich dem anderen zu. Es war ein großformatiger, nicht sehr umfangreicher schwarzer Lederband, auf dem in

Gold die Insignien von Pierre Rochelle aufgeprägt waren, eines der größten Meister in der Geschichte des Kollegiums. Auf der Innenseite des Umschlags war die Unterschrift Rochelles zu erkennen, unter der jeweils die seiner zahlreichen Nachfolger stand; eine rote Spirale umgab die einfachen schwarzen Lettern des Titels, *Regulae Magistri,* die Regeln des Meisters.

Andrew begann zu lesen. Er war verblüfft über den Inhalt. Der Text war im fünfzehnten Jahrhundert verfasst und von Zeit zu Zeit von den Meistern und Schiedsmännern ergänzt worden. Er überflog die Überschriften und einzelnen Gesetze. Es gebe nur einen Meister… es gebe fünf Schiedsmänner, sie seien vom Meister zu ernennen und können selbst nie Meister werden… wie sie auszuwählen seien, falls einer durch Tod aus dem Amt scheidet… die unantastbare Macht des Meisters. Nichts über den Wettbewerb um das höchste Amt.

Doch dann hatte er die betreffende Stelle. Sollte es erforderlich sein, einen neuen Meister zu ernennen, war es Aufgabe der Schiedsmänner, einen Wettbewerb auszurufen und durch Los fünf Kollegiumsmitglieder auszuwählen, die einer bestimmten Altersgruppe angehörten. Aber wann war die Ernennung eines neuen Meisters erforderlich? Passus X besagte, falls die Schiedsmänner berechtigte Sorge trugen, dass er seinen Pflichten nicht mehr nachkommen konnte. Das, dachte Andrew, traf wahrscheinlich bei Tod oder körperlichen und geistigen Gebrechen zu. Vielleicht auch, wenn die Schiedsmänner an der Fähigkeit des Meisters zweifelten, sein Amt im Sinne des Kollegiums auszuüben. War es das? Wollten sie den Meister absägen? Andrew las weiter. Dann stieß er auf Passus XIV:

»Der Ablauf und die Bedingungen des Wettbewerbs werden von den Schiedsmännern in allergrößter Verschwiegenheit bestimmt; der Meister soll und darf darauf keinerlei Einfluss nehmen.«

Sein Blick fiel auf einen Abschnitt weiter unten auf der Seite ... »Die Dauer des Wettbewerbs« und, vor allem, »Das geheime Wesen des Wettbewerbs«. Fast ehrfürchtig dachte er daran, dass das Spiel um das Amt des Meisters immer im Verborgenen gespielt worden war. Jede Generation trug innerhalb des Kollegiums ihren stillen Kampf aus, während die Welt draußen nur mitbekam, wenn die apostolische Nachfolge von einem Meister auf den nächsten übertragen wurde. *Sic transit gloria mundi. So* vergeht der Ruhm der Welt. *Habemus Magister.* Wir haben einen Meister.

Andrew blätterte eine Seite zurück. Und während er sich in den Text vertiefte, wurde aus seiner Ehrfurcht abgrundtiefer Schrecken. Starr war sein Blick auf Passus Nr. XIX gerichtet. Er lehnte sich gegen ein Regal und seufzte. Über die Bedeutung dessen, was er hier gelesen hatte, konnte kein Zweifel bestehen. Nicht der geringste.

»Du bist sehr still«, sagte der Holländer, während der Helikopter zum Rückflug zum Festland aufstieg. Die zweite Reise war ihm nicht mehr so schlimm vorgekommen, auch die Windstöße konnten ihm kaum mehr etwas anhaben – nachdem er eine halbe Flasche Wodka intus hatte. Er sah zu Andrew, der nur in die Nacht hinausstarrte, während die Insel Tirah unter ihnen zurückblieb. »Und, hast du gefunden, wonach du gesucht hast?«

Andrew nickte. Passus Nr. XIX ging ihm nicht aus dem Kopf.

> »Am Wettbewerb um das Amt des Meisters kann auch der gegenwärtige Meister teilnehmen.«

Und noch eine Sorge beschäftigte ihn. Es war viel zu leicht gewesen, ins Kollegium einzudringen und den Regeltext zu finden. Als hätte jemand gewollt, dass er ihn aufspürte. Als hätte ihn jemand erwartet.

Als der Meister ins Kollegium zurückkehrte, wurde ihm von Symes mitgeteilt, dass vergangene Nacht jemand in seine Gemächer eingedrungen war.

»Ich habe mich an Ihre Instruktionen gehalten und nichts unternommen, Meister.«

Der Meister nahm einige Papiere auf seinem Schreibtisch zur Hand und fragte beiläufig:

»Konnten Sie die Person identifizieren?«

»Ja.«

Es war nicht schwer gewesen. Eine der Aufgaben des zweiten Quantencomputers bestand darin, Tirah und vor allem das Innere des Kollegiums zu überwachen. Es war unmöglich, dass ein Eindringling nicht vom ausgedehnten Sensorennetz aufgespürt wurde; auch der Helikopter war lange vor der Landung registriert worden.

Dies war auch der Grund, warum das Kollegium auf offensichtliche Sicherheitsmaßnahmen verzichten konnte. Symes nannte dem Meister den Namen.

»Verstehe«, antwortete dieser.

Er wandte sich wieder seinen Papieren zu.

Später an diesem Tag erhielt der Meister einen Anruf von einem der Schiedsmänner.

»Meister, ich habe soeben von der Polizei in Erris erfahren, dass der Fall Rex Boone abgeschlossen wurde. Die offizielle Meinung lautet, er sei bei einem Verkehrsunfall ums Leben gekommen, auch wenn bislang der Fahrer des Wagens nicht gefunden werden konnte. Es gebe keinerlei Hinweise, die auf eine andere Todesursache hindeuteten. Für die Polizei ist es ein Unfall mit Todesfolge. Ich nehme an, genau das haben Sie erwartet.«

»Ja«, antwortete der Meister. »Danke.«

»Meister, noch etwas. Das neue Mitglied, Susan Corelli, hat sich an der Durchsicht der Dokumente und persönlichen Aufzeichnungen von Rex Boone beteiligt, die er am Globalen Forum für Nuklearforschung hinterlassen hat. Weder über das Kollegium noch über den Wettbewerb wurde etwas gefunden.«

»Verstehe«, sagte der Meister. »Danke, Schiedsmann.«

Der Meister lehnte sich auf seinem Stuhl zurück. Er dachte an Tanya, Sebastien, Andrew und Ivan und ihre bisherigen Fortschritte.

Er dachte auch an sich selbst.

Wenigstens einer von ihnen kannte die Wahrheit über Rex. Das hieß, wenigstens einer von ihnen kannte die Wahrheit über seinen Mörder.

10

Es gibt Menschen, die sind mit sich nicht zufrieden
und streben immer nach jenem,
was jenseits von ihnen liegt.
So streben sie nach dem Unmöglichen.
Es kann ihnen nicht gelingen.
Dschuang Dsi

Januar, Boston

Tanya saß in ihrem Zimmer im Fünf-Sterne-Hotel Bellevue in Boston. Die vergangenen drei Wochen seit dem ersten Treffen in den Gemächern des Meisters waren für sie eine schwierige Zeit gewesen. Rex Boones Tod hatte sie sehr mitgenommen, und nicht nur, weil er einst ihr Geliebter gewesen war. Rex hatte für sie genau das verkörpert, was es hieß, das Leben voll und ganz auszukosten. Seine Dynamik, seine Stärke, sein unerschütterliches Selbstvertrauen hatten ihm erlaubt, der Umgebung seinen Willen aufzuzwingen. Und dennoch hatte er sterben müssen. Die Götter waren grausam. Eigentlich hätte er der neue Meister werden müssen. Und wenn er es geworden wäre, hätte sie sich dann darüber beschwert?

Sie sah zu, wie die Hotelangestellten ihr Gepäck ins Zimmer brachten. Erst wenn jemand tot war, wurde einem bewusst, was man an ihm verloren hatte. Plötzlich vermisste sie Rex.

Tanya hatte das Kollegium sofort verlassen, nachdem ihnen der Meister am Silvesterabend die Bedingungen des Wettbewerbs mitgeteilt hatte. Sie hätte es nicht ertragen können, mit Sebastien zu reden. Noch immer war sie wütend auf ihn, nachdem er sie nach dem ersten Treffen mit dem Meister im Stich gelassen hatte. Aber sie wusste, wo er sich aufhielt – in seinem Chalet in der Schweiz. Es würde ihm nicht schaden, wenn sie ihn noch eine Weile schmoren ließ.

Sie war zu ihrer Arbeit bei der Europäischen Computerunion ECU zurückgekehrt, nicht aber in ihre Wohnung in Berlin. Sie hatte sich bei einer Freundin versteckt, hatte dort nachgedacht und erste Pläne geschmiedet. Über das Supernet hatte sie herausgefunden, dass die Zeitungs- und Zeitschriftenbibliothek in Boston keinen Netzanschluss besaß, weshalb sie beschloss, nach Boston zu fliegen und die betreffende Person selbst aufzusuchen.

Sie begann ihre Sachen auszupacken. Dann telefonierte sie mit der Rezeption. Einige Minuten später klopfte es an der Tür. Tanya öffnete.

»Kann ich was für Sie tun, Madam?«

Der Hotelpage war Anfang zwanzig, schlank, blond und starrte sie geradezu dreist an. Bereits als Tanya das Hotel betreten hatte, war er zielstrebig auf sie zugestürzt und hatte gehofft, dass ihm mit ihr ebenso großes Glück beschieden sei wie vor einigen Wochen mit der New Yorker Börsenmaklerin. Erstaunlich, wonach allein reisende weibliche Gäste manchmal verlangten; diese hier war ein Knaller. Mit seinen Augen verschlang er ihr kurzes rotes Kleid, ihre schwarze Strumpfhose und die cremefarbene Jacke, die die kecke Wölbung ihrer Brüste nicht verbergen konnte. Sie musste Fondsmanagerin sein oder jemand in einer ähnlich hohen Position. Und sie trug keinen Ehering.

»Ja«, antwortete Tanya, leicht amüsiert, dass sein begehrlicher Blick noch nicht bis zu ihrem Hals vorgedrungen war. Nimm den Männern ihre Sex-Manie, und es bleibt nicht mehr viel übrig. »Ich werde hier einige Tage verbringen und habe einen Computer dabei. Ich brauche ein Kabel für den Anschluss zum Netz.«

»Kein Problem, Madam«, antwortete der Page grinsend.

»Danach werden wir öfters gefragt. Wir haben unten auch einen voll ausgestatteten Business-Bereich, den Sie natürlich gern jederzeit benutzen können.«

»Nein«, kam es von Tanya vielleicht eine Spur zu barsch. »Ich arbeite lieber auf meinem Zimmer. Gibt es im Haus einen Swimmingpool?«

»Ja, Madam. Im Untergeschoss.« Nach einer kurzen Pause fügte er noch verschmitzt hinzu: »Übrigens, ich heiße Tom. Rufen Sie mich einfach, wenn Sie was brauchen.«

»Danke.« Sie schloss die Tür. Kaum den Teenagerjahren entwachsen und nur noch eines im Kopf. Trotzdem war er ganz nett.

Sie stellte ihren Laptop auf. Der Abschied von der ECU, einem weltweit agierenden Computerhersteller, hatte sich schwierig und einfach zugleich gestaltet. Schwierig, was Val betraf, ihre Chefin, die abends mit Computern und nur mit Computern ins Bett stieg und morgens mit ihnen wieder aufstand. Sie war davon überzeugt gewesen, dass es Tanya nur auf mehr Geld oder mehr Freizeit abgesehen hatte, was sie ihr widerstrebend und nach einigem Hin und Her natürlich auch zugestanden hätte. Aber dass eine ihrer renommiertesten Angestellten die ECU verließ – niemals! Problemlos hingegen war die Kündigung im Fall des Vorstandsvorsitzenden verlaufen. Er hatte sich Vals tränenreiche Tiraden angehört und der verwirrten und traurigen Frau nur gesagt, dass man Tanya erlauben sollte zu gehen. Natürlich wusste Val nicht, dass er einer der Schiedsmänner war. An ihrem letzten Arbeitstag aber, als Tanya das innerste Heiligtum betrat, um sich von Val zu verabschieden, hatte sich ihre Chefin mit versteinerter Miene und voller Zorn von ihrem Schreibtischsessel erhoben und war dann zu ihr geeilt, hatte sie in die Arme geschlossen und war erneut in Tränen ausgebrochen. Tanya war sichtlich gerührt. Einen Gefühlsausbruch wie diesen erlebte man nur selten bei dieser Frau, deren Leidenschaft sonst nur leistungsstarken Chips und flachen Monitoren galt.

»Komm bald zurück«, hatte sie ihr mit auf den Weg gegeben. »Ich hoffe, du findest, wonach du suchst, finde dich selbst Tanya, aber komm zurück.«

Tanya hatte genickt, insgeheim aber war ihr klar, dass sie nie mehr zurückkehren würde. Eine innere Stimme sagte ihr, dass dieser Teil ihres Lebens abgeschlossen war. Außerdem sollte sie sich so weit wie möglich von der ECU fernhalten. Sie hegte keinerlei Interesse, unter der Aufsicht des Kollegiums zu stehen. Nicht nach dem Tod von Rex.

An ihrer Zimmertür klopfte es. Vorsichtig schloss sie auf. Wieder stand Tom, der Hotelpage, vor ihr. Er versuchte es auf eine andere Tour – er wollte hip und cool wirken.

»Hier sind ein paar Kabel, die wir so haben. Hoffe, sie passen. Sonst noch was?«

»Nein danke.« Kichernd schloss sie die Tür. Soll er doch bei den Zimmermädchen seine Erfahrungen sammeln. Außerdem hatte sie, anders als Sebastien, nicht das geringste Bedürfnis nach kleinen Abenteuern. Sie schloss ihren Laptop an, den sie erst vor kurzem erworben hatte. Das Risiko, dass man ihren alten im Kollegium manipuliert hatte, war einfach zu groß.

Rex war tot. Tanya war davon überzeugt, dass er ermordet worden war. Aber wo waren die Beweise? Es gab keine. Alles, was sie hatte, war Rex' Aussage, dass »etwas Schreckliches geschehen« sei, wenn sie seine Computerbotschaft las. Er hatte es geschrieben, bevor er den Entschluss gefasst hatte, am Wettbewerb teilzunehmen. Bereits zu diesem Zeitpunkt hatte ihn also etwas beunruhigt, allerdings nicht in dem Maße, dass er näher darauf eingegangen wäre. Natürlich wusste er so gut wie Tanya, dass sich das Kollegium jederzeit sogar in die Computer seiner Mitglieder einloggen konnte. Tanya hatte es auf Anweisung des Meisters bereits selbst einmal getan. Aber war das auch hier der Fall? Hatte Rex ihr nicht mehr mitgeteilt, weil er fürchtete, seine Botschaft könnte vom Kollegium abgefangen werden? Oder war die Wahrheit sehr viel banaler – hatte er keine Zeit mehr, weitere Einzelheiten aufzuführen, weil er noch die Fähre zum Festland erreichen wollte?

Und was war mit dem Brief, den er ihr wie versprochen von Erris aus schreiben wollte? Tanya hatte keinen erhalten. Vielleicht hätte er ihn in der Nacht, in der er starb, abfassen wollen. Wovon hätte er gehandelt? Wollte er sie vor dem Spiel warnen, vor den anderen Bewerbern, vor dem Meister?

Tanya gab einen Code in ihren Computer ein, um sich in den Rechner des Kollegiums einzuwählen. Sie wartete. Wie zuvor geschah nichts. Die Leitung war tot, der Zugang wurde ihr verweigert. Wie der Meister gesagt hatte: Sie konnten vom Kollegium keine Hilfe mehr erwarten. Alles, was darauf hinweisen konnte, dass sie ihm einmal angehört hatten, war getilgt. Die Wettbewerber waren – wie Rex' Botschaft – aus den Aufzeichnungen des Kollegiums gelöscht, als hätten sie niemals existiert. Aber es gab noch einen anderen Zugangsweg, den sie versuchen konnte. Tanya gehörte zu den zwei oder drei Mitgliedern, die an der Programmierung des zweiten Computers beteiligt gewesen waren, der dem Meister und den fünf Schiedsmännern vorbehalten blieb. Er überwachte nicht nur die Insel und den ersten Computer, sondern enthielt darüber hinaus Daten über alle gegenwärtigen und ehemaligen Kollegiumsmitglieder sowie geheime Informationen über die Institution selbst. Schnell tippte sie ihr Passwort ein, dann hackte sie lange Zahlenreihen in die Tastatur.

»Verdammt!«

Nichts. Tanya fuhr den Rechner herunter – nur für den Fall, dass der Computer im Kollegium seinerseits versuchen sollte, sich bei ihr einzuloggen. Deprimiert stand sie vom Tisch auf. Sie vermisste Sebastien, auch wenn sie noch immer sauer auf ihn war. Sie vermisste den Sex mit ihm, aber auch sein ausgelassenes Lachen, mit dem er sicherlich ihre Befürchtung zerstreut hätte, das Kollegium würde sie überwachen. Und mit einem Lachen hätte er ebenfalls ihre Sorgen über Rex' Tod fortgewischt. Rex sei vor den Wagen gelaufen, weil er so verdammt arrogant gewesen war und erwartet hätte, der Wagen müsste ausweichen, das hätte Sebastien ihr erzählt. Es gebe keinen Grund, Rex irgendwelche Mitgefühle entgegenzubringen. So sei das nun mal. Trotzdem, was immer sich Sebastien auch denken mochte, es hatte nicht viel mit weiblicher Intuition zu tun.

Nachdem sie ihre Sachen ausgepackt hatte, ging sie nach unten zu den Umkleidekabinen, zog ihren knappen Bikini an und trat an den Pool. Er war leer, erfreut ließ sie sich ins Wasser gleiten und begann entspannt auf dem Rücken zu schwimmen.

Rex war tot. Angenommen, es war kein Unfall, dann kamen für seinen Tod nur eine begrenzte Anzahl von Ursachen in Frage. Vielleicht hatte er an einem Atomprojekt gearbeitet und dabei etwas erfahren, das er vielleicht lieber nicht hätte wissen sollen. Tanya erinnerte sich an den jüngsten Skandal über geheime US-Kabinettspapiere zu Atomwaffenstellungen, die verraten worden waren und fast den amerikanischen Präsidenten zu Fall gebracht hätten. Vielleicht hatte es damit zu tun. Bedenklicher wäre es, wenn Rex in irgendeiner Weise das Kollegium hintergangen hätte. Aber wenn das der Fall gewesen wäre, hätten sie ihn dann umgebracht? Nachdem er soeben dazu eingeladen worden war, am Wettbewerb um das Amt des Meisters teilzunehmen? Es war absurd. Das Kollegium war eine dem Frieden gewidmete Einrichtung, nicht die Mafia. Es hatte für sie bislang noch nie einen Grund gegeben, die Integrität der Institution in Frage zu stellen. Außerdem hatte Rex' Botschaft nicht von irgendwelchen Atomgeheimnissen oder persönlichen Schwierigkeiten gehandelt. Es ging um den Wettbewerb, und dass er sehr viel gefährlicher und schwieriger sein könnte, als sie dachte.

»Ist das Wasser warm, Liebes?«

Tanya blickte auf. Am Beckenrand stand eine ältliche,

hoch gewachsene Südstaatenschönheit, die gerade dabei war, ihre Zehe in das unbekannte Gewässer zu stecken. Sie war etwa fünfundsechzig Jahre alt, hatte ihr Haar rötlich-weiß gefärbt und sah mit ihrem freundlichen Gesicht und dem ehrlichen Lächeln jedenfalls nicht wie eine Agentin aus.

»Ja, wunderbar. Kommen Sie rein.«

»Greg, Liebling«, rief sie ihrem spindeldürren Ehemann zu, der ihr wie ein Schoßhündchen folgte. »Gehen wir rein.«

Fasziniert sah Tanya den beiden zu, die ruhig ihre Bahnen zogen, sich unterhielten und dabei zärtliche Gesten austauschten, die verrieten, dass sie trotz ihres Alters noch immer ineinander verliebt waren. Eine lebenslange Liebesbeziehung. Tanya war tief gerührt. Ähnliches hatte sie sich auch für ihre Eltern erhofft. Stattdessen hatte sie mit ansehen müssen, wie ihr Vater, nach der Scheidung allein gelassen und unversöhnt, an Krebs gestorben war. Und sechs Monate später war auch ihre Mutter verschieden. Wie hatte Tanya sie geliebt. Wie stolz waren sie gewesen, nachdem sie die Stelle bei der Europäischen Computerunion bekommen hatte, obwohl sie nie recht gewusst hatten, was sie dort eigentlich trieb. Sebastien hatten ihre Eltern niemals kennen gelernt. Was hätten sie von ihm gehalten? Wie alle wären sie wahrscheinlich auf seinen Charme und seine Nonchalance hereingefallen, auf seine Art, alles auf die leichte Schulter zu nehmen, aus allem, sogar aus seinem eigenen Leben, ein Spiel zu machen. Tanya betrachtete das ältliche Paar, dann wandte sie sich wieder unerfreulicheren Dingen zu.

Wenn Rex' Tod etwas mit dem Spiel um das Amt des Meisters zu tun hatte, dann musste sie wahrscheinlich davon ausgehen, dass er von einem der Mitbewerber umgebracht worden war. Sie jedenfalls war es nicht gewesen. Zumindest eine Konstante unter den vielen unbekannten Variablen. Wer aber hatte ihn getötet? Sebastien war äußerst ehrgeizig, aber würde er deswegen einen Menschen töten? Tanya wusste von seinen Fehlern, seinen Affären, seiner bemerkenswerten

Fähigkeit, alles zum eigenen Vorteil auszulegen. Trotzdem konnte sie nicht glauben, dass er einen Mord begehen würde, um Meister zu werden. Einfach unvorstellbar. Was war mit Ivan und Andrew? Wie weit würden sie gehen? Vor allem Ivan. Diese Gedanken und tausend andere, die ihre Zukunft betrafen, gingen ihr durch den Kopf. Schließlich fasste sie ihren Handlungsplan zusammen:

Erstens wollte sie am Wettbewerb teilnehmen, und sei es nur, um herauszufinden, wer Rex ermordet hatte. Rex hätte es für sie ebenso getan.

Zweitens wollte sie alles über die anderen Kandidaten in Erfahrung bringen, Sebastien nicht ausgenommen. Sie befand sich in einer Position, die ihr das erlaubte. Sie konnte sich in die über die gesamte Welt verteilten Computerdatenbanken einloggen und Stück für Stück die Lebensgeschichte der anderen Mitbewerber zusammenfügen, auch ohne Zugang zu den Computern im Kollegium. In ihrer Vergangenheit musste sich etwas finden lassen, ein Hinweis darauf, warum Rex umgebracht worden war. Es musste einfach so sein.

Tief in Gedanken versunken stieg sie aus dem Swimmingpool.

»Kann ich Ihnen helfen?«

Sie blickte geradewegs in die lächelnden Augen des übereifrigen Hotelpagen. Er versuchte es wirklich mit allen Mitteln. Sex war seiner Meinung nach wohl ein wichtiger Bestandteil seines Jobs. Wie konnte sie ihm nur entgegenkommen?

»Danke.«

Als er ihren Arm ergriff, um ihr aus dem Becken zu helfen, tat sie so, als würde sie von der Leiter abrutschen, ihr Arm fuhr nach vorn, und ihre Hand krachte in seine Lendengegend. Vor Schmerz klappte er fast zusammen.

»Oh, tut mir Leid, Tom«, entfuhr es ihr unschuldig. »Hab ich Ihnen weh getan?«

Der Hotelpage musterte sie nur noch schemenhaft, Tränen

traten in seine Augen. »Kein Problem, Madam«, sagte er mit zusammengebissenen Zähnen und war sich nicht mehr sicher, ob seine Hoden noch an ihrem angestammten Platz waren. Wie ein kastrierter Bulle humpelte er davon. Mitfühlend lächelte Tanya seinem nicht sehr würdevollen Abgang hinterher. Frauen anquatschen war nicht schwer, die Ausführung, das Wie aber sehr wohl. Er war noch jung, er würde es lernen. Vielleicht wollte sie heute Abend etwas netter zu ihm sein. Damit er was Schönes zum Träumen hatte.

Sie ging in die Umkleidekabine. Es war an der Zeit, der Zeitungs- und Zeitschriftenbibliothek Bostons einen Besuch abzustatten. Vielleicht fanden sich dort Antworten auf den Wettbewerb. Als sie unter der Dusche stand, war sie aber noch immer nicht zufrieden mit sich. Sie hatte einige Entscheidungen getroffen, die beiden wichtigsten Punkte bislang allerdings ausgeklammert. Sie hatte sich noch immer nicht der Frage gestellt, ob sie bei dem Spiel mit oder gegen Sebastien agieren wollte. Auch die Liebe konnte nicht immer alles überdecken.

Und dann gab es noch einen zweiten Punkt, dem sie sich unweigerlich stellen musste, obwohl sie auch davor zurückschreckte.

Sie wollte das Amt des Meisters gewinnen. Unbedingt.

Januar, Schweiz

Sebastien machte sich auf den Weg in die Disco. Menschen in bunten Pullovern umlagerten die Theke im Skizentrum Kasteln; ihre Gesichter waren gerötet vom Alkohol, ihre Stimmen heiser vom lauten Brüllen, um gegen die Musik anzuschreien. Sebastien bestellte sich einen Drink und ließ sich auf einem Barhocker nieder.

»Mit Eis?«

»Nein, einfach einen Scotch, einen doppelten.«

Von Tanya keine Spur. Verdammt. Er hatte ihr eine Nachricht hinterlassen, sie solle zu ihm in dieses kleine Schweizer

Skiressort kommen. Sie kannte den Ort, sie war bereits mehrere Male in seinem Chalet kurz außerhalb der Ortschaft gewesen. Aber sie war nicht aufgetaucht. Warum mied sie ihn? Weil sie wütend war? Oder weil sie vielleicht doch gegen ihn antreten wollte? Was liebte sie mehr – ihn oder das Amt des Meisters? Seit Silvester hatte er sie nicht mehr gesehen. Einige Zeit nach dem letzten Treffen mit dem Meister hatte er sie besuchen wollen und dabei feststellen müssen, dass sie das Kollegium bereits verlassen hatte. Dabei war es wichtig, dass sie sich unterhielten. Tanya durfte auf keinen Fall selbstständig am Wettbewerb teilnehmen. Das Spiel war viel zu gefährlich. Wusste sie bereits, wer Rex umgebracht hatte?

»Der Drink geht aufs Haus.« Das Mädchen hinter der Theke zwinkerte ihm zu.

»Danke.«

Er fragte sich, was Ivan und Andrew trieben. Wahrscheinlich hatten sie bereits einen Plan, wie sie ihre zwanzig Millionen Dollar zusammenbekamen. Aber es war noch viel Zeit – ruhig bleiben. Es brachte nichts, wenn man sich Hals über Kopf in etwas stürzte. Außerdem hatte er sich einen kleinen Urlaub verdient – ein paar nette Vergnügungen, bevor er sich wieder mit den ernsten Dingen beschäftigte und das Spiel gewann.

Er blickte über die Tanzfläche. Spärlich bekleidete Körper wanden sich zur Musik, die Tänzer sponnen sich in ihren Kokon aus Rhythmus und körperlicher Lust. Einen kurzen Augenblick neidete ihnen Sebastien die behagliche Sicherheit, die sie sich dadurch schufen – während er in ein Spiel um Macht verstrickt war, auch wenn er es sich selbst so ausgesucht hatte. Aber die Würfel waren gefallen, er wollte es nicht anders. Er wollte Meister werden, und man würde ihn schon umbringen müssen, wollte man ihn davon abhalten.

»Elsa, ich will nicht mehr tanzen!«

»Du hättest nicht so viel trinken sollen, deshalb ist dir jetzt schlecht. Spielverderber!«

Sebastien blickte nach rechts. Ein Liebespärchen war mitten in einem Streit begriffen. Amüsiert beobachtete er die beiden.

»Lass uns nach Hause gehen.«

»Wenn du willst, Karl, dann geh doch! Ich will tanzen.«

Mit stierem Blick ließ er den Arm seiner Partnerin los und wankte mit schlurfenden Schritten dem Ausgang zu. Elsa saß auf ihrem Barhocker, sah ihm nach und schüttelte verächtlich den Kopf. Was für eine Katastrophe! Dann ging sie zur Tanzfläche, wo sie zur dröhnenden Musik herumwirbelte und die Stroboskoplichter blitzartig flackernd ihren Körper beleuchteten. Sie hatte eine grazile Figur, langes blondes Haar, nordische Gesichtszüge, einen üppigen Mund und trug ein rotes eng anliegendes Paillettenkleid und kniehohe Lederstiefel. Etwa fünfundzwanzig Jahre alt.

Sebastien vermutete, dass sie Skilehrerin war. Nach einigen Minuten kam sie zur Bar zurück.

»Willst du tanzen?«

Elsa sah einen athletischen Mann mittlerer Größe vor sich, an dem kein Gramm Fett zu viel war; glatt rasiert, schwarzes Haar, ein hübsches, ausdrucksstarkes Gesicht mit einer kleinen Narbe an der Stirn. Anfang dreißig, schätzte sie. Ein Franzose? Franko-Kanadier? »Klar«, antwortete sie.

Sie tanzten nicht einen, sondern viele Tänze zusammen. Ihre Körper näherten sich und waren umso enger umschlungen, je weiter die Nacht vorrückte und je langsamer die Musik wurde. Die Lichter wurden noch dunkler. An der Bar plauderten sie belangloses Zeug, und Elsa mochte seine entspannte und lockere Art. Später atmete Sebastien den frischen Duft ihres Haares ein und küsste ihre warmen Lippen. Sie reagierte erst vorsichtig, dann heftiger. Er hatte sie eingefangen, so wie eine Spinne bereits beim ersten Knoten ihres Seidenfadens wusste, dass das Opfer ihr gehörte. Vergiss Tanya, er wollte Gesellschaft. Vergiss Karl, sie wollte Leidenschaft und Erregung.

»Noch einen Drink?«

»Nein«, antwortete sie, ihren Kopf an seiner Schulter. Es war zwei Uhr morgens. Nach den wochenlangen Streitereien mit Karl fühlte sie sich endlich wieder unbeschwert und glücklich.

Die Sache mit ihm war vorbei, endgültig.

»Gehen wir zu mir?«

»Einverstanden.« Sie zögerte nur einen kurzen Moment.

Sie holte ihre Sachen, und über den Seitenausgang verließen sie die Disco. Der Vorplatz war voller junger Menschen, in der Luft lag der schwere Geruch von Pot und Parfüm. Sie schoben sich durch die Menge. Plötzlich tauchte vor ihnen im fahlen Halblicht eine geisterhafte Erscheinung mit verzerrter Miene auf: Karl, der von einer der Toiletten wiederauferstanden war. Amüsiert hob Sebastien eine Augenbraue. Nachdem Karl den ersten Schock überwunden hatte, Elsa in den Armen eines anderen zu erblicken, öffnete er seinen Mund, aus dem tatsächlich Laute drangen.

»Das ist verdammt noch mal meine Freundin, du Arschloch!«

Elsa tat einen Schritt vor, aber Sebastien hielt sie zurück und ließ sich von Karl durch die Tür zur Toilette schubsen. Drinnen wusch sich ein älterer Mann gerade die Hände. Nervös betrachtete er den überaus muskulösen Betrunkenen, der einen etwas kleineren Mann vor sich her schob. Sebastien lächelte ihm aufmunternd zu.

»Achten Sie einfach nicht auf uns.«

»Du bleibst hier, in einer Minute kümmere ich mich dann um dich.« Karl schlurfte zum Urinal. Der Ältere, dem der Ausgang nun versperrt war, musterte die beiden. Der Betrunkene sah wie ein Bodybuilder aus, der andere war von durchschnittlicher Größe, wirkte aber sehr drahtig. Es war klar, es würde zu einer Prügelei kommen, und ebenso klar war, wer gewinnen würde. Flehentlich versuchte er mit Sebastien Blickkontakt aufzunehmen, ihn dazu zu bewegen abzuhauen, damit auch er hier raus konnte. Sebastien aber lehnte sich nur ruhig gegen ein Waschbecken und zündete sich eine Zigarette an.

»Einen schönen Tag gehabt?«, fragte er beiläufig.

Der Ältere nickte stumm, seine Finger unter dem Heißwasserhahn zitterten. Auf den Ausgang des Kampfes musste er nicht lange warten. Als Karl vom Urinal wegtrat – beinahe hätte er sich auch noch sein edelstes Teil im Reißverschluss eingeklemmt –, traf ihn ein Schlag auf den Solarplexus. Er war so gekonnt geführt, dass er den folgenden Handkantenschlag gegen seinen Hals nicht mehr spürte, der für einen Moment die Sauerstoffzufuhr des Gehirns abschnitt und ihn sofort ins Reich der Träume beförderte. Er verlor auf der Stelle das Bewusstsein. Sebastien fing den schlaffen Körper auf, trat die Tür einer der Kabinen auf, platzierte Karl auf dem Toilettensitz und überprüfte den Puls; er würde bis zum Morgen bewusstlos sein, schätzte Sebastien. Wunderbar. Dann wusch er sich die Hände im Waschbecken.

»Ganz schön was los hier, was?«

Der Ältere öffnete erstaunt den Mund, doch kein Laut kam daraus hervor. Nachdem sich Sebastien die Hände gewaschen hatte, zerwühlte er Karl noch liebevoll das Haar und ging zum Ausgang. Der stumme Zeuge sah ihm nach, seine Hände zitterten noch immer unter dem Wasserstrahl. Er wusste, Sebastien hätte den anderen ebenso leicht umbringen können. Schließlich drehte der ältere Mann den Hahn ab. Äußerlichkeiten konnten manchmal täuschen, dachte er sich, als er sich die Hände trocknete.

Dann verließ er Karl, der in sich versunken auf der Toilette saß.

Am folgenden Abend lagen sie nackt vor dem offenen Kamin in Sebastiens Chalet. Elsa spürte den warmen Teppich unter ihren Schenkeln, ein wunderbarer Whisky streichelte so sanft und sinnlich ihren Gaumen, wie noch kurz zuvor ihre Haut liebkost worden war.

»Wenn du viel Geld machen wolltest, wie würdest du das anstellen?«

Bei der Frage drehte sich Elsa zur Seite. In ihrem Nabel glitzerten Schweißtröpfchen.

»Wie viel?«

»Na, sagen wir, zwanzig Millionen Dollar.«

»Heirate einen Millionär.« Sie küsste ihn und strich sich das lange blonde Haar aus der Stirn.

»Nehmen wir an, das ist nicht möglich. Nehmen wir an, du musst es selbst verdienen.«

»Ich würde mich nach einem netten, respektablen Job wie deinem umsehen, hart arbeiten und mir nicht allzu viele Mädchen an Land ziehen.« Sie lachte.

»Was, wenn du die Summe in sehr kurzer Zeit aufbringen müsstest? Sagen wir, in einem Jahr.«

»Das ist schwierig. Raub eine Bank aus.«

Eine Bank ausrauben. Diese Möglichkeit hatte Sebastien schon vor einiger Zeit verworfen. Banken lagerten nur selten zwanzig Millionen in ihren Tresorräumen. Und wenn, dann war das Geld gut bewacht. Wollte man es stehlen, war eine minutiös geplante Operation notwendig, an der unweigerlich einige andere beteiligt waren – die ebenfalls ihren Anteil einforderten. Nein, ein bewaffneter Banküberfall kam nicht in Frage.

»Wenn das nicht möglich ist, was dann?«

»Auf legalem Weg?«

»Ja, legal.«

»Ich dachte, ihr Investmentbanker verdient ein Vermögen?«, sagte sie, während sie die Gläser nachfüllte.

Er küsste sie sanft auf die Nase, um sie abzulenken und daran zu hindern, weiter auf seine Lügen einzugehen. »Es reicht eben nie. Man bekommt eben nie genug.«

Sie schlürften den Whisky und plauderten über weitere Möglichkeiten. Es schien keinen Beruf zu geben, in dem man auch nur im Entferntesten darauf hoffen konnte, in so kurzer Zeit so viel Geld zu verdienen. Filmstars, Broker, Geldmarkthändler – sie alle verdienten enorme Gehälter, erhielten aber nur äußerst selten eine so große Summe im Jahr.

»Werde Popstar.«

»Spar dir deine Scherze.«

»Betreib eine Spielhöhle. Ein Bordell.«

»Dauert zu lange, bis man es aufgebaut hat.«

»Schreib einen Bestseller.«

»Du machst Witze. Schriftsteller verdienen doch nie Geld.«

Sie gähnte; das Thema begann sie zu langweilen. »Warum interessiert dich das überhaupt?«

»Neugier, die reine Neugier.«

»Wenigstens könntest du mich für meine Unterstützung belohnen. Wie wär's mit einem Kuss – hier hin?« Sie deutete auf ihren Oberschenkel.

Sebastien lachte und wandte seine Aufmerksamkeit dringlicheren Angelegenheiten zu. Später, als sie neben ihm schlief, dachte er über das Amt des Meisters und den Wettbewerb nach. Sie hatten ein Jahr, um zwanzig Millionen Dollar aufzutreiben. Warum Geld, warum nicht irgendeine andere Aufgabe? Er glaubte, das Kollegium hatte diese Aufgabe gewählt, weil sie in einem Jahr sehr schwer zu lösen war. Außerdem wurde ein eindeutiges Ziel gesetzt, über das es nichts zu diskutieren gab. Was würde er mit dem Geld machen, wenn er der neue Meister war? Sich einen persönlichen Glückwunschscheck ausstellen?

Und was war mit den anderen Kandidaten? Er hegte nicht die geringsten Zweifel, dass Ivan und Andrew – wie er selbst auch – alles unternahmen, um zu gewinnen. Sie waren starke Gegner, vor allem wenn sie sich zusammenschlossen. Nicht so stark, wie es Rex gewesen wäre, aber immerhin eine Herausforderung. In der Welt außerhalb des Kollegiums hatte Ivan viel mit Geheimdiensten zu tun; so viel wusste Sebastien. Im Auftrag des Kollegiums hatten sie vor einiger Zeit an einem Schadensbegrenzungsszenarium gearbeitet, nachdem der belgische Aktienmarkt im Zuge eines Finanzskandals beinahe zusammengebrochen wäre.

Was Andrew anbelangte, wusste er nur, dass dieser mit dem Militär zu tun hatte, sonst nichts. Tanya könnte vielleicht an weitere Informationen gelangen. Leute wie er, mit seinen Fähigkeiten, kannten kaum Skrupel, aber würden sie einen Mord begehen, um ihr Ziel zu erreichen? Und was war mit Tanya? Er hatte sich geirrt, als er annahm, sie würde nicht teilnehmen – ein wichtiger Punkt, den er nicht vergessen sollte. Wie sehr liebte sie ihn wirklich?

Elsa bewegte sich, er spürte ihren warmen Hintern, der sich gegen seine Leiste drückte. Widerstrebend beschloss er, sie nicht zu wecken. Er hatte das Gerüst eines Plans ausgearbeitet, um an die zwanzig Millionen Dollar zu kommen, doch dazu brauchte er Tanya; sie verfügte über die nötigen Fachkenntnisse. Es war ein Plan, der mit vielfältigen Risiken verbunden war. Das Problem bei illegalen Aktionen war, dass man Gefahr lief, geschnappt zu werden. Und es gab kein Kollegium mehr, das einem helfen würde. Daneben mussten sie sich die anderen vom Leib halten, vor allem Ivan. Er wäre nur allzu glücklich, wenn er sie stoppen und verhindern könnte, dass sie in einem Jahr im Kollegium aufkreuzten. Er schloss die Augen, er fühlte sich schläfrig. Blieben also nur noch zwei Dinge, die es zu lösen galt.

Das eine war die chinesische Geheimschatulle.

Das andere die Frage, wo zum Teufel Tanya steckte.

Einige Stunden später hatte er die Antwort. Lächelnd zerknüllte er das Fax, ging in das Esszimmer und warf die Nachricht in den Abfalleimer. Sie hatte nur gelautet: »Komm sofort. Bellevue Hotel, Boston. Tanya.«

Es schien, als würden sie doch noch zusammenarbeiten. Gut. Er wollte nicht gegen seine Geliebte antreten, und es wurde langsam Zeit, dass sie mit dem Spiel begannen. Trotzdem wollte er noch ein, zwei Tage warten, bis er nach Boston flog. Es hatte keinen Sinn, die Dinge zu übereilen. »Gehen wir Ski fahren«, rief er aus, als er die Küche betrat.

Elsa drehte sich am Frühstückstisch zu ihm um. Sie trug nur ein T-Shirt. »Toll, aber ich denke, Karl wird auf der Piste sein.«

»Ich freu mich schon, ihn zu treffen«, erwiderte Sebastien, während er Brot in den Toaster steckte. »Wäre nett, ihm mal woanders als auf der Toilette zu begegnen. Ich treib mich nämlich nicht besonders gern mit fremden Männern auf Toiletten rum. Die Leute bekommen sehr schnell einen falschen Eindruck.« Er schenkte beiden Kaffee ein. »Ich hoffe, er hat sich von seinen Bauchschmerzen erholt.« Er sah zu Elsa. Beide lachten.

Elsa aber war leicht beunruhigt. Wenn er Karl nur etwas ernster nehmen würde, dachte sie. Karl konnte sehr aggressiv werden, wenn man ihn provozierte; nicht umsonst hatte er sie in der Vergangenheit einige Male geschlagen. Das Problem war nur, Sebastien hatte Karl nie erlebt, wenn er wütend *und* nüchtern war. Er konnte von Glück reden, dass Karl in Ohnmacht gefallen war, nachdem beide die Herrentoilette betreten hatten. Sebastien hätte sich sonst ernsthafte Verletzungen zuziehen können.

Sie fuhren nach Kasteln. Elsa wurde sich bewusst, dass ihre Beziehung nur vorübergehend war. Vier Nächte hatte sie nun mit Sebastien verbracht und jede Minute davon genossen – seine unterhaltsame Gesellschaft, die Erregung, seinen Körper. Ganz gewiss mangelte es ihm nicht an Geld. Er hatte ihr erzählt, er sei Broker in New York und verbringe seinen Winterurlaub immer in Kasteln. Mehr hatte er nicht verraten, was Elsa seltsam vorkam. Männer wollten sonst immer von sich reden, von ihren Jobs, ihren Erfolgen, Sebastien jedoch schwieg sich dazu merkwürdigerweise aus. Und trotz seiner Unbekümmertheit, seiner Art, die Welt als seine Spielwiese zu behandeln, distanzierte er sich gelegentlich von ihr, sodass sie das Gefühl hatte, neben ihr stünde ein völlig Fremder. Etwas lag in ihm verborgen, das sie nicht ausloten konnte, und er strahlte eine Intensität, etwas Getriebenes aus, das sie nervös werden ließ.

»Du zuerst.«

Sie stiegen in den Skilift und atmeten die schneidend kalte Luft ein.

»Wunderbar, nicht?«, sagte Sebastien, als die Fichten unter ihnen immer kleiner wurden. »Skilehrerin zu sein, hängt dir das nicht zum Hals heraus?«

»Nein, das ist einfach ein Teil von mir ... draußen auf der Piste zu stehen, die Freiheit zu spüren. Ich wollte nie was anderes.«

»Und Karl?«

»Keine Ahnung. Da musst du ihn schon selbst fragen. Er ist ein sehr guter Skilehrer«, erwiderte sie ein wenig zu hastig. »Und er macht in seiner Freizeit Bodybuilding.«

»Oh, ist mir noch gar nicht aufgefallen.«

»Wir haben uns vor einem halben Jahr in Finnland kennen gelernt«, fuhr Elsa fort. »Auf einem Lehrgang für Skilehrer. Er kann sehr nett sein, wenn er nicht betrunken ist.«

»Davon bin ich überzeugt«, erwiderte Sebastien gut gelaunt. »Wirst du zu ihm zurückkehren?«

»O nein. Ich wollte sowieso Schluss machen. Du hast mir die Entscheidung nur erleichtert.« Sie stiegen aus dem Sessellift. »Ich habe beschlossen, nach Schweden zurückzugehen und dort zu arbeiten. Bald, denke ich ...« Sie zögerte. »Nach deiner Abreise.«

»Klingt gut«, kam es von Sebastien, und dann fügte er mit ernster Stimme hinzu: »Folge immer deinem Schicksal.«

»Und du? Folgst du immer deinem Schicksal?«

»Natürlich.« Mit den Skiern auf den Schultern wandte er sich ihr zu. »Du kannst sowieso nichts dagegen tun, egal, ob es Gutes oder Schlechtes mit sich bringt. Aber jetzt sollten wir das Philosophieren lassen und endlich loslegen.«

Sie fuhren den gesamten Tag, am Spätnachmittag hielten sie am Rand der Piste an, ließen sich im Schnee nieder und wollten sich einen Moment ausruhen, bevor sie nach Hause zurückkehrten. Aber die Ruhe sollte ihnen nicht vergönnt sein. Ein alles andere als willkommener Dritter gesellte sich zu ihnen.

»Karl! Welche Freude, dich zu sehen.« Sebastien streckte der Gestalt auf Skiern die Hand hin; der Finne ignorierte sie.

»Hallo, Elsa.«

»Ich will jetzt nicht mit dir reden.« Elsa sah zu ihm auf, wandte dann schnell ihren Blick ab und starrte zur Piste. Karls Gesichtszüge wurden starr, in seinem stumpfen Herzen lag Hass, den er sorgsam hegte.

»Das war verdammt noch mal meine Freundin«, blaffte er Sebastien an.

»Ja, das *war* sie«, gab Sebastien auf seine arrogante Art zurück. Dann stand er auf, balancierte auf den Stöcken und wartete auf den Angriff. Er kam nicht. Wutschnaubend beäugte ihn Karl. Aber er war nicht scharf auf eine weitere Prügelei.

»Fährst du Ski?«

»Ein wenig.« Sebastien legte ein bescheidenes Lächeln in seine Miene.

Es dauerte einen Moment, bis die Information ankam. Als sie schließlich verarbeitet war, löste sie – wie eine Münze, die in einen Flipperautomaten gesteckt wurde – ein ganz wunderbares Resultat aus. Karls Augen funkelten, in seiner Aufregung brachte er kaum die Worte heraus. »Gut, dann fahren wir um Elsa um die Wette. Wenn ich gewinne, kommt sie zu mir zurück. Wenn du gewinnst, gehört sie dir.«

Es folgte eine Pause. Dann brach Sebastien in ein hartes, mokantes Lachen aus. »Na, na, Karl, im weichen Äußeren steckt auch noch ein weicher Kern. Das hätte ich nie für möglich gehalten. Ein Wettlauf, und Elsa ist die Trophäe. Was für eine tolle Idee«, erwiderte er mit weicher Stimme. »Ich liebe Wettbewerbe.«

Elsa, die bislang weggesehen hatte, zog an seinem Ärmel. »Lass ihn. Er ist es nicht wert. Karl, verschwinde. Ich will mit dir nichts mehr zu tun haben. Komm, Sebastien, gehen wir.«

»Aber«, fuhr Sebastien fort, der nun unbeholfen auf seinen Skiern hin und her rutschte, »wir sollten den Spaß nicht zu kurz kommen lassen. Wie wär's mit einem kleinen Einsatz?«

Karl sah ihn argwöhnisch an. Seine Freundin, das war eine Sache, Geld aber eine ganz andere.

»Nichts Großes. Sagen wir fünfzehntausend Dollar.« Damit wäre dieser Typ für einige Jahre pleite, schätzte Sebastien.

Karls Hals schwoll an, als bekäme er kaum noch Luft.

»Fünfzehntausend«, japste er.

»Ja«, erwiderte Sebastien fröhlich. »Aber wenn du willst, gehen wir noch etwas höher. Du bist doch kein Drückeberger, oder?«

Die Wangen des Finnen färbten sich knallrot. Ihm war schlecht. Es lief nicht so, wie er erwartet hatte. Aber es gab kein Zurück mehr. Er konnte Elsa nicht einfach ziehen lassen. »Nein, fünfzehntausend, das reicht schon.« Mein Gott, er musste gewinnen.

Karl deutete auf die Sprungschanze. »Wir werden Ski springen.«

Sebastien nickte. »Meinetwegen.«

Karl hatte klug gewählt. Im Slalom hätte ihm Sebastien vielleicht Paroli bieten können. Auf der Schanze aber gehörte Karl zur nationalen Elite. Elsa war außer sich. Als sie den Hang hochstiegen, flüsterte sie flehentlich Sebastien ins Ohr.

»Sebastien, du darfst dich darauf nicht einlassen. Karl ist Profi. Er wird dich mühelos schlagen.«

»Oh«, antwortete Sebastien, »es macht mir nichts aus zu verlieren.«

»Nein?«

Sebastien lächelte beglückt – es war das Lächeln eines gefallenen Engels.

Sie traten in die Starthütte. Karl und Sebastien lehnten ihre Skier gegen die Wand, inspizierten sie und wollten sie soeben anlegen, als ein Schanzenaufseher sich der Gruppe näherte.

»Sprungschanzenbetrieb ist eingestellt. Der Wind ist zu stark.«

In Elsas Gesicht kehrte das Blut zurück, sie fühlte sich erleichtert.

»Das ist er nicht! Wir werden diese beschissene Schanze runterfahren!« Mit wutverzerrtem Gesicht stapfte Karl auf den Aufseher zu und brüllte den Schweizer in drei Sprachen gleichzeitig an. Sebastien hielt sich abseits und überprüfte seine Skier. Der Aufseher blieb hartnäckig, Karl ebenfalls. Er wandte sich an Sebastien. Sein Gesicht war nur noch eine Fratze aus Stolz und Hass.

»Wer am weitesten kommt, gewinnt«, stieß er hervor. »Ich zuerst.«

»Okay«, antwortete Sebastien. »Ich bin mir sicher, ich werde beeindruckt sein.«

Karl machte sich bereit. Eilig zog er die Skier an, näherte sich der Rampe, sah die steile Abfahrt hinunter und bereitete sich seelisch bereits auf den Augenblick seines Triumphes vor. Der Sieg gehörte ihm. Er war sich sicher. Nur Gott konnte ihn noch aufhalten. Mit gewaltigen Armstößen holte er Schwung und warf sich die Schanze hinab.

Karl schoss wie eine Rakete aus der Hütte – oder, um genauer zu sein, wie ein Feuerrad, denn es dauerte nicht lange, bis er bemerkte, dass nur ein Ski an seinen Füßen hing. Das war etwas Neues für ihn. In diesem Augenblick aber hatte er bereits an andere Dinge zu denken. Kopfüber wirbelte er in die Luft wie ein Derwisch. Ein faszinierendes Spektakel, das den Betrachtern dargeboten wurde, wenn es auch nicht ganz dem entsprach, was sie erwartet hatten.

Die Landung auf der Piste selbst war fürchterlich, das wiederholte Knacken brechender Knochen hallte durch die Luft, während er, ein unentwirrbares Knäuel aus Gliedmaßen und Skistecken, den Abhang hinunterkullerte. Schließlich kam er von der Piste ab und verschwand im Tiefschnee. Oben in der Hütte herrschte betroffenes Schweigen, unten machten sich bereits Sanitäter mit einer Trage auf den Weg zu dem regungslosen Körper. Es war Elsa, die als Erste wieder das Wort ergriff.

»O Gott, du glaubst doch nicht, dass er tot ist?«

Sebastien verzog keine Miene, nur seine Augen lachten. »Doch, das hoffe ich«, erwiderte er.

Am folgenden Morgen fuhr Sebastien Elsa ins Krankenhaus und wartete vor der Tür des Arztzimmers. Eine halbe Stunde später kam sie heraus und teilte ihm den medizinischen Befund mit. »Ein Arm- und Beinbruch, eine Hüftfraktur, angebrochene Rippen, einige Bänderrisse, Gehirnerschütterung, Hautabschürfungen im Gesicht. Und ein gesplittertes Schambein.«

»Na, das ist ungewöhnlich«, sagte er, während er sie küsste. »Das hat man nicht oft. Du solltest ihn in nächster Zeit nicht allzu fest rannehmen, Elsa. Ausschließlich Mund-zu-Mund-Sex, nichts anderes. Küssen dürfte ihm keine Schmerzen bereiten.«

Elsa musste kichern. »Ich glaube nicht, dass es noch so weit kommen wird.«

»Nun, es ist Zeit zum Abschiednehmen«, sagte Sebastien. »Auf Wiedersehen, Skilehrerin. Und Danke für den Unterricht.«

»Auf Wiedersehen, Sebastien.«

Sie küssten sich.

»Folge immer deinem Schicksal«, rief er ihr noch zu, als er bereits durch den Gang fortging. »Vergiss das nicht.«

»Nein«, erwiderte sie. »Vielleicht sehen wir uns ja mal wieder.«

»Vielleicht.« Sebastien hob zum Abschied die Hand. Er wusste, dass es nicht dazu kommen würde.

11

Sie wussten, dass man einem Kriege nicht entgeht, sondern ihn nur zum Vorteil des Gegners aufschiebt.
Machiavelli, Der Fürst

Januar, Paris

Während Tanya in der Zeitungs- und Zeitschriftenbibliothek in Boston ihren Recherchen nachging und Sebastien auf den Skipisten seinen Unsinn trieb, befand sich Ivan, wie es einem politischen Denker geziemte, in einer eher kontemplativen Stimmung.

Er lag auf seiner Couch und lauschte den letzten Klängen von Wagners *Lohengrin.* Drei Wochen waren vergangen, seitdem er das Kollegium verlassen hatte. Er hatte beschlossen, sein Londoner Apartment aufzugeben und für die Dauer des Wettbewerbs sein Lager in Paris aufzuschlagen. In einem der exklusivsten Arrondissements hatte er sich eine Wohnung gemietet und jede erdenkliche Vorsichtsmaßnahme getroffen, um seine wahre Identität geheim zu halten.

Er ließ seinen Blick über seinen neuen Salon schweifen. Vergoldetes Ornat, schwere Möbel aus dem neunzehnten Jahrhundert, farbenprächtige Läufer auf dem Boden. Er rümpfte die Nase. Es reichte nicht an den Stil des Kollegiums heran, aber es würde genügen. In der vergangenen Woche hatte er alles unternommen, um nicht an den Wettbewerb zu denken, um den Kopf freizubekommen. Er hatte die Tage damit verbracht, durch Paris zu schlendern, alte Jagdgründe aufzusuchen und Kraft zu sammeln für die bevorstehende Schlacht.

Nun war es an der Zeit, die Gedanken zu konzentrieren. Die verschiedenen Teile des Puzzles mussten zusammengefügt werden. Als Erstes das Amt des Meisters und der Wettbewerb. Dann die chinesische Geheimschatulle. Und schließlich der Tod von Rex Boone. Wie passten diese Teile zusammen? Ebenso wichtig war die Frage, wie er dieses Spiel angehen wollte. Spiele um die Macht stellten – wie jedes Spiel – eine Kunstart dar, und dieser Wettbewerb, das größte Spiel überhaupt, erforderte beträchtliche Sorgfalt und Aufmerksamkeit. Er musste nicht nur innerhalb eines Jahres zwanzig Millionen Dollar auftreiben, er musste auch seine Rivalen besiegen. Deren Konkurrenz war nicht zu unterschätzen, auch nach dem erzwungenen Abgang von Rex. Dessen Tod jedenfalls hatte den ernsten Charakter des Wettbewerbs unterstrichen und damit den Grundton vorgegeben.

Ivan stand von der Couch auf und ging zum CD-Player. Draußen war es kalt, aber heiter; kurz betrachtete er das Treiben auf der Straße. Nachmittags würde er spazieren gehen. Er ließ die CD von neuem abspielen und schloss die Augen. Die Musik erfüllte den Raum, er bewegte leicht die Arme zum Takt, während er in Gedanken zu seinem Thema zurückkehrte.

Immer der Reihe nach. Welcher Philosophie sollte er bei diesem Wettbewerb folgen? Auf seinem Weg ins innerste Zentrum des Kreises brauchte er einen Führer, eine stille, ruhige Stimme, die ihn auf dem rechten Weg hielt. Das musste kein anderer Mensch sein, aber jemand, der sich mit dem Konzept der Macht und ihrem Gebrauch und Missbrauch eingehend auseinandergesetzt hatte. Ein großer Gelehrter. Wie der unsterbliche Vergil, der Dante auf seinem Abstieg in die Höllenkreise geleitet hatte.

Wer sollte es sein? Ein politischer Theoretiker, ein Philosoph – Ivan ging sie nacheinander durch: Hobbes, Hume, Kant, Clausewitz und andere. Er hieß sie in Gedanken willkommen und verabschiedete sich von ihnen in aller Höflichkeit. Er brauchte jemanden, der sich wie kein anderer in der Kunst der Macht auskannte, und es dauerte nicht lange, bis Ivan ihn gefunden hatte: Machiavelli. Wenn jemand wusste, wie das Amt des Meisters zu erringen war, dann dieser italienische Staatsmann und Diplomat aus der Renaissance. Dass er vor fast fünfhundert Jahren gestorben war, spielte keine Rolle; der Weg, der zur Macht führte, war in jedem Zeitalter gleich. Wo sollte er beginnen? Nun, hatte dieses große Genie nicht in *Der Fürst,* seinem Werk über die politischen Machenschaften, geschrieben, dass es nicht ratsam sei, Schlachten zu schlagen, wenn man das Gelände nicht kannte? Ein sehr vernünftiger Rat. Auch Ivan hatte vor, sich daran zu halten. Eingehüllt in die Musik, hing er seinen Gedanken nach.

Rex hatte so getan, als würde er zögern, am Wettbewerb teilzunehmen. Das war natürlich Unsinn. Im Grunde hatte er nur herausfinden wollen, ob die anderen ebenfalls wussten, was er gewusst hatte. Ganz offensichtlich war das nicht der Fall gewesen. Denn Rex war mittlerweile tot. Anscheinend hatte er etwas in Erfahrung gebracht, dessen Folgen so fürchterlich waren, dass er deswegen umgebracht worden war. Aber was? Seine Informationen, die ihm vielleicht ein ehemaliges Kollegiumsmitglied anvertraut hatte, musste er bei sich getragen oder ganz in der Nähe aufbewahrt haben. Vielleicht in seiner Wohnung auf Tirah. Der Zugang dazu war nun versperrt. Jedenfalls hatte er sie wohl gut versteckt. Ein Geheimnis, das er mit sich ins Grab genommen hatte? Vielleicht – vielleicht aber auch nicht, dachte Ivan. Denn Geheimnisse verschwanden nie vollständig, sie wurden nur immer schwerer auffindbar. Rex musste irgendeinen Hinweis hinterlassen haben. Geduldig ging Ivan alle Möglichkeiten durch, zum Schluss blieb nur eine übrig: das letzte Abendessen, zu dem er ihn in Erris eingeladen hatte. Vielleicht gab es hier etwas zu finden. Ivan ließ das Ereignis in Gedanken wieder vor sich ablaufen, wie ein Mörder, der erneut seine Tat durchging.

Er nahm einen Schluck Wasser und schloss die Augen. Langsam, mühevoll, als würde er Wasser aus einem Brunnen schöpfen, rief er sich aus den Tiefen der Erinnerung das letzte Abendessen in all seinen Facetten wieder ins Gedächtnis. Rex' massige Gestalt, sein schwerer Unterkiefer, das breite Gesicht traten allmählich – wie Banquos Geist – vor sein inneres Auge. Schließlich hob Rex seinen quadratischen Schädel, und die beiden sahen sich an: der eine ein lebender Mensch, der andere nur die Schöpfung von Ivans außerordentlichem Gedächtnis. Sorgfältig ging er jeden Aspekt ihres Treffens durch, jedes Wort, jede Geste, als würde er penibel jedes Einzelbild einer Filmrolle inspizieren. Irgendetwas musste es geben. Es konnte nicht anders sein. Plötzlich glaubte er, sein Herz setze aus.

Als sich Rex vom Tisch erhoben hatte, sagte er auf seine überhebliche Art: »Ich muss noch mit jemandem reden. Den Käse und den Port lasse ich also ausfallen.« Ivan hatte damals angenommen, Rex würde sich noch mit jemandem treffen, vielleicht mit einem anderen Bewerber. Er hatte dummerweise eine andere Möglichkeit übersehen; Rex hatte jemanden angerufen.

Ivan wählte eine neunstellige Nummer. Es kam kein Freizeichen. Er wählte zwei weitere Stellen und wartete. Schließlich war eine Stimme zu hören, abgehackt und ausdruckslos wie die eines Computers.

»Tut mir Leid, Sie haben sich verwählt. Diese Nummer ist nicht registriert.«

Ivan wartete, dann sagte er: »Abteilung 10, bitte.«

»Tut mir Leid, Sie haben sich verwählt.«

»Hadley.«

»Bitte warten Sie einen Augenblick.«

Ivan wartete und zog dabei verärgert die Augenbrauen

hoch. Das Problem mit dem britischen Geheimdienst war, dass sich manche Abteilungen zwar immer mehr öffneten, die wirklich wichtigen sich aber zunehmend abschotteten. Was nur bewies, dass jede Geheimorganisation niemals ihr wahres Fundament preisgab, auf dem sie basierte. Zweifellos traf dies auch auf das Kollegium zu. Plötzlich meldete sich eine weiche und freundliche Frauenstimme.

»Mr. Hadley ist zu sprechen. Ich stelle Sie durch. Wie lautet Ihr Code, Sir?«

»26 25 86.«

Gleich darauf wurde er verbunden. Hadley klang etwas nervös. Ivan rief ihn sonst nie während der Arbeit an.

»Ivan, schön, von dir zu hören. Wir haben uns schon lange nicht mehr gesehen.«

Ivan ignorierte den Smalltalk und kam sofort auf das Wesentliche zu sprechen.

»James, ich brauche deine Hilfe. Treffen wir uns Freitag zum Essen. Die Einzelheiten deponiere ich an der üblichen Stelle. Du wirst diesmal eine etwas längere Reise antreten müssen als sonst.«

Es folgte ein zögerliches Räuspern. »Ähm, ich fürchte, das könnte ein wenig schwierig werden. Im Moment ist hier viel los.«

»Danke, James«, fuhr Ivan fort, als hätte er den letzten Satz nicht gehört. »Mach dich bitte auf den Weg.«

Ivan legte auf. Wenn Rex an jenem Abend jemanden angerufen hatte, würde Ivan es bald erfahren. Und was James betraf, wofür waren die Geliebten denn da, wenn man sie nicht gelegentlich um einen Gefallen bitten konnte?

»Du bist dran.«

Ivan zog seine Figur und lehnte sich zurück, um Buxtehudes Präludium und Fuge in D-Dur zu lauschen.

»Schachmatt?«

»Ich fürchte ja.«

Hadley prustete indigniert. »Ich weiß nicht, wie du das bloß machst. Immer gewinnst du. Als ob du bereits immer im Voraus weißt, welchen Zug ich mache.«

Ivan grinste. »James, du bist zu leicht zu durchschauen, das ist dein Problem. Du machst dir nie Gedanken über deinen Gegenspieler. Polterst einfach drauflos, ziehst ziellos deine Figuren, denkst nicht darüber nach, welche Taktik du anwenden willst, und durchleuchtest auch nicht die Psyche deines Gegners. Deshalb verlierst du, so einfach ist das.«

»Quatsch!«

»Nein, so ist es«, antwortete Ivan mit einem müden Lächeln. »James, du bist so leicht zu durchschauen wie ein Glas Leitungswasser. Weißt du nicht genau, was du tun sollst, spielst du vorsichtig, befindest du dich in Schwierigkeiten, fällst du auf klassische Verteidigungsstrategien zurück. Wenn man das weiß, ist alles ganz leicht. Ich greife dich an, konzentriere mich auf unorthodoxe Züge und stelle Fallen. Und was geschieht? Du merkst nicht, was los ist, gerätst in Panik, und dein Spiel ist ein einziges Chaos. Kurz, James, du bist einfach leicht zu besiegen.«

Verzweifelt hob Hadley die Arme. Er war schlank, Ende zwanzig, trug einen eleganten dunkelblauen Anzug, hatte schönes blondes Haar und ein liebenswürdiges Gesicht mit zierlichen Wangenknochen und vollen Lippen, wenngleich seine Miene immer etwas distanziert wirkte. Sein fast ätherisches Wesen ließ eher auf einen Künstler oder Pianisten schließen und nicht auf einen Spion. Hadley hatte unmittelbar nach seinem Universitätsstudium eine Anstellung beim britischen Geheimdienst gefunden und war davon nicht mehr losgekommen. Was er dort tat, glich exakt seinen Schachzügen – er war ohne Ehrgeiz, und es mangelte ihm an Weitsicht.

»James«, fuhr Ivan fort und schenkte ihnen nach, »du musst vorhersehen, wie dein Gegner die nächsten Züge ausführt. Wenn du das nicht kannst, hast du keine Chance. Wie schon Machiavelli sagte: ›Denn was man von ferne kommen sieht, dem ist leicht zu begegnen; wartet man aber, bis es nah ist, so kommt die Arznei zu spät.‹«

James lachte hastig. »Du bist einfach intelligenter als ich. Das ist alles.«

»Ganz und gar nicht«, antwortete Ivan. »Ich habe Erfolg, weil ich den Erfolg plane. Das tust du nicht. Nun, hast du herausgefunden, worum ich dich gebeten habe?«

Hadley sah ihn nervös an, ein feiner Schweißfilm bildete sich auf seiner Augenbraue. Er strich sich das Haar zur Seite. Er war der Einzige außerhalb des Kollegiums, der wusste, dass Ivan dort Mitglied war, was ihn enorm beeindruckte.

»Ja. Ich hab mich in die Aufzeichnungen der Telefongesellschaft gehackt. Boone hat im Gästehaus in Erris nur ein Telefonat geführt. Aber sei mit den Informationen sehr vorsichtig«, flehte er. »Wenn es herauskommt, werde ich auf der Stelle gefeuert. Die Aktion war illegal.«

»Es wird nicht auffliegen«, beruhigte ihn Ivan. »Wenn wir schon dabei sind – kannst du auch die Kabel- und Satellitenverbindungen des Kollegiums anzapfen?« Ivan war sich sicher, dass Rex von der Insel aus keine sensiblen Anrufe geführt hatte.

»Bist du verrückt? Ich bezweifle, ob das überhaupt jemand kann. Das Kollegium dürfte über jede Abhörsicherung verfügen, die es gibt.« Er nahm einen Schluck Gin. »Auch diese Informationen gebe ich nicht gern weiter. Warum wendest du dich nicht einfach an die Generaldirektorin des MI6? Du hast doch die richtigen Verbindungen? Es bereitet mir wirklich Magengrimmen.«

Ivan nahm von seinem Liebhaber die gewünschten Informationen in Empfang und legte sie auf dem Tisch ab. Dann tätschelte er Hadleys Arm. »James, sei nicht hysterisch. Ich kann dir nur so viel sagen: Es gab keine andere Möglichkeit, an diese Auskünfte zu kommen. Eines der Mitglieder am

Kollegium starb unter etwas seltsamen Umständen, und ich helfe dem Meister bei den Ermittlungen.«

Die Lüge schien Hadley zu beruhigen. Nach einigen Minuten erhob er sich. Ivan half ihm in seinen Kaschmirmantel und begleitete ihn zur Tür. Kurz umarmten sie sich.

»Erzähl bitte niemandem davon, James. Und auch nicht von deinem Besuch hier.«

»Natürlich nicht«, erwiderte Hadley. Je weniger man über die Sache verlauten ließ, umso besser war es. Er eilte davon, um noch den Zug nach London zu erreichen zu seinem langweiligen Job beim britischen Geheimdienst. Er wünschte sich, er wäre Ivan.

Ivan schloss hinter sich die Tür und kehrte in den Salon zurück, streckte sich auf seinem Sofa aus, nippte an seinem Cognac und betrachtete erneut die Telefonnummer, die Hadley ihm gegeben hatte. Schließlich wählte er sie. Eine ferne amerikanische Stimme meldete sich.

»Bei Mrs. Boone.«

Leise legte er den Hörer auf. Dann überprüfte er in einem Telefonbuch die Vorwahl. Boones Mutter lebte also in einem Bostoner Vorort. Er rief beim Bostoner Auskunftsdienst an, um zu erfahren, ob die Nummer registriert sei. Sie war es nicht. Boone oder seine Mutter waren also darauf bedacht, ihren Aufenthaltsort nicht preiszugeben. Mit dem Glas in der Hand dachte Ivan nach. Rex hatte an seinem Todestag seine Mutter angerufen. Daran war nichts Ungewöhnliches, abgesehen von einem kleinen Detail: Der Anruf war nach Bostoner Zeit frühmorgens erfolgt. Er hatte seine liebe Mami zu dieser unzivilisierten Zeit also nicht angerufen, um mit ihr nur über einige belanglose Dinge zu plaudern. Rex war es um etwas anderes gegangen. Er nahm den Hörer erneut zur Hand und buchte einen Flug nach Boston. Es war an der Zeit, Rex' Mutter kennen zu lernen. Seine Freunde dort würden ihm ihre Adresse besorgen.

Nachdem die Schnüffelarbeit für diesen Abend erledigt

war, schenkte er sich zur Feier des Tages ein weiteres Glas ein.

Obwohl Rex tot war, hatte er doch noch mit ihm gesprochen. Was für ein wackerer Kerl.

Ivan kam am frühen Nachmittag am Logan International Airport an. Nachdem er den Zoll passiert hatte, mietete er sich einen Wagen und machte sich auf den Weg in die City, wo er in der Rushhour nur langsam vorankam. Schließlich hatte er die Stadt durchquert und näherte sich den Vororten. Das Gebiet, in dem Rex' Mutter wohnte, war etwa eine Stunde entfernt. In Cambridge sah er die Studenten durch den Regen zu ihren Vorlesungen an der Harvard University eilen; kurz musste er an seine eigene Gastprofessur denken, die er dort vor einigen Jahren am wirtschaftswissenschaftlichen Institut innegehabt hatte. Vielleicht würden ihm seine akademischen Kontakte noch weiterhelfen. Er war hungrig und griff sich einen Bagel aus der Tüte, die neben ihm auf dem Beifahrersitz lag.

Mrs. Boones Haus lag in einer abgeschiedenen Seitenstraße. Wie die meisten Gebäude in der Gegend war es ein leuchtend weiß gestrichenes Holzhaus mit zwei Geschossen, einer Säulenveranda und dem unvermeidlichen Symbol des amerikanischen Patriotismus, einer hohen Fahnenstange, an der das Sternenbanner flatterte. Ivan stieg aus und schlenderte über die Anfahrt. Er klingelte.

Eine etwas dröge aussehende Frau öffnete. Sie war Ende fünfzig und trug eine Schwesternuniform. Fragend sah sie ihn an. Als Ivan ihr den Grund seines Besuchs erklärte, spitzte sie ihre schmalen Lippen und antwortete mit leiser Stimme.

»Ich fürchte, Sie werden Mrs. Boone persönlich nach diesem Telefonanruf fragen müssen. Aber regen Sie sie bitte nicht mehr als nötig auf. Der Tod ihres einzigen Sohnes war ein schwerer Schlag für sie. Sie wird wahrscheinlich kaum verstehen, was Sie von ihr wollen, sie leidet nämlich an Alzheimer.«

Ivan wurde in ihr Schlafzimmer geführt. Dort lag eine gebrechliche alte Frau mit dünnem, ausgezehrtem Gesicht und leerer Miene. Um sie herum waren die Zutaten des Todes versammelt: eine bunte Auswahl von Arzneifläschchen, eine Sauerstoffmaske mit einer Flasche, über allem lag der an Krankheit gemahnende Geruch von Kampfer. Und, für alle Notfälle, eine Bibel, als würde sie für die letzte Prüfung ausführlich studiert.

Ivan setzte sich ans Bett und sprach mit Mrs. Boone. Sie konnte sich an kein Telefonat erinnern; schnell war klar, dass ihr Gedächtnis schwer in Mitleidenschaft gezogen war. Ivan dachte nach, dann bat er um Erlaubnis, sich die Papiere ihres Sohnes im Haus ansehen zu dürfen – schließlich sei er ein Kollege von Rex und habe mit ihm an einem Buch gearbeitet. Schwach patschte sie seine Hand. Wahrscheinlich hatte sie kein einziges Wort kapiert. Ivan verabschiedete sich von ihr. Er war überzeugt, dass Rex sie sehr geliebt haben musste. Selbst die ehrgeizigsten und unabhängigsten Menschen hatten Mütter, ging es ihm durch den Kopf. Schade, dass er seine niemals gekannt hatte. Er hatte es als Waise nicht leicht gehabt, obwohl die Situation auch unbestreitbare Vorteile aufzuweisen hatte – die Auseinandersetzungen um das Taschengeld oder um den neuen Partner waren ihm glücklicherweise erspart geblieben. Die Pflegerin begleitete Ivan zu Rex' Zimmer. Es handelte sich um einen großzügigen Raum im ersten Stock mit einer wunderbaren Aussicht auf die Rasenflächen einer Schule. An den cremefarbenen Wänden hingen Fotos aus Rex' Universitätszeit. Auf allen ragte seine große Gestalt heraus – eine Person, der anzusehen war, dass sie für Großes geschaffen war. Aber niemand würde später erfahren, was er alles erreicht hatte. Dass er Mitglied des Kollegiums wurde und einer der Kandidaten für das Amt des Meisters: große Dinge, die sich nun nicht mehr erfüllen würden. Das Schicksal hatte es anders mit ihm gemeint. Wie schade!

Ivan begann die Papiere durchzusehen. Er wusste, wonach er suchte: nach einem Hinweis auf den Wettbewerb.

Drei Tage später war der Ausblick aus dem Fenster, eingetrübt durch den andauernden Nieselregen, nicht mehr ganz so schön. Das Leben konnte manchmal ziemlich deprimierend sein, dachte Ivan. Er hatte alle Aufzeichnungen von Rex gesichtet und nichts gefunden. Das meiste war schreckliche Lektüre gewesen: unzählige mathematische Formeln und Gleichungen, endlose Vorträge und Artikel über Atomenergie, die, wie Ivan sich dachte, alle brillant sein mussten, aber nicht das Geringste über das Spiel um das Amt des Meisters enthielten. Vielleicht war es ganz gut, dass Rex tot war, ging es ihm durch den Kopf – wenigstens konnte er jetzt nichts mehr schreiben.

Noch eine Stunde, und seine Herkulesarbeit war vollbracht. Er saß auf dem Boden und betrachtete ein Foto an der Wand: Rex im Football-Trikot der Chicago University.

Nun, dachte Ivan, diesmal hatte er also wirklich danebengegriffen. Er war von einer falschen Voraussetzung ausgegangen. Von der Voraussetzung, dass zwischen dem Telefonat und dem Spiel ein Zusammenhang bestanden hatte. Rex, so schien es, hatte sein Geheimnis wirklich mit ins Grab genommen. Er ging nach unten, um sich von Mrs. Boone zu verabschieden.

»Mein Sohn«, flüsterte sie, als er Rex' Namen erwähnte.

Ivan drückte ihr die ledrigen Finger. »Machen Sie sich keine Sorgen, Mrs. Boone, ich werde Ihren Sohn nicht vergessen. Er war ein außergewöhnlicher Mensch. Und ich hätte mich wirklich liebend gern mit ihm noch einmal unterhalten.« Und dabei, fügte er in Gedanken an, die Begleichung der Restaurantrechnung neu verhandelt.

Ivan trat auf die Veranda und atmete tief die frische Luft ein.

Er sollte so schnell wie möglich nach Paris zurückkehren und damit beginnen, seine zwanzig Millionen Dollar zu machen. Die Grundzüge seines Plans hatte er bereits parat. Er verabschiedete sich von der Pflegerin und ging, sorgfältig den Pfützen ausweichend, über die Einfahrt zum Tor. »Entschuldigen Sie«, hörte er hinter sich eine Stimme. Dann noch einmal, lauter: »Entschuldigen Sie.« Ivan drehte sich um. Eine füllige Frau eilte auf ihn zu, als würde sie für einen Herzinfarkt trainieren. Nach der weißen Schürze zu schließen, die ihren massigen Bauch umgab, musste sie die Köchin sein. Kurz vor ihm kam sie zum Stehen, in der Hand hielt sie noch ein Geschirrtuch. Nach ausgiebigem Schnaufen und Keuchen gelang es ihr, japsend hervorzustoßen: »Ich weiß nicht, ob das wichtig für Sie ist, Sir, aber eines Morgens, kurz vor seinem Tod, hat Mr. Rex angerufen. Sehr früh. Ich bin drangegangen.«

»Ja?«, sagte Ivan.

»Na ja …«, fuhr sie, noch immer außer Atem, fort. »Dr. Boone hat mich gebeten, ihm einige Dokumente zu besorgen, Sir. Er war sehr harsch, überhaupt nicht so wie sonst. Er hat gesagt, er würde noch mal anrufen und mir die Adresse geben, wo ich sie hinschicken kann, wenn ich sie gefunden habe. Aber dann hat er natürlich nicht mehr angerufen.«

»Wo sind diese Dokumente?«

»Ich hab sie völlig vergessen, bis mir Martha heute gesagt hat, dass Sie so was suchen.«

»Ja, aber wo sind sie?« Ivan versuchte, nicht die Geduld zu verlieren.

Die Köchin eilte ins Haus zurück und kam dann wieder; anstelle des Geschirrtuchs hielt sie einen großen braunen Umschlag in Händen. Ivan öffnete ihn. Er bemerkte, dass seine Hände leicht zitterten. Als er das Blatt Papier zu Gesicht bekam, glaubte er ohnmächtig zu werden.

»Alles in Ordnung, Sir?«

»Wenn Sie nichts dagegen haben, würde ich mich gern ein wenig setzen.«

Ivan saß wieder im großen Armsessel in Rex' Zimmer und sah zu den Fotos an der Wand. Er dankte Rex. Es gab nun doch keinen Grund mehr, die Restaurantrechnung neu zu verhandeln. Das Essen ging auf ihn. Er musste Rex für sein ausgezeichnetes Gedächtnis gratulieren. Als der Meister an jenem Abend zum ersten Mal von der Nominierung erzählte, war in Rex' Erinnerung etwas ausgelöst worden. Irgendwann hatte er bereits von einem Wettbewerb um das Amt des Meisters gehört. Ivan hatte nun die Papiere vor sich liegen, die sich Rex vor seinem vorzeitigen Tod von der Köchin hatte zusenden lassen wollen. Sie stammten von einem gewissen Max Stanton. Wer war diese Person, und in welchem Zusammenhang stand sie mit dem Spiel? Ivan begann zu lesen.

Max Stanton war ein junger und sehr ambitionierter Chemiker Anfang dreißig gewesen, der am naturwissenschaftlichen Institut in Harvard geforscht hatte. Im Lauf seiner Arbeit musste er Rex' Vater, einen Rechtsanwalt, kennen gelernt haben. Ivan schloss dies daraus, dass Stanton in seinem Testament Boone Senior zu seinem Nachlassverwalter bestimmte. Nach Stantons Tod waren Rex' Vater einige von dessen Schriften zugefallen, die schließlich auf Rex übergingen, nachdem der Senior starb. Rex, so stellte sich Ivan vor, hatte hastig die Dokumente gesichtet, als er den Nachlass seines Vaters durchging. Zweifellos hatte er keines der Blätter eines zweiten Blickes gewürdigt – mit Ausnahme eines weißen Zettels, der zwischen den anderen verborgen war.

Es waren datierte, handschriftliche Aufzeichnungen Stantons, auf den ersten Blick kaum bemerkenswert, doch der Inhalt hatte es in sich. Stanton gestand freimütig, dass er Mitglied des Kollegiums war. Er beschrieb ein Treffen mit vier anderen Mitgliedern, das eines Abends beim Meister, dem Vorgänger des jetzigen Amtsinhabers, im dritten Innenhof und ohne weitere Zeugen stattgefunden hatte. Man erzählte ihnen von ihrer Nominierung zum Amt des Meisters, vorausgesetzt, sie erklärten sich bereit, an einem Spiel teilzunehmen, dessen Regeln ihnen erst erklärt würden, wenn sie die Nominierung annahmen. Worum es damals ging, erzählte Stanton nicht, er ließ aber durchblicken, dass alle fünf Mitglieder einwilligten.

Rex, stellte sich Ivan vor, war damals noch nicht Mitglied des Kollegiums gewesen und hatte die Bedeutung des Zettels wahrscheinlich nicht verstanden, als er bei der Durchsicht des Nachlasses darüber stolperte. Vielleicht hatte er die Notizen für nichts weiter als Fantastereien angesehen. Etwas aber musste ihn davon abgehalten haben, die Notiz zu vernichten. Und als der Meister dann auf den Wettbewerb zu sprechen kam, hatte er sich daran erinnert. Also hatte er beschlossen, eine kleine schauspielerische Einlage zu liefern, um herauszufinden, ob die anderen ebenfalls davon wussten.

Am folgenden Tag hatte Rex dann Kontakt zum Haus seiner Mutter aufgenommen, um sich die Notizen schicken zu lassen; zweifellos hatte er über Stanton recherchieren wollen. Seine Theatervorstellung aber hatte ihm das Leben gekostet. Irgendjemand wusste bereits, was er vorhatte. Der arme Rex, dachte Ivan. Football zu spielen war etwas anderes, als den Hamlet zu geben.

Ivan lehnte sich auf seinem Stuhl zurück. Der Zettel war nur durch einen ungewöhnlichen Glücksfall erhalten geblieben; schließlich gehörte es zum allgemeinen Prozedere des Kollegiums, alle Materialien, die auf diese Einrichtung verwiesen, nach dem Tod eines Mitglieds zu zerstören. Die Cleaner mussten ihn übersehen haben. Rex hatte also doch noch mit ihm gesprochen, und durch dieses simple Blatt Papier hatte er ihm einige sehr wichtige Informationen mitgeteilt. Erstens: Das Spiel um das Amt des Meisters war mindestens einmal schon gespielt worden. Stanton hatte daran teilgenommen. Zweitens: Aufgrund des Jahres, in dem jener Wettbewerb stattgefunden hatte, musste der jetzige Meister ebenfalls zu den Wettbewerbern gehört haben. Und drittens: Stanton war kurz darauf gestorben.

Blieb nur eines noch herauszufinden.

Wie war Max Stanton ums Leben gekommen?

Vielleicht hätte es Ivan beunruhigt, wenn er gewusst hätte, dass er an jenem Tag nicht der einzige Kandidat war, der sich in Massachusetts aufhielt. Sebastien, der mit dem Nachtflug aus der Schweiz gekommen war, schloss die Tür auf und schlenderte in das verdunkelte Hotelzimmer in der Innenstadt Bostons. Es war sechs Uhr morgens. Tanya richtete sich im Bett auf, rieb sich die Augen und beugte sich vor, um ihn mit einem leidenschaftlichen Kuss zu empfangen.

»Wie war der Flug?«

Sebastien lächelte. Und im nächsten Moment gab Tanya ihm eine schallende Ohrfeige und stieß ihn von sich weg. »Du Dreckskerl! Warum bist du in jener Nacht abgehauen? Du hättest mir sagen können, dass du dich aus dem Kollegium davonstiehlst. Ich hab mir Sorgen gemacht.«

Sebastien setzte sich auf das Bett und rieb sich die Wange. Nicht ganz das, was er sich vorgestellt hatte, nachdem sie sich fast einen Monat lang nicht gesehen hatten.

»Tut mir Leid, Tanya.« Er betrachtete sie, während sie aus dem Bett stieg. »Ich musste nachdenken. Was der Meister erzählt hat, war einfach zu viel für mich.«

»Lügner.«

»Okay, es tut mir Leid«, versuchte er es ein zweites Mal. »Bist du damit zufrieden? Oder soll ich gehen?«

»Ja, hau ab.«

Sebastien blickte ihrer nackten Gestalt hinterher, die im Badezimmer verschwand. Er warf die Zeitung auf den Tisch und folgte ihr.

»Tanya, sei doch vernünftig. Wir müssen zusammenarbeiten.«

»Nein, das müssen wir nicht.«

Sie drängte sich an ihm vorbei in die Dusche. »Tanya.« Keine Antwort. »Tanya, es tut mir wirklich Leid.« Noch immer keine Reaktion, während ihr Körper bereits vom heißen Wasserdampf eingehüllt war. »Okay.« Flehentlich hob er die Hände. »Ich bin ein Dreckskerl. Ein absoluter Dreckskerl. Bist du jetzt zufrieden?«

Noch immer keine Antwort.

»Tanya...« Grinsend schob er die Tür auf und zwängte sich, noch immer in seinem Anzug, zu ihr hinein. Tanya kicherte, als er sie gegen die gekachelte Wand drückte und sie am ganzen Körper kitzelte. »Ja, du bist ein absoluter Dreckskerl«, sagte sie und versuchte sich lachend zu befreien. Doch sie kam nicht aus seinem festen Griff heraus, und seine Hartnäckigkeit lohnte sich schließlich. Sie gab ihm einen seifigen Kuss, rieb ihn mit Shampoo und allem ein, was sie ergreifen konnte, und begann ihm dann die Krawatte zu lösen.

Danach trocknete er sich in ihrem Zimmer mit einem Handtuch ab. Ein kleiner Aufschub. Es hätte die Sache nicht besser gemacht, wenn er mit einem teuren Parfüm oder einem anderen Geschenk aufgekreuzt wäre. Sie hätte ihn dann nur noch mehr verachtet. Sie saß nackt auf dem Bett und trocknete sich die Zehen. Ihr Gesicht und die Brüste waren vom heißen Wasser und ihrem Liebesspiel noch leicht gerötet und brachten ihre Schönheit umso mehr zur Geltung. Als sie den BH anlegte, beugte er sich über das Bett, küsste sie auf die Schultern und wartete auf ihre obligatorischen Vorhaltungen.

»Sebastien, dieser Wettbewerb, das ist eine überaus ernste Angelegenheit. Ist dir das bewusst?«

»Ja, natürlich.«

Sie nahm seinen Kopf in die Hände. »Nein, das ist dir nicht bewusst. Und hör endlich auf, dich wie ein Arschloch zu benehmen... und starr mich nicht andauernd so verliebt an. Ich hab dir noch nicht verziehen. Hör zu! Ich meine Folgendes: Dieses Spiel ist sehr viel ernster, als du dir vorstellen kannst.

Bislang wussten wir kaum etwas über die globalen Auswirkungen unserer Arbeit noch darüber, wie das Kollegium das ihm zur Verfügung stehende Material einsetzt. Aber das hier… das ist die einmalige Gelegenheit, das alles zu leiten.«

Sie stand auf und zog sich an. Sebastien ließ sich auf das Bett fallen. Es verwirrte ihn, sie so enthusiastisch zu erleben.

»Eine ganz wunderbare Gelegenheit«, fuhr sie fort. »Ein Traum, der wahr geworden ist. Einblick zu bekommen in das Innerste des Systems, zu bestimmen, wie das Kollegium seit Jahrhunderten arbeitet – wie eine riesige Spinne geduldig Abermillionen Fäden zu knüpfen und ein Netz zu weben, um der Welt Frieden zu bringen. Welch unglaubliche Erkenntnisse und welche Macht!«

»Ja, da stimme ich dir zu.«

»Willst du nicht erfahren, wie das alles zusammenhängt?«

»Natürlich«, antwortete Sebastien. Er blätterte durch die Zeitung und bemühte sich, nicht allzu begeistert zu wirken.

»Ich auch«, pflichtete ihm Tanya bei, während sie sich den Ersten ihrer bunten Ohrringe anlegte. Sie drehte sich ihm zu. »Sag mir, worum es bei diesem Spiel wirklich geht, ohne um den heißen Brei herumzureden.«

»Gut.«

Er warf die Zeitung zur Seite. Es war besser, wenn sie das Thema bereits in diesem Stadium aus der Welt schafften; irgendwann hätten sie sowieso darüber reden müssen. Sein Ton wurde ernster. Er erzählte ihr, dass das Kollegium seiner Meinung nach wesentlich einflussreicher und komplexer sei, als sie ursprünglich angenommen hatten. Die Einrichtung war so rätselhaft wie die chinesische Geheimschatulle, vor allem was den Gebrauch der Informationen anbelangte, die sie erhielt. Nach zwei Jahren als Mitglied war sich Sebastien sicher, dass das Kollegium bei manchen Ländern Informationen zurückhielt, während andere sie mitgeteilt bekamen. Auch arbeite es bewusst darauf hin, die Macht mancher Länder zu beschneiden, andere hingegen zu unterstützen – dies alles mit Zustimmung und auf Betreiben des Meisters. Das Kollegium war nicht nur eine ratgebende Körperschaft. Es war ein organisches System, das darauf ausgerichtet war, gemäß seinen eigenen Grundsätzen weltweite Veränderungen herbeizuführen.

Tanya hörte ihm aufmerksam zu. Er hatte Recht, dessen war sie sich gewiss. Sie setzte sich zu ihm aufs Bett.

»Tanya, als ich dem Kollegium beigetreten bin, erzählte mir der Meister, dass es niemals versuchen würde, andere Länder unter seine Kontrolle zu bringen und seine Macht zu missbrauchen. Das allerdings stimmt nicht, denn das Kollegium wird alles tun, um *seine* Macht zu erhalten. Was der Meister gesagt hat, war ein cleveres Wortspiel. Verstehst du, das Kollegium wird von keinem moralischen Imperativ geleitet, wie das zum Beispiel bei der katholischen Kirche der Fall ist. Es ist moralisch neutral oder, besser, es ist zutiefst zynisch im Umgang mit der Macht. Alles, was dazu dient, den gegenwärtigen Status und seine Macht zu erhalten, ist gerechtfertigt. Dieses Spiel ist der beste Beweis dafür, und genau das hat der Meister versucht uns mitzuteilen. Das Kollegium spielt nur nach seinen eigenen Regeln, und diese verfolgen ein ganz bestimmtes Ziel. Es zwingt die Welt allmählich unter seinen Willen – wie ein riesiger Strudel, der alles, was in seiner Reichweite ist, in sich aufsaugt. Mit dem Niedergang der nationalstaatlichen Regierungen gelangt das Kollegium zu immer größerer Macht und immer stärkerem Einfluss. Das Kollegium wird zu einer Art grauer Eminenz. Bis es schließlich die Maske fallen lässt. Und wir sind ein Teil dieses großen Ziels.«

Tanya schwieg. Sie stand auf und öffnete die Vorhänge. Als sie sich zu ihm umdrehte, erschien sie im einfallenden Licht so schön, dass sich Sebastien fast in sie verlieben wollte. Sie kehrte nicht mehr zu ihm aufs Bett zurück, sondern nahm auf einem Stuhl Platz. Sebastien glaubte zu wissen, warum sie sich so verhielt. Er wartete.

»Als ich zum Mitglied berufen wurde«, begann sie, »wusste ich, dass die Möglichkeit bestand, Oberhaupt des Kollegiums zu werden. Aber das war so theoretisch, dass ich es bald wieder aus meinen Gedanken verbannte. Jetzt ist diese Möglichkeit wieder da. Sie wurde mir wirklich angeboten.«

»Ach, dann hast du also doch beschlossen, selbst Meisterin zu werden?«, kam es von Sebastien. Er setzte sich auf. Wie er es sich gedacht hatte. Was für ein Biest sie doch war! Aber er konnte ihr keinen Vorwurf machen.

»Ja«, erwiderte Tanya. Sie versuchte seine Stimmung zu ergründen. Offensichtlich war er enttäuscht. »Ich habe ebenso ein Recht auf das Amt wie du.«

»Das stimmt allerdings«, antwortete Sebastien.

»Dann heißt das, dass wir Konkurrenten sind?«

»Ja. Aber es gibt dennoch keinen Grund, nicht zusammenzuarbeiten, zumindest in der Anfangsphase. Tatsächlich gibt es dafür sogar einen ziemlich guten Grund.« Er hielt inne. Dann nahm seine Stimme einen fast drohenden Unterton an. »Es geht um unsere Sicherheit. Wir wollen doch nicht, dass uns das Gleiche zustößt wie Rex.«

»Du glaubst also, dass Rex ermordet wurde?« Tanya war geschockt. Sie hatte gedacht, dass er über sie lachen würde. Jetzt fühlte sie sich noch beunruhigter.

»Ganz bestimmt. Der Zeitpunkt war alles andere als ein Zufall.«

»Das denke ich auch. Langsam macht mir das alles Angst.« Sie zögerte. »Sebastien, liebst du mich?«

Tanya wusste, warum sie sich in ihn verliebt hatte. Es waren seine tiefen Augen, sein furchtloses Grinsen, seine Leichtigkeit und Sorglosigkeit gewesen, womit er alles anging, auch wenn er, wie sie wusste, gewisse Dinge sehr ernst nahm, vor allem das Gewinnen.

»Ich liebe dich.« Er stand auf und umarmte sie. Sein Wunsch nach Macht und nach Liebe hatten durchaus etwas miteinander zu tun. Er gähnte, die Nachwirkung des Jetlags. »Zeit zum Frühstücken, denke ich.«

Tanya betrachtete die Hotelgäste, während sie am Frühstücksbüffet standen. Sie schnappte sich einen Donut, obwohl sie sich bereits einen genommen hatte. Mit dem Gewicht hatte sie glücklicherweise noch nie Probleme gehabt. Aber eines Tages würde sie dafür den Preis zahlen müssen, oder? Sie betrachtete ihren Liebhaber. Wurde er um die Hüfte herum etwas fülliger? Fand sich etwas, womit sie ihn aufziehen konnte? Es war ziemlich aussichtslos.

»Sebastien, ich muss dir was erzählen… nachdem wir jetzt ja kooperieren.«

»Ich auch«, erwiderte er und sah aus dem Fenster auf den schnell fließenden Verkehr unten in den Straßen von Boston. Er wandte sich ihr wieder zu. »Dann haben wir uns ja einiges zu beichten.« Er grinste. »Das sollten wir feiern. Noch einen Tomatensaft?«

Tanya wartete, bis der Kellner sich vom Tisch entfernt hatte. »Sebastien, ich bin in Rex' Computer eingedrungen und auf eine Botschaft gestoßen. Na ja, es war eigentlich keine Botschaft, eher ein Hinweis.«

»Ach, was du nicht sagst. Und was hast du gefunden?« Er fragte sich, ob sie sich auch in seinen Computer eingeloggt hatte. Er hätte es schwören können. Sie war unverschämt intelligent, er sollte sie nicht unterschätzen. Wenn sie nur die geringste Chance bekam, würde sie ihn beim Wettbewerb schlagen.

Tanya zögerte. Sie wollte Sebastien nicht alles erzählen. Ihre Beziehung zu Rex wollte sie für sich behalten. Sebastien würde es nicht verstehen, auch wenn Rex mittlerweile tot war. Und noch etwas ließ sie zögern. In seiner Botschaft hatte Rex ihr geraten, niemandem zu trauen. Aber es sollte in Ordnung sein, wenn sie Sebastien zumindest einen Teil davon erzählte. Schließlich war er ihr Partner.

»Ich stieß auf eine Nachricht. Rex musste sie am Abend, an dem uns der Meister vom Spiel und der chinesischen Geheimschatulle erzählte, geschrieben haben. Er verwies auf die Zeitungs- und Zeitschriftenbibliothek in Boston, Raum B6, und auf den Namen Max Stanton.«

Sebastien hörte auf, seinen Toast mit Butter zu bestreichen. »Hmm«, sagte er leise, »sieht so aus, als hätte Rex etwas gewusst – nachdem er sich so merkwürdig aufgeführt und so getan hat, als würde er nicht am Wettbewerb teilnehmen.« Er war schon vor einiger Zeit zu dieser Schlussfolgerung gelangt.

»Ja«, antwortete Tanya. »Ich habe die letzten Tage in der Bibliothek zugebracht, im Raum B6. Dort befinden sich Zeitungen, die seit urdenklichen Zeiten in den USA erschienen sind. Leider gibt es keinen Zentralkatalog, und weitere Einzelheiten hat Rex nicht hinterlassen. Ich habe die wichtigsten Tageszeitungen der letzten zwanzig Jahre durchgesehen, aber nichts über einen Stanton gefunden.«

»Natürlich«, dachte Sebastien laut nach, »könnte Rex' Tod nichts mit dem Spiel zu tun haben. Vielleicht steht er im Zusammenhang mit seiner letzten Arbeit.«

»Nein, ich glaube, diese Information ist wichtig«, erwiderte Tanya ein wenig zu scharf.

»Könnte sein.« Er legte sich einen weiteren Pfannkuchen auf den Teller; die Veränderung in ihrem Tonfall entging ihm nicht. »Wir gehen noch heute Morgen zur Bibliothek. Ich habe eine Idee, wie wir die Suche beschleunigen können.«

»Gut, und jetzt zu deinen Neuigkeiten.«

Sebastien grinste höhnisch und rieb sich die Wange. »Das sage ich dir nicht – nachdem du mich geschlagen hast. Außerdem habe ich mich mit ebenso viel Elan und Anstrengung an diese Fährte geheftet wie du.« Er setzte eine traurige Miene auf. »Und, nicht zu vergessen, mein Anzug, den ich als Opfer gebracht habe.«

»Sebastien, damit kommst du nicht durch«, unterbrach

ihn Tanya. »Entweder wir arbeiten zusammen und teilen unsere Informationen, oder wir gehen getrennte Wege. Wenn, dann sollten wir das jetzt gleich klarstellen.« Ihre Stimme war barsch, ihre Wangen röteten sich vor Zorn.

»Ja, schon gut, beruhige dich wieder, Tanya. Ich hab doch nur Spaß gemacht.« Er nahm einen Schluck vom Kaffee. »Du weißt, in der Nacht, in der Rex gestorben ist, war er in einem Lokal. Nun, ich weiß, wo er sich aufgehalten hat. Und ich weiß auch, mit wem. Ich gebe dir einen Tipp: Es war jemand, den du kennst.«

Tanyas Augen weiteten sich. »Wer?«

»Dachte ich's mir doch, dass dich das beeindrucken wird. Du kannst dich noch an den Abend erinnern, an dem der Meister uns vom Wettbewerb erzählte und Rex so tat, als wollte er nicht teilnehmen, falls er nicht vorher umfassend aufgeklärt würde? Das war alles nur Bluff. Rex wollte Meister werden, mehr als wir alle zusammen. Warum also dieser Auftritt? Weil er sehen wollte, ob wir wissen, was er wusste. Also beschloss ich, ihn im Auge zu behalten. Und deshalb habe ich dich in dieser Nacht verlassen. Gut, am nächsten Morgen jedenfalls fuhr Rex zum Festland, und nach einigen Umwegen landete er schließlich in Erris, wo er sich ein Zimmer in einem Gästehaus nahm. Das sah ihm ganz und gar nicht ähnlich. Es war nicht sein Stil. Nicht so großspurig, wie das sonst bei ihm üblich war. Jedenfalls verbrachte er den Tag auf seinem Zimmer, und am Abend suchte er ein Restaurant auf. Ich folgte ihm. Er traf sich dort mit jemandem zum Essen.«

»Mit wem?«

»Rate.«

»Ivan?«

»Genau, mit unserem Freund Ivan, der ihm nach Erris gefolgt war. Ich sah die beiden im Hotelrestaurant. Es war zwar nicht zu verstehen, was sie sprachen, aber sie heckten ganz offensichtlich etwas aus. Und dann ging Rex.«

»Und kurz darauf kam er ums Leben.« – »Genau«, sagte Sebastien. Tanya fröstelte. Sie wartete, dass Sebastien fortfuhr, doch dieser verschlang nur mit Gusto die letzten Reste seines Pfannkuchens.

»Und dann ist da noch etwas, das die Sache noch verschlimmert. Bei der Trauerfeier sprach ich Ivan auf Rex' Tod an. Ich fragte ihn, wo Rex gewesen sei. ›Das weiß keiner‹, war seine Antwort. Eine Lüge, da er sich genau an jenem Abend mit ihm beim Essen getroffen hatte. Aber etwas in meinem Blick muss mich verraten haben; ich bin mir sicher, Ivan weiß, dass ich sie zusammen gesehen habe.«

»Und was hat das jetzt alles zu bedeuten?«

Tanya runzelte die Stirn.

»Es ist ein Puzzle«, antwortete Sebastien und trank seinen Kaffee aus. »Und wir haben einige Teile: Eine chinesische Geheimschatulle. Einen Meister. Vier Wettbewerber. Und einen toten Rex. Sollte nicht so schwer zu lösen sein.«

»Wie lautet dann die Antwort?«

»Finde sie selbst heraus.«

Er stand auf und ging zum Büffet.

»He, willst du noch etwas Toast?«

Raum B6 der Zeitungs- und Zeitschriftenbibliothek in Boston war ein großer, imposanter Saal mit einer gewölbten Holzdecke, die noch vom Anfang des neunzehnten Jahrhunderts stammen musste, und der sich über zwei Stockwerke erstreckte. Beide waren mit grauen Metallregalen zugestellt, die sich entlang der Außenwände und durch die Mitte des Raums zogen. In ihnen fanden sich, Reihe für Reihe, Zeitungen aller Größen und Gestalt, von denen sich die meisten in roten Pappkartonmappen befanden. Es gab einige Microfiche-Lesegeräte und ein paar Resopaltische und Stühle. Überrascht stellte Sebastien fest, dass fast alle Plätze belegt waren. Interessiert musterte er die Gäste. Wer verbrachte denn seine Zeit damit, alte Zeitungen zu lesen? Manche waren Teenager, die an Schulprojekten arbeiteten, einige wenige Akademiker von der etwas altmodischeren Sorte, die Mehrheit aber bestand aus älteren Menschen, die, offiziell und optimistisch als Kurzzeitarbeitslose deklariert, hier in der behaglichen Wärme der Bibliothek vor sich hin dösten, bis sie irgendwann einmal tatsächlich in Rente gehen konnten.

Tanya und Sebastien erklommen über eine wacklige Metalltreppe das zweite Stockwerk. Versteckt an der Rückseite stand ein kleiner, von Regalen umgebener Holztisch, auf dem altertümliche Post-its und Zeitungsausschnitte verstreut lagen. Dahinter saß eine Bibliotheksangestellte Anfang zwanzig. Sie trug einen knallorangefarbenen Overall und hatte ihr Gesicht mit einer umfangreichen Sammlung von Ohr-, Nasen- und Lippenringen verziert. Harte Arbeit gehörte offensichtlich nicht zu ihren Stärken; sie las ein Musik-Magazin und schob in ihrem Mund mit der Konzentration einer wiederkäuenden Kuh ein gewaltiges Stück Kaugummi hin und her. An ihrem linken Ellbogen, bemerkte Sebastien, hatte sie eine große Klebstoffdose liegen. Wahrscheinlich war sie ständig high davon.

»Ah, jemand, der uns helfen kann.« Sebastien rang sich zu einem sympathischen Lächeln durch. Er würde sie schon überreden.

»Haben wir nicht«, kam die brüske Antwort der Angestellten im Overall, ohne dass diese von ihrer Zeitschrift aufblickte.

Sebastien starrte sie an. Er verengte die Augen. Sie hatte sich vermutlich den falschen Beruf gewählt, ging ihm durch den Kopf. »Ich brauche Ihre Hilfe.« Er drückte die Klingel auf ihrem Tisch.

»Mittagspause«, sagte die Angestellte und blinzelte zur Uhr an der Wand, die seit zwei Stunden zehn Uhr dreißig anzeigte.

»Ach, natürlich«, kam es von Sebastien, der einen Schritt vortrat, um sie in ihrem Kleber zu ertränken.

Tanya grinste und packte ihn am Arm. »Es ist die Mühe nicht wert. Ich habe es auch schon versucht.« Sie betrachteten die kilometerlangen Regalreihen. »Hier sind wir also«, sagte sie, »Zeitungen aus zweihundert Jahren. Und das meiste befindet sich nicht auf Microfiche. Wie wir hier Max Stanton finden sollen, weiß ich nicht. Das sind Millionen von Textseiten.«

Sie ließen sich an einem Tisch hinter einem Stapel Zeitungen nieder.

»Ist ›Max Stanton‹ ein Anagramm oder ein Code?«, fragte Sebastien und streichelte unter dem Tisch Tanyas Bein, da es im Moment sowieso nichts Besseres zu tun gab. Ein älterer Herr am Nebentisch beäugte interessiert den Anblick der nackten Haut.

»Nein«, antwortete Tanya und schlug die Beine übereinander. »Rex hätte sensible Daten mit Codes geschützt, die nahezu nicht zu entschlüsseln wären, dessen bin ich mir sicher. Ich denke, Max Stanton ist der Name einer wirklichen Person. Nach der Art seiner Notiz, glaube ich, ging er davon aus, dass er ihn nicht verschlüsseln musste.«

»Also sollten wir von ein paar Annahmen ausgehen«, sagte Sebastien und nahm widerstrebend die Hand von ihrem Knie. »Sonst sitzen wir hier ewig.«

»Ganz deiner Meinung«, erwiderte Tanya. »Als Erstes: Warum verwies Rex auf diese Bibliothek? Warum nicht auf eine andere, warum nicht auf die Kongressbibliothek? Annahme Nummer eins lautet daher, dass Rex diese Bibliothek kannte. Oder dass er sich zumindest sicher war, hier das zu finden, wonach er suchte.«

Sebastien dachte darüber nach.

Er nickte.

»Keine schlechte Idee. Und Annahme Nummer zwei lautet, dass wir uns die Todesanzeigen ansehen sollten.«

»Warum?«

»Weil ich das Gefühl habe, dass Max Stanton tot ist.«

Es war kurz vor fünf Uhr, dem Zeitpunkt, zu dem die Bibliothek schloss. Der orangefarbene Overall mit der Bibliotheksangestellten hatte sich eine weitere Ladung Kleber reingezogen und war schon lange verschwunden.

»Wow!« Das Gesicht starrte sie von der vergilbten Zeitungsseite an. Vor sich hin flüsternd las Tanya den ersten Satz der kleinen Todesanzeige. »Max Stanton, Chemiker, verstorben bei einem Bootsunfall.«

Hastig schlug sie die Seite um. Sebastien befand sich im unteren Geschoss. Ein niederträchtiger Gedanke schoss ihr durch den Kopf. Was, wenn sie ihm einfach nichts erzählte und die Zeitung wieder ins Regal zurückstellte? Sebastien würde sie nie finden. Es wäre ihr Geheimnis. Vielleicht der ausschlaggebende Punkt, um das Spiel zu gewinnen. Kurz überlegte sie. Dann blätterte sie wieder zurück und begann den Artikel zu lesen. Stanton war bei einem Angelausflug in der Cape Cod Bay nahe bei Boston ums Leben gekommen. Er war allein gewesen. Als mutmaßliche Todesursache wurde angegeben, dass er ausgerutscht sei und sich den Kopf angeschlagen habe, bevor er über Bord ging. Gewalteinwirkung seitens einer zweiten Person wurde vom Coroner aus Mangel an Beweisen ausgeschlossen, obwohl der genaue Unfallhergang rätselhaft blieb. Ein talentierter Mann, der keinerlei Anlass hatte, Selbstmord zu begehen, war im Alter von fünfunddreißig Jahren gestorben; das war alles. Nichts Weltbewegendes.

War Stanton Mitglied des Kollegiums gewesen? Der Artikel ging darauf natürlich nicht ein. Trotzdem, die Beschreibung Stantons und seine Arbeit als brillanter Chemiker würden darauf hindeuten. Und das Jahr seines Todes war das Jahr, in dem das Spiel gegen den jetzigen Meister gespielt worden war – vorausgesetzt, es war bereits einmal gespielt worden. Es schien zu passen.

»Tanya!«

Sie schreckte auf und hörte Sebastien die Treppe hochkommen. In wenigen Sekunden würde er um die Ecke biegen. Was sollte sie tun? Die Seite umblättern und nichts sagen? Oder ihm alles offenbaren, weil sie ihn liebte? Sie atmete tief durch und traf ihre Entscheidung. Langsam näherte sich Sebastien. Er hatte sie seit einiger Zeit beobachtet. Als er die Todesnachricht las, lächelte er, dann stieß er einen leisen erfreuten Pfiff aus. Er hatte Recht gehabt.

Mord war im Spiel um das Amt des Meisters mit inbegriffen.

Am Logan International Airport drängten sich die Menschen. Es dauerte einige Zeit, bis Sebastien und Tanya den Ticketschalter erreichten und sie einen Flug in die Schweiz buchen konnte. Danach gingen sie an die Bar.

»Du bist dir sicher, dass alles in Ordnung ist?«

Tanya nickte. »Ja, ich bin nur müde. Die letzten Wochen waren anstrengend gewesen. Als würde ich in zwei Welten leben. Oft wünsche ich mir, dass es einfach wieder so wäre wie früher.«

Sebastien lächelte freudlos, während er sein Glas Rotwein umfasst hielt. »Tanya, es gibt kein Zurück mehr. Das weißt du. Es gibt nichts mehr, wohin wir zurückgehen könnten. Wir sind nicht mehr Mitglieder des Kollegiums, und irgendjemand hat Rex ermordet. Es ist nur eine Frage der Zeit, bis man auch uns nachstellt, meinst du nicht auch? Und selbst wenn wir aufgeben und aus dem Wettbewerb aussteigen, wer sollte uns denn glauben? Außerdem«, und damit warf er sich eine Hand voll Erdnüsse in den Mund, »hab ich großen Spaß an dieser Sache.«

»Spaß?«

»Ja.« Er grinste. »Ich will herausfinden, worum es bei diesem Spiel geht. Und mir gefällt die Vorstellung, meine Intelligenz mit anderen zu messen. Dir etwa nicht?«

»Doch, ich glaube schon«, gab Tanya wenn auch nur zögernd zu.

»Ich denke, es wird dir gut tun, wenn du dich in der Schweiz einige Tage ausruhst«, fuhr Sebastien fort. »Fahr so oft wie möglich Ski. Ich habe es sehr genossen, als ich da war.« Er blickte zum Monitor, um die Abflugszeit zu überprüfen. »In einer Woche etwa komme ich nach. Es stehen noch einige Recherchen in der Universitätsbibliothek von Harvard an.«

»Welche Recherchen?«, fragte sie verwirrt.

»Das erzähle ich dir später.«

Sie setzte mit einem Knall ihr Glas auf den Tisch. »Wir haben beschlossen zusammenzuarbeiten. Und ich habe dir alles über Stanton mitgeteilt.«

Sebastien lachte. »Tanya, sei nicht so misstrauisch. Ich verspreche dir, ich werde nichts vor dir geheim halten. Wirklich! Lass mich die Sache zu Ende bringen, und dann sage ich dir, wie wir an die zwanzig Millionen Dollar kommen. Ich denke, du wirst beeindruckt sein.« Mit gespielter Ernsthaftigkeit sah er sie an.

Es war es nicht wert, wütend zu werden, dachte Tanya. Dazu war jetzt nicht die Zeit. Sie stand auf, um noch einmal etwas zu trinken zu holen. »Ich werde es sowieso herausfinden, wenn du es mir nicht erzählst«, flüsterte sie und biss ihm ins Ohrläppchen. »Achte nur darauf, dass es nicht illegal ist und wir dabei nicht umgebracht werden.«

»Mal sehen, was sich machen lässt.«

Als Tanyas Flug aufgerufen wurde, begaben sie sich zum angegebenen Schalter und küssten sich.

»Da du schon deinen Plan ausgearbeitet hast, um das Spiel zu gewinnen, erzähle ich dir meinen«, sagte sie dann noch. »Oder vielleicht gebe ich dir auch nur einen kleinen Hinweis.«

»Komm schon, Tanya, wir sind doch Partner, oder?«

»Sind wir das?«, erwiderte sie kühl. »Und wer will mir nicht von seinen Nachforschungen erzählen?«

»Das war doch nur Spaß.«

»Ich habe mir überlegt, wie wir unsere jeweiligen Fachkenntnisse kombinieren können. Du kennst dich mit Banken aus und weißt alles über den Geldtransfer, ich verfüge über die nötigen Computerkenntnisse. Zusammen können wir unser Ziel erreichen. Es muss aber alles sorgfältig geplant werden. Es steht noch viel Arbeit an.«

»Letzter Aufruf für die Passagiere des Fluges SR 512 nach Zürich und Genf«, ertönte die Ansagerstimme.

Sebastien grinste. »Halt mich nicht zu lange hin.«

Sie kicherte. Sebastien brauchte ihre Hilfe, das wusste er ebenso gut wie sie. »Hier, ein Hinweis. Denk mal über Lateinamerika nach!«

»Weshalb?«

»Weil man dort einfacher unbemerkt in die Computer- und Bankensysteme eindringen kann.«

»Aber wo? In Mexiko? Guatemala? Panama?«

Tanya winkte ihm zum Abschied zu. »Wir sehen uns dann im Chalet.«

»Tanya!«

Er sah ihr nach, während sie durch die Sicherheitsschleuse schritt. Er lachte. Eine attraktive, eine intelligente Frau. Er hatte keinen Zweifel, dass sie ihren Anteil dazu beisteuern würde, um das Geld aufzutreiben. Er verließ den Flughafen, fuhr mit einem Taxi zurück nach Boston und starrte aus dem Fenster. Die Lichter der Stadt funkelten. Wo waren Andrew und Ivan? Hatten sie ebenfalls herausgefunden, was mit Stanton geschehen war? Wie groß war ihr Vorsprung? Sebastien hätte verdammt viel darum gegeben, wenn er es gewusst hätte. Das Spiel kam allmählich in Fahrt, und er und Tanya mussten immer einen Schritt voraus bleiben. Nur so konnten sie überleben… jetzt, nachdem das Blutvergießen begonnen hatte.

Ivan musterte den orangefarbenen Overall hinter dem Tisch in der Zeitungs- und Zeitschriftenbibliothek in Boston. Ein

Diamant glitzerte, als sie den Mund öffnete. Er passte zum Gehänge in ihrer Nase und ihren Ohren. Als würde man sich mit einem Besteckkasten unterhalten. Wahrscheinlich hatte sie sogar die Schamlippen gepierct. Er hoffte, sie kam nie einem starken Magneten zu nahe.

»Vielleicht können Sie mir helfen«, wiederholte er.

»Das bezweifle ich«, antwortete die Angestellte im Overall mit einem gelangweilten Seufzen und vertiefte sich wieder in ihr Frauenmagazin.

»Wunderbar«, sagte Ivan. Seine Stimme klang höflich, nur eine Spur drohender. »Ich suche nach Informationen über einen gewissen Max Stanton. Eigentlich suche ich seine Todesanzeige.«

»Wer ist das denn?« Die Bibliotheksangestellte inhalierte ihren Kleber und griff sich ihr Sandwich, das sie neben der offenen Klebstoffdose abgelegt hatte. Es war erst zehn Uhr morgens, aber die Uhr hinter ihr hatte die Zeit vergessen, und ihr war es ziemlich egal, ob es vormittags oder nachmittags war.

»Ein toter Mann«, sagte Ivan geduldig.

»Ach, wirklich?«

Ivan beschloss, es ein weiteres Mal zu versuchen. Obwohl er kein Arzt war, verfügte er – wie so viele andere, die im Geheimdienst arbeiteten – über gute praktische Kenntnisse zu Krankheiten und ihrer Therapie. Als vorübergehendes Heilmittel gegen schlechtes Gedächtnis oder völlige Amnesie wandte man im Geheimdienst gewöhnlich Geld an. Eine dauerhafte Medizin wäre der Tod gewesen. Ivan bevorzugte allerdings Ersteres, da es ihm erlaubte, es in mehreren Dosen zu verabreichen. Mit ausdrucksloser Miene öffnete er seine Brieftasche und legte zwei Hundert-Dollar-Scheine neben die Klebstoffdose. Er trat zurück und betrachtete die wundersame Heilung. Eine Viertelstunde später hatte sich der orangefarbene Overall noch wesentlich mehr Geld für den Kleber verdient, und Ivan las die Todesanzeige. Er nickte. Ein weiteres Puzzle-Stück war ihm in die Hände gefallen. Das Spiel um das Amt des Meisters war ein Spiel um die Macht mit sehr hohem Einsatz, genau wie er vermutet hatte.

»Das hat schon mal jemand gesucht.«

»Wer?« Wieder zückte Ivan die Brieftasche.

»Na ja«, antwortete die Angestellte, »eine Frau. Sie hat Fotokopien davon gemacht.« Sie deutete auf die Todesnachricht. »Das weiß ich, weil der Kopierer das Papier nicht ausgespuckt hat.« Sie zeigte auf ein altertümliches Gerät hinter ihrem Tisch. Es sollte ein denkwürdiges Ereignis sein, wenn dieses Ding funktionierte. Ivan vermutete, dass die Angestellte nur daneben gestanden und keinesfalls aktiv eingegriffen hatte.

»War ein Mann bei ihr?«

»Ja.« Nach ihrer Beschreibung zu urteilen musste es Sebastien gewesen sein. Ivans Befürchtungen bestätigten sich, vor allem, als die Angestellte andeutete, dass Tanya noch Auszüge aus anderen Zeitungen fotokopiert hatte. Leider hatte der Kopierer diesmal funktioniert, so wussten weder der Overall noch Ivan, worum es sich dabei gehandelt haben könnte.

»Wissen Sie zufällig, ob sie noch einmal kommt? Hat sie eine Adresse hinterlassen?«

»Nein.« Ein Wort reichte aus, um beide Fragen zu beantworten. Die Angestellte war im Begriff, Überstunden zu machen.

»Sie waren eine große Hilfe«, sagte Ivan und hinterließ ihr genügend Geld, um ihrer Klebersucht und sich selbst ein Ende zu bereiten. Er verließ die Bibliothek und suchte ein nahes Café auf. Sebastien und Tanya hatten gute Arbeit geleistet. Sie waren weiter als er, obwohl sie noch nicht einmal Mrs. Boone aufgesucht hatten. Hatte Rex Tanya vom Spiel erzählt? Wenn dies der Fall war, was hatte er ihr mitgeteilt? Er musste es herausfinden. Aber wo steckten sie?

Momentan sah er keine Möglichkeit, sich ihnen persönlich an die Fersen zu heften. Doch es gab keinen Grund zu verzweifeln. Allein dass sich Tanya in Boston aufhielt, war Information genug. Sie musste irgendwo in der Nähe untergekommen sein, und Ivan hatte einige Waffen in seinem Arsenal, auf die Tanya und Sebastien nicht zurückgreifen konnten. Während seiner Arbeit für das Kollegium hatte er die Geheimdienste einiger Länder überwacht, war für einige als Berater tätig gewesen und bei mindestens einem als Mitarbeiter registriert. Er trank seinen Cappuccino. Die Hilfe von Hadleys amerikanischen Kollegen war nötig, und das schnell. Leute, die jeden aufspüren konnten und die ihm noch einen Gefallen schuldeten. Er verließ das Café. Er schätzte, dass er in wenigen Stunden alles wissen würde.

Ivan sollte nicht enttäuscht werden. Innerhalb einer Stunde kannte er, mit freundlicher Mitwirkung der CIA, den Namen des Hotels, in dem Tanya übernachtet hatte. Und dass sie am Abend zuvor von Boston nach Genf abgereist war. Durch einen Anruf beim Hotel erfuhr er, dass sich Sebastien noch in Boston aufhielt und ihr Zimmer übernommen hatte. Ivan war zufrieden. Er packte und machte sich auf den Weg zum Logan International Airport.

»Prost«, flüsterte er sich selbst zu, als er es sich in der ersten Klasse der Swissair-Maschine bequem machte. In neun Stunden würde er in Genf sein.

Es sollte ein Kinderspiel sein, Tanya in der Schweiz aufzuspüren, vorausgesetzt, sie machte weiterhin von ihrer Kreditkarte Gebrauch. Ivan freute sich bereits zu erfahren, was sie noch über Stanton herausgefunden hatte. Vielleicht konnte er ihr im Gegenzug den einen oder anderen gut gemeinten Ratschlag zukommen lassen. Zum Beispiel, dass sie sich von ihrem Liebhaber trennen sollte. Sex und Macht ließen sich gut miteinander verbinden, Liebe und Macht allerdings nicht. Und das hier war ein Spiel um die Macht. Wenn sie Sebastien half, war das ihr Ende. Hatte nicht schon der große Machiavelli gesagt: »Der, welcher einem anderen zur Macht verhilft, geht selbst zugrunde.«

Am folgenden Tag erschien der orangefarbene Overall samt der Bibliothekarin nicht mehr in der Bostoner Zeitungs- und Zeitschriftenbibliothek. Sie arbeitete sowieso nicht dort, denn sie war eine Schauspielerin. Die Person, die sie angeheuert hatte, war ein vom Kollegium beschäftigter Cleaner.

Der Meister hatte Rex' Computerbotschaft gelesen, bevor Tanya sie zu Gesicht bekommen hatte.

12

Denn es ist wohl festzustellen, dass die Menschen
entweder gütlich behandelt oder vernichtet werden müssen.
Wegen geringer Unbill rächen sie sich,
wegen großer vermögen sie es nicht;
jede Unbill muss also so zugefügt werden,
dass man keine Rache zu befürchten hat.
Machiavelli, Der Fürst

Februar, Schweiz

Ivan buchte ein Zimmer in einem der besten Hotels von Genf. Er nippte an seinem Earl Grey und blickte vom Fenster aus über den Lac Léman. Das Wasser war ruhig und friedlich. Das liebte er an der Schweiz – alles war ordentlich und an seinem Platz; eine herausgeputzte Gesellschaft, die Menschen und ihre Besitztümer wohlgeordnet, damit der von ihnen begehrte Wohlstand und Frieden gewahrt werden konnten. So etwas fand Ivans Zustimmung.

Er rief den *maître d'hôtel* an und teilte ihm mit, dass er Kontakt mit einem Genfer Anwalt aufnehmen wolle. Ihm wurde ein Name genannt. Ivan wusste, dass alles *tout de suite* arrangiert wurde. Sie waren so zuverlässig, die Schweizer.

Es gab noch zwei wichtige Dinge, die er zu erledigen hatte, bevor er mit dem Spiel beginnen konnte. Er musste herausfinden, wo sich Tanya aufhielt, da er alles über den Wettbewerb wissen wollte, bevor er sich daran beteiligte. Und er musste die Bedeutung der chinesischen Geheimschatulle entschlüsseln. Er bestrich sein Croissant mit Butter und dachte nach.

Der Meister hatte von der Geheimschatulle gesprochen,

bevor der Wettbewerb erwähnt wurde. Das konnte natürlich Zufall gewesen sein, doch Ivan war sich dessen nicht so sicher. Das Spiel und die Schatulle standen daher in irgendeinem Zusammenhang. In welchem? Der Meister hatte nicht wissen können, worum es beim Wettbewerb wirklich ging; er hatte gesagt, die Schiedsmänner würden dies bestimmen, und er hätte keinen Einfluss darauf. Dennoch musste er eine gewisse Vorstellung davon gehabt haben, besonders, nachdem er an einem Spiel wie diesem bereits einmal teilgenommen hatte. Davon war Ivan überzeugt, da nichts darauf hinwies, dass die Auswahlprozedur für den neuen Meister eine Erfindung neueren Datums war. Was also hatte die chinesische Geheimschatulle zu bedeuten?

Ivan glaubte zumindest einen Teil des Rätsels zu kennen. Der Meister hatte die Schatulle zu Anschauungszwecken benutzt und versucht, ihnen auf allgemeine Art und Weise etwas sehr Wichtiges deutlich zu machen. Er hatte gesagt, ihr glaubt, das sei eine Geheimschatulle, aber lasst euch nicht täuschen. Auf das Spiel übertragen hieß das: Ihr glaubt, das sei ein einfacher Wettbewerb, im Grunde aber ist er sehr viel komplizierter, als er scheint. Ivan lächelte. Der äußere Schein trog immer. Wie der große Machiavelli gesagt hatte:

> »Die Menschen urteilen insgesamt mehr nach den Augen als nach dem Gefühl, denn sehen können alle, fühlen aber wenige. Jeder sieht, was du scheinst, wenige fühlen, was du bist.«

Ivan musste herausfinden, worum es bei diesem Spiel ging; das war entscheidend. Welche Indizien hatte er? Die chinesische Geheimschatulle, den Tod von Rex, den Tod von Max Stanton. Was ergab sich daraus? Betrachtete man die Sache und behielt man den Tod zweier Kandidaten, den von Rex und Max Stanton, im Hinterkopf, schien klar zu sein, dass das Spiel auf darwinistischen Prinzipien basierte: das Überleben des Stärksten. Es gab keine »Spielregeln«. Jeder Wettbewerber schuf sich seine eigenen Regeln und legte für sich fest, wie weit er zu gehen bereit war, um zu gewinnen. Dadurch wurde das Spiel äußerst gefährlich. Viel hing auch davon ab, welcher Philosophie die einzelnen Kandidaten anhingen.

Ivan bestellte eine neue Kanne Tee. Er fragte sich, ob die anderen Bewerber einen weiteren interessanten Faktor mit in ihre Überlegungen einbezogen hatten. Der Meister hatte zu keiner Zeit erwähnt, wer am Spiel teilnehmen würde. Klar, sie waren nominiert worden. Als Logiker wusste Ivan jedoch, dass dies nicht bedeutete, dass eine Person von der Teilnahme ausgeschlossen sei, nur weil sie nicht ausdrücklich mit eingeschlossen wurde. Was bedeutete, dass trotz des Ausscheidens von Rex noch eine weitere Person beteiligt sein konnte, die eine sehr große Bedrohung darstellte: Der herausragendste Exponent im Gebrauch der Macht, *der Meister selbst, konnte mitspielen.*

Der Lac Léman glitzerte in der Sonne, gedankenverloren ließ Ivan den Blick über den See schweifen. Spielte der Meister mit? Es gab dafür keinen Beweis, und vermutlich würde sich auch nur sehr schwer einer finden lassen. Es gab ein philosophisches Prinzip, das Ockham'sche Rasiermesser, das besagt, wenn mehrere Erklärungen zur Auswahl stehen, ist die einfachste meistens auch die richtige. Ivan ging daher davon aus, dass der Meister teilnahm, da er nie das Gegenteil behauptet hatte. Aber warum? Der Meister selbst hatte angedeutet, dass die Schiedsmänner den Wettbewerb einberiefen und er ebenso wie die nominierten Kollegiumsmitglieder ihrem Willen unterworfen war. Woraus zu schließen war, dass die Schiedsmänner einen Wettbewerb verlangen konnten, wenn sie glaubten, der Einfluss des Meisters schwinde oder er missbrauche seine Macht.

Plötzlich spürte Ivan, wie ein Schauer der Glückseligkeit seinen Körper durchfuhr. Vor seinem geistigen Auge tauchte ein riesiges Schachbrett auf, das in der Größe enorm anwuchs und eine dreidimensionale Gestalt annahm, sodass sich die schwarzen und weißen Felder außerhalb und oberhalb des Originalbretts unendlich oft wiederholten: eine gewaltige, unendlich komplexe Jakobsleiter. Ein Spiel, das Ivan gegen einen wahren Experten spielen würde: gegen den Meister selbst.

Der Schock darüber war so groß, dass er zeitweilig in Trance versank, seine Augen wurden glasig, das Croissant in seiner Hand verharrte auf halbem Weg zum Mund. Der Kellner beobachtete ihn und wusste nicht, ob sein Gast ob des Butterhörnchens in Ekstase geraten war oder, wie bei einem anderen Gast schon einmal geschehen, soeben einen Herzinfarkt erlitten hatte. Erleichtert sah er, wie Ivan wieder zu sich kam.

Langsam begannen sich die einzelnen Teile ineinander zu fügen, wie ein Gemälde, das auf der leeren Leinwand allmählich Gestalt annahm. Oder wie ein Puzzle. In Wirklichkeit waren sechs Bewerber, der Meister inbegriffen, an den Start gegangen, nach dem Tod von Rex waren es noch fünf. Das Ausscheidungsverfahren konnte noch lange weitergehen, dachte Ivan.

Das brachte ihn auf eine weitere Beobachtung, die der außergewöhnliche Analyst der Macht und ihres Gebrauchs getan hatte. Machiavelli hatte geraten:

> »Nur die Verteidigung ist gut, sicher und dauerhaft, welche von dir selbst und von deiner eigenen Tapferkeit abhängt.«

In diesem Spiel wollte sich Ivan nur auf sich selbst verlassen. Keine Deals, keine Kooperation mit anderen Bewerbern. Der *maître* kam an den Tisch. Er musterte Ivan und das halb verzehrte Brot.

»Ist das Croissant recht, Monsieur?«

»Ausgezeichnet.«

»Das freut mich, Monsieur. Der Anwalt, den Sie mich baten anzurufen, Herr Dr. Schmidt, wird Sie heute Morgen um neun Uhr dreißig empfangen.«

Ivan seufzte. So zuverlässig, diese Schweizer. Er beendete sein Frühstück.

Es war neun Uhr dreißig, und Ivan genoss einen anderen Blick auf den Lac Léman, diesmal vom noblen Büro einer der renommiertesten Anwaltskanzleien in ganz Genf, der Praxis von Heidelberg & Schmidt. Er saß in einem Lederarmsessel. Ihm gegenüber, hinter einem riesigen Schreibtisch, befand sich ein älterer Herr mit Brille. Dr. Schmidt strich sich über sein Ziegenbärtchen und sprach von der Kanzlei. Er sprach sehr langsam und präzise, als wäre ihm jedes Wort von Gott persönlich eingegeben worden. Überall auf der Welt redeten Anwälte sehr langsam, ging es Ivan durch den Kopf. Was nicht überraschen konnte, schließlich wurden sie nach Minuten bezahlt. Und wenn sie damit durchkommen könnten, würden sie am liebsten schweigen.

Dr. Schmidt betrachtete seinen gut gekleideten Klienten: schlank, dunkles Haar, scharf geschnittenes Gesicht mit Nickelbrille und einem sehr durchdringenden Blick. Ganz offensichtlich kultiviert, distinguiert. Dr. Schmidt war zufrieden. Er hatte einen Mann vor sich, der seine Rechnungen begleichen konnte.

»Ihr alter Freund und seine Frau leben also in der Schweiz, und Sie würden gern wissen, wo sie sich aufhalten.«

»Genau«, antwortete Ivan. Er klopfte auf eines der dicken Gesetzestextbücher, die auf dem Schreibtisch lagen. »Dr. Schmidt, ich muss sie unverzüglich finden. Ich habe wichtige Informationen für sie, bin aber nicht im Besitz ihrer Adresse. Ich bin mir sicher, Sie können mir helfen.«

»Natürlich«, antwortete der Anwalt. »Mal sehen.« Die Sekunden verstrichen. Ivan wartete. Es war sehr schade, dass Tanya ihre Kreditkarten in der Schweiz nicht mehr benutzte. Vielleicht war ihr aufgefallen, dass sie damit leicht aufzuspüren war. Es musste eine andere Möglichkeit geben. Irgendwo lagen immer Informationen verborgen, man musste nur tief genug graben.

»Meine Mitarbeiter könnten die Hotels überprüfen. Wie Sie vielleicht wissen, müssen ausländische Gäste beim Empfang umfangreiche Formulare ausfüllen.«

»Eine gute Idee«, sagte Ivan.

»Wir könnten ihr Kraftfahrzeug überprüfen, falls sie eines besitzen.«

»Nein, ich denke, sie fahren einen Mietwagen. Noch etwas?«

»Verfügen sie über Grundbesitz, Immobilien?«

»Vielleicht.«

»Nun, es gibt in jedem Kanton ein Grundbuchamt«, fuhr Dr. Schmidt fort. »Es ist möglich, gegen Bezahlung einer gewissen Gebühr dort Einblick zu erhalten. Das wird natürlich einige Zeit in Anspruch nehmen.«

Ivan lächelte verhalten. »Ich denke, ich habe Sie nicht ganz richtig verstanden«, sagte er mit leiser Stimme. »Was Sie doch sicherlich sagen wollten, war, dass dies gegen Bezahlung einer sehr großen Summe Geldes nur sehr wenig Zeit in Anspruch nehmen wird.«

Die Augen des Schweizers funkelten. Welch einfühlsamer Mensch. Er verstand wirklich etwas vom anwaltlichen Berufsalltag. »Ah, ja«, erwiderte er bedächtig. »Genau das habe ich sagen wollen.«

Zwei Stunden später verließ Ivan mit guten Neuigkeiten Dr. Schmidts Büro. Sebastien besaß ein Chalet in Kasteln, einem fünfzig Kilometer von Genf entfernten Ski-Ferienort. Sicherlich war es aus Holz gebaut, verfügte über einen kleinen Garten und einen wunderbaren Blick auf die Berge. Wahrscheinlich besaß es sogar einen Gartenzwerg. Wie rührend. Wie vorhersehbar.

Sebastien hatte es dringend nötig, in diesem Spiel etwas gerissener vorzugehen.

Während Ivan in der Schweiz Jagd auf Häuser machte, ging Sebastien in Boston an Bord seiner Maschine in die Schweiz. Er war in nachdenklicher Stimmung. Seine Recherchen in den Bibliotheken Harvards waren abgeschlossen, er hatte in Boston nichts mehr verloren. Im Verlauf der letzten Tage hatte er einen Plan ausgearbeitet, um innerhalb eines Jahres an zwanzig Millionen Dollar zu kommen. Tanya und er mussten ihn nur noch in die Tat umsetzen; und sie mussten umgehend damit beginnen, wenn sie noch rechtzeitig fertig werden wollten. Ebenso wichtig war es, dass sie so bald wie möglich von der Bildfläche verschwanden, bevor die anderen Bewerber sie aufspüren konnten.

»Bitte anschnallen.«

Sebastien sah aus dem Fenster. Ein heiteres Gefühl durchströmte ihn, als die Boeing 747–400 Geschwindigkeit aufnahm und mit mehr als 300 Stundenkilometern die Startbahn entlangschoss. Wirklich bemerkenswert, ging es ihm durch den Kopf. Nur ein kleiner Defekt, ein winziges Leck im Treibstofftank, und dieses riesige Monster, in das sie alle ihr Vertrauen setzten, würde in unzählige rot glühende Teilchen auseinanderbrechen, und nichts mehr würde von ihm und von seinen Passagieren übrig bleiben. Nur weil ein einziges wichtiges Teil nicht funktionierte. Alles musste perfekt zusammenpassen. Das Gleiche galt für die chinesische Geheimschatulle und den Wettbewerb um das Amt des Meisters.

Was die Schatulle zu bedeuten hatte, war nicht schwer zu erraten. Der Meister hatte ganz offensichtlich die Schatulle mit dem Wettbewerb verglichen. Und er hatte auf den Schöpfer der Schatulle verwiesen. Bei beiden kam es also darauf an, nicht nur das Objekt, sondern auch seinen Schöpfer zu verstehen. Das war ihr Geheimnis. Er musste daher das Spiel und den Meister verstehen; er musste wissen, wie sie funktionierten und wie sie dachten. Und die Verbindung zu China? Das war merkwürdig. Vielleicht spielte es keine

Rolle, doch Sebastien ging ein Zitat nicht aus dem Kopf, an dessen Verfasser er sich nicht mehr erinnern konnte:

»Wenn du den Feind und dich selbst kennst, brauchst du den Ausgang von hundert Schlachten nicht zu fürchten.«

Aber er hatte ja noch viel Zeit, dies zu überprüfen, wenn er in der Schweiz war. Im Moment jedenfalls konnte er sich entspannen. Er richtete seine Aufmerksamkeit auf die junge Studentin neben ihm. Sie lächelte ihn nervös an.

»Tut mir Leid, ich hasse das Fliegen.«

Sie plauderten miteinander, während der Aluminium-Leviathan über die Rollbahn brauste, abhob und bewies, dass zumindest einige seiner Teile am richtigen Platz waren und ihren Dienst verrichteten. Bald fand Sebastien heraus, dass seine Begleiterin Suzanne hieß, als Model arbeitete und in Genf lebte. Am Ende des neunstündigen Fluges wusste er zwei weitere wichtige Dinge: dass er mehr von Suzannes Körper sehen wollte, und dass ihm der Autor des Zitats wieder eingefallen war. Es handelte sich um einen berühmten Militärtaktiker, der vierhundert Jahre vor Christi Geburt in China geboren war; er hieß Sunzi.

Bedenklicher war der Titel des von ihm verfassten Buches, aus dem das Zitat stammte – *Die Kunst des Krieges*.

Die Straße führte in Serpentinen den Berg hinauf. Ivan schaltete den Mercedes in den ersten Gang und spähte angestrengt durch die Windschutzscheibe, um zwischen den Nebelschwaden, die in Bodennähe vorüberzogen, die Straße erkennen zu können. Am Ende des unbefestigten Wegs fand er die Stelle, die er gesucht hatte. Unter ihm glitzerten die Lichter des kleinen Skiorts Kasteln. Er schaltete in den Rückwärtsgang und parkte den Wagen etwas abseits des Weges. Vorsichtig näherte er sich Sebastiens Chalet von hinten; eine kleine Stabtaschenlampe wies ihm den Weg über das Feld.

Das Chalet glich den anderen in der Gegend: ein zweigeschossiger Holzbau mit großen Verandafenstern, die den Ausblick auf den baumbestandenen Berghang erlaubten. Es brannte kein Licht, kein Geräusch ließ darauf schließen, dass die Bewohner anwesend waren. Ivan war zufrieden. Sebastien war, wie vermutet, noch in den USA, und auch Tanya schien ausgegangen zu sein. Und der Schnee würde bis morgen seine Spuren zugedeckt haben. Es ließ sich alles wunderbar an.

Nicht mehr weit vom Haus entfernt ging er in die Hocke und ließ sich seinen ersten Zug durch den Kopf gehen. Er war äußerst wichtig, glich er doch dem Eröffnungsgambit eines Schachspielers, das vielleicht nicht entscheidend war, aber doch viel über die Art seines Spiels aussagte. In seinem Fall spielte er, um zu gewinnen. Es war für ihn unvorstellbar, dass er nicht der neue Meister wurde. Dies entsprang allerdings nicht seiner Hybris wie bei Rex, dem Glauben, dass er von Grund auf besser sei als die anderen. Nein. Es war seine persönliche Erkenntnis, dass nur er über die Einsicht und die Fähigkeit verfügte, in der Zukunft das Kollegium zu leiten.

Als Mitglied war ihm klar, dass die Menschheit in eine neue turbulente Phase ihrer Geschichte eintrat, die allmählich zu einer globalen Diktatur führte, zur Unterdrückung des Einzelwillens und der Informationskontrolle durch eine kleine Minderheit. Die Diktatur würde sich subtiler präsentieren als in den zurückliegenden dunklen Zeitaltern, da sie von den meisten Menschen noch nicht einmal wahrgenommen wurde und kein Staatsoberhaupt auch nur annähernd die Macht besaß, ihr unmittelbar entgegenzutreten. Seine größte Sorge allerdings betraf das Kollegium selbst: Es durfte sich nicht von der überschwappenden Flutwelle mitreißen lassen. Auch wenn anderswo die Lichter ausgingen, sollte es wie ein Diamant in der dunklen See weiterhin leuchten, und sein Licht sollte die Staatenlenker daran erinnern, dass die Zukunft der Menschheit nur im Frieden lag, nicht im Krieg oder in der Unterdrückung.

Den Schlüssel dazu stellte das Amt des Meisters dar. Nur er hatte genügend Macht und Wissen, um sich gegen die Flut der Korruption zu stellen. Der gegenwärtige Meister war ein großer, brillanter Mann. Ebenso klar war, dass er müde wurde und nicht mehr wusste, wie dieser neuen Bedrohung zu begegnen war. Und Ivan fürchtete, dass er zu wenig von Machiavelli an sich hatte; er kannte weder die verschiedenen Spielarten der Macht, noch wusste er, dass manchmal Skrupellosigkeit vonnöten war, um den wahren Glauben zu verteidigen. Ivan musste dem Kollegium jetzt, in seiner schwärzesten Stunde, helfen. Dies war sein Schicksal.

Er näherte sich dem Haus und überdachte sein Handeln mit der Kasuistik eines Jesuiten. Sollte er vom Schicksal dazu auserkoren sein, das Spiel zu verlieren und nicht mehr länger als Mitglied dem Kollegium anzugehören, wäre das schlimmer als der Tod. Er hatte sein gesamtes Leben in der reinen Luft höchster Intellektualität und der Hingabe an ein Ideal verbracht. Als er vor fünf Jahren dem Kollegium beigetreten war, hatte dessen Mystizismus und Geistigkeit ihm die menschliche Wärme gegeben, die er als Waise niemals erfahren und als Erwachsener immer gesucht hatte. Das Kollegium war für ihn zu einem grundlegenden Teil seines Wesens geworden, und er würde wie ein Kreuzritter darum kämpfen, es bis zum bitteren Ende zu verteidigen. Was aber würde er unternehmen, um sein Ziel zu erreichen? Wie weit würde er in diesem Spiel gehen? Er war sich dessen selbst nicht sicher, als er die Stufen zum Chalet hochschritt. Dies war ein Bereich, in dem ihm die festen Überzeugungen fehlten. War es rechtens, den Kampf aufzunehmen, um Meister zu werden und die Institution zu erhalten, die er so sehr liebte? Ja, das war es. Aber wie weit dieser Kampf ausgetragen werden sollte, wie weit er bereit war zu gehen, das hing von den jeweiligen Umständen ab; er würde sich mit ihnen beschäftigen, wenn es jeweils so weit war. Außerdem würde Machiavelli die Antworten wissen. Er hatte sich mit dem Wesen der Macht auseinandergesetzt und wie sie ausgeübt werden sollte, ohne den Machthaber dabei zu zerstören. Vertrau dem Italiener!

Im Moment jedenfalls waren die nächsten Schritte ganz klar vorgegeben. Er würde herausfinden, was Tanya und Sebastien an Informationen über Max Stanton zusammengetragen hatten. Das war entscheidend, zeigte sich doch darin, wie die anderen das Spiel in der Vergangenheit gespielt hatten. Zwar glaubte er zu wissen, worum es bei diesem Spiel ging, doch wollte er absolut sicher sein. Der Einbruch in das Chalet wäre ein kleiner Schritt auf dem langen Weg zum Amt des Meisters; Ivan musste jeden Schritt in Hinblick auf das Endziel für sich rechtfertigen. Ansonsten würde er es vielleicht nicht erreichen. Diese Rechtfertigung allerdings hatte nichts mit Moral zu tun. Es ging nur um Taktik und Planung. Wie Machiavelli sagte:

> »Der Fürst sehe also nur darauf, wie er sich in seiner Würde behaupte; die Mittel werden stets für ehrbar befunden und von jedermann gelobt werden.«

Wenn er erst einmal das Amt des Meisters innehatte, wer würde dann noch danach fragen, wie er zu dem Titel gekommen war? Niemand würde ihn als oberste Autorität des Kollegiums in Frage stellen. Ganz im Gegenteil, bald würden sie ihn als den Retter der Institution feiern. Außerdem, ging es ihm durch den Kopf, war der Mord an Rex der Auslöser gewesen. Nachdem dies geschehen war, gab es kein Zurück mehr. In ein Haus einzubrechen gehörte zur Kategorie minderer Sünden, ein Kavaliersdelikt im Vergleich dazu.

Er zog sich eine wollene Maske über den Kopf und trat an den Hintereingang, kauerte sich an die Tür und trieb ein

Stemmeisen in den Spalt neben dem Schloss. Dann warf er sich mit seinem Gewicht dagegen. Dumpf splitterte das Holz. Leise drückte Ivan die Tür auf.

Oben drehte sich Tanya im Schlaf um.

Am Genfer Flughafen schritten Sebastien und Suzanne mit den restlichen Passagieren – müden Transatlantikreisenden, die sich an ihre Duty-Free-Einkäufe klammerten und nur noch nach Hause wollten – durch die grüne Zollabsperrung.

»Wohin gehst du jetzt?«

»Nach Kasteln. Das ist eine Stunde von hier.«

»Ich weiß«, erwiderte Suzanne. »Ich bin dort oft beim Skifahren.« Sie standen vor der Flughafenhalle. Es schneite. Andere Passagiere drängten sich an ihnen vorbei zu den Taxis. Suzanne sah zu Sebastien.

»Wie wär's mit einem Drink«, fragte sie ein wenig nervös. Dann, selbstbewusster: »Ich meine, ich würde dich gern auf einen Drink einladen.«

Sebastien lachte. Seine Reisebegleiterin war eine angenehme Gesellschafterin gewesen. Das waren Models, die noch studierten, immer. Vor allem wenn sie so nett aussahen und so verdammt tolle Beine hatten.

»Es ist schon spät. Ich muss nach Kasteln.« Er sagte es sehr zögerlich. Aber er musste zu Tanya.

Sie gingen zum Taxistand.

»Wohin?«, fragte der Fahrer Suzanne.

Ivan stand in der Küche des Chalet. Wo würde Tanya die Informationen über Stanton aufbewahren, die sie in Boston aufgetan hatte? Er glaubte nicht, dass sie sie bereits versteckt hatte. Sie konnten nicht damit rechnen, dass ihnen einer der anderen Bewerber so dicht auf den Fersen war. Der wahrscheinlichste Ort sollte das Wohnzimmer sein. Ivan verließ die Küche und folgte dem schmalen, gegen den Boden gerichteten Lichtstrahl seiner Taschenlampe. Es herrschte eine gespenstische Stille, die nur gelegentlich vom Schnee unterbrochen wurde, der vom Dach nach unten rutschte.

Das Chalet wies den üblichen Grundriss auf – Wohnzimmer, Esszimmer, Küche, Flur. Das Wohnzimmer war geschmackvoll eingerichtet, an den Wänden hingen zahlreiche Kunstwerke, reich verzierte Vasen standen herum. Sicherlich Tanyas Einfluss, dachte Ivan, Sebastien zeigte ja nur bei Frauen guten Geschmack. Im schwachen Licht der Lampe erschien vor ihm ein großer, in die Wand eingelassener offener Kamin. Die Scheite waren frisch. Er strich mit dem Finger über den Sims. Kein Staub. Entweder sorgte Tanya hier für Ordnung, oder sie beschäftigten eine Putzfrau, die regelmäßig kam. Er machte sich an die Arbeit. Er brauchte nicht lange, bis er den Raum durchsucht hatte. Es gab nur einige Schränke und ein Sideboard, und nichts deutete daraufhin, dass sich irgendwo ein Safe oder ein Geheimfach befand. Nichts, was ihn interessiert hätte. Bis auf ein kleines Detail: Auf einem Regal lag, achtlos abgelegt, ein Reiseführer über Mittelamerika. Das sollte er sich merken. Vielleicht wollten sie dorthin. So wie er Sebastien kannte, würde sich dieser bestimmt etwas sehr Ausgefallenes ausdenken, um an die zwanzig Millionen zu kommen.

Nachdem er auch die anderen Räume ohne Erfolg abgesucht hatte, begann er die Treppe hinaufzusteigen. Bei jedem Schritt hielt er inne, damit der dicke Läufer den Tritt dämpfte und die darunter liegenden Dielen nicht knarrten. Auf dem Treppenabsatz blieb er stehen, orientierte sich und ließ den teilweise mit der Hand abgedeckten Strahl der Taschenlampe schweifen. Vor ihm lagen vier Türen, alle waren geschlossen. Ivan näherte sich ihnen der Reihe nach, drückte vorsichtig die Klinke nach unten und spähte hinein. Die ersten beiden waren Schlafzimmer. Das dritte ein Bad. Dann drückte er die Klinke des vierten Zimmers. Dabei erwachte Tanya.

Sie hatte geträumt, sie sei wieder in ihrem Zimmer im Kollegium. Sie lag im Bett, und Gemma, ihre Katze, hatte sich an sie geschmiegt. Sie fühlte sich sicher und warm. In ihrem Traum erschien an der Tür ein dünner Lichtstrahl. Gemma musste die Tür aufgedrückt haben, ging es ihr durch den Kopf. Aber irgendetwas stimmte nicht; sie kam nicht drauf, was es sein könnte. Und plötzlich, wie ein übermüdeter Fahrer auf der Autobahn, der bemerkte, dass er viel zu dicht auf den Wagen vor ihm aufgefahren war, schrie alles in ihr aufzuwachen. Sie befand sich nicht im Kollegium, sie war in Sebastiens Chalet, und Gemma war nicht da. Aber das Licht im Schlafzimmer.

Sie setzte sich im Bett auf. Wie angewurzelt sah sie, wie der Lichtstrahl vor ihren Augen breiter wurde. Sie brauchte einige Sekunden, bis ihr bewusst wurde, dass die silhouettenhafte Gestalt vor ihr nicht Sebastien war. Adrenalin schoss durch ihren Körper, verzweifelt versuchten ihre Hände, den Lichtschalter am Bett zu finden. Aber es war bereits zu spät. Die maskierte Gestalt war schon neben ihr; ein Totschläger krachte gegen ihre rechte Schläfe.

»Komm rein.«

Suzanne schob ein Fahrrad zur Seite und führte ihn in ihre Wohnung. »Tut mir Leid wegen der Unordnung, ich bin im Moment oft unterwegs. Du weißt ja, wie Studenten so sind.« Sie kicherte nervös. Sie war erst neunzehn.

Sebastien sah sich um. Ein kleines Apartment, das voll gestopft war mit Filmplakaten, Fotos von Models und Büchern. Er betrachtete die Nacktaufnahmen von Suzanne, die an der Wand hingen. Sie gefielen ihm. Die Studioaufnahmen rückten ihren verlockenden Körper, den knackigen Hintern und die einladenden Hüften in ein wunderbares Licht.

»Kann ich dir Kaffee anbieten?«

»Nein danke.«

»Wein?«

»Okay.« Suzanne ging in die Küche und nahm eine Flasche aus dem Regal. Als sie sich umdrehte, stand Sebastien hinter ihr. Jetzt oder nie. Sie umfasste ihn und zog ihn zu sich heran, küsste ihn sanft auf die Lippen und strich ihm durch das Haar. Er reagierte nicht sofort. Dann begann er sie zu liebkosen. Sie sah zu, wie er ihr die Bluse aufknöpfte und ihre jungen Brüste in den Händen wog. Schnell schob sie die Teller auf der Anrichte zur Seite, setzte sich darauf und zog ihn zu sich. Ihr Rock flog nach oben, und sie spürte, wie er sich hart gegen ihre nackte Haut presste.

Der Wein war vergessen.

Tanya atmete noch. Ohne große Eile fesselte Ivan ihre Hände und Füße an den Bettkasten und band ihr ein Tuch vor die Augen. Schließlich zog er einen der Vorhänge einen Spalt breit auf, damit er sah, falls sich ein Wagen näherte. Er begann das Schlafzimmer zu durchsuchen, ließ sich dabei Zeit und ging sehr gründlich vor. Dann kehrte er zum Bett zurück. Nichts. Ein großes Problem – für sie beide. Es konnte nur noch Minuten dauern, bis Tanya wieder zu sich kam. Sie fühlte sich benommen und verwirrt. Langsam fand sie sich wieder zurecht … wie ein Computer, der nach einem Absturz erneut hochgefahren wurde. Ihr wurde bewusst, dass sie, an Armen und Beinen gefesselt, auf dem Bett lag, ein Tuch vor den Augen hatte und ein Knebel in ihrem Mund steckte. Und sie wusste, dass jemand bei ihr sein musste, da die Matratze auf Höhe der Beine eingedellt war. Wer? Ein Einbrecher? Ein Vergewaltiger? Einer der anderen Kandidaten? Ihre Gedanken rasten, und mit ihnen ihre Angst.

»Was wollen Sie?« Der Knebel verzerrte ihre Worte.

Ivan saß neben ihr auf dem Bett und betrachtete ihren halb nackten Körper im schwachen gelben Schein der Alarmanlage vor dem Haus. Er hatte nichts gegen Tanya. Sie war ihm immer als liebenswerte, freundliche Person erschienen, auch wenn sie seiner Meinung nach mit Sebastien eine schlechte Wahl getroffen hatte. Rex wäre sehr viel zuverlässiger gewesen: weniger Playboy und mehr fürsorglicher Liebhaber. Rex allerdings war tot, und was auch immer geschehen mochte, Tanya würde Sebastien unterstützen. Die beiden zusammen könnten ein Team bilden, das durchaus in der Lage war, ihn zu schlagen. Wie also konnte er sie dazu bringen, ihm ihre Informationen über Stanton mitzuteilen? Damit die Chancen wieder ausgeglichen waren.

»Was wollen Sie? Wer sind Sie?«

Ivan spürte die wachsende Angst in ihrer Stimme, was ihm ein Gefühl der Befriedigung verschaffte. Denn Angst, nicht Gewalt, war in diesem Stadium das Mittel, um das Gewünschte zu erreichen. Aber die Angst musste sehr real sein. Ivan beobachtete sie und wartete auf den günstigsten Augenblick. Tanya kämpfte gegen die Fesseln an, in Gedanken rief sie nach Sebastien, obwohl sie wusste, dass von dieser Seite keine Hilfe zu erwarten war. Wer war dieser Eindringling? Was würde er anstellen? Sie fühlte sich ihm völlig schutzlos ausgeliefert. Verzweiflung überkam sie, und die Angst kroch über ihren Körper. Ivan spürte sie und nährte sie noch.

In der Stille und ihres Augenlichts beraubt, konzentrierte sich Tanya auf das, was sie hörte. Jemand bewegte sich neben ihrer Hüfte, dann war das weiche Rascheln von Gummi zu vernehmen, gefolgt von einem leisen Knall. Es war ein antiseptisches Geräusch, als würde jemand Chirurgenhandschuhe anlegen; ein Pathologe kurz vor dem Sezieren? Was hatte er vor? Sie bäumte sich auf, die Fesseln schnitten sich in ihre Gliedmaßen. Es war nutzlos.

Ivan wartete, bis ihre Panikattacke vorüber war und ihre Zuckungen nachließen. Er hörte ihren heiseren Atem unter dem Knebel, während er neben ihr saß und nichts sagte und nichts tat: wie ein Priester, der die letzte Ölung verweigerte. Er spendete keinen Trost und keine Hoffnung.

»Was wollen Sie? Geld?«

Ihre Angst ließ die vom Knebel verzerrten Worte noch unverständlicher klingen. Keine Antwort. In der Stille schien sich die Zeit in die Länge zu ziehen. Dann knöpfte Ivan Tanyas knappes Nachthemd auf. Die Operation wurde langsam und methodisch ausgeführt, und nach jedem Knopf, den seine in den Handschuhen steckenden Finger gelöst hatten, wartete er, bis sie sich wieder beruhigt hatte. Dann fuhr seine Hand über ihren Körper und umfasste sacht jede ihrer Brüste, spürte die weiche Wärme und das Zittern in ihrem Körper.

Ein anonymer Zeigefinger beschrieb eine Schlangenlinie von ihren erschreckt zusammengezogenen Brustwarzen hin zur Mitte ihres Körpers. Die Bewegung vollzog sich langsam; Ivan hatte alle Zeit der Welt. Fasziniert beobachtete er die Schauer, die durch ihren Körper zuckten – wie ein Chemiker, der eine chemische Reaktion auslöste. Der Finger umkreiste den Nabel und strich dann, verspielt und müßig, weiter. Unter der sterilen Berührung spürte er die verkrampfte Anspannung ihrer Bauchmuskulatur, während sich ihr Körper vor Angst krümmte. Der Finger, nun nass von Tanyas Schweiß, setzte langsam seine Schlangenlinie nach unten fort. Auf ihrem Mons veneris, auf den das Licht vom Fenster fiel, blieb er ruhen. Ivan kam sich wie ein Kind vor, das mit einem gefangenen Schmetterling spielte; er war fasziniert von seiner bewusst eingesetzten Grausamkeit, hegte aber nicht die geringste Absicht, damit aufzuhören. Vor ihm lag nicht mehr Tanya, sondern ein Körper, mit dem er spielen konnte: ein Experiment an einem lebenden Objekt, das ihm das uneingeschränkte, prickelnde Gefühl der Machtausübung verschaffte.

»Es gibt einen Safe. Unten. Dort finden Sie Geld«, schrie sie heiser. Das Blut aus ihrem Mund begann den Knebel zu tränken.

Der Finger verharrte. Dann setzte er gemächlich seine Reise fort. Zart drückten die Finger im Handschuh ihre Beine auseinander, die von den Fesseln, mit denen sie an das Bett gebunden war, bereits leicht geöffnet waren. Sie war zu erschreckt, um sich zu wehren. Sie spürte, wie ein Finger mit der furchterregenden Wärme einer Schlange gegen ihr feuchtes, behaartes Fleisch drückte. Plötzlich hörte er auf.

Einen wunderbaren Augenblick lang glaubte Tanya, dass er ihr nun nicht mehr weh tun würde. Dass der Eindringling befriedigt war, gesättigt von seiner Macht und Kontrolle über sie. Sie begann zu beten. Es herrschte Stille, vollkommene Stille, und sie kostete ihre Freiheit aus. Doch dann wurde die Stille durchbrochen vom fast lautlosen Geräusch der Zigarettenschachtel, die Sebastien auf dem Nachtkästchen liegen hatte und die nun genommen und geöffnet wurde. Knisterndes Zellophan war zu hören, eine Zigarette wurde herausgenommen und mit einem Klicken entzündet. Tanya spürte die Hitze, als sich die Glut ihrem Gesicht näherte und langsam, wenige Zentimeter von ihrem Körper entfernt, nach unten geführt wurde. Sie wusste, was geschehen würde, wenn die Zigarette ihre Lende erreichte. Ihre Körper begann durchzudrehen.

Sie kämpfte gegen die Fesseln an, gefangen in ihrer Hölle, in der die Zeit stillzustehen schien. Aber es hatte keinen Zweck; sie wusste es. Es gab nur einen Ausweg. So schrie sie gegen den Knebel an und erzählte ihrem stummen Folterer alles, was er vielleicht wissen wollte. Wo sich der Safe befand, wie die Kombination lautete, wo die Dokumente lagen, ihr Schmuck, wo sich ihr Liebhaber aufhielt. Schließlich – es kam ihr wie eine Ewigkeit vor – wurde die Zigarette fortgenommen. Ivan lauschte ihrem unterdrückten Schluchzen. Arme Tanya. Aber es war notwendig gewesen, ganz klar. Unter den Umständen gerechtfertigt. Hatte nicht Machiavelli bemerkt:

> »Ein rechter Gebrauch der Grausamkeit, wenn man dies so nennen darf, ist der, wenn das Böse ein einziges Mal zur eignen Sicherheit geschieht, dann aber aufhört und sich so viel wie möglich zum Nutzen der Untertanen verwandelt.«

Ivan ging nach unten. Minuten später hatte er den Safe geöffnet und die Dokumente gefunden. Eines unter ihnen war die Todesanzeige von Max Stanton. Die anderen bestanden aus verschiedenen Zeitungsartikeln, die seine Leistungen als Chemiker rühmten. Nachdem er sie gelesen hatte, legte er sie sorgfältig zurück.

Er war enttäuscht. Tanya und Sebastien hatten nicht sehr viel mehr herausgefunden als er selbst. Es war Zeit zu gehen. Im Wohnzimmer räumte er hastig die Bücher von den Regalen, löste die Bilder von den Wänden und schlitzte das Sofa mit seinem Messer auf. Er nahm das Geld und den Schmuck und packte sie in eine Reisetasche. Er würde sie später wegwerfen. Tanya und Sebastien sollten im Unklaren bleiben, ob der Eindringling ein normaler Einbrecher gewesen war oder nicht. Aber was sollte er mit Tanya machen? Wie weit sollte er gehen? Er zog das Messer aus der Tasche.

In diesem Moment klingelte das Telefon.

Wo war Tanya?

Sebastien stand nackt im unbekannten Zimmer, ihm war kalt. Er sah auf die Uhr. Es war halb vier Uhr morgens. Tanya musste doch da sein. Wenn sie nicht bei jemand anderem war. Er ließ das Telefon weiterklingeln. Vielleicht hatte sie ihn verlassen. Vielleicht wollte sie das Spiel auf eigene Faust durchziehen. Er wurde unruhig.

»Sebastien?«

»Ich bin hier.«

»Komm ins Bett«, sagte Suzanne.

Er würde frühmorgens fahren. Um acht würde er in Kasteln sein. Sebastien ging wieder ins Bett. Seine Hände suchten nach ihren Oberschenkeln, als sich Suzanne zu ihm hindrehte. Zart öffnete er ihr die Beine.

Ivan wartete an Tanyas Bett, bis das Telefon aufhörte zu klingeln. Gleichmütig stellte er fest, dass sich sein Herzschlag geringfügig erhöht hatte. Er drückte die Anrufanzeige. Es war von Genf aus telefoniert worden. Vermutlich Sebastien. Wer sonst würde sich zu dieser Stunde melden? Tanya hatte also gelogen. Sie hatte ihm gesagt, dass sich Sebastien noch immer in Boston aufhielt. Entweder das, oder sie wusste nicht, dass ihr fahrender Ritter und Liebhaber bereits zurückgekehrt war. Wie auch immer, er musste verschwinden. Sebastien würde bald hier eintreffen, und Ivan verspürte nicht das geringste Bedürfnis, ihm auf dessen Terrain zu begegnen.

Was nun mit Tanya? Wenn sie am Leben blieb, war sie eine nicht zu unterschätzende Gegnerin. Wahrscheinlich würde sie erraten, dass der Eindringling Andrew oder er selbst gewesen war und nicht irgendein Dieb. Sie stellte ein Risiko dar. Wenn Tanya und Sebastien gemeinsam hinter ihm her waren und noch dazu Rache nehmen wollten, würde das seine Gewinnchancen schmälern. Was sollte er tun? Machiavelli, der Meister des Gebrauchs und Missbrauchs der Macht, hatte es ganz deutlich formuliert: Hast du jemanden zum Feind, dann töte ihn.

Aber war Tanya sein Feind? Welchen Schaden hatte sie ihm zugefügt? Sollte er Mitleid mit ihr haben oder sie vernichten? Eine sehr schwierige Entscheidung. Blieb sie am Leben, verringerten sich seine Chancen auf das Amt des Meisters. Und würden sie und Sebastien ihn nicht ebenfalls umbringen, wenn sich ihnen die Gelegenheit bot? Würden sie es nicht auch als gerechtfertigt ansehen? Ivan wog die Argumente auf den Waagschalen der Gerechtigkeit ab. Mitleid und Mitgefühl brachten so wenig auf die Waage.

Schließlich erhob er sich. Arme Tanya. Er nahm einen ihrer Seidenschals aus der Schublade und setzte sich wieder neben sie auf das Bett. Das Leben war eine Vettel. Das hatte Machiavelli immer hervorgehoben.

Sorgfältig legte er ihr den Schal um den Hals und begann zuzuziehen.

Als der Seidenschal ihr die Kehle zuschnürte, wusste Tanya, dass sie sterben würde. Innerhalb einer tausendstel Sekunde sagte ihr mit sanfter Stimme der Verstand, der schon immer die Ereignisse so zutreffend zu analysieren vermochte, dass ihr Leben rapide seinem Ende zuging. Er schaltete unzählige Funktionen ab, die seit ihrer Geburt unablässig ausgeführt worden waren, und kappte alle Impulse, die ihre Angst weiterleiteten. Sie brauchte sie nicht mehr. Und während der Schal sich immer enger zog und ihr Bewusstsein auszusetzen begann, aktivierte das Gehirn sein Notprogramm. Tanya hatte sich oft gefragt, wie es wohl wäre, wenn man starb. Nun würde sie es erfahren, und still dankte sie ihrem wundervollen Geist, dass er ihr auf ihrer Reise durch das Leben so gute Dienste geleistet hatte. Denn sogar im Tod vergaß er seine Aufgabe nicht und überflutete das Gehirn mit natürlichen Opiaten, um ihr Leiden zu mindern.

Tanya sah, schon bewusstlos, die Wasser des Todes vor sich, denen sie sich ohne Eile näherte, damit sie von ihnen ganz umfangen wurde. Ihr Geist half ihr, sich ihnen ruhig zuzuwenden und sie als etwas Unvermeidliches zu akzeptieren. Gefangen in einem traumartigen Zustand, ihres Körpers nicht mehr bewusst, ohne Form fast, schaute Tanya zum ersten Mal in den Grund ihres Seins. Und darin erblickte sie eine Liebe, die sie niemals zuvor gekannt hatte. Sie begann die unsichtbaren Fäden zu durchtrennen, von denen sie bislang gehalten worden war. Sebastien, das Spiel, ihre Erinnerungen, ihre Hoffnungen und Ängste – das alles ging an ihr vorüber und entschwand, als das Wasser sie umfing. Sie sah die Gesamtheit ihrer Existenz. Es gab keine Möglichkeit, diesen Prozess aufzuhalten.

Als sie ertönte, war die Stimme ihres toten Vaters so nah, als säße er unmittelbar neben ihr und flüsterte ihr ins Ohr. Auf der Schwelle ihrer Auslöschung hatte seine Liebe sie gefunden und ließ sie innehalten, während sie bereits im Begriff war, in die Wasser des Vergessens zu schreiten. Seine Liebe wisperte ihr zu wie einem kleinen Kind, und in der unendlichen Vielfalt und Komplexität des Universums wurde ihr Geist von der Macht seiner Liebe ergriffen.

Zehn Minuten später verließ Ivan das Chalet.

Voller Schrecken, ungläubig betrachtete Sebastien am folgenden Morgen die Szene. Die Bilder und das Sofa waren aufgeschlitzt, das Porzellan war zerbrochen, der Safe ausgeräumt. Er ging die Treppe hinauf zum Schlafzimmer. Es sah aus wie eine Filmkulisse zu einer bacchantischen Orgie. Überall lagen Kleidungsstücke und Betttücher verstreut. Abgerissene, verknotete Laken baumelten an einem Bettpfosten, daran Blutspuren, genau wie auf dem Laken. Der Schauplatz eines Mordes. Er sah aus dem Fenster. Plötzlich stieß er einen Schrei aus. Er hatte Tanya erblickt.

Er stürzte nach unten, riss die Hintertür auf und eilte über das verschneite Feld zu den Bäumen.

Sie saß, eingemummt in eine dicke Jacke, unter den Fichten. Ihr Blick war starr auf die Berge gerichtet. Sie sah noch nicht einmal auf, als er sich näherte. Dann setzte er sich neben sie und wagte nicht, sie anzusprechen, bis sie selbst das Wort ergriff. Schließlich erzählte sie ihm in sachlichem, objektivem Tonfall wie eine Nachrichtensprecherin, was geschehen war. Das Trauma würde später kommen. Schweigend starrten sie auf das jungfräuliche Weiß der Landschaft.

»Warum hat er dich nicht umgebracht?«

»Das weiß ich nicht.«

»Es könnte ein Einbrecher gewesen sein.«

»Nein, es war entweder Ivan oder Andrew.«

»Sicher?«, fragte Sebastien.

»Ja, ich bin mir sicher. Ganz sicher.«

»Er hat die Dokumente über Stanton nicht mitgenommen.«

»Das war nicht nötig. Sie sind schnell gelesen«, sagte Tanya mit tonloser Stimme, während sie sein Gesicht musterte.

»Wo warst du letzte Nacht?«

»Ich kam spät in Genf an. Ich habe dort übernachtet.« Seine Miene versteinerte, seine Augen funkelten. Sie sah den Hass in seinem Blick. »Hat er dich vergewaltigt?«

Tanya sagte nichts. Er wiederholte seine Frage, diesmal wütender.

»Nein«, antwortete sie. »Abgesehen davon, dass er mich zu Tode erschreckte, hat er nichts getan.« Kurz sah sie zu ihm, dann wieder weg. Warum liebte sie ihn noch immer? Was zog sie immer wieder zu ihm hin, was fand sie so faszinierend an ihm?

»Was sollen wir jetzt tun?«, fragte Sebastien.

»Wir machen weiter.« Ihre leise Stimme klang entschlossen. »Wir haben beide einen Fehler begangen. Wir gingen davon aus, dass niemand von Stanton wusste. Deswegen hatte Rex sein Leben verloren. Und wir waren zu langsam und zu sorglos. Das müssen wir ändern.«

Sebastien nickte. Ein kaltes, deprimiertes Gefühl hatte sich seiner bemächtigt, was nur sehr selten vorkam.

Nach einigen Minuten sagte er: »Ich denke, es ist an der Zeit, dass wir verschwinden. Wir sollten heute noch abreisen.« Er hielt inne, bevor er fortfuhr: »Wir sollten, was diesen Wettbewerb betrifft, von keinen voreiligen Schlüssen mehr ausgehen. Dieses Spiel geht um die mächtigste Position der Welt. Wir sollten einzig und allein davon ausgehen, dass Andrew und Ivan alles tun, um zu gewinnen.«

»Genau wie du«, kam es vorwurfsvoll von ihr.

»Und du«, erwiderte er.

»Das stimmt«, sagte Tanya. »Wir sollten davon ausgehen, dass jeder von uns sein Äußerstes gibt. Dass wir alles tun, um ans Ziel zu gelangen.«

Sie betrachteten die malerische Landschaft. Sie wollten hier nicht weg; dieser Ort war einst ihre Zufluchtsstätte gewesen. Innerhalb einer Nacht hatte sich alles geändert, sie war hier nicht mehr sicher, er hielt für sie nun schlechte Erinnerungen bereit.

»Es fing alles mit dem Tod von Rex an«, sagte Tanya. Ihre Stimme klang rau und spröde. »Geh lieber zurück und pack die Sachen. Ich bleibe noch etwas sitzen.«

Sebastien stand auf. »Tanya, es tut mir Leid. Es tut mir wirklich Leid, was geschehen ist.«

Sie nickte, ohne ihn überhaupt gehört zu haben. »Der Tod von Rex. Damit fing alles an«, wiederholte sie.

Sie sah Sebastien hinterher, wie er durch den Schnee davonstapfte. Die Teile des Puzzles fügten sich allmählich ineinander, aber sie beide waren nicht schnell genug gewesen. Ein grober Fehler. Rex war gestorben, weil er nicht schnell genug die Folgen seines Wissens eingeschätzt hatte. Tanya betrachtete die Schönheit der Natur, in ihrem Herzen aber spürte sie Verzweiflung. Wenn nur Rex ihr jetzt helfen könnte. Er hätte sie vor diesem Leid bewahrt.

»Chinesische Geheimschatulle. Verdammte chinesische Geheimschatulle«, flüsterte sie gegen die Berge. Warum war sie so dämlich und verstand nicht, was sie zu bedeuten hatte? Sie kam sich so verloren vor. Das alles ergab doch keinen Sinn. Wie das, was sie letzte Nacht erfahren hatte. Auch ein Rätsel, eines, das sie dazu veranlasste, ihr Leben in Frage zu stellen, ihre Wünsche und Sehnsüchte. Als sie gedacht hatte, sie würde sterben, war ihr plötzlich alles, ihre Vorstellung von der Welt und dem Platz, den sie darin einnahm, vollkommen verändert erschienen. Plötzlich konnte sie erkennen, wer sie wirklich war. Dieser Eindruck war so flüchtig gewesen, dass sie sich kaum daran erinnerte. In diesem kurzen kosmischen Augenblick aber hatte sie die Antwort auf buchstäblich alles erfahren – auf das Spiel, auf ihre Liebe, ihre Begierden. Und jetzt, wieder in der Welt, erschien es als ein so fragiles, mystisches Gefühl, dass sie es kaum verstehen konnte. Widerstrebend wandte sie sich der drängenderen Frage zu, wer letzte Nacht im Chalet gewesen war.

Es war kein Einbrecher gewesen. Es konnte sich nur um Andrew oder Ivan handeln, und sie waren gekommen, um mehr über Max Stanton zu erfahren. Hieß das, dass einer von ihnen oder beide zusammen Rex getötet hatten? Nicht unbedingt. Denn wer immer letzte Nacht hier gewesen war, er hatte etwas sehr Seltsames getan. Er hatte einen Seidenschal genommen und ihr damit die Kehle zugeschnürt, um sie zu töten. Und dann hatte ihn etwas im letzten Moment innehalten lassen. Er hatte den Schal sacht über ihre Hüften gelegt, um ihre Nacktheit zu bedecken. Warum hatte er aufgehört, nachdem er ihr solche Angst eingejagt hatte? Hegte er irgendwelche Hintergedanken, hatte ein Gefühl der Reue ihn überkommen? Und wenn er Rex getötet hatte, warum nicht auch sie? Und wenn es Ivan oder Andrew nicht gewesen waren, wer dann?

Tanya sah zum Chalet.

13

Wer gut die Feinde zu besiegen weiß,
kämpft nicht mit ihnen.

Laotse, Tao Te King

März, Kongo

»Jemand will dich sehen, Obedi.«

Obedi sah vom Fenster weg, durch das er gestarrt hatte, und stand vom wackeligen Holztisch auf. Dreißig andere Schulkinder blickten ihm neidisch hinterher. Als Waisen bekamen sie nie Besuch. Die Lehrerin klopfte mit einem Stecken gegen die abgenutzte Tafel, und mit einem gemeinschaftlichen Seufzen wandten sich alle wieder ihrer Lektion zu.

Obedi entfloh der Klasse, lief über den Gang, der aus bloßer, fest gestampfter Erde bestand, und sog in langen Zügen die feucht-heiße Luft ein. Nicht dass er den Englischunterricht nicht mochte. Aber er wollte draußen sein, weg von allem, was ihm Leid zufügen konnte.

»Obedi!«

Er drehte sich um und ging zum Büro des Schulleiters. Dort saß Andrew. Der Leiter erhob sich aus seinem Stuhl und legte Obedi die Hand auf die Schulter. »Ich werde euch eine Weile allein lassen«, sagte er.

Obedi betrachtete Andrew. Er mochte ihn. Er hatte ein offenes, freundliches Gesicht, und er hatte ihn aus den Händen der Rebellen gerettet. Obedi hatte ihm dafür nie gedankt. Aber das war nicht wichtig. Wie kann man sich bei jemandem bedanken, der einem das Leben rettete? Er wusste, Andrew verstand es auch so.

»Was hast du gemacht?«, fragte Obedi. »Ich habe etwas gesucht«, antwortete er. »In Schottland.«

»Hast du es gefunden?« Obedi fragte sich, ob er jemals so gut Englisch sprechen würde, damit er sich mit ihm in seiner Muttersprache unterhalten konnte. Aber auch das war eigentlich nicht wichtig. Sie unterhielten sich auf Suaheli.

»Ja und nein«, antwortete Andrew. »Wie geht's dir in der Schule?«

»Ganz gut.« Obedi nahm an dem einfachen Tisch Platz. Erfreut bemerkte er, dass der UN-Mann etwas mitgebracht hatte. Ein Telefon. Telefone beruhigten ihn.

»Wie lange bist du schon hier?«

»Ein paar Wochen.« Obedi erklärte, dass die UN sie in einem Lastwagenkonvoi vom Flüchtlingslager in Kapanga hierher in die Waisenschule in Kikwit gebracht hatten. Das war aufregend gewesen, mal was anderes, als den ganzen Tag unter Zeltplanen zu sitzen. Die Schnittwunde an seinem Arm, stellte Andrew fest, war verheilt.

»Ist deine Schwester Shisvannah auch hier?«

»Ja. Sie ist in einer anderen Klasse. Für die größeren Kinder.« Obedi würde sie nie verlassen. Sie war die einzige Person auf der Welt, die er noch hatte. Die einzige, die ihn liebte.

»Ich bin hier, um dich und deine Schwester zu sehen«, sagte Andrew nach einer Weile.

»Ja«, erwiderte Obedi. Es überraschte ihn, dass der Mann, der sie gerettet hatte, noch immer an sie dachte. Und es freute ihn sehr, ihn nach zwei Monaten wiederzusehen.

»Man sagte mir, du wirst hier eine Weile bleiben«, fuhr Andrew fort. »Das ist gut. Deine Schulausbildung ist wichtig.« Er runzelte die Stirn. »Ich muss wieder weg, aber ich möchte dir etwas geben.« Obedis Gesicht war die Überraschung deutlich anzumerken.

»Ein Telefon.« Andrew legte es ihm hin. Begeistert inspizierte es Obedi. Es war nur so groß wie die Hand eines Mannes, und seine Oberfläche glitzerte mit bunten Knöpfen, auf denen Zahlen standen. Was für ein Geschenk! Etwas Herrlicheres konnte sich Obedi nicht vorstellen. Er war fasziniert. Gott dachte wirklich an ihn.

Andrew sparte sich alle Erklärungen, wie Satellitentelefone funktionierten, und zeigte Obedi, wie er durch das Drücken zweier bunter Knöpfe zu ihm eine Verbindung aufbauen konnte, egal, wo auf der Welt er sich gerade befand. Andrew zog ein ähnliches Telefon aus seiner Tasche und ließ Obedi ihn anrufen. Glücklich lachte dieser, als die Verbindung zustande kam.

»Ich möchte, dass du deine Schwester das Telefon aufbewahren lässt«, sagte Andrew. »Und du sollst es nur benutzen, wenn etwas ganz Wichtiges geschieht.«

Obedi sah ihn ernst an. »Wenn etwas Schreckliches geschieht?« Obedi hatte den eigentlichen Zweck bereits erkannt.

»Ja, wenn etwas Schreckliches geschieht«, sagte Andrew. Auch wenn er natürlich nicht rechtzeitig hier eintreffen würde. Wenn im Kongo der Bürgerkrieg ausbrach, öffneten sich alle Schleusen der Hölle. »Ich komme zurück, wenn es möglich ist«, erklärte er. »Aber erst muss ich noch woandershin. Aber ich werde wiederkommen, zu dir und zu deiner Schwester. Versprochen.«

»Ja«, sagte Obedi. Aber er war sich sicher, dass dem nicht so sein würde. Der UN-Mann würde nicht mehr zurückkehren, genau wie seine Familie.

Andrew stieg in den UN-Landrover. Verloren blickten Obedi und seine Schwester, die Hand in Hand auf der von Schlaglöchern übersäten Straße standen, ihm nach. Er machte sich auf den Weg nach Kinshasa, eine zweieinhalbstündige Fahrt. Andrew wusste, dass sie nicht glaubten, er würde sie wieder besuchen. Ihre Chancen, in diesem Land zu überleben, in dem bereits Hunderttausende durch den Bürgerkrieg ihr Leben verloren hatten, waren gering. Er seufzte.

Das Spiel um das Amt des Meisters. Er musste zwanzig Millionen Dollar auftreiben. Warum um alles in der Welt brauchte das Kollegium eine solche Summe? Die Stiftung war sehr vermögend, die zwanzig Millionen waren daher nicht mehr als ein Test. Worauf es demnach ankam, war die Art und Weise, wie die Bewerber das nahezu Unmögliche erreichten. Vielleicht sollte ihnen damit nur gezeigt werden, wie schwierig es war, Meister zu sein. Jeden Tag aufs Neue zu versuchen, die anscheinend unlösbaren Probleme der Menschheit zu lösen.

Der Landrover holperte über die zerfurchte Straße, Andrew riss das Lenkrad von der einen Seite zur anderen, um den kraterartigen Schlaglöchern auszuweichen. Wie sollte er das Geld beschaffen? Er wusste es noch immer nicht. Es schien einfach unmöglich zu sein, es legal zu erwerben. Und illegale Mittel verstießen doch gegen alles, wofür das Kollegium stand … wofür es zumindest einst gestanden hatte.

Als er mit dem Fahrzeug einen Fluss durchquerte, an einer Stelle, wo früher einmal eine Brücke gestanden hatte, lenkte er seine Gedanken auf die chinesische Geheimschatulle. Es war klar, warum der Meister im Zusammenhang mit dem Spiel das Gespräch darauf gebracht hatte. Beide standen in enger Beziehung. Und ebenso klar war, dass der Schlüssel zum Rätsel der Schatulle in Beziehung zu seinem Schöpfer stand – so wie der Schlüssel zum Wettbewerb in Beziehung zum gegenwärtigen Meister. Aber von welcher Art war diese Beziehung? Die einzige Lösung, schien ihm, bestand darin, so viel wie möglich über den Schöpfer der chinesischen Schatulle herauszufinden, den Handwerker und Künstler Chang. Und da Chang seit dreihundert Jahren tot war, konnte sich Andrew nur mit historischen Dokumenten und Beispielen seiner Kunstfertigkeit beschäftigen.

In den Vororten von Kinshasa kam er an Tausenden ärmlich gekleideter Flüchtlinge vorbei. Langsam schleppten sie sich die Straße entlang, in ihren Gesichtern spiegelten sich

Verzweiflung und Enttäuschung. Sie kamen von nirgendwoher und gingen nirgendwohin, auf der Flucht vor dem nicht enden wollenden ethnischen Hass. Andrew betrachtete die müden Mütter mit den Kindern an den Brüsten und der Hoffnungslosigkeit im Herzen. Er war sich sicher, dass der Kongo zum Auslöser des nächsten afrikaweiten Krieges werden würde. Er spürte die nahende Erschütterung, hier, auf dieser Straße, über die er soeben fuhr und auf der bald die Rebellenarmee auftauchen würde. Andrew würde dann nicht mehr hier sein. Wer vom Kollegium war dann noch da? Wer setzte sich für den Frieden ein?

Andrew war überzeugt, dass die Institution im Niedergang begriffen war. Das Gift der Welt war ins Kollegium eingedrungen, und auch der Meister, das Herz des ganzen Systems, hatte sich nicht dagegen wehren können. Er erinnerte sich an den Abschiedsbrief von Paul Faucher, der vor seinem Selbstmord behauptet hatte, der Meister hätte den amerikanischen Präsidenten zu stürzen versucht. Im US-Kongress hatte es einen Aufschrei der Entrüstung gegeben sowie die Forderung, den privilegierten Status des Kollegiums aufzuheben und es für die Welt zugänglich zu machen. Das Kollegium hatte sich dazu nicht geäußert, und die mögliche Katastrophe war bislang nur abgewendet worden, weil Präsident Davison Fauchers Behauptung öffentlich als Lüge eines Verräters abgetan hatte. Und dennoch, angenommen, es war etwas dran? Angenommen, der Meister sei abgesetzt worden oder hatte, obwohl dies nicht zulässig war, versucht zurückzutreten?

Aber was konnte er unternehmen, wenn er Meister werden würde? Eine Einrichtung bewahren, deren Blütezeit bereits vorüber war? Sein Leben und das anderer aufs Spiel setzen, um ein Ideal aufrechtzuerhalten, das in dieser Welt keinen Rückhalt mehr fand? Warum haute er nicht einfach ab? Zum Teufel mit ihnen allen und ihrem Spiel. Er musste auch kein Kollegiumsmitglied sein. Er kam auch ohne es ganz gut zurecht. Aber eine Welt ohne Kollegium, ohne Friedensbestrebungen?

Diese Gedanken quälten Andrew. Schließlich zwang er sich, wieder an den Wettbewerb zu denken. Wo waren Ivan, Sebastien und Tanya? Er hegte nicht die geringsten Zweifel, dass sie bereits sehr viel weiter fortgeschritten waren und ihn in absehbarer Zeit aufspüren würden. Wenn er sich nicht verstecken und am Spiel nicht mehr teilnehmen wollte, musste er sich entscheiden, ob er der Jäger oder der Gejagte sein wollte. Töten oder getötet werden?

Als die Slums von Kinshasa hinter ihm lagen, hatte er eine Entscheidung getroffen. Er musste herausfinden, wo die anderen steckten. So konnte er sie im Auge behalten, während er versuchte, an seine zwanzig Millionen zu gelangen. Nur wusste er nicht, wie.

Er griff zu seinem Satellitentelefon.

»Geht doch mal jemand an das verdammte Telefon!«

Der Geschäftsführer von Al Johnson Investigations, einer der renommiertesten Privatdetekteien in New York, warf sein Käse-Essiggurken-Sandwich auf den Pappteller. Wie oft hatte er den Sekretärinnen schon befohlen, nicht das Büro zu verlassen, wenn er Mittagspause hielt. Die Klienten waren angearscht, wenn niemand ans Telefon ging. Man musste die Klienten freundlich behandeln, oder man ging pleite. Al Johnson stürmte mit seinem mächtig schwabbelnden Bauch durch das Büro.

»Ja«, bellte er in den Hörer. Wie konnten es die Klienten nur wagen, ihn während der Mittagspause zu stören?

Plötzlich setzte er sich und fuhr sich mit der Hand über den kahlen Schädel.

»O ja, Sir.« Al lauschte gespannt dem transatlantischen Gespräch. »Ich verstehe.« Er nickte und begann sich die Details zu notieren. Einige Minuten später ging er ins Büro seines Partners und zwängte seine massige Gestalt in einen winzigen Armstuhl. Er befingerte seine phosphoreszierende Krawatte, auf der ein Essiggurken-Fleck prangte.

»Ähm, PJ, hör zu. Ich hab einen Klienten. Nennen wir ihn einfach Andrew. Er will, dass wir zwei Personen beschatten. Nur beschatten. Sonst nichts, hörst du. Er will hin und wieder anrufen und sich die Informationen durchgeben lassen. Hier sind die Namen. Geld spielt keine Rolle. Wir sollen ihnen sechs Monate folgen. Kannst du das koordinieren? Er weiß nicht, wo sie sich im Moment aufhalten.« PJ, ein großer Afro-Karibe mit einem unablässigen Grinsen im Gesicht und der Figur eines Fitness-Fanatikers, nahm seinen Ohrhörer ab und schaltete das Bandgerät aus. Er hatte kein Wort verstanden.

»Klingt gut, Baby.« Er nahm die Notizen seines Kollegen entgegen, warf einen Blick darauf und lauschte dann wieder dem Recorder.

Al musterte ihn misstrauisch. Die Töne klangen wie Rap und nicht wie die Klienten-Bänder, mit denen sich PJ eigentlich beschäftigen sollte. Er beschloss, nichts zu sagen. PJ war gut. Der Beste in der Abteilung. Und der Einzige im Moment. Al und sein ausladender Bauch verließen das Zimmer, während die Musik weiterdröhnte. Einige Minuten später wurde die Tür zu Als Zimmer aufgerissen, und PJ stand da, ohne Recorder, aber mit einer seltsamen Miene im Gesicht. »Schau dir das mal an.«

Al las langsam das Fax und stieß dann einen Pfiff aus. »O Gott«, sagte er und setzte sich auf seinen Schreibtisch. »Was machen wir jetzt?«

PJ grinste. »Kümmert es uns?«, sagte er. »Schau, wir haben zwei Kunden. Und jeder von ihnen will, dass wir den jeweils anderen beschatten. Und was machen wir dann, ha? Wir tun genau das, was sie uns auftragen. Wir beschatten beide und kassieren doppelt.«

»Aber«, warf Al hilflos ein, »dann beschatten wir ja unsere eigenen Klienten.«

»Großartig, Baby.« PJ küsste überschwänglich die Glatze seines Partners. »Das ist einfach großartig, Baby. Wir kassieren von beiden, und keiner wird's je erfahren.«

Al beäugte seinen Partner. Der Junge war ein Gauner, aber genau deshalb beschäftigte er ihn. Plötzlich spürte er, wie ihn der Hunger nach Geld überkam.

»Ja.« Er drückte sich die Knollennase und kratzte sich am Ohr. »Wen kümmert's schon? Ich hänge mich an diesen Andrew, du an Sebastien. Vorausgesetzt, wir verplaudern uns nicht. Wir behalten das für uns, PJ. Wir tun genau das, was sie von uns wollen. Berichten ihnen, wo sich der andere aufhält. Aber eins will ich dir sagen. Ich möchte nicht in der Haut von diesem Dritten stecken, hinter dem beide her sind. Wie heißt er noch?«

PJ sah auf das Fax. »Ivan Radic.«

März, New York

Mit einem Räuspern legte der Personalchef die Papiere auf seinen Schreibtisch. Er saß in einem Zimmer im obersten Stockwerk eines New Yorker Wolkenkratzers, dessen Fenster einen wunderbaren Ausblick über den Großstadtdschungel gestatteten.

»So, ähm ...« Er warf einen Blick auf das Schreiben. »Sebastien, wie kann ich Ihnen behilflich sein?«

»Wie bereits erwähnt, würde ich gern für Ihr Unternehmen in Lateinamerika arbeiten.«

»Ja, verstehe.« Der Amerikaner nickte. Er trug eines dieser gestreiften Hemden und breite rote Hosenträger. Zusammen mit der schweren Goldarmbanduhr, der Ivy-League-Krawatte und den protzigen Manschetten vervollständigten sie das Abziehbild des New Yorker Bankers. Und der sauber rasierte, attraktive, eloquente Bewerber, der vor ihm saß, war genau das, was das Unternehmen suchte.

»Nun, es gibt hier einige Möglichkeiten. Ihr Lebenslauf und Ihre Zeugnisse sind beeindruckend, und auch wenn Sie etwas älter sind als die Bewerber, die wir sonst einstellen, sollte das kein großes Hindernis darstellen. Dürfen wir Ihre früheren Arbeitgeber kontaktieren?«

»Natürlich.«

»Ab wann könnten Sie für uns anfangen?«

»Sofort.«

Der große Amerikaner strahlte. Was er hörte, gefiel ihm. Sei entscheidungsfreudig, lautete sein Motto. Sag niemals nein, ganz bestimmt nicht zum Leiter der Personalabteilung der US Bank.

»Sprechen Sie noch andere Sprachen außer Spanisch?«

»Ich bin mit Französisch aufgewachsen. Daneben beherrsche ich Deutsch, Italienisch und Russisch. Und einige Brocken von ein, zwei anderen Sprachen«, antwortete Sebastien. Er sah zur Bronzestatue, die auf dem Marmorboden stand. Der Personalchef ergriff wieder das Wort.

»Mmhmm, ich denke, Sie entsprechen genau unseren Vorstellungen. Erst vor einigen Tagen, wie merkwürdig, ist Ihr Name gefallen. Ich unterhielt mich mit Georges Billoux, dem Vorstandsvorsitzenden der Pariser Börse. Er erwähnte, dass Sie mich sprechen wollten. Und er hat sich in den höchsten Tönen über Sie ausgelassen. Ihre Zeugnisse von der Weltbank sind hervorragend.«

Sebastien lächelte; er durfte nicht vergessen, Georges anzurufen und ihm zu danken.

»Sie scheinen zu wissen, was Sie wollen, und Ihre Sprachkenntnisse sind beeindruckend. Ich muss die Stelle von unserer Lateinamerika-Abteilung noch bestätigen lassen, das wird nicht lange dauern, aber ich denke, Sie bekommen den Job. In diesem Fall werden Sie hier im Big Apple ein einmonatiges Traineeprogramm durchlaufen, bevor Sie zu einer unserer Banken in Mittel- oder Lateinamerika geschickt werden. Irgendwelche besonderen Wünsche, was das Land betrifft?«

»Panama.«

Der Amerikaner zog fragend die Augenbrauen hoch. Eine seltsame Wahl. Die meisten wollten nach Brasilien, damit sie an der Copacabana die Mädels vögeln konnten.

»Warum ausgerechnet dorthin?«

»Panama ist einer der größten Bankenplätze in Lateinamerika. Es ist die finanzielle Drehscheibe für den Großteil des Nord-Süd-Handels. Und ich denke, dass Sie Ihre Niederlassung dort erweitern werden.«

Der Amerikaner lehnte sich in seinem Sessel zurück. Er konnte sich nicht daran erinnern, dass diese Information an die Öffentlichkeit weitergegeben worden war. Erst gestern hatte der Vorstand die Strategie abgesegnet. Konnte es sein, dass sich jemand unautorisierten Zugang zu ihren Daten verschafft hatte? Unmöglich. »Verstehe. Hier hat jemand seine Hausaufgaben gemacht. Sie sind gut informiert, Sebastien. Wir werden Ihre Wünsche sicherlich im Hinterkopf behalten. Nun, es war mir ein Vergnügen, mit Ihnen zu reden. Wir werden Sie sofort unterrichten, wenn ich mich mit dem Leiter der Lateinamerika-Abteilung unterhalten habe. Sein Büro ist nur einige Zimmer weiter.«

Der Handschlag war warm und freundlich, nachdem Sebastien zur Tür geleitet worden war. Die Bank erfreute sich des wohlverdienten Rufs, eine der besten und effizientesten der Welt zu sein. Sebastien stieg in den Lift, nahm eine Münze aus der Tasche, drehte sie zwischen den Fingern und klatschte sie dann auf die Handfläche. Als er im Erdgeschoss aus dem Fahrstuhl stieg, passte ihn ein Angestellter ab und führte ihn zu einem Telefon.

Der Personalchef hatte bereits Neuigkeiten. »Der Job gehört Ihnen. In einer Woche können Sie anfangen. Erste Ausbildung in New York. Nach einem Monat gehen Sie nach Panama. Meine Sekretärin wird Sie mit den Einzelheiten vertraut machen. Herzlichen Glückwunsch.«

Kopf hatte gewonnen. Sebastien und Tanya würden also für dieselbe Bank in Panama arbeiten. Der erste Teil ihres

Plans lief wie vorgesehen. Tanya war bereits unten. Wie es ihr wohl ging? Er trat aus dem Wolkenkratzer auf den geschäftigen Gehweg und in die anonyme Menge. Einen Monat Ausbildung, ein Kinderspiel. Er warf einem Bettler einige Münzen in den Hut. O Gott, er musste sich einen Monat lang in New York die Zeit vertreiben.

Nun, dann sollte er damit mal anfangen.

An einem Freitagabend war in New York so viel los, wie es nur in New York möglich war. Die Stadt knisterte vor Erregung und Lust, und Sebastien sehnte sich an diesem Abend nach zwei Dingen: einem Drink und einer Gefährtin fürs Bett. Beides sollte nicht schwer aufzutreiben sein. Er nahm ein Taxi zur Skid Row und steuerte die nächste Bar an.

»Ist der Platz hier noch frei?«

»Fühl dich wie zu Hause.«

Sebastien setzte sich auf den Barhocker und bestellte einen Bourbon. Das dunkeläugige, dunkelhäutige Mädchen betrachtete ihn interessiert mit offenem, ungehemmtem Blick. Sie wandte sich ihm zu.

»Gibst du einen Drink aus?«

»Klar.«

»Wie heißt du?«

»Sebastien. Und du?«

»Dawn.«

Sebastien drehte sich weg, bestellte den Drink, und sie bewunderte seinen knackigen Hintern und seinen muskulösen Körper. Bald darauf plauderten sie wie zwei alte Freunde, obwohl ihre Konversation nicht viel mit ihren Gedanken zu tun hatte. Nach wenigen Minuten waren die Formalitäten – wo sie arbeiteten, wo sie wohnten – geklärt. Sie war vor kurzem erst geschieden worden und arbeitete für eine Versicherungsgesellschaft. Er war Banker und besuchte für einige Tage New York. Keiner der beiden war an den Einzelheiten interessiert. Was sie sagten, spielte keine Rolle, nur, was sie wollten. Beide hatten bereits beschlossen, wie dieser Abend enden sollte. Es galt allerdings, den rechten Anstand zu wahren. Angriff, Parade, Gegenangriff wurden geführt, was auf den logischen Schluss hinauslief.

»Hast du es eilig, nach Hause zu kommen?«

»Nein, nicht wirklich.« Sie strahlte, während sie ihren Manhattan im Highball-Glas schlürfte. Er war wirklich charmant. Sie konnte ihn schon jetzt in sich spüren.

Nach dem Essen und nachdem Sebastien sie zum dritten Mal vor seinem geistigen Auge entkleidet hatte, bemerkte er beiläufig: »Lust auf einen Kaffee bei mir? Ich bestell dir ein Taxi für den Rückweg.«

Sie lächelte und zerkaute mit ihren leuchtend weißen Zähnen einen Eiswürfel. »Okay, aber es darf nicht zu spät werden.«

Sie fragte sich, ob er eine zweite Zahnbürste hatte. Natürlich hatte er eine. Wahrscheinlich kaufte er sie palettenweise.

Honey, sagte sie ihm im Stillen, mach dich auf was gefasst. Sie spannte ihren Körper. Gut, dass sie diesen Morgen zum Workout gegangen war.

Sebastien drehte in seinem Apartment das Licht an und ging die Post durch, während Dawn im Badezimmer verschwand, um nach der zweiten Zahnbürste zu fahnden. Später, als sie im Bett lagen, war sie glücklich. Sie fühlte ihn in sich.

Rhythmisch bewegte sie den Körper zu seinem Takt und spürte, wie sie sich dem Orgasmus näherte. Sebastien blickte von ihrer weichen, kurvenreichen Gestalt auf und sah durch das Fenster auf die Skyline Manhattans, eine der schönsten Ansichten der Welt. Es erfüllte ihn mit einem Gefühl der Begeisterung, am Leben zu sein. Es gab nichts auf der Welt, das er nicht erreichen konnte.

Nichts war unmöglich.

Ihm lag die ganze Welt zu Füßen.

Der Körper unter ihm begann zu stöhnen und zu zittern. Draußen kamen die ersten Sonnenstrahlen über den Horizont.

»Die Sonne geht auf«, sagte er und lächelte. Während Andrew seine Arbeit im Kongo zum Abschluss brachte und Sebastien sich darauf vorbereitete, zu Tanya in Panama zu stoßen, hatte Ivan seinen Plan ausgearbeitet, wie er an zwanzig Millionen Dollar kommen wollte.

Als Erstes musste er sich von seinem Liebhaber Hadley verabschieden. Und welche Stadt war dazu besser geeignet als Paris im Frühling?

14

Nichts erwirbt einem Fürsten so große Achtung wie große Unternehmungen und seltene vorbildliche Taten.
Machiavelli, Der Fürst

April, Paris

»Wofür lebt man denn? Doch nur, um seine Ziele zu erreichen. Wie hatte schon Machiavelli bemerkt: ›Denn man sieht die Menschen in dem, was sie sich vorgenommen haben, sei es Ruhm oder Reichtum, auf verschiedene Arten zum Ziele streben, einer vorsichtig, der andere ungestüm, einer mit Gewalt, der andere mit List, einer mit Geduld, der andere mit dem Gegenteil; und jeder kann auf seine besondere Weise dazu gelangen.‹«

Ivan sah Hadley über den Pariser Restauranttisch hinweg an. »Bist du nicht auch dieser Meinung?«

»Ich denke schon«, antwortete Hadley. Er hatte nicht die geringste Ahnung, was Ivan ihm sagen wollte. Aber es freute ihn, ihn so entspannt und zufrieden zu sehen. Sie führten eine sehr seltsame Beziehung, die eher jener des Schülers zu seinem Meister glich. Hadley, so intelligent er auch war, würde nie wie Ivan werden. Es fehlte ihm der rasiermesserscharfe Verstand, die kühle, fast kalte Reflexion. Aber das spielte keine Rolle. Hadley genügte es, sein Gefährte sein zu können und ihn uneingeschränkt zu lieben. Er war sich gewiss, dass Ivan deswegen weder ihn noch irgendeinen anderen lieben würde. Ivan liebte nur abstrakte Vorstellungen.

»Willst du deine Ziele erreichen, hängt dies von dem Weg ab, den du einschlägst«, sagte Ivan. »Denn die Mittel bestimmen das Ergebnis. Davon bin ich überzeugt, ganz gleich, welchen Ansatz man gewählt hat.« Seine Augen funkelten; er tätschelte Hadley die Hand. »James, ich sehe doch, du hörst mir überhaupt nicht zu. Reden wir über dich.«

James lächelte. »Ich bin nur ziemlich müde, das ist alles.«

»Wie läuft's so in der Arbeit?«

»Fürchterlich.« Hadley winkte den Kellner heran und bestellte eine weitere Flasche Château Lafitte. »Wegen der Krise in Indien und der sich verschlechternden Situation im Kongo arbeiten wir uns fast zu Tode. Ich wünschte, ich wäre dem Dienst nie beigetreten. Ich würde liebend gern mit dir tauschen.«

»Ich bin mir sicher, dass du das nicht willst. Du wärst ein toter Mann«, erwiderte Ivan heiter.

»Warum sagst du das?«, fragte Hadley und wusste zugleich, dass er darauf nie eine Antwort erhalten würde. Ivan war immer so verschlossen, ein undurchschaubares Rätsel. Obwohl ihm bekannt war, dass Ivan dem Kollegium angehörte, hatte er von ihm nie auch nur ein Wort darüber gehört. Nicht eine Silbe über sein Tun dort. Noch nicht einmal, warum sie sich hier in aller Heimlichkeit in Paris treffen mussten.

»Wer weiß?«, sagte Ivan. »Übrigens, du hast doch niemandem von deiner Reise hierher erzählt?«

»Nein«, erwiderte Hadley etwas mürrisch. »Das hast du mich schon mal gefragt. Ich hab's keiner Sterbensseele erzählt. Noch nicht mal den Leuten im Büro. Ivan, woran arbeitest du?«

Ivan ließ sich die Frage durch den Kopf gehen. Gut, er würde seinem Liebhaber einen kleinen Einblick in seine Welt geben und damit – wenigstens einmal – seine feste Gewohnheit brechen. Natürlich würde er ihm nicht alles verraten. Das wäre viel zu gefährlich. Nur einen Hauch, damit sich James' Horizont ein wenig erweiterte. Er legte Messer und Gabel nieder. Hadley sah ihn an. Plötzlich spürte er die Aufregung: Ivan würde ihm endlich etwas erzählen. Er hörte auf zu essen.

»Einmal angenommen«, begann Ivan in gleichmütigem Tonfall, »du müsstest in einem Jahr zwanzig Millionen Dollar beschaffen. Wie würdest du das anstellen?«

Hadley starrte ihn erstaunt an. Es musste ein Witz sein. Dann bemerkte er, dass es Ivan sehr ernst meinte. Er überlegte, während Ivan erneut die Weingläser voll schenkte.

»Kann man die Summe illegal erwerben?«

»Klar. Wenn du das so willst.«

»Kann man dabei jemanden umbringen?«

»Ja«, antwortete Ivan, »wenn es deiner Philosophie entspricht. Wie ich schon sagte, du kannst tun und lassen, was du willst. Ob legal oder illegal, das spielt keine Rolle. Allerdings sollten wir davon ausgehen, dass du das schaffst, ohne dabei umgebracht oder verhaftet zu werden.«

Hadley dachte fünf Minuten lang angestrengt nach. »Ich habe nicht die geringste Ahnung«, sagte er schließlich, »wie es legal möglich sein sollte, nicht in einem Jahr. Und mir fällt auch nicht viel ein, wie man es illegal schafft und dabei mit heiler Haut davonkommt. Warum willst du das wissen?«

Ivan lächelte. Ein geradezu Furcht einflößendes Lächeln.

»Weil es genau das ist, was ich zu tun habe«, sagte er. »Und es Leute gibt, die mich davon abhalten wollen.«

Plötzlich stieg in Hadley die stärkste Angst auf, die er jemals in seinem Leben erfahren hatte. Sie kam in ihm hoch wie Erbrochenes, das sich aus der Magengrube in den Rachen ergoss. Schlimmer als damals, als er in einem Zug von betrunkenen Hooligans umringt wurde, die meinten, ihn aufschlitzen zu wollen. Was in ihm hochkam, war die Angst vor einem fürchterlichen Tod… nachts, in einer nach Pisse stinkenden Seitengasse von einem unbekannten Attentäter erschossen zu werden. Die Angst, die jedem Geheimdienstagenten in den Knochen saß.

Er verspürte das dringende Bedürfnis, auf die Toilette zu gehen.

Hadley betrachtete sich im Spiegel. Er wusste, dass er wie ein verängstigtes Kaninchen aussah. Er schüttete sich noch mehr kaltes Wasser ins Gesicht. Er hatte Angst. Einen langweiligen Job im britischen Geheimdienst auszuüben, Berichte über die sexuellen Vorlieben von Politikern aufzubereiten und zu versuchen, sie davon abzuhalten, kleinen Jungs und Mädchen nachzustellen, war eine Sache. Aber einen Liebhaber zu haben, der in einem Jahr zwanzig Millionen Dollar auftreiben sollte und dabei sein Leben aufs Spiel setzte, das war etwas ganz anderes. Er wünschte sich, er wäre nie dem Geheimdienst beigetreten. Er hätte auf seinen Geschichtsprofessor hören sollen. Bleib bei der mittelalterlichen Geschichte, hatte ihm dieser empfohlen. Das mag fad sein, aber das ist alles schon lange vorbei, und du hast davon nichts mehr zu befürchten. »O Gott«, stöhnte Hadley.

Da es keine Handtücher gab, trocknete er sein Gesicht unter dem Heißluftgebläse. Er fühlte sich schrecklich. Er hätte nicht nach Paris kommen dürfen. Die verdammten französischen Restaurants, dachte er verbittert, haben gutes Essen und beschissene Toiletten. Schließlich kehrte er zu Ivan zurück. Sein Darmtrakt vollführte Bewegungen mit einer Geschwindigkeit, die er sich lieber für seine Beine aufgespart hätte. Er hätte Ivan nicht fragen dürfen. Jetzt war er zu Tode verängstigt.

»Du hast dir ganz schön Zeit gelassen«, sagte Ivan.

»Ja«, antwortete Hadley. Das Fenster auf der Toilette war zum Flüchten zu klein gewesen.

»Ich werde dir sagen, wie ich es anstellen werde«, fuhr Ivan ungerührt wie immer fort. »Wenn etwas Unmögliches ansteht, kommt es vor allem darauf an, genau zu analysieren, über welche Fähigkeiten man verfügt. Und nicht in Panik zu verfallen.« Dabei sah er Hadley an. »Mein Fachgebiet ist die ökonomische und politische Theorie, vor allem im osteuropäischen Bereich. Und ich verfüge über, sagen wir es mal so, sehr gute Kenntnisse, wie Regierungsapparate wirklich funktionieren.«

Das nennt man Spionage, dachte sich Hadley, sprach es aber nicht aus.

»Zwanzig Millionen Dollar«, fuhr Ivan im Plauderton fort, »sind eine überaus große Summe, die man im Allgemeinen nur in Banken findet.« Er nippte an seinem Wein.

Hadley betrachtete ihn noch alarmierter. Banküberfälle waren ganz und gar nicht seine Sache. Er hatte in der Schule am Pausenkiosk noch nicht einmal Süßigkeiten klauen können.

»Aber Banken neigen dazu, ihr Geld sehr gut zu bewachen. Ich muss mir also etwas anderes einfallen lassen. Aber es ist weniger schwierig, als du denkst.«

»Wirklich?«, fragte Hadley nervös. Ivan lächelte. »Wenn man sich mit der Geschichte auskennt. James, ich helfe dir auf die Sprünge. Angenommen, bis vor kurzem wurde eine nicht unbeträchtliche Menge Kriegsgold in der Bank von England zugunsten eines osteuropäischen Landes aufbewahrt. Um welches Land könnte es sich dabei wohl handeln?«

Hadley schluckte. »Polen?«

»Nein.« Ivan grinste abfällig. »Ganz klar, du hast mittelalterliche Geschichte studiert. Ich erzähle dir mal ein wenig von den neueren Zeiten. Während des Zweiten Weltkriegs marschierten die Nazis in Albanien ein. Neben anderen Dingen stahlen sie auch einen großen Teil des albanischen Goldes, das sie in Salzbergwerken in Deutschland versteckten. Nach der Niederlage der Nazis stießen die Alliierten auf den Goldschatz. Sie lagerten ihn in den Tresorräumen der Bank von England ein, in der löblichen Absicht, ihn an die Albaner zurückzugeben. Aber die Ereignisse entwickelten sich nicht so, wie man sich das vorgestellt hatte. In Albanien ergriffen die Kommunisten mit sowjetischer Hilfe die Macht. Und die Alliierten weigerten sich deshalb, das Gold an ihren neuen Feind auszulösen. Als das kommunistische Regime schließlich gestürzt wurde, rückten die Alliierten mit dem

Schatz heraus; allerdings zahlten sie nicht in Goldbarren, sondern überwiesen den Geldwert. 1996 wurden dreißig Millionen US-Dollar auf ein Schweizer Bankkonto eingezahlt, das der albanischen Regierung untersteht. Und ich glaube, dort ist das Geld noch immer. Verstehst du?«

»Nein ...«

»Nun, einfacher ausgedrückt, auf einem Schweizer Bankkonto liegen dreißig Millionen Dollar.«

Hadley nickte; ihm war noch immer übel. Vielleicht wollte Ivan stattdessen eine Schweizer Bank ausrauben.

»Gut. Der nächste wichtige Punkt. In Albanien gab es wie in allen besetzten Ländern während des Zweiten Weltkriegs einen bestimmten Anteil an Kollaborateuren und Verrätern, die für die Nazis arbeiteten. Die Alliierten wussten nicht, wer diese Leute waren, weil sie bis zum Kriegsende den deutschen Verschlüsselungscode für Albanien nicht knacken konnten. Und nachher bestand kein Anlass mehr, die Namen dieser Verräter aufzudecken. Die Alliierten verspürten wenig Lust, der kommunistischen Regierung hinter dem Eisernen Vorhang zu helfen. Aber heute«, und Ivan lächelte, »kann man mit Hilfe von Computern den Code leicht entschlüsseln und herausfinden, wer die albanischen Verräter waren.« Er zog die Augenbrauen hoch. »Verstehst du?«

Hadley war sich dessen nicht sicher. Er nickte. »Ähm, dreißig Millionen Dollar ... und ehemalige albanische Verräter. Und?«

»Nun«, sagte Ivan, »es besteht da eine Verbindung.«

»Ich sehe sie nicht«, erwiderte Hadley verwirrt. »Und wie hast du das herausgefunden?«

Ivan lächelte. »Ganz einfach. In den letzten fünf Wochen habe ich mich durch die Akten des britischen Geheimdienstes über Albanien während des Zweiten Weltkriegs gewühlt. Sie werden, gut gesichert, in Whitehall aufbewahrt. Einige dieser Akten enthalten Einzelheiten über die albanischen Verräter, noch immer verschlüsselt.«

»Und mit einem Computer hast du den Code entschlüsselt und so die Namen gelesen?«

»Genau«, kam es von Ivan gönnerhaft. »Die CIA in Langley war so freundlich, mir dabei zu helfen. Natürlich wussten sie nicht, wofür das alles war. Schon beeindruckend, wie schnell moderne Computer die Antwort finden. Also, welche Verbindung besteht nun zwischen diesen Fakten und dem Geld aus dem Goldschatz?« Eindringlich sah er Hadley an und wartete auf eine Antwort.

Es kam nichts. Hadley spürte, wie sich sein Magen erneut verkrampfte.

Ivan seufzte. O Gott, was war James doch nur für ein schlechter Schüler!

»Also gut, James, angenommen, du wärst heute in Albanien eine sehr wichtige Person, und jemand würde dir diese Liste mit den Verrätern anbieten? Was würdest du dann tun?«

»Einen Handel vorschlagen, wenn die Liste mir was nützt.«

»Genau«, antwortete Ivan. »Du begreifst schnell. Und du wärst noch wesentlich mehr auf diese Liste erpicht, wenn du ein sehr mächtiger und ehrgeiziger Mann wärst und diese Informationen deinen Ehrgeiz noch befördern könnten.«

»Ja«, erwiderte Hadley, »aber wer ist diese Person und was will sie? Und wenn wir schon dabei sind, was willst du damit?«

Ivan spitzte die Lippen. »Nun ja, das ist das Entscheidende, James. Willst du es wirklich wissen?«

Hadley nickte unglücklich.

»Nun, sagen wir, die betreffende Person will Staatsoberhaupt werden, und ich will zwanzig Millionen Dollar. Wie bekommen wir also beide, was wir wollen?«

Hadleys Gesicht wurde kreidebleich. »Wie?«, flüsterte er.

»Wir organisieren einen Staatsstreich«, sagte Ivan mit weicher Stimme.

Hadley verschwand erneut auf der Toilette.

Gegen Ende des Abends war Ivan sichtlich zufrieden, er verspürte das exquisite Gefühl des Wohlbefindens, das nur gutes französisches Essen hervorzaubern konnte: ein Genuss für den Gaumen und den Magen. Scheinbar völlig sorglos schlenderte er durch das Restaurant, während ihm Hadley folgte und sich den Bauch rieb. An der Tür blieb Ivan stehen.

»Das Essen war ganz ausgezeichnet«, sagte er zum Maître, »und die Mousse glacée à la framboise et au champagne … ein Gedicht. Ein Meisterwerk.«

Der gut gebaute Franzose strahlte über das ganze Gesicht, seine opulente Nase zuckte vor Freude. Wie schön, solche Gäste zu haben, die etwas vom Essen verstanden, die es nicht nur in sich hineinstopften, sondern es zu schätzen wussten. Ivan trat auf die Straße.

»Es war mir eine Freude, Monsieur«, rief der Maître ihm hinterher, dann strahlte er Hadley an.

»Das Essen war ganz okay, aber Sie sollten in der Toilette Handtücher bereitlegen. Eine Schande«, stieß Hadley gereizt aus und trat an ihm vorbei.

Das Lächeln gefror dem Franzosen im Gesicht, während sein Blick flüchtig über diese Küchenschabe in Menschengestalt schweifte; verächtlich rümpfte er sein gewaltiges Riechorgan. »Monsieur, Sie sollten nicht so oft auf die Toilette gehen«, sagte er blasiert und stapfte davon.

»Es freut mich, dass dir das Essen geschmeckt hat«, sagte Ivan, während sie den Boulevard entlangschlenderten.

»Ja«, antwortete Hadley. Er hatte noch nie in seinem Leben eine solche Mischung aus Angst und exzessiver Darmtätigkeit erlebt.

»Wie kommst du zurück?«

»Mit dem Flugzeug.«

»Sag den Flug ab. Und nimm den Eurostar, wenn es dir nichts ausmacht. Es wäre mir lieber, wenn uns niemand zusammen sieht. Und«, fuhr Ivan fort, »ich denke auch, James, dass wir uns für einige Zeit nicht mehr treffen sollten, aus ganz offensichtlichen Gründen. Keinen Kontakt. Vergiss, was ich dir heute Abend erzählt habe, und sag es niemandem weiter. Hast du mich verstanden? Ich will nicht, dass sich mir jemand an die Fersen heftet.«

Eine ungeheure Erleichterung überkam Hadley. »Du meinst, du wolltest mich nicht bitten, dir beim Staatsstreich zu helfen?«

»Großer Gott, nein«, lachte Ivan. »James, du pinkelst dir doch in die Hose, wenn du nur daran denkst.«

Hadley nickte. Ja, das hatte er getan.

»Nein. Ich arbeite allein.«

»Natürlich hast du den Briten davon erzählt, oder?«

Ivan lächelte nur.

Hadley atmete erleichtert aus. Natürlich hatte sich Ivan mit der Generaldirektorin des MI6 abgesprochen, er kannte die Frau ja schließlich persönlich. Das Kollegium würde so etwas nie auf eigene Faust unternehmen. Es gab also keinen Grund für ihn, irgendjemanden über Ivans Plan in Kenntnis zu setzen.

Am Bahnhof blieben sie vor dem Fahrkartenschalter stehen. »Wie lange wirst du fort sein«, fragte Hadley.

»Etwa ein halbes Jahr.«

»Oh …« Hadley fiel in sich zusammen. Er würde allein sein. Ivan hatte etwas an sich, das ihn immer beruhigt hatte. Jetzt wusste er es – es war die Gesellschaft eines Genies. Ivan sah immer nur die Möglichkeiten, die sich auftaten, nie die damit verbundenen Schwierigkeiten. Alles wurde mit ihm möglich. Und damit sorgte er in dieser sehr, sehr grauen Welt für ein klein wenig Hoffnung.

»Ich werde dich vermissen«, sagte er.

»Wirklich?« Ja, das hatte er sich gedacht. Wie rührend. Aber das war ein Gefühl, das er im Grunde nicht verstand. Sie verabschiedeten sich.

Hadley drehte sich noch zur schlanken Gestalt Ivans um, der auf dem Bahnsteig stand, dann stieg er in den Zug und bezog sein Erste-Klasse-Abteil. Er bestellte einen weiteren Drink, einen sehr großen.

Er war wie in Trance.

Wer war Ivan, wer war er wirklich?

Erst jetzt wurde ihm bewusst, dass er ihn eigentlich nie gekannt hatte. Es war ein beunruhigendes und zugleich trauriges Gefühl.

Wollte er wirklich in Albanien einen Staatsstreich herbeiführen? Wenn Ivan das sagte, dann tat er es auch.

Natürlich würde Hadley keiner Menschenseele von dem Projekt erzählen. Schon der Gedanke, dass er davon wusste, versetzte ihn in Angst und Schrecken. Aber was geschah mit dem Kollegium? Hatte es schließlich doch beschlossen, nicht mehr nur die Politiker zu beraten, sondern aktiv in die politischen Geschicke der Nationen einzugreifen? Wegen des Geldes? Wollte es eine Diktatur der Elite schaffen statt der Diktatur des Abschaums, die immer mehr an Macht gewann?

Hadley schüttelte den Kopf.

Wohin sollte das alles führen?

Unsicher wankte er zur Toilette.

Sehr viel später, als der Zug bereits durch die französische Landschaft rollte, kehrte er wieder auf seinen Platz zurück. Er öffnete seine Tasche. »Dummkopf«, flüsterte er, wütend auf sich selbst.

Hier war noch Ivans Post. Er war vor einer Woche bei Ivans alter Wohnung in London gewesen, um sie abzuholen, und hatte sie ihm eigentlich heute Abend geben wollen. Doch dann war er so mit diesen anderen Dingen beschäftigt gewesen, dass er es vergessen hatte.

Du alter Trottel! Was man nicht alles für die Menschen macht, die man liebt!

Und jetzt konnte er ihn nicht mehr kontaktieren. Na ja, für Ivan würde es wahrscheinlich keine Rolle spielen. War wahrscheinlich sowieso alles nur Werbemüll.

Hadley lehnte sich zurück, doch noch immer fühlte er sich ein wenig bedroht. Denn ihm gegenüber saß ein Mann, einer von diesen Schwarzen mit Dreadlocks, dem die Musik aus den Ohren schallte. Hadley spähte nervös zu ihm hinüber. Er hoffte, der Dreckskerl würde ihn nicht beklauen. Er hatte genug für heute. Er lächelte; ein furchtsames Lächeln.

PJ von Al Johnson Investigation lächelte breit und strahlend zurück. Der Weiße mit dem Gesicht eines verschreckten Häschens hatte sie zu Ivan Radic geführt. Sie waren Hadley gefolgt, seitdem er in London Ivans Post eingesammelt hatte. PJ lächelte noch immer. Al würde nun ein Auge auf Ivan werfen.

15

Man muss davon ausgehen, dass alle Menschen böse sind und stets ihrer bösen Gemütsart folgen, sobald sie Gelegenheit dazu haben.

Machiavelli, Discorsi

Mai, Panama

Panama. Staat in Mittelamerika. Landessprache Spanisch. Zweieinhalb Millionen Einwohner. Amtliche Währung US-Dollar. Berühmt für den Panama-Kanal, der von der Hauptstadt Panama City am Pazifik zu der an der atlantischen Küste gelegenen Hafenstadt Colon verläuft. Weltweites Finanzzentrum mit über 150 Banken. Ehemals Teil von Kolumbien. Seit 1903 unabhängig. 1989 wurde die Militärjunta Manuel Noriegas mit amerikanischer Hilfe gestürzt. Touristenattraktionen: der Kanal, weiße Sandstrände, Regenwald, Hochseeangeln, Kunsthandwerk; die Bewohner sind für ihre Freundlichkeit berühmt. Feuchttropisches Klima. Drei Flugstunden von Miami entfernt.

So viel von der Tourismusbehörde Panamas, dachte Sebastien. Er warf die Broschüre zur Seite. Nun zur Realität. Er sah aus dem Flugzeugfenster. Unter ihm glitzerte das Meer im grellen Sonnenlicht, nicht eine Wolke war zu sehen. Als die Maschine zur Landung beidrehte, hatte er einen wunderbaren Blick auf Panama City. Die Hauptstadt lag in einer breiten, runden Bucht, Wolkenkratzer und Hotelanlagen erstreckten sich bis zur Küstenlinie – eine Art Hongkong im Anfangsstadium, wenngleich weniger dicht bebaut und weniger schillernd. Für Sebastien jedoch hielt die Stadt etwas sehr viel Wichtigeres bereit als Hotels und Casinos, schöne

Frauen, Fiestas und Karneval, Samba und Rumba. Panama hatte mit die höchste Bankendichte der Welt, und der Hai war jetzt angekommen.

»Bitte schnallen Sie sich an, wir werden in Kürze landen.« Als er das Flugzeug verließ, lief er gegen eine schwül-heiße Wand. Die Luftfeuchtigkeit war so hoch, dass sein gestärktes weißes Hemd bereits durchgeschwitzt war, als er die Rollbahn überquert hatte. Was kümmerte es ihn? Nach dem langweiligen New Yorker Frühling und dem belanglosen Management-Kurs bei der US Bank war das hier das reinste Vergnügen. Er ging zum Ausgang, machte sich auf den Weg in die Stadt und fragte sich, wie Tanya sich eingelebt und ob sie sich vielleicht einen Latin Lover angelacht hatte. Er hoffte es nicht. Falls doch, würde er sie umbringen.

»Willkommen in der US Bank von Panama, Mr. Singleton. Schön, dass Sie nun bei uns sind.«

Sebastien erwiderte den Gruß und nahm im Büro des Bankdirektors Platz. Der Raum war hübsch mit den Flaggen von Panama und den USA dekoriert. Um die anderen Kandidaten von ihrer Spur abzulenken, hatten Sebastien und Tanya beschlossen, den Nachnamen zu ändern. Der falsche Pass und die falschen Dokumente hatten ihn eine schöne Stange Geld gekostet.

Sebastien musterte den Direktor. Ein breitschultriger Amerikaner, um die vierzig, braun gebrannt, mit leicht matten Augen. Er machte einen sehr umgänglichen Eindruck. Doug Sullivan war seit zehn Jahren in Panama und hoffte, noch weitere zehn bleiben zu können. Die Stadt war seiner Ansicht nach ruhig, entspannend, auch wenn jährlich Transaktionen im Wert von einigen Milliarden Dollar abgewickelt wurden. Die Menschen in Panama pflegten Privat- und Geschäftsleben strikt voneinander zu trennen, und das gefiel Doug.

»Wir haben von Ihnen aus New York die tollsten Dinge

gehört. Sie sollen das Traineeprogramm außergewöhnlich gut absolviert haben.«

Sebastien zuckte abschätzig die Schultern.

Doug betätigte die Gegensprechanlage, orderte Drinks und zog Sebastien, während sie auf die Getränke warteten, ans Fenster. Vor ihnen lag die Bucht, das Wasser funkelte unter dem Hitzedunst, der das ganze Jahr über der Stadt schwebte. Sebastien ließ seinen Blick über die Szenerie schweifen und dann zur Straße unten und dem kleinen Steingarten, in dem die Bank stand, deren Name stolz auf einem großen Marmorblock eingraviert war. Die Bank war ideal für seine und Tanyas Zwecke. Die Getränke kamen. Der Direktor geleitete ihn zu seinem Sessel zurück. Seine Stimme wies einen leichten kalifornischen Akzent auf.

»Es wird Ihnen hier gefallen, Sebastien. Panama ist ein wunderbares Land. Einfach großartig. Es hat alles, wovon die meisten anderen Staaten nur träumen können – viel Sonne, palmenbestandene Inseln, Menschen, die das Leben genießen, keine politischen Probleme, noch nicht einmal eine Armee. Was wollen Sie mehr?«

Doug schlürfte seinen Tequila und fuhr fort: »Lassen Sie mich Ihnen das Wesentliche verraten. Es ist ein kleines Land, das sehr gut für sich selbst sorgen kann, vor allem, was das Bankenwesen betrifft. Deswegen sind wir hier. Sie finden hier so viele Banken wie sonst kaum in der westlichen Hemisphäre. Die Stadt ist die Drehscheibe für den Kapitalfluss von Lateinamerika zu den wichtigsten Finanzzentren in den USA und Europa, vor allem nach London und New York. Und das System ist hochmodern, alles ist computerisiert.« Er räusperte sich. »Vielleicht fragen Sie sich jetzt, warum alle Banken hier sind und nicht, sagen wir, in Mexiko oder Venezuela.«

Das fragte sich Sebastien nicht, denn er hatte die Antwort schon vor einiger Zeit herausgefunden. Er kaute auf einem Eiswürfel herum und ließ den Direktor fortfahren.

»Sie kommen nach Panama, weil die Steuern niedrig sind,

der Handel über den Kanal einiges an Rendite abwirft und Diskretion ganz großgeschrieben wird. Wir stellen keine Fragen, und wir erwarten auch keine Antworten, Sebastien. Wenn Leute bei uns ihr Geld anlegen wollen, dann nehmen wir es freudig entgegen. Woher sie ihr Geld haben, geht nur sie etwas an, obwohl wir natürlich Drogengelder, Geldwäsche und solche Dinge nicht unbedingt ermutigen.« Der Direktor wartete, bis Sebastien diese Information verdaut hatte.

»Nun zur Bank selbst...« Doug Sullivan reichte ihm einige Hochglanzbroschüren. »Wie Sie schon aus der Größe unseres Gebäudes schließen können, ist unser Geschäftsvolumen in Panama enorm. Wir sind seit den fünfziger Jahren hier und gehören zu den erstklassigen US Banken mit einem Triple-A-Rating. Und das soll auch so bleiben. Wir halten uns penibel an die Regeln. Prägen Sie sich das bitte ein. Sie werden während Ihres Aufenthalts bei uns verschiedene Abteilungen durchlaufen, damit Sie verstehen, wie alles zusammenspielt. Kreditabteilung, Währungen und Devisen etc. Haben Sie einen bestimmten Wunsch, wo Sie anfangen möchten?«

»Wie wär's mit Geldeinlagen?«

»Klar«, sagte der Direktor, »klingt gut. Machen Sie sich's bequem – die Personalabteilung wird Ihnen dabei behilflich sein –, und wir sehen uns dann morgen im Büro. Panama wird Ihnen gefallen, Sebastien. Jedem gefällt es hier.« Doug Sullivan lächelte. Er war ein zufriedener Mann, und er musste das Gespräch nun leider abbrechen, weil er nachmittags noch zum Golfspiel musste.

Sebastien trat aus der Bank in das grelle Sonnenlicht. Er beschloss, einen kleinen Spaziergang zu unternehmen. In der Umgebung befanden sich große Einkaufszentren mit wunderschönen lateinamerikanischen Frauen in der neuesten Mode. Glitzernde Boutiquen stellten die neuesten Kreationen aus Frankreich und Italien zur Schau, während Feinkostläden stolz Delikatessen offerierten, die noch den exquisitesten Geschmack zufrieden stellen konnten. Sebastien gefiel, was er sah. Er ging an der langen Uferpromenade entlang und betrachtete bewundernd die Wagen. Der Traum eines jeden Autofetischisten: schwarze Cadillacs, schlanke Jaguars, BMWs in grellen Farben, großspurige Maseratis. Panama war wie Miami, allerdings ohne die hohe Kriminalitätsrate. Überall waren glückliche Menschen zu sehen, die viel Geld verdienten und das Leben genossen. Tief atmete Sebastien die salzige Luft ein. Panama würde ihm gefallen.

Nicht zuletzt, weil er hier zwanzig Millionen Dollar machen würde.

Im Kollegium kehrte der Meister soeben von einem Treffen mit dem französischen Staatspräsidenten zurück. Er ging durch den dritten Innenhof und betrat sein Arbeitszimmer, legte einige Papier ab und starrte aus dem Fenster. Die Kirschbäume standen in voller Blüte, der Garten erstrahlte in einem satten Grün. Ein Anblick, den er nicht missen mochte. Symes klingelte.

»Jack Caldwell würde gern mit Ihnen sprechen«, sagte er.

Der Meister nahm den Anruf entgegen und betrachtete dabei einen einsamen Raben, der sich, auf der Suche nach Nahrung, auf einem Kirschzweig niederließ. Der Meister hörte aufmerksam zu und stellte einige Fragen.

Am Ende des Gesprächs sagte Caldwell: »Der Pass auf den Namen Sebastien Singleton wurde vor weniger als zwei Monaten ausgestellt. Er hat vor kurzem die USA verlassen.«

»Wo befindet er sich jetzt?«, fragte der Meister.

»In Panama.«

»Und Tanya?«

»Sie ist ebenfalls dort.«

»Bitte halten Sie mich auf dem Laufenden.« Der Meister legte den Hörer auf. Er war vom Raben abgelenkt worden. Vielleicht war es besser so. Raben hatten im Mittelalter eine ganz bestimmte Bedeutung: Sie standen für den Tod. Jemand würde in nicht allzu ferner Zukunft sterben. Der Meister zweifelte nicht daran.

»Ich werde eines der Mädchen bitten, Ihnen die übrigen Räume der Bank zu zeigen, durch die Abteilung für Einlagegelder führe ich Sie aber persönlich.«

»Danke«, sagte Sebastien.

»Nichts zu danken«, erwiderte Ted Baxter stolz. Er war Chef dieser Abteilung der US Bank und hätschelte sie wie sein Baby. »Sie werden hier anfangen, Sebastien, daher ist es wichtig, dass Sie einen allgemeinen Überblick erhalten.«

Sebastien wartete, während Ted seine Karte durch das Sicherheits-Lesegerät zog; dann sprang die dicke Stahltür mit einem Klick auf, und sie traten ein. Vor ihnen erstreckten sich Aktenschränke und eine ganze Reihe von Schreibtischen, an denen junge Frauen die Anweisungen der Kunden bearbeiteten. Sie alle blickten zu dem Neuankömmling auf. Ted schlenderte voran, Sebastien folgte ihm. Ted war etwas mehr als zwei Meter groß und musste in jungen Jahren einen beeindruckenden Anblick geboten haben, dachte Sebastien. Mit fünfundfünfzig allerdings wurde er vom Leben nicht mehr ganz so verwöhnt, und mit seinem widerspenstigen silbrigen Haar, den fleischigen Backen und der Trinkernase schien es nur eine Frage der Zeit zu sein, bis ihm nicht mehr die Mädchen, sondern die Sanitäter nachstellten. Ted trug in Einklang mit dem Kleidercode im Management der US Bank einen unauffälligen schwarzen Anzug, seine Individualität brachte er lediglich durch die grell rosafarbenen Hosenträger zum Ausdruck.

»Hier ist Ihr Büro.« Ted deutete auf ein kleines Zimmer mit einem Schreibtisch, einem Bild des Kanals an der Wand und einigen Sukkulenten. »Und das hier ist mein Büro.« Stolz wies er auf einen großen Raum, der geschmackvoll mit einer

Landkarte von Panama und mehreren gerahmten Urkunden dekoriert war.

In einer Ecke, bemerkte Sebastien, stand eine Couch mit Metallrahmen. Dachte Ted im Liegen nach oder stand sie nur deshalb da, um den Sekretärinnen bei ihrer Arbeit behilflich zu sein? Fast enttäuscht musste Sebastien feststellen, dass kein Cocktail-Schränkchen zu sehen war. Ted musste dieser Beschäftigung also woanders nachgehen.

»Leute…« Ted klatschte in die Hände, um die Aufmerksamkeit der Mitarbeiter auf sich zu lenken, und stellte Sebastien den etwa zehn Beschäftigten vor. Er hielt seine Ansprache kurz. Danach begleitete er Sebastien in dessen Büro zurück. »Sie werden sicherlich bald feststellen, dass die Verwaltung von Einlagegeldern im Prinzip sehr einfach vonstatten geht, Sebastien. Das Wichtigste wissen Sie ja bereits aus Ihrem Kurs. Nun, ähm…« Er hielt kurz inne, um seinem Gedächtnis auf die Sprünge zu helfen. Es war schon lange her, dass er sich mit den grundlegenden Dingen beschäftigt hatte. »Die Kunden eröffnen bei uns ein Termineinlagenkonto. Das kann in jeder Währung und für jeden gewünschten Zeitraum erfolgen, im Allgemeinen aber wird das Konto in Dollar geführt, die Laufzeit beträgt drei bis sechs Monate. Wie wird es eröffnet? Nun, ähm, der Kunde schickt uns eine schriftliche Anweisung. Und die Mädchen hier«, sein Arm vollführte eine weit ausholende Bewegung, »überprüfen die Unterschrift gegen jene in unseren Unterlagen und führen dann die Anweisung aus, indem sie den Betrag in den Computer eingeben. Am Ende der Fälligkeit zahlen wir dem Kunden die Einlage mit Zinsen zurück. Das war's dann schon.« Es war nicht zu übersehen, dass Sebastien nicht sonderlich beeindruckt war. Die jungen Leute heutzutage hielten sich einfach immer für zu clever.

Sebastien nickte. »Wie hoch ist die Summe, die Sie momentan an Einlagen verwalten?«

»Etwa eine Milliarde Dollar.«

Sebastien sah einer jungen Sekretärin hinterher, die in einem sehr kurzen Rock an ihm vorbeieilte. Sie trug keinen BH, was er sehr befürwortete. Dazu war es ja viel zu heiß. Und es machte wohl auch wenig Sinn, Slips zu tragen. Sich frei bewegen, ja. Er stieß einen leisen Pfiff aus. »Das ist eine ganze Menge. Und was ist mit Nummernkonten?«

»Aha«, antwortete Ted. »Sie hängen sich gleich voll rein, verstehe. Kommen Sie in mein Büro.«

Ted lehnte sich in seinem gepolsterten Schreibtischsessel zurück und legte die Füße auf den Tisch. »Nummernkonten, Sebastien, gleichen im Grunde den Termineinlagen. Mit dem kleinen Unterschied, dass neben dem Leiter der Bank und mir niemand von dem Konto weiß. Sie verstehen«, und er senkte die Stimme, als plaudere er soeben ein dunkles Geheimnis aus, »manche legen verstärkten Wert auf Diskretion. Wohlhabende Geschäftsleute, deren Frauen nichts von den Unterhaltszahlungen an die Geliebte wissen dürfen, wichtige Politiker, Unternehmen, die nicht wollen, dass ihre Finanzen an die Öffentlichkeit dringen.« Er zwinkerte. »Solche Sachen eben. Natürlich lassen wir hier bei der US Bank allergrößte Vorsicht walten, wem wir ein Nummernkonto einrichten. Schließlich wollen wir nichts mit zwielichtigen Elementen zu tun haben.«

»Wie kontrollieren Sie das?«, fragte Sebastien.

»Erhalten wir von einem neuen Kunden den Auftrag für ein Nummernkonto, nehmen der Direktor oder ich persönlich Kontakt mit dem Betreffenden auf und sehen uns dessen Unternehmen an. Ist alles in Ordnung, unterzeichnet der Kunde ein Kontoeröffnungsformular, das nur durch eine Nummer gekennzeichnet ist. Der Direktor überträgt die Formulare in ein Buch, das wir in einem Safe aufbewahren. Daher wird das Konto nur über die Nummer identifiziert. Auf diese Weise verfügt der Kunde über ein Konto, seine Identität aber ist nur dem Direktor und mir bekannt.«

»Was ist, wenn er von seinem Nummernkonto Geld transferieren möchte?«

»Ganz einfach«, erwiderte Ted. »Der Kunde schickt mir einen Brief. Darin erwähnt er nicht die Nummer seines Kontos, sondern sagt nur, was zu tun sei. Ich überprüfe seine Unterschrift mit der Originalunterschrift im Kontoeröffnungsformular. Wenn sie übereinstimmen, führen wir die Anweisung aus.«

»Verstehe«, sagte Sebastien, als würde es ihm schwer fallen, den Ausführungen zu folgen. »Ich will jetzt mal kurz den Advokaten des Teufels spielen. Ted, angenommen, Sie seien nicht ehrlich. Könnten Sie dann nicht einfach die Unterschrift fälschen und so die Überweisung veranlassen?«

Ted runzelte die Stirn. Die Idee gefiel ihm ganz und gar nicht. »O nein, nein. Auch der Bankdirektor überprüft die Unterschrift. Wir müssten also schon beide ein falsches Spiel treiben. Außerdem würde der Kunde schnell merken, dass von seinem Konto ohne seine Einwilligung Geld abgezogen wurde.« Er gluckste. »Es sind noch einige weitere Sicherheitsmaßnahmen in das System eingebaut. Schließlich will der Kunde zwar, dass niemand von dem Konto weiß, aber trotzdem sein Geld behalten!«

»Ja, ich verstehe«, sagte Sebastien.

»So, gut, dann führe ich Sie jetzt zur Abteilung für den Zahlungsverkehr. Sie befindet sich oben.« Ted hatte nur noch Zeit, den neuen Trainee vorzustellen, bevor er sich zu seinem Mittagessen verabschieden würde, das er in flüssiger Form einzunehmen pflegte. »Dann sehen Sie, wie wir das Geld von der einen zur anderen Bank transferieren. Das ist nötig, wenn Kunden ihre Konten auflösen.«

Langsam gingen sie die Treppe hinauf und plauderten über Golf, einen Sport, der in Ted einen großen Anhänger hatte, obwohl, wie Sebastien aufgrund der rötlichen Tönung von dessen Nase vermutete, er jene Golfclubs bevorzugte, in denen er an der Bar sitzen konnte.

Sie passierten eine weitere schwere Stahltür. Ted erklärte,

dass aus Sicherheitsgründen nur er und der Direktor Zugang zu allen Abteilungen hatten.

»Dann kann ich also nur die Abteilung für Einlagegelder betreten?«, fragte Sebastien.

»Ja. Im Moment jedenfalls«, antwortete Ted. »So, wen haben wir denn da?« Er strahlte die jungen Frauen vor ihm an. »Das ist Carole, die Leiterin. Das ist Maria. Und hier…« Er hatte ihren Namen vergessen. Wie konnte er nur den Namen einer Frau vergessen, die so hübsch war?

Es war Carole, die den Lapsus ausbügelte. »Ted, das ist Tanya. Sie ist erst seit wenigen Wochen bei uns.«

»Oh, natürlich. Ähm, nochmals hallo, Tanya.« Ted trat verschämt von einem Bein auf das andere und erinnerte dabei an einen Teenager vor seiner ersten Verabredung, der nur Sex und sonst nichts im Kopf hatte. Er wandte sich an seinen neuen Mitarbeiter. »Tanya, das ist Sebastien.«

Sebastien musterte seine Geliebte und grinste.

»Hallo, Tanya.«

An diesem Abend fuhr Sebastien in einem Mietwagen aus dem neuen Panama City hinaus zur alten Stadt, die acht Kilometer von ihrer Nachfolgerin entfernt lag und 1670 vom walisischen Freibeuter Henry Morgan geplündert worden war. Viel war nicht mehr zu sehen, nur noch der Kirchturm erhob sich aus dem großen Schutthügel. Morgan hatte den Silberschatz, nach dem er gesucht hatte, nicht gefunden. Er soll Millionen wert gewesen sein und war unauffindbar vergraben worden. Vielleicht würde Sebastien eines Tages hierher kommen und nach ihm suchen. Obwohl er ihn dann wahrscheinlich nicht mehr brauchte. Der Meister musste sich um Geld keine Sorgen mehr machen. Darauf achtete das Kollegium schon.

Neben den Ruinen, etwas versteckt in einer Seitenstraße, befand sich eines der vielen Fischrestaurants der Stadt. Viele Gäste verirrten sich nicht hierher. Das Neonschild hing etwas schief, stellenweise bröckelte die gelbe Farbe von der Fassade. Es zog keine wohlhabenden Gäste an, aber es war ruhig und unauffällig. Genau das, was Sebastien wollte. Er betrat das Lokal.

»Hallo.«

»Hallo.«

Tanya war dunkel gebräunt, ihr Haar weich und glänzend von der starken Sonne. Offensichtlich hatte sie ihre Wochenenden am Strand verbracht. Mit wem? Sebastien spürte, wie er eifersüchtig wurde. Er hatte mit einem Büro in New York vorlieb nehmen müssen und sich mit den Einzelheiten der Buchführung gelangweilt. Aber hier war die Möglichkeit, das alles zu ändern. Zeit, sein Buchführungswissen in die Praxis umzusetzen.

»Wie war New York?«

»Ganz in Ordnung. Aber ich hab dich vermisst.« Er legte seine Hand auf ihre. Sie hatten sich seit über einem Monat nicht gesehen und die Kommunikation zwischen ihnen auf ein Minimum beschränkt. Weder Andrew noch Ivan sollten erfahren, wo sie sich aufhielten.

»Mich vermisst?« Ihre Augen funkelten. »In New York? Zieh keine Show ab. Das glaube ich dir nicht.« Sie zog ihre Hand weg und ergriff die Speisekarte. »Nun, ich bin nicht untätig gewesen«, fuhr sie in beiläufigem Tonfall fort, darauf bedacht, ihm für seine mutmaßliche Untreue eins auszuwischen. »Ich habe mir einen Einheimischen angelacht, er hat den Körper eines Apoll und die Energie eines Maulesels. Wir haben uns die Touristenattraktionen angesehen. Fast alles zusammen gemacht.« Wütend verengten sich Sebastiens Augen; sie lachte. Er war so besitzergreifend, wenn es um andere Männer ging, während er seine Eskapaden gern unter den Tisch fallen ließ. Typisch Mann. »War doch nur Spaß.«

»Wie geht's in der Bank?«, fragte er, während ihm sein Balboa, das einheimische Gebräu, hingestellt wurde.

»Wunderbar.«

Sie plauderten über belanglose Dinge. Dann hob sie die Hand, um dem Smalltalk ein Ende zu setzen. »Sebastien, wir müssen deinen und meinen Plan zusammenbringen.« Sie senkte die Stimme. »Ich hab mich eingehend mit dem Geldtransfer beschäftigt. Es wird sehr viel länger dauern, als ich gedacht habe, um die Computercodes zu knacken. Sie sind ungeheuer kompliziert. Aber ich bin sicher, dass wir das Geld transferieren können, ohne dabei entdeckt zu werden.«

»Bis zum Ende des Jahres?«

»Ja, ich denke schon. Bleibt nur noch, das Geld hierher zu schaffen. Das ist dein Job. Warum Panama, wenn wir schon dabei sind? Ich hatte an Brasilien oder Mexiko gedacht. Deren Computersysteme zur Abwicklung des Geldverkehrs sind weniger komplex als die amerikanischen oder europäischen. Aber ich gehe davon aus, dass es auch hier funktionieren sollte.«

»Es muss Panama sein, wenn wir an das Geld kommen wollen«, sagte Sebastien. Er grinste. »Und ich hab alles ausgearbeitet.«

»Wirklich?« Tanya warf ihr Haar zurück. »Dann schieß mal los, du Klugscheißer, und beeindrucke mich.«

»Was bekomme ich dafür?«

Tanya strich sich mit der Zunge über die Lippen. »Hängt davon ab, wie *sehr* du mich beeindruckst. Wie kommen wir an das Geld, Sebastien? Es hat doch mit Drogen zu tun, oder?« Ihr Tonfall wurde härter. An diesem Punkt, spürte sie, bekam sie es immer mit der Angst zu tun. Das Amt des Meisters war eine Sache, es mit üblen Mitteln zu erwerben eine andere.

Sebastien entging nicht ihre Nervosität. »Ja«, sagte er eilig. »Aber nicht so, wie du denkst. Wir wollen schließlich nicht erwischt werden, und dazu muss man es etwas geschickter anstellen als nur mit Drogen zu handeln. Ich erzähl's dir beim Essen. Was macht eigentlich dein Spanisch?«

»Ist nahezu perfekt«, erwiderte Tanya. »Ich kann dir sagen, du sollst dich verpissen, falls es nötig ist.«

Sebastien grinste. »Aber das tust du doch nicht, oder?«

»Ach, wer weiß? Wir haben alle nur ein begrenztes Haltbarkeitsdatum.« In ihren Worten klang Verbitterung mit. Sie wusste mehr über Sebastien und seine Pläne, als er glaubte. Aber sie war noch nicht bereit zu gehen, noch nicht.

Beim Essen, frischem Fisch mit viel Wein, erzählte er ihr von seinem Plan. Der Drogenhandel stellte mit einem Volumen von mehr als 300 Milliarden US-Dollar einen der umsatzstärksten Geschäftszweige der Welt dar. Die Leute an der Spitze wurden gut bezahlt. Die Drogenbarone verdienten häufig eine Milliarde Dollar im Jahr. Selbst im »mittleren Management« kamen manchmal Summen von mehreren Hundert Millionen Dollar zusammen. Nach seinen ausführlichen Recherchen, die er in den Bibliotheken Harvards durchgeführt hatte, war Sebastien jedoch nicht mehr am eigentlichen Handel interessiert. Das war viel zu riskant, außerdem verdienten die Kuriere, die so genannten Maultiere, vergleichsweise wenig. Darüber hinaus wurden sie ausnahmslos von ihren Bossen verpfiffen, wenn sie oder die Drogenrouten aufflogen. Also hatte sich Sebastien der Frage zugewandt, was die Drogenbarone mit ihrem illegal erworbenen Vermögen denn so anstellten.

Die gigantischen Summen bereiteten den Kriminellen ziemliches Kopfzerbrechen. Denn damit nicht ruchbar wurde, woher ihr Wohlstand stammte, war es nötig, das Drogengeld in sauberes Geld umzuwandeln, und das ziemlich schnell. Hier kamen die hilfreichen Banken ins Spiel; sie waren nötig, um das Geld durch den internationalen Zahlungsverkehr zu waschen. Da natürlich die Polizei und die Geheimdienste einiger Länder mit großem Interesse den Transfer illegaler Vermögen verfolgten, waren dazu ausgefeilte Vorgehensweisen erforderlich. Die Drogendealer brauchten Leute innerhalb der Banken, die den Zahlungsverkehr manipulierten und den Geldtransfer erst ermöglichten – Leute, denen sie trauen konnten und von denen sie nicht verraten wurden. Aber ehrliche Menschen zu finden war heutzutage nicht mehr leicht, selbst für Drogendealer.

»Willst du damit sagen, dass wir über die US Bank Drogengelder waschen sollen?« Tanya war entsetzt. »Das mach ich nicht.«

»He, lass mich ausreden, bevor du voreilige Schlüsse ziehst. Ich muss dir noch erklären, wie die Drogenbarone ihr Geld waschen. Einiges zu diesem Thema habe ich erfahren, als ich für das Kollegium an einem Projekt über Interpol gearbeitet habe. Übrigens, hast du Zugang zu allen Stockwerken der US Bank?«

»Nein, die Angestellten können nur jeweils ihr Stockwerk betreten. Ausgenommen die obersten Führungskräfte natürlich«, sagte Tanya.

»Hmm, das ist ärgerlich.« Sebastien nahm einen Löffel von seinem Ananas-Eis. »Prinzipiell ist die Geldwäsche sehr einfach. Angenommen, das schmutzige Geld des Drogenhändlers liegt hier auf einer Bank in Panama. Um es sauber zu bekommen, muss er es nur auf ein Konto überweisen, das er bei einer anderen Bank in einem anderen Land eröffnet, sagen wir in der Schweiz. Dabei handelt es sich natürlich um eine rein elektronische Transaktion, doch das Geld in der Schweiz ist nun ganz, ganz anders als das in Panama ...

Wie geht dies im Einzelnen vor sich? Liegen die beiden Banken in verschiedenen Ländern, läuft der Transfer über wichtige Finanzzentren wie New York oder London, bei deren Zentralbanken sowohl die Bank in Panama als auch jene in der Schweiz ein Konto unterhalten. Der Drogenhändler weist zum Beispiel seine Bank in Panama an, eine Million Dollar auf das Schweizer Konto zu überweisen. Die Bank hier teilt der Zentralbank in New York nun einfach mit, sie solle ihr Konto mit einer Million belasten und dem

Schweizer Konto dieselbe Summe gutschreiben. Die Schweizer Bank belastet daraufhin ihr Konto und schreibt dem Konto des Drogenhändlers die Summe gut. Alles ganz einfach, und alles rein elektronisch. Aber die Dollar, die sich der Drogenhändler nun von seinem Schweizer Konto in bar auszahlen lässt, sind – welch ein Wunder – plötzlich sauber. Nichts mehr weist auf das Geld hin, das in Panama eingezahlt worden war. Es ist gewaschen worden. An einem einzigen Vormittag wird so aus dem Drogengeld höchst respektables Geld, das auf einer ebenso respektablen Bank liegt.« Sebastien grinste. »Warum sollte man ein Reinigungsmittel nehmen, wenn es auch Banken gibt? Die waschen weißer als weiß.«

»Und warum machen wir das von Panama aus?«

»Aus drei Gründen«, sagte Sebastien und zählte sie an den Fingern ab. Panama liege, nicht nur zum Vorteil des Staates, nahe an Ländern, die Drogen in großen Mengen produzieren, vor allem Kolumbien und Bolivien. Sein Banksystem sei daher erste Anlaufstelle für die Drogenhändler, wenn sie ihr Geld waschen wollen. Zweitens würden die großen Finanzzentren wie London, New York und Tokio streng von Regierungsstellen und den Geheimdiensten überwacht. In Panama sei dies noch nicht in diesem Maße der Fall, auch wenn hier immer strengere Sicherheitsvorkehrungen installiert würden. Drittens seien die Chancen, von Ivan oder Andrew aufgespürt zu werden, wesentlich höher, wenn sie ihren Coup in Europa oder den Staaten abziehen würden. Und falls sie entdeckt wurden, bestand das große Risiko, dass ihre Mitbewerber sie an die Behörden verrieten, damit sie das Spiel gewannen.

»Und ich will den Rest meiner Tage nicht hinter Gittern verbringen«, fuhr Sebastien fort. »Panama ist daher der ideale Ort. Außerdem ist es hier warm, und das Bier ist gut.« Er grinste.

»Okay«, erwiderte Tanya. »Ich verstehe die Zusammenhänge des Transfersystems, und ich kann die Überweisung des Geldes in die Wege leiten. Aber du hast mir noch immer nicht gesagt, wie wir eigentlich an das Geld kommen. Ich will nichts mit Drogen zu tun haben, Sebastien, ist das klar?«

»Ja, verstehe. Dazu muss ich dir einiges über Nummernkonten erzählen – sie sind der Schlüssel zu allem.« Sebastien leerte sein Bierglas. Dann beugte er sich über den Tisch und strich ihr eine Strähne aus dem Gesicht. »Aber bevor ich hier fortfahre, geht mir noch was anderes durch den Kopf, das sehr viel dringender ist. Und viel besser als Geldverdienen.«

»Und das wäre?«, fragte sie spröde. Sie sah das Glitzern in seinen Augen.

»Sex. Probieren wir das doch in deiner Wohnung aus.«

»Okay.« Auch sie hatte daran gedacht. Das heiße Klima, da war sie sich sicher, musste irgendetwas damit zu tun haben.

Tanya machte sich nicht die Mühe, das Licht anzuknipsen. Sie zog Sebastien einfach in den dunklen Raum und begann ihn auszuziehen.

Sein Seidenhemd streifte gegen ihre Brüste, während ihr Slip an den Beinen hinab zu Boden glitt. Nackt stand sie im Mondlicht. Dann zog sie ihn zum Bett. Sie waren wieder vereint.

Sie gaben sich dem Liebesspiel hin – langsam zunächst, als müsste sie sich nach seiner Abwesenheit erst wieder an seinen Körper gewöhnen, dann leidenschaftlicher, als sie die Spannung und Gewalt spürte, die in ihm aufstiegen. Als er erschöpft neben ihr lag, begann sie von Neuem, entschlossen, ihn auszusaugen, damit sie sich wie zwei Flüssigkeiten unwiderruflich miteinander vermischten. Sie wusste, sie liebte ihn, trotz allem, sie wollte ihn. Liebte er sie? Das wusste sie nie zu sagen.

Schließlich lag sie neben ihm und kuschelte sich an seine Schulter. Ihr Geldwäscheplan stand. Zumindest in der Theorie. Nun mussten sie nur noch jemanden finden, der ihnen zwanzig Millionen Dollar gab.

Und noch etwas: Sie durfte nicht vergessen, dass nur einer von ihnen gewinnen konnte. Liebte sie ihn mehr als das Amt des Meisters? Auch dazu musste sie eine Entscheidung treffen. Sie wusste, was Ivan ihr geraten hätte: Liebe und Macht vertrugen sich nicht. Doch noch hatte sie ein oder zwei Asse im Ärmel. Und sie fragte sich, wo Ivan steckte. Und Andrew. Wussten sie von Panama?

Später, als sie bereits schliefen, kam ein Geräusch von der Schlafzimmertür. Tanya schreckte aus ihren Träumen auf. Trippelnde Schritte waren zu hören, die näher kamen, dann spürte sie, wie die Matratze neben ihr einsackte. Der Albtraum kehrte zurück. Einen Augenblick lang befand sie sich wieder im Schweizer Chalet, wehrte sich gegen die Fesseln und spürte Todesqualen. Mit einem leisen Aufschrei, die Augen weit aufgerissen, setzte sie sich auf. Dann hörte sie ein sanftes Schnurren und spürte einen warmen Körper, der sich gegen ihren Oberschenkel drückte.

»Gemma – meine Kleine.«

Es dauerte sehr lange, bis sie die Augen wieder schließen konnte.

Auch die anderen Bewerber schliefen: Ivan in Paris und Andrew in einem Flugzeug, das hoch über dem afrikanischen Kontinent nach London unterwegs war. Seine Arbeit für die Vereinten Nationen im Kongo war abgeschlossen; tief und fest war er eingeschlafen, das Satellitentelefon steckte in seiner Tasche.

Sebastien und Tanya, Ivan, Andrew, sie alle schliefen. Und ihre Träume drehten sich alle um eins – das Spiel zu gewinnen.

16

Also auch der Berufene: Er wirkt und behält nicht.
Ist das Werk vollbracht, so verharrt er nicht dabei.
Er wünscht nicht, seine Bedeutung vor anderen zu zeigen.
Laotse, Tao Te King

Mai, das Kollegium

Die anderen schliefen, dem Kammerdiener Symes aber war keine Ruhe vergönnt. Das unablässige Klingeln des Telefons hatte ihn geweckt.

Er sah auf seine Uhr. Es war noch sehr früh morgens. Er stand auf und ging in den Nebenraum der Pförtnerloge, wo ein großer elektronischer Bildschirm stand. Ein Anruf über ein Satellitentelefon aus Zentralafrika. Symes war sich unsicher, was er tun sollte. Schließlich beschloss er, den Anruf zum Meister durchzustellen. Obwohl dieser in letzter Zeit immer so müde ausgesehen hatte. Aber vielleicht war der Anruf wichtig.

»Meister.«

Verschlafen richtete sich der Meister im Bett auf.

»Ein Anruf über ein Satellitentelefon. Aus dem Kongo.«

»Wer ist dran?«

»Das weiß ich nicht«, antwortete Symes leicht verwirrt. »Es handelt sich um ein Telefon von Andrew Brandon, aber es ist sicherlich nicht er selbst. Die Stimme gehört einem Kind, einem Jungen, er klingt sehr verängstigt. Ich weiß nicht, warum Brandon ihm das Telefon gegeben hat oder wie er zum Kollegium durchgekommen ist. Er muss irgendeine voreingestellte Taste gedrückt haben.«

Der Meister sah auf die Uhr. Er hatte drei Stunden geschlafen. »Gehen Sie wieder ins Bett, Symes«, sagte er, »ich kümmere mich darum.«

Der Meister ging nach unten in sein Arbeitszimmer und drückte auf eine Taste. Ein Teil der Wand fuhr zur Seite und gab den Blick auf eine computergenerierte Weltkarte frei. Er drückte eine weitere Taste. Sekunden später erschien auf dem Schirm eine großformatige Karte des Kongo. Der Meister zoomte sich in die Karte, um den Anrufer bis auf einige hundert Meter genau zu lokalisieren. Er drückte eine letzte Taste und wurde mit dem Anrufer verbunden.

»Hallo«, sagte der Meister.

Am anderen Ende war nur atmosphärisches Rauschen zu hören. Dann kamen die ängstlichen Schreie eines Kindes und, in der Ferne, Geräusche, die an Raketenfeuer erinnerten.

»Hallo«, wiederholte der Meister. »Wer ist dran?« Er wartete. Nach einigen Minuten ließen die Kampfgeräusche nach, nun war nur noch ein weinendes Kind zu hören. Schließlich ein Flüstern: »Obedi.«

»Erzähl mir, was geschehen ist, Obedi«, sagte der Meister ruhig.

Es folgte eine grauenhafte Stille. Der Meister wiederholte seinen Satz auf Französisch und dann auf Suaheli, um herauszufinden, welche Sprache der Junge verstand. Schließlich begann Obedi auf Suaheli, zum Teil unzusammenhängend, zu erzählen, während im Hintergrund Detonationen zu hören waren. Sie schienen näher zu kommen. Hin und wieder knisterte es in der Leitung, oder es war nichts mehr zu verstehen, wenn wieder ein Flugzeug hinwegdonnerte, nachdem es seine tödliche Fracht abgeladen hatte.

Weinend erzählte Obedi dem Meister, dass die Rebellen noch in der Nacht angegriffen hätten, dass seine Schule zerstört sei und seine Schwester neben ihm liege, leblos, und er noch immer ihre blutüberströmte Hand halte. Der Meister hörte zu und betrachtete die Karte auf dem Schirm. Die Rebellen hatten das erst vor kurzem mit der kongolesischen Regierung – und mit der Unterstützung des Meisters – ausgehandelte Waffenstillstandsabkommen gebrochen. Und nun rückten sie auf der einzigen befestigten Straße in Richtung der Hauptstadt Kinshasa vor. Der Bürgerkrieg war ausgebrochen. Für Millionen Menschen begann damit ein fürchterlicher Albtraum. Der Meister lauschte dem Jungen. Obedi wollte nicht sterben, aber es war niemand mehr da, der ihn hätte retten können.

»Bitte hilf mir.«

Der Meister wandte den Blick vom Bildschirm zum Fenster. Draußen war es noch dunkel. So viel Leid, so viel menschliches Elend, so viele Forderungen. Und ein alter Mann, der die Fäden in der Hand hielt.

»Ich werde zu dir kommen«, sagte er.

Sekunden später ertönte über die Leitung ein ohrenbetäubender Knall; eine Granate schlug in dem Gebäude ein, in dem Obedi lag. Wahrscheinlich hatte das Kind die letzten Worte des Meisters nicht mehr gehört. Noch immer sah der Meister durch das Fenster hinaus in die Finsternis. Wo war Andrew? Er drückte einen Knopf.

»Symes, ich muss sofort in den Kongo.«

»Aber Ihr habt morgen einen vollen Terminplan. Der kanadische Premierminister wird kommen, und es stehen eine ganze Reihe von Konferenzschaltungen an.«

»Ich weiß, Symes«, sagte der Meister geduldig. »Aber ich muss los. Im Kongo ist der Bürgerkrieg ausgebrochen. Und bitte versuchen Sie, den UN-Generalsekretär ans Telefon zu bekommen.«

Eine Stunde später wurden die ersten Meldungen über die Katastrophe im Kongo herausgegeben. Andrew hörte die Nachrichten um sechs Uhr morgens, als er auf dem Flughafen Heathrow aus der Maschine stieg. Er eilte zum Schalter. Alle Fluggesellschaften, die den Kongo anflogen, teilten das

Gleiche mit: Es war unmöglich, das Land zu erreichen. Alle Flüge waren gestrichen, der internationale Flughafen dort wurde von den Rebellen überrannt, der Kontakt zur Flugsicherung sei abgebrochen.

Andrew saß in der Flughafenlounge und wählte auf seinem Satellitentelefon Nummer für Nummer. Die wenigen Fernsehnachrichten berichteten von unvergleichlichen Massakern. Die Erschütterungen, die Andrew auf der Straße bei seiner letzten Fahrt in dem Land gespürt hatte, waren Wirklichkeit geworden. Schließlich, nach langem Probieren, erreichte er das UN-Quartier in Kinshasa. Mit einiger Verzögerung meldete sich der UN-Verbindungsoffizier Paul Hanlon. Im Hintergrund waren das Kreischen und die Schreie der Menschen zu hören, die verzweifelt versuchten, noch einen Platz im letzten Konvoi zu finden, damit sie den Rebellen nicht in die Hände fielen.

»Andrew«, erklang Pauls Stimme, »hier herrscht das vollkommene Chaos. Die Regierung ist aus Kinshasa geflohen. Die Rebellen stehen nur noch fünfzig Kilometer vor der Stadt, in weniger als einer Stunde werden sie hier sein. Wir verlegen alles an die Küste. Die UN schickt Flugzeuge, um uns noch rauszuholen. Die meisten Strom- und Telefonleitungen sind unterbrochen.« Er brüllte jemandem im Hintergrund einen Befehl zu, dann fuhr er mit gehetzter Stimme fort: »Ein einziges Blutbad. Die Rebellen metzeln alles nieder, was ihnen begegnet, Menschen und Tiere.«

»Ich hab's heute Morgen in den Nachrichten gehört.«

»Wo bist du?«

»In Europa. Um mich für eine Reise in den Fernen Osten vorzubereiten.«

»Ja, und am besten bleibst du dort auch, Andrew«, kam es vom Verbindungsoffizier. »Ich sage dir, bleib dort. Es gibt keine Flüge mehr ins Land, es gibt nichts, was du noch tun könntest. Umbotes Männer haben den Süden überrannt und sind nachts über die Kananga-Straße gekommen. Dort ist nur noch ein Meer aus Leichen. Sie haben sogar die Krankenhäuser angegriffen. Du kannst nichts mehr tun. Die Situation ist vollkommen außer Kontrolle.«

»Was ist mit den Kindern, Obedi und seiner Schwester? Ich kann sie über Satellit nicht erreichen.«

Am anderen Ende herrschte Schweigen. Andrew wusste, was das zu bedeuten hatte. Er hatte sie im Stich gelassen.

»Andrew, tut mir Leid. Das Waisenheim in Kikwit wurde völlig zerstört. Einer der UN-Leute ist heute Morgen dort vorbeigekommen. Es gibt keine Überlebenden, soweit wir wissen. Es wurde alles dem Erdboden gleichgemacht.« Hanlon zögerte. Es gab nichts mehr zu sagen. »Ruf mich mal wieder an, damit wir in Kontakt bleiben. Tut mir Leid. Ich muss jetzt los.«

Langsam legte er das Telefon weg. Tränen traten ihm in die Augen. Wegen des Spiels hatten zwei Menschen, die er vielleicht hätte retten können, sterben müssen. Er hatte sie auf dem Gewissen. So wie viele andere auch. Wäre er im Kongo geblieben, hätte er vielleicht darauf hinwirken können, den Krieg zu stoppen oder das Gemetzel zumindest einzudämmen. Aber er hatte sie verlassen, weil er sich selbst auf die Suche nach der Macht begeben hatte.

Verbittert nahm er seine Sachen und verließ den Flughafen. Es gab jetzt kein Zurück mehr. Er würde den Wettbewerb bis zum Ende durchziehen. Wie hoch der Preis dafür auch sein mochte.

Eines der wenigen Gebäude in Kinshasa, das in den zurückliegenden Wochen nicht zerstört oder geplündert worden war, war das Fußballstadion. Der Rebellenführer Christian Umbote hatte beschlossen, es zu verschonen, da er als Kind dort ein Spiel des bunt zusammengewürfelten B-Teams von Manchester United gegen die Lokalmannschaft gesehen hatte. Das Stadion war wegen der überspannten Erinnerung eines Verrückten gerettet worden, was in einem Land der

Verrückten und ihrer Opfer vielleicht sogar verständlich war. Nun war es der Schauplatz einer etwas anderen Veranstaltung, einer, die Umbote sehr gefiel, weil er der Kapitän in diesem Spiel war. Mehr oder weniger.

Die Konferenzteilnehmer blinzelten in die Blitzlichter der Kameras, während sie unter dem großen provisorischen Zeltdach saßen, das in der Mitte des Spielfelds errichtet worden war. Kameramänner aus der ganzen Welt waren an diesem Tag eingeflogen und schwitzten nun unter der gleißenden Sonne. Nach den Kameras kamen die Journalisten und die Kommentatoren. Die Supermedien verbreiteten ihre eigene Wahrheit. Doch die Wahrheit war letztendlich der unwichtigste Teil der Geschichte.

»Gentlemen, noch einmal lächeln, bitte.«

Christian Umbote versuchte, nicht allzu finster dreinzublicken, während er die neue Vereinbarung unterzeichnete, wobei sich die Feder des fremdländischen Stifts gefährlich durchbog, als er seine Unterschrift hinkritzelte. Neben ihm saß die korpulente Gestalt des kongolesischen Präsidenten. Dann gaben sich beide die Hand und grinsten wie Wölfe. Auch der Präsident wusste sich zu benehmen. Er hatte auf seinen Leopardenfellumhang verzichtet, nachdem ihm jemand mitgeteilt hatte, dass die amerikanische und europäische Öffentlichkeit sich sehr für den Schutz gefährdeter Arten einsetzten und der Umhang keinen besonders guten Eindruck erwecken würde. Menschen zu töten war weniger problematisch, da es von denen mehr gab. Sie gehörten nicht zu den gefährdeten Arten.

»Lächeln!«

Beide bleckten die Zähne, als gelte es, Reklame für Zahnpasta zu machen, während die Kameras surrten, summten und klickten. Ihr breites Grinsen drückte ihre Botschaft sehr viel eloquenter aus als alle Worte. Ein Grinsen, das letzte Woche noch bedeutet hatte: »Ich bin dein Mörder«, hieß diese Woche: »Ich bin dein Freund, wirklich, war doch alles nur ein Missverständnis.« Diese Woche waren sie scharf auf die hohen Geldsummen, die die westlichen Länder bereitstellten, damit die zerstörte Infrastruktur des Landes wiederaufgebaut werden konnte und sie ihre persönlichen Bedürfnisse zu stillen vermochten – zwei Aufgaben, die sie in umgekehrter Reihenfolge angingen. Natürlich konnten sie ihre Differenzen überwinden, vorausgesetzt, sie bekamen ein genügend großes Stück vom Kuchen ab. Jeder natürlich mehr als die Hälfte, das war nur gerecht.

»Lächeln!«

Christian Umbote grinste ein weiteres Mal und sah sich im Stadion um. Es freute ihn sehr, den Generalsekretär der UN hier zu sehen. Was für ein Foto, das er seinen Frauen und seinen unehelichen Kindern zeigen konnte, wenn sie denn noch am Leben waren. Aber wo war der andere? Der Clevere, der alle Differenzen gelöst hatte? Wollte er nicht, dass er fotografiert wurde? Wollte er nicht berühmt werden? Was für ein Idiot, wie wollte er es zu was bringen, wenn er nicht in die Schlagzeilen kam? Er sollte sich an ihm ein Beispiel nehmen. Jede Publicity war gute Publicity, und wenn man dafür eine Million Menschen umbringen musste.

Hundert Kilometer entfernt, in einem notdürftig eingerichteten Lazarett, begleitete zur selben Zeit eine Krankenschwester ihren Gast durch einen Gang, dessen Wände mit Einschusslöchern übersät war. Sie bewunderte den Mut des Mannes. Wer in diesen Landesabschnitt reiste, ging ein hohes Risiko ein, nachdem jede Ordnung zusammengebrochen war. Trotzdem betrachtete er aufmerksam seine Umgebung und schien es nicht eilig zu haben.

»Er wurde vor zwei Tagen zu uns gebracht. Seine Schwester ist tot. Ich fürchte, wir haben hier nicht die Mittel, um sein Augenlicht zu retten. Er kommt aus Kikwit. Wir hoffen, dass er überlebt.«

Der Besucher setzte sich an das Krankenbett und ergriff die Hand des kleinen Jungen. Obedi erwachte aus dem von

Medikamenten umnebelten Schlaf; seine andere Hand umklammerte noch immer das verzogene Plastikgehäuse des Handys. Lange sagte er nichts, dann murmelte er auf Suaheli: »Bist du der Mann am anderen Ende des Telefons?«

»Ja«, sagte der Besucher.

»Bist du gekommen, um mich hier fortzubringen?«

»Ja«, antwortete der Meister.

Obedi fiel auf das Kissen zurück. Er war beruhigt. Der Mann am anderen Ende des Telefons war gekommen. Er würde ihn nicht im Stich lassen.

Drei Wochen später, nach mehreren Operationen, erwachte Obedi erneut. Er wusste, er war nicht mehr im Kongo, aber er wusste nicht, wo er sich befand. Der schwere, süßliche Geruch von Desinfektionsmitteln hing in der Luft, das Laken fühlte sich weich an, als er mit den Fingern darüberstrich. Seine Augen und der Großteil seines Körpers waren noch mit Verbänden bedeckt. Ferne Geräusche drangen in sein stilles Zimmer, ein Name wurde gerufen, eine Tür schlug zu.

»Wie geht's dir heute?«

Obedi mochte die Stimme der Krankenschwester. Er stellte sie sich als einen Engel vor. Seine Schwester hatte ihm erzählt, es gebe sie, auch wenn sie noch keinen gesehen hatte. Seit einigen Tagen hatte er nun ihre Stimme vernommen. Sie kam am Morgen, um ihm zu essen zu geben, und dann noch zweimal am Tag. Was dazwischen geschah, wusste er nicht. Die meiste Zeit schlief er und erholte sich von den Operationen, bei denen die Schrapnellsplitter aus seinem Körper entfernt worden waren. Obedi wusste, dass er dem Tod sehr nah gewesen war, da ihn seine Schwester im Schlaf besucht hatte. Sie hatte ihm gesagt, dass es für ihn noch nicht an der Zeit war zu sterben.

Die Krankenschwester setzte sich auf den Stuhl neben dem Bett und sagte sehr langsam zu ihm auf Englisch: »Ein Mann wird dich besuchen kommen. Ein sehr wichtiger Mann.«

Sie zog das Laken glatt und ging. Obedi wartete. Draußen vor dem Washington General Hospital hielt Davison, der Präsident der USA, eine Rede über sein neues Gesundheitsprogramm und die staatlichen Anreize für Krankenhäuser, die sich besondere Verdienste erworben hatten. Schließlich, noch inmitten des Applaus und der Fanfaren, begab er sich nach drinnen, um ein, zwei Worte mit dem Personal zu wechseln, bevor er seinem nächsten Termin zustrebte.

Obedi hörte nichts davon. Er seufzte und drehte sich im Bett um. Sein Körper tat ihm weh, sein Kopf schmerzte, nicht wegen der Augen und dem Verband, sondern weil er an seine Schwester denken musste – so sehr er sich auch dagegen wehrte. Er dachte an ihre letzten Atemzüge, an ihre Hand, die seine umklammerte. Er wusste, sie hätte alles auf der Welt unternommen, um bei ihm zu bleiben. Sie hatte es ihren Eltern versprochen, aber Gott hatte es nicht so gewollt. Der gütige Gott tat manchmal sehr merkwürdige Dinge.

Die Tür ging auf.

»Und das, Mr. President, ist der kleine Junge, der aus dem Kongo eingeflogen wurde.«

»Danke.«

Präsident Davison trat ins Zimmer, schloss die Tür und setzte sich neben Obedi. Sie waren allein, was Obedi seltsam vorkam, hatte ihm sein Vater doch erzählt, dass wichtige Menschen immer Hunderte andere um sich hatten, um zu zeigen, wie wichtig sie waren. Vielleicht war dieser Mann so wichtig, dass er keine anderen nötig hatte. Wie der Mann am Telefon. Er spürte, wie ihm ein leichter Schauer über den Rücken lief.

»Hallo, Obedi. Ich bin hier, um dich zu sehen.« Die Stimme klang stark und selbstbewusst. Obedi konnte ihr vertrauen. Um seine Hand schloss sich ein fester Griff.

»Ich möchte dir nur sagen, dass du wieder gesund wirst. Und dass du eine Weile lang in den USA bleiben wirst.« Der Präsident sprach sehr langsam, damit der Junge alles verstand. Dabei blickte Davison aus dem Fenster. Vor seinem geistigen Auge sah er wieder die Insel vor sich, den Garten mit dem Teich, neben dem er saß, während es schneite.

»Wir haben etwas gemeinsam«, sagte er.

Obedi drehte ihm etwas den Kopf zu. Was konnte ein Waisenjunge, der kaum Englisch sprach und nichts sah, mit einem so wichtigen Mann gemeinsam haben?

»Verstehst du«, fuhr der Präsident fort, »ich hatte einmal ein großes Problem, und jemand hat mir geholfen. Und ich weiß, dass er dir auch geholfen hat. Deshalb haben wir etwas gemeinsam. Und das ist gut so.« Er zögerte. »Und jetzt hat er mich gebeten, dir zu helfen, und das tue ich.«

Davison betrachtete den blinden Jungen. Er dachte an seine eigenen Töchter und wie es sich anfühlte, wäre ihnen dies zugestoßen. »Alles wird wieder gut werden, Obedi. Warte nur ab.«

Dann tätschelte Davison Obedis Arm und ging. Obedi hatte kein einziges Wort gesagt, dennoch würde ihm dieser Mann helfen. Ein sehr mächtiger Mann. Der mächtigste Mann der Welt, wie die Schwester ihm nachher erzählte.

Und alles wegen des Mannes am Telefon.

17

Indem der kluge Kämpfer ihm einen Vorteil anbietet,
kann er den Zeitpunkt bestimmen,
zu dem der Feind sich nähert.

Sunzi, Die Kunst des Krieges

Juni, Panama

»Läuft noch alles nach Plan?«

Sie saßen auf dem Boden in Tanyas Wohnung. Sebastien kam sie nur noch heimlich nachts besuchen, da niemand von ihrer Beziehung erfahren sollte. Sie küsste ihn, was er kaum wahrzunehmen schien.

»Es gibt da ein großes Problem«, sagte er.

»Welches? Ist es zu lösen?«

»Ich bin mir nicht sicher.« Er runzelte die Stirn. »Eigentlich sind es zwei kleinere Probleme, zusammengenommen aber stellen sie ein großes dar. Vielleicht müssen wir uns was anderes einfallen lassen.«

Tanya nippte an ihrem Tequila. »Vielleicht sollten wir die Sache einfach lassen?«, meinte sie leicht nervös. Es war Juni – die Hälfte des Jahres war beinahe vorüber –, und es war das erste Mal, dass sie Sebastien so unsicher und so wütend erlebte.

Er blickte zur Decke. Dumme Kommentare wie diese verdienten keine Antwort. Das Spiel um das Amt des Meisters aufgeben? Nur wenn die Hölle gefror. »Es läuft alles so weiter wie geplant«, fuhr er fort. »Aber vielleicht müssen wir einige Änderungen vornehmen. Eine Bank um zwanzig Millionen Dollar zu erleichtern ist komplizierter, als ich gedacht habe.«

»Warum?«

»Spielt keine Rolle.« – »Sebastien, raus mit der Sprache! Vielleicht kann ich dir ja helfen. Sei nicht immer so verdammt stolz. Immerhin arbeiten wir zusammen.«

Schließlich erklärte er ihr, um was es ging. Sie konnten das Geld nur von einem Nummernkonto abräumen, da bei diesen lediglich Ted Baxter, der Leiter der Abteilung für Einlagegelder, sowie der Bankdirektor damit zu schaffen hatten und sonst keiner in der Bank. Somit würde sich das Risiko verringern, dass andere bereits frühzeitig bemerkten, dass ein Konto manipuliert wurde. Außerdem enthielten Nummernkonten in der Regel wesentlich höhere Summen als gewöhnliche Einlagekonten. Aber genau darin lag das Problem. Die US Bank verfügte über mehr Sicherheitsvorkehrungen, als er bei seinen ersten Nachforschungen festgestellt hatte.

»Die Unterlagen zu den Nummernkonten werden in einem Safe aufbewahrt. Nur der Bankdirektor kennt die Kombination. Ted will mir noch nicht einmal sagen, wo sich der Safe befindet. Das heißt, ich habe keinerlei Informationen darüber, welche Personen ein Nummernkonto besitzen – und schon gar nicht, auf welchem dieser Konten mehr als zwanzig Millionen Dollar liegen. In den Safe einzubrechen ist aussichtslos. Er hängt sicherlich an einer Alarmanlage, alles andere würde mich wundern.«

»Und Problem Nummer zwei?« Tanya strich ihm durch das dichte, schwarze Haar. Sie war froh, dass er bei ihr in Panama war. Ohne ihn war es ziemlich langweilig gewesen, und sie hatte sich so einsam wie eine Klosterschwester gefühlt.

»Problem Nummer zwei ist, dass sowohl Ted als auch der Direktor die Unterschrift auf der Anweisung mit der Originalunterschrift vergleichen, die der Kontoinhaber bei der Eröffnung des Nummernkontos hinterlegt hat. Und wenn es nur den leisesten Zweifel gibt, wird der Kunde persönlich kontaktiert, um den Vorgang nochmals bestätigen zu lassen.

Eine Anweisung also einfach nur zu kopieren oder zu fälschen ist viel zu riskant.«

Tanya dachte darüber nach. »Mir fällt nur eine Lösung ein«, sagte sie schließlich.

»Und die wäre?«

»Wenn wir keine Anweisung für ein bereits bestehendes Konto fälschen können, dann müssen wir eben selbst ein solches Konto eröffnen.«

Sebastien starrte sie an. Dann zog er sie an sich und überschüttete sie mit Küssen. »Du bist gar nicht so dumm«, sagte er. »Ich bin zur gleichen Schlussfolgerung gelangt, habe dafür allerdings etwas länger gebraucht. Wir benötigen also einen völlig neuen Kunden, einen sehr reichen Neukunden. Damit ich von Anfang an, bereits bei der Einrichtung Zugang zu seinem Nummernkonto bekomme. Ist das Konto bereits eröffnet, ist das System narrensicher. Ich werde mich sofort an die Arbeit machen.« Er streckte sich auf dem Boden aus. »Wie geht es dir?«

»Gut«, antwortete sie. Sie zog Gemma zu sich heran. »Ich weiß jetzt, wie Zahlungsanweisungen elektronisch versandt werden, und kenne mehr oder weniger den dazu nötigen Geheimcode. Das heißt den Code, den die versendende Bank der Anweisung beifügt, damit die Empfängerbank weiß, dass diese authentisch ist.«

»Was meinst du mit ›mehr oder weniger‹?«

»Na ja, der Code besteht aus zwei Teilen. Ein Teil wird von mir computergeneriert, wenn eine Anweisung hinausgeht. Das ist mein momentaner Job, damit komme ich zurecht. Der andere Teil des Geheimcodes allerdings wird von Carole, meiner Chefin, generiert, ebenfalls per Computer. Damit wird die Anweisung autorisiert. Carole aber würde mir nie ihren Teil des Codes verraten.«

»Was können wir da tun?«

»Wir müssen ihn knacken.«

»O Gott, wie lange dauert denn so was?«, fragte Sebastien.

»Nicht lange.« Sie zeigte auf den Computer, der in einer Ecke ihres Apartments stand.

»Du machst Witze. Mit *der* Maschine brauchst du doch Jahrhunderte.«

Tanya lachte. »He, mach du deinen Job, und ich mach meinen. Mein Computer ist mit zwei Cray-Rechnern vernetzt. Einer steht in den Staaten, der andere in Deutschland. Ich borg mir ein wenig von ihrer Rechenleistung.«

Sebastien sah sie bewundernd an. »Jetzt weiß ich, warum du Kollegiumsmitglied geworden bist. Du kannst also wirklich in jeden Computer der Welt einbrechen?«

»Ja.« Sie lächelte. »Du siehst, ich kann wesentlich mehr über Personen herausfinden, als du denkst.« Sie hauchte einen Kuss auf ihre Finger und berührte damit seine Lippen.

»Genau das beunruhigt mich ja auch«, sagte Sebastien mit einem Glucksen. Seine schlechte Laune war vergessen.

Tanya hatte bereits damit begonnen, den biografischen Hintergrund der anderen Kandidaten zu recherchieren. Die vergangenen Wochen hatte sie die Computernetze nach Andrew durchforstet und dabei zwei interessante Informationen zu Tage gefördert. Nach seinem Universitätsstudium hatte er für das Militär gearbeitet, bei einer euroamerikanischen Überwachungseinheit, die weltweit Waffenlieferungen verfolgte. Dann war er den Vereinten Nationen als Berater beigetreten, wo er an zahlreichen globalen Brennpunkten zum Einsatz gekommen war. Tanya nahm an, dass er für das Kollegium Militärorganisationen und Söldner überwacht hatte. Aufgrund seiner Ausbildung wäre es ihm wahrscheinlich nicht sonderlich schwer gefallen, Rex zu töten ... wenn er es denn gewollt hätte.

Aber hatte er ihn getötet? Sie hatte sich mit ihm nur wenige Male unterhalten. Er war immer freundlich, fast schüchtern gewesen. Doch der äußere Anschein trog häufig.

Als Nächstes würde sie sich mit Ivan befassen. Dann mit Sebastien. Sie sah zu ihrem Geliebten, der mit der Katze spielte. Würde sie ihm damit in den Rücken fallen? Angenommen, sie stieß auf einige dunkle Geheimnisse in seinem Leben? Natürlich wollte sie ihm nichts von ihren Recherchen erzählen. Sie stellten ihre Rückversicherung dar. Sie beugte sich zu ihm hinüber und gab ihm einen langen innigen Kuss. Liebesküsse unterschieden sich kaum von verräterischen Küssen, dachte sie. Die Ersteren allerdings durfte man nicht besonders ernst nehmen.

»Hast du Ted dazu überreden können, dir zu helfen?«, fragte sie.

»Ja. Ted ist mir wirklich eine große Hilfe.« Er grinste. »Warte nur bis morgen. Wer weiß, welch gute Botschaft der Herr noch bringt.«

»Sebastien? Hier ist Doug Sullivan, Direktor der US Bank. Tut mir Leid, wenn ich Sie an einem Sonntag anrufe. Können wir miteinander reden? Ich störe Sie doch nicht gerade?«

Sebastien setzte sich im Bett auf und deutete Tanya an, sich leise zu verhalten. »Nein. Schießen Sie los.«

»Ich fürchte, ich habe schlechte Neuigkeiten für Sie.« Doug Sullivan zögerte. »Ted ist im Krankenhaus. Der arme Kerl ist überfallen worden. Letzte Nacht, auf dem Heimweg vom Golfclub, da sind sie über ihn hergefallen.«

»Wer?«

»Ach, was weiß ich. Sie wissen ja, wie die Gangster hier sind. Er sagt, vier Typen hätten ihn angegriffen. Er hat schwere Kopfverletzungen davongetragen und eine klaffende Wunde am Bein. Ich hab ihn für einige Wochen freigestellt.«

»Es dauert mindestens einen Monat, bis er wieder so weit ist«, sagte Sebastien mit gleichgültiger Stimme. »Diese Dinge brauchen ihre Zeit. Ich kannte mal einen Skilehrer, der auf einer Sprungschanze unglücklich gestürzt ist. Er hatte kaum noch einen heilen Knochen im Leib. Ich habe ihn dann ins Krankenhaus gebracht, wofür er mir ziemlich dankbar war.«

»Ähm, ja«, antwortete der Direktor. »Einen Monat wird

es schon dauern.« Aus Taktgefühl erwähnte er nicht, dass Ted auch einige Zeit in einer Rehabilitationsklinik für Alkoholiker verbringen würde. Das ging Sebastien nichts an.

»Nun, der arme Ted. Es tut mir wirklich Leid, das zu hören«, sagte Sebastien und fuhr mit der Fingerspitze über die Brustwarze seiner Geliebten. Tanya streckte ihm die Zunge raus.

»Mir auch«, sagte der Direktor. »Ted ist einer unserer wichtigsten Männer. Ich weiß nicht, wie wir die Arbeit ohne ihn schaffen sollen. Jedenfalls habe ich beschlossen, dass Sie in der Abteilung für Einlagegelder übergangsweise Teds Posten übernehmen. Das heißt, dass Sie zusammen mit mir die Nummernkonten betreuen. Könnten Sie das tun? Natürlich würden wir Ihnen auch mehr bezahlen.«

»Das ist überaus freundlich von Ihnen«, sagte Sebastien.

»Nein, nein. Ich bin sicher, dass Sie Ihr Bestes geben und sich bald eingearbeitet haben.«

»Zweifellos.«

Sebastien legte auf. Der gute alte Ted. Musste natürlich wie immer übertreiben. Vier Gangster? Quatsch! Er hatte doch nur zwei angeheuert.

»Worum ging es?«, fragte Tanya.

»Ach, um Ted. Ein Unfall im Golfclub. Ted hat sich mal wieder volllaufen lassen und ist dabei von seinem Barhocker gekippt.« Mehr musste Tanya nicht wissen. Er küsste sie auf die Wange.

Eine Woche später trat Sebastien in die schlimmste Spelunke im Rotlichtbezirk Panamas. Dumpfe Rumba- und Salsarhythmen dröhnten im Raum. Die Gäste an den groben, von Zigarettenasche und Bierflaschen überfüllten Holztischen waren im dicken Qualm kaum zu erkennen. Die Kundschaft bestand vorwiegend aus Seeleuten und der Halbwelt der Stadt. Betrunken fummelten sie an den minderjährigen Prostituierten und lallten ihnen billige Sprüche ins Ohr. Fahle

Glühlampen unter Metallschirmen verliehen dem Lokal eine düstere Atmosphäre. In einer Ecke zuckte ein Stroboskoplicht. Sebastien ignorierte die Blicke, bestellte sich einen doppelten Rum und setzte sich mit dem Rücken zur Wand an einen der Tische.

»He, die Bar ist nur für Stammgäste.«

Sebastien sah zum Rausschmeißer auf, der sich in seiner engen Lederjacke vor ihm aufbaute. Dann senkte er den Blick und betrachtete seinen Drink.

»He, du«, sagte der Rausschmeißer, »ich spreche mit dir, *amigo.*« Er fuchtelte mit der Hand vor seinem Gesicht herum. Noch hielt er kein Messer zwischen den Fingern.

»Ich warte auf Juan«, antwortete Sebastien unbeeindruckt.

»Oh.« Sein aggressiver Gesichtsausdruck wich einer eher besorgten Miene, er rang sich zu einem schwachen Lächeln durch. »Okay, okay«, sagte er noch, während er abzog, um sich anderweitig umzutun. Juan anzuarschen war gefährlich, und mit einundzwanzig Jahren wollte er noch nicht sterben.

»Kann ich mich setzen?«

»Klar«, antwortete Sebastien. Er betrachtete die junge Frau in ihrem verknitterten roten Kleid, das sie erst vor wenigen Minuten wieder angezogen hatte. Sie war so dünn wie ein Strohhalm, ihr Gesicht wirkte hohl und leer. Sebastien bedauerte sie. Sie würde kein Jahr mehr überstehen. Eine Überdosis Verzweiflung würde dafür sorgen. Manche Menschen waren die geborenen Verlierer. »Was möchtest du trinken?«

»Rum, bitte.«

»Wie heißt du?«

»Clarita.«

»Du kommst aus der Stadt?«

»Aus Kolumbien.«

»Schon lange in Panama?«

»Fast fünf Monate.«

»Ich sehe, du hast Gesellschaft«, erklang eine raue Stimme aus der rauchgeschwängerten Düsternis.

Juan ließ sich schwer an Sebastiens Tisch nieder. Er war ein korpulenter Mann Ende dreißig mit einer tiefen Messernarbe an der Stirn und rauchte unablässig Havanna-Zigarillos. Wie der Rausschmeißer trug er schwarzes Leder, seine Kleidung aber war besser geschnitten. Um den Hals baumelte ein Silbermedaillon der Madonna, an seinem Handgelenk eine große goldene Rolex. Er küsste Sebastien auf beide Wangen und grinste Clarita an. Er hatte sie schon einige Mal gehabt, nicht nur in diesem Lokal. Er beugte sich über den Tisch und drückte ihre Brust, als prüfte er das Obst auf dem Markt. Sie verzog den Mund, stand auf und ging fort.

»Und, wie gefällt dir die Bar?«

»Nicht schlecht. Ich dachte, du hättest etwas mehr Klasse.«

Juan lachte. »Die hab ich, aber es ist nicht gut, wenn man sich immer nur in den besten Hotels sehen lässt. Man muss sich hin und wieder auch auf seine Wurzeln besinnen.«

Sebastien nickte. Juan verleugnete seine Herkunft nie, keine Frage. Sebastien pflegte seit einiger Zeit intensive Kontakte mit der Unterwelt. Es handelte sich dabei um Dealer, die alles Mögliche in und aus dem Land schmuggelten – Waffen in den Fernen Osten, Kokain in die Staaten, Frauen nach Amsterdam und Osteuropa. Bislang alles kleine Fische, zu denen wahrscheinlich auch Juan gehörte. Sebastien wusste, dass er Geduld haben musste.

»Und, wie läuft's so?«

»So lala«, antwortete Sebastien. »Im Moment bin ich etwas knapp bei Kasse. Ich hoffe, du kannst mir noch was leihen. Schließlich sind wir doch Freunde.«

Juan spitzte die Lippen und schüttelte wie ein fürsorglicher Onkel den Kopf. Sebastien fragte sich, wie viele Leute er auf dem Gewissen hatte.

»Nein. Ich kann dir nichts mehr leihen, Sebastien. Du bist

doch derjenige, der in der Bank arbeitet, nicht ich. Außerdem schuldest du mir dreitausend, und bald ist Zahltag.«

Sebastien zuckte unbedarft mit den Schultern. »Ich werde das Geld schon auftreiben.«

Juan lachte aus vollem Herzen und bestellte noch mehr Rum. Es gab für ihn nicht den geringsten Grund, sich Sorgen zu machen. Er würde sein Geld bekommen. Er bekam es immer. Leichen zahlten immer die Zeche. Aber Sebastien war ein guter Saufkumpan, dachte Juan, er war harmlos und hatte eine Schwäche für Geld und für Alkohol. Jemand, den man ausnutzen konnte. Der Hai hatte begonnen, sein Opfer einzukreisen. Allerdings war ihm nicht bewusst, dass er sich dabei mit einem seiner Artgenossen anlegte.

Es wurde eine lange Nacht. In den Morgenstunden waren beide stockbesoffen, trunken nickte Juans Kopf vor der leeren Flaschenbatterie, während er sich mit Sebastien unterhielt. Plötzlich fiel ihm wieder ein, was er eigentlich hatte sagen wollen. Es dauerte seine Zeit, bis er die Worte herausbrachte und die Zunge Platz fand in dem engen Zwischenraum zwischen Bierflasche und Mund.

»Nächstes Wochenende gibt es eine große Party«, lallte er. »Eine große Party.« Er beschrieb mit den Armen einen Kreis. »In meiner Heimatstadt, in Cali. Dem schönsten Ort der Welt. Und ich will, dass du mitkommst, Sebastien. Damit du deinen Spaß hast. Mein Freund, ich versprech dir, das wird großartig. In Cali gibt's die schönsten Frauen in ganz Lateinamerika.« Er legte die Finger an seine speicheltriefenden Lippen und drückte ihnen einen schmatzenden Kuss auf. »Wunderschöne Frauen, wie Kokosnüsse. Wenn du sie erst geknackt hast, hört ihre Milch nicht mehr auf zu fließen.«

»Es geht nicht. Ich bin nächstes Wochenende schon auf einer Party.«

»He, du kannst mich nicht im Stich lassen.« Er griff über den Tisch und packte Sebastien am Hemdkragen. »Lass mich nicht im Stich, mein Freund!« Sein Ton klang schwermütig und bedrohlich zugleich.

»Na ja, mal sehen, Juan. Stoßen wir auf deine Party an!«

Sebastien wandte seinen trüben Blick zur Theke. Dort war ein Streit im Gange. Ein Schrank von einem Hafenarbeiter mit grauem Vollbart krakeelte mit einer Hure um die Bezahlung. Er hatte sie am Hals gefasst und begann sie zu würgen. Sie strampelte und krallte sich mit den Fingernägeln an ihn, ihre Arme aber waren zu kurz, sodass sie ihm nicht das Gesicht zerkratzen konnte. Sein Griff schloss sich immer fester. Die Nebenstehenden betrachteten nur beiläufig das Spektakel. Solche Dinge geschahen hier häufig. Keiner dachte daran dazwischenzugehen. Sie brachten einem hier ebenso leicht den Tod wie ein Bier. So war das nun mal im Leben. Sebastien betrachtete den Aufruhr.

»Ich hol uns noch was zu trinken.«

Er schlenderte zur Theke. Das verzweifelte Zucken des Mädchens hatte bei den Gästen – die endlich merkten, dass der Hafenarbeiter sie womöglich erwürgen könnte – nun doch für etwas mehr Aufmerksamkeit gesorgt. Erst jetzt erkannte Sebastien, dass es sich um Clarita handelte, die junge Prostituierte, die Stunden zuvor bei ihm am Tisch gesessen hatte. Er sah zu Juan. Der Gangster war über dem Tisch zusammengesackt, sein Kopf ruhte auf der Holzplatte. Sebastien zuckte mit den Schultern. Wieder sah er zum Gesicht des Opfers. Das Weiße in ihren Augen trat bereits unnatürlich hervor, ihr Gesicht färbte sich dunkelrot. Es hätte Tanya sein können – im Chalet. Aber sie war es nicht, und es ging ihn nichts an. So war die Welt eben. Misch dich nicht in fremde Angelegenheiten ein, und sei nicht überrascht, wenn dir keiner hilft.

»Eine Flasche Bier.«

Der Barmann reichte sie ihm. Sie war zu leicht. »Nein, sagen wir eine Flasche Whiskey.«

Sebastien nahm sie in die Hand. Dann packte er die

Flasche am Hals, stellte sich auf die Fußspitzen und schlug sie dem Hafenarbeiter mit voller Wucht auf den Hinterkopf. Die umstehende Menge begleitete dieses unerwartete Ereignis mit einem freudigen Aufschrei. Der Hafenarbeiter klappte in sich zusammen und stürzte wie ein Stein zu Boden. Sein Kopf war blut- und whiskeygetränkt, Glassplitter steckten in der Schädeldecke. Der Tod war weitergezogen. Nach einer kurzen Unterbrechung nahmen die Gäste ihre Unterhaltung wieder auf, der Hafenarbeiter war vergessen und Opfer eines kollektiven Gedächtnisverlusts geworden. Sebastien trat über den leblosen Körper und bestellte eine weitere Flasche Whiskey. Clarita sah ihn an, rieb sich den Hals, keuchte und röchelte. Er hatte ihr das Leben gerettet. Sebastien beachtete sie nicht und wankte wieder zurück an seinen Tisch. Die Rausschmeißer zerrten den Hafenarbeiter bereits nach draußen.

»Warum hast du das getan?« Juan brachte die Worte nur mit allergrößter Mühe heraus.

»Er hat auf meinem Fuß gestanden.«

Juan nickte weise. Das verstand er, das klang vernünftig. Er hatte Menschen schon wegen eines geringeren Anlasses getötet.

Juan holte Sebastien am darauf folgenden Samstag vom Flughafen in Cali ab. Er tauchte hinter der Zollsperre auf, schob die Wartenden zur Seite, umarmte Sebastien und küsste ihn glücklich auf beide Wangen.

»Ich wusste, dass du kommen wirst, *amigo*. Auf dich wartet ein großer Spaß.«

Sie fuhren vom Flughafen über staubige Seitenstraßen in das Zentrum des riesigen Ballungsraumes. Obwohl noch früh am Abend, war kaum Verkehr zu sehen. Der Grund dafür war ganz einfach. Die rivalisierenden Kämpfe zwischen dem Militär, den Guerillas und den Drogenhändlern hatten Cali zur Stadt mit der höchsten Mordrate der Welt gemacht.

Als Sebastien diesen Umstand erwähnte, spuckte Juan aus dem Fenster.

»Die haben keinen Mumm. Das sind doch alles beschissene Schwule und Memmen. Deswegen verstecken sie sich zu Hause.«

Juan paffte an seinem Zigarillo und erklärte seine Lebensphilosophie, während er den Wagen durch die engen Straßen steuerte. Durch Gewalt erwirbst du dir Respekt. Gewalt war eine Dienstleistung, die es zu kaufen und zu verkaufen gab. Bei der Moral war das nicht der Fall, mit ihr konnte man kein Geld verdienen. Sie zahlte sich nicht aus, vollkommen wertlos. Je gewalttätiger du also warst, umso wohlhabender wurdest du … und umso angesehener. Ist doch ganz klar, *hombre*. Das musste sogar ein Idiot verstehen. Weshalb Juan auch immer wieder aufrichtig überrascht war, dass die Mehrheit der Bevölkerung nicht so war wie er. Bescheuerte Dummköpfe. Sebastien nickte. Es stimmte, Moral half einem nicht weiter.

Nach vielen Kurven und Schlenkern und nachdem sie beinahe eine alte Frau überfahren hatten, erreichten sie das beste Hotel der Stadt. Juan stürmte durch die Türen – wie Freddie Mercury, der bei einem Kirchenbazar auftrat.

»*Chicas, chicas,* Partytime!«

Sie betraten das Hotel, das eher wie ein üppig ausgestattetes Luxusbordell aussah. Riesige Spiegel mit vergoldeten Rahmen, Tische aus bestem italienischen Marmor, Kristallleuchter, sakrale Gemälde aus Spanien, Kopien erotischer römischer Mosaiken, alles wurde zu einem skurrilen Pasticcio vermischt, als hätte ein entgleister Kirchenmaler mit einem schizophrenen Autohändler kopuliert.

Juan packte Sebastien am Arm und führte ihn durch die Menschenmenge. In dem im Untergeschoss gelegenen Restaurant drängten sich Menschen beiderlei Geschlechts, sprangen in verschiedenen Stadien der Trunkenheit umher und zogen sich Kostüme aus der Zeit der Konquistadoren über. Juans Ankunft wurde mit lautem Geschrei begrüßt. Er drehte seine Runde, küsste und drückte die Körperteile, die ihm gerade angeboten wurden, stellte Sebastien den Gästen vor und schnupfte dabei hohe Dosen Kokain. Seine leise ins Ohr geflüsterten Kommentare gaben dabei seine wirkliche Meinung wider.

»Sebastien, komm her, lass dich Don Manuel vorstellen. *Einer der größten Dealer in der Stadt. Ein reicher, dummer und ganz und gar beschissener Dreckskerl.*«

»Sebastien, ich möchte dich der duftenden Donna Carla Lopez vorstellen. *Eine Hure der schlimmsten Sorte. Die schreckt sogar Esel ab. Fass sie ja nicht an.*«

»Sebastien, begrüße meinen ältesten und besten Freund Señor Santigo Ceballos. *Der Hurensohn schuldet mir noch zwanzigtausend Dollar. Wenn er bis Montag nicht zahlt, schlitz ich seinen Kindern die Kehle auf.*«

Es wurde eine Nacht, an die man sich noch lange erinnerte. Beim Schlag einer Glocke begaben sich alle, die noch nicht völlig weggetreten waren, in den Speisesaal. Exquisite Köstlichkeiten wurden von Serviermädchen aufgetragen, die bei jedem Nachschlag einen Teil ihrer sowieso nur spärlichen Bekleidung fallen ließen. Die meisten Gäste machten es ihnen in kürzester Zeit nach, und die Orgie begann. Sie besaß alle Ingredienzien römischer Bacchanalien, nur dass das Publikum internationaler war und anstelle der Lerchenzungen Unmengen einer weißen Substanz serviert wurden.

Juan bemerkte, dass Sebastiens Aufmerksamkeit ganz von einer der mädchenhaften Kellnerinnen eingenommen wurde, die ihre rosafarbenen Brustwarzen mit Schlagsahne beschmierte.

»Nur zu«, gluckste er. »Wir haben Schulmädchen vom Land hierher gebracht.«

Schließlich, in den frühen Morgenstunden, ließ Sebastien Juan schlummernd an seinem Tisch zurück und stieg über reglose und zuckende Leiber hinweg in sein Zimmer. Es war ein palastartiger Raum mit einem Himmelbett, auf dem ein junges, nacktes und sehr verängstigtes Indio-Mädchen geduldig auf ihn wartete.

»Magst du diese Leute?«

Sie warf ihm einen ängstlichen Blick zu und schüttelte den Kopf. Mit den Händen bedeckte sie ihr Geschlecht.

»Ich auch nicht«, sagte er. »Zieh dich wieder an.«

Sebastien legte sich neben sie, als sie eingeschlafen war, und überdachte seinen nächsten Schritt. Juan begann ihn zu beunruhigen. Ein wenig zumindest.

Eine der Personen, denen Sebastien auf der Party vorgestellt wurde, war ein Señor Gonzalez gewesen. Ein liebenswürdiger, gut aussehender Mann Mitte fünfzig, gutmütig und kultiviert. Im Lauf des Festes hatte er Sebastien und Juan für den folgenden Tag zu sich auf seine Hazienda eingeladen. Erst spät am Morgen erwachte Juan aus seinem Drogenschlaf, und schließlich verließen sie die Stadt. Sebastien saß am Steuer.

Nach den trostlosen Seitenstraßen der Metropole öffnete sich vor ihnen plötzlich eine grüne Landschaft. Die Luft war warm, der Himmel wolkenlos. Fast wie in Panama, nur nicht so schwül. Sebastien war zufrieden mit sich, wie jemand, der in seinem Leben ein Ziel verfolgte und auf dem besten Weg ist, es zu erreichen. Er blickte nach hinten zur Rückbank des Jeeps.

»He, Juan, gibt's auf dieser Straße Probleme mit den Guerillas?«

»Keine Probleme. Señor Gonzalez kümmert sich um sie«, murmelte die ausgestreckte Gestalt unter dem Sombrero.

Etwa eine Stunde später bogen sie von der Hauptstraße ab. Einige Kilometer weiter verengte sich die Straße zu einem einspurigen geteerten Weg, der durch eine Kaffeeplantage führte. Und am Ende davon war in der Ferne ein herrliches

Gebäude zu sehen, nicht unähnlich einem französischen Château, das weiß vor den dahinter liegenden Bergen schimmerte. Sie fuhren weiter, von Reitern auf ihren Pferden beobachtet, die ihnen von den Feldern aus nachblickten.

»Ist das das Haus?«

»Ja.« Juan hob seinen drogenumnebelten Kopf. »Das ist es.« Nachdem sie am Eingang des Château von Wachleuten durchsucht worden waren, schritten sie durch eine weite Halle in den hinten gelegenen Garten. Das Gebäude und seine Einrichtung zeugten von überraschend gutem Geschmack. Sebastien fragte sich, wer der Architekt war. Señor Gonzalez befand sich an einem großen Pool, in dem seine kleinen Kinder herumplanschten und lärmten. Er hieß seine Gäste mit einem Nicken willkommen und streckte sich in seinem Liegestuhl aus. Sebastien setzte sich neben ihn, während sich Juan nach drinnen zur Bar verzog, um seine angeschlagenen Geisteskräfte wieder auf Vordermann zu bringen.

Die Sonne glitzerte auf dem Wasser. Sebastien nippte an seinem Wein und betrachtete eine einsame Wolke, die über den Himmel zog. Nach einer Weile rührte sich Gonzalez.

»Wollen Sie ein wenig von der Ranch sehen?«

Es wurden Pferde gebracht, und Gonzalez und Sebastien saßen auf. Voller Stolz zeigte ihm Gonzalez seine Besitztümer – er war ein Geschäftsmann, der es geschafft und sich frühzeitig zur Ruhe gesetzt hatte, um jetzt das Leben zu genießen. Er war elegant gekleidet und kannte den Wert des Geldes. Sebastien war beeindruckt. Gonzalez hatte schnell gelernt. Die Tätowierungen auf seinem Handrücken hingegen ließen sich nicht so leicht entfernen; sie waren ihm, anders als seine übrigen Eigenschaften, tief in die Haut gebrannt.

»Sehen Sie das Land dort drüben? Bei den Bergen? Bis dahin gehört alles mir. Mein Vater besaß hier einen kleinen Grundbesitz, den ich erweitert habe. Zudem gehören mir die

Kaffeeplantagen und viel Grundbesitz in Palmira.« Er holte eine Zigarre heraus und zündete sie an. »Juan sagt, Sie seien ein guter Banker. Gefällt Ihnen der Beruf?«

»Ja, ich arbeite für die US Bank.«

»Wirklich?«, erwiderte er wenig beeindruckt. »Nun, ich bin mein ganzes Leben lang Geschäftsmann gewesen. Wie mein Vater. Ich habe die Ranch und bin mit Partnern im Import-Export tätig. Zucker, Maschinenteile, Papier, solche Sachen. Meistens wirft es Gewinn ab, aber wie überall gibt es gute und schlechte Jahre.« Er lenkte sein Pferd einen engen Wasserablauf hinab, das Tier suchte sich zwischen den Kakteen seinen eigenen Weg. »Wir denken daran, zu expandieren, vielleicht in die USA oder nach Europa. Deshalb sind wir auf der Suche nach einem guten Banker. Juan meinte, Sie seien vertrauenswürdig.«

Sebastien gab sich desinteressiert. »Ich bin mir sicher, die US Bank wird Ihnen Kredite geben, wenn Sie gewisse Vermögenswerte nachweisen können.«

Señor Gonzalez murmelte nur etwas Unverständliches, während sie weiter in die Plantage hineinritten. »Wir brauchen keine Kredite. Wir wollen Geld ins Ausland überweisen, um es dort anzulegen. Aber Sie wissen ja, wie das so ist. Es gibt Probleme mit den Wechselkursen, misstrauische Zollbeamte, Regierungsinspektoren. Dieses Land geht vor die Hunde. Sie wollen uns noch den letzten Peso aus der Tasche ziehen. Es lohnt sich doch kaum noch zu arbeiten. Nein, was wir wollen, ist Diskretion. Wir suchen jemanden, der uns helfen kann, ohne allzu viele Fragen zu stellen.«

Sebastien schien darüber nachzudenken, als würde er, der angesehene Banker, mit seinem Gewissen kämpfen. »Nun, vielleicht kann ich Ihnen helfen. Ich habe mit Nummernkonten zu tun. Das heißt, es kommen nur große Beträge in Frage, und die Nebenkosten sind sehr hoch.«

»Ja.« Gonzalez spuckte zu Boden. »Die Banken versuchen immer, dich auszunehmen.« Er führte sein Pferd neben das von Sebastien und legte ihm verständnisvoll die Hand auf den Arm. »Ich weiß um Ihre Probleme. So ergeht es jedem. Zu viele Wünsche, und zu wenig Geld.« Er stieß ein raues Lachen aus. »Das ist bei mir nicht anders. Vielleicht können wir uns ja gegenseitig behilflich sein.«

Sebastien bemerkte das Flackern in Gonzalez' Augen – eine helle Flamme, die auf einem dicken Ölteppich tänzelte. Er grinste.

»Machen Sie sich keine Sorgen, Señor Gonzalez«, sagte er mit der Ernsthaftigkeit eines Immobilienmaklers, der sein eigenes Haus verkauft. »Ich behandle Ihr Geld genauso wie mein eigenes.«

»Ähm, ja«, antwortete Gonzalez nach einer Weile und klopfte seinem Pferd gegen den Hals. »Ich denke, wir verstehen uns. Was also müssen ich und meine Partner tun, wenn wir in regelmäßigen Abständen Geld ins Ausland überweisen wollen?«

»Sie eröffnen ein Nummernkonto in Panama. Ich brauche dazu von Ihnen nur einige Formulare mit Ihrer Unterschrift. Wollen Sie das Geld dann in die USA oder nach Europa transferieren, reicht ein ganz gewöhnlicher Überweisungsauftrag an die Bank. Und niemand wird erfahren, wem das Geld wirklich gehört, nur der Bankdirektor, sein Stellvertreter und ich.«

»Ja. Aber sie wollen doch wissen, wer ich bin?«

»Natürlich«, antwortete Sebastien. »Und einer von ihnen wird Sie und Ihr Unternehmen sicherlich besuchen kommen. Aber es sollten sich keine Probleme ergeben. Sie und ich, wir können das so arrangieren.«

»Ich will keine Schwierigkeiten.«

»Und wir müssen dann für Sie ein Konto in der Schweiz einrichten«, fuhr Sebastien mit einem Lächeln fort. »Ebenfalls ein Nummernkonto. Das dürfte sehr leicht sein, weil sich die US Bank aufgrund Ihres Kontos gegenüber der Schweizer Bank verbürgt.«

Gonzalez inspizierte die Kaffeebäume. »Und wie viel Kommission wollen Sie dafür haben?«

»Einhunderttausend Dollar. Im Voraus. Und fünfzigtausend für jede Überweisung.«

»Viel zu viel«, rief er verächtlich aus.

»Das ist mein Preis. Ich muss ein größeres Risiko eingehen als Sie, Señor Gonzalez. Und ich muss Ihnen vertrauen. Aber natürlich, wenn Sie sich das nicht leisten können ...«

Gonzalez gab seinem Pferd die Sporen. »Nein«, zischte er. Die freundliche Maske war gefallen. »Wir werden zahlen, aber ich will keine Schwierigkeiten. Haben Sie mich verstanden?«

»Vollkommen.«

Sie ritten zum Château zurück und stiegen am Swimmingpool von den Pferden. Gonzalez deutete auf die junge Frau, die mit den Kindern im Pool gewesen war. »Was halten Sie von ihr?«

»Sie haben eine wunderschöne Frau.«

Señor Gonzalez warf den Kopf zurück und brüllte vor Lachen los, so dass seine Goldzähne im Sonnenlicht funkelten. »Sie ist nicht meine Frau. Sie ist die Kellnerin, auf die Sie letzten Abend, wie Juan sagt, ein Auge geworfen haben. Eine schöne Nacht noch, mein Freund. Kommen Sie nächste Woche mit den Formularen wieder. Und noch etwas«, und er blickte Sebastien eindringlich in die Augen. »Wenn ich Ihnen einen guten Rat geben darf: Hintergehen Sie mich nie.«

Gonzalez sah Sebastien und Juan hinterher, die mit der Kellnerin zum Jeep gingen. Ein kleiner, mittelmäßiger Gauner, dachte er.

Bei Einbruch der Abenddämmerung fuhr Juan zurück nach Cali. Sie setzten das Mädchen im Hotel ab.

Juan sah zu Sebastien.

»Da ist noch was. Señor Gonzalez will, dass du mir noch bei was hilfst«, sagte er.

Sie fuhren zu einem Parkplatz an einer Seitenstraße. Es waren kaum Autos abgestellt. Juan setzte den Wagen in eine der Parkbuchten, wies Sebastien an, sich auf den Fahrersitz zu begeben, und stieg mit dem unvermeidlichen Zigarillo zwischen den Lippen aus.

»Ich bin in ein paar Minuten wieder da. Behalt die Straße im Auge und achte auf einen Motorroller.«

Sebastien wartete, den Blick auf die kaum zwanzig Meter entfernte Straße gerichtet. Es kamen nur wenige Fußgänger vorbei; die Nacht begann sich über die Stadt zu senken.

Bald darauf erschien ein Motorroller, auf dem zwei Männer saßen. Der Roller bewegte sich langsam, drehte einige Runden, dann beschleunigte er ein wenig. Er schien einem Mann zu folgen, der den Bürgersteig entlangeilte, um nach Hause zu kommen. Seiner Kleidung, dem leicht schäbigen Mantel nach zu schließen, handelte es sich um einen Büroangestellten, vielleicht einen Versicherungsagenten oder Mitarbeiter einer Bank, stellte sich Sebastien vor. Einer der Menschen, die ein ruhiges Leben führten, Frau und Kinder hatten. Ein Mensch, der trotz der schwierigen Umstände versuchte, ein ehrliches Leben zu führen, ein guter Mensch in einer bösen Welt.

Als sich der Passant inmitten von Sebastiens Sichtfeld befand, etwa fünfzehn Meter vor ihm, erhöhte der Motorroller die Geschwindigkeit, und der Sozius zog einen länglichen Gegenstand aus seiner Jacke. Sebastien lief es eiskalt über den Rücken, als ihm bewusst wurde, was in wenigen Augenblicken geschehen würde. Er riss die Wagentür auf und schrie dem Fußgänger eine Warnung zu. Doch es war bereits zu spät. Der Passant hörte den Lärm des sich nähernden Rollers und drehte sich um. In diesem Moment richtete Juan das doppelläufige Gewehr auf ihn und feuerte. Der Motorroller bog auf den Bürgersteig, fuhr nur wenige Zentimeter an dem noch zuckenden Körper vorbei und kam dann mit voller Geschwindigkeit auf Sebastien zu. Er hielt an, Juan und sein Gefährte stiegen ab und lehnten den Roller gegen einen Zaun. Sie stiegen in den Wagen.

»Los, fahr schon«, sagte Juan. Er kicherte.

»Warum habt ihr das getan?«

Juan blickte ihn finster an und drückte ihm den Zeigefinger gegen die Brust. »Das soll dir eine Lehre sein, Sebastien«, sagte er mit tiefer, drohender Stimme. »Eine Lehre ganz für dich allein. Señor Gonzalez wollte dir nur zeigen, was mit Leuten geschieht, die ihm Schwierigkeiten bereiten. Eine zweite Chance gibt es nicht. Vergiss das nicht.«

»Was hat der Mann denn getan?«, fragte Sebastien.

»Er?«, erwiderte Juan, als hätte er den Vorfall bereits wieder vergessen. Er drehte den Kopf zur Seite und nahm einen neuen Zigarillo aus der Packung. »Äh, nichts. Er war eben einfach da.«

Doug Sullivan, der Direktor der US Bank, war erfreut, dass ein vermögender kolumbianischer Geschäftsmann ein Nummernkonto eröffnen wollte. Er gratulierte Sebastien. Allerdings musste noch überprüft werden, dass keine Drogengelder im Spiel waren. Ted Baxter hatte sich von seinen Verletzungen erholt und das Krankenhaus verlassen. Noch wichtiger war jedoch, dass er seinen Kurs bei den Anonymen Alkoholikern fast hinter sich gebracht hatte. Der Direktor schickte daher Ted und Sebastien zur Unterzeichnung der relevanten Papiere nach Kolumbien. Sebastien informierte Juan von dieser Entwicklung und teilte mit, was zu tun sei.

»Keine Sorge«, lachte Juan. »Wir lassen Ted im siebten Himmel schweben. Was für ein Spaß!«

Sobald Ted in Cali gelandet war, wurde er mit Drinks abgefüllt. Sicher, er sah Gonzalez die Eröffnungsformulare für ein Nummernkonto unterzeichnen. Er bekam auch die Bilanzen der von Gonzalez und seinen Partnern kontrollierten Unternehmen zu Gesicht und war von ihnen überaus angetan. Dazu bestand auch ausreichend Anlass, waren doch

Gonzalez' Buchhalter weitaus kreativer als Walt Disney im LSD-Rausch. Aber dass Ted die Unternehmen selbst zu Gesicht bekommen hätte, das konnte man nun nicht gerade behaupten. Nach einer durchzechten Nacht und der Aufmerksamkeit, die ihm nicht von einer, sondern von zwei attraktiven Playmates zuteil wurde, war Ted am nächsten Morgen noch nicht einmal dazu in der Lage, sich unter die Dusche zu stellen, geschweige denn, Gonzalez' Unternehmen zu besichtigen. Was gar nicht so schlecht war, denn sie existierten nicht. Gonzalez' Voraussicht aber war es zu verdanken, dass er dafür Fotos von den Gebäuden anderer Leute zu sehen bekam. Die Fotos von Teds sexuellen Ausschweifungen allerdings behielt Gonzalez für sich; man wusste ja nie, was die Zukunft so bringen würde.

Schon erstaunlich, wozu Banker in der Lage waren, dachte er. Das hätte er ihm überhaupt nicht zugetraut. Was für eine Galerie!

Und noch etwas geschah, das Ted nicht mitbekam und das ihn ziemlich beunruhigt hätte – was im Übrigen auch auf Gonzalez zugetroffen hätte. Es ereignete sich auf dem Rückflug nach Panama.

»Bin in einer Minute wieder hier«, sagte Ted und machte sich zum rückwärtigen Teil des Flugzeugs davon, wobei er sich noch fragte, ob es der Tequila oder die Frauen gewesen waren, die ihn so gefällt hatten.

»Schon in Ordnung«, antwortete Sebastien.

Während Ted in der Flugzeugtoilette über die spontanen Kontraktionen seines Verdauungsapparats sinnierte, öffnete Sebastien Teds Aktentasche. Sekunden später hatte er die von Gonzalez unterzeichneten Eröffnungsformulare gegen identische Formblätter ausgetauscht, auf denen er Gonzalez' Unterschrift gefälscht hatte.

»Schon besser«, sagte Ted, als er sich wieder in seinem Sitz niederließ. »Das war das verdammt fettige Essen, das mich so durcheinander gebracht hat.«

»Ja, ja«, sagte Sebastien und dachte an Teds nächsten Auftritt bei den Anonymen Alkoholikern. Er würde ihnen einiges zu erklären haben. Das Flugzeug befand sich bereits im Landeanflug.

»Ach ja, noch was, Sebastien. Ich denke, wir müssen den Direktor nicht mit allen Einzelheiten unserer Geschäftsreise langweilen. Wir sollten uns einfach auf die wichtigen Dinge beschränken, was? Er hat schon genug um die Ohren.«

Sebastien sah ihn an. »Keine Sorge, Ted. Wenn alles bekannt werden würde, dann wären wir beide erledigt.«

»Ähm, na ja.«

Die US Bank in Panama eröffnete für Señor Gonzalez ein Nummernkonto mit einer erstmaligen Einlage von fünf Millionen US-Dollar. Daneben eröffneten sie für ihn bei Banque Lex, einer erstklassigen Bank in Genf, ein weiteres Nummernkonto. Da die Anfrage von der Filiale eines renommierten amerikanischen Bankhauses kam, verzichtete die Schweizer Bank auf eigene Recherchen über Gonzalez' Unternehmen. Sebastien faxte ihnen einfach die vollständigen Eröffnungsunterlagen für das Nummernkonto in Panama zu, welche die von ihm gefälschte Unterschrift von Gonzalez trugen.

Ende Juli enthielt das Konto in Panama mehr als zehn Millionen Dollar, von denen auf Gonzalez' Wunsch die Hälfte auf sein Konto in der Schweiz transferiert werden sollte. Sebastien erhielt dessen Anweisung, ein einfaches Überweisungsformular mit der Unterschrift des Drogenhändlers. Er warf es in den Müll und bereitete eine identische Anweisung mit seiner gefälschten Unterschrift vor. Diese reichte er an Ted weiter, der zusammen mit dem Direktor anhand der originalen Eröffnungsunterlagen die Unterschrift überprüfte. Da die Unterschrift auf beiden Dokumenten von Sebastien stammte, stimmte sie natürlich überein. Das Geld wurde überwiesen, Gonzalez erhielt darüber eine Bestätigung. Und alle waren glücklich, Ted inbegriffen.

»Na, Sebastien, so langsam arbeitest du dich hier ein«, sagte er erfreut, als er sich ausrechnete, wie hoch die von Gonzalez zu entrichtenden Bankgebühren waren.

»Ja, ich denke schon«, antwortete Sebastien und dachte an seine Kommission, die er von Gonzalez bekam und mit der er seine Schulden bei Juan bezahlen wollte. »Eine komische Welt, nicht wahr? Man transferiert das Geld anderer Leute von einer Tasche zur anderen und wird dafür auch noch bezahlt. Zum Lachen ist das!«

»Glaubst du wirklich, dass wir damit durchkommen?«, fragte Tanya.

Sie lagen sonnenbadend am unberührten weißen Strand und sahen den Wellen zu, die gegen die Küste schlugen.

»Es gibt keinen Grund, warum wir damit nicht durchkommen sollten«, antwortete ihr Sebastien. »Und wenn was schief läuft, werden sie nie darauf kommen, dass du etwas damit zu schaffen hast. Wenn etwas passiert, dann bezieh ich die Prügel.«

»Ich komm dich dann im Gefängnis besuchen.« Tanya küsste ihn auf die Schulter. Es war einige Zeit her, dass sie sich gesehen hatten. Daher hatten sie beschlossen, sich an diesem abgelegenen Strand auf einer Insel vor der Küste Panamas zu treffen, um sich zu entspannen und Neuigkeiten auszutauschen. Tanya hatte ihn in den letzten Wochen, in denen er versucht hatte, einen Drogenhändler zu ködern, sehr vermisst. Gemma reichte als Gesellschafterin eben doch nicht aus. Tanya wendete sich, um auch den Hintern nahtlos zu bräunen. Sie hatte Lust auf ihn … langsam gewöhnte sie sich daran, mit ihm im Sand zu vögeln.

»Hast du dir schon überlegt, wie wir von hier abhauen, wenn der Coup durchgezogen ist?«, fragte Sebastien und nippte an seinem Bier. Er wollte sich auf keinen Fall mehr in der Stadt aufhalten, wenn Gonzalez dahinterkam, dass sie sich auf unbefristete Zeit sein Geld geliehen hatten. Er hatte

Tanya nicht alle Einzelheiten über seine Reise nach Cali mitgeteilt, da er sie nicht beunruhigen wollte. Aber er wusste, dass Gonzalez ihm nie verzeihen würde. Er hatte noch nicht einmal seiner Mutter verziehen, dass sie ihn geboren hatte.

»Ja«, antwortete Tanya. »Am schnellsten geht es mit dem Flugzeug. Damit wir nicht allzu viel Aufmerksamkeit erregen, sollten wir ans andere Ende des Kanals, nach Colon, fahren und von dort einen Privatjet nach Miami nehmen. Ich habe den Flug bereits arrangiert.« Sie kicherte. »Ich habe dich als Mr. Meister gebucht.«

Sebastien lachte und reichte ihr ein Bier. »Nett. Die Sache ist auf Oktober terminiert. Wir haben noch drei Monate. Wir können uns also zurücklehnen und uns entspannen.«

»Was ist mit den anderen? Ivan und Andrew dürfen wir nicht vergessen. Glaubst du, sie haben uns mittlerweile aufgespürt?«

»Nein. Keine Sorge, mit ihnen werden wir uns bald beschäftigen. Aber zuerst sollten wir hier die Sache über die Bühne ziehen und das Geld fortschaffen.«

»Ist es wirklich richtig, Gonzalez um das Geld zu betrügen? Ich habe meine Bedenken.«

»Was, einen Drogenhändler um Geld zu erleichtern?« Sebastien setzte sich auf. »Warum nicht, Tanya? Er würde es doch nur dazu verwenden, um noch mehr Drogen zu kaufen. Ich habe nicht die geringsten moralischen Bedenken, das darf ich dir versichern. Gonzalez bekommt genau das, was er verdient. Denk nur daran, wie vielen Menschen er das Leben zerstört hat.«

Tanya schwieg. Sebastien runzelte die Stirn. Tanya hatte sich in letzter Zeit etwas merkwürdig verhalten. Sie hatte sich zurückgezogen, sich von ihm distanziert. Ihre Wege begannen sich zu trennen. Als wäre mit ihr in jener Nacht im Chalet etwas geschehen. War sie doch vergewaltigt worden? Oder bereitete sie sich schon darauf vor, dass sie sich trennten? Es gehörte zu den traurigen Dingen auf der Welt, ging ihm durch den Kopf, dass man anderen nie wirklich trauen konnte. Nicht einmal jenen, die einem am nächsten standen.

»Glaubst du, Andrew und Ivan versuchen auf ähnliche Weise an das Geld zu kommen?«

»Ich bin mir dessen ziemlich sicher«, antwortete Sebastien. »Gibt es was, das du über sie weißt und mir nicht erzählt hast? Vergiss nicht, wir haben ausgemacht, zusammenzuarbeiten.«

Tanya zögerte. Der Augenblick der Entscheidung war gekommen. Würde sie beim Wettbewerb gegen ihn antreten? Auf Gonzalez' Konto würde nicht genügend Geld für sie beide liegen. Was sollte sie also mit Sebastien machen? Sie wusste, sie liebte ihn – trotz seiner Fehler. Warum? Er machte sie glücklich, das Leben machte Spaß mit ihm, er hatte Stil und Mumm, so einfach war das. Sie legte sich mit dem Rücken in den Sand und sah zum Himmel auf. Sie wusste, Sebastien wollte unter allen Umständen Meister werden, und wenn es darauf ankam, würde er gegen sie antreten. Einen Wettbewerb wie diesen aber, glaubte Tanya, würde sie gewinnen. Aber da war noch etwas anderes. Sie liebte ihn, und wenn man jemanden liebte, stellte man manchmal seine persönlichen Wünsche, die einem sonst über alles gingen, zurück. Und? Tanya beschloss, dass sie Sebastien helfen wollte. Wenn er sich selbst verwirklichte und Meister wurde, würde er sie umso mehr lieben.

»Sebastien …« Eine leise innere Stimme aber sagte ihr, ihm nicht alles zu erzählen. Auch jetzt kein Wort von ihrer Beziehung zu Rex. Das würde er nicht verstehen. »Sebastien, ich will dir was erzahlen. Ich habe in Computer-Datenbanken einige Nachforschungen über Andrew angestellt.«

»Ach? Und was hast du gefunden?« Er kramte in der Kühlbox.

Tanya erzählte von Andrews militärischer Vergangenheit, von seiner Beratertätigkeit für die UN, wo er für das Kollegium militärische und terroristische Organisationen überwacht hatte. Was hieß, dass er sehr gefährlich war: ein Mensch, der keinerlei Skrupel haben würde, Rex zu töten, falls dies erforderlich sein sollte. Andrew wäre auch dazu in der Lage gewesen, in jener Nacht in der Schweiz ins Chalet einzubrechen.

Sebastien hörte sich alles an. Dann kicherte er. »Du hast also beschlossen, mir zu trauen. Darauf habe ich die ganze Zeit gewartet. Und offensichtlich bist du auch zu dem Schluss gekommen, dass ich Rex nicht umgebracht habe. Prost!« Er zog eine weitere Flasche aus der Box und legte die Hände hinter den Kopf. »Ich gebe dir Recht mit dem, was du über Andrew gesagt hast. Deshalb habe ich mich von ihm immer ferngehalten. Versuch doch mal, etwas über Ivan herauszufinden.« Und dann fügte er in beiläufigem Tonfall noch an: »Hast du mich auch schon überprüft?«

Tanya sah ihn eindringlich an. »Nein. Dazu besteht kein Anlass. Ich liebe dich, und ich vertraue dir.«

»Das Gleiche gilt für mich«, sagte Sebastien, obwohl er ihr nicht glaubte. »Schön, wenn du so ehrlich zu mir bist, dann erzähle ich dir jetzt das Geheimnis der chinesischen Schatulle.« Er küsste sie auf die Lippen, bevor er sich wieder in den Sand fallen ließ und zu den Wellen blickte, die sich am Strand brachen, und dann hinauf zum klaren blauen Himmel und der gleißenden Sonne. Es könnte ihm nicht besser gehen, dachte er. Sie befanden sich fast im Paradies. Das Amt des Meisters wäre noch der krönende Abschluss.

»Tanya, ich denke«, begann er, »der Zweck der chinesischen Geheimschatulle lag nur darin, uns davor zu warnen, dass der äußere Anschein trügt. Das hier ist kein gewöhnliches Spiel. Es ist ein Wettbewerb. Und ein Wettbewerb ist eine Art Krieg. Der Meister hat nicht umsonst die chinesische Geheimschatulle angesprochen. Er wollte uns damit etwas sagen, und ich bin mir sicher, ich weiß, was er damit meinte.«

»Was?«

»Dass dies hier kein Spiel um die Macht im Sinne Machiavellis ist, bei dem der Zweck die Mittel heiligt. Es ist sehr viel einfacher. Es herrscht Krieg, und es kann nur einen Sieger geben. Es spielt keine Rolle, wie du oder ich oder sogar der Meister in diesen Krieg hineingezogen worden sind. Wir sind daran beteiligt, und wir müssen alles tun, um zu gewinnen. Dieses Spiel besitzt – wie das Leben – keine moralische Dimension. In Wirklichkeit setzen die Menschen moralische Argumente doch nur aus taktischen Gründen ein, um den Krieg zu gewinnen. Es sieht gut aus, so zu tun, als sei man fromm, wenn man der Papst oder der Meister ist, denn das hält andere davon ab, dich anzugreifen. Potenzielle Aggressoren hegen dann moralische Bedenken. Man gibt zwar vor, fromm zu sein, ist es aber in Wirklichkeit überhaupt nicht! Die perfekte Art und Weise, den Feind zu schwächen.«

Tanya nickte. Sie konnte ihm nur halb zustimmen. Auch sie hatte in den vergangenen Monaten ihre Meinung zum Kollegium grundlegend geändert.

»Der andere interessante Aspekt«, fuhr Sebastien fort, »betrifft den Urheber der Schatulle, den Handwerker Chang. Er lebte während der Herrschaft von Kangxi, dem wahrscheinlich größten und mächtigsten Kaiser Chinas. Ich habe mich ein wenig mit ihm beschäftigt. Er stammte nicht aus China, sondern war ein Mongole, der seine Gerissenheit, die ihm in die Wiege gelegt worden war, und seine militärische Macht dazu einsetzte, um das zu bekommen, was er wollte: die Herrschaft über China. Und dazu ließ er sich von einem kleinen Büchlein über militärische Taktik leiten.«

»*Die Kunst des Krieges* von Sunzi«, sagte Tanya.

Sebastien lachte. Sie überraschte ihn doch immer wieder.

»Ja. Woher weißt du das?«

»Weil, Sebastien«, und sie schnippte mit dem Finger gegen seine Hoden, »manche Menschen genauso schlau sind wie du, du Angeber. Auch ich habe meine chinesische Geschichte gelesen.«

»Gut«, antwortete er, rückte ein wenig von ihr ab und biss

in einen Apfel, »dann weißt du auch, dass Sunzi gesagt hat: ›Die Kunst des Krieges ist für den Staat von entscheidender Bedeutung. Sie ist eine Angelegenheit von Leben und Tod, eine Straße, die zur Sicherheit oder in den Untergang führt. Deshalb darf sie unter keinen Umständen vernachlässigt werden.‹«

Tanya nickte. »Er sagte auch: ›Jede Kriegführung gründet auf Täuschung.‹«

»Genau«, erwiderte Sebastien. »Wir befinden uns im Krieg, und die chinesische Geheimschatulle ist eine Täuschung, ein cleverer Trick. Es kann gar nicht anders sein. Wie sollte denn jemand für den Kaiser die schwierigste Geheimschatulle herstellen können, die es gibt? Das ist nicht möglich. In der Schatulle befindet sich nichts. Das glaubt der Meister, und ich schließe mich seiner Meinung an.«

»Und worauf willst du jetzt hinaus?«

»Worauf ich hinaus will? Ich habe viel über das Kollegium und sein wahres Wesen nachgedacht. Es überlebt nur, weil es die einzelnen Länder und Staatsoberhäupter gegeneinander ausspielen kann. Auf diese Weise sichert es sich seine eigene Macht und seine zentrale Position. Und das betreibt es mit viel Geschick und List.« Er kam allmählich in Fahrt. »Siehst du nicht, Tanya, genau das macht es seit Hunderten von Jahren. Das Kollegium hält alle Fäden in der Hand und zieht mal hier, mal da, um die Dinge in die gewünschten Bahnen zu lenken. Natürlich ist die Welt mittlerweile so komplex geworden, dass noch nicht einmal das Kollegium jedes Ereignis manipulieren und den erhofften Ausgang herbeiführen kann. Aber es kann zumindest so weit eingreifen, dass es seine privilegierte Stellung aufrechterhält. Das ist wie bei den alten astrologischen Karten, die man aus mittelalterlichen Büchern kennt, mit ihren großen konzentrischen Kreisen von Himmel und Erde und der Gestalt, die in der Mitte steht und alles kontrolliert. Es ist die einzige Institution, die, unabhängig von allen politischen und wirtschaftlichen Veränderungen, über einen sehr langen Zeitraum große Macht ausgeübt hat. Und der Meister ist wirklich ein Meister – ein Meister der Manipulation und Täuschung.«

»Und?«

»Und genau das hat er uns zu sagen versucht. Siehst du das nicht? Wir sind die Zauberlehrlinge. Wir üben uns darin, die Macht zu erlangen, damit wir sehen, wie es ist, wenn man im Zentrum steht und alles lenkt. Und wir werden gezwungen, es auf die harte Tour zu lernen. Zu lernen, wie man das Unmögliche erreicht, indem man nur seinen Verstand einsetzt.«

»Wenn das so ist, warum hat uns dann der Meister überhaupt das Amt angeboten?«, fragte Tanya verwirrt. »Wenn es nur um die Macht geht, müsste er doch alles tun, um sie nicht zu verlieren.«

»Genau«, sagte Sebastien triumphierend. »Er hat uns das Amt nicht angeboten. Er hat uns erzählt, dass die Schiedsmänner das Spiel bestimmen. Was heißt, und dessen bin ich mir sicher, dass der Meister alles tun wird, um an der Macht zu bleiben. Er hat nicht ein Wort darüber verloren, dass er sein Amt abgeben will.« Er hielt kurz inne, bevor er fortfuhr: »Verstehst du, Tanya, ich denke, es gibt nur zwei entscheidende Faktoren, die jedes System zusammenhalten und dafür sorgen, dass es sich anpasst und überleben kann. Und das trifft auf jedes System zu.«

»Und welche sind das?«

»Krieg und Frieden. Krieg, weil er Differenzen schafft und Veränderungen erzwingt. Und Frieden, weil er zusammenfügt und verbindet. Genau diese beiden einfachen Konzepte sind es, über die sich viele große politische und philosophische Denker den Kopf zerbrochen haben.«

»Und welches von beiden ist mächtiger?«

Sebastien küsste sie auf die Wange. »In unserem tiefsten Inneren wissen wir das beide, sonst würden wir dieses Spiel nicht spielen.« Er warf den Apfel fort. »Der Krieg.«

Und, bei Gott, er würde ihn gewinnen.

18

Denn sobald die Menschen nicht mehr aus Not
zu kämpfen brauchen, kämpfen sie aus Ehrgeiz,
der im Menschenherzen so mächtig ist,
dass er sie nie verlässt,
wie hoch sie auch steigen mögen.
Machiavelli, Discorsi

Juli, Albanien

Albanien war ein bemerkenswertes Land, ging es Ivan durch den Kopf, als er vor dem Flughafen in Tirana stand und auf den Wagen wartete. Es war das ärmste Land Europas und zugleich das geheimnisvollste; eine gebirgige, an der Adria gelegene Region, die zwischen Griechenland im Süden und dem ehemaligen Jugoslawien im Norden und Osten eingekeilt lag und eine Bevölkerung von nur drei Millionen Menschen aufwies. Ein Land mit einer bewegten Geschichte. Jahrhundertelang hatten die Bewohner, die Nachfahren der Illyrer, unter türkischer Herrschaft gelebt; erst 1912 konnte der Staat seine Unabhängigkeit erlangen. Im Zweiten Weltkrieg war Italien eingefallen, später Nazi-Deutschland. Nach dem Krieg hatten die Kommunisten unter Führung Enver Hoxhas die Herrschaft übernommen. Keine sehr glückliche Geschichte, dachte Ivan. Als würde auf eine Gefängnisstrafe gleich die nächste folgen.

»Taxi?«

Ivan winkte den Fahrer fort. Er wartete auf jemand anderen. Enver Hoxha hatte ein interessantes Studienobjekt abgegeben. Vierzig Jahre lang hatte er mit eiserner Faust über das Land der Adler geherrscht. Ein Diktator der alten Schule, ein Psychopath, keiner von den neuen Weicheiern, die das Volk mit Brot und Spielen bei Laune hielten und sich beim ersten Anzeichen eines Aufstands auf- und davonmachten. Nein, unter Hoxha hatte es Konzentrationslager für Abweichler gegeben, die, wenn sie von Glück reden konnten, gefoltert oder, wenn sie weniger Glück hatten, gleich endgültig eliminiert wurden. Hoxha hatte sich ganz offensichtlich Machiavellis Rat zu Herzen genommen, dass man die Familie des vorangegangenen Herrschers vernichten musste, wenn man den Staat fest im Griff haben wollte. Das Problem war nur, Hoxha war in seinem Enthusiasmus etwas zu weit gegangen und hatte die Familie fast jeden Bewohners umbringen lassen. Bis auf seine eigene natürlich. Schließlich brauchte man noch jemanden, der für einen kochte, ein Problem, das die großen politischen Theoretiker manchmal übersahen. Vom Ende des Zweiten Weltkriegs bis zu seinem Tod im Jahr 1985 hatte Hoxha also über eine Spielzeugland-Diktatur der schlimmsten Sorte geherrscht. Freie Meinungsäußerung war skrupellos unterdrückt worden, die kommunistischen Hardliner hatten das Sagen. Mit Ausnahme von Hoxha und seinen Gehilfen besaßen die Albaner keine Autos, kein Privateigentum, es gab keine Steuern, keine politische Opposition, keine Hypotheken, keine gesellschaftlichen Klassen, kein Verbrechen, keine Banken, keine Auslandsreisen, eigentlich überhaupt nicht viel. Das Land der Adler war ein Land der Nihilisten, ein interessantes Experiment, das emsig alles in die Tat umsetzte, was man bei einem Gesellschaftsumbau falsch machen konnte. Ein Haar in der Suppe, ein dünnes Härchen allerdings, hatte Hoxha übersehen: Das Land hatte auch keine Zukunft.

»Mr. Ivan Radic?«

Ivan nickte dem militärischen Wachposten zu und folgte ihm. Armes Albanien. Vierzig Jahre lang war es das größte Konzentrationslager der Welt gewesen, Nordkorea vielleicht einmal ausgenommen. Mit dem Tod Hoxhas und dem Zusammenbruch des sowjetischen Imperiums kollabierte auch Albanien. Zu Beginn der neunziger Jahre des zwanzigsten Jahrhunderts erklärte sich das Land zu einer Demokratie. Eine gut gemeinte Wunschvorstellung. In Wirklichkeit wurde es von der Armee, dem Geheimdienst und verschiedenen lokalen Gruppierungen kontrolliert. Ivan wusste dies alles und vieles mehr aus seinen eingehenden Recherchen.

»Mr. Ivan Radic?«

Ivan betrachtete den Mann, der neben dem Regierungsfahrzeug stand. Er war von mittlerer Größe, hatte dunkles Haar, einen dunklen Teint, eine von Pockennarben überzogene Haut und Krähenfüße unter den Augen. Ein grausames Gesicht, wie Ivan dachte.

»Mein Name ist Lef.«

»Ivan.«

»Steigen Sie ein. Es ist nicht nötig, dass Ihr Gepäck kontrolliert wird. Sie sind Gast von General Durres.«

Sie gaben sich die Hand, und Ivan stieg in den Wagen. Die vier Sterne auf den Epauletten seines Begleiters wiesen ihn als Major aus. Aber er gehörte nicht nur zur Armee, er war, davon war Ivan überzeugt, Mitglied des albanischen Geheimdienstes. Einer von Durres' Jungs. Ein guter Anfang.

Es tat gut, wieder unter seinesgleichen zu arbeiten, auch wenn sie einem anderen Land angehörten. Der Wagen setzte sich in Bewegung.

»Rauchen Sie?«

»Nein.«

Sie fuhren durch die Landschaft. Es war ein heißer Sommertag, und Ivan fühlte sich schläfrig. Die Fahrt von der Hauptstadt nach Saranda im Süden des Landes sollte etwa drei Stunden dauern. Er lehnte sich zurück, um sich zu entspannen. Vor ihm, jenseits der holprigen Straße, huschte die Schönheit des Landes vorüber. Olivenhaine krallten sich an die zerklüfteten Berghänge, Kastanienbäume, Sonnenblumenfelder, und von Zeit zu Zeit blickten sie auf das tiefblaue Wasser der Adria. Auf den Feldern waren Männer und Frauen zu sehen, die die Ernte einbrachten, während Esel und Ochsenkarren geduldig danebenstanden. Das zwanzigste Jahrhundert, vom einundzwanzigsten ganz zu schweigen, existierte in Albanien kaum. Es gab keine Flugzeuge, kaum Autos, nur Menschen, die auf den Feldern arbeiteten und alle paar Minuten aufblickten, um ausgiebig und gemächlich in die Welt zu starren. Und überall Betonbunker. Zu den vielen Obsessionen Hoxhas hatte auch die Vorstellung gehört, dass Albanien überfallen werden könnte. Also hatte er überall Bunker bauen lassen, wahrscheinlich mehr, als das Land Einwohner hatte; das Land der Betonpilze.

»General Durres«, sagte Lef, »hat Sie zu sich eingeladen. Wir haben Ihnen ein Hotelzimmer in Saranda reservieren lassen. Saranda ist eine kleine Stadt an der Küste.«

»Wirklich?«, fragte Ivan naiv.

»Ja.« Lef begann ihm von Albaniens Sehenswürdigkeiten und seiner Geschichte zu erzählen. Ivan hörte nicht zu. Lef wusste nicht, dass Ivan bereits einige Mal das Land besucht hatte und mit seinen fürchterlichen Geheimnissen und seiner gequälten Vergangenheit bestens vertraut war, soweit dies aus den britischen und amerikanischen Geheimdienstakten ersichtlich wurde. Wesentlich aufschlussreicher waren dagegen die Informationen über Albanien, die im Computer des Kollegiums archiviert waren und die Ivan kurz vor Beginn des Spiels, als Vorbereitung auf eine weitere geheime Reise ins Land, gelesen hatte. Dennoch: Unwissenheit war ein Segen. Ivan lehnte sich zurück. In der nachmittäglichen Hitze – Schattenfetzen flogen über den Wagen, als sie eine Baumallee entlangfuhren – überkam ihn der Schlaf. Hin und wieder schreckte er aus seinem Schlummer hoch und erhaschte den Anblick eines Bauernhofs oder einer Ziegenherde, die über die Straße getrieben wurde. Der Meister und das Spiel waren für kurze Zeit vergessen, Ivan schlief entspannt und gelöst.

Als er erwachte, dachte er an zwanzig Millionen Dollar.

Saranda war eine Kleinstadt am südlichsten Ende Albaniens nicht weit von der griechischen Grenze entfernt. Seit urdenklichen Zeiten war es von jenen aufgesucht worden, die sich nach einem ruhigen Leben sehnten. Die Stadt verfügte über klare Gewässer, eine zerklüftete Küste mit geschützten Buchten und das warme Mittelmeerklima. Sowohl die alten Griechen als auch die Römer hatten sich in dieser beschaulichen Idylle niedergelassen. Über die Jahrhunderte hinweg hatte sich wenig verändert. Kriege hatten Europa verwüstet, Menschen und Nationen waren aufgestiegen und wieder untergegangen, Saranda aber und die natürliche Schönheit seiner Umgebung waren zum größten Teil davon verschont geblieben.

Nach einem kurzen Bad setzte sich Ivan auf die Veranda seines kleinen Hotels. Keine fünf Kilometer weiter lag die griechische Insel Korfu. Während Hoxhas Herrschaft hatten viele Albaner versucht, über die Meerenge zu fliehen, und waren von ihren Landsleuten noch im Wasser erschossen worden. Als Ivan nun auf das kristallblaue Meer sah, konnte er es kaum glauben. Welch schmaler Wasserarm, und welch gewaltige kulturelle und politische Scheidelinie.

Abends kam Lef, um ihn abzuholen. Ihr Ziel lag hoch über der Bucht, ein großes, über einem Felshang gelegenes Gebiet, zu dem die Einheimischen keinen Zugang hatten, weil es als Militärgelände ausgewiesen war. Ein solches war es auch, mit einigen Abstrichen allerdings, denn umgeben von einem ausgedehnten Olivenhain lag das wunderbare Haus, in dem Durres lebte. Während sie den kurvenreichen Weg hochsteuerten, wandte sich Lef an Ivan. Er war ganz augenscheinlich nervös.

»Vielleicht sollte ich Ihnen ein wenig mehr über den General erzählen. Er ist in unserem Land ein wichtiger Mann, auch wenn wir jetzt eine Demokratie haben.«

Ivan nickte. Lef ging mit der Wahrheit mehr als sparsam um. General Durres war in Albanien bereits ein sehr wichtiger Mann gewesen, lange bevor die Demokratie eingeführt wurde. Der gegenwärtige Geheimdienstchef hatte diese Position bereits unter Hoxha innegehabt. Der General gehörte zu den gebildeten und skrupellosen Menschen, die jede Änderung des politischen Klimas überstanden. Er kannte alle dunklen Geheimnisse seines Landes, nicht zuletzt deshalb, weil er viele seiner Opfer persönlich umgebracht und verscharrt hatte. Und wie bei General Pinochet in Chile waren die Menschen gewillt, weiterhin mit ihm auszukommen, auch wenn der Wind sich gedreht hatte, denn die Erfahrung hatte sie gelehrt, dass sich die Windrichtung erneut sehr schnell ändern konnte und ihnen dann ins Gesicht blies.

Sie erreichten den Olivenhain, passierten ein großes schmiedeeisernes Tor und fuhren über eine sehr gepflegte Auffahrt. Zwischen den Pappeln, die zu beiden Seiten standen, schimmerte die Sonne. Fünf Minuten später erhob sich vor ihnen ein Herrenhaus. Der General erschien, um Ivan zu begrüßen. Er kam die Treppe herab und ignorierte Lef und die beiden Soldaten, die vor dem Haus Hab-Acht-Stellung eingenommen hatten.

»Es ist sehr freundlich, dass Sie einen alten Soldaten besuchen, der Sie mit seinen alten Kriegsgeschichten doch nur langweilen wird.« Er drückte Ivan fest die Hand. Seine Stimme war tief und sonor, und er sprach ganz gut Englisch.

»Kommen Sie rein.« Durres geleitete Ivan ins Haus. Der General war wie ein Stier gebaut, und obwohl bereits über siebzig, war er noch so muskulös wie ein Bergmann, hatte aber nichts Raues oder Korpulentes an sich, was sich auch in seinem Gesicht widerspiegelte, seiner wachsamen Miene und dem durchdringenden Blick. Er strahlte etwas Freundliches und Vertrauenerweckendes aus. Ivan aber hegte nicht die geringsten Zweifel, dass er ein Meister der Täuschung und überaus versiert im Umgang mit der Macht war. Sonst hätte er unter einem pathologischen Maniker wie Hoxha nicht überleben können. Ivan fragte sich, ob der General den Meister kannte. Wahrscheinlich.

Das Haus selbst war geräumig, wunderbar eingerichtet und glich der Residenz eines italienischen Magnaten. Römische Kunstwerke, etruskische Töpferwaren, griechische Kolonnaden, Marmorböden – alles zeugte von gutem Geschmack. Ein Stil, dachte Ivan, der seinem eigenen sehr nahe kam. Er hoffte, der General wusste auch die Werke Machiavellis zu schätzen.

»Sie lieben antike Kunst?«

»Sehr.«

»Schön.« Der General rief einen Bediensteten. »Er wird Sie herumführen. Nachher werden wir Ihnen Erfrischungen servieren. Lassen Sie sich nur Zeit. Das ist eines der wenigen Dinge, von denen wir in Albanien mehr als genug haben.« Eine halbe Stunde später trat Ivan auf den Balkon hinaus. Durres saß auf einem Rattansessel und sah über den schmalen Wasserstreifen hinüber nach Korfu, dessen weiße Häuser in der Ferne schimmerten.

»Ihre Sammlung ist einmalig.«

»Sie ist nicht schlecht.« Sein Tonfall verriet die falsche Bescheidenheit. »Ich interessiere mich besonders für griechische Skulpturen, wie Ihnen vielleicht aufgefallen sein dürfte. Ich habe die einzelnen Stücke hier und da zusammengetragen. Mögen Sie klassische Kunst?«

»Sehr.« Sie begannen sich über das Thema zu unterhalten; der General bemerkte schnell, dass er es mit einem Experten zu tun hatte.

»Welches meiner Stücke gefällt Ihnen am besten?«

»Schwer zu sagen. In der Eingangshalle ist mir die Plastik eines griechischen Jünglings aufgefallen, der einen Diskus schleudert. Sehr lebensecht, von einer ganz wunderbaren Lebendigkeit.«

»Ja, sie gefällt mir auch«, antwortete Durres. »Ich habe sie gegen Ende des Krieges aus einer Nazi-Kunstsammlung gerettet. Wer sie vor mir besessen hat, weiß ich nicht. Aber sie hat mir seitdem große Freude bereitet.« Er vollführte eine großzügige Geste mit der Hand. »Ich schenke sie Ihnen.«

Ivan war im ersten Augenblick sprachlos.

»Das kann ich unmöglich annehmen.«

Durres presste die Lippen zu einem schmalen Lächeln zusammen. Er wusste, er hatte mitten ins Herz des Sammlers getroffen. Und wenn Durres etwas gab, erwartete er, dass es ihm vergolten wurde. »Bitte, sie gehört Ihnen. Als Zeichen unserer zukünftigen Freundschaft und unserer gemeinsamen Liebe zur Kultur. Sagen Sie jetzt nichts mehr. Genießen Sie lieber die Aussicht.«

Schweigend betrachteten sie die langsam aufziehende Abenddämmerung. Rechts von ihnen lag Saranda, links die zerklüftete albanische Küste. Vor ihnen erstreckte sich das Meer mit seinen Wellen, deren Funkeln langsam in der Nacht versank. Auf Korfu waren bereits die Lichter entzündet, die nun hell schimmerten. Ein verzaubernder Anblick. Wie ein waberndes Trugbild, das sofort erlosch, wenn man danach greifen wollte. Ein Edelstein in einer Schatulle.

»Essen wir zu Abend.«

Der General begleitete Ivan in das Speisezimmer, einen in seiner Einfachheit klassischen Raum: ein langer Marmortisch, Holzstühle, weiße Wände, zwei lebensgroße römische Statuen. An der Wand direkt neben der Tür befanden sich die Überreste eines wunderbaren römischen Frieses: Truppen, die irgendwo im Osten einen Aufstand niederschlugen.

»Drittes Jahrhundert nach Christus, aus Butrint«, sagte der General.

Ivan schob ein wenig die Augenbrauen nach oben. Ohne jeden Zweifel hatte ihn der gute General, vorausschauend, wie er nun mal war, nicht einfach aus einer nahe gelegenen römischen Ansiedlung gestohlen, sondern bewahrte ihn lediglich zum Nutzen des albanischen Volkes auf. Eine der Statuen, sah Ivan, stellte Julius Caesar dar; ein gutes Zeichen. Größenwahn würde bei seinen Unterredungen eine wichtige Rolle spielen.

Das Essen dauerte mehr als zwei Stunden, dennoch schien die Zeit wie im Flug zu vergehen. Ivan kam kaum dazu, das exzellente Essen, den hervorragenden Wein, den Ziegenkäse und den starken Kaffee zu loben, die das Essen abschlossen. Denn nachdem die Freundlichkeiten ausgetauscht waren, unterhielten sie sich lange und ausführlich über Albanien und seine politischen Verhältnisse. Der General musste schnell erfahren, dass sein Gast ausgezeichnet über das Land, seine Führer und die gegenwärtigen wirtschaftlichen und politischen Verhältnisse Bescheid wusste. Seine Kenntnisse, und auch das wusste der General, konnte er nur durch das ausführliche Studium der Akten mehrerer Geheimdienste erworben haben. Vielleicht hatte er sogar zu noch geheimeren Dokumenten Zugang gehabt. Denn wenn er sich nicht sehr täuschte, dann gehörte der Mann, der hier vor ihm saß, dem Kollegium an und war wahrscheinlich dessen Experte für Albanien. Das beunruhigte und beeindruckte sogar Durres.

»Warum haben wir uns nicht schon früher kennen gelernt?«, fragte er. »Sie müssen doch einige Male Albanien besucht haben. Sie wissen so viel über unser Land.«

»Das habe ich«, antwortete Ivan. Dann erzählte er von seinen Geheimtreffen mit dem albanischen Staatsoberhaupt, die er im Auftrag des Meisters unternommen hatte, Besuche, von denen nicht einmal General Durres als Geheimdienstchef erfahren hatte. Im Lauf ihrer Unterredung wurde Durres immer beeindruckter. Hier war ein Mann, der verstand, auf welchen Grundlagen Staaten wirklich basierten; der die verborgenen Rädchen kannte, die unter der politischen Oberfläche am Laufen gehalten wurden, die geheimen Entscheidungen zynischer Menschen, die alles zusammenhielten, Realpolitiker, die mit der Macht umzugehen verstanden und den Zielen, die dadurch zu erreichen waren. Sie unterhielten sich wie alte Freunde und politische Philosophen über Macht sowie über die Notwendigkeit, dass sie in den Händen starker Menschen liegen musste. Und bei Ivans honigsüßen Worten sah sich der General wieder als jungen Mann, allerdings mit dem Wissen und der Einsicht des hohen Alters. Und die Macht und die Sehnsucht nach ihr entflammte sein Herz und loderte darin.

Schließlich saßen sie wieder auf dem Balkon. In der Dunkelheit schimmerten die Lichter von Saranda und Korfu. Alles, was sie in der nächtlichen Schwärze erkennen konnten, waren diese Lichter. Doch Ivan wusste, dass sich hinter ihrem Schimmern eine Stadt verbarg. Und auf ähnliche Weise verbarg sich hinter der chinesischen Geheimschatulle das Geheimnis der Macht und ihrer grundlegendsten Bedeutung. Denn wie die Schönheit und Kunstfertigkeit der Schatulle verzauberte und betörte die Macht den Betrachter. Freiwillig kann man von dieser beinahe tödlichen Anziehungskraft nicht lassen. Wie bei einer Sucht gibt es nur ein Heilmittel: noch mehr Macht. Der Meister, General Durres und er selbst hatten eines gemeinsam: Sie alle verfügten über Macht und wussten damit umzugehen – gebrauchten sie so geschickt wie der Fechtmeister den Degen und hielten sich im Verborgenen wie eine graue Eminenz. Aber sie wussten auch, dass Macht zu einem grundlegenden Bestandteil ihrer selbst geworden war, wie Efeu, der sich um einen Baum rankt, und wollte man sie nach dieser langen Phase der Gewöhnung entfernen, lief man Gefahr, auch die Wirtspflanze zu zerstören.

Der General erhob sich und schenkte ihnen Raki ein. »Ihr Brief war sehr interessant«, sagte er. »Deshalb wollte ich Sie persönlich treffen. Natürlich ist es immer eine Freude, ein Mitglied des renommierten Instituts für Auswärtige Angelegenheiten und einen Mitarbeiter des britischen Geheimdienstes kennen zu lernen. Aber darüber hinaus war Ihr Brief äußerst faszinierend; erzählen Sie mir daher mehr darüber.«

Ivan lächelte. »Ich hielt es nicht für angemessen, alles schriftlich darzulegen«, sagte er. »Nur so viel, damit Sie wissen, wer ich bin.«

»Ja«, stimmte der General zu. Ivan spürte, wie sich der Ton des Geheimdienstchefs, der bislang den aufmerksamen Gastgeber gespielt hatte, unmerklich änderte. Ivan hatte es kommen sehen und sich darauf vorbereitet.

»General, ich würde Sie gern in einer Angelegenheit um Rat fragen«, fuhr Ivan leicht zögernd fort. »Einer sehr schwierigen Angelegenheit.« Er hielt inne, runzelte die Stirn und schien nachzudenken. »Angenommen, ich habe in letzter Zeit Nachforschungen über Ihr Land und seine Rolle während des Zweiten Weltkriegs betrieben – sagen wir, in den Archiven des britischen Geheimdienstes –, und diese Archive enthalten Nazi-Dokumente mit einer kodierten Liste von albanischen Doppelagenten ...«

Ivan verstummte. Mit einem leichten Nicken deutete der General an, dass er fortfahren solle.

»Angenommen, dieses Material fiel den Alliierten nach dem Krieg in die Hände, als sie keinerlei Interesse daran hatten, die Liste zu entschlüsseln, weil sie Hoxha nicht unterstützen wollten. Und weiterhin angenommen, sie wären mit Hilfe moderner Computer nun entschlüsselt, wäre das nicht interessant?«

Durres betrachtete die Sterne, in Gedanken aber war er ganz woanders. »Ja, das wäre wirklich sehr interessant«, sagte er schließlich. Er stellte sein Glas auf einen Beistelltisch und schenkte nach. »Handelt es sich um eine detaillierte Liste?«

»O ja«, antwortete Ivan. »Und nehmen wir an, nur um den Gedanken weiterzuspinnen, ich wäre es gewesen, der diese Liste entschlüsselt hätte, und ich wäre der einzige noch lebende Mensch, der weiß, wer die albanischen Verräter sind ...«

»Um den Gedanken weiterzuspinnen«, warf der General ein. Er lächelte – ein wissendes Lächeln. Das war natürlich alles nur rein theoretisch.

»Die meisten Personen auf dieser Liste«, fuhr Ivan fort, »sind mittlerweile tot. Aber angenommen, ein oder zwei nehmen in der gegenwärtigen Regierung hohe Machtpositionen ein. Würden ihre ehemaligen Aktivitäten der Öffentlichkeit preisgegeben, käme es vermutlich zu einer Verfassungskrise. Nach den Massakern der Nazis am albanischen Volk und anderen Grausamkeiten ist die Kollaboration mit dem Feind noch immer ein traumatisches Thema in Albanien. In dieser Situation, stelle ich mir vor, könnte die Regierung auseinander fallen, und das Militär müsste das Machtvakuum füllen.«

»Das wäre denkbar«, sagte der General, »wenn denn dies alles zuträfe.«

»Ich möchte noch eine letzte Annahme aufstellen«, fuhr Ivan fort. »Nehmen wir also abschließend an, auf einem Schweizer Bankkonto liegen dreißig Millionen Dollar, der Erlös aus dem albanischen Gold, das die Alliierten vor einigen Jahren zurückgezahlt haben. Und angenommen, das jeweils amtierende Regierungsoberhaupt könnte über dieses Geld verfügen. Sollte es zu einer Verfassungskrise kommen, müsste eine bedeutende Persönlichkeit – vielleicht sogar Sie selbst…«, dabei zuckte er mit den Schultern, »…die Kontrolle über das Land übernehmen. Dann hätten Sie auch Zugriff auf die Staatsfinanzen.«

Der General sah ihn mit teilnahmsloser Miene an. »Was ist mit dem Westen? Was würde er dazu sagen, falls die albanische Regierung stürzt? Würden die westlichen Staaten nicht alles tun, um sie zu unterstützen?«

»Ja. Aber was könnten sie denn tun, wenn sich diese Liste als echt herausstellt? Um ihre Echtheit zu überprüfen, würden sie dasjenige Institut einschalten, das am besten für solche Aufgaben geschaffen ist, das Institut für Auswärtige

Angelegenheiten. Und das würde natürlich den Experten für Albanien beauftragen … mich.«

»Ah«, kam es von General Durres. »Und das Kollegium?«

Ivan verzog leicht die Miene. »Ach ja, ich denke, sie werden auch das Kollegium um eine Stellungnahme bitten. Im Geheimen natürlich. Und das Kollegium würde die dafür am besten qualifizierte Person konsultieren.« Mit Glanz in den Augen sah er zu Durres.

»Ah, jetzt verstehe ich«, sagte der General. Erneut verstummte er und betrachtete die Sterne. Er witterte den süßen Geruch der Macht, der sogar für einen alten Mann wie ihn etwas Großartiges an sich hatte … wie der volle, kräftige Geruch der Mutter Erde; man konnte schwach werden bei ihm, und er hielt zahlreiche Versprechungen bereit. »Lesen Sie Machiavelli, Mr. Radic?«

»Ja.«

»Das dachte ich mir.« Durres nippte an seinem Raki und dachte laut nach. »Wenn ich es recht verstehe, könnte Folgendes eintreten. Dokumente aus dem Zweiten Weltkrieg über Albanien werden – von wem auch immer – veröffentlicht. Die Weltpresse bekommt sie in die Finger. Sie werden vom renommierten Institut für Auswärtige Angelegenheiten für echt erklärt. Das Kollegium rät insgeheim den westlichen Regierungen, dieser Ansicht zu folgen. Den Staaten des Westens sind daher die Hände gebunden. In Albanien kommt es zu einer Verfassungskrise, die Regierung stürzt. Widerstrebend übernehme ich die Macht, und Sie werden für Ihre ausgezeichneten Dienste bei der Aufdeckung der Verräter finanziell entschädigt.«

»Korrekt«, antwortete Ivan. »Bis auf zwei Dinge: Es ist nicht nötig, meine Beteiligung öffentlich zu erwähnen. Ich bin ein bescheidener Mann. Und mein Honorar beträgt lediglich zwanzig Millionen Dollar, wodurch eine noch recht beträchtliche Summe für anderweitige Verpflichtungen bereit steht.«

»Verstehe.« General Durres hatte schon immer das Amt des Staatsoberhaupts gewollt. Aber das war wahrscheinlich ein kostspieliger Posten, ein sehr kostspieliger Posten. Falls nicht, würde er ihn zu einem solchen machen. »Natürlich ist der Zeitpunkt entscheidend. Die Machtübernahme muss im richtigen Augenblick stattfinden, wenn sie niemand erwartet.«

»Ja«, stimmte Ivan zu.

»Und wann könnte ich diese Dokumente zu Gesicht bekommen?« Der General leerte den Raki in einem Zug.

»Kopien innerhalb von drei Wochen. Die Originale bei Bezahlung der zwanzig Millionen Dollar, was, wie ich mir vorstelle, zum Zeitpunkt des Staatsstreichs erfolgt.« Er räusperte sich. »General Durres, ich kann gut verstehen, dass Sie Staatsoberhaupt werden wollen. Unter dem alten System würden Sie diese Position sicherlich bereits bekleiden.«

Der General lachte. Er hatte immer gehört, dass die Mitglieder dieses Kollegiums clevere Burschen waren und andere zu motivieren verstanden. »Sie haben mir noch nicht gesagt, wer zu den Doppelagenten gehört. Nennen Sie doch einen Namen. Beeindrucken Sie mich.«

»Der Präsident.«

General Durres starrte ihn verblüfft an. Plötzlich grinste er, ein breites Grinsen, das zu sagen schien: Ich rieche den Tod eines anderen und die Herrlichkeit, die mir zuteil wird. »Warum tun Sie das?«, fragte er.

Ivan hatte nicht die geringste Absicht, dem General die Wahrheit mitzuteilen, ihm vom Spiel um das Amt des Meisters und seinem Vorhaben zu erzählen, in nicht allzu ferner Zukunft dem Kollegium vorzustehen. Aber Durres hatte etwas an sich, das er bewunderte, eine Eigenschaft, über die auch er verfügte: einen verborgenen Zynismus, eine Skrupellosigkeit, die dicht unter der Oberfläche schlummerten. Ich werde genauso sein, dachte Ivan, wenn ich Meister bin, nur sehr viel größer. Ich werde in der Lage sein, sogar diesen

Mann zu manipulieren. Den Gedanken fand er nicht unerfreulich.

»Sagen wir, ich bin ein Philanthrop und brauche das Geld. Kommen wir also ins Geschäft?«

Der General zierte sich noch etwas, doch die Sache war entschieden. Macht. Man konnte davon nie genug bekommen, man wollte immer mehr. Julius Caesar hatte dieses Problem und seine Lösung verstanden: Wenn du mehr willst, dann nimm dir mehr. Das Leben war sowieso nur ein großes Spiel. Durres liebte Spiele. Er warf sein leeres Raki-Glas hinter sich gegen die Hauswand.

»Abgemacht«, sagte er.

Zwei Tage, nachdem Ivan aus Albanien wieder in Paris eingetroffen war, erhielt Sebastien einen Anruf. Er wollte sich soeben zur Arbeit in die US Bank aufmachen. Aufmerksam lauschte er der Stimme des Mannes. Im Hintergrund waren seltsame Geräusche zu hören, die wie Rap-Musik klangen.

»Sie sagten, Ivan sei in Paris? Okay, vielen Dank. Versuchen Sie bitte, auch Andrew Brandon zu finden.«

Sebastien legte den Hörer auf. Sie hatten Ivan also aufgespürt. Al Johnson Investigations waren ihr Geld wirklich wert. Sie hatten ihn über seinen Liebhaber erwischt. Mein Gott! Ivan musste wirklich sein Spiel verbessern. Er würde Tanya später davon berichten.

PJ wartete, bis Al den Anruf getätigt hatte, dann rief er seinen Klienten Andrew Brandon an. Nachher fragte sich PJ, was wohl geschehen würde, wenn die beiden zur gleichen Zeit in Paris eintrafen. Musste eine interessante Begegnung werden. Warum suchten sie ihn überhaupt? Was zum Teufel ging das PJ an? Er wurde nur dafür bezahlt. Er drehte die Rap-Musik richtig laut auf. Harte Kohle, harte Musik.

19

Ohne aus der Tür zu gehen, kennt man die Welt.
Ohne aus dem Fenster zu schauen,
sieht man den SINN des Himmels.

Laotse, Tao Te King

August, Taiwan

Andrew hatte sich für Taiwan entschieden, um die zwanzig Millionen Dollar zu beschaffen.

Taiwan, die Schatzinsel, lag knapp 150 Kilometer vom chinesischen Festland entfernt. Ein wirklich bemerkenswerter Ort. Die kleine Provinz mit ihren nicht ganz fünfundzwanzig Millionen Einwohnern, die von ihrem mächtigen kommunistischen Nachbarn seit 1949 politisch getrennt war, hatte sich im Fernen Osten schnell zu einer Bastion des Kapitalismus entwickelt und ein Wirtschaftssystem geschaffen, das zu den dynamischsten der ganzen Welt zählte. Taipeh, die Hauptstadt der kleinen Insel, glich in vielem der Metropole Hongkong – Wolkenkratzer standen dicht aufeinander, durch die Straßen schoben sich Blechlawinen und Menschenmassen, die süchtig waren nach finanziellem Erfolg, nach Glücksspielen, Casinos und gutem Leben. Kurz, ein Paradies für jeden Unternehmer. Andrew hatte Taiwan gewählt, weil er das Land kannte. Er hatte als kleiner Junge dort mit seinen Eltern gelebt, und er konnte von hier aus rasch China und Peking erreichen, wo der Handwerker Chang dem Kaiser Kangxi die Geheimschatulle überreicht hatte.

Es gab noch einen anderen, gewichtigeren Grund für das

Land, der von großer Ironie zeugte. Taiwan mit seiner Geschäftigkeit, seinem Trubel, seinem Egoismus und seinem Bekenntnis zur menschlichen Gier wäre der letzte Ort gewesen, an dem der Künstler und Handwerker Chang hätte leben wollen. Als jedoch die Kommunisten 1949 auf dem Festland die Macht ergriffen und Chiang Kai-shek seine Flucht nach Taiwan vorbereitete, nahm er aus dem kaiserlichen Palast in Peking fünftausend Kisten mit den größten Schätzen mit.

Und unter ihnen befanden sich drei von Changs Geheimschatullen.

»Andrew, was führt dich denn hierher?« Der untersetzte, in China geborene Banker begrüßte ihn freudig. »Du hättest mir sagen sollen, dass du kommst. Dann hätte ich für dich ein Willkommensfest organisiert.«

David Chen begleitete Andrew zu einem Sofa in der Business Suite des Grand Hotel in Taipeh. Sie hatten zusammen studiert und kannten sich seit Jahren. Ihre Wege hatten sich getrennt, als Chen sich für eine erfolgreiche Karriere als Anlageberater bei einer der Top-Banken Taipehs entschieden hatte, während Andrew Mitarbeiter der UN wurde.

»Wie geht's so?«, fragte Andrew. Sein Freund hatte die ersten grauen Haare bekommen, seitdem sie sich das letzte Mal, vor mehr als zwei Jahren, gesehen hatten. Ansonsten aber war er so tadellos gekleidet wie immer, und auch sein jugendliches Gesicht und sein enthusiastisches Lächeln waren unverändert.

»Gut. Sehr gut. Die Wirtschaft boomt. Es könnte nicht besser gehen, trotz der Unbeständigkeit der ostasiatischen Märkte.«

»Und die Familie?«

»Monica ist wohlauf, und die Kinder schießen in die Höhe. Der Kleine gerät nach mir, er ist sehr gut in Mathematik. Wir machen noch einen Banker aus ihm. Also, warum bist du hier? Geht es um die Beziehungen zwischen China und Taiwan?«

»Nein, ich habe meinen Job bei den Vereinten Nationen aufgegeben.«

»Aufgegeben?«

»Ja.«

»Oh...« Chen wartete, dass Andrew fortfuhr, aber diesem war keine Erklärung zu entlocken. Chen war verwirrt. Hatte Andrew einfach eine Auszeit nötig gehabt? Oder hatte seine Beratertätigkeit bei der UN eine katastrophale Wendung genommen?

Ein Kellner erschien und brachte ihnen Drinks. Chen versuchte positiv zu klingen. »Nun, du weißt, wenn du Hilfe brauchst, dann sag es einfach. Ich verfüge über unzählige Kontakte. In welcher Branche willst du einsteigen? Man würde sich um dich reißen, bei deinen Qualifikationen und Sprachkenntnissen. Fließend Mandarin und Min, das findet man nicht so oft.«

»Ich habe nicht vor, eine neue Karriere zu beginnen. Im Moment jedenfalls nicht. Es gibt ein paar andere Dinge, die ich hier erledigen möchte. Zunächst suche ich eine Wohnung. Ich dachte an die Gegend in der Nähe des Museums für Chinesische Kunst.«

»Komm ja nicht auf die Idee, eine zu mieten«, erwiderte Chen mit freudiger Miene. »Ich hab ein wenig mit Immobilien spekuliert. Ich besitze ein großes Apartment nicht weit von hier. Es steht im Augenblick leer. Du kannst dort einige Monate lang bleiben. Umsonst.«

»Nein danke, ich zahle dir natürlich die Miete!«

Die nächsten zehn Minuten unterhielten sie sich über Chens Arbeit und seine Familie, bis dessen Blick plötzlich auf die Uhr fiel. Er stöhnte. »Andrew, verzeih mir, aber ich muss los. Ein Geschäftsempfang wartet auf mich, vor dem ich mich nicht drücken kann. Der Vorsitzende der Bank wird anwesend sein. Du weißt ja, wie das ist, wenn man nach oben will.«

»Ja, ich weiß.«

»Treffen wir uns doch mal zu einem Abendessen. Monica und die Kinder werden sich sehr freuen. Du wirst sie nicht wiedererkennen.«

»Gute Idee.«

Chen erhob sich. »Andrew, verzeih mir«, begann er – er musste die Frage einfach loswerden; schließlich war Andrew sein Freund. »Ich will ja nicht aufdringlich sein, aber ich habe den Eindruck, du bist nicht mehr du selbst. Ist wirklich alles in Ordnung? Keine Krise oder so etwas?«

»Alles wunderbar.« Ruhig blickte Andrew ihn mit seinen braunen Augen an, die allerdings, so kam es Chen vor, ruheloser, melancholischer wirkten als früher.

»David, ich wäre dir dankbar, wenn du niemandem erzählen würdest, dass ich mich in Taiwan aufhalte. Es sollten nur du und deine Frau wissen.«

»Ja, klar ...«, antwortete Chen nach kurzem Zögern.

Chen verabschiedete sich. Was ging hier vor sich? Als er Andrew zum letzten Mal gesehen hatte, war dieser völlig in seiner Arbeit für die UN aufgegangen und hatte äußerst zufrieden gewirkt. Natürlich hatte es einige Zeit gedauert, bis er den Tod seiner Frau Amy überwunden hatte. Die Taiwanesin war eine hübsche, lebhafte Frau gewesen, eine TV-Moderatorin mit einer freundlichen Ausstrahlung und einer verheißungsvollen Zukunft. Dann war sie ums Leben gekommen, und mit ihr das Kind, das sie in sich getragen hatte. Ein schrecklicher Schlag, doch Andrew war scheinbar nicht gänzlich daran zerbrochen. War das Trauma nun doch zurückgekehrt, verfolgte es ihn noch immer? Oder ging es um etwas ganz anderes? Etwas, das mit seiner Arbeit und der UN zu tun hatte?

Nachdenklich stieg er in den Aufzug. Wie fürchterlich, wenn man Frau und Kind verlor. Was würde er tun, wenn ihm so etwas zustoßen würde? Allein der Gedanke machte ihm Angst.

Das Museum für Chinesische Kunst war ein großer moderner, funktionaler Betonbau. Andrew stieg die breite Treppe zur Glasfront und dem Eingang hinauf, vorbei an den Grundschülern, die den Schalter umlagerten, während die Lehrer ihre Eintrittskarten verteilten. Die Schüler besuchten eine Sonderausstellung über chinesische Kunst, die, so erklärten die bunten Plakate im Foyer, besonders im Hinblick auf Jugendliche gestaltet worden war. Sie trugen ihre Uniformen, hatten ihre Taschen auf dem Rücken und schwatzten ohne Unterbrechung. Einige tollten über den Parkettboden, andere, die sich an den Händen gefasst hielten, standen nur reglos da und rissen weit die Augen auf, während sie sich Schülergeheimnisse zuflüsterten und in ihrer eigenen, rätselhaften Welt versanken, zu der Erwachsene keinen Zutritt hatten.

»Oben rechts, Sir. Im ersten Stock.«

Das kleine Kabinett lag abgetrennt von den großen Räumen mit den Möbeln der Qing- und Ming-Dynastie. Die Beleuchtung war gedämpft, die Wände waren dunkelgrün gestrichen und nur gelegentlich durch weiße Farbtupfer aufgehellt, was eine Atmosphäre der Ruhe und inneren Einkehr schuf. Dieser Raum enthielt die von Chang geschaffenen Geheimschatullen. Besucher waren nicht anwesend. Es herrschte Stille, eine kontemplative Abgeschiedenheit. In der Mitte des Raums stand ein Kasten aus Panzerglas. Andrew schritt darauf zu.

Und dort lagen sie auf einem grünen Samtkissen, drei an der Zahl, schwarz lackiert, ebenso filigran gearbeitet wie die Schatulle, die der Meister ihnen gezeigt hatte. Auf der dunkel lackierten Oberseite war jeweils in Gold ein feines Bild eingraviert. Eines stellte eine Jagdszene dar, ein anderes die Ansicht einer Stadt, das dritte einen Tempel in einem Garten.

Die Kombinationen des Öffnungsmechanismus waren schon vor langer Zeit entschlüsselt worden, sodass die Schatullen nun offen vor ihm dalagen und ihr exquisites Gitterwerk offenbarten. In der Mitte jeder Schatulle befand sich ein Edelstein – ein Rubin, ein Saphir und ein Smaragd. Trotz ihrer außergewöhnlichen Schönheit fühlte sich Andrew ein wenig enttäuscht. Denn keines dieser Kästchen wies die Vollkommenheit und betörende Anziehungskraft der Geheimschatulle auf, die der Meister den Bewerbern an jenem schicksalhaften Abend gezeigt hatte. Sie hatte wesentlich feiner, erhabener gewirkt.

Und was verbarg sich im Inneren der schwierigsten aller Geheimschatullen? Ein besonders seltener Edelstein? Oder nichts, wie der Meister vermutet hatte? Und wenn nichts darin war, was wollte der Künstler und Handwerker Chang dann damit zum Ausdruck bringen… welches Geheimnis wünschte er damit offenzulegen? Andrew betrachtete die Schatullen. Doch trotz aller Anstrengung entzog sich ihm die Antwort. Er konnte sie stundenlang anblicken, aber er sah nichts. Schließlich wandte er sich ab, um sich auf den Heimweg zu machen. Es war schade, dass so wenige Werke Changs die Zeiten überdauert hatten. Er war ein genialer Handwerker gewesen, dessen wundervolle Arbeiten in Kriegen oder durch menschliche Dummheit verloren gegangen oder zerstört worden waren.

»Sind Sie an anderen Werken Changs interessiert?«, fragte der ältliche Wärter, der in seiner roten Museumsuniform aus einer Seitentür aufgetaucht war. Er hatte bemerkt, wie Andrew die Schatullen eingehend betrachtet hatte. Andrew besah sich seine gebeugte Gestalt und sein von Runzeln überzogenes Gesicht.

»Ja, das bin ich.«

»Nun, neben den Schatullen besitzen wir noch zwei Vasen. Andere Museen haben noch andere Objekte, aber diese Vasen gehören zu seinen schönsten Arbeiten.«

Er führte Andrew in einen anderen Raum, der noch kleiner als der vorherige, aber ebenso dunkelgrün gestrichen war. In der Mitte, ebenfalls hinter Panzerglas aufbewahrt, standen zwei außergewöhnliche Vasen, deren Oberfläche durch das natürliche Licht, das durch einen Lichtschacht in der Decke direkt auf sie fiel, ungemein klar schimmerte. Sie waren etwa einen halben Meter hoch, ihr schmaler Fuß weitete sich zu einem melonenförmigen Bauch, der oben schließlich zu einem breiten, offenen, lippenförmigen Rand wieder zusammenlief. Sie waren von kobaltblauer und weißer Farbe und bestanden aus dem feinsten Porzellan der Ching-Dynastie. Die beiden Objekte unterschieden sich lediglich in ihrer Bemalung. Beide Vasen zeigten an der einen Seite einen blühenden Kirschzweig. Die Farben, ein klares Rubinrot und ein fast durchscheinendes Weiß, waren noch so rein und lebendig, als wären sie vor nicht einer Stunde aufgetragen worden.

»Setzen Sie sich und betrachten Sie sie«, sagte der Alte und wies auf einen gepolsterten Sitz. Er ließ sich neben Andrew nieder.

Die erste Vase zeigte chinesische Kinder, die in einer ländlichen Umgebung um einen Maulbeerbaum tanzten. Im Vordergrund saßen die Dorfältesten, im Hintergrund erhoben sich hohe Berge. Chang hatte sich in diesem Gemälde selbst übertroffen. Es war ihm gelungen, die Natürlichkeit der Kinder sowie die unbeschwerte Leichtigkeit ihres Tanzes einzufangen. Die Kinder, leicht nach vorn gebeugt, hatten den Kopf nach hinten geworfen und waren in einer fließenden Bewegung gefangen, die Gesichter zeugten von Heiterkeit. Die Vase strahlte jugendliche Freude und Lebenskraft aus, und man konnte meinen, das kindliche Lachen zu hören. Das Außergewöhnliche an beiden Objekten aber war, dass sich das Gemälde der ersten auf der zweiten Vase fortzusetzen schien. Denn eines der Kinder hatte, obwohl es mit seinen Gefährten tanzte, den Kopf zur Seite gedreht und blickte über die Schulter, als würde es die Szene auf der zweiten Vase betrachten.

Und seine Miene war, ganz anders als jene der übrigen Kinder, nachdenklich und beinahe traurig.

Die zweite Vase zeigte einen Mann, einen Handwerker, der eine bogenförmige Brücke überquerte und auf die fernen Berge im Hintergrund zuschritt – als würde er soeben eine lange und gefährliche Reise antreten. Der Mann hatte die Hand zum Abschied erhoben. Es schien klar zu sein, dass er der Vater des Jungen war.

Die Szene war äußerst ergreifend. Denn der Vater sah, als er die Brücke überquerte, zurück, um einen letzten Blick auf seinen Sohn zu werfen.

Fast entrückt starrte Andrew auf diese beiden Vasen. Der Künstler der chinesischen Geheimschatulle hatte auch diese unglaublichen Kunstwerke geschaffen. Andrew zweifelte nicht daran, dass der Mann, der auf der Brücke stand und dessen Gesicht unerschütterliche Ruhe ausstrahlte, Chang selbst war.

Es war ein erstaunlicher Geniestreich.

Jede Vase konnte für sich allein stehen, doch nur wenn sie nebeneinander gestellt wurden, trat die eigentliche Bedeutung des Dargestellten hervor.

»Was wissen Sie über diese Vasen?«, fragte Andrew den Wärter.

»Es gibt dazu eine alte Geschichte«, erwiderte er. »Ein reicher und mächtiger chinesischer Händler bat Chang, zwei wundervolle Vasen zu bemalen, die sich in seinem Besitz befanden, und bestand darauf, dass er sich selbst auf ihnen darstellen sollte. Dadurch, glaubte er, würden die Vasen noch wertvoller werden. Also bemalte Chang die beiden Vasen. Aber als der Händler die Gemälde sah, war er zutiefst schockiert. Denn sie zeigten Chang, wie er seinen Sohn verlässt. Zu den wichtigsten Dingen in China gehört es, einen Sohn zu haben, der die Familienlinie weiterführt. Verlässt der

Vater seinen Sohn, so kommt dies einer Tragödie gleich. Niemand wollte eine solche Vase haben. Wütend verlangte der Reiche eine Erklärung.«

»Und was hat Chang ihm erwidert?«

»Dass er ihm zwei wundervolle Vasen bemalt hat, der Reiche aber so sehr an den weltlichen Dingen hängt, dass er dies nicht sehen konnte. Dass man sogar die wichtigsten weltlichen Besitztümer aufgeben muss, will man sie überwinden und ihren wahren Wert begreifen. Man sagt auch, Chang habe dem Händler die Worte eines chinesischen Tao-Lehrers rezitiert: ›Wer dem Äußeren viel Gewicht beimisst, wird schwerfällig in seinem Inneren.‹ Verstehen Sie, für den Händler waren Besitz und Reichtum das Wichtigste auf der Welt, und er dachte, er könnte den Wert der Vasen noch steigern, wenn Changs Name auf ihnen prangt. Für den Künstler Chang aber war der Sohn das Wichtigste auf der Welt. Für andere kann es wieder etwas ganz anderes sein. Doch Chang wollte dem Händler zu verstehen geben, dass jener, der nach diesen Dingen strebt, sie in Wirklichkeit verlieren wird. Denn dann achtet man ihren eigentlichen Wert nicht mehr. Macht man sich aber von ihnen frei, wird man ihren wahren Wert erkennen. Begierde und Streben werden durch Einsicht ersetzt.«

»Glauben Sie, diese Geschichte ist wahr?«

»Ich weiß nicht«, sagte der Alte. »Ich weiß nur, dass es unbeschreiblich schöne Vasen sind, und ich sehe sie mir jeden Tag an.«

Sie schwiegen. Dann fuhr der Alte fort: »Seltsam, wie diese Vasen einen gefangen nehmen und nicht mehr loslassen, meinen Sie nicht auch? Ich kenne einen Mann, der kommt jedes Jahr hierher. Er sitzt vor ihnen, betrachtet den ganzen Tag die Vasen, dann geht er wieder. Seitdem ich hier Wärter bin, seit mehr als zwanzig Jahren, ist er jedes Jahr gekommen.«

»Wer ist dieser Mann?«

»Das weiß ich nicht. Er redet nie.«

Andrew sah wieder zu den Vasen. Und, einer plötzlichen Einsicht folgend, begann ihm die Wahrheit der chinesischen Geheimschatulle zu dämmern.

Die Schatulle und das Amt des Meisters waren ein und dasselbe.

Die Erstere illustrierte das Wesen des Zweiteren.

Sie enthielt nichts.

Und gleichzeitig enthielt sie alles.

Und der Mann, der jedes Jahr erschien, um die Vasen zu betrachten, konnte nur der Meister selbst sein.

20

Alexander VI. tat nichts anderes als betrügen, sann auf
nichts anderes und fand immer solche,
die sich betrügen ließen.
Nie besaß ein Mensch eine größere Fertigkeit,
etwas zu beteuern und mit großen Schwüren zu versichern,
und es weniger zu halten.
Trotzdem gelangen ihm
alle seine Betrügereien nach Wunsch,
weil er die Welt von dieser Seite gut kannte.
Machiavelli, Der Fürst

September, Panama

»Es ist an der Zeit, unseren Coup durchzuziehen.«

Tanya kam mit zwei Rum und einer Coke aus der Küche ihres kleinen Apartments, stellte die Getränke auf einen Tisch und setzte sich in den Armsessel gegenüber von Sebastien, der sich, mit der Hand über den Augen, auf dem Sofa ausgestreckt hatte. Es war zwei Uhr morgens, und er war erst vor wenigen Minuten gekommen. Sie fragte sich, wo er gesteckt haben mochte.

Wahrscheinlich hatte er sich wieder mit seinem Drogenkumpel Juan herumgetrieben, den sie nicht persönlich kennen gelernt, über den sie jedoch von Sebastien einiges erfahren hatte. Sie machte sich Sorgen, wenn er sich mit solchen Leuten abgab. Nicht nur wegen der Gefahr – auch sein Verhalten ihr gegenüber hatte sich verändert, er kam ihr gefühlloser, liebloser vor. Vielleicht war er mit seinen Freunden im Bordell gewesen? Ihre Beziehung ging zu Ende. Wahrscheinlich war es nicht zu vermeiden. Gemma sprang ihr auf den

Schoß. Wenigstens gab es noch ein Wesen, das auf sie angewiesen war.

»Bist du dir sicher?«, fragte sie.

»Klar. Uns läuft die Zeit davon, es bleiben nur noch vier Monate, und wir müssen noch Andrew und Ivan aufspüren.« Er gähnte und richtete sich auf. Die schweren Gelage mit Juan begannen ihren Tribut zu fordern. »Gibt es ein Problem?«

»Nein. Ich werde Panama vermissen.« Sie würde nur ungern das Land verlassen, ging ihr durch den Kopf. Ihr gefielen das Klima und die Menschen. Eines Tages würde sie zurückkommen. Das hieß, falls sie dann noch lebte. Denn wer immer Rex getötet und sie angegriffen hatte, er lief dort draußen noch frei herum. »Wie viel ist auf dem Konto?«

»In Panama knapp unter zwanzig Millionen Dollar. In der Schweiz sind es zwei.«

»Wir brauchen entweder zwanzig Millionen für einen oder vierzig für uns beide.«

»Wir haben nicht mehr so viel Zeit, wir können nicht mehr warten, bis es vierzig sind«, erwiderte er barsch. »Außerdem glaube ich nicht, dass Gonzalez jemals so viel auf sein Konto einzahlt. Jetzt ist die Zeit zum Handeln. Ich werde alles abräumen. Je weniger Geld Gonzalez noch hat, desto geringer ist die Wahrscheinlichkeit, dass er sich an unsere Fersen heftet. Außerdem wird er seinen kolumbianischen Partnern einiges zu erklären haben.« Er gluckste.

Sebastien hatte eine recht genaue Vorstellung, was Juan widerfahren dürfte, wenn Gonzalez feststellte, dass sein Geld weg war. Gonzalez gehörte nicht zu den edelmütigen Menschen, die einen kleinen Abrechnungsfehler großzügig übersahen. Was Sebastien eher freute als bedrückte. Juan hatte es verdient, was immer ihm auch zustoßen sollte.

»Was hast du vor?«, fragte Tanya.

Sebastien erklärte es ihr mit geschlossenen Augen. Er wollte für einige Tage in die Schweiz fliegen. Er hatte Ted

Baxter um ein wenig Urlaub gebeten, das ging also in Ordnung. Dort würde er die Banque Lex aufsuchen und sie anweisen, alles Geld auf Gonzalez' Konto an einem bestimmten Tag auf ein Konto in New York zu überweisen. Von dort ging es über das Interbank-Netz auf Konten in Tokio und auf den Bermudas, um schließlich auf einem gemeinsamen Konto zu landen, das er auf ihrer beider Namen auf den Caymans eingerichtet hatte. Banque Lex sollte bei der Überweisung keine Probleme bereiten, da sie Sebastiens gefälschte Unterschrift für die von Gonzalez hielt. Sebastien wollte trotzdem persönlich erscheinen, um der Sache mehr Glaubwürdigkeit zu verleihen. Es durften nicht die geringsten Fehler geschehen. Ihr Leben stand auf dem Spiel.

Tanya nickte und schlürfte ihren Drink. »Ja, aber wessen Geld ist das nun, Sebastien. Deines oder meines?«

Sebastien zögerte. Das würde der schwierigste Teil der ganzen Angelegenheit werden und eine sorgfältige Vorgehensweise erfordern. Nur einer von beiden konnte gewinnen, und er war entschlossen, dass er das sein würde. Tanya würde darüber hinwegkommen, dessen war er sich gewiss. Er würde es wieder irgendwie gutmachen. Aber noch konnten sie sich nicht trennen, er brauchte sie, wenn sie die Sache durchziehen wollten. Der chinesische Taktiker Sunzi hatte gesagt, im Krieg sei nichts schwieriger als die Kunst der taktischen Manöver. Das Schwierige daran war, als Erster das Ziel zu erreichen, obwohl man sich ihm über Umwege näherte. Da Tanya ebenso sehr daran gelegen sein musste, das Amt des Meisters zu erlangen, war die Täuschung daher der Schlüssel zum Erfolg, selbst unter Liebenden.

»Ich denke, wir sollten das noch zurückstellen, Tanya. Wir sollten vorerst das Geld einfach auf dem gemeinsamen Konto belassen. Es gibt keinen Grund zur Eile, vorausgesetzt, das Geld geht am Ende des Jahres ans Kollegium. Es hat keinen Zweck, jetzt darüber zu streiten. Wir sollten uns erst einmal darauf konzentrieren, das Geld zu bekommen, dann können wir entscheiden, wer sich um das Amt bewirbt. Außerdem müssen wir noch immer Ivan und Andrew mit ins Kalkül ziehen. Vielleicht auch noch den Meister, da wir ja beide der Meinung sind, dass er nicht freiwillig auf seine Macht verzichten wird.«

Tanya strich ihr rotes Seidenkleid glatt und nickte. Es hatte keinen Sinn, zum jetzigen Zeitpunkt mit ihm darüber zu reden. Geduld war angesagt. »Ich stimme dir zu. Was kommt als Nächstes?«

»Nach meiner Rückkehr aus der Schweiz werde ich bei der US Bank kündigen. Drei Wochen später reise ich ab. Am Tag vor dem Abflug transferieren wir das Geld. Am nächsten Tag fliege ich nach Miami. Du nimmst dir ebenfalls einige Tage frei, kommst mit einem anderen Flug nach, und dann feiern wir. Du kehrst zur Bank zurück und kündigst, sagen wir, einen Monat später. So kommt niemand auf die Idee, zwischen uns eine Verbindung herzustellen. Bis dahin ist es November, und ich habe die anderen aufgespürt. Wir treffen uns dann in Europa und überlegen uns, wie wir mit ihnen verfahren sollen.«

»Okay.« Sie stellte ihren Drink ab. Irgendetwas aber machte ihr zu schaffen, bemerkte Sebastien.

»Gibt es ein Problem?«

»Nein. Na ja, ich mache mir Sorgen, falls Gonzalez oder die Bank uns dahinterkommen. Gonzalez würde uns umbringen. Und wenn es die Bank herausfindet, wandern wir für einige Zeit ins Gefängnis.«

Sebastien lachte. »Das verleiht der ganzen Sache doch etwas Würze. Mach dir keine Sorgen, Tanya, es wird nichts schiefgehen. Das schwöre ich. Vertrau mir.«

Aber sie ließ sich nicht überzeugen. »Schau, Tanya, wir müssen das durchziehen. Wir haben keine andere Wahl. Wenn wir nicht gewinnen, gehören wir nicht mehr dem Kollegium an. Und wir laufen Gefahr, von den anderen getötet zu werden. Aber wenn einer von uns beiden gewinnt, dann gehört uns der Jackpot.«

»Und wenn wir einfach aussteigen?«

»Ja«, erwiderte er sarkastisch, »tolle Idee. Dann besteht die Gefahr, von den anderen für nichts und wieder nichts umgebracht zu werden. Meinst du vielleicht, sie werden uns das einfach so glauben, dass wir nicht mehr mitspielen? Und was ist mit Rex? Wenn wir unseren Eid brechen und der ganzen Welt vom Spiel erzählen, wer sollte uns denn glauben? Das Kollegium würde alles abstreiten, wir haben keine Beweise und keinerlei Einfluss. Soweit wir wissen, hatte Max Stanton genau das vorgehabt, und sieh dir an, was mit ihm geschehen ist. Ich denke, wir sollten versuchen zu gewinnen, findest du nicht auch? Wir wurden für dieses Spiel nominiert, und nun tragen wir die Folgen. Ich werde doch jetzt nicht aufhören. Nichts wird schiefgehen, ich verspreche es. Drück dich jetzt nicht davor!«

Tanya war müde und wollte ins Bett. Auch wenn ihr Coup erfolgreich war, hatten sie noch mit einigen Unwägbarkeiten zu rechnen. Sie wechselte das Thema.

»Glaubst du wirklich, dass der Meister am Wettbewerb teilnimmt?«

Sebastien schloss wieder die Augen. »Tanya, das ist im Grunde die entscheidende Frage. Die Antwort lautet: Ich weiß es noch immer nicht. Wer oder was ist der Meister eigentlich – allein das herauszufinden ist äußerst schwierig. Welche Informationen haben wir über ihn? Wir wissen, er war vor dreißig Jahren Mitglied des Kollegiums und hat an einem Wettbewerb um das Amt des Meisters teilgenommen, einem Spiel, das unserem nicht unähnlich gewesen sein dürfte. Uns wurde ferner mitgeteilt, dass die Schiedsmänner und nicht der Meister die Regeln für dieses Spiel festlegen. Aber spielt er mit? Ich bin mir nicht sicher. Wenn, dann ist er ein herausragender Gegner. Der herausragendste überhaupt. Er ist seit Jahren Meister. Er kennt alle Tricks. Und er kann auf gewaltige Ressourcen zurückgreifen.«

»Glaubst du, er hat sich dem Bösen zugewandt?«

Sebastien strich sich das Haar zurück. »Was ist denn das Gute oder das Böse, wenn diese Kategorien auf jemanden in einer Position wie die des Meisters angewandt werden? Genauso gut könnte man fragen, ob der Papst gut oder böse ist. Meinst du damit den Mann oder das Amt? Als Stellvertreter Gottes auf Erden kann er, prinzipiell gesehen, zum Bösen überhaupt nicht fähig sein. Die Päpste im Mittelalter allerdings, vor allem die Borgia, haben ihre Rolle etwas freizügiger ausgelegt. Unzucht treiben stand über dem Glauben, das Morden über der Messe. Muss eine tolle Zeit gewesen sein. Ich bin überzeugt, der Meister gehört zu den brillantesten Menschen unserer Zeit und verfügt über einen Einfluss, der kaum vorstellbar ist. Man darf ihn daher nie unterschätzen.«

»Wird er sich für das Böse entscheiden?«

»O ja, ich glaube schon«, antwortete Sebastien, »wenn dies nötig sein sollte, um seine Macht zu erhalten. Schau, als Meister hast du enorme Macht allein aufgrund der Ratschläge und Informationen, die du den Staatsoberhäuptern zukommen lässt. Und dabei sind manchmal skrupellose Entscheidungen zu treffen. Je größer die Macht, umso skrupelloser sind die Entscheidungen. So ist es eben. Außerdem kann nur einer diesen Wettbewerb gewinnen.«

»Und zur Machtausübung gehört auch das Töten von Menschen?«

»Ja«, sagte Sebastien, »letztendlich gehört dazu auch, dass Menschen getötet werden. Sag mir jetzt nicht, dass du das nicht weißt, Tanya.«

Schweigend sahen sie sich an. Sebastien schenkte sich nach.

Nun wussten beide, wo sie standen.

Der Weg zum Amt des Meisters führte durch morastiges Gelände.

Oktober, Schweiz »Der Generaldirektor wird gleich kommen.«

Der Eingangsbereich zur Banque Lex wies nicht daraufhin, dass es sich um eine Bank handelte. Sie wirkte eher wie ein Landhaus aus dem neunzehnten Jahrhundert, das in einem der nobelsten Viertel Genfs lag, und stammte noch aus einer Zeit, als Kundenservice großgeschrieben wurde, als man seinen Klienten noch mit angemessener Willfährigkeit und steifer Höflichkeit entgegentrat. Sebastien gefiel das. Es amüsierte ihn. Er betrachtete die Cherubingemälde an der Decke, deren fleischfarbenen Rosatöne sich zart im riesigen Kristallleuchter spiegelten. Sebastien freute sich, dass er diese Bank für Gonzalez gewählt hatte – sie zeugte von gutem Geschmack. Wenigstens ein positives Licht, das auf den Drogenhändler fiel.

»Señor Gonzalez!«

Der Generaldirektor kam auf einem roten Teppich herangeschritten und bewegte sich dabei wie eine Krabbe, so tief hielt er den Rücken gebeugt und dienerte vor seinem Gast. Sebastiens Hand befingerte er, als wäre sie ein sakraler Gegenstand – was sie im Grunde auch war, denn der Mammon war sein Gott.

»Ich bin entzückt, Sie zu sehen, wirklich entzückt.«

Sebastien lächelte, kurz darauf plauderten sie wie zwei alte Schulfreunde. Einige Millionen Dollar ließen jeden zu einem alten Schulfreund werden, vor allem Bankdirektoren.

»Ich bin wegen meines Kontos hier.«

»Natürlich.« Der Direktor führte Sebastien in einen Nebenraum. Sofort erschien ein Diener mit einem Teeservice und einem wunderbaren Pralinenarrangement. Sebastien nahm sich eine.

»Ich habe beschlossen, einen Teil meines Geldes auf ein anderes Konto zu überweisen.«

»Das ist überhaupt kein Problem. Sagen Sie uns einfach, was wir tun sollen.« Bereits am hervorragenden Schnitt von

Señor Gonzalez' Kleidung erkannte der Generaldirektor, welch distinguierte Persönlichkeit er hier vor sich hatte. Außerdem sprach er ein tadelloses Englisch, nicht die geringste Spur eines spanischen Akzents. Und natürlich seine von der US Bank ausgestellten Referenzen: einfach exzellent. Er sah noch vornehmer aus als auf seinem Foto. Genau der Kunde, den sie wollten.

»Sie werden in drei Wochen aus Panama einen weiteren großen Betrag erhalten, den Sie dann bitte auf ein anderes Konto weiterleiten«, sagte Sebastien. »Ich erzähle Ihnen auch, warum.« Er beugte sich vor, sodass sich ihre Nasenspitzen fast berührten. »Meine Frau hat nämlich herausgefunden, dass ich hier und in Panama Geld habe.«

Die Augen des Älteren weiteten sich vor Schreck und Mitgefühl. Er kannte das Problem. Mehr musste man nicht sagen. Er nahm selbst eine Praline, um sich zu beruhigen.

»Hier sind die Anweisungen. Und hier die Nummer des Kontos, auf das das Geld überwiesen werden soll. Bitte nehmen Sie die Überweisung dann unverzüglich vor. Natürlich werde ich mein Konto bei Ihnen nicht schließen.«

Sebastien lächelte gönnerhaft. »Ich werde weiterhin Geld einzahlen, allerdings nicht ganz so viel wie diesmal. Einen kleineren Betrag, über den meine Frau dann verfügen kann.« Er zwinkerte.

»Ich verstehe vollkommen«, antwortete der Direktor. Ach, die Probleme der Multimillionäre, die eine unersättliche Frau zu unterhalten hatten. Etwas, wofür der Plebs so wenig Verständnis aufbringen wollte.

Nachdem das vulgäre Geldgeschäft abgewickelt war, führten sie zum Tee eine lange und anregende Unterhaltung über die politische Situation in der Schweiz, die sich im Grunde seit zwei Jahrhunderten nicht geändert hatte.

Sebastien verabschiedete sich. Vom Fenster aus blickte der Generaldirektor hinterher. Ein Diener hielt dem Kunden den Regenschirm, während dieser in den gemieteten Rolls-Royce stieg. Sebastien winkte ihm zum Abschied noch zu, und der Diener trippelte zurück in das Bankgebäude. Was für ein Gentleman, dachte der Generaldirektor. Und wie gut er über die Schweiz Bescheid wusste. Als hätte er hier gelebt. Ein großes Vergnügen, mit ihm Geschäfte zu machen. Er würde sich noch lange an ihn erinnern.

Eine Woche nach seiner Rückkehr nach Panama reichte Sebastien bei der US Bank die Kündigung ein. Der Direktor nahm es gelassen hin, Ted aber, dem Chef der Einlagegelder, brach fast das Herz. Sebastien war ihm zum liebsten Saufkumpan geworden; sie kamen gut miteinander aus. Überaus traurig kritzelte er das Datum von Sebastiens letztem Arbeitstag – den 25. Oktober – in seinen Terminkalender. Natürlich mussten sie den Abschied noch ausgiebig begießen. Würde gut passen, nach seiner Sitzung bei den Anonymen Alkoholikern hatte er noch wunderbar Zeit. Verzagt saß er auf dem Barhocker im Golfclub und sah hinaus zum kurz geschnittenen Gras, das unter dem Regen verschwand. Die Regenzeit war noch nicht vorüber. Verdammtes Wetter.

Warum zum Teufel wollte Sebastien zu einer anderen Bank? Und noch dazu nach Australien? Was gefiel ihm an Panama nicht? Ach ja, der Geist weht, wo er will.

Ted bestellte einen weiteren Drink.

Freitag, 25. Oktober

An seinem letzten Arbeitstag bei der US Bank erschien Sebastien früh morgens in Tanyas Wohnung und bestätigte ihr, dass alles vorbereitet sei. Das Gespräch dauerte nicht lange. Tanya begleitete ihn zur Tür.

»Sebastien, du weißt, was du tust?« Tanya fürchtete sich vor diesem Tag. Je näher er rückte, umso mehr wurde ihr die Tragweite ihres Vorhabens bewusst. Und alles für das Amt des Meisters.

»Entspann dich.« Er setzte ein sorgloses Grinsen auf. »Du

hast den anderen Teil des Codes, mit dem die Zahlungsanweisung legitimiert wird?«

»Ja«, antwortete Tanya. »Carole hat jeden Tag mit einigen hundert Anweisungen zu tun. Wenn sie nächste Woche eine Abgleichung durchführt, wird absolut nichts darauf hinweisen, dass ich ihren Teil des Geheimcodes eingesetzt habe. Es ist alles ausgearbeitet. Vertrau mir.«

Das war es. Der Augenblick der Wahrheit. Vertrauten sie einander wirklich? Ein Fehler, und alles würde in einer Katastrophe enden. Was, wenn Tanya den Transfer durchführte und ihn dann sitzen ließ? Was, wenn der Direktor oder Ted sich von der gefälschten Unterschrift auf der Anweisung nicht täuschen ließen?

Sie gaben sich einen Kuss auf die Wange.

»Bis dann, Sebastien.« Sie wusste nicht, was er dachte. Würde er sie verraten?

»Bis dann.«

Ted befand sich bereits in seinem Büro, als Sebastien die US Bank betrat; er lag auf der Couch und sah ziemlich mitgenommen aus. Hastig stand er auf und erklärte Sebastien, dass er sich auf diesen für ihn so harten Tag besonders eingestimmt hätte. Sebastien grinste. Wahrscheinlich musste er sich nur von den Exzessen der vergangenen Nacht erholen, die sie bis in die frühen Morgenstunden im Golfclub verbracht hatten. Was nötig gewesen war, denn Ted sollte es heute, zu diesem besonderen Anlass, durchaus etwas an Aufmerksamkeit mangeln lassen. Den gesamten Morgen sah Sebastien immer wieder auf die Uhr, die Zeit schien nicht vergehen zu wollen. Schließlich rückte die Stunde näher. Sebastien machte sich an die Arbeit.

Kurz vor der Mittagspause überreichte er Ted einen Stapel mit Transferanweisungen, darunter eine mit Gonzalez' gefälschter Unterschrift, die die Bank beauftragte, zwanzig Millionen Dollar auf sein Schweizer Konto zu überweisen. Ted schlurfte mit ihnen zum Büro des Direktors, um die

Unterschriften zu überprüfen. Bald danach erschien er wieder. Sebastien spürte, wie sich ein eiserner Griff auf seine Schulter legte.

»Könntest du zu mir ins Büro kommen?«

Sebastien blieb fast das Herz stehen. Er musterte Teds Gesichtsausdruck. Er wirkte todernst. Wie im Traum erhob er sich und folgte seinem Vorgesetzten. Irgendetwas musste schiefgelaufen sein. Wahrscheinlich hatten sie Gonzalez angerufen. Oder hatte ihn Tanya hintergangen? Sebastien sah zur Tür. Aus der Abteilung würde er noch flüchten können, aber die Bank verlassen? Sie hatten bestimmt schon alle Sicherheitssysteme aktiviert.

»Du kannst dir sicherlich denken, worum es geht«, begann Ted, als er die Tür hinter sich ins Schloss zog, damit niemand es zu hören bekam. Seine Stimme klang leicht nervös.

»Ich glaube nicht.«

»Na ja, so leicht kommst du mir nicht davon. Ich hab schon alles geplant.«

»Geplant?«

»Deinen letzten Abend hier. Ich lade dich in den Las Cumbres ein. Ein netter Striptease ist doch die beste Einstimmung für deinen neuen Job. Sag nicht nein!« Teds ledriges Gesicht war zu einem Grinsen verzogen, abwehrend hob er die Hände. »Ein kleines Dankeschön für deine Hilfe mit den Nummernkonten, als ich im Krankenhaus gelegen habe.« Es dauerte eine ganze Minute, bis sich Sebastiens eisige Miene aufhellte und er sich zu einem spöttischen Lächeln durchringen konnte. »Ted«, murmelte er, »du haust mich einfach um!«

»Dacht ich's mir doch, dass dir das gefallen wird«, sagte Ted und rieb sich bereits die Hände in Erwartung einer weiteren Nacht, in der die Getränke flossen und er sich von Körperteilen erfrischen lassen konnte, die andere Frauen wie zum Beispiel seine eigene nur ungern berühren ließen. »Hier ist das ganze Zeug.« Er reichte Sebastien die Formulare.

»Schick sie hoch zur Überweisungsabteilung.« Er rieb sich den leicht angeschlagenen Kopf. »Und wir sollten heute etwas früher von hier verschwinden.«

»Da hab ich nichts dagegen.« Sebastien hatte zweiundzwanzig Millionen Dollar von Señor Gonzalez' Konto abgeräumt, er konnte es also guten Gewissens ein wenig schleifen lassen. Man sollte nicht zu habgierig werden. Bescheidenheit in allen Dingen.

Ein Stockwerk höher führte Tanya die Transferanweisungen ihrer unzähligen Kunden durch. Als sie auf das gefälschte Formular stieß, tippte sie ihren Code in den Computer ein. Dann legte sie eine Diskette in das Laufwerk und lud ein Programm. Sekunden später hatte sie den Geheimcode geknackt, den Carole, ihre Chefin, benutzte, um die Anweisung über das Interbanken-Netz zu autorisieren. Sie tippte diesen Code ein, nur um sicherzugehen, dass Carole nicht auf die Idee kam, die Überweisung zu hinterfragen.

Gonzalez' Geld machte sich auf die Reise.

Leichtes Geld, leichte Flucht.

Sebastien würde sich an Las Cumbres sein Leben lang erinnern. Er lümmelte in dem Privatclub auf der Ledercouch, während er den venezolanischen Mädchen zusah, die zur Samba-Musik tanzten und sich dabei ihrer ohnehin spärlichen Kleidung entledigten. Genau wie bei der Party in Kolumbien, dachte Sebastien, nur ohne Schlagsahne. Er würde Südamerika vermissen. Es hatte sich auf mehr als nur eine Art gelohnt. Er blickte zu Ted, der mit einem weiteren Drink auf ihn zugewankt kam. Der arme Kerl, in wenigen Jahren würde er tot sein. Er wusste, dass Ted nicht die geringste Absicht hegte, sein Leben zu ändern; er würde sich ins Grab saufen. Die unvermeidlichen Konsequenzen schien er einfach zu verdrängen. Wie seltsam, dachte Sebastien, dass die Menschen immer ein so enormes Tempo vorlegten, wenn sie beschlossen hatten, den Weg der Selbstzerstörung zu beschreiten. Die Richtung, die das Leben nahm, ließ sich nur selten ändern, und wenn sich jemand für eine bestimmte Handlungsweise entschieden hatte, dann wich er davon kaum noch ab. Das Spiel um das Amt des Meisters war darin keine Ausnahme.

»Prost, Ted, einen letzten noch auf den langen und verschlungenen Pfad des Lebens.«

Sie verabschiedeten sich am Clubeingang. Es schien der passende Ort zu sein.

»Auf Wiedersehen, Sebastien. Und alles Gute.«

»Danke.« Sebastien schüttelte seine zitternde Hand. Er wollte fort.

»Ah, da war noch was. Was war es wieder? Nein, ist mir entfallen.«

»Keine Sorge.« Sebastien ging die ersten Stufen die Treppe hinab.

»Nein, ach ja, ich hab's«, kam es von Ted. »Was sehr Merkwürdiges. Heute Nachmittag, im Gang, ich wollte gerade gehen« – er rülpste laut –, »hielt einer der Botenjungen mich auf. Du weißt schon, einer von denen, die die Anweisungsformulare für die Einlagegelder hinauftragen. Fernando noch was. Jedenfalls war der ziemlich aufgeregt. Irgendwas mit einer Überweisung der Nummernkonten. Die von Gonzalez. Wollte, dass ich das mit Gonzalez bespreche.« Er rülpste erneut. »Tut mir Leid, war ein wenig in Eile. Außerdem wusste ich doch überhaupt nicht, was der von mir wollte. Sagte ihm, das ginge ihn nichts an.«

»Und hat er es mit Gonzalez besprochen?«, fragte Sebastien. Seine Kehle war etwas trocken. Wahrscheinlich der Scotch.

»Keine Ahnung. Glaube nicht. Das ist nicht sein Job«, antwortete Ted indigniert.

Sebastien lachte gequält. »Ach, da würde ich mir keine grauen Haare wachsen lassen«, sagte er. »Jedenfalls habe ich Gonzalez nachmittags die Überweisungsbestätigung geschickt. Sie liegt bei den Akten. Er hat nur ein paar Dollar auf sein Schweizer Konto transferiert. Nichts, worüber man sich Sorgen machen müsste.«

»Ah, schön. Das hab ich mir auch gedacht. Nun, auf Wiedersehen, Sebastien. Und alles Gute noch.« Ted hob sein leeres Glas und kehrte zu der Stripperin zurück. Sebastien würde ihn nie wiedersehen.

Er stieg in seinen Wagen. Seine Hände, bemerkte er, zitterten unmerklich.

Gonzalez war nicht allein durch Skrupellosigkeit zu einem reichen Mann geworden. Er besaß noch andere, weniger erfreuliche Eigenschaften. So schrieb er seinen Mitmenschen die gleichen Urinstinkte zu, über die auch er verfügte. Daher nahm er automatisch an, dass ihn jeder betrügen würde, wenn er nur die Chance dazu bekam. In Sebastiens Fall war er etwas edelmütiger gewesen. Er dachte, Sebastien würde mit seiner »Kommission« zufrieden sein, vorausgesetzt, er hatte keine Gelegenheit, sich Gonzalez' Geld zu bemächtigen. Wie dies möglich sein sollte, war für Gonzalez nicht ersichtlich, da die US Bank als eine hoch renommierte Einrichtung galt. Außerdem wurde das Geld nur auf seine schriftlichen Anweisungen hin transferiert; das System schien also narrensicher zu sein. Aus Gewohnheit aber hatte er eine zusätzliche Sicherheitsvorkehrung getroffen. Einer der Botenjungen in der Bank wurde mit ein wenig Geld bestochen. Seine Aufgabe war sehr einfach. Wenn er Zahlungsanweisungen von der Abteilung für Einlagegelder zur Überweisungsabteilung brachte, sollte er auf alle Formulare achten, die sich auf Gonzalez' Nummernkonto bezogen und daraufhin Gonzalez anrufen. Auf diese Weise konnte Gonzalez überprüfen, ob seine Instruktionen ausgeführt wurden. Und da dies natürlich geschah, waren die Telefonanrufe bald reine Routine.

Gonzalez streckte sich im Bett aus. Die Arbeit eines bedeutenden Drogenhändlers brachte so ihre Probleme mit sich. Nichts im Leben war jemals perfekt, obwohl sein Beruf zweifellos einige Entschädigungen bereithielt. Es war eben wie in jedem Geschäftszweig, vorausgesetzt, man kam mit all dem Stress und den manchmal doch recht harten Entscheidungen zurande – aber dann konnte man sich damit durchaus den Lebensunterhalt verdienen. Doch man musste am Ball bleiben. Die gesellschaftlich sichere Stellung war schnell dahin, wenn die Dinge nicht liefen – und irgendwo konnte immer eine Bombe hochgehen, oder es flog einem die Scheiße um die Ohren.

»He, *guapa*, komm endlich ins Bett!«

Er war auf Urlaub in Medellin. Mit seiner Lieblingsmätresse. Was wollte man mehr? »Komm schon!«

»Gleich. Ich kämme mir nur noch das Haar.«

Verdammte Weiber, dachte Gonzalez. Warum mussten sie sich die Haare kämmen, wenn sie ins Bett gingen? Er betrachtete sie.

Sex. Eines der großen Vergnügen im Leben, aber nicht das größte, dachte er. Sex machte Spaß. Irgendwann aber verlor sogar Sex ein wenig von seiner Würze und Pikanterie, mochte man noch so erfindungsreich sein. Aber auch er musste langsam auf seinen Rücken und seinen Ischias Acht geben. Letztendlich wurde es sogar einem Genussmenschen wie ihm in seinem Harem langweilig. Und dann war da noch das Geld. Verdiene hundert Dollar, und die Leute auf der Straße machen sich lustig über dich, verdiene eine Million, und sie werden höflich, und bei zehn Millionen sitzen sie dir so fest in deinem Arsch, dass noch nicht mal mehr ein Morgenfurz durchpasst. Auf Dauer hingegen ödet auch Geld ein wenig an. Man konnte noch so viel in seinen gierigen Rachen schlingen, irgendwann war auch dem eine Grenze gesetzt.

»Bin sofort bei dir, Liebling.«

Aber Macht. Ja, das war etwas anderes. Mit den Mädchen konnte man sich die Zeit vertreiben, Geld konnte man ausgeben, aber Macht, darin konnte man immer schwelgen. Unbegrenzt bereitete sie einem Vergnügen. Sie war immer gleich, unabhängig, welchem Beruf man nachging. Der Dorfpriester träumte davon, zum Papst ernannt zu werden, der kleine Gauner träumte davon, zum großen Boss aufzusteigen, der Angestellte unten auf der Karriereleiter wollte ganz oben stehen. Es war überall das Gleiche, überall auf der Welt.

»Fast fertig.«

Gonzalez unterschied sich darin nicht von den anderen. Klar, er war schon immer ein verkommener Mensch gewesen, aber auch er hatte seinen Weg auf der Karriereleiter hinter sich bringen müssen. Wegen seines Geldes gehörte er nun zu den engen Freunden des kolumbianischen Präsidenten. Noch ein paar Jahre, und er würde dessen Platz einnehmen. Und dann? Nun ja, Präsidentenreisen ins Ausland, die Hand auf den Staatsfinanzen, jede Frau, die er wollte, jedes Bedürfnis befriedigt. So funktionierte die Welt. Macht. Der kleine Fisch wollte ein großer Fisch werden, der große Fisch ein Wal. Sogar im Himmel war es so. Verschaff dir so viel Macht wie möglich, krall dich an ihr fest und lass sie nicht mehr los. Gott wusste schon, was er tat. Er gab den Menschen die Bibel und schickte ein paar aufmunternde Worte hinterher, aber er achtete streng darauf, seine Stellung zu behalten. Ein vernünftiger Kerl. Den Sanften und Demütigen wird die Welt nur im Traum gegeben. Erbärmliche Wichser.

»Fertig.«

Gonzalez verscheuchte seine philosophischen Gedanken. Halte dich an das Praktische. Selbst Sokrates könnte er noch ein, zwei Dinge erzählen. Gleich würde er beglückt werden. Mit vollen Händen. Er mochte Mädchen mit großen Brüsten und breiten Becken. Der lateinamerikanische Traum. Je größer, desto besser.

»Lass mich nach oben.«

»Nein, ich bin dran.«

Das Bett begann zu knarren, die Federn quietschten, die Nachttischlampe schwankte; Gonzalez war zufrieden. Wer sagte, veruchte Menschen könnten keinen Frieden finden? Und während er sich noch auf den intelligentesten Teil seines Körpers konzentrierte, klingelte das Telefon. Er fluchte ausgiebig und nahm den Hörer ab.

»Wer zum Teufel ist da?«, blaffte er. »Ich hab alle Hände voll zu tun.«

»Fernando Lambada, Señor. Es wurde eine Überweisung auf Ihr Schweizer Konto vorgenommen.«

»Schon gut, verpiss dich.«

Gonzalez grunzte und knallte den Hörer auf, dann fuhr er dort fort, wo er stehen geblieben war. Etwa zwei Minuten später erklang ein fürchterlicher Schrei.

»*Honey*, ich war noch nicht so weit«, beschwerte sich seine Geliebte.

Ein zweiter Schrei folgte. Mit glasigem Blick sah sich Gonzalez auf den Abgrund zusteuern, der sich unheimlich schnell näherte.

Konsterniert klammerte sich seine Geliebte an ihn. Das Blut, das sich vor kurzem noch in einem anderen Körperteil gestaut hatte, schoss Gonzalez ins Gesicht; er lief tiefrot an. Seine Geliebte spürte, wie er aus ihr herausglitt, dann fiel er mit seinem gesamten Körpergewicht auf sie drauf. Mein Gott, hatte er einen Herzinfarkt? Was sollte man seiner Frau erzählen? Und, wichtiger noch, würde sie das Diamantkollier behalten dürfen?

»Jemand hat meine Kohle geklaut.« Er röchelte, als würde er im Sterben liegen.

Dann schob er sie zur Seite und stürzte zum Telefon.

Sebastien riss das Steuer des Jaguars herum und bog auf die Avenida Balboa ein. Die Reifen quietschten. Dann weiter auf der Avenida Naçional.

»Wie hat Gonzalez es herausgefunden?« Tanya war kreidebleich.

Sebastien erklärte es ihr.

»Und was machen wir jetzt, Sebastien? Was stellt dieser Mann mit uns an?«

Sebastien fuhr mit hoher Geschwindigkeit. Er wollte so schnell wie möglich Panama City verlassen. Gonzalez hatte dort sicherlich seine Mittelsmänner sitzen. Wie der chinesische Taktiker Sunzi schon sagte: »Es muss im Krieg gemieden werden, was stark ist.« Wenn es zum Kampf kommen sollte, dann auf einem Terrain, in dem Gonzalez weniger im Vorteil war.

Er wandte sich an Tanya. »Flughäfen und Häfen kommen nicht in Frage. Gonzalez dürfte dort bereits seine Leute postiert haben. Bleibt nur der Pan-American-Highway. Möchtest du nach Kolumbien? Wir könnten Gonzalez' Hazienda einen Besuch abstatten.« Er lachte.

»Spar dir deine Witze, Sebastien. Du bringst uns beide noch um.«

»Gut«, kam es widerstrebend von ihm. »Kolumbien also nicht. Dann fahren wir nach Costa Rica.«

»Und dann?«

»Eine kleine Änderung unserer Urlaubspläne. Statt nach Miami kommst du für einige Tage zu mir nach Costa Rica, dann kehrst du nach Panama zurück. Ich denke, du solltest dich lieber nicht in der Stadt aufhalten, solange Gonzalez dort ist.«

»Wie werden wir ihn wieder los?«

»Mach dir keine Sorgen«, sagte Sebastien in ernsterem Tonfall, während er über die Brücke auf den Pan-American-Highway zusteuerte. »Ich werde mich um Gonzalez kümmern, bald.«

»Was, wenn er uns findet?«

Sie erhaschte im grünlich-flackernden Licht des Armaturenbretts einen Blick aus seinen Augen. Sie sagte nichts mehr, sie wusste genau, was dann geschehen würde.

»Versuch ein wenig zu schlafen«, sagte Sebastien. »Bis zur Grenze sind es noch acht Stunden.« Er sah auf seine Uhr. Es war fast Mitternacht. Gonzalez würde frühestens um acht Uhr morgens in Panama eintreffen, wenn der Flughafen öffnete. Dann würde die Hölle losbrechen. Er drückte aufs Gaspedal, und der Jaguar schoss davon. Vor ihnen erstreckte sich der Pan-American-Highway.

Das Leben würde interessant werden. Ihnen blieben nur wenige Stunden, um das Land zu verlassen. Oder zu Hundefutter verarbeitet zu werden.

Der Privatjet flog sehr schnell, aber nicht schnell genug für Gonzalez. Er würde glatt den Piloten erschießen, wenn das denn nützen und die Sache nicht noch weiter verzögern sowie die mit Schaffellen überzogenen Sitze versauen würde. Der Flug von Kolumbien nach Panama dauerte zwei Stunden, die Gonzalez mit Telefonaten und den Vorbereitungen für seinen Rachefeldzug füllte. Alle erdenklichen Grausamkeiten und Folterqualen gingen ihm durch seinen fiebrigen Kopf, und er malte sie sich bis ins kleinste Detail aus. Kurz nach acht Uhr, an einem Samstagmorgen, landete die Maschine auf dem Panama International Airport. Gonzalez und seine Entourage stiegen aus. Der Anführer deutete auf seine massigen Leibwächter:

»Juan, nimm die beiden mit und such Sebastiens Wohnung auf. Ich will ihn lebend oder gerade noch lebend. Schafft ihn zum Flieger, alle anderen in der Wohnung bringt ihr um. Und ihr, ihr kommt mit mir!«

Er rief ein Taxi und ließ sich zur US Bank bringen. Mordgelüste machten sich in ihm breit. Der Trupp stieg aus und eilte, vorbei an dem großen Marmorschild, die Treppe hinauf.

Der Posten am Eingang hörte sich Gonzalez' Anliegen an und erwiderte dann höflich: »Tut mir Leid, heute haben nur die Schalter geöffnet. Wenn Sie mit dem Direktor reden wollen, müssen Sie Montag wiederkommen.«

Gonzalez schob ihn einfach zur Tür hinein und prügelte

ihn zu Boden. »Wenn er sich rührt, dann tötest du ihn«, wies er einen seiner Männer an. Dann schritt er zum Aufzug und zum Büro des Direktors.

Die Samstagmorgen, sie waren so schön, dass Gott selbst sie geschaffen haben musste. Doug Sullivan lehnte sich in seinem Sessel zurück. In der Post war nichts Wichtiges, seine Frau war beim Einkaufen. Ein Samstag, wie er besser nicht sein konnte.

Er drückte auf die Gegensprechanlage und sagte zu seiner Sekretärin: »Suzanne, richten Sie Ted aus, ich treffe mich mit ihm in zwanzig Minuten im Golfclub. Und ich erwarte, dass er nüchtern ist.«

Er ging zu einem Schrank und holte seine Golfschläger heraus – wie ließe sich das Leben besser genießen? Dann ging er pfeifend zur Tür, öffnete sie, kam aber nicht weit. Er brauchte einen kurzen Augenblick, bis er begriff, dass drei Leute vor ihm standen, die aus dem Nichts aufgetaucht sein mussten. Genauer, ein tobender Verrückter und zwei Schlägertypen. Irgendwo in den Tiefen seines Bewusstseins wurde ihm klar, dass es mit dem Golfspielen heute nichts mehr werden würde.

Gonzalez stieß ihn ins Büro zurück. »Wo ist mein verdammtes Geld, *hijo de puta*?«, schrie er und rammte ihm die Dokumente zu seinem Nummernkonto gegen die Brust.

Erstaunt betrachtete Doug Sullivan die Gestalt vor ihm. Gonzalez befand sich mittlerweile in einem Zustand der Raserei. In seinen Mundwinkeln klebte Schaum, seine Augen glänzten vor wahnsinnigem Hass. Doug blieb ganz ruhig. Kunden konnten gelegentlich etwas schwierig werden. Er hob die zu Boden gefallenen Papiere auf, setzte sich auf seinen Sessel und berührte dabei einen kleinen, seitlich am Stuhl verborgenen Knopf. Dann betätigte er die Gegensprechanlage und versuchte inständig, sein Zittern abzustellen.

»Suzanne, bringen Sie mir doch bitte die Unterlagen zu dem Nummernkonto 116202339 und die dazugehörige Unterschriftenliste.« Er wies seine ungebetenen Gäste an: »Bitte setzen Sie sich.«

Nach einer Minute hatte er die Akte zu Gonzalez' Konto vor sich liegen.

»Worum geht es, Señor... äh?«

»Gonzalez. Jemand hat von meinem Konto Geld abgehoben.«

»Genau«, antwortete der Direktor. »Zwanzig Millionen Dollar wurden gestern von Ihrem Konto bei uns auf Ihr Schweizer Konto überwiesen.«

»Dazu habe ich keinen Auftrag gegeben«

»Sie müssen es vergessen haben«, erwiderte der Direktor sehr freundlich. »Hier ist Ihre Anweisung.« Er zog ein Blatt aus dem Ordner.

Gonzalez riss es ihm aus der Hand und starrte es an. »Das ist nicht meine Unterschrift!«, schrie er; sein Kopf vibrierte wie ein schrillender Wecker.

Bestürzt beobachtete der Direktor sein Benehmen. Es war klar, der Mann litt an geistiger Verwirrung. »Was meinen Sie damit, es sei nicht Ihre Unterschrift, Señor Gonzalez? Es ist die gleiche Unterschrift wie auf den übrigen Anweisungen. Und«, er blätterte im Ordner einige Dokumente zurück, »auch auf dem Kontoeröffnungsformular.«

Das wenige an Zurückhaltung, das bei Gonzalez noch vorhanden gewesen sein mochte, schwand nun endgültig. Er zog eine Automatik aus seiner Jacke und richtete sie auf die Stirn des Direktors. Alle im Raum hielten den Atem an. Gonzalez strich sich mit der Zunge über die Lippen, wie ein Wolf, der kurz davor war, seine Beute zu verschlingen.

»Geben Sie mir die Akte.« Er besah sich die einzelnen Blätter und schleuderte dann alles zu Boden. »Hier ist nirgends meine Unterschrift. Geben Sie mir mein Geld zurück.«

Der Direktor schluckte. Er war es gewohnt, mit minderbemittelten Kunden umzugehen. Aber alles hatte seine Grenzen. Auch wenn ihm jemand eine Waffe an den Kopf hielt. Er hatte Angst, war aber auch entschlossen, der Sache ein Ende zu setzen. Señor Gonzalez würde es sicherlich verstehen, er war doch angeblich Geschäftsmann.

»Señor Gonzalez, es handelt sich hier um Ihr Konto, oder?«

»Ja.«

»Und Sie haben uns in der Vergangenheit angewiesen, Geld von diesem Konto auf Ihr Schweizer Konto zu überweisen. Oder?«

»Ja.«

»Und es gab für Sie in der Vergangenheit keinerlei Anlass zur Beschwerde, wenn wir Ihre Anweisungen ausgeführt haben?«

»Nein.«

»Verstehe«, sagte der Direktor, obwohl dem durchaus nicht so war. »Señor Gonzalez, Sie stimmen also zu, dass wir bislang Ihre Anweisungen immer korrekt ausgeführt haben? Ja? Schön. Und nun sagen Sie, dass die letzte Anweisung, Geld auf das Schweizer Konto zu transferieren, nicht von Ihnen stammt. Auch wenn dem so sei, haben Sie Ihr Geld doch nicht verloren. Weisen Sie die Banque Lex doch einfach an, es wieder zurückzuüberweisen.«

»Das geht nicht!«, schrie Gonzalez hysterisch. »Das Geld ist fort. Banque Lex sagt, sie haben es gemäß meinen Anweisungen weiterüberwiesen.«

Der Direktor musste trotz allem lächeln. »Wenn das so ist, Señor Gonzalez, dann müssen Sie die Angelegenheit mit Banque Lex klären. Wir können Ihnen hier nicht recht helfen. Allerdings muss ich Ihnen sagen, dass ich große Zweifel hege, ob dies wirklich Ihr Nummernkonto ist. Ich muss Sie bitten, uns eine Probe Ihrer Unterschrift zu geben, damit wir sie mit jenen in unseren Unterlagen vergleichen können.«

Der Direktor zog einen Stift heraus und legte ihn auf den

Schreibtisch. Es herrschte gespannte Stille. Gonzalez wusste, dass er verloren hatte.

»Señor Gonzalez«, fuhr Doug Sullivan fort, der allmählich wieder zu seiner Autorität zurückfand, »wenn Sie irgendwelche Beschwerden gegen die US Bank vorbringen wollen, dann kommen Sie bitte Montag wieder. Die Staatsanwaltschaft Panamas wird Ihren Anschuldigungen sicherlich nachgehen, und natürlich werden Sie die Herkunft der Gelder offen legen und beweisen müssen, dass Sie wirklich der rechtmäßige Besitzer dieser Konten sind.«

Einer von Gonzalez' Leibwächtern flüsterte ihm etwas ins Ohr. Die Bank habe Alarm ausgelöst, bewaffnete Polizeikräfte könnten jeden Moment auftauchen. Mit einem hasserfüllten Blick, der selbst den Teufel beschämt hätte, stürmte Gonzalez aus Sullivans Büro. Am Flughafen, bevor er an Bord einer Maschine in die Schweiz ging, wandte er sich noch an seine Männer. Die Ereignisse, die sich gegen ihn verschworen zu haben schienen, hatten ihn mehr als einige Stufen die Evolutionsleiter hinunterfallen lassen. Denn was Anmut und Intelligenz anbelangte, wiesen seine Gesichtszüge unbestreitbar neolithische Qualitäten auf.

»Findet Sebastien«, fauchte er. »Und tötet ihn. Ich will, dass ihr ihn durch den Fleischwolf dreht. Und zwar ganz langsam.«

Sebastien beugte sich zu Tanya, streichelte ihr Gesicht und küsste sie auf die Stirn. Sie war so schön.

»Ich glaube, wir haben ein kleines Problem.«

Sie hatten die panamaische Grenzstadt Paso Canoa erreicht. Vor ihnen erstreckte sich eine lange Schlange mit Lastern und PKWs, die auf die Abfertigung am Grenzkontrollpunkt warteten. Sebastien war ausgestiegen, hatte sich die Beine vertreten und Tanya weiterschlafen lassen. Nach einigen Minuten war er zurückgekehrt und hatte sie geweckt.

»Schlechte Neuigkeiten. Die Grenzpolizei durchsucht jeden Wagen. Sie fahnden nach jemandem, dessen Beschreibung auf mich passt. Sieht so aus, als hätte Gonzalez Kontakte bis nach ganz oben.«

»Was machen wir jetzt?« Tanya schreckte auf, wieder spürte sie die Furcht.

Sebastien schlug eine Landkarte auf. Neben dem Grenzübergang bei Paso Canoa am Pan-American-Highway gab es keine anderen Übergänge nach Costa Rica. Fliegen kam ebenfalls nicht mehr in Frage; Gonzalez hatte sicherlich seine Leute bereits an den Flughäfen. So blieb nur der Weg über die unzugänglichen Berge. Er betrachtete Tanya in ihrem dünnen Baumwollkleid. Sie würde es nie schaffen.

»Tanya, nicht weit von hier gibt es ein Hotel. Oben in den Bergen. Wir sollten fürs Erste dorthin. Wir haben einige Dinge zu besprechen.« Er stieg in den Wagen.

Das Hotel Cerro Punto war ein kleines Hotel der oberen Preisklasse, das während der Sommermonate gern von Gästen besucht wurde, die zum Forellenangeln kamen und die kühle Bergluft sowie die herrliche Landschaft genießen wollten. Es befand sich nicht weit von der costaricanischen Grenze, die dreißig Kilometer Luftlinie, hinter gebirgigem Gelände, entfernt lag. Sebastien hielt den Wagen auf der Serpentinenstraße an.

»Tanya, ich will nicht den Eindruck erwecken, dass wir zusammengehören. Noch weiß Gonzalez nichts von dir. Ich fahre also am Hotel vor und buche ein Einzelzimmer. Du folgst zu Fuß nach, gehst in die Bar und bestellst dir einen Drink. Dann gehe ich an dir vorbei und zeige dir den Zimmerschlüssel mit der Nummer. Zehn Minuten später kommst du nach.«

Kurz darauf stand Sebastien an der Rezeption und erklärte, er wolle ein Zimmer für einige Nächte, da er zum Forellenangeln hier sei. Der Angestellte notierte sich die falschen Personalien, die Sebastien ihm gegeben hatte.

Der Mann schien nervös zu sein, einige Male, so bemerkte

Sebastien, sah er zum Jaguar, der draußen geparkt war. Gonzalez' Leute mussten bereits das Hotel kontaktiert haben. Sebastien spürte, wie mit trockenen Schlägen die Nägel in seinen Sarg getrieben wurden.

Tanya trat in sein Zimmer. Er sah zu ihr auf, während er gerade ein paar Sachen zusammenpackte. Ihr Gesichtsausdruck sagte ihm alles: Sie glaubte, er schaffe es nicht. Sie sah ihn an, als wollte sie sich von ihm verabschieden, als würde sie versuchen, sich ihre letzten gemeinsamen Augenblicke einzuprägen. Sebastien umarmte sie. Sie waren an einem Wendepunkt angelangt. Er saß in der Falle. Aber es war nicht seine Art, in Panik zu geraten.

»Tanya, du kannst nicht lange bleiben. Geh runter zum Dorf und nimm dort den Bus nach Paso Canoa. Um drei Uhr nachmittags kommt dort ein Überlandbus nach Costa Rica durch. Den nimmst du und überquerst die Grenze. Gonzalez sucht noch nicht nach dir, du bist also in Sicherheit. Und lass den Wagen stehen, für alle Fälle.«

»Was ist mit dir?«

»Ich werde mich sofort auf den Weg über die Berge machen. Ich muss mich erst um Gonzalez kümmern.« Er holte einige Papiere aus seinem Koffer. »Wir treffen uns dann am vereinbarten Punkt in San Jose, in genau zwei Tagen.«

»Und wenn du nicht kommst?«

Sebastien setzte sich aufs Bett. Es war an der Zeit, sich der Wirklichkeit zu stellen. »Wenn ich nicht komme, weile ich nicht mehr unter den Lebenden. Was wirst du dann tun?«

»Ich weiß es nicht.« Sie war aschfahl. »Ich habe darüber noch nicht nachgedacht.«

»Dann denk jetzt darüber nach, Tanya«, sagte Sebastien in fast geschäftsmäßigem Tonfall. »Das Leben geht weiter, auch wenn ich tot bin. Ich denke, du solltest nach Ablauf deines Urlaubs zur Bank zurückkehren und dann nach einigen Wochen die Kündigung einreichen. Und dann musst du dich daranmachen, die anderen aufzuspüren.« Er schnürte das Bündel zusammen und ließ den Koffer offen auf dem Bett liegen. Er wollte sich ganz sachlich geben, bemerkte aber, wie ihm immer wieder die Stimme zu versagen drohte.

Tanya beobachtete ihn und hielt sich am Türrahmen fest, Tränen liefen ihr über die Wangen. »Ich weiß nicht, ob ich weiterhin am Spiel teilnehmen soll«, sagte sie leise.

»Tanya ...« Er erhob sich, umarmte sie und wollte sie nicht mehr loslassen. Zärtlich streichelte er ihr Haar und nahm den flüchtigen Geruch ihres Parfüms wahr. Sie begann zu schluchzen. Er vergrub das Gesicht in ihren Haaren, und so standen sie beieinander in dem Bewusstsein, dass ihr Abschied endgültig sein konnte. Tief in seinem Inneren begann er, ganz schwach, die ersten Zweifel zu verspüren: Er ertappte sich dabei, wie er sich fragte, ob er nicht doch scheitern könnte ... dass das Amt des Meisters, um das er so ehrgeizig gekämpft hatte, seinem Griff zu entgleiten drohte. Sofort unterdrückte er den Gedanken. Schließlich sagte er: »Tanya, du musst weitermachen. Wir haben den ersten Teil des Wettbewerbs, den schwierigsten Teil abgeschlossen. Jetzt musst du nur noch vor dem Meister erscheinen.«

»Was ist mit Andrew und Ivan?«

Er war sichtlich verärgert und wütend. »Andrew darf niemals Meister werden. Er hat schon Rex umgebracht. Er muss aufgehalten werden.«

Tanya trat einen Schritt zurück. »Du glaubst also, Andrew hat ihn getötet? Ich wusste, du hältst etwas vor mir zurück.«

»Nein, ich wollte es dir sowieso noch erzählen.«

Er setzte sich aufs Bett und erklärte ihr, dass Rex seiner Meinung nach umgebracht worden sei, weil er einem der anderen Kandidaten törichterweise von Max Stanton erzählt und die Ansicht geäußert hatte, zum Spiel gehöre es, andere zu töten. Das schien die einzige vernünftige Erklärung zu sein. Der Mörder hatte daraufhin beschlossen, Rex aus dem

Weg zu räumen, damit dieser nicht von Anfang an im Vorteil wäre und er das Wissen für sich behalten konnte. Blieben als Mörder nur Andrew oder Ivan übrig. Ivan aber, glaubte Sebastien, wäre zum Töten nicht fähig. Er war skrupellos, ja, und gehörte dem Geheimdienst an, aber einen Menschen zu töten – nein. Es musste Andrew gewesen sein. Und es dürfte auch Andrew gewesen sein, der Tanya im Chalet angegriffen hatte. Er hätte ihr dies alles erzählen wollen, sobald er mehr Indizien gefunden hätte. Sie hörte ihm schweigend zu.

»Könnte nicht jemand anderes Rex getötet haben?«, fragte sie dann.

»Wer, Tanya? Rex starb nicht bei einem Unfall, und ich glaube auch nicht, dass der Meister als Mörder in Frage kommt. Wenn er wirklich teilnehmen sollte, hätte er sich nie so früh aus der Deckung gewagt. So bleiben nur du und ich.« Er sah ihr direkt in die Augen. »Glaubst du, dass ich es gewesen bin?«

»Nein«, antwortete sie nach einer Weile. Sie drehte den Kopf zur Seite und wischte sich die Tränen aus dem Gesicht. »Ich will nicht weitermachen.«

Sebastien wartete, bis sie sich beruhigt hatte, obwohl er wusste, dass jede Minute, die er noch länger blieb, seine Überlebenschancen verringerte. »Tanya, du musst weitermachen. Für mich. Wenn du mich wirklich liebst. Liebst du mich?«

»Ja«, sagte sie, »und ich habe dich immer geliebt. Wenn ich mich zwischen dir und dem Amt des Meisters entscheiden müsste, würde ich dich wählen.«

Sebastien starrte sie ungläubig an. »Das würdest du tun?« Sie nickte. »Natürlich will ich das Amt. Aber ich liebe dich, und ich weiß, dass du mich liebst. Manchmal muss man sich eben entscheiden, was man mehr liebt.«

Sebastien nickte bedächtig, dann fuhr er mit leiser, entschlossener Stimme fort: »Tanya, versprich mir, dass du Andrew aufspürst und ihn tötest. Es käme für das Kollegium und für die ganze Welt einer Katastrophe gleich, wenn er Meister werden würde. Ich hätte das eigentlich niemals von dir verlangt, aber ich bitte dich jetzt darum. Es geht hier um wesentlich mehr als nur um dein oder mein Schicksal. Wenn Andrew Meister wird, zerstört er die gesamte Institution. Du weißt das. Versprich es mir.«

Erschreckt wich sie zurück. »Es geht nicht nur um das Amt des Meisters«, fuhr er fort, »sondern auch um dein Leben, Tanya. Wenn das Töten erst einmal anfängt, ist es nicht mehr aufzuhalten. Andrew wird dich verfolgen, erinnere dich an meine Worte. Er wird sich durch nichts davon abhalten lassen.«

Tanya starrte ihn an. In diesem Moment wusste sie, dass sie ihn nicht mehr wiedersehen würde. Mit blasser, aber resoluter Miene packte Sebastien seine Sachen zusammen. »Al Johnsons werden dir helfen. Sie wissen bereits, wo sich Ivan in Paris aufhält. Und ich bin mir sicher, dass sie mittlerweile auch Andrew aufgespürt haben. Auf den Caymans liegt ein Haufen Geld. Tanya, du musst mir versprechen, dass du Andrew umbringst. Nicht nur, um Rex zu rächen. Der Fortbestand des Kollegiums hängt davon ab.«

»Du kommst hier raus. Ich weiß, du wirst es schaffen«, sagte Tanya. »Wir treffen uns in einigen Tagen in Costa Rica.«

»Natürlich«, erwiderte Sebastien. »Die letzten Karten sind noch nicht gespielt. Aber falls ich es nicht schaffen sollte, musst du mir das Versprechen geben. Das heißt, wenn du mich liebst.«

Und schließlich, aus Liebe zu ihm, nachdem ihr Wille gebrochen war, gab Tanya ihm das Versprechen. Sie würde Andrew aufspüren und dann Ivan und jenen töten, der Rex auf dem Gewissen hatte. Sie umarmten sich ein weiteres Mal. Wenige Minuten später verließ sie ihn, müde und niedergeschlagen. An der Tür drehte sie sich noch einmal zu ihm um.

Verzweifelt versuchte sie sich sein Bild einzuprägen – ein Schnappschuss für ihre Erinnerungen. Seine schlanke Gestalt, das hübsche Gesicht, die sinnlichen Lippen, die dunklen, unergründlichen Augen. Dann ging sie.

Als sie unten an der Hauptstraße ankam, wo die Abzweigung zum Hotel abbog, fuhren Gonzalez' Gefolgsleute, Juan und zwei andere, in einem Pick-up mit hoher Geschwindigkeit an ihr vorüber. Sie bemerkte sie nicht, sie war tief in Gedanken versunken.

Tanya hatte Sebastien nie von dem Eindringling erzählt, der an jenem Tag in Rex' Zimmer getreten war, an dem sie die Botschaft auf seinem Computer entdeckt hatte. Jemand, der ein berechtigtes Interesse daran gehabt hatte, Rex davon abzuhalten, bereits in diesem frühen Stadium sein Wissen über das Spiel preiszugeben.

Der Meister.

Schweiz

»Der Generaldirektor wird sofort kommen.«

»Ich will ihn verdammt noch mal sofort sehen! Sofort!«

André, der eher schüchterne und blasse Bankdiener bei der Banque Lex, starrte Gonzalez völlig sprachlos an. Niemals zuvor hatte ein Kunde mit einem Angestellten so gesprochen. Mit den beiden langen blauen Frackschößen zwischen den Beinen zog er ab. Er war den Tränen nahe.

Nach einer Weile erschien am Ende des Gangs der Direktor und näherte sich dem Gast auf seine übliche, fast unterwürfige Weise. Er streckte ihm die Hand entgegen.

»Monsieur, ähm ...«

»Gonzalez. Ich will mein Geld, *mi plata*!«, blaffte Gonzalez und ignorierte die ausgestreckte Hand.

Als der Direktor die Tätowierungen auf dessen Fingern sah, murmelte er nur ein »O Gott, o Gott«. Man erkannte einen Gentleman, noch bevor er den Mund aufmachte. Gonzalez war der lebende Beweis dafür. »Natürlich, Sir. Wenn Sie bitte mitkommen wollen!« Er führte ihn in einen Nebenraum. »Wie können wir Ihnen behilflich sein?«

»Ich will mein Geld zurück!«, schrie Gonzalez und ließ zur Betonung jedes einzelnen Wortes seine Faust auf den Tisch, eine kostbare Antiquität, knallen. Dann warf er seine Bankauszüge auf die nun etwas lädierte Oberfläche. »Ich will meine zweiundzwanzig Millionen wiederhaben.«

»Kein Problem, Señor«, antwortete der Direktor. »Ich bin gleich wieder da.«

Gonzalez schritt im Zimmer auf und ab. Als der Direktor zurückkehrte, befand er sich in Begleitung dreier Gentlemen. Sie lächelten freundlich und setzten sich, als würden sie sich hier zu einem Geschäftstreffen versammeln. Draußen schlug eine Schweizer Uhr. Stille. Gonzalez fragte sich, ob er nicht doch überreagiert hatte. Alles hier schien so kultiviert. Vielleicht war alles nur ein Buchungsfehler?

Der Generaldirektor sah zu seinen Kollegen. Sein liebedienerisches Benehmen war nun durch ein gepresstes Lächeln ersetzt worden. »Ich fürchte, es ist eine kleine Schwierigkeit aufgetreten. Das Geld ist auf ein fremdes Konto transferiert worden. Hier, sehen Sie, wir hatten dazu eine schriftliche Anweisung. Señor Gonzalez kam letzten Monat persönlich zu uns und hat mit mir gesprochen, ein sehr angenehmer Gentleman.« Sorgfältig betonte er das letzte Wort.

Als diese Information in Gonzalez' Bewusstein gedrungen war, erhob er sich und offenbarte seine wahren Gefühle. Vor Wut zitternd, der Sprache beraubt, lieferte er die beeindruckende Vorstellung eines Steinzeitmenschen, der sich plötzlich in einem Verkehrsstau mitten in New York wiederfand. Der Generaldirektor und seine Begleiter verfolgten die Aufführung mit höflichem Interesse. Nach einiger Zeit erlaubte sich der Generaldirektor ein kurzes Räuspern. »Señor Gonzalez, wenn ich Ihnen Folgendes zeigen darf… ein Fax. Wir haben es soeben aus Panama erhalten. Es enthält eine ausführliche

Beschreibung der Ihnen in Kolumbien zur Last gelegten Vergehen. Es handelt unter anderem von Drogenhandel.«

Gonzalez trat einen Schritt zurück, als ihm die schreckliche Wahrheit zu dämmern begann. Wieder zeigte der Generaldirektor sein mildes Lächeln, das er auch jenen Kunden zuteil werden ließ, die ihr Konto überzogen hatten. »Diese Herren hier würden sich gern mit Ihnen über diese Angelegenheit unterhalten.« Er wandte sich an seine Begleiter.

»Darf ich Ihnen Inspektor Drucker vom Schweizer Drogenkommissariat und seine Kollegen vorstellen.« Er runzelte entschuldigend die Stirn. »Es tut mir außerordentlich Leid, Ihnen keinen Tee anbieten zu können.«

21

Er führt seine Männer tief ins Feindesland,
bevor er seine Absicht zeigt.

Sunzi, Die Kunst des Krieges

Sebastien kauerte im Wald oberhalb des Hotels. Er sah Juan und seine beiden Begleiter aus dem Pick-up steigen. Die Lage war brenzliger, als er erwartet hatte. Gonzalez musste geahnt haben, dass er die Grenze nach Costa Rica überqueren wollte, und hatte bereits am Morgen Juan und seine Handlanger mit dem Flugzeug nach Paso Canoa geschickt. Unten auf dem Vorplatz des Hotels braute sich einiges zusammen. »Pedro Gordo«, rief Juan einem seiner Männer zu, als er aus dem Fahrzeug sprang, »du bleibst hier und sicherst die Rückseite! Pedro Flaco, du kommst mit mir!« Sie stürmten ins Hotel.

Sebastien verzog sich in die Wälder. Er musste sich in die Lage seines Feindes versetzen, wenn er am Leben bleiben wollte. Wie hatte Sunzi gesagt: »Es liegt in unserer Hand, uns vor einer Niederlage zu schützen, doch die Gelegenheit, den Feind zu schlagen, gibt uns der Feind selbst.« Nun, sein Gegner war nicht zu unterschätzen. Juan würde vor nichts zurückschrecken, um ihn zur Strecke zu bringen, und er konnte es ihm noch nicht einmal verübeln. Gonzalez würde Juan eigenhändig umbringen, wenn er nicht mit einer Leiche zurückkehrte. Juan hatte seine Gefährten gut gewählt – es waren zwei der unangenehmsten Leute in Gonzalez' kleiner Truppe von verschrobenen Irren und psychopathischen Killern: Pedro Gordo, der fette Pedro, gefiel sich darin, Menschen zu foltern, auch wenn diese schon längst verraten hatten, was er wissen wollte. Da er gewissenhaft vorging und Dienstleistung großschrieb, achtete er stets darauf, eher mehr als zu wenig Leistung zu erbringen. Außerdem, so raunte man sich zu, sollte er zu Hause in seinem Kühlschrank eine Sammlung menschlicher Körperteile besitzen; und der dünne Pedro, Pedro Flaco, war ein ehemaliger Fährtenleser, der von der Jagd auf Wild zur Jagd auf Menschen umgesattelt hatte.

Die drei waren unangenehme Feinde, die kaum Gelegenheit bieten dürften, sie zu schlagen. Außerdem war Sebastien allein und besaß nichts außer einem kleinen Messer. Es fielen ihm nur zwei Dinge ein, die für ihn sprachen: Das Terrain war ihnen allen vieren gleichermaßen unbekannt, und Juan würde so sehr darauf erpicht sein, ihn zu schnappen, dass er vielleicht einen Fehler beging. Es war eine schwache Hoffnung. Aber es war wichtig, etwas zu haben, worauf er sein Augenmerk richten konnte.

Juan erschien vor dem Hotel. »Er ist fort«, sagte er zu Pedro Gordo. Er zeigte zum felsigen Abschnitt hinter dem Hotel, der zu den Wäldern führte. »Zeit für eine kleine Jagd.« Juan lachte; es klang wie das Heulen eines Wolfs. Sebastien in kleine Stücke zu zerschneiden – das würde nach den Motorrolleranschlägen mal für ein wenig Abwechslung sorgen. Außerdem war die frische Luft gut für seine Gesundheit. Er und Sebastien würden sich noch eine Menge zu erzählen haben.

Es gab noch einige offene Rechnungen zu begleichen.

Die Grenzregion zwischen Panama und Costa Rica ist eine landschaftlich abwechslungsreiche Gegend. Das Gebiet um Paso Canoa besteht zum größten Teil aus dicht bewaldetem, felsigem Bergland, daneben finden sich Abschnitte, die von den Bauern abgeholzt und zu Weideflächen für Rinder umgewandelt worden waren. Weiter im Norden, wenn man von Chiriqui nach Bocas del Toro kommt, geht das Waldland in einen dichten Gebirgsdschungel über. Die gesamte Region ist dünn besiedelt, einige eingeborene Indiostämme leben über das Gebiet verstreut. Es führen keine Straßen hindurch, und wegen des dichten Blätterdachs ist der Boden vom Flugzeug aus nicht einsehbar. Es handelt sich um eine der letzten urtümlichen Landschaften Mittelamerikas, und Sebastien wollte sie so schnell wie möglich erreichen.

Juan würde wahrscheinlich annehmen, überlegte Sebastien, dass er versuchen würde, auf direktem Weg die Grenze nach Costa Rica zu überqueren, um die Hauptstadt zu erreichen und dort unterzutauchen. Daher dürfte Juan bereits Gonzalez' Leute in Costa Rica zur Grenze beordert haben. Wenn Sebastien also am Leben bleiben wollte, sollte er genau das Gegenteil tun. Wie hatte Sunzi gesagt: »Verhindere die Konzentration der feindlichen Streitkräfte.« Er beschleunigte seine Schritte; er wollte mittags noch den Fluss Changuinola erreichen – ein interessanter Wasserlauf, über den er einmal in einem Reiseführer gelesen hatte. Er war immer einen Besuch wert.

Nach drei Stunden Fußmarsch durch den Dschungel fiel allen das Fortkommen schwer.

»Komm schon, du fette Schwuchtel«, schrie Juan Pedro Gordo an, »oder wir lassen dich hier versauern.«

Pedro Gordo war alles andere als glücklich. Zwanzig Kilo Übergewicht durch den panamaischen Dschungel zu schleppen war kein vergnügliches Unterfangen, wenn die Temperatur am Boden bei über vierzig Grad lag. Er blickte nach oben. Der Himmel war nicht zu sehen. Das Laub der riesigen Bäume, die über ihm aufragten, ließ kaum Sonnenlicht durch. Es war daher nicht nur unfassbar heiß, es war auch feucht und düster. Pedro hieb auf die Lianen und Ranken ein und hoffte, dass sich auf ihnen keine Schlangen verbargen. Für jemanden, der den Dschungel nur aus Videos kannte (er mochte die Tötungsszenen), stellte die Wirklichkeit des Regenwalds eine unerfreuliche Überraschung dar. Mücken und

Blutegel plagten ihn, ängstlich spähte er um sich und erwartete jeden Moment, dass ein Löwe oder Tiger auftauchte (ohne zu wissen, dass Tiere wie diese in Panama nicht vorkamen). Pedro Flaco und Juan waren weit vor ihm, sie hatten ein hohes Tempo angeschlagen und unterhielten sich aufgeregt. Flaco schätzte, dass Sebastien eine halbe Stunde Vorsprung hatte und zunehmend müder wurde. Sie diskutierten, was sie mit ihm anstellen wollten.

Pedro Gordo seufzte und stapfte weiter. Vielleicht sollte er sich einen anderen Job suchen. Sein Beruf erforderte ein hohes Maß an Geschick, und man lernte dabei interessante Leute kennen. Allerdings war er sich nicht mehr so sicher, ob er die Karriere ein Leben lang verfolgen sollte. Vielleicht handelte es sich hierbei auch wieder nur um eine Sackgasse, so wie bei den Berufen – Fleischer, Drogenkurier, Auftragskiller –, denen er vorher nachgegangen war. Er schob einen Zweig zur Seite. Was ihm wirklich gefallen könnte, wäre ein Job im Gaststättengewerbe. Ein kleines Restaurant in Bogota wäre genau das Richtige. Nichts allzu Großes. Schließlich schmeckte ihm sein Essen, und im Herzen war er jemand, der es seinen Kunden recht machen wollte. Es waren diese Gedanken, die ihm ein wenig Trost verschafften, während er langsam immer tiefer in diese Hölle hineinschritt. Bald darauf hatte er seine Gefährten aus den Augen verloren.

Um die Mittagszeit hatte Pedro Gordo das Ufer des Changuinola erreicht, eines trüben, langsam fließenden Gewässers. Riesige Bäume, an denen sich Kletterpflanzen emporrankten, hingen weit in den Fluss hinein. Es herrschte eine bedrückende, zutiefst beunruhigende Atmosphäre. Pedro Gordo spürte, wie er es mit der Angst zu tun bekam. Er war allein. Er rief den Dreckskerlen Pedro Flaco und Juan zu, aber wenn er der Richtung folgte, aus der ihre Antworten zu kommen schienen, hatte er das Gefühl, als würde er sich noch weiter verirren. Der Dschungel verzerrte alle Geräusche. Wie sollte er den Fluss überqueren?

In diesem Augenblick sah er am gegenüberliegenden Ufer, keine zwanzig Meter von ihm entfernt, eine schwache Bewegung. Er richtete das Fernglas darauf. Kurz danach lief ihm ein freudiger Schauer über den korpulenten Körper. Er wollte seinen Augen nicht trauen. Auf der gegenüberliegenden Flussseite lag der halb nackte Sebastien und zog sich mit letzter Kraft das schlammige Ufer hinauf. Langsam dämmerte Pedro, was geschehen sein musste. Sebastien hatte sich wahrscheinlich während seiner Flucht das Bein gebrochen, war erschöpft den Fluss hinabgeschwommen und dann am Ufer zusammengebrochen. O was für eine Freude!

Pedro Gordo, ein pragmatischer Katholik, dankte Gott für diesen Moment der Erlösung. Gonzalez würde ihn reich belohnen, wenn er ihm Sebastien brachte. Vielleicht ließ er ihn sogar süße Rache an Juan nehmen, weil ihn dieser allein im Dschungel zurückgelassen hatte. Natürlich musste er Gonzalez beweisen können, dass er Sebastien gefunden hatte. Sein Kopf müsste reichen. Vielleicht auch nur ein Ohr. Es hatte keinen Sinn, zu viel mit sich herumzuschleppen. Pedro Gordo lief schon das Wasser im Mund zusammen, als er Sebastien am fernen Ufer betrachtete. Aber wie konnte er sich die Beute sichern, bevor sie entkommen konnte? Einen Schuss abzugeben erschien zu schwierig. Aber er war um eine Idee nicht verlegen. Er würde sich anschleichen. Eilig zog er sich bis auf seine Levi's aus, wickelte die Pistole in eine wasserdichte Tasche und ließ sich in das Wasser, wo er wie der aufgeblähte Kadaver eines Schafs auf das ahnungslose Opfer zutrieb. Wer mochte noch behaupten, Gott würde den Menschen niemals helfen? Das war eine glatte Lüge. Gott half ihm. Er hatte sein Auge auf Pedro.

»Pedro! Wo steckst du?« Der Schrei kam von weiter unten am Ufer.

Pedro ignorierte ihn. »Fickt euch!«

Pedro hatte die Mitte des Flusses erreicht, als Sebastien

sich das Ufer hinabschlängelte, ins Wasser gleiten ließ und den aufgeblähten Fleischkloß ansteuerte. Pedro dachte unterdessen – um auf andere Gedanken zu kommen – an sein Restaurant und das Essen, das er dort servieren wollte: Pizza, Hühnchen, gegrillten Fisch. Er hatte gute Ideen. Nur schade, dass er sich während seines geschäftigen Lebens nie darum gekümmert hatte, sich ein wenig mit Letzterem zu beschäftigen. Denn er war nicht allein im Wasser; *Serrasalmi nattereri* begleiteten ihn. Und plötzlich spürte er, wie er am Knöchel gepackt wurde, kurz darauf fuhr ein stechender Schmerz durch sein Bein. Als er sich umdrehte, sah er Sebastien eiligst davonschwimmen. Er hatte ihn mit dem Messer am Bein geritzt.

»*Puta!*«

Einen Moment lang hielt Pedro inne; es war nur ein Kratzer. Er kicherte. Sebastien hatte also nur ein Messer bei sich. Umso besser. Gemächlich schwamm er auf das Ufer zu. Und dann griffen die *Serrasalmi nattereri* an, die rotbäuchigen Piranhas.

»Verdammte Scheiße!«

Die anderen beobachteten weiter flussabwärts das Spektakel. Piranhas waren, wenn sie einzeln vorkamen, scheue und nervöse Fische. In Schwärmen aber wurden aus den fünfzehn Zentimeter langen Süßwasserräubern, hatten sie Blut gerochen, unersättliche Fressmaschinen. Mit ihren starken Kiefern und den rasiermesserscharfen dreieckigen und einander überlappenden Zähnen konnten sie größere Wirbeltiere wie ein Kalb in etwa zwei Minuten bis auf die Knochen abnagen. In Pedros Fall mit seinen zusätzlichen Fettschichten dauerte es etwas länger. Entsetzt sahen Juan und Pedro Flaco, wie ihr fetter Gefährte in dem vor Bewegung brodelnden Wasser versank.

Auch Sebastien beobachtete das Schauspiel, während er sich auf der anderen Flussseite anzog. Dann wandte er sich von der eindrucksvollen Aufführung im Wasser ab. Pedro sollte sich schämen! Mittlerweile meinten wirklich alle, sich für den Schutz der Umwelt einsetzen zu müssen. Piranhas kamen außer in Brasilien nur noch in einem einzigen Fluss vor, eben dem Rio Changuinola in Panama. Anschließend tauchte Sebastien in den Dschungel ein. Fünf Minuten später hatte sich der Wasserspiegel wieder beruhigt. Die Piranhas überließen die Leiche mit der noch immer daran hängenden Levi's den Alligatoren. Pedro Gordo aber hätte sich freuen sollen. Gott hatte wirklich ein Auge auf ihn, Pedro hatte doch noch seine wahre Berufung gefunden.

Das Mahl war angerichtet.

Stunden vergingen, mittlerweile war es spätnachmittags.

Sebastien hatte den Dschungel verlassen und näherte sich der costaricanischen Grenze. Gonzalez' Männer waren ihm noch immer auf den Fersen. Die Landschaft hatte sich verändert, felsiges Terrain umgab sie, dazwischen Sträucher und Büsche und gelegentlich Waldabschnitte. Es schien klar zu sein, dass Sebastien in der Nacht versuchen würde, die Grenze zu überqueren.

»Er wird langsamer«, verkündete Pedro Flaco erfreut.

»Das hast du schon mal gesagt, du Arsch«, erinnerte ihn Juan.

Eine halbe Stunde später aber war Gott auf ihrer Seite. Juan tippte seinen Gefährten an, dann spähten sie nacheinander durch das Teleskopvisier von Juans Gewehr. Deutlich zeichnete sich vor dem dunkler werdenden Himmel Sebastiens Silhouette ab. Er hatte soeben eine Anhöhe überquert und näherte sich einigen Bäumen. Juan gluckste. Sorgfältig zielte er. Als Sebastien den Felskamm erreichte, zog er den Abzug durch. Der Schuss hallte durch die Luft. Taumelnd ging die Gestalt vor ihnen zu Boden.

»Komm, jetzt gehört er uns!« Sie rannten los.

Die Kugel hatte Sebastiens linken Arm nahe am Schulterblatt gestreift, ihn aus dem Gleichgewicht gebracht und zu

Boden geworfen. Blut schoss aus der Wunde. Vor Schmerzen verzog er das Gesicht.

»Scheiße.«

So hatte er sich das nicht vorgestellt. Eine Weile lag er auf dem Boden. Er hatte einen Fehler begangen. Weil er zu clever sein wollte. Er hätte sich denken können, dass sie über Teleskopvisiere verfügten. Wahrscheinlich hatten sie sogar Nachtsichtgeräte. Mit den Schmerzen kam die Angst. Er hatte einen Fehler gemacht und sie zu nahe an sich herankommen lassen. Das Blatt hatte sich gewendet, sie würden ihn sich schnappen. Seinen Plan, sie in die Berge zu locken, musste er jetzt aufgeben. Er biss die Zähne zusammen, band ein Taschentuch um die Wunde und zwang sich aufzustehen. Weiter unten hörte er bereits ihre Schritte auf den Felsen. Er machte sich wieder auf den Weg in den Dschungel. Dem Ort der Entscheidung. Auch wenn er ihn sich nicht ausgesucht hatte. Er verschwand zwischen den Bäumen.

Vorsichtig betraten die Verfolger den dichten Wald. Mit einer Handbewegung wies Juan Pedro Flaco an, die rechte Flanke abzudecken, während er nach links ging. Die Sonne senkte sich bereits; sie mussten Sebastien finden, solange sie noch Tageslicht hatten. Die Bäume standen dicht, waren aber nicht von Kletterpflanzen oder Lianen bewachsen, sodass sie relativ schnell vorankamen. Bald würden sie ihn haben. Dann konnten sie über Pedro Gordo plaudern und herzhafte Witze über ihn und sein unrühmliches Ende reißen.

Pedro Flaco ließ sich Zeit. Als Jäger wusste er, wie gefährlich es war, wenn man die Dinge übereilte, vor allem, wenn die Beute verwundet war. Bald darauf entdeckte er an den Blättern Blutspuren, die dann plötzlich nicht mehr zu sehen waren. Langsam hob er sein Gewehr. Rechts hinter ihm hörte er einen schwachen Ruf. »Pedro.« Es war Juan. Er drehte sich um. Und genau in diesem Moment wurde ihm bewusst, dass etwas nicht stimmen konnte. Der Ruf war rechts von ihm erklungen … eigentlich hätte er doch von links kommen müssen!

Dieser Augenblick der Unachtsamkeit kostete ihn das Leben. Sebastien, der sich genau hinter ihm befand, löste den dicken Zweig. Im fahlen Dämmerlicht war nur ein leises Sirren zu hören, und das am Zweig festgebundene Messer schwang mit der Kraft eines schnellenden Bogens über die schmale freie Fläche und traf Pedro genau am sechsten Brustwirbel. Mit einem schrillen Pfeifen entwich die Luft aus den Lungen. Dann begann Pedro Flaco zu brüllen.

Es fiel Juan nicht schwer, Pedro zu lokalisieren. Durch das Visier seines Gewehrs sah er seinen Gefährten an einen Baumstamm geheftet. Er wartete, dass Sebastien sich verraten würde. Als sich jedoch nichts regte, näherte er sich vorsichtig. Mit glasigem Blick sah Pedro, wie Juan sein Gewehr aufhob, die Munition herausnahm und die Waffe zu Boden warf. Dann zog er die Pistole aus Pedros Halfter und wiederholte die Prozedur. Penibel achtete Juan darauf, ja nicht das Messer zu berühren, nur eine kleine Bewegung, und Pedro wäre auf der Stelle tot. Verzweifelt versuchte Pedro Blickkontakt aufzunehmen; ein Blutrinnsal lief aus seinem Mund.

»Hilf mir! Bitte! Um Gottes willen!«

»Du hast es dir verschissen«, kam es nur von Juan. »Du bist mir keine Hilfe mehr.« Er ging. Er brauchte die Munition, und Pedro Flaco hatte es bitter nötig, dass man ihm eine Lektion erteilte. Wenn ernsthafte Arbeit anstand, sollte man nicht herumalbern. Pedro brach in leises Zetern aus, und das begann Juan nun wirklich zu verärgern. Nicht der schreckliche Anblick störte ihn, sondern dass sein Gefährte wie ein sterbendes Tier winselte. Juan mochte das nicht. Es erinnerte ihn an die menschlichen Schwächen, die er sich seit seinen Kindertagen streng untersagt hatte. Jedenfalls stand nun nicht mehr zur Debatte, Pedro einen Gnadenschuss zu verpassen. Außerdem musste er so schnell wie möglich von hier verschwinden. Die Nacht brach herein, und er wollte einen sicheren Platz finden, bevor es völlig dunkel wurde. Morgen würde Sebastien sehr viel schwächer sein, und er konnte das Teleskopvisier auf seinem Gewehr wieder benutzen. Juan hatte es auf eine Stelle abgesehen, die sicherlich auch Sebastien aufsuchen würde, um sich gegen die Kälte der Nacht zu schützen: die vor ihm liegenden Berge und die Schlucht zwischen ihnen.

Pedro heulte währenddessen einen mitleidslosen Gott an, bis ihn nachts die wilden Tiere fanden. Sebastien hörte seine letzten, verzweifelten Schreie, die durch die Berge hallten.

In dieser Nacht kam Sebastien nicht zur Ruhe. Er musste in Bewegung bleiben. Wegen der stark blutenden Wunde an der Schulter und des heftigen Regens und der Kälte würde er sterben, wenn er stehen blieb. Morgen wäre der letzte Tag. Aber er hatte keine Waffe mehr. Er blickte über die Schlucht. Auf der anderen Seite, hoch oben zwischen den Felsen und Spalten, brannte in der Dunkelheit ein dünnes Licht.

Juan saß an seinem kleinen Feuer in einer der Höhlen und verspeiste Pedro Flacos Proviant. Seinen eigenen wollte er für den kommenden Tag aufsparen. Er blickte hinaus. Es war pechschwarz, der Monsunregen prasselte hernieder und verschluckte jedes Geräusch. Juan war enttäuscht über die schlappe Vorstellung seiner Gefährten. Die beiden Pedros waren ihm wirklich eine gewaltige Hilfe gewesen! Außerdem ging es ihm nicht besonders gut. Allmählich spürte er, dass ihm die gewohnte Koksdosis fehlte. Er begann zu zittern. Sebastien allerdings befand sich in einem wesentlich schlechteren Zustand, was ihm ein wohliges Gefühl bereitete. Morgen würde er ihn sich vorknöpfen. Gott meinte es gut mit ihm. Juan legte sich zu einem unruhigen Schlaf nieder.

Um drei Uhr morgens schreckte er, durch ein leises Geräusch geweckt aus dem Schlaf hoch. Langsam tastete er mit der Hand nach seinem Gewehr. Dann ergriff er die Taschenlampe und schaltete sie an. Die Gestalt, die er in ihrem Schein erblickte, befand sich in einem erbärmlichen Zustand.

Vor ihm stand Sebastien. Er hatte sich hingekauert und nach Essbarem gesucht, bevor er sich aufrichtete. Seine Kleidung war zerrissen, das Haar klebte ihm am Schädel, die linke Schulter war arg mitgenommen, ein rohes Stück Fleisch war zu sehen, aus dem Blut troff. Trotz des armseligen Äußeren hatte er, wie Juan wahrnahm, nichts von seinem Mut verloren. Das Gesicht, das ihn anstarrte, zeugte von Ruhe und Stolz, eindringlich lag Sebastiens Blick auf ihm. Juan lächelte, als er das Gewehr auf ihn richtete. Dieser Mann hatte mehr drauf, als er anfangs gedacht hatte. Er hatte Gonzalez hinters Licht geführt und ihn selbst ebenfalls; Juan empfand Respekt vor ihm.

»Gratulation«, sagte er, *»Señor, tu eres un hombre.«*

Denn hier stand ein Mann, ein wirklich mutiger Mann. Juan hatte viele Männer sterben sehen. Er wusste die tapferen von den feigen zu unterscheiden. Und man musste tapfer sein, wenn man sein Schicksal so ruhig akzeptierte.

»Adios, amigo mio«, sagte Juan und zog den Abzug durch.

Draußen vor der Höhle verhallte der Schuss ungehört. Nicht die wilden Tiere hörten ihn, die sich über Pedro Flaco hermachten, noch die Alligatoren, die sich an den Überresten von Pedro Gordo gütlich taten. Noch nicht einmal die Brüllaffen nahmen ihn wahr, die auf den Bäumen in der unten liegenden Schlucht lautstark ihre Schwätzchen hielten.

Im Dschungel hatte der Tod eines Menschen keine Bedeutung. Unaufhaltsam prasselte der Regen nieder.

22

Die Stelle, an der wir kämpfen wollen,
darf nicht bekannt werden.

Sunzi, Die Kunst des Krieges

Oktober, das Kollegium

Früh fiel der Schnee auf Tirah. Der Meister saß am Frühstückstisch. An den Wänden hingen Bilder mit den Porträts der früheren Amtsinhaber, die auf ihn niederblickten. Vor ihm lag eine umfangreiche Akte, eine Dokumentation über Menschenrechtsverletzungen. Der Meister blätterte die Seiten durch, dann wandte er sich ab. Es hatte sich im Grunde nichts geändert, ging ihm durch den Kopf. Kriege, Morde, Folter, Vergewaltigungen, Gemetzel… die Litanei der Grausamkeiten war so lang wie jeher. Macht korrumpierte die Menschen so nachhaltig, dass sie jeder Menschlichkeit beraubt wurden.

Symes trat in den Raum. »Meister, der Ständige Vertreter am britischen Außenministerium ist am Apparat. Soll ich ihn durchstellen?«

»Ja.«

Der Meister ging in sein Arbeitszimmer. Am anderen Ende der Leitung war die Stimme eines Kollegiumsmitglieds zu hören. »Meister, bedaure Sie stören zu müssen, aber ich habe wichtige Neuigkeiten für Sie.«

»Ja.«

»Soeben erreichte uns ein Anruf der britischen Botschaft in Panama. In einer Schlucht nahe der costaricanischen Grenze ist vor einigen Tagen ein Leichnam gefunden worden. Von der Leiche selbst war nicht mehr viel übrig, da sie einige

Zeit im Freien lag und die wilden Tiere sich über sie hergemacht haben. Aber es reichte noch, um sie zu identifizieren. Ein Pathologe hat die Autopsie durchgeführt.«

»Was war die Todesursache?«

»Ein Sturz. Sieht so aus, als ob der Mann auf einer Klettertour unterwegs gewesen und von einem Felsüberhang in eine Schlucht gestürzt ist. Aber natürlich kann man sich dessen nicht völlig sicher sein. In diesem Landesteil wird viel über die Grenze geschmuggelt, vielleicht hat er einige Banditen überrascht und ist angegriffen worden.«

»Und seine Identität?«

»Es handelt sich um Sebastien Defrage. Er wurde als Sebastien Singleton identifiziert. Aber es besteht kein Zweifel, dass es sich um seine Leiche handelt. Er hatte für eine Bank in Panama City gearbeitet und vor kurzem dort gekündigt. Man nimmt an, dass er noch zu einem kurzen Wanderurlaub aufgebrochen ist, bevor er das Land endgültig verlassen wollte. Er buchte ein Zimmer in einem nahe gelegenen Hotel und wurde dann als vermisst gemeldet. Die britische Botschaft in Panama kontaktierte mich. Die Einäscherung wird heute in Panama City stattfinden. Es tut mir sehr Leid, Ihnen die traurige Nachricht übermitteln zu müssen.«

»Danke, Sir Douglas. Und über die Identität des Toten besteht kein Zweifel?«

»Der Bericht des Pathologen ist eindeutig. Ich habe es mit Symes' Hilfe überprüft. Die Blutgruppe stimmt mit jener in den Akten des Kollegiums überein. Außerdem wurden an der Leiche noch einige Dokumente und ein Siegelring gefunden, den er nach Auskunft der Bankmitarbeiter gewöhnlich trug. Sebastien Defrage ist tot, Meister. Morgen wird in einer Lokalzeitung Panamas ein kurzer Nachruf erscheinen. Natürlich wird das Kollegium darin nicht erwähnt werden.«

»Danke.« Der Meister legte den Hörer auf. Dann schrieb er zwei Namen auf ein Blatt Papier.

»Symes, kontaktieren Sie doch bitte diese beiden Personen. Sie sollen mich heute Abend anrufen. Ich habe ihnen etwas mitzuteilen.« Die Schiedsmänner mussten informiert werden.

»Sehr wohl, Meister.«

Der Meister kehrte an den Frühstückstisch zurück. Er aß nichts mehr. Überhaupt aß er immer weniger in diesen Tagen. Stattdessen starrte er aus dem Fenster. Schneeflocken legten sich auf den Garten. Es war bereits Oktober ... und bald stand Weihnachten vor der Tür. Wieder würde ein Bankett abgehalten werden. Und wer würde dann seine Robe tragen? Wer würde ihm die Robe von den Schultern nehmen?

»Tanya!«

Sie drehte sich um, ihr schwarzes Kleid knisterte in der warmen Luft. Carole, ihre Chefin in der US Bank, hakte sich bei ihr unter. »Was für eine Tragödie, nicht wahr? So jung zu sterben. Und ganz allein, in den Bergen.«

»Ja«, antwortete Tanya traurig. »Aber ich hab ihn kaum gekannt. Ich bin ihm nur einmal in der Bank begegnet.«

Zusammen verließen sie das Krematorium, gefolgt von Ted Baxter und anderen Bankmitarbeitern. Vor allem Ted hatte sich Sebastiens Tod arg zu Herzen genommen und seine Tränen nicht zurückgehalten. Es sei eine Vorahnung auf seinen eigenen Tod gewesen, sagten später die Leute, denn ein Jahr darauf starb er an Leberzirrhose.

In jener Nacht saß Tanya auf dem Balkon ihrer Wohnung. Unter ihr summte der Verkehr von Panama City, über ihr funkelten die unbeteiligten Sterne. Tanya sah zu ihnen auf, Tränen schimmerten auf ihren Wangen.

»Sebastien«, flüsterte sie immer wieder still vor sich hin. Sie konnte es noch immer nicht glauben, dass er nicht mehr leben sollte. Dass jemand, der so intelligent und talentiert war wie er, gescheitert war. Welch schreckliches Übel war durch den Wettbewerb über sie alle gekommen, die nach der Macht greifen wollten – sie alle, die durch ihren eigenen

Ehrgeiz und ihre Hybris zu Fall gebracht wurden. Sie weinte.

Eine Woche lang hatte sie in Costa Rica auf ihn gewartet, sie hatte ihren Urlaub abgeschrieben und den ganzen Tag vor dem Telefon gesessen. Am Donnerstag dann hatte sie die ersten bruchstückhaften Nachrichten erhalten. Sie entdeckte einen kleinen Artikel auf Seite sechs der *New York Times*. Gonzalez war einem Mordanschlag zum Opfer gefallen, als er vom Gefängnis ins Gericht gebracht werden sollte, wo er sich für seine Beteiligung am Drogenhandel zu verantworten hatte. Zweifellos hatten sich seine kolumbianischen Partner gefragt, wo ihre illegal erworbenen Gewinne abgeblieben waren. Tanya verspürte kein Mitleid mit ihm. Er hatte nur bekommen, was er zuvor vielen anderen angetan hatte, wobei sein Tod wahrscheinlich wesentlich glimpflicher und gnädiger ausgefallen war.

Die zweite Nachricht las Tanya am Freitag in *La Prensa*, einer panamaischen Zeitung. Sie fand sich auf der letzten Seite neben einer Autowerbung und der Ankündigung, dass der bolivianische Handelsminister Panama City besuchen werde. Eine verstümmelte Leiche sei nahe der costaricanischen Grenze aufgefunden worden. Kurz wurde Sebastiens falsche Identität erwähnt, einige persönliche Habseligkeiten beschrieben und darauf hingewiesen, dass eine Autopsie durchgeführt worden war. Entsetzt hatte sie den Artikel gelesen, war dann sofort nach Panama zurückgeflogen und hatte sich eine Kopie des Autopsieberichts besorgt.

Das Leben und der Tod jenes Mannes, den Tanya so sehr geliebt hatte, waren im Bericht des Pathologen in sauberer schwarzer Computerschrift zusammengefasst. Männlich, weiße Hautfarbe, etwa fünfunddreißig Jahre alt; die Leiche wurde in einer Schlucht am Fuß des Fabrega gefunden. In fortgeschrittenem Zerfallsstadium, nachdem sie den wilden Tieren und den Elementen ausgesetzt war und einige Zeit im Wasser gelegen hatte. Zeitpunkt des Todes etwa fünf bis sieben Tage vor dem Fund der Leiche. Tödliche Verletzungen, wie sie bei einem Sturz über mehrere hundert Meter auftreten. Schwere Knochenbrüche, Schäden an allen inneren Organen. Blutgruppe, persönliche Besitztümer, individuelle Körpermerkmale etc. Tanya las nicht weiter; zu sehr schreckte sie die Vorstellung, wie Sebastien in dieser unwirtlichen Landschaft von Gonzalez' Handlangern in die Enge getrieben worden war. Er dürfte keine Chance gehabt haben.

Stundenlang saß sie auf ihrem Balkon und erinnerte sich an die mit ihm verbrachte Zeit und an ihre Liebe. So sehr hatte sie gewollt, dass er gewann, nicht zuletzt, weil er den starken Willen besaß, sein Ziel zu erreichen. Mit dem Tod von Rex allerdings war ihr ein schrecklicher Gedanke gekommen, der ständig an ihr genagt und ihre Liebe zu ihm hatte erkalten lassen: der Gedanke, dass Sebastien Rex umgebracht hatte, dass er in diesem tödlichen Spiel ein Mörder war. Ihr Herz aber hatte ihr gesagt, dass das nicht sein konnte. Auch wenn Sebastien unbedingt Meister werden wollte, waren sein Ehrgeiz und sein Wunsch nach Macht nicht so stark, dass er dafür getötet hätte. So war sie hin und her gerissen gewesen zwischen dem, was ihr Herz und was ihr Verstand sagten. Nun würde sie es nicht mehr erfahren.

Sie spürte eine leichte Bewegung an ihren Beinen, dann erklang ein Schnurren.

»Gemma ...«

Noch immer flossen Tränen über ihre Wangen, aber sie hatte eine Entscheidung getroffen. In einem Monat würde sie bei der Bank kündigen und nach Europa zurückkehren, um die anderen aufzuspüren. Als Erstes Andrew. Sie würde im Wettbewerb um das Amt des Meisters weitermachen, und sie würde ihr Versprechen, das sie Sebastien gegeben hatte, erfüllen.

Und nichts würde sie davon abhalten.

23

Je weiter einer hinausgeht,
desto geringer wird sein Wissen.
Darum braucht der Berufene nicht zu gehen
und weiß doch alles.

Laotse, Tao Te King

Oktober, Peking

Macht. Der Gewinn und die Festigung der Macht. Im Fernen Osten hatten jahrhundertelang alle Straßen nach Peking geführt. Im dreizehnten Jahrhundert hatte der große Kublai Khan dort seine Hauptstadt errichtet, nachdem er aus der Mongolei die Große Mauer überschritten hatte und nach China eingefallen war, um die herrschende Sung-Dynastie abzulösen. In Peking hatte der Kaiser auf dem Drachenthron gesessen und über das Reich der Mitte geherrscht – ein Reich, in dem für lange Zeit so viele Menschen lebten wie sonst nirgends auf der Welt. Und es war ebenfalls in Peking gewesen, als 1655 im kaiserlichen Palast, der so genannten Verbotenen Stadt, einer der größten Herrscher Chinas geboren wurde. Als er den ersten Schrei tat, war der Staat, über den er gebot, bereits zweitausend Jahre alt.

Kangxi war ein mächtiger Kaiser und gehörte zu den bemerkenswertesten Herrscherfiguren in der Geschichte. Er war von mittlerer Größe, besaß ein von Pockennarben überzogenes Gesicht, eine tiefe Stimme und sehr helle Augen, die von freundlichen, liebenswerten Gesichtszügen umgeben waren. In den sechzig Jahren seiner Herrschaft regierte er China mit außerordentlichem Fleiß und Sorgfalt, abweichende Meinungen bezüglich seiner Regentschaft wurden allerdings nicht toleriert. Kangxi verfolgte das Ziel, dem Reich Frieden und seinen Untertanen Wohlstand zu bringen, ein Ideal, das er bis zu seinem Tod anstrebte. Die Literatur – Bücher gehörten zu seinen Leidenschaften – erblühte, und unter seiner Herrschaft wurden, von ihm persönlich beaufsichtigt, das große Kaiserliche Wörterbuch sowie zahlreiche weitere Werke geschaffen. Er selbst übersetzte die Geschichte Chinas in das Tartarische. Als er starb, diktierte er in sein Testament den Satz: »Ich hinterlasse das Reich im Frieden und im Glück.«

Kangxis Herrschaft zeichnete sich allerdings durch einen weiteren Umstand aus, der Andrew interessierte: Unter ihm lebte auch der Handwerker Chang.

Im Zentrum der Stadt schritt Andrew durch Tiananmen, das Tor des Himmlischen Friedens, und betrat die Verbotene Stadt. Vor ihm lag der Kaiserpalast mit seinen entsprechend der chinesischen Kosmologie in Nord-Süd-Richtung ausgerichteten neun großen Hallen. Sie führten in das Innerste des kaiserlichen Sanktums, der Halle der Obersten Harmonie, dem Taihedian, wo der Herrscher saß und über seine Untertanen richtete und dabei über eine Macht gebot, deren Ausmaß und Absolutheitsanspruch jene des Oval Office bei weitem übertraf.

Andrew ließ seinen Blick schweifen. Die gelben Kacheln an den Gebäuden schimmerten im matten Winterlicht, kein Lüftchen regte sich. So wenig hatte sich in der Kaiserstadt verändert. Die Zeit selbst schien sich zu verlangsamen – als Würdigung eines Ortes, der einst ein Machtzentrum dargestellt hatte, wie es sich sonst nirgends auf der Welt finden ließ.

Langsam streifte Andrew durch den Palast, schritt durch den Innenhof und fühlte sich dabei an einen anderen Hof erinnert, wo noch immer enorme Macht versammelt war. Neben einer Marmorbrücke ließ er sich nieder. Es war die Brücke, die der große Kangxi hatte überqueren müssen, wenn er die Kaiserstadt verließ oder betrat. Vor seinem geistigen Auge sah Andrew das stolze Antlitz des Herrschers, während er in seiner Tragesänfte hochgehoben wurde, damit er, der Sohn des Himmels, seinen Fuß nicht auf den Boden setzen musste.

Im Oktober 1682 war auch ein älterer Mann über diese Brücke geschritten. Vielleicht hatte der Handwerker Chang ebenfalls hier kurz innegehalten und auf die von den Chinesen so geliebten Goldfische geblickt, die sich träge zwischen dem Schilf treiben ließen. Und hatte sich Gedanken gemacht über die Nichtigkeit menschlichen Strebens, bevor er vor den Kaiser gerufen wurde, um ihm, dem mächtigsten Mann der Welt, die schönste und schwierigste seiner Geheimschatullen zu überreichen.

Was hätte der Handwerker Chang, die Jahrhunderte überspannend, in diesem Augenblick Andrew erzählt, während dieser vor dem Teich stand?

Im engen Straßenlabyrinth hinter dem Geschäftsbezirk Pekings ließ Andrew den Rikschafahrer in einer schmalen Gasse anhalten. Er stieg aus und schob sich durch das Menschengewühl und die vielen Fahrräder. Die Chinesen beachteten ihn kaum, während sie zu ihrer Arbeit eilten.

Die historische Fakultät war ein unscheinbarer verstaubter Betonbau, der aussah, als stünde er leer. Andrew ging die Stufen hinauf und betrat die Eingangshalle, schritt dann durch einen Gang und klopfte an eine der Glastüren. Eine chinesisch sprechende Stimme bat ihn einzutreten.

»Professor Wang?«

»Ja.«

Andrew reichte ihm die Hand. »Ich danke Ihnen, dass Sie mich empfangen.« Professor Wang war ein kleiner, älterer Herr mit krummem Rücken, weißem Haar und wässrigen grauen Augen. Interessiert musterte er Andrew. Er war bis zur Kulturrevolution Professor für Geschichte und Philosophie an der Universität in Peking gewesen und dann nur knapp mit dem Leben davongekommen, nachdem er es gewagt hatte, Mao Zedong zu kritisieren. Viele Jahre hatte er daraufhin in einer fernen Provinz im Exil verbracht. Andrew schätzte ihn auf etwa achtzig. Er betrachtete die tiefen Falten im Gesicht des Professors, Furchen, als wären sie von einem Traktor gepflügt worden; Falten des Leids, wie Andrew bewusst wurde.

»Sollen wir uns in den Garten setzen?« Professor Wang führte ihn in einen kleinen Innenhof. »Ich nenne ihn Garten«, sagte er lächelnd, »auch wenn man ihn als solchen kaum bezeichnen kann, wie Sie selbst sehen.« Er deutete auf die wenigen Pflanzen, die in Töpfen auf der staubigen, festgetretenen Erde standen. »In meinen Augen aber ist es mein Garten.« Sie setzten sich.

»Ich wollte mit Ihnen über Kaiser Kangxi und den Künstler Chang sprechen.«

»Ich höre.« Der Professor wartete.

»Die kaiserlichen Aufzeichnungen in den historischen Archiven berichten, dass im Oktober 1682 der Handwerker Chang vor den Kaiser Kangxi zitiert wurde. Ihm wurde befohlen, dem Kaiser die von ihm in Auftrag gegebene Geheimschatulle zu überreichen. Der Kaiser hatte ausdrücklich angeordnet, dass die Schatulle die schönste und schwierigste sein müsse, die jemals geschaffen worden war.«

Der Professor nickte.

»Haben Sie diese Geheimschatulle jemals zu Gesicht bekommen?«

»Nein«, antwortete der Professor. »Sie soll vor über zweihundert Jahren zerstört worden sein. Ich zweifle nicht, dass sie von unübertroffener Schönheit war. Chang gilt als der größte Künstler Chinas.«

Andrew zögerte, bevor er fortfuhr. »Was, glauben Sie, hat Kaiser Kangxi zu Chang gesagt, als er die Schatulle erhalten hat?«

Der Alte lehnte sich zurück und zog fragend die Augenbrauen hoch. »Das weiß ich nicht. Verstehen Sie, es gibt über das Gespräch keinerlei Aufzeichnungen. Das ist äußerst ungewöhnlich, wie überhaupt das ganze Treffen.«

»In welcher Hinsicht?«

Der Alte dachte kurz nach, dann erwiderte er: »Bei allen Audienzen des Kaisers, ob öffentlich oder privat, waren immer eine Vielzahl von Hofbeamten und Wachen anwesend – dies diente zum Schutz des Herrschers und natürlich auch dem Pomp. Die offiziellen Aufzeichnungen berichten allerdings, dass sich Kangxi an jenem Tag in seinen Gemächern privat mit Chang viele Stunden lang unterhalten hat. Das ist sehr ungewöhnlich, wenn nicht einzigartig in der chinesischen Geschichte. Und was sie sprachen, war daher nur ihnen beiden bekannt, da niemand ihre Unterredung aufzeichnete.«

»Aber was?«, fragte Andrew. »Worüber könnte sich der größte Herrscher der damaligen Welt auf der Höhe seiner Macht mit einem einfachen Handwerker unterhalten haben? Was glauben Sie?«

Der Professor ging in das Gebäude und kam kurz darauf mit einer kleinen Kanne Chrysanthementee zurück. Er goss die gelbe Flüssigkeit in zwei Tassen. Sie warteten, bis sich die Teeblätter gesetzt hatten.

»Was ich glaube?«, nahm der Professor das Gespräch wieder auf. »Was ich glaube, ist im Grunde nicht wichtig. Ich bin nur ein bescheidener emeritierter Professor für Geschichte und Philosophie.«

»Ich würde trotzdem gern Ihre Meinung hören. Bitte.«

»Nun«, sagte der Alte, »ich denke, sie unterhielten sich über die von Chang geschaffene Geheimschatulle und deren Bedeutung. Und ich denke, was immer Chang dem großen Kangxi gesagt hat, es muss sehr bemerkenswert gewesen sein.«

»Warum?«

»Weil wir ungefähr erahnen können, was bei diesem Treffen zur Sprache kam. Sie müssen wissen, Kangxi fügte den kaiserlichen Aufzeichnungen persönlich einen Kommentar hinzu, in zinnoberroter Tinte. Es kann nur der Kaiser selbst gewesen sein, denn nur ihm war es vorbehalten, mit zinnoberroter Tinte zu schreiben. Und die Schriftzeichen sind ohne Zweifel seine Handschrift.«

»Was hat er geschrieben?«

»Etwas ganz und gar Ungewöhnliches«, sagte der Professor. »Und ich denke, die Beamten hätten alles getan, um diesen Kommentar wieder zu entfernen. Aber das war natürlich unmöglich, da der Kaiser selbst es geschrieben hatte; wäre nur ein Schriftzeichen geändert worden, hätte dies für den Betreffenden den sofortigen Tod bedeutet. Daher wurden diese Aufzeichnungen bis zur Kulturrevolution aufbewahrt, dann allerdings verschwanden sie, soweit ich weiß. Zweifelsohne wurden sie damals, wie so vieles von Chinas Erbe, von den Ignoranten zerstört. Mir und ein oder zwei anderen Personen in China aber war es vergönnt, die Originalschriften noch einzusehen. Von ihnen existieren auch Abschriften. Für mich besteht nicht der geringste Zweifel, dass Kangxi der Autor dieser Anmerkung war.«

»Aber was hat er geschrieben?«

»Der Kaiser schrieb, er habe mit dem Handwerker Chang gesprochen, der ihm eine Schatulle von unübertroffener Schönheit überreicht hatte. Und am Ende der Audienz ordnete er an, ihm ein gelbes Tuch zu bringen. Der Kaiser drückte darauf das Großsiegel des Reichs und befahl Chang, das Tuch zu nehmen. Und er schrieb, Chang habe das Tuch genommen und sich dann aus der Halle der Erhabenen Harmonie verabschiedet.«

»Und?«

»Als Chang den Kaiserpalast verließ, überquerte er eine Marmorbrücke. Auf der Brücke verneigte er sich vor dem Kaiser und ließ das Tuch oben auf der Brüstung zurück. Es wurde dem Kaiser zurückgebracht. Dies alles schrieb Kangxi. Und es gibt keinen Grund, ihm nicht zu glauben.«

Andrew überlegte, schließlich fragte er: »Was hat das zu bedeuten?«

»Die Bedeutung ist ganz klar«, sagte der Professor. »Was Chang dem Kaiser erzählte, war von so tiefer Wahrheit, dass der Kaiser ihm dafür sein Reich anbot.«

»Und Chang lehnte es ab?«

»Ja«, antwortete der Professor.

»Wer war Chang?«, fragte Andrew.

»Er war ein einfacher Handwerker, der Dinge von außergewöhnlicher Schönheit schuf. Man weiß nicht, wo er geboren wurde und wo er starb.«

»Was war er für ein Mensch?«

»Über ihn selbst ist sehr wenig bekannt. Man weiß nur, dass er ein Anhänger des Taoismus war.«

»Mehr weiß man nicht?«

»Nicht viel«, erwiderte Professor Wang. »Er ist bekannt für seine Demut und seine Freundlichkeit. Als Künstler und Handwerker gehörte er zu den großartigsten seiner Zeit. Er hätte sich großen Reichtum und Ruhm erwerben können, hatte aber nichts davon gewollt. Ein natürliches Wesen war ihm eigen, bar jeder Gier nach materiellem Reichtum. Ich stelle ihn mir gern als jemand vor, von dem das Tao sagt, er sei ›der leere, von allem befreite Mensch, der dorthin wandert, wo es ihm gefällt‹. Das heißt, er versuchte gemäß seinem wahren Wesen zu leben, frei von menschlichen Täuschungen, Lügen und Begierden.«

»Und was weiß man von Kaiser Kangxi? Was war er für ein Mensch? Über ihn muss doch mehr bekannt sein?«

»O ja«, antwortete der Professor. »Er war sehr berühmt, und es existieren über ihn ausführliche Aufzeichnungen. Mit sechzehn Jahren übernahm er die Regierungsgeschäfte und beschnitt sofort den Einfluss der Beamten und Minister, die den Staat unter ihrer Kontrolle hatten, als er noch unmündig gewesen war. Er kämpfte viele Schlachten, um den Frieden innerhalb des Reiches zu sichern. Er war ein aufgeklärter Herrscher, ein Soldat und ein Staatsmann mit ungeheurer Machtfülle.«

»Welcher Religion hing er an?« Andrew war noch immer nicht ganz klar, was der Kaiser und der Handwerker gemeinsam hatten.

»Es ist sehr unwahrscheinlich, dass der Kaiser eine bestimmte religiöse Richtung vertrat«, sagte der Alte. »Wir wissen, dass er sich sehr für die Schriften Sunzis interessierte, vor allem für das Werk über den Krieg als Mittel der Staatskunst. Haben Sie *Die Kunst des Krieges* gelesen?«

»Ja, aber mir erschließt sich nicht, wie Sunzis Lehren und der Taoismus zu vereinbaren sind.«

»Ich bin mir nicht sicher, ob dies überhaupt möglich ist. Beide befassen sich mit dem Staat und mit dem Wesen der Macht. Der Taoismus aber betrachtet diese Dinge aus einer universalen Perspektive, es liegt ihm nichts daran, kurzfristige Aspekte zu analysieren, wie ein Reich gewonnen oder verteidigt werden kann. Er konzentriert sich vielmehr auf das grundlegende Wesen des Menschen, da jeder – mag er nun ein mächtiger Herrscher eines Reiches oder ein einfacher Bauer sein – den gleichen Wünschen und Begierden unterliegt. Nur der Maßstab ist ein anderer. Der Taoismus betrachtet darüber hinaus den letzten Sinn der menschlichen Existenz, das, worauf alles abzielt, sowie die Mittel, durch die jenes Ziel zu erreichen ist.«

Der Professor hielt inne. Sie tranken ihren Tee.

»Glauben Sie«, fragte Andrew dann, »dass Kangxi und Chang sich bei ihrem Treffen auch über das Wesen und den Gebrauch der Macht unterhalten haben?«

»Das nehme ich an«, sagte der Alte. »Aber ich bin nur ein einfacher Mann. Eines allerdings ist merkwürdig. Im Taoismus geht es vor allem darum, sich von den äußeren Zwängen zu befreien, da sie dem Menschen den Blick auf sein wahres Selbst und sein Glück verstellen. Macht ist ein äußerer Zwang. Es gibt eine Geschichte über einen der Begründer des Taoismus, über Dschuang Dsi. Er verbrachte sein Leben als Einsiedler und war berühmt für seine Sinnsprüche und seine Philosophie. Ein chinesischer Kaiser war so beeindruckt von ihm, dass er ihm teure Geschenke bringen ließ und ihm versprach, ihn zum obersten Minister zu ernennen. Dschuang Dsi aber erwiderte nur, er ziehe es vor, nach seinem eigenen freien Willen zu leben. Sie verstehen, das Geschenk war für ihn kein Geschenk, es war ein äußerer Zwang und eine Last.«

Allmählich begann Andrew den Zusammenhang zu sehen. »Und Sie glauben, der große Kangxi bot dem Handwerker Chang sein Reich an, weil er erkannte, dass eben jener Mensch mit der größten Macht ausgestattet werden sollte, der sie am wenigsten wollte.«

Professor Wang faltete die Hände. »Ich glaube, dass Kangxi, obwohl er der größte Herrscher in der chinesischen Geschichte war, erkannte, dass der Mann, der hier vor ihm stand, um so vieles größer war als er selbst. Dass sich dieser einfache Handwerker nicht von den menschlichen Begierden leiten ließ und daher vermochte, sein wahres Selbst zu verwirklichen. Verstehen Sie, Kangxi hatte Chang gebeten, ihm das schwierigste Rätsel zu schaffen. Und genau das hatte Chang getan. Denn das schwierigste Rätsel für Kangxi als Mensch war es, sich selbst zu verstehen. Chang versuchte ihm deutlich zu machen, dass ihm seine äußerlichen Reichtümer und seine Macht dabei nicht helfen würden; nur wenn er in sein eigenes Wesen schaute, würde er entdecken, wonach er suchte. Nur dort würde er wahres Glück und Erfüllung finden, die dauerhaft waren und nicht vergänglich so wie sein Reich.«

»Als Kangxi ihm daher sein Reich anbot, bedeutete dies Chang nichts.«

»Ja. Aber als Chang ihm eine Geheimschatulle anbot, die nichts enthielt, schenkte er ihm die Möglichkeit, die Welt, das Universum zu verstehen und Einsicht in sein eigenes Wesen zu erlangen. Ich glaube«, sagte der Professor leise, »dass der Künstler Chang, indem er nichts wollte, bereits alles gewonnen hatte.«

Indem man nichts will, gewinnt man alles.

Andrew fuhr hinaus zum Sommerpalast, der von Kangxis Nachfolger außerhalb der Stadtmauern Pekings errichteten Ferienresidenz. Er saß auf einem kleinen Hügel und blickte über einen See.

Auf der gegenüberliegenden Seite, auf zwei Inseln, die durch eine zierlich geschwungene Marmorbrücke miteinander verbunden waren, standen zwei wundervolle Holzpagoden.

Die Schönheit dieses Anblicks erinnerte ihn an das Bild auf der chinesischen Geheimschatulle.

Vieles hatte sich seit dem Tod des Handwerkers verändert. Seine Werke aber, die von der Schönheit der Natur und des Menschen zeugten, hatten überdauert, und Changs Erkenntnis war heute noch von ebenso großer Bedeutung wie damals.

Andrew saß den gesamten Tag auf dem Hügel, allein und tief in Gedanken versunken.

Der Handwerker Chang – hatte er wirklich Einsicht in das Wesen des Menschen erlangt, so ungetrübt und klar wie das Bild eines Spiegels?

War er wirklich nur den Vorgaben seines inneren Wesens gefolgt?

Und, wichtiger noch, hatte er einen der großen Grundsätze des Tao befolgt, »sich selbst zu finden, um dadurch auch die Lösung zu finden«?

Andrew kam im Laufe dieses Tages, während er dort saß, zu mehreren Schlussfolgerungen.

Er würde den anderen Bewerbern mitteilen, wo er sich befand, und darauf warten, bis sie zu ihm kamen, auch wenn dies äußerst gefährlich war. Er würde auch seinen Plan in die Tat umsetzen, die zwanzig Millionen Dollar zu erwerben.

Und danach musste er das Amt des Meisters abschaffen.

Es wurde sehr kalt.

Er zitterte, als er den Sommerpalast verließ. Langsam begann er die Bedeutung des Amts des Meisters und der chinesischen Geheimschatulle zu verstehen.

Nichts und alles.

24

Wenn du dich selbst kennst, doch nicht den Feind,
wirst du für jeden Sieg, den du erringst,
eine Niederlage erleiden.

Sunzi, Die Kunst des Krieges

November, Panama

Eine Woche noch, dann war es Zeit, Abschied zu nehmen. *Adios Panama.* Tanya stand am Geländer ihres Balkons. Weiter unten auf der Straße waren die Rufe betrunkener Jugendlicher zu hören, die nach Hause wankten. Im Gebäude gegenüber erloschen nacheinander die Lichter, die Bewohner gingen zu Bett; draußen zwischen den Stangen hing noch die Wäsche zum Trocknen, Teppiche waren über die Metallgeländer gelegt. Bilder, Geräusche von Panama. Als sie hier angekommen war, hatte alles sehr fremdartig gewirkt. Nun würde sie es vermissen; sie wollte nicht weg. Wenn sie abreiste, würde sie ihre vielen Erinnerungen an Sebastien zurücklassen. Die Bars und Restaurants, in denen sie sich getroffen hatten, die Strände, an denen sie sich geliebt hatten, seine heimlichen nächtlichen Besuche bei ihr. Für ihn gab es keine Zukunft mehr, aber für sie ging das Spiel weiter. Sie trat nach drinnen. Gemma lag zufrieden auf ihrem Sofa und schnurrte leise vor sich hin.

»Zeit, sich wieder an die Arbeit zu machen, Gemma.«

Sie hatte einiges zu erledigen gehabt in diesen letzten Wochen, die sie bei der US Bank noch beschäftigt war. Jeden Tag hatte sie sich nach der Arbeit und einem schnellen Abendessen vor den Computer gesetzt. Bevor sie Andrew und Ivan gegenübertrat, wollte sie alles über sie wissen – ihre Vergangenheit, ihre Geheimnisse, alles, was Aufschluss darüber geben könnte, warum Rex getötet worden war. Diese Informationen, ihr Wissen würden ihr einziger Schutz sein, davon war sie überzeugt. Von ihren früheren Recherchen wusste sie bereits, dass Andrew enge Verbindungen zum Militär hatte. Wie es sich für einen Spion gehörte, würde Ivan schwerer zu knacken sein. Ein Spion – aber für wen spionierte er?

Die grundlegenden Informationen lagen ihr vor. Er gehörte dem renommierten Institut für Auswärtige Angelegenheiten an und wurde dort wegen seiner brillanten Analysen wirtschaftlicher und politischer Sachverhalte hoch geschätzt. In den vergangenen Wochen hatte sich Tanya eingehend mit dem Institut beschäftigt und sich durch seine umfangreichen Daten und Publikationen gearbeitet, aber nichts Interessantes entdeckt. Danach hatte sie sich in die Netzwerke der akademischen Einrichtungen eingeloggt, an die Ivan angeschlossen war. Wieder hatte sie nichts gefunden, bis auf einen kleinen, hilfreichen Datensatz: Ivans Versicherungsnummer.

In dieser und in den folgenden Nächten saß sie in ihrem kleinen Apartment in Panama und tauchte in die globalen Computernetzwerke ein, wobei ihr Ivans Versicherungsnummer als Fahrkarte diente. Denn mit ihr erhielt sie Zugang zu den Datenbanken des Finanzamts. Von dort klinkte sie sich in die Großrechner der britischen Regierung ein, in die endlosen Datenbanken zu Steuern, Sozialabgaben, Gesundheit, in die Akten der Meldeämter, der Passbehörden, des Zolls, der Verteidigung. Immer weiter und immer tiefer drang sie dort vor, bis sie in die Rechner der Polizei und der Sonderbehörden gelangte. Die Datenbanken des Geheimdienstes waren weniger leicht zugänglich, doch stellten die Codes und Passwörter für eine Frau, die die letzten Jahre damit verbracht hatte, im Auftrag des Kollegiums weltweit Computersysteme und Netzwerke zu durchstreifen, kein größeres Problem dar. Es gab immer einen Weg hinein und auch wieder hinaus – eine Grundregel, nach der Computer konstruiert wurden. In vielen Fällen aber gab es auch geheime Zugänge, die nur für das Kollegium geschaffen worden waren. Es hatte überall Kontakte, überall hielt es die Fäden in der Hand. Wenn nötig, benutzte Tanya die Passwörter ihrer früheren Kollegen der Europäischen Computerunion.

Doch so weit sie auch vordrang, sie fand nichts. Das Kollegium hatte ganze Arbeit geleistet. Im gesamten System erschien Ivan lediglich als ein sehr talentierter Wirtschaftsfachmann, der für ein hoch renommiertes Institut arbeitete. Keine verdächtigen Aufzeichnungen, nicht der Hauch eines Geheimnisses. Tanya wollte es nicht glauben. Was sollte sie tun? Weitermachen. Eine andere Alternative hatte sie nicht.

Einige Nächte später begann sich das Rätsel zu lichten. Diesmal suchte sie nach personalbezogenen Aufzeichnungen anderer Mitglieder des Instituts für Auswärtige Angelegenheiten. Nicht die berühmten Akademiker mit den langen und beeindruckenden Aufzählungen ihrer Doktortitel, sondern die Mitläufer, die eher im Schatten der großen Namen standen. Sie hatte da so eine Ahnung. Schließlich stieß sie auf etwas, das ihr merkwürdig vorkam. Drei der Institutsmitglieder wiesen eine sehr ähnliche Vergangenheit auf. Nach dem Universitätsstudium waren sie dem öffentlichen Dienst Großbritanniens beigetreten und nach weiteren zwei bis drei Jahren zum Institut übergewechselt. Daran war allein nichts Verdächtiges, wäre nicht ein kleines Detail gewesen. Während die Aufzeichnungen des öffentlichen Dienstes keine weiteren Informationen über sie enthielten, wies ihre Steuernummer darauf hin, dass sie nach wie vor ihren Lohn von einer Abteilung des öffentlichen Dienstes bezogen. Warum aber sollte der Staat sie weiterhin bezahlen, wenn sie am Institut für Auswärtige Angelegenheiten beschäftigt waren? Bald darauf stieß sie auf die Antwort. Obwohl ihre Gehaltsabrechnungen von verschiedenen Deckfirmen übernommen wurden, ließen sie sich auf den öffentlichen Dienst zurückführen und schließlich auf den Geheimdienst. Was den Schluss nahe legte, dass das Institut eine vorgeschobene Einrichtung des britischen Geheimdienstes war. Weitere Recherchen förderten schließlich zu Tage, dass Ivan nicht nur im Besitz einer britischen, sondern auch einer amerikanischen Steuernummer war. Und kurz darauf war sich Tanya sicher, dass Ivan, anders als seine bodenständigen britischen Kollegen, auch für den amerikanischen Geheimdienst arbeitete und über eine Reihe von zwischengeschobenen Scheinfirmen bezahlt wurde.

»Gemma.« Tanya nahm das Fellbündel auf den Arm und kuschelte mit ihm. »Unser Freund Ivan ist cleverer, als er aussieht. Ich denke, er steht auf der Gehaltsliste von mehr als einem Geheimdienst. Er ist zwar dort angestellt, arbeitet aber nicht für sie. Wahrscheinlich überwacht er sie im Auftrag des Kollegiums.«

Wer dazu in der Lage war, brauchte einige mächtige Freunde in mächtigen Positionen. Er gab daher einen ebenso mächtigen Gegner ab.

In dieser Nacht konnte Tanya nicht schlafen. Sie hatte zwar bestätigt gefunden, was sie seit langem vermutet hatte: Ivan war ein Spion. Aber wie fügte sich das mit dem Tod von Rex zusammen? Sie wusste es noch immer nicht. Obwohl sie insgeheim davon ausging, dass Rex' Tod mit dem Spiel in Zusammenhang stand, kannte sie nicht den genauen Grund. Vielleicht hatte Rex etwas über Max Stanton herausgefunden und war im Begriff gewesen, die anderen wissen zu lassen, dass bei diesem Spiel der Tod mitspielte?

Tanya ließ sich diesen Gedanken durch den Kopf gehen. Wenn das zutraf, wer war dann der Mörder? War Rex vom Kollegium im Auftrag des Meisters getötet worden, damit das Geheimnis unentdeckt bleiben würde? Oder war er von einem der Bewerber umgebracht worden, der bereits das Geheimnis kannte und entschlossen war, Rex sofort aus dem

Weg zu schaffen, bevor dieser das Gleiche tat, wenn sich die Gelegenheit dazu bot?

Der Meister, Ivan, Andrew oder Sebastien – welcher von ihnen war der Mörder? Diese Frage ging ihr nicht aus dem Kopf. Sebastien hatte geglaubt, dass es nicht der Meister gewesen sei. Er war davon überzeugt gewesen, dass Andrew der Mörder war, hatte dafür jedoch keine Beweise vorbringen können. Nun, sie für ihren Teil glaubte ebenfalls nicht, dass der Meister in Frage kam. Sie war sich noch nicht einmal sicher, ob er am Spiel überhaupt teilnahm – auch wenn sie gesehen hatte, dass er Rex' Zimmer betreten hatte. Aber vielleicht hatte er lediglich herausfinden wollen, wie Rex ums Leben gekommen war.

Tanya tippte auf Andrew oder Ivan. Ihre bisherigen Recherchen hatten allerdings nichts ergeben, nichts wies darauf hin, dass die beiden einen Mord begehen könnten, um das Spiel zu gewinnen. Sie waren talentiert, ehrgeizig, aber, bei Gott, das war sie auch. Sie brauchte etwas Konkreteres, etwas, wodurch einer der beiden eindeutig auszuschließen war. Aber sie hatte nichts.

Diese und zahllose andere Möglichkeiten gingen ihr durch den Kopf. Und alle führten in eine Sackgasse. Es gab keine Hinweise, die das eine oder andere belegen konnten. Sie fluchte. Ihre Gedanken waren ein einziges Wirrwarr, und daher erschien auch alles, was sie wahrnahm, wirr. Wie Sand, der ihr ständig durch die Finger rieselte. Aber es musste etwas geben, ein Indiz, einen Schlüssel.

»Gemma!« Es war zwei Uhr morgens, Tanya setzte sich im Bett auf. Die Katze schreckte hoch, und es dauerte eine Weile, bis sie sich wieder beruhigen ließ. Tanya warf sich den Morgenmantel über und eilte an ihren Computer. Sie war auf eine weitere Spur gestoßen, eine, die bislang abseits ihrer bisherigen Überlegungen gestanden hatte.

Der Eindringling, der sie in jener Nacht im Chalet überfallen hatte, war gekommen, um herauszufinden, welche Informationen sie und Sebastien über Stanton zusammengetragen hatten. Woher hatte er gewusst, dass er dort die gesuchten Informationen finden würde? Eine Möglichkeit war, er hatte sie oder Sebastien in Boston überwacht. Für Ivan mit seinen Kontakten wäre dies ein Leichtes gewesen.

Aber woher hatte er erfahren, dass sie in Sebastiens Chalet zurückgekehrt war? Das war die große Frage.

Minuten später zeigte ihr Monitor die Passagierliste des Flugs, den sie von Boston in die Schweiz genommen hatte. Es fand sich niemand mit dem Namen Andrew oder Ivan – natürlich hatten sie unter falschem Namen reisen können, dann würde sie es nie herausfinden. Wieder eine Sackgasse. Aber angenommen, Andrew oder Ivan waren ihr nicht gefolgt, sondern hatten nur erfahren, dass sie diesen Flug genommen hatte? Wie konnten sie sie dann in der Schweiz aufspüren? Jemand hätte sie am Flughafen in Genf beobachten und ihr dann nach Kasteln folgen können. Das wäre schwierig gewesen, aber nicht unmöglich.

Und was, wenn ihr Angreifer sie in der Schweiz über Sebastien aufgespürt hätte? Aber wie? Sebastien traf erst im Chalet ein, nachdem sie bereits überfallen worden war. Was besaß Sebastien in der Schweiz, das ihm ihren Aufenthaltsort verriet? Ihre Gedanken rasten. Zehn Minuten später griff sie zum Telefon.

»Ja, Madame, wir versuchen Ihnen zu helfen«, sagte die junge Frau des Schweizer Grundbuchamts. »Ich werde sofort nachsehen. Kein Grund zur Beunruhigung. Ich bin mir sicher, dass Sie die Rechnung beglichen haben. Einen Moment noch.«

Tanya streichelte Gemma und wartete. Dann meldete sich die Schweizer Frau wieder. »Ja, Madame, Sie haben bezahlt. Die Auskunft des kantonalen Grundbuchamts Genf wurde am 3. März erteilt. Sie betraf, wie Sie ganz richtig sagten, das Anwesen eines Sebastien Defrage. Die Auskunftsgebühr betrug zweihundert Schweizer Franken, das heißt, es musste sich um eine Eilauskunft gehandelt haben. Und es freut mich, Ihnen bestätigen zu können, dass die Rechnung beglichen wurde.«

»Ich habe keinerlei Nachweis darüber.«

»Weil, Madame, die Zahlung von Ihren Anwälten Heidelberg & Schmidt geleistet wurde. Per Überweisung. Dr. Schmidt persönlich hat die Anfrage gestellt. Die Adresse lautet…«

Fünfzehn Minuten später meldete sich die Sekretärin in Dr. Schmidts Büro. »Ich habe einen Anruf für Sie, Doktor…«

Dr. Schmidt nahm den Anruf entgegen und sah auf die ruhige, friedliche Oberfläche des Lac Léman hinaus, auf dem das noch fahle Morgenlicht lag. Die weibliche Stimme klang weich und aufmerksam, und wie immer freute es ihn, helfen zu können. Ob er eine Gebühr veranschlagen konnte? Leider nein. Die Anfrage war einfach zu belanglos, selbst für seine Verhältnisse. Die Kundin würde diesmal umsonst davonkommen.

»Ja, die Rechnung wurde beglichen. In bar. Ich kann mich noch gut daran erinnern. Von einem Herrn Radic. Ja, er wollte Sie und Ihren Ehemann finden. Ist es ihm gelungen? Oh, das freut mich. Wenn ich Ihnen in Zukunft behilflich sein kann, zögern Sie bitte nicht.«

Tanya legte den Hörer auf. So zuverlässig, diese Schweizer. Nun wusste sie, wer sie in jener Nacht angegriffen, aber nicht umgebracht hatte.

Ivan.

25

Denn die Menschen machen es wie
gewisse kleine Raubvögel,
die mit solcher Gier ihre Beute verfolgen,
dass sie den großen Vogel nicht sehen,
der über ihnen schwebt, um sie zu töten.
Machiavelli, Discorsi

November, Albanien

Die Nachrichtensendungen in Albanien hatten in den vergangenen fünfzig Jahren kaum Erfreuliches zu verkünden. Die Meldungen der letzten Tage aber waren besonders unerfreulich. Aufstände in Tirana und Elbasan, ein Lynchmord in Gjirokaster, Überfälle auf die Polizeidienststellen in Korça und Vlora. General Durres legte den Militärbericht zur Seite.

»Schrecklich.«

»Ja, schrecklich, aber es kann noch schlimmer kommen«, sagte General Lleshi, der albanische Stabschef. Er war ein dürrer Mann mit grauen Tränensäcken unter den Augen und einem nervösen Zittern in seinen nikotingelben Fingern.

»Meinen Sie, ich sollte in die Hauptstadt kommen?«

Durres saß mit seinem Gast auf der Veranda und betrachtete Saranda, das im morgendlichen Sonnenlicht lag. »Ich denke ja«, antwortete General Lleshi. »Das Militär braucht Sie dort, General. Sie wissen sich Respekt zu verschaffen. Dieses Land beginnt auseinanderzufallen.«

»Und die Politiker?« Durres spielte den guten Samariter und bot dem Stabschef eine weitere Zigarette an. Damit der Tod schneller kam.

General Lleshi sah zum Himmel auf und nahm einen langen Zug. »Chaos. Keiner traut dem anderen. Ich habe sie sondieren lassen. Nur der verfluchte Demokrat Peza sperrt sich gegen jegliche Intervention. Aber alle anderen würden sich damit abfinden.«

»Wirklich?«, fragte Durres zufrieden und fügte dann, zögerlich, an: »Nun, ich weiß nicht recht, ob wir wirklich intervenieren sollen. Meinen Sie nicht, das wäre eine übereilte Reaktion?«

»Nein«, erwiderte Lleshi brüsk. Er wischte die Zigarettenasche vom Tisch und knallte einen zerknitterten Ordner darauf. »Es ist viel schlimmer, als Sie denken. Überall zirkulieren Kopien dieser Liste mit den Namen von Kollaborateuren aus dem Zweiten Weltkrieg.« Nervös schlug er den Ordner auf. »Die Regierung verliert die Kontrolle. Obwohl die meisten Verräter mittlerweile tot sind, befehden sich nun ihre Familien, nachdem die Wahrheit ans Licht gekommen ist. Und schauen Sie sich nur die Namen an…«

»Ja«, sagte Durres mitfühlend. »Schrecklich, was Gerüchte anrichten können.« Er setzte eine betroffene Miene auf, als hätte jemand soeben sein Kind überfahren. Er liebte das Schauspiel. Julius Caesar war in der Schule sein Lieblingsstück gewesen, sah man vom Ende ab. Jetzt spielte er es selbst – in der Wirklichkeit.

»General«, flehte Lleshi fast verzweifelt, »es sind mehr als nur Gerüchte. Das Original dieses Dokumentes wurde vom Institut für Auswärtige Angelegenheiten in London für echt erklärt. Von ihrem Experten Ivan Radic.«

»Ich weiß«, antwortete Durres. Es war an der Zeit, sich als moralisch integer auszugeben, um den guten General auf die falsche Fährte zu locken. »Aber ich hasse Gerüchte«, brach es aus Durres heraus. »Was wir brauchen, sind Beweise. Ich werde niemanden verdammen, nur weil über ihn Gerüchte kursieren.« Auch wenn sie unter Hoxha Menschen unter den fadenscheinigsten Vorwänden umgebracht hatten, ohne auch nur mit der Wimper zu zucken. Ach, die guten alten Zeiten, die Nächte, die Leichen …

»Natürlich«, sagte Lleshi noch mehr beunruhigt. Er hatte den General noch nie so erregt gesehen. Es stand wirklich schlecht.

»Nun«, sagte Durres und überlegte beiläufig, was es zum Mittagessen geben sollte, »nun, General, es ist mir zutiefst zuwider, den Geheimdienst einzuschalten. Vor allem jetzt, in unserer neuen demokratischen Gesellschaft, die ich aus vollem Herzen unterstütze. Aber« – eine lange Pause – »ich denke, Sie haben Recht. Ich habe die Situation unterschätzt. Wir müssen zusammenarbeiten, um der Tragödie Einhalt zu gebieten. Das Problem ist nur, dieses Thema ist emotional sehr aufgeheizt. Auch wenn die Kollaborateure nicht mehr am Leben sind, ging die Bürde ihres Verrats auf ihre Kinder über. Was dazu führen könnte, dass in Albanien jegliche Ordnung zusammenbricht.«

»Ja«, antwortete der Stabschef.

»Ich denke, wir sollten die Armee in Alarmbereitschaft versetzen und Truppen nach Tirana verlegen. Und ich werde den Geheimdienst aktivieren.« Er wand sich. »Und ich fürchte, ich habe noch schlimmere Neuigkeiten für Sie.« Er konnte nicht anders, er musste über Lleshis erstaunten Gesichtsausdruck grinsen.

»Was ich Ihnen jetzt mitteile, ist absolut vertraulich«, sagte Durres, beugte sich vor und wusste zugleich, dass es die ganze Welt erfahren würde, sobald Lleshi wieder in der Hauptstadt war. »Ich habe Auszüge aus einer zweiten Liste erhalten. Und ich habe einen Experten vom Institut für Auswärtige Angelegenheiten gebeten, heute noch nach Albanien zu fliegen, um deren Echtheit zu bestätigen. Und wenn sie wahr ist, dann haben wir wirklich eine Krise. Denn der Name des Präsidenten steht auf dieser Liste.«

General Lleshi verschluckte beinahe seine Zigarette. Durres bot ihm den Rest der Packung an. Vielleicht würde er zum

Mittagessen den importierten australischen Wein kosten, dazu einige Oliven ...

»Wenn das stimmt, muss das Militär die Macht übernehmen«, stammelte Lleshi mit aschgrauem Gesicht.

»Das fürchte ich auch«, sagte Durres. Er wartete gespannt; die Menschen waren ja so vorhersehbar.

»Sie müssen sich an die Spitze des Staates stellen«, sagte Lleshi. »Ich selbst kann nicht. Ich bin gesundheitlich in keiner besonders guten Verfassung.« Er machte einen ängstlichen Eindruck. »Außerdem würde ich nicht anerkannt werden. Sie haben wenigstens auch ein Staatsamt inne.«

»O nein, das geht nicht«, antwortete Durres. »Staatsoberhaupt, das wäre für mich nur eine schreckliche Last. Mir liegt nichts an der Macht. Wissen Sie, ich bin ein einfacher Mensch, ein Mann des Volkes.«

»Sie müssen es tun.«

»Vielleicht.« Er seufzte.

Durres begleitete den Stabschef zur Tür. Als dieser in seine verbeulte Limousine stieg, drehte er sich noch einmal um. »General Durres, als Oberbefehlshaber der Armee befehle ich Ihnen, das Amt des Präsidenten zu übernehmen. Sie werden damit zum Retter unserer Nation.«

General Durres lächelte. »Ach, gewiss nicht«, murmelte er.

»Ich habe die zweite Liste heute Morgen veröffentlicht.« General Durres nickte. »Keinerlei Probleme?«

»Nein«, sagte Ivan. »Auf meine Empfehlung hin haben der britische und amerikanische Geheimdienst ihren Regierungen mitgeteilt, dass diese Listen echt sind und eine militärische Intervention in Albanien unvermeidlich sein wird, zumindest für einen bestimmten Zeitraum. Man nimmt an, General Lleshi wird die Macht übernehmen.«

»Dessen bin ich mir nicht so sicher«, murmelte Durres. »Der gute General sieht nicht besonders gut aus. Er fürchtet, er könne sogar einem Attentat durch einen Verräter zum Opfer fallen. Welch schreckliche Zeiten! Nun, wie soll die Zahlung erfolgen? Persönliche Geldübergabe?«

»Nein«, antwortete Ivan mit dem Anflug eines Lächelns. »Leider werde ich morgen nicht persönlich in Tirana anwesend sein, um Ihre Ernennung zu feiern. Sie werden die Gründe dafür sicherlich verstehen, General. Die Zahlung sollte in der Schweiz erfolgen. Hier sind die Kontonummern. Bezahlung gegen die Originale der Listen. Und hier ist der Name des Rechtsanwalts, der alles in die Wege leiten wird.«

»Wunderbar«, sagte General Durres. Sie schlenderten zum Wagen. »Sie haben doch daran gedacht, die anderen Namen, die ich Ihnen empfohlen habe, mit auf die Liste zu setzen? Wir machen am besten gleich reinen Tisch.«

»Ja.« Ivan gab ihm die Hand. »Gratuliere, General. Ich bin mir sicher, Sie werden ein großer Nachfolger des noch amtierenden Präsidenten sein. Der Anfang ist immer am schwersten. Wie hatte Machiavelli gesagt: ›Der, welcher einen Staat an sich reißen will, soll alle notwendigen Gewalttaten vorher bedenken und sie auf einen Schlag ausführen, um nicht jeden Tag wieder anfangen zu müssen.‹ Daran sollten Sie denken.«

General Durres lachte. »Keine Sorge, das werde ich. Auf Wiedersehen, Ivan. Es war mir eine Freude, mit Ihnen Geschäfte zu machen.«

General Durres sah dem Wagen hinterher, der in der Ferne verschwand. Er rief Major Lef an, der damals Ivan nach Saranda gefahren hatte. »Wir haben eine geschäftige Woche vor uns, mein Sohn. Besorge dir eine neue Uniform. Du bist hiermit zum Oberst befördert. Am Freitag wird in Albanien ein Staatsstreich stattfinden.«

Lef grinste. »Ist das alles, General?«

»Nein. Am Freitag fliegst du in die Schweiz und führst eine Geldübergabe durch.«

»Ja, General.«

»Ach, und zwei Tage darauf spürst du Ivan auf und tötest ihn.«

Es war besser, wenn alle Spuren beseitigt wurden. Ivan musste vergessen haben, was Machiavelli auch gesagt hatte: »Vernichte all jene, die den Willen oder die Macht haben, dir zu schaden.«

30. November, Genf

Dr. Schmidt stand von seinem Schreibtisch auf und sah aus dem Fenster, während er auf seinen Klienten wartete. Die Sonne glänzte auf dem wie immer stillen und ruhigen Wasser des Lac Léman. Ein Anblick, so zuverlässig, dass Dr. Schmidt niemals müde wurde, ihn zu genießen. Er wandte sich der anstehenden Angelegenheit zu. Seine Anweisungen waren sehr einfach, und ihm fiel beim besten Willen nichts ein, wie er sie in die Länge ziehen konnte, um ein höheres Honorar herauszuschlagen. Wirklich schade. Nicht dass die Bezahlung nicht generös ausfiele: zweitausend Dollar für das Überreichen einiger Dokumente. Herr Ivan Radic hatte darauf bestanden, im Voraus zu zahlen. Es war immer ein Vergnügen, mit guten Klienten zu tun zu haben.

Es klopfte an der Tür, seine Sekretärin sah mit leicht verwirrtem Gesichtsausdruck zu ihm herein.

»Ein Herr möchte Sie sprechen. Er wollte seinen Namen nicht nennen.«

»Ah ja, führen Sie ihn bitte herein.«

Dr. Schmidt gab dem dunkelhaarigen Mann die Hand und versuchte ein höfliches Gespräch zu beginnen. Doch Lef Durres war nicht zum Reden zumute. Dr. Schmidt kam auf das Wesentliche zu sprechen.

»Können Sie nachweisen, dass Sie zwanzig Millionen Dollar auf das Konto unserer Kanzlei bei der Schweizer Bank eingezahlt haben?«

Lef reichte ihm das Überweisungsformular. Schmidt überprüfte es und händigte einen versiegelten Umschlag aus. »Bitte öffnen Sie ihn und bestätigen Sie, dass die Dokumente in Ordnung sind.«

Lef riss den Umschlag auf. Die von den Akten des britischen Geheimdienstes entwendeten Originale der Listen mit den albanischen Verrätern steckten darin, beigelegt war der entschlüsselte Text. Er nickte. Dr. Schmidt telefonierte daraufhin mit der Bank der Kanzlei, die den Eingang des Geldes bestätigte. »Es ist eine Freude, mit Ihnen Geschäfte zu machen«, sagte Dr. Schmidt. Der Mann sah aus wie ein Russe, aber so genau konnte man das natürlich nie sagen. Schweigend verließ Lef das Büro.

Dr. Schmidt rief erneut die Bank an. »Bitte führen Sie nun die Überweisung des Geldes gemäß den Anweisungen des Klienten aus.«

Während die zwanzig Millionen Dollar an das Kollegium gingen, lehnte sich Dr. Schmidt in seinem Bürosessel zurück. Leicht verdiente zweitausend Dollar. Er nahm die Zeitung zur Hand und begann die erste Seite zu lesen. Heftige Kursgewinne an der New Yorker Börse ... Insolvenz eines großen Autoherstellers in Frankreich ... Streik der portugiesischen Hafenarbeiter ... Staatsstreich in Albanien.

Nachdem Ivan beobachtet hatte, wie Lef die Anwaltskanzlei in Genf verließ, und bei der Bank der Kanzlei die Bestätigung erhalten hatte, dass die zwanzig Millionen Dollar an das Kollegium weitergeleitet worden waren, unternahm er eine Reihe kurzer Reisen in der Schweiz, um seine Spuren zu verwischen und jeden abzuschütteln, der ihm vielleicht folgen mochte. Schließlich nahm er den Zug nach Paris. Es war eine angenehme Fahrt, die er sich mit einer Flasche Champagner versüßte. In angemessener Frist würde er General Durres schreiben und ihm gratulieren. Zweifellos würden sie sich in Zukunft wiedersehen, dann, wenn Ivan Meister war. Das würde sogar den amtierenden Präsidenten Albaniens beeindrucken.

Es war spätnachmittags, als er in Paris den Zug verließ und in die Metro stieg. Die Menschen hasteten an ihm vorüber.

Männer auf dem Weg nach Hause zu ihren Familien, um sich von ihnen nerven zu lassen. Studenten auf dem Weg in die Disco, um sich vögeln zu lassen. Alte Damen mit ihren Pudeln auf dem Weg zum Einkaufen, um sich ausrauben zu lassen. Und schließlich alte Männer, die ihre Träume spazieren führten. Ivan nahm keinen von ihnen wahr; in Gedanken war er, wie alle anderen, ganz woanders.

Er dachte an Hadley und was er sagen würde, wenn Ivan Meister wurde. Auf James musste das noch wesentlich mehr Eindruck machen. Der liebe James, er lebte in einer ganz anderen Welt. Trotzdem war er äußerst nützlich, und irgendwo in seinem Herzen hegte Ivan sogar liebenswürdige Gefühle für ihn. Ivan stieg die Stufen der Metro zur Straße hoch und achtete nicht auf die Menge, die an ihm vorbei nach unten strömte.

Plötzlich, aus einem unbewussten Impuls heraus, drehte er sich um. Eine Person unten in der U-Bahn ... er hatte sie nicht erkannt, dennoch ... Einen Augenblick lang glaubte er, ein bekanntes Gesicht gesehen zu haben. Es konnte nicht sein. Unmöglich. Unmöglich, dass ihn jemand gefunden hatte. Er hatte alle Spuren getilgt. Und dennoch. Dennoch.

Er begann zu laufen, sah über die Schulter nach hinten und erblickte das Gesicht erneut, bevor es in der Menge verschwand.

Ivan eilte durch die überfüllten Straßen, drängte die Menschen zur Seite, überzeugt, dass jemand ihm folgte. Er musste in seine Wohnung. Dort konnte er sich verteidigen. Er rang nach Luft, seine Gedanken rasten und spielten wie bei einer Schachpartie alle möglichen Züge durch. Hatte er einen Fehler begangen? Hatte er irgendetwas übersehen?

Er kam immer zur gleichen Antwort: Er hatte keinen Fehler gemacht. Unmöglich.

Er bog in eine ruhige Straße ab und blieb stehen. Er bildete sich alles nur ein. Stille. Er wartete. Dann wurden seine schlimmsten Befürchtungen wahr. In der Ferne hörte er Schritte auf dem Kopfsteinpflaster.

Ivan drehte sich um und floh zum Seineufer. Seine einzige Hoffnung lag darin, die Wohnung zu erreichen.

Und plötzlich – er glaubte, ihm müsse schlecht werden – erkannte er, dass er doch einen Fehler begangen hatte. Einen kleinen, winzigen. Das Schicksal. Wie es auch dem größten Spieler aller Zeiten ergangen war. Machiavellis Werk *Der Fürst* basierte auf Cesare Borgia, einem der skrupellosesten Herrscher der Renaissance, der sich zum Ziel gesetzt hatte, über ganz Italien zu regieren, und dabei jedes Mittel anwandte, das ihm zur Verfügung stand – Mord, Täuschung, Folter. Und es wäre ihm beinahe geglückt, wäre ihm nicht ein kleines Missgeschick dazwischengekommen: Wäre er nicht, wie das Schicksal es wollte, in dem Moment gestorben, als er bereit war, die Macht zu ergreifen. Und nun wurde Ivan bewusst, dass auch er einen ähnlichen, tödlichen Irrtum begangen hatte. Er hatte alle Möglichkeiten in Betracht gezogen. Nur eine nicht: dass ihn Hadley, ohne es zu wollen, verraten würde. Denn sie mussten ihn über seinen Liebhaber aufgespürt haben. Armer, dummer Hadley. Er hätte niemals dem Geheimdienst beitreten dürfen. Wäre er nur bei seiner mittelalterlichen Geschichte geblieben.

Ivan rannte. Denn jeder tötet das, was er liebt.

Fünf Minuten später riss er die Glastür zu seinem Wohnhaus auf und stürmte die Treppe hinauf. Seine Lungen schienen zu platzen, Pfeifgeräusche drangen aus seinem Mund. Ihm wurde schwindelig, und er griff nach dem Geländer, als hätte er vergessen, wie man eine Treppe hochstieg. Und zum ersten Mal in seinem Leben dachte Ivan an den Allmächtigen und betete. Bitte, Gott, hilf mir! Er zählte jedes Stockwerk, während er nach oben taumelte, und wusste, dass er von seinen Verfolgern keine Gnade zu erwarten hatte. Unten wurde eine Tür aufgerissen, Schritte dröhnten auf der Treppe. Dann verstummten sie rätselhafterweise. Ivan war es nun egal. Er hatte es geschafft. Er rannte über den Treppenabsatz zu seiner Wohnung. Drinnen war er in Sicherheit, drinnen hatte er eine Waffe. Er hatte es geschafft. Der Fehler konnte ausgebügelt werden. Wie bei einem Schachspiel war der König noch zu retten. Als er den Türknauf ergriff, dachte er an Tanya. Nun wusste er, wie es sich anfühlte, wenn man in der Falle saß und wie ein Schmetterling aufgespießt wurde, wie abscheulich sich das anfühlte. Nun war er froh, dass er sie in jener Nacht im Chalet nicht getötet hatte. Theorie und Praxis waren doch zwei unterschiedliche Dinge, mochte Machiavelli gesagt haben, was er wollte. Vieles konnte man rechtfertigen, wenn man nach der Macht griff. Doch jemanden zu töten, der einem niemals Schaden zugefügt hatte? Nein. Das war nicht der Weg. Es war eine Sünde, die auch alle Macht in der Welt nicht fortwaschen konnte.

Als Ivan die Tür öffnete, ging die Bombe hoch. Eine gewaltige Explosion zerstörte den gesamten Treppenabsatz. Ivan war auf der Stelle tot, zwei Diplomaten, die auf demselben Stockwerk wohnten, kamen ebenfalls ums Leben. Minuten später zogen Rauchschwaden durch die Straße, Krankenwagensirenen waren zu hören sowie die kläglichen Schreie eines sterbenden Kindes. Feuerwehrmänner versuchten den Brand einzudämmen. Alle Augen waren auf jene gerichtet, die in ihren Wohnungen eingeschlossen waren. Ivans Mörder entkamen unerkannt im allgemeinen Chaos.

Es wurde niemals bekannt, wer die Bombe gelegt hatte. Terroristen aus dem Nahen Osten, Drogenkartelle, die italienische Mafia – die internationale Presse, die sich auf die italienischen Diplomaten konzentrierte, erging sich einige Tage lang in Spekulationen. Dann geriet die Geschichte allmählich in Vergessenheit, ohne dass jemals ein Motiv oder Hinweis auf die Täter gefunden wurde. Auch vom Tod eines hoch talentierten Wirtschaftswissenschaftlers wurde berichtet, in den Zeitungen und Fachzeitschriften erschienen kurze Nachrufe. Über seinen Tod gab es noch weniger zu sagen. Ivan Radic, so schien es, war nur ein zufälliges Opfer, das sich zum falschen Zeitpunkt am falschen Ort aufgehalten hatte.

Der Meister wurde nur wenige Minuten nach dem Anschlag darüber informiert. Die anderen Bewerber erfuhren davon aus den Nachrichtensendungen. Und noch eine Person wurde darüber in Kenntnis gesetzt.

»Vater?«

»Ja, Lef«, antwortete Präsident Durres.

»Ich muss dir bedauerlicherweise mitteilen, dass Ivan Radic bei einem Bombenanschlag ums Leben gekommen ist. Die französischen Zeitungen haben ausführlich darüber berichtet.«

Durres dachte darüber nach. Er saß auf dem Sessel des Präsidenten, hinter ihm an der Wand hing die albanische Flagge. Er hatte sehr viel zu tun, ließ es sich aber nicht nehmen, einige Minuten eines Freundes, eines alten Freundes zu gedenken.

»Wie traurig. Hattest du damit zu tun?«

»Bedauerlicherweise nein. Jemand ist mir zuvorgekommen.«

»Es muss der britische oder amerikanische Geheimdienst gewesen sein. Sie müssen herausgefunden haben, welche Rolle er bei dieser ganzen Sache gespielt hat.« Durres lächelte. »Sehr entgegenkommend von ihnen. Du kannst jetzt nach Hause gehen, Lef. Die Lage bessert sich.« Auch wenn es eine äußerst kostspielige Präsidentschaft werden würde.

26

So sind die guten Menschen die Lehrer der Nichtguten,
und die nichtguten Menschen
sind der Stoff für die Guten.

Laotse, Tao Te King

November, Taiwan

»Andrew, du arbeitest zu viel«, sagte David Chen. »Wir bekommen dich ja überhaupt nicht zu Gesicht. Man könnte meinen, du meidest uns wie die Pest. Das ist nicht nett von dir, warum ziehst du dich so zurück?«

Sie saßen im Wohnzimmer von Chens großem Penthouse mit Blick auf den Fluss. Die beiden Kinder waren bereits im Bett, und seine Frau plauderte bei den Nachbarn nebenan über eine anstehende Gala-Veranstaltung. Chen saß in seinem weichen Sofa, ein großes Glas Whisky in der Hand. Andrew lächelte.

»Ich denke, es ist besser, wenn ich dir nichts davon erzähle, Chen. Aber ich habe einige Bitten an dich.«

»Schieß los!«

»Als Erstes würde ich gern bei deiner Bank ein Konto eröffnen. Eine große Summe wird dort eingezahlt und soll umgehend weiterüberwiesen werden. Ich gebe dir die Kontonummer, auf die das Geld weiterzuleiten ist.«

»Kein Problem. Ist mir ein Vergnügen.«

»Als Zweites: Es gibt hier jemanden in Taiwan, den ich gern kennen lernen würde. Allerdings weiß ich nicht so recht, wie ich an ihn herankommen soll. Vielleicht kannst du mir mit deinen Kontakten weiterhelfen.«

»Ganz bestimmt. Ich kenne nahezu jeden, der in Taiwan

von Bedeutung ist«, antwortete Chen bescheiden. »Um wen handelt es sich?«

»Hew Li.«

Chen verschluckte sich heftig an seinem Whisky. Er zog ein Taschentuch heraus, prustete hinein, und als sein Gesicht wieder auftauchte, war es knallrot. Er wirkte mehr als besorgt. »Andrew, was zum Teufel treibst du? Hew Li? Das ist ein Spiel mit dem Feuer.«

»Wer ist Hew Li?«

»Das kann ich dir nicht sagen, und ich will es auch gar nicht wissen. Eine sehr, sehr gefährliche Person. Wenn du mehr über ihn wissen willst, dann recherchiere in den Polizeiakten.« Chen war beinahe aufgebracht. »Ich denke, jemand wie du kann sich dort Zugang verschaffen.«

»Das hab ich bereits«, antwortete Andrew, ohne näher zu erläutern, wie er es angestellt hatte. »Es lässt sich sehr wenig über ihn finden. Bei meinem letzten Aufenthalt in Taiwan, vor einigen Jahren, galt er fast als Legende. Eine Art mythologischer Dämon.«

Chen sah kurz zur Tür, um sich zu vergewissern, dass seine Frau noch nicht zurückgekehrt war. Was war nur mit seinem Freund los? Etwas hier lief schrecklich schief. Er brachte sich in schlechte Gesellschaft.

»Ja, genau das ist er, Andrew. Ein Mensch, der großes Unheil verbreitet. Einer, von dem sich jeder fern hält, der noch etwas bei Verstand ist.«

»Warum?«

Chen schluckte. Er wusste, Andrew würde sich damit nicht abspeisen lassen. Er spürte, wie ihm warm wurde – er machte sich Sorgen. Würde Andrews Frau noch leben, hätte sie das zu verhindern gewusst. Sein Freund war nicht mehr er selbst. Er hatte ihren Tod nie richtig überwunden. Sein Urteilsvermögen war getrübt. Offensichtlich versuchte er schnell an Geld zu kommen, gebrauchte dazu aber äußerst gefährliche Mittel.

»Okay, ich erzähle dir alles, was ich weiß, und dann will ich nie wieder seinen Namen hören. In Ordnung? Hew Li ist der mächtigste Triadenführer in Taiwan, und das will etwas heißen. Und er ist sicherlich der gefährlichste. Es kursieren unzählige Geschichten über ihn und seine Grausamkeiten.«

»Woher stammt er?«

Chen senkte seine Stimme, bis er fast nur noch murmelte.

»Er operierte in Südchina, bis 1949 die Kommunisten die Macht ergriffen. Man sagt, er sei der Chef der Kantoner Unterwelt gewesen, und er und sein Bruder hätten überall ihre Finger im Spiel gehabt: Drogen, Prostitution, Glücksspiel, Menschenhandel. Im Grunde beherrschten sie die Stadt.«

»Mit dem Vorsitzenden Mao dürfte er kaum zurechtgekommen sein«, erwiderte Andrew trocken.

»Er kam mit ihm auch nicht zurecht. Mao hatte es nach der Revolution genau auf solche Leute wie ihn abgesehen. Hew Li konnte entkommen und floh nach Taiwan. Sein Bruder allerdings hatte weniger Glück.« Chen schenkte sich noch einen Scotch ein. »Die Kommunisten schnappten ihn, und soweit ich weiß, sitzt er noch immer in China im Gefängnis. Jedenfalls gelang es Hew Li, innerhalb relativ kurzer Zeit in Taiwan eine mächtige Triade aufzubauen. Die Grundlage dazu schuf er durch Kasinos und Prostitution, schmuggelte aber auch Waren und Drogen nach China. Gerüchten zufolge soll er, im Gegensatz zu den meisten seines Schlags, sehr, sehr intelligent sein.«

»In welcher Hinsicht?«

»Die meisten Triadenführer haben es nur auf Geld und Sex abgesehen. Nicht aber Hew Li. Hew Li wollte politischen Einfluss. Wen er also nicht einschüchtern konnte, den korrumpierte er. Deswegen war die Polizei in Taiwan gegen ihn sehr schnell machtlos. Es gab zu viele Politiker und Richter, die ihre Hand über ihn hielten. Er ist den Behörden immer einen Schritt voraus, er ist nicht zu belangen. Auch heute noch. Sobald ihm etwas angelastet wird, fällt die Anklage in sich zusammen. Zeugen kommen ums Leben, die Geschworenen werden bestochen, Indizien verschwinden, und Hew Li lässt sich niemals blicken. Aber sein Einfluss ist überall zu spüren, er ist wie ein Krokodil, das im Schatten, im Schlamm auf dich lauert. Ich übertreibe nicht.« Chen wand sich. »Er ist wirklich ein Übel. In der Bank hatten wir vor einigen Jahren bei einem großen Erschließungsprojekt mit ihm zu tun. Jeder war wie gelähmt. Aber keiner wollte das Projekt fallen lassen, aus Angst, es könnte ihm was Schlimmes zustoßen.«

»Und?«

»Die Bank ließ sich auf die Transaktion ein und verlor jeden Cent.«

»Wenn er so gerissen ist, warum schafft er es dann nicht, seinen Bruder aus China freizubekommen? Will er das nicht?«

»Natürlich will er das. Man sagt, es sei für ihn eine große Schande. Du weißt doch, wie sehr die Chinesen ihre Familie und Blutsverwandtschaft achten. Doch trotz seines Reichtums und seines Einflusses bekommt er seinen Bruder nicht frei. Die chinesische Führung lässt sich auf keinen Handel ein. Und soweit ich weiß, ist sein Bruder vielleicht auch schon tot.«

An der Wohnungstür war ein leises Klicken zu hören; Chens Frau war zurückgekehrt und ging in die Küche. Chen sprach noch leiser. »Andrew, als alter Freund lass dir eines gesagt sein: Vergiss Hew Li. Jeder, der ihm zu nahe kommt, endet früher oder später in den Betonfundamenten von Gebäuden wie diesem hier. Lass die Finger von ihm.«

»Nur eine Frage noch: Wo treiben sich die Triaden-Mitglieder so rum?«

Chen seufzte. »Du musst von Todessehnsucht getrieben sein, mein Freund.«

»Sag's mir!«

»Versuch es im so genannten Verbotenen Viertel«, murmelte Chen und sah dann ängstlich zu seiner Frau auf, die das Zimmer betrat.

»Na, habt ihr euch über die alten Zeiten unterhalten?«, fragte sie.

»Ja«, kam es von Chen etwas sehr bestimmt. Kurz danach erhob sich Andrew, um zu gehen. »Besuche uns doch bald wieder«, sagte Chens Frau, eine Taiwanesin, und umarmte ihn.

Chen verabschiedete seinen Freund vor der Tür. Er sah nicht sehr glücklich aus. »Andrew, wir sind seit langer Zeit Freunde, aber ich denke, wenn du dich wirklich auf Hew Li einlässt, dann sollten wir uns in nächster Zeit nicht mehr sehen.« Er versuchte zu lächeln. »Ich habe eine Familie, verstehst du.«

»Ich weiß, Chen. Ich melde mich wieder, wenn alles vorüber ist.«

Chen ergriff seine Hand und hielt sie lange fest. »Auf Wiedersehen, Andrew. Sei vorsichtig, sei sehr, sehr vorsichtig.«

Ich zeige dir das Leid, und ich zeige dir das Ende allen Leids. So sprach Buddha.

Andrew fragte sich, ob Buddha auch noch so optimistisch gewesen wäre, wenn er das Verbotene Viertel gesehen hätte. Es lag im ärmsten Bezirk Taipehs, und ihm eilte sogar unter den an das Laster gewohnten Einheimischen ein fürchterlicher Ruf voraus. Das gesamte Viertel lag fest in der Hand des Verbrechens, rechtschaffene Menschen verirrten sich nur selten in die engen, verwinkelten Gassen, die nur äußerst spärlich beleuchtet waren.

Wer jedoch durch diese Gassen streifte, kam irgendwann an ein riesiges, ummauertes, vom Verfall bedrohtes Ghetto. Hew Lis Triaden hatten diesen Ort zu ihrem Wohnsitz auserkoren. Hier hatten sie eine Gesellschaft aufgebaut, die über den Zustand der Sklaverei nicht hinausgekommen war. Hier lebten Jungen und Mädchen, die nur geboren wurden, um den Appetit anderer zu stillen, Männer und Frauen, deren einziger Zweck im Leben darin bestand, wie die Bauern im Schachspiel jederzeit als Opfer verfügbar zu sein. Hier fanden sich Bettler, Krüppel, Zuhälter, Gangster, Auftragskiller, Taschendiebe, Nachtclubbesitzer, Kasinobetreiber, und alle wurden sie von einem Mann gelenkt, über den sie nur wenig wussten – und ebenso erging es auf der anderen Flussseite vielen Bankern, Anwälten, Schiffseignern, Immobilienmaklern und Händlern, die von einer bösen Macht kontrolliert wurden, deren Bedrohung sie jederzeit spürten und der sie gehorchten, obwohl sie die Person, die dahinterstand, niemals zu Gesicht bekamen.

Der Aufenthaltsort ihres obersten Herrn war noch nicht einmal den meisten seiner Gefolgsleute bekannt. Jenseits der flackernden Neonreklame, jenseits der billigen Karaokebars und der Bordelle, tief im Herzen des Verbotenen Viertels, hatte Hew Li seine Höhle errichtet, in der er in unglaublichem Luxus lebte. Der Dreck, der Abschaum, die Verzweiflung, die Trostlosigkeit waren ausgesperrt, ihm allein war die Opulenz vorbehalten.

Ihm allein gehörten die saalgroßen Räumlichkeiten, der Swimmingpool von olympischen Ausmaßen, das Privatkino, die Wintergärten, die pornografische Bibliothek, das Museum mit der größten Privatsammlung von Jadefiguren im Fernen Osten; dies alles lag unter der Erde verborgen und diente ausschließlich seinem Privatvergnügen. Dieser grenzenlose, auf Mord und Raub basierende Reichtum spiegelte einen Aspekt von Hew Lis verschrobenem Wesen wider; einen anderen seine lediglich aus Ginseng, Bärentatzen und Löwenpenissen bestehende Ernährung, mittels derer er versuchte, jenen ungebetenen Gast fernzuhalten, den auch ein Hew Li nicht bestechen oder einschüchtern konnte: den Tod. So lebte Hew Li wie ein altes Krokodil, das immer älter und bösartiger wurde.

Nur wenige auf der Welt verfügten über eine Macht, die es mit seiner aufnehmen konnte. Ausgenommen vielleicht der Meister.

Nachdem Andrew all dies herausgefunden hatte, kehrte er nach Peking und zu Professor Wang zurück. Wieder saßen sie in dem kleinen Innenhof. Als Andrew Hew Li erwähnte, verzog der Professor verächtlich das Gesicht.

»Ich habe von ihm und den schrecklichen Dingen gehört, die er in China verübt hat. Er ist böse, und er ist sehr einflussreich. Es liegt weit außerhalb meiner begrenzten Mittel, mit jemandem wie ihm Kontakt herzustellen. Ich weiß noch nicht einmal, ob sein Bruder noch am Leben ist. In diesem Land wird Hew Lis Name noch immer mit Furcht und Entsetzen ausgesprochen.«

»Wie kann ich mehr über seinen Bruder herausfinden?«

Wang sah zu Andrew und nippte an seinem Tee. »Wie Sie vielleicht wissen, durchlebte ich während der Kulturrevolution eine sehr schwere Zeit. Aber auch das Leid hat manchmal etwas Gutes. Viele, die die Entbehrungen damals mit mir geteilt haben, nehmen nun mächtige Stellungen in diesem Land ein. Wenn, dann wissen diese etwas davon.«

Wang erhob sich und ging zu seinem Schreibtisch. Er nahm ein Blatt Papier, schrieb darauf einige Zeichen und reichte es Andrew. »Vor Jahren war ich einem Mann behilflich, der in großen Schwierigkeiten steckte. Er erinnert sich vielleicht nicht mehr daran, aber es ist einen Versuch wert. Er könnte Ihnen vielleicht weiterhelfen.«

Als sich Andrew an der Tür bereits verabschieden wollte, sagte Wang: »Andrew, da wir uns über den Künstler Chang unterhalten haben, lohnt es sich vielleicht, sich an die folgenden einfachen Worte des Tao zu erinnern: ›Möge deine Befähigung dich davor bewahren, das zu tun, was du nicht tun kannst‹.«

Wang stand am Eingang zur vergessenen Fakultät,

wünschte Andrew alles Gute und sah ihm nach. Eine Frage hatte Andrew ihm nicht gestellt. Und hätte er es getan, hätte er keine Antwort erhalten.

Dann ging der alte Professor nach drinnen und rief den Meister an.

Am folgenden Tag wurde Andrew in einer großen schwarzen Limousine nach Zhongnanhai gebracht, jenem Teil von Peking, wo Chinas Führung residierte. Der Wagen passierte die gewaltigen roten Tore, vorbei an einer Tafel mit einem Mao-Zitat, »Dem Volke dienen«, und blieb vor einem einfachen Gästehaus stehen. Keine zehn Minuten später stand Andrew von Angesicht zu Angesicht jenem Mann gegenüber, der über Chinas Schicksal bestimmte. Sie unterhielten sich eine Zeit lang, ihr Gespräch wurde nicht aufgezeichnet. Anschließend flog Andrew nach Taiwan zurück.

Am nächsten Morgen besuchte er einen bekannten Politiker. Er wurde am Eingang zum Wahlkampfbüro vom Kandidaten höchstpersönlich empfangen, der ihn mit der schmierigen Unterwürfigkeit begrüßte, für die er berühmt war.

»Hallo. Wie geht es uns heute? Alles in Ordnung?«

»Bitte geben Sie das Hew Li.«

Als der Politiker die Adresse erblickte, verschwand sein aufgesetztes Lächeln, und seine Stirn legte sich in tiefe Falten. »Ich weiß nicht, von wem Sie sprechen.« Verächtlich drückte er das Schreiben Andrew wieder in die Hand.

»Geben Sie es einfach Hew Li.«

Drei Tage später, als Andrew spätabends in sein Apartment zurückkehrte, erhob sich ein ältlicher, gut gekleideter Chinese mittlerer Größe von Andrews Sofa und begrüßte ihn.

»Ich bin Hew Li«, sagte er.

»Natürlich habe ich mich gefragt, warum Sie mit einem gebrechlichen Alten wie mir reden wollen«, sagte Hew Li und streckte ihm ostentativ seine dürre Hand hin. »Aber ich habe der Bitte Ihres Schreibens entsprochen und bin gekommen. Ich stehe zu Ihren Diensten.« Mit knapper Geste wies er Andrew an, in seiner eigenen Wohnung Platz zu nehmen. Wie ein Poltergeist hatte er bereits Besitz ergriffen.

»Sehr freundlich von Ihnen«, erwiderte Andrew. »Kann ich Ihnen was zu trinken anbieten?«

»Nein.«

»Vielleicht etwas zu essen?«

»Nein.«

Andrew wusste nicht mehr recht, wie er sich Hew Li ursprünglich vorgestellt hatte. Dessen Aussehen und Benehmen passten jedenfalls nicht zusammen. Mit seinen feinen Gesichtszügen, seiner betonten Höflichkeit hätte er als hochrangiger Diplomat oder Mandarin durchgehen können, seine Augen aber bewegten sich kaum. Sie schienen starr in ihren Höhlen zu sitzen, fokussierten einen Gegenstand und fixierten ihn – wie es eine Kobra mit ihrer Beute tat.

Hew Li sprach ein raues, gutturales Chinesisch, und eine Aura umgab ihn, die bei seinem Gegenüber ein zutiefst beunruhigendes Gefühl auslöste, das unmittelbar aus dem Bauch zu kommen schien. Chen hatte ihn als einen Menschen beschrieben, der großes Unheil verbreitete. Jetzt wusste Andrew, was er gemeint hatte. Er spürte, dass dieser Mann in den Tiefen der menschlichen Abgründe fischte. Schlimmer noch, er warf dort mit Freuden seine Netze aus. »Also«, sagte Hew Li, nachdem die Freundlichkeiten ausgetauscht waren, »Sie wissen, wo mein Bruder ist?«

»Ja. Er wurde in ein Arbeitslager in Pu-Er verlegt, in der Provinz Yunnan.«

»Und sein Zustand?«

»Zufriedenstellend, bedenkt man, dass er fast achtzig Jahre alt ist.«

»Woher haben Sie diese Informationen? Wie viel haben Sie dafür bezahlt?«

»Ich habe nichts bezahlt. Er stammt vom Lagerkommandanten. Hier ist sein Bericht.«

Hew Li nahm den Bericht entgegen und überflog ihn. »Wenn Sie nichts dafür bezahlt und ihn nicht gestohlen haben, müssen Sie über sehr gute Beziehungen verfügen. Sehr gute *guanxi*«, meinte er.

»Ja«, erwiderte Andrew. »Der Bericht wurde von dieser Person angefordert.«

Als Hew Li die kalligraphischen Schriftzeichen sah, hielt er unwillkürlich den Atem an. Seine schmalen Augen richteten sich auf Andrew. Etwas, wonach er sich seit langem gesehnt hatte, schien in den Bereich des Möglichen gerückt zu sein.

»Sie bewegen sich in den höchsten Kreisen«, sagte er argwöhnisch.

Andrew beobachtete ihn. Er war wie eine Schlange, die langsam in den unterirdischen Bau ihrer Beute kroch.

»Nun«, fuhr Hew Li fort, »ich bin zwar nicht mehr der Jüngste, aber ich kann noch immer viele Türen öffnen. Allerdings gibt es welche, die selbst mir verschlossen sind. Seit einem Jahr habe ich von meinem Bruder nichts mehr gehört, ich glaubte, er sei tot. Es freut mich, dass er sich guter Gesundheit erfreut. Das tröstet mich.« Schweigend, mit zusammengekniffenen Augen sah er zu Andrew. Die Schlange in ihm begann interessiert den Kopf zu heben, sie witterte, dass etwas im Bau war.

»Was wollen Sie?«, fragte er dann in beißendem Tonfall. »Warum lassen Sie mir diese Information zukommen? Um sich über mich lustig zu machen?«

»Ich habe gehört, Sie würden Ihren Bruder gern freibekommen.«

Hew Li betrachtete ihn voller Zorn. »Das ist unmöglich. Die Kommunisten werden ihn nie freilassen. Glauben Sie, ich hätte es nicht seit Jahren versucht?«

»Vielleicht haben Sie das«, sagte Andrew. »Ich schlage Ihnen einen Deal vor. Ich werde Ihnen Ihren Bruder in Taiwan übergeben.«

Hew Lis Augen funkelten. »Wie?« – »Ein Handel. Für zwanzig Millionen US-Dollar.«

Hew Li machte eine abschätzige Handbewegung. »Ha, solche Summen und noch mehr habe ich der chinesischen Regierung ebenfalls angeboten. Aber sie haben immer abgelehnt. Nur einer kann diese Weisung erteilen, aber er hasst meinen Bruder und mich. Noch nicht einmal die spitze Zunge eines ehemaligen Kollegiumsmitglieds wird ihn vom Gegenteil überzeugen. Sie verschwenden meine Zeit.« Andrew hielt kurz die Luft an. Wirklich bemerkenswert, dass Hew Li wusste, dass er einst dieser Einrichtung angehört hatte. Er musste über einen gut platzierten Mittelsmann im Kollegium verfügen. Andrew beobachtete die menschliche Schlange, die leicht ihren Kopf hin und her bewegte. Noch war er vor ihr sicher, sie spielte nur mit ihrer Beute.

»Mag schon sein. Mein Preis sind zwanzig Millionen Dollar. Hier ist eine Fotografie Ihres Bruders.«

Hew Li nahm sie entgegen. An seiner Identität bestand kein Zweifel. Lange starrte er das Gesicht an. Und plötzlich spürte er, wie er wütend wurde. Er hatte noch immer ein Gelübde zu erfüllen, ein Gelübde, das er vor mehr als einem Vierteljahrhundert seinen Eltern gegeben hatte – dass er seinen Bruder befreien werde, koste es, was es wolle. War dieser Mann, der ehemals einer äußerst exklusiven Einrichtung angehört hatte, dieser Aufgabe wirklich gewachsen? Vielleicht hatte Andrew die Informationen vom Kollegium gestohlen? War er deshalb ausgeschlossen worden? Eindringlich lag sein Blick auf ihm.

»Mr. Brandon, Sie sind entweder sehr einflussreich. Oder sehr dumm.«

»Weder noch. Aber wenn wir ins Geschäft kommen wollen, dann ausschließlich zu meinen Bedingungen. Sind Sie interessiert?«

Hew Li war verwirrt. Andrew hatte korrekt den Aufenthaltsort seines Bruders angegeben, er hatte einen Bericht in Händen, der ausschließlich für den mächtigsten Mann Chinas bestimmt war. Und er hatte ein Foto. Er musste daher über die höchsten Verbindungen verfügen. Schlug Chinas Führung einen geheimen Handel vor?

»Wie lauten Ihre Bedingungen?«

»Ich werde Ihnen Ihren Bruder in Taiwan übergeben«, sagte Andrew.

»Lebend?«

»Ja. Für zwanzig Millionen Dollar.«

»Gut. Die Übergabe findet in diesem Apartment statt«, erwiderte Hew Li.

»Nein. Das Risiko ist für mich zu groß. Sie könnten Ihren Teil der Abmachung brechen und mich umbringen lassen.«

Hew Li sah ihn unwillig an, in seinem Blick aber funkelte es vor Amüsement. »Ich werde mein Wort halten. Was sind zwanzig Millionen Dollar für das Leben meines Bruders? Ich bin unendlich reich.«

»Dennoch, ich werde den Übergabeort bestimmen.«

»Es muss Taiwan sein«, beharrte Hew Li.

»Gut. Aber nicht auf dem Land. Auf See. Ich werde ihn Ihnen auf einer Dschunke innerhalb des taiwanesischen Hoheitsgebiets übergeben. Und Sie kommen allein.«

»Nein. Ich bin ein alter Mann. Meine Gesundheit ist angeschlagen, ich habe Feinde. Ich brauche einen gewissen Schutz.«

»In Ordnung. Aber nicht mehr als zwei Leibwächter. Und einen weiteren, der Ihre Dschunke steuert.«

»Wollen Sie, dass ich das Geld mitbringe?«

»Zwanzig Millionen Dollar sind eine zu große Summe, um sie einfach mit sich herumzuschleppen. Sie könnte ja verloren gehen«, erwiderte Andrew. »Eröffnen Sie ein Konto bei dieser Bank.« Er reichte ihm einen Zettel mit einer Kontonummer und dem Namen der Bank, bei der sein Freund Chen arbeitete. »Weisen Sie an, dass von Ihrem Konto zwanzig

Millionen Dollar auf mein Konto eingezahlt werden, sobald Sie durch ein Passwort die Überweisung autorisieren.«

»Und?«

»Wenn ich Ihnen Ihren Bruder übergeben habe und Sie mit allem zufrieden sind, übermitteln Sie Ihrer Bank per Handy das Passwort. Jemand wird sich dort bereithalten, der nur auf Ihren Anruf wartet. Ich werde nachprüfen, ob die Überweisung ausgeführt wurde.«

»Genial.«

Andrew ignorierte das sarkastische Kompliment. »Man wird mir bestätigen, dass Sie auch wirklich das Konto bei der Bank eröffnet haben. Ich habe dort Kontakte. Man wird es für mich überprüfen.«

»Und dann?«

»Jemand wird mich von der Dschunke abholen. Ihr Bruder ist dann frei. Das ist der Deal.«

Hew Li nickte. »Wann werden Sie meinen Bruder übergeben?«

»Es wird noch einige Wochen dauern, bis alles vorbereitet ist. Ich werde wahrscheinlich Mitte Dezember so weit sein und Ihnen dann den genauen Zeitpunkt mitteilen. Ach, und noch eins, Mr. Li, worüber wir sprechen sollten.« Andrew wartete, bis die Botschaft auch wirklich angekommen war. »Es betrifft den Fall, dass ich Ihnen Ihren Bruder bringe und Sie trotzdem Ihren Teil der Abmachung nicht einhalten und mich umbringen wollen.«

»Unmöglich«, erwiderte Hew Li schockiert. Ganz augenscheinlich war es für ihn unvorstellbar, dass sich so etwas ereignen könnte. Seine langen Fingernägel strichen über seinen Seidenanzug.

»Ich werde die Bedingungen unserer Abmachung niederschreiben und in einen versiegelten Umschlag stecken. Falls ich vorzeitig ums Leben kommen sollte, wird er dem obersten Polizeichef Taiwans übergeben.«

Hew Li dachte einige Zeit darüber nach. »Wunderbar«,

sagte er dann fröhlich. »Zwanzig Millionen Dollar für meinen Bruder, frei und lebend, in taiwanesischen Gewässern. Aber, Mr. Brandon, lassen Sie sich gesagt sein, ich nehme solche Abmachungen nicht auf die leichte Schulter. Wenn Sie glauben, Sie könnten mich hinters Licht führen, dann kann ich für die Konsequenzen nicht geradestehen. Offensichtlich brauchen Sie eine Menge Geld. Passen Sie auf, dass Sie über Ihre Gier nicht stürzen. Melden Sie sich bald bei mir!«

Nachdenklich schritt Hew Li die Treppe hinab, begleitet von einer ganzen Truppe Leibwächter, die wie von Zauberhand plötzlich aufgetaucht waren. Also, dachte er, die Chinesen schienen nun doch bereit, seinen älteren Bruder auszutauschen. Wollten sie nun doch lieber das Geld statt einer Leiche, für die dann nichts mehr zu holen wäre? Und wer würde die zwanzig Millionen einstecken? Die chinesische Führung? Wahrscheinlich. Und warum war dieser Brandon beteiligt? Vermutlich als Mittelsmann, damit die Chinesen offiziell nicht in Erscheinung treten mussten und später alle Schuld auf ihn schieben konnten, wenn etwas schief ging. Hew Li trat durch die Tür auf die Straße hinaus. Seine Entscheidung war getroffen. Der junge Mann war so dämlich, dass man sich um ihn keine Sorgen zu machen brauchte. Der Polizeichef jedenfalls war Hew Lis enger Freund.

Die Kollegiumsmitglieder, dachte er, sollen doch so clever sein. Er lächelte und kehrte in seine Höhle zurück, wo er, der Fischer der verlorenen Seelen, wieder in die Dunkelheit seine Netze auswarf.

Al Johnson von Al Johnson Investigations in New York nahm den Hörer ab. Es war Essenszeit, und wie immer mussten die Kunden ihn stören. Wussten sie denn nicht, dass auch Privatdetektive Menschen waren, die essen mussten? Er griff über den Tisch zum Hörer und tauchte dabei seine blumengemusterte Krawatte in die Mayonnaise, die seinen Essiggurkensalat begleitete.

»Ja«, bellte er. Al lauschte der weichen Stimme am anderen Ende. Sie war sanft und klang sehr sexy. Nur wenige Sekunden später sah die Welt ganz anders aus. Natürlich konnten ihn Kunden zur Mittagszeit anrufen. Eigentlich immer, wenn sie Stimmen hatten wie sie. Er war überzeugt, dass sie auch unglaublich gut aussehen musste. Warum bekam man denn die Kunden nie zu Gesicht?

»Ja, Madam.« Al sah auf seinen Terminkalender. »Ähm, er ist in Taiwan.«

»Sind Sie sicher?«, fragte Tanya. Bemerkenswert, wie schnell sie Ivan und Andrew aufgespürt hatte, selbst wenn man das kleine Vermögen bedachte, das sie und Sebastien dafür gezahlt hatten.

»Ja, Madam. Ganz sicher. Wir denken, Sie finden ihn unter folgender Adresse. Nein, nein, Sie stören überhaupt nicht. Rufen Sie an, wann immer Sie wollen. Ich gebe Ihnen auch gleich meine Privatnummer, nur für den Fall.«

Er legte den Hörer auf. Das war eben sein Problem. Er war ein Schlappschwanz. Die Kunden machten mit ihm einfach, was sie wollten. Er biss herzhaft in sein Sandwich und sah zu, wie sein afro-karibischer Partner auf Rollerskates vorbeisurrte und geschickt um ein zu Boden gefallenes Gurkenstück kurvte. Dennoch, trotz des Essens plagten ihn Gewissensbisse. Hätte er ihr sagen sollen, dass Andrew ihn angewiesen hatte, ihr seinen Aufenthaltsort mitzuteilen? Ihr und diesem anderen Kerl – wie hieß er noch mal? Er sah auf seinen Plan – Sebastien.

Al Johnson dachte während der gesamten Mahlzeit darüber nach. Nein, sie würde es ja sowieso herausfinden.

27

Also auch der Berufene: Er erkennt sich selbst,
aber er will nicht scheinen.
Er liebt sich selbst, aber er sucht nicht Ehre für sich.
Laotse, Tao Te King

Mitte Dezember, Taiwan

»Der Tisch ist reserviert. Ich fürchte, Sie müssen sich einen anderen Platz suchen.« Der Tisch wurde jeden Abend für Mr. Andrew Brandon freigehalten, der Stammgast im Taipei Star Restaurant war. Der Oberkellner drehte sich um und glaubte, sein Herz müsse ihm in die Hose rutschen. Denn soeben betrat sein Gast das Restaurant.

»Es tut mir Leid, Sir…«

»Schon in Ordnung.« Andrew sah zu der Frau, die an seinem Tisch saß. »Hallo, Tanya.«

Sie lächelte. »Hallo. Wenn ich dir schon deinen Tisch wegnehme, dann setz dich doch wenigstens zu mir.«

»Es ist mir ein Vergnügen.« Er nahm neben ihr Platz. Der Kellner brachte ihnen die Speisekarten.

Tanya musterte ihn. Sein Verhalten entsprach nicht im Geringsten dem, was sie erwartet hatte. Er schien keineswegs überrascht zu sein, sie hier zu sehen – was sie alarmierte. Sie hatte gedacht, es müsste ihn beunruhigen oder wenigstens in Erstaunen versetzen, wenn plötzlich einer der anderer Bewerber auftauchte, noch dazu in seinem Revier. Entweder hatte er Nerven wie Stahlseile, oder sie war in eine Falle getappt. Sie spielte in Gedanken die Möglichkeiten durch. Hatte ihn jemand gewarnt, dass sie kommen würde? Al Johnson?

»Was möchtest du trinken?«

»Wodka on the Rocks.« Andrew gab die Bestellung auf und orderte für sich einen Whisky. Er beobachtete sie. Sie war eine attraktive Frau: schlank, mit langem dunklem Haar und einem Gesicht, dessen weiche Konturen und volle Lippen ihr eine gewisse kindliche Unschuld und Verletzlichkeit verliehen. Der äußere Schein aber trog. Er wusste, Tanya war äußerst intelligent, und ihr berechnender Verstand konnte nicht nur mit Computern umgehen.

Er war immer davon ausgegangen, dass, mochten noch so viele aus dem Spiel aussteigen, Tanya zum Schluss übrig bleiben würde. Er mochte sie sehr. Sebastien konnte sich glücklich schätzen.

»Du wirst dich fragen, warum ich hier bin«, sagte sie, nachdem sie den Smalltalk hinter sich gebracht hatten, Sie umschloss mit beiden Händen das Glas. Solange sie im Restaurant blieb, war sie sicher. Nahezu alle Tische waren besetzt. Er würde ihr hier nichts antun, dachte sie.

»Ich denke mir, du willst dich mit mir über das Spiel unterhalten.«

»Ja. Ivan ist tot, er starb bei einem Bombenanschlag in Paris.«

»Ich weiß.«

»Es sind nur noch wir beide übrig. Sebastien ist ebenfalls tot.«

»Sebastien ... tot?«, entfuhr es Andrew überrascht. »Wie ist das geschehen?«

Tanya erzählte ihm von Panama und Sebastiens Sturz von der Felswand. Dabei musterte sie seine Miene; er schien von alldem nichts zu wissen. Er sollte sich über die Neuigkeit doch freuen, schließlich waren sie nun die einzigen Bewerber. Aber sein Gesichtsausdruck blieb unbewegt. Was ging in ihm vor? Tanya spürte, wie sie zunehmend unruhiger wurde. War sie wirklich in eine Falle geraten? Ein schrecklicher Gedanke kam ihr. War es möglich, dass Andrew und der Meister zusammenarbeiteten?

»Hast du schon die zwanzig Millionen Dollar?«, fragte Andrew fast beiläufig, nachdem sie ihre Geschichte beendet hatte.

»Noch nicht.«

Er sah sie kurz an, ihre Lüge schien er nicht bemerkt zu haben. Dennoch, sie hätte nicht kommen sollen. Das Gespräch verlief keineswegs so, wie sie es sich vorgestellt hatte. So wie sie nicht den geringsten Zweifel hegte, dass Ivan sie im Schweizer Chalet angegriffen hatte, war sie – wie Sebastien – davon überzeugt, dass Andrew Rex auf dem Gewissen hatte. Aber trotz des Versprechens, das sie Sebastien gegeben hatte, wollte sie absolut sicher gehen. Was sich als äußerst schwierig gestaltete.

Sie konnte weder beweisen, dass Andrew Rex oder Ivan getötet hatte, noch dass Ivan ins Chalet eingedrungen war. Der oder die Mörder hatten sehr sorgfältig ihre Spuren verwischt. Wahrscheinlich war es dumm gewesen, anzunehmen, Andrews Verhalten könnte ihr eventuell irgendwelche Hinweise liefern. Im Gegenteil, seine Beiläufigkeit, seine anscheinende Sorglosigkeit verliehen ihr ein trügerisches Gefühl der Sicherheit. Genau das wollte er, dachte sie. Genauso hatte er es mit Rex gemacht. Ihre innere Stimme riet ihr zu gehen. Doch sie blieb.

»Und was ist mit dir? Hast du schon die zwanzig Millionen?«

»Nein«, antwortete er, »noch nicht.«

»Aber du versuchst es noch?«

»Ja. Und ich möchte dir etwas erzählen.«

Er bestellte neue Drinks. Und dann, beim Essen, begann er zu ihrer großen Überraschung von seinen Fortschritten beim Spiel zu erzählen. Er sprach von seiner Arbeit im Kongo, von Obedi und dessen Schwester. Von seinem Einbruch im Kollegium und den Spielregeln, die er dort gefunden hatte. Von Hew Li und seinem Plan, an die zwanzig Millionen Dollar zu kommen. Nur von seinen Gesprächen mit Professor Wang und seinen Gedanken über die Bedeutung der chinesischen Geheimschatulle erzählte er nichts. Tanya hörte ihm schweigend zu. Sie war verwirrt. Warum erzählte er ihr das? Alles hatte sie erwartet, nur das nicht. Trieb er sein eigenes Spielchen mit ihr?

»Wenn die Regeln besagen, der Meister könne am Spiel teilnehmen, heißt dies dann auch, dass es sich so verhält?«

»Das weiß ich so wenig wie du.«

»Sag mir, was du denkst«, erwiderte Tanya, nun neugierig geworden durch diese neue Wendung. Wollte er ihr vorschlagen, dass sie sich gegen den Meister verbündeten?

»Ich glaube nicht, dass er am Spiel beteiligt ist«, sagte Andrew, »auch wenn ich den Grund dafür noch nicht ganz verstehe.« Dann schob er seinen Kaffee zur Seite und sah auf seine Uhr. »Tanya«, begann er etwas zögernd, »es tut mir Leid, aber ich muss jetzt gehen. Ich muss noch ein Telefonat in den Kongo führen. Aber wenn du willst, könnten wir uns später am Abend noch mal treffen und uns weiter unterhalten. Es würde mich sehr freuen.«

Tanya war noch mehr verwirrt. Als würde sie mit jemandem in ein Spiel verwickelt sein, der die Regeln kannte, während sie selbst davon keine Ahnung hatte. Ein Spiel, bei dem es nur einen Gewinner geben konnte. Sie hatte Angst. Sie musste hier weg und alles überdenken. Sie spürte, wie seine Besonnenheit sie einzulullen begann. Genau das hatte er wohl geplant. »Nein, nicht heute Abend.«

Andrew nickte.

»Wir könnten uns morgen treffen«, schlug sie vor.

»Okay. Ich bringe dich zu deinem Hotel«, sagte er.

»Nicht nötig. Ich finde den Weg schon allein.«

»Ist für mich aber kein Problem.«

»Gut. Danke.« Sie würde morgen das Hotel wechseln.

Sie verließen das Restaurant; sie wartete, bis er seinen Wagen geholt hatte. Einige Männer pfiffen ihr hinterher. Sie ignorierte sie und dachte über Andrew nach. Im Kollegium war sie ihm nur einige Male begegnet, immer in Gesellschaft anderer. Damals war sie von seiner Bescheidenheit, seiner zurückhaltenden Art beeindruckt gewesen. Er war ein liebenswerter Mensch – auch wenn er ein Mörder war. Schade, dass die Dinge so lagen.

»Steig ein.«

Langsam fuhren sie durch die engen Gassen. Um sie herum drängten sich laut schreiend Straßenhändler, die Neonlichter der Kasinos blinkten, Betrunkene, die aus den Bars und Shows wankten, riefen ihnen hinterher. Trotz der Menschenmassen fühlte sich Tanya einsam und mutlos. Sie kamen vor ihrem Hotel an.

»Magst du nicht mit reinkommen?«

Andrew hielt inne, seine Hände ruhten auf dem Lenkrad. »Heute Abend nicht«, sagte er nach kurzem Zögern. »Aber ich lade dich zu mir ein. Sagen wir morgen Abend. Zum Essen.«

»Schön. Gute Nacht, Andrew.« Sie unternahm keinen Versuch, ihn zu küssen oder ihm die Hand zu geben.

In ihrem Hotelzimmer ließ sie sich in der Dunkelheit auf ihrem Sofa nieder. Ihre Gedanken rasten – denk nach, denk nach! Andrew musste der Mörder sein! Das hatte Sebastien geglaubt, und sie glaubte es auch. Aber es gab keinerlei Hinweise. Wenn nicht Andrew, wer dann? Der Meister? Sie bezweifelte es. Hatte Sebastien Rex ermordet? Wenn dem so wäre, warum hatte er dann nicht auch sie umgebracht? Er hatte ausgiebig Gelegenheit dazu gehabt. Wie auch immer, jetzt war er tot. Und Ivan? War es möglich, dass er von anderen getötet worden war, nicht von einem der Bewerber? Sie ging zu Bett, konnte aber nicht schlafen. Um zwei Uhr morgens wurde ihr bewusst, dass sie sich selbst quälte. Die einfachste Antwort war die richtige. Andrew war der zweifache Mörder. Morgen würde sie ihn töten. An einem abgelegenen Ort, wenn er am verletzlichsten war. Sie würde ihr Versprechen erfüllen. Sie streckte sich und war zufrieden. Sie hatte eine Entscheidung getroffen.

Außerdem stand ihr Andrew im Weg, wenn sie das Spiel gewinnen wollte. Und war nicht das Amt des Meisters das, was sie am meisten begehrte?

Andrew fuhr zu seinem in einem anderen Stadtteil gelegenen Apartment zurück. Auch er war verwirrt. Tanya war sehr überrascht gewesen, als er ihr von den Spielregeln erzählt hatte. Außerdem traute sie ihm nicht, wie an ihrem Verhalten abzulesen war. Warum war sie allein gekommen? War Sebastien wirklich tot, oder versuchte sie nur, ihn auszutricksen? Und vor allem: Wann würde sie den ersten Schritt tun? Seine innere Stimme sagte ihm, dass er sich in großer Gefahr befand, dass sich das Unheil unaufhaltsam näherte. Keine Frage, es war an der Zeit zuzuschlagen.

Er nahm den Hörer ab und ließ sich zu Paul Hanlon durchstellen, den UN-Verbindungsoffizier, der ihm die Nachricht hinterlassen hatte, ihn umgehend zurückzurufen. Sie waren die vergangenen Monate über in Kontakt geblieben. Paul war erst seit kurzem wieder in den Kongo versetzt worden, da der Aufenthalt im Kriegsgebiet lange Zeit selbst für UN-Personal zu gefährlich geworden war. Das Land kam nicht zur Ruhe, erst recht nicht nach der Ermordung des Rebellenführers Christian Umbote durch Musawena, einen seiner Kampfgenossen, der beschlossen hatte, dass auch er sich eine Hälfte des Kuchens abschneiden wollte. Auch beim Spiel um das Amt des Meisters war das nicht anders, obwohl die Auseinandersetzung auf einem anderen Niveau stattfand. Jeder wollte an die Macht, und jeder war bereit, alles und jeden zu vernichten, die sich ihm dabei in den Weg stellten.

Hanlon unterhielt sich mit Andrew zunächst über die Wiederaufnahme der UN-Operationen im Kongo. Paul wollte ihn schonend darauf vorbereiten, was noch folgen sollte. Erst gegen Ende des Gesprächs erwähnte er die Kinder.

»Ich hab noch eine Neuigkeit für dich, Andrew. Das Mädchen, Shisvannah, ist tot. Es tut mir Leid. Aber es bestehen keine Zweifel mehr. Allein in dieser Region sind über zweihunderttausend Menschen abgeschlachtet worden. Wir haben mittlerweile ausführliche Berichte über das Massaker an der Schule. Es gab nur vier Überlebende, eine Lehrerin und drei Kinder. Das Gebäude ist bombardiert worden, obwohl sie wussten, dass es sich um eine Schule handelte. Sie benahmen sich wie die Tiere.«

Andrew setzte sich, die Erinnerungen kehrten zurück. Er dachte an das unterernährte Kind im roten Kleid. Sein letzter Blick auf Shisvannah, wie sie an der von Schlaglöchern übersäten Straße stand und ihm zum Abschied nachwinkte, an ihrer Hand den kleinen Bruder. Er hatte die beiden im Stich gelassen.

»Aber wir glauben, dass Obedi noch lebt.«

Andrew brachte keinen Ton heraus, so erstaunt war er.

»Na ja«, fuhr Hanlon fort, »das nehmen wir zumindest an. Wir haben noch keine Bestätigung, mach dir also keine allzu großen Hoffnungen. Aber wir denken, er gehörte zu den fünf Kindern, die per Hubschrauber aus Kikwit ausgeflogen und später ins Washington General Hospital in die USA überführt worden sind. Nach unseren Informationen hatte er sehr schlimme Schrapnellverletzungen. Mehr wissen wir nicht. Ich denke, du solltest das Krankenhaus kontaktieren. Andrew, bist du noch dran?«

»Ja.«

»Äh, viel Glück.« Es folgte eine Pause. »Und, Andrew, du hast sie nicht im Stich gelassen, das weißt du. Es ist eben so geschehen.«

Andrew sagte nichts, bevor er mit leiser Stimme antwortete: »Danke, Paul, wir bleiben in Kontakt.«

Andrew rief das Krankenhaus in Washington an. Es dauerte eine Weile, bis er mit der Stationsschwester verbunden wurde. Er erklärte ihr, wer er war; sie bestätigte, dass Obedi bei ihnen lag.

»Ich stelle Sie durch, Mr. Brandon, aber ich fürchte, Sie sollten sich auf etwas gefasst machen. Obedi war bereits mehrmals bei uns, er hat sich von den Schussverletzungen gut erholt, aber trotz zweier Operationen wird er sein Augenlicht kaum mehr ganz zurückerlangen. Er ist teilweise blind.«

»Blind?«

»Ja. Es wird sich mit der Zeit bessern, aber er wird nie mehr richtig sehen können. Er hat schwer daran zu knabbern, er weigert sich, mit anderen zu reden, obwohl wir ihm sogar eine Schwester besorgt haben, die Suaheli spricht. Er sitzt den ganzen Tag nur in seinem Zimmer und starrt vor sich hin.«

»Obedi?«

Obedi sagte nichts. Plötzlich, als er die Stimme hörte, hob sich der schreckliche schwarze Vorhang der Trauer und Verzweiflung. Einen Augenblick lang fühlte er so etwas wie Glück, als wäre jemand von den Toten zurückgekehrt. Dann senkte sich der Vorhang wieder.

»Obedi«, fuhr Andrew fort und erzählte ihm, wie er von seinen Verletzungen und seiner Behandlung in Amerika gehört hatte, während der kleine Junge ihm zuhörte. Erst nach einer geraumen Weile begann auch Obedi zu reden, langsam zunächst und auf Suaheli, seiner und Andrews Sprache. Und schließlich brach er in Tränen aus, die aus seinem tiefsten Inneren zu kommen schienen. Er hatte noch einen Freund, einen Freund, der noch am Leben war. Jemanden, der noch wusste, wie und was er einmal gewesen war – einfach nur ein Kind, das in eine schreckliche Welt hineingeboren war. Es war nicht seine Schuld gewesen, dass seine Schwester starb und seine Familie ausgelöscht wurde. Nicht seine Schuld, dass er in einem Land zur Welt gekommen war, das für seine Bürger die Hölle bedeutete. Er konnte nichts dafür, dass er zu leiden hatte. Er hatte einen Freund, jemanden, der zu ihm zurückgekehrt war. Vielleicht konnte das Leben doch weitergehen. Wenn dieser Mann, wenn andere ihm helfen konnten, dann war er es ihnen schuldig, sich selbst zu helfen. Das hätte auch seine Schwester so gewollt, auch wenn es besser gewesen wäre, wenn er mit ihr gestorben wäre.

Sie sprachen sehr lange. Gegen Ende fragte Andrew Obedi, wer ihn in die Vereinigten Staaten geschickt hatte. Obedi sagte, er wisse es nicht. Man hatte ihn einfach an Bord eines Flugzeugs gebracht.

»Aber ein Mann kam ins Krankenhaus, damals noch im Kongo.«

»Wer?«

»Das weiß ich nicht«, antwortete Obedi. »Ich konnte ihn nicht sehen. Aber ich hab ihn angerufen, und ich hab ihn gebeten, dass er kommt. Und er ist gekommen.«

»Wer?«

»Der Mann am anderen Ende des Telefons.«

Nach dem Telefonat dachte Andrew lange über das Amt des Meisters und den Mann am anderen Ende des Telefons nach. Die Antwort hatte die ganze Zeit direkt vor ihnen gelegen, vor ihren Augen, aber sie hatten sie nicht gesehen. Weil sie nicht klar sehen konnten.

Genau wie der Meister gesagt hatte.

Im Morgengrauen verließ Andrew sein Apartment und fuhr das kurze Stück zum Ufer des Tanshui hinab, der durch Taiwans Hauptstadt floss. Er stieg aus und ging einige Schritte zu Fuß. Kurz danach stand er am Rand einer Straße, auf der die ersten Pendler in die Stadt strömten. Er sah zum Pfosten einer Straßenlaterne auf der anderen Seite. Genau an dieser Stelle war Amy, seine Frau, mit ihrem ungeborenen Kind gestorben.

Fünf Jahre war es her, dass Amy zu ihm ins Hotel geeilt war, voller Freude über die Neuigkeiten aus dem Krankenhaus, nachdem bei einer Ultraschall-Untersuchung festgestellt worden war, dass sie ein Kind in sich trug.

Auf dem Weg ins Hotel wurde sie von einem Wagen erfasst, der von der Fahrbahn abgekommen war. Am Steuer hatte ein Betrunkener gesessen, der eine Pechsträhne im Kasino hinter sich hatte. Später konnte er sich an nichts mehr erinnern. Ein junges Mädchen, eine Passantin wie Amy, war ebenfalls getötet worden. Für die Statistik stellte das Unglück nur einen weiteren Verkehrsunfall dar. Aber Andrew hatte sich von seiner jungen Frau nicht mehr verabschieden können, es war ihm die Möglichkeit genommen worden, ihr die unzähligen Dinge zu sagen, die er ihr noch gern gesagt hätte – wie sehr er sie bewunderte, wie sehr ihr Leben zu einem wesentlichen Teil seines eigenen Lebens geworden war. Das alles war ihm genommen worden. Sie war gestorben, weil sie sich zum falschen Zeitpunkt am falschen Ort befunden hatte – nicht weil er oder sie einen Fehler begangen hatten, sondern weil ein anderer Mensch skrupellos und selbstsüchtig seine Macht ausgenutzt hatte.

Andrew stand da, während der unbeteiligte Verkehr an ihm vorüberfloss und die Morgendämmerung sich immer mehr aufhellte. Seit dem Abend ihres Todes war er nicht mehr hier gewesen. Er hatte Amy so sehr geliebt, dass er mit ihr vieles von sich selbst zu Grabe getragen hatte – seine Gefühle, seine Fähigkeit, anderen zu verzeihen, seinen Glauben an die Menschheit. In dieser Hinsicht unterschied er sich in nichts von Obedi: Beide wurden sie von der unversöhnlichen Vergangenheit gequält. Vielleicht hatte er mit Obedi und dessen Schwester versucht, die Tragödie, die sich so unauslöschlich in seine Seele gebrannt hatte, wenigstens zum Teil für sich zu verarbeiten. Und nachdem es ihm nicht gelungen war, die Kinder zu retten, war sein eigener Schmerz wieder hochgekommen – die Qual, dass es ihm nicht gelungen war, jene vor Schaden zu bewahren, die ihm um so vieles näher gestanden hatten.

Lange verharrte er am Straßenrand. Er dachte über das Amt des Meisters nach und die vom Künstler Chang bemalten Vasen, auf denen der Vater von seinem Kind Abschied nahm. Genau deshalb war Andrew hier: um sich von jenen zu verabschieden, die er am meisten geliebt hatte – nicht, um sie zu verlieren, sondern um den Schmerz in Einsicht und Erkenntnis zu verwandeln.

Wenn das Leben und das Spiel um das Amt des Meisters überhaupt einen Sinn haben sollten, dann diesen: dass aus dem Bösen und Übel, die überall mit Händen zu greifen waren, Gutes kommen musste. Wenn Obedi das erkennen und mit seinem Leben fortfahren konnte, ohne die Vergangenheit zu verleugnen, dann konnte er es auch. Andrew stand am Straßenrand und weinte – um Obedi und dessen Familie, um seine Frau, sein Kind und auch um seinetwegen.

Wegen seiner Blindheit.

Als Tanya sein Apartment betrat, wusste Andrew, dass sie ihn an diesem Abend umbringen würde.

»Hallo.«

Sie küsste ihn auf die Wange und vermied es, ihm in die Augen zu schauen. Sie war zum Morden gekleidet und trug ein hautenges, blutrotes Kleid, das jeden Zentimeter ihres sinnlichen Körpers betonte.

»Komm rein und setz dich. Ich bin fast fertig. Hoffe, du magst die chinesische Küche.«

»Ja.« Sie nahm auf dem Sofa Platz; die Handtasche, die sie noch über ihrer Schulter hatte, drückte sie eng an sich.

Die Wohnung war groß und weiträumig. Neben den Dekorationen, mit denen möblierte Apartments üblicherweise ausgestattet waren, hatte Andrew im Wohnzimmer einige Aquarelle des australischen Outback aufgehängt. Überall lagen Bücher, Landkarten und CDs. In einer Ecke stand ein Klavier. Sie mochte den Raum, der sich unaufdringlich gab. Andrew steckte an der Küchentür den Kopf ins Zimmer.

»Was zu trinken?«

»Rotwein, bitte.« Wie sah Blut aus, wenn es aus einem Menschen strömte? Etwa so wie Rotwein? Würde es auf ihre Kleidung spritzen?

»Klar.«

»Du spielst Klavier?« Sie wünschte sich, sie hätte sich von Sebastien erklären lassen, wie man es anstellte. Dauerte es lange, bis der andere zusammenbrach, wenn man ihn erschoss? Würde er einen Schrei ausstoßen?

»Ja. Und du?«

»Ja. Meine Mutter hat es mir beigebracht, als ich klein war.« Sollte sie in die Küche gehen und es hinter sich bringen?

»Wenn du willst, dann spiel doch.«

Tanya ging zum Klavier und spielte einige Noten. Dann betrachtete sie das Blatt auf dem Notenständer. Mozarts Klavierkonzert Nr. 21. Ihre Mutter hatte immer gemeint, sie könnte sterben für diese Musik. Plötzlich befand sie sich wieder in dem kleinen Wohnzimmer in Rom, ihre Mutter war am Klavier, ihr Vater in seinem Armsessel: Sie war wieder in der Welt ihrer Kindheit. Was würden ihre Eltern von ihr denken, wenn sie sie jetzt sehen könnten? Wie sehr hatte ihr Verlangen nach Macht sie korrumpiert?

»Das Essen ist in ein paar Minuten fertig.«

»Hast du lange in Australien gelebt?«, rief sie ihm zu und betrachtete die Aquarelle. Sie kannte seine Vergangenheit. Sie wollte nur wissen, ob er log.

»Ich bin da geboren«, erwiderte Andrew aus der Küche. »Meine Eltern zogen nach Taiwan, als ich ein Teenager war. Nach der Universität ging ich zum Militär und bin ziemlich rumgekommen, bevor ich geheiratet habe.«

»Du bist noch immer verheiratet?«

Er trat ins Zimmer. »Nein«, sagte er mit weicher Stimme. »Meine Frau starb vor einigen Jahren bei einem Autounfall. Hier in Taiwan.«

»Oh, das tut mir Leid.« Tanya kannte die Einzelheiten. Sie war von einem Betrunkenen auf dem Bürgersteig, nicht weit von hier, überfahren worden und im Alter von sechsundzwanzig Jahren gestorben; schwanger mit einem Kind, das dabei ebenfalls ums Leben gekommen war. Der Fahrer war zu drei Jahren verurteilt worden. Wenn sie Andrew jetzt umbrachte, würde dann jemand zu seiner Beerdigung kommen? Hatte er eine Freundin? Würde ihm jemand einen Grabstein besorgen?

»Essen ist fertig. Noch etwas Wein?«

»Bitte«, sagte sie.

Sie brachte das Essen hinter sich – das sie eigentlich sehr genoss. Im Gegensatz zu Sebastien, der mit seiner Intensität, seiner Energie alles dominierte, ließ Andrew sie reden und schien an allem, was sie zu sagen hatte, wirklich interessiert zu sein. Ihr gefiel seine unprätentiöse, nachdenkliche Art. Nicht, dass dies irgendwas änderte. Sie sprachen über das Kollegium und ihre Arbeit. Er erzählte ihr von seiner Militärzeit und den Projekten, mit denen er beauftragt worden war.

»Seltsam, dass wir niemals zusammengearbeitet haben«, sagte sie. »Glaubst du, das war der Grund, warum wir für diesen Wettbewerb ausgewählt wurden?«

»Nein, das glaube ich nicht. Den Regeln zufolge werden die Bewerber zufällig bestimmt. Außerdem habe ich in der Vergangenheit mit Rex und Ivan zusammengearbeitet.«

»Aber niemals mit Sebastien?«

»Nein. Natürlich weiß ich, dass er für die Weltbank tätig war, aber unsere Wege haben sich nie gekreuzt. Aber das kann ja auch kaum überraschen, das Kollegium ist an so vielen Dingen beteiligt.«

Da hatte er Recht, dachte Tanya. Bedenkenswert war höchstens, dass Rex und Ivan mit ihm zu tun gehabt hatten und nun tot waren. Hatten sie etwas über ihn und seine Vergangenheit gewusst? Warum hatten ihre Computerrecherchen nichts ergeben?

Andrew brachte die Teller in die Küche. An seinem Blick konnte sie erkennen, dass er ihre Gesellschaft sichtlich genoss.

»Hast du Lust, raus zu gehen, runter zum Fluss? Ich hätte nichts dagegen, ein wenig frische Luft zu schnappen.«

Tanya nickte. Sicherlich argwöhnte er nicht, dass sie es heute Abend auf ihn abgesehen hatte. Offensichtlich war er noch immer darum bemüht, ihr weitere Informationen zu entlocken. »Eine Minute.« Sie ging ins Badezimmer. Ein wenig frische Luft würde ihr gut tun. Sie wollte den schrecklichen Moment noch etwas hinauszögern, der, wie sie wusste, unweigerlich kommen würde.

Sie standen am Flussufer, um sie herum funkelten Tausende Lichter. Hinter ihnen lag Taipeh, eine Drei-Millionen-Stadt, die eine der höchsten Bevölkerungsdichten der Welt aufwies. Und vor ihnen, auf der anderen Seite der Meerenge, lag das chinesische Festland mit seinen 1,2 Milliarden Menschen. So viele Menschen auf so engem Raum. Und alle führten sie ein Leben, das sich von dem der anderen kaum unterschied. Alle weinten, lachten, hassten, liebten, lebten und starben. Warum fühlte sie sich trotzdem so schrecklich allein? Lag es an Sebastiens Abwesenheit? Oder war es mehr? Fehlte ihr etwas zu ihrer Erfüllung? Versuchte sie sich einen Traum zu realisieren, oder rannte sie nur einem leeren Wunsch hinterher, der sie nicht glücklich machte, auch wenn er in Erfüllung gehen sollte? War dieser Wunsch ein Teil ihres Wesens, oder handelte es sich dabei lediglich um einen leeren, schalen Titel?

»Warst du überrascht, als der Meister vom Wettbewerb erzählte?«

»Natürlich«, antwortete Andrew, »und wütend. Ich konnte akzeptieren, dass es einen Wettbewerb um das Amt gab, der im Geheimen stattfinden sollte. Das passte zu den Vorstellungen des Kollegiums. Aber das Ziel des Wettbewerbs, das war für mich einfach unglaublich. Ich war mir sicher, das Kollegium sei völlig korrupt geworden und zum Scheitern verurteilt.«

Tanya betrachtete ihn, während sie Seite an Seite am Fluss standen. »Du hast mich nie gefragt, ob ich glaube, dass der Meister am Spiel teilnimmt.«

»Nein, das habe ich nicht. Und? Was glaubst du?« Er richtete seinen Blick von der Stadtlandschaft zu ihr.

»Ich denke, er ist am Spiel beteiligt«, erwiderte Tanya. »Lange Zeit war ich mir dessen nicht sicher. Aber jetzt glaube ich, dass er mitspielt – und wesentlich befähigter ist als wir alle zusammen. Er ist der perfekte Spieler. Er hat uns mit Zweifeln und Ungewissheiten in die Irre geführt. Er will, dass sich die anderen Kandidaten selbst eliminieren, bevor er in den Ring steigt.«

»Glaubst du das wirklich?« Sein Tonfall zeugte von Neugier? Oder Argwohn?

Sie drehte sich zu ihm hin. Sie war ihm nun so nah, dass sie ihn hätte küssen können. Wollte sie das? Verwirrt trat sie einen Schritt zurück.

»Warum, glaubst du, hat der Meister auf die chinesische Geheimschatulle verwiesen?«, fragte Andrew.

»Ich denke, er wollte mit der Schatulle etwas illustrieren. Beide, die Schatulle und das Amt, stellen eine Art Wettbewerb dar. Mit beidem, denke ich, wollte der Meister sagen: ›Seht es euch sorgfältig an. Die Dinge sind nicht das, was sie scheinen. Ihr glaubt, der Meister spielt nicht mit, aber er könnte es tun. Zieht keine voreiligen Schlüsse, vertraut niemandem. Löst das Rätsel selbst.‹«

»Ich stimme dir zu«, erwiderte Andrew, »dass die Geheimschatulle in gewisser Weise das Amt des Meisters symbolisiert. Löse das Rätsel, und du hältst die Lösung für das Amt in Händen. Und ich stimme dir zu, dass jeder für sich selbst das Rätsel lösen muss. Letztendlich haben sowohl der Wettbewerb als auch das Amt mit dem Erwerb und dem Gebrauch von großer Machtfülle zu tun, vor allem damit, welche Mittel die Menschen ergreifen, um Macht zu erlangen. Ist das Amt ein großer Preis, um den man kämpfen, den man wie eine Trophäe erringen muss, als befände man sich im Krieg? Oder steckt mehr dahinter, etwas Tiefergehendes? Das ist eine der grundlegenden Fragen.«

Tanya, angetan von der Logik seines Arguments, nickte. Plötzlich wurde sie aus ihren Gedanken gerissen, ihr entfuhr ein leiser Aufschrei, und sie glaubte, eine eiserne Faust umschließe ihr Herz. Wo war ihre Handtasche? Sie war mit Andrew allein nahe dem Wasser, weit und breit waren keine Zeugen zu sehen, und sie hatte ihre Tasche verloren. Eine Leere tat sich vor ihr auf. Andrew hatte sie an sich genommen, er hatte die Waffe entdeckt. Sie wusste, was er damit vorhatte.

»Alles in Ordnung?«

Langsam kam er auf sie zu, in seinem Gesicht ein seltsamer Ausdruck; seine Bewegungen wirkten steif und angespannt. Ängstlich wich Tanya zurück.

»Ich hab meine Tasche verloren«, stammelte sie.

Andrew befand sich nun dicht vor ihr. Er müsste nur seinen Arm ausstrecken und sie packen, überlegte er, sie zwingen, ihm alles zu erzählen, was er wissen wollte. War Tanya an der Ermordung von Rex und Ivan beteiligt gewesen? Oder gingen beide Morde allein auf Sebastiens Konto? Die einzige Frage, die noch offen war. Ein Gefühl der Trauer überkam ihn. Wenn sie beteiligt gewesen war, hieß dies, dass sie ihn ebenfalls umbringen würde, wenn sich die Gelegenheit dazu bot… vielleicht sogar hier an dieser Stelle, nicht weit davon entfernt, wo seine Frau gestorben war. Wie sollte er es herausfinden? Tanya würde es ihm nie freiwillig erzählen. Er würde sie auf die Probe stellen müssen.

»Hast du sie nicht dort drüben an der Mauer gelassen?«, sagte er zu ihr. Er beobachtete sie, wie sie hinüberging und sie an sich nahm. Würde er sie wirklich töten können, auch wenn sie andere getötet hatte? Konnte er sie des Amtes wegen töten?

Andrew würde es in dieser Nacht noch herausfinden.

Sie kehrten in seine Wohnung zurück. Ihr war kalt, sie zitterte leicht, als sie in die Wärme des Apartments traten. Ihre Tasche hielt sie eng am Körper.

»Einen Likör gefällig? Kaffee?« – »Hmm. Ich lege Musik auf.« Sie griff sich wahllos die nächste CD. Die Eröffnungstakte von Mozarts Klavierkonzert Nr. 21 erklangen im Raum. Ihr war zum Weinen zumute. Beim Kaffee erzählte sie ihm von ihrer Arbeit, der Computerprogrammierung und den Studien, die sie für die Europäische Computerunion und das Kollegium betrieben hatte. Tanya wollte, dass er bis spät in die Nacht hinein mit ihr redete. Sie musste die Nacht über bleiben.

»Wie schafft es das Kollegium, sich weltweit in so viele Computer einzuloggen?«, fragte er.

»Das ist ganz einfach.« Tanya lächelte. »Zwei der Kollegiumsmitglieder arbeiten für Computerhersteller und ich für die Europäische Computerunion. Beim Entwurf der Rechner wird der Arbeitsspeicher mit einem geheimen Zugang ausgestattet, sodass das Kollegium an die gewünschten Informationen herankommt. Bei anderen bedienen wir uns der Passwörter der Techniker, die die Computer warten und betreiben.«

»Hast du auch die Computer des Kollegiums programmiert?«

»Ja.«

»Hast du noch immer Zugang zu ihnen?«, fragte er leise.

»Vielleicht. Warum fragst du?«

»Weil ich gern wissen würde, wie leistungsstark der Quantencomputer ist, der dem Meister und den Schiedsmännern vorbehalten ist, und welche Informationen darauf gespeichert sind.« Er runzelte die Stirn. »Als ich die Räume des Meisters betrat, war ich mir ziemlich sicher, dass man mir den Einbruch erlaubt hatte. Glaubst du, das ist möglich? Wären sie in der Lage, mich aufzuspüren?«

Tanya spitzte die Lippen. »Keine Frage. Sie überwachen die gesamte Insel. Niemand kann Tirah betreten, ohne dass der Meister davon erfährt. Deshalb habe ich davon abgesehen. Aber worauf zielt diese Frage?«

»Das heißt doch, der Meister weiß, dass ich die Spielregeln kenne. Und vielleicht annehme, dass er mitspielt.«

»Und?«

»Die Tatsache, dass der Meister eventuell am Spiel beteiligt ist, stellt eine Art Hinweis dar«, fuhr Andrew fort. »Einen Hinweis auf die Lösung der chinesischen Geheimschatulle. Ein Indiz, in welches Loch an der Schatullenseite ein bestimmter Stift zu stecken ist.«

»Ja.« Sie war bereits selbst zu diesem Schluss gekommen. »Ich frage mich eben, ob es noch andere Hinweise gibt.«

»Ich habe keine gefunden«, log sie. Natürlich hatte sie das: Max Stanton. Er war ein Hinweis, ein sehr wichtiger sogar. Andrews Hinweis und ihrer ergaben zusammen, dass der Meister am Spiel beteiligt war. Und dass Stanton während des letzten Wettbewerbs von seiner Hand gestorben war. Aber sie hatte nicht die Absicht, Andrew davon zu erzählen. Diese Hinweise konnten ihr das Leben retten. Soll er es doch selbst herausfinden. Jeder für sich selbst.

»Wenn aber die chinesische Geheimschatulle überhaupt kein Rätsel enthält, würden diese Hinweise ihre Bedeutung verlieren, oder?«, fuhr er fort. »Sie wären damit falsche Hinweise, falsche Fährten. Nichts wäre von Bedeutung, bis auf das, was der Meister uns tatsächlich gesagt hat.«

Ihrem irritierten Gesichtsausdruck war zu entnehmen, dass Tanya ihn nicht verstand. Andrew war sich sicher, dass sie nicht gewillt war, ihm zu helfen und von den Indizien zu erzählen, auf die sie und Sebastien eventuell gestoßen waren.

Sie wechselte das Thema. »Andrew, es ist sehr spät. Hast du was dagegen, wenn ich hier bleibe? Dann muss ich nicht mehr ins Hotel zurück.« Er hatte, war sie überzeugt, noch immer keine Ahnung von ihrer Absicht, er versuchte nach wie vor, ihr Informationen zu entlocken. Vielleicht wollte er ihr später einen Deal vorschlagen. Wie? So wie er es mit Ivan getan hatte?

»Ja, kein Problem. Es gibt ein Gästezimmer. Ich muss morgen früh raus, wir werden uns also nicht mehr sehen. Zieh einfach die Tür hinter dir zu.«

»Wunderbar.« Es würde kein Morgen mehr für ihn geben. »Dann gute Nacht.« Sie erhob sich.

Er stand ebenfalls auf. »Ich nehme an, wir sehen uns dann erst wieder beim Bankett.«

»Wahrscheinlich«, sagte sie. »Obwohl wir beide noch die zwanzig Millionen auftreiben müssen.«

»Natürlich«, erwiderte er mit einem leeren Lächeln. »Gut, dann eine schöne Nacht.«

Tanya sah ihn verlegen an. Sie sollte ihm zum Abschied einen Kuss geben. Aber konnte eine Mörderin ihrem Opfer das antun? Peinlich berührt drehte sie sich um und zog sich in ihr Zimmer zurück. Sie verschloss die Tür. Es war zwei Uhr morgens. Sie wollte ihm zwei Stunden Zeit geben, bis er fest eingeschlafen war und keinen Widerstand mehr leisten konnte. Dann würde sie in ihr Hotel zurückkehren und auschecken. Eine Stunde später hätte sie Taiwan verlassen und würde sich einige Tage in Thailand ausruhen. Und dann musste sie sich entscheiden, wie sie mit dem Meister verfahren wollte. Andrews Leiche würde wahrscheinlich erst nach einer Woche entdeckt werden. Sie würde keine Spuren hinterlassen.

Um vier Uhr stand sie auf. Geräuschlos öffnete sie die Handtasche und nahm die Pistole mit dem Schalldämpfer heraus. Sie enthielt drei Patronen. Ziele genau aufs Herz und ziehe den Abzug durch, dann ist alles vorbei. So einfach ist das. Sie schritt zur Tür und drehte leise den Schlüssel um. Andrews Zimmer war keine drei Meter entfernt, die Tür stand weit offen. Tanya hielt inne. Sie hörte nichts. Dann trat sie näher. Im schwachen Licht, das vom Gang hineinfiel, erblickte sie seine schlafende Gestalt und hörte leise Atemgeräusche. Sie hob die Pistole, ihr Finger spannte sich um den Abzug.

Tanya wusste nicht, wie lange sie dort stand – vermutlich an die fünf Minuten. Es kam ihr wesentlich länger vor. Sich vorzustellen, jemanden umzubringen, und es tatsächlich auszuführen waren zwei grundverschiedene Dinge. Das Erstere war einfach, das Gehirn konnte die einzelnen Abläufe mit skrupelloser und effizienter Logik vorausplanen. Die Pistole auf den Körper richten, feuern, fliehen. So einfach. Aber der Akt des Abdrückens brachte das fürchterliche Dilemma einer moralischen und emotionalen Entscheidung mit sich. Als stünde sie kurz davor, eine öde, ausgetrocknete Wüste zu durchqueren, vor der ihr jede menschliche Regung, jeder Instinkt abriet – ebenso hatte sie nun das Gefühl, als überschreite sie eine Schwelle und betrete eine moralische Einöde, aus der es kein Entrinnen mehr gab. Führe dir rationale Argumente vor Augen, rechtfertige deine Tat, ja, ihr Verstand konnte sich leicht eine Entschuldigung zurechtlegen und an dieser bis zum Ende ihrer Tage festhalten. Ihre Seele aber würde ihr niemals verzeihen, sie würde sie immer daran erinnern, dass sie die grundlegendste Übereinkunft der Menschheit missachtet hatte und von dem Übel, das sie begangen hatte, niemals reingewaschen werden konnte.

Sie wartete und atmete tief ein. Wieder versuchte sie sich einzureden: Andrew war der Mörder. Es war nur eine Frage der Zeit, bis er sie umbringen würde. Sie hatte Sebastien versprochen, ihn zu töten. Sie wollte das Amt des Meisters. Vernunftgründe, die ihr durch den Kopf gingen und sie davon überzeugen wollten, dass sie endlich den Abzug durchdrücken sollte, damit alles vorbei wäre. Vergiss die moralischen Folgen, um Gottes willen, tu es einfach! Hier war der Augenblick des Triumphs!

Aber sie konnte es nicht. Warum nicht? Die leisen Atemgeräusche waren seine einzige Verteidigung. Das schwache Geräusch drückte unbarmherzig auf ihr Gewissen. Es sagte ihr: Wenn du ihn tötest, bist du keinen Deut besser als er. Du hast dich auf sein Niveau begeben und dich dabei selbst erniedrigt. Das ist die Wahrheit, und deren moralischen Konsequenzen wirst du niemals entkommen. Töte ihn, und du tötest deine Seele; du willst Gerechtigkeit und ersetzt sie doch nur durch deine eigene Tyrannei. Denn es ist doch die Gerechtigkeit, die du willst, und nicht die Macht oder? Schließlich ließ sie die Pistole sinken, ging in ihr Zimmer zurück und schloss die Tür.

Sie saß auf dem Bett, lange weinte sie leise vor sich hin. Sie besaß nicht die Fähigkeit, jemanden zu töten. Und sie war der Wahrheit, nach der sie suchte, keinen Schritt näher gekommen. Wer würde, wer konnte ihr dabei helfen?

Andrew lag wach im Bett. Er hörte Tanya weggehen. Das war das Problem, das beide betraf: der Gebrauch der Macht, damit sie sich ihre Wünsche erfüllen konnten. Die Macht der Waffe, die Macht der Entscheidung – der Unterschied war nur gering. Es waren nur Facetten des gleichen harten Diamanten, an dem die Menschen zerbrachen, um ihre Ziele zu erreichen. Und was war ihr, Tanyas und Andrews Ziel? Das Amt des Meisters. Die größte Machtposition überhaupt, die sie, wenn sie sie erreichten, zum Wohle aller einsetzen konnten; davon waren sie überzeugt. Aber bereits die Art und Weise, wie sie versuchten, diese Position zu erlangen, widerlegte ihre hehren Vorsätze. Bedienten sie sich bereits im Vorfeld übler Mittel, wie groß war da noch die Chance, dem Übel abzuschwören, wenn sie später von ihrer Macht Gebrauch machten?

Andrew schloss die Augen. Er dachte wieder an die chinesischen Vasen. Wie der Künstler Chang stand er auf der Brücke, der Brücke der Entscheidung, und sah vor sich die gewaltige Macht, über die er gebieten würde, falls er Meister wäre. Auf derselben Brücke aber erkannte er auch die Bescheidenheit des Künstlers Chang. Worin lag wahre Größe? Macht zu gewinnen durch Herrschaft? Oder durch Einsicht und Erkenntnis? Es war an der Zeit, eine Entscheidung zu treffen.

Er schlug die Augen auf und begann sich anzukleiden. Er

kannte jetzt die Antwort. Tanya würde ihn nicht töten, um das Amt zu erlangen. Ob sie ihn aus Liebe zu Sebastien umbringen würde, war eine andere Frage. Andrew hatte nur ihr Wort, dass ihr Geliebter tot war. Tanya war eine Sache, Sebastien eine ganz andere. Andrew wusste nicht, was er angesichts großen Unheils tun, wie er Sebastiens Gewalt entgegentreten sollte. Vielleicht wusste das nur der Meister. Eine kleine Möglichkeit aber gab es, Tanya auf ihrer Suche beizustehen. Er konnte ihr Einblick in sein Wesen gewähren. Er konnte ihr den wahren Mörder offenbaren.

Die Morgendämmerung brach an, als Tanya hochschreckte. Erschöpft war sie in einen unruhigen Schlaf gefallen. Sie befand sich in Andrews Apartment, lag ausgestreckt auf dem Bett, die Waffe neben ihr. Was sollte sie tun? Sie musste verschwinden. Sie sollte so schnell wie möglich Taiwan verlassen und den Obersten Schiedsmann aufsuchen. Ihm sagen, dass sie glaubte, Rex und Ivan seien von Andrew getötet worden, und der Meister sei am Spiel beteiligt. Sie sollte ihm alles erzählen. Vor allem aber sollte sie ihm eines in diesem schrecklichen Verwirrspiel mitteilen, das, was sie mit Sicherheit wusste: dass sie niemanden getötet und auch nicht die Absicht hatte, jemanden zu töten. Sie war dazu nicht in der Lage, auch nicht, wenn es um das Amt des Meisters ging. Vielleicht würde sie am Ende des Jahres sogar ins Kollegium zurückkehren. Wer weiß, vielleicht gelang es Andrew nicht, zwanzig Millionen Dollar zu beschaffen, und das Amt würde ihr zufallen.

Sollte sie dem Schiedsmann auch erzählen, dass sie die Absicht gehabt, dass sie tatsächlich versucht hatte, Andrew zu töten? Es würde ihr schwer fallen, anderen diesen Augenblick der Schwäche einzugestehen. Es würde ihr nicht mehr passieren. Auch nicht, wenn Andrew tatsächlich der Mörder wäre. Sollten sich andere darum kümmern. Sie setzte sich im Bett auf. Es war an der Zeit zu gehen. Sie entnahm der Pistole das Magazin.

Plötzlich lief ihr ein Schauer über den Rücken. Die drei Patronen fehlten.

Sie kämpfte gegen ihre Panik an, rannte zur Tür und prüfte das Schloss. Die Tür war noch immer zugesperrt; Andrew konnte also nicht in ihrem Zimmer gewesen sein, während sie geschlafen hatte. Er musste die Patronen herausgenommen haben, als sie am Fluss gewesen waren. Das hieß, er hatte von Anfang an gewusst, dass sie gekommen war, um ihn zu töten. Warum hatte er sie dann unbehelligt gelassen?

Sie öffnete die Tür. In der Wohnung war nichts zu hören. Sie eilte zu Andrews Schlafzimmer und spähte hinein. Er war nicht mehr da. Dann sah sie in den anderen Zimmern nach. Schließlich trat sie in die Küche. Auf dem Tisch fand sie eine Notiz.

Andrew bat sie, sich mit ihm in zwei Tagen, um drei Uhr morgens, auf einem Schnellboot vor Matsu zu treffen, einer der taiwanesischen Inseln, die nur wenige Kilometer von der chinesischen Küste entfernt lagen. Sie runzelte die Stirn. In zwei Tagen. Das war am Tag vor dem Bankett im Kollegium.

Und noch etwas lag auf dem Tisch.

Die drei Patronen.

28

Versuche, die Pläne deines Gegners aufzudecken, und du wirst erkennen, welche Strategie erfolgversprechend ist und welche nicht.

Sunzi, Die Kunst des Krieges

20. Dezember, Peking

Andrew ging an Bord der Maschine nach Peking und lehnte sich in seinem Sitz zurück.

Nichts zu begehren und dennoch alles zu erreichen. Wie einfach war das Wesen der taoistischen Philosophie, und wie schwer war sie zu leben. Welch bemerkenswerter Mensch musste der Handwerker Chang gewesen sein! Denn die Kunstwerke, die er geschaffen hatte, spiegelten seine wahre Natur und die Freiheit seines innersten Wesens wider. Er hatte sie nicht geschaffen, um Macht oder Ruhm zu erwerben, sondern als Ausdruck seiner Liebe für die Welt, als Anerkennung des Mysteriums, das allem innewohnt, ohne das Selbst über alles zu stellen. Ohne die menschlichen Begierden, die endlosen Widersprüche, ohne Alternativen, ohne diese Formen des menschlichen Leids. Wie das Tao sagte:

»Die Nichtwissenheit wissen ist das Höchste.
Nicht wissen, was Wissen ist, ist ein Leiden.
Nur wenn man unter diesem Leiden leidet,
wird man frei von Leiden.«

Die Maschine startete.

Als Kangxi, der wahrscheinlich mächtigste Herrscher in der Geschichte, dem Handwerker befahl, die schwierigste aller

Geheimschatullen zu entwerfen, hatte der einfache Handwerker dem Befehl gehorcht. Statt jedoch ein ausgefeiltes Schächtelchen mit einem Edelstein anzufertigen, hatte Chang die Schatulle dazu verwendet, um mit ihr den Unterschied zwischen Wirklichkeit und Schein zu illustrieren – um Kangxi ein Verständnis davon zu vermitteln, was für ihn das schwierigste Rätsel überhaupt war: der Sinn seines eigenen Seins. Denn trotz seiner Macht und Herrschaft über die äußere Welt war Kangxi dem Ziel nicht näher gekommen, sich selbst zu finden und damit das Wesen seiner Existenz als individuelle Seele im großen Ganzen des Universums. Und die Realität, das lehrte ihn der Handwerker, konnte nur gefunden werden, wenn man die Welt betrachtete – die innere Welt, in der der Mensch Reichtümer jenseits aller Vorstellung gewinnen konnte. Ähnliches sagte auch der Taoist Dschuang Dsi:

> »Ist ein Boot geborgen im Schlick, ist ein Berg geborgen im tiefen Meer, so denkt man, es sei sicher; aber um Mitternacht kommt ein Starker, nimmt sie auf den Rücken und geht davon, während der (Eigentümer) schläft und nichts davon merkt. Ein großer Raum ist wohl geeignet, dass etwas Kleines darin geborgen wird, doch bleibt die Möglichkeit, dass es verloren geht; ist aber der Welt (-Geist) in der Welt verborgen, so kann er nicht verloren gehen. Das ist die große Grundbewegung, dass die Dinge dauernd bestehen .... Das ist der SINN.«

Dafür war Kangxi bereit, seinen Thron abzutreten. Denn der große Handwerker hatte ihm gezeigt, dass es keine Rätsel gab. Dass er dies nicht sehen konnte, lag an seinem mangelhaften Blick. Herrscher zu sein war ebenso wichtig wie unwichtig. Darum ging es nicht. Es ging um das Sein, und sein konnte er, auch wenn er nicht Herrscher war. Das wirkliche Mysterium und Rätsel lag in jedem Einzelnen verborgen, und jedem Einzelnen war die Möglichkeit gegeben, sie zu entdecken. Deshalb hatte Chang das Reich, das ihm angeboten wurde, zurückgewiesen. Er war freier und reicher ohne diese Dinge. Indem er sich mit der Welt identifizierte, konnte er sich niemals verlieren. Er hatte den SINN gefunden, den Kangxi nicht sehen konnte. Er war Meister über sein Schicksal. Ein wahrer Meister mit einem Imperium, das mächtiger war als alle Armeen Kangxis zusammen. Es war ein Reich der Einsicht und Erkenntnis. Ohne Macht war er in der Lage, die Wahrheit zu sehen. Mit der Macht war er blind.

Daher waren sowohl Chang als auch der Meister Lehrer, und wenn die Antwort auf die chinesische Geheimschatulle in der Persönlichkeit Changs verborgen lag, dann war die Antwort auf das Amt des Meisters im Wesen des amtierenden Meisters zu finden. Und wenn Chang und der Meister über dieselbe Einsicht verfügten, hieß das, dass der Meister die Macht niemals gewollt hatte – und dass er ihnen die Wahrheit erzählt hatte.

Wirklichkeit und Schein.

Das Flugzeug näherte sich seinem Ziel.

Tanya lehnte sich in den Sitz des Taxis zurück, das sie zu ihrem Hotel bringen sollte, und sah die Welt draußen wie in einem Traum vorübergleiten. Es spielte keine Rolle, was draußen geschah, mit ihren Gedanken war sie ganz woanders. Bei Andrew. Ein tiefes Gefühl der Wärme und des Glücks durchströmte sie, das anwuchs und sich immer weiter ausdehnte. Mit Sebastiens Tod war ihre Welt zusammengebrochen, und sie hatte geglaubt, sie würde sich nie mehr davon erholen. Und auch das letzte Versprechen, das sie ihm gegeben hatte, hatte sie verfolgt. Nun musste es nicht mehr erfüllt werden. Andrew hatte Rex oder Ivan nicht getötet, und letzte Nacht hatte er erfahren, dass auch sie keine Mörderin war. Keiner von ihnen beiden war ein Mörder, und beide wussten es.

Was wurde aus dem Spiel? Sie wollte abwarten und sehen,

ob Andrew die zwanzig Millionen Dollar beschaffen konnte, bevor sie eine Entscheidung traf. Vielleicht war sie auf das Amt doch nicht so versessen. Sebastien hatte sich in einem Punkt geirrt. Er hatte gesagt, alle Systeme, das Kollegium eingeschlossen, seien, wenn sie überleben wollten, gefangen im Kampf zwischen den beiden großen Prinzipien Krieg und Frieden... und dass Krieg das mächtigere der beiden sei. Doch das stimmte nicht. Letztendlich gab es nur den Frieden. Alles andere war die Leere der Selbstsucht, und auf dieser Grundlage wollte sie das Amt des Meisters nicht. Sie stieg aus dem Taxi und betrat das Hotel.

Der Türsteher bemerkte, wie ihr Gesicht vor Zufriedenheit und Freude strahlte. Eine glückliche Frau, dachte er wehmütig. Sie hatte einfach alles. Tanya lächelte ihn an, und er spürte, wie ihre Liebe ihn wie eine Welle umspülte. Sie betrat den Lift und dachte an Andrew. Sie wollte auf Matsu sein, wenn er zurückkehrte. Sie mochte ihn. Sie fühlte sich zu ihm hingezogen. Wie sehr wünschte sie sich, sich wieder zu verlieben.

In ihrem Hotelzimmer standen frische Blumen. Von wem sie wohl kamen? Tanya stürzte ins Zimmer und sog den süßen Duft ein. Sie nahm ihre Schönheit wahr, und sie lachte; ihr Leben schien so frisch und neu zu sein. Diesmal verstand sie, woran es lag. Als sie im Chalet geglaubt hatte, sie würde sterben, hatte sie ein ähnliches Gefühl der Distanz und des Friedens erfahren – dass alles gut sei in der Welt. Nun musste sie es aus sich selbst heraus erschaffen, und sie musste die Vergangenheit vergessen. Ja, sie hatte Sebastien vergöttert, und sie hätte alles für ihn getan, sogar ihr eigenes Leben gegeben. Aber so brillant und vorausschauend er auch gewesen sein mochte, er hatte sich getäuscht; er hatte sich in Andrew getäuscht. Andrew war ein sanfter Mensch, kein Mörder. Das wusste sie, sie spürte es, so wie sie die Schönheit der Blumen in sich spürte. Es gab nicht den geringsten Zweifel, dass sie sich darin täuschen konnte – es war eine Erkenntnis, die aus ihrem Innersten kam. Sie entdeckte einen neuen Teil ihres Wesens, den sie bislang nicht gekannt hatte.

»Hallo, Tanya.«

Mit einem Aufschrei fuhr sie herum und glaubte ohnmächtig werden zu müssen. Die Blumen fielen ihr aus der Hand. Sebastien umarmte sie, streichelte und liebkoste sie, bis sie wieder zu Sinnen kam.

»Es ist alles in Ordnung, Tanya«, flüsterte er. »Alles in Ordnung. Kein Zweifel.« Er setzte sich neben sie, während sie weinte und sich an ihn klammerte.

»Sebastien, es kann doch nicht …«

Er lachte, das gleiche unbezwingbare Lachen, das sie so gut kannte. »Ich sagte dir doch, ich komme zurück. Es hat nur etwas länger gedauert, als ich gedacht habe.«

»Aber du warst doch tot!«

»Fast. Ich stand nahe davor … zu nahe, um es noch als angenehm zu empfinden.«

Sie ließen sich aufs Bett fallen, und Sebastien berichtete ihr von seinen Abenteuern mit der Begeisterung des begnadeten Erzählers, schmückte hier und dort etwas aus und schien nicht die geringste Sorge auf der Welt zu haben. Tanya hörte ihm schweigend zu. Als er beschrieb, was ihm widerfahren war, zeigte sich die Verzweiflung auf ihrem Gesicht.

»Wie hast du es geschafft, Juan zu entkommen?«, fragte sie kurz angebunden.

Sebastien berichtete von seinem Weg in die Berge und vom Tod der beiden Pedros, wobei er ihr die fürchterlichsten Einzelheiten ersparte; er wollte ihr das Frühstück nicht verderben. »Ihr Problem war, sie waren sich so sicher, dass sie mich schnappen würden, dass sie begannen, Fehler zu machen. In diesem Moment wusste ich, dass ich gewinnen würde.«

»Wie?«, fragte Tanya.

»Letztendlich war es eine Frage der Taktik. Sie dachten, ich würde vor ihnen fliehen, aber genau das Gegenteil war der Fall. Wie schon Sunzi geraten hat: ›Gib vor, schwach zu sein, damit er überheblich wird.‹ Taktik, sonst nichts. Ich bin nicht vor ihnen geflohen. Ich habe sie nur weiter gelockt, damit ich den richtigen Augenblick zum Angriff bestimmen konnte. Als sie sich trennten und ihre Kräfte aufteilten, habe ich sie einzeln erwischt. Erst den fetten Pedro, dann seinen Bruder. Wobei der Dschungel mir dabei gewisse Hilfestellung geleistet hat. Bei Juan war es anders. Ich habe meine Vorgehensweise geändert. Ich habe gewartet.«

»Worauf?«

»Auf den Anbruch der Nacht.« In seiner Stimme lag ein leiser, drohender Unterton, kalt lief es ihr über den Rücken. »Daran hat mein Freund Juan in seinem kleinen dummen Hirn nicht gedacht«, fuhr Sebastien mit kalter, distanzierter Stimme fort. »Nachts, im Verborgenen lässt sich häufig so viel erreichen, was tagsüber nur unter Einsatz von Waffen gelingt. Juan glaubte, ich könnte ihn in seiner Höhle nicht angreifen, weil er so schwer bewaffnet war. Aber genau darauf kam es in diesem Augenblick an. ›Greife ihn an, wo er unvorbereitet ist, tauche auf, wo du nicht erwartet wirst‹, sagte schon Sunzi.«

»Was ist dann geschehen?«

»Ich bin frühmorgens in seine Höhle, als ich dachte, er müsse eingenickt sein. Ich wusste, Juan war so sehr von seinem Kokain abhängig, dass er Entzugserscheinungen bekommen musste – Lethargie, Schläfrigkeit, Orientierungslosigkeit. Soll ich fortfahren?« Er sah sie an. Ihr Gesicht war aschfahl. Sie senkte den Kopf.

»Juan machte einen Fehler. Wenn du im Dschungel verhindern willst, dass du nachts angegriffen wirst, dann lösche das Feuer. Ganz klar. Aber Juan ließ ein kleines Feuer brennen. Ich denke, er hatte vor dem Dschungel noch mehr Angst als ich. Das war sein Untergang, denn so konnte ich mich ihm nähern. Ich nahm sein Gewehr und entfernte alle Patronen. Dann griff ich mir seine Pistole.«

»Du hast ihn umgebracht?«

Sebastien musterte ihren Gesichtsausdruck. »Juan wachte auf und sah mich, ihm wurde nicht bewusst, dass ich ihn absichtlich gestört hatte. Er war so zufrieden mit sich selbst, weil er dachte, er würde mich umlegen. Aber als er den Abzug drückte, geschah nichts.«

Erschreckt packte sie ihn am Arm. »Das hat ihn ziemlich entsetzt«, fuhr Sebastien fort. »Dann sagte ich ihm, dass nun ich an der Reihe sei. Ich zog den Abzug durch und blies ihm das Gehirn aus dem Schädel.«

Tanya schauderte. Sebastien aber erzählte ihr weder von seinen letzten Worten, die er an Juan gerichtet hatte, bevor er ihn tötete. Noch dass er nachher in aller Ruhe seinen Proviant verzehrte. Es war nicht notwendig, sie noch mehr zu beunruhigen.

»Und der Bericht des Pathologen?«

»Ganz einfach«, erwiderte Sebastien. »Es war an der Zeit abzutauchen, nicht nur um Gonzalez' Leute von meiner Spur abzulenken, sondern auch den anderen Kandidaten weiszumachen, dass ich tot sei. Ich wechselte mit Juan die Kleidung und warf seine Leiche in eine Felsspalte. Dann warf ich sein Gewehr fort und ging zum nächsten Bauerndorf. Ein *campesino* verband meine Wunden. Nach einem Tag Ruhe kehrte ich zur Leiche zurück. Von Juan war nicht mehr viel übrig. Die Tiere hatten sich über ihn hergemacht. Wahrscheinlich waren sie ganz high von ihm. Nachdem ich mich vergewissert hatte, dass alles in Ordnung war, kehrte ich nachts zum Hotel in Cerro Punto zurück, nahm Juans Pick-up und fuhr nach Panama City.«

»Warum hast du dich nicht bei mir gemeldet?«, fragte Tanya.

»Das wäre für uns beide viel zu gefährlich gewesen. Juan war erledigt, aber Gonzalez' Männer konnten noch immer unterwegs sein. Dann recherchierte ich den Namen des Polizeipathologen in Panama und stattete ihm einen Besuch ab. Wir hatten ein nettes, kleines Gespräch.«

»Und der Pathologe fälschte seinen Bericht?« – »Natürlich. Ein *campesino* entdeckte die Leiche in einer Schlucht und informierte die Polizei, die schließlich ihn anforderte. Von Juan war fast nichts mehr übrig, der arme Kerl, nur noch ein paar Knochen. Jedenfalls war der Pathologe, Señor Lopez, so freundlich, ihn einzupacken und die Überreste nach Panama City zu schaffen. Für die Summe von 100 000 Dollar identifizierte er die Leiche als meine. Wobei ich ihm ein wenig hilfreich zur Hand ging und einige Blutproben zur Verfügung stellte.«

Er grinste. Allerdings erzählte er Tanya nicht, dass er Señor Lopez auch angedroht hatte, ihn umzubringen, was die Kooperation des habgierigen Pathologen doch um einiges befördert hatte.

»Warst du bei der Beerdigung dabei?«

»O ja«, lachte Sebastien. »Das konnte ich mir doch nicht entgehen lassen. Ich war der Totengräber in der entfernten Ecke des Friedhofs, der mit der schiefen Schulter, als wäre ich der Glöckner von Notre-Dame. Fast hätte ich gedacht, du würdest mich erkennen. Du warst ziemlich gut übrigens.« Er strich mit einem Finger über ihre Wange. »Sehr gut sogar. Aber ich hab nicht eine einzige Träne auf deinem hübschen Gesicht gesehen.«

Tanya stieß ihn von sich weg. »Wenn du wüsstest, wie sehr ich um dich geweint habe, du Dreckskerl! Es hat mir das Herz gebrochen.«

»Na ja, wenigstens hat Ted Tränen vergossen. So viel, dass man fast glauben konnte, seine Mutter liege im Grab, bis ich die Flasche sah, die ihm hinten aus der Hose herausstand. Ich wette, er hat mehr geschluckt als das ganze Krematorium zusammen.« Sebastien lachte herzhaft und streckte sich auf dem Bett aus. Das Leben war einfach zu köstlich.

»Und was hast du dann gemacht?«

»Darauf komme ich gleich zu sprechen. Aber erst erzählst du mir von deinen Abenteuern. Hast du Andrew gefunden?«

»Ja. Er ist hier in Taiwan. Al Johnsons Leute haben ihn aufgespürt.«

In Sebastiens Miene flackerte kurzes Interesse auf. Natürlich wusste er bereits von Al Johnson, dass sich Andrew in Taiwan aufhielt. »Weißt du, wo er wohnt?«

»Ja. Nicht weit von hier.«

»Hast du dich letzte Nacht mit ihm getroffen?«

»Ja.«

Er schwieg eine Weile. »Du bist erst frühmorgens nach Hause gekommen. Habt ihr miteinander gevögelt?« Er sagte es mit weicher, leicht verbitterter Stimme.

»Nein, natürlich nicht.« Sie bekam es mit der Angst zu tun.

Sebastien musterte sie eingehend. Dann lachte er wieder laut auf, diesmal aber haftete seiner Stimme etwas Gewalttätiges an. »Ich wette, dass er nichts lieber will. Ich wette, dass es ihn danach drängt, in dein hübsches kleines Höschen zu kommen.«

Beinahe schuldbewusst drehte sich Tanya von ihm weg. »Das weiß ich nicht, Sebastien, aber was ich weiß, ist, dass er Rex und Ivan nicht getötet hat.«

»Warum sagst du das?« Er streichelte ihr übers Haar. Sie zuckte zusammen.

»Ich habe es einfach im Gefühl. Er scheint dazu nicht fähig zu sein. Wir haben uns getäuscht. Wir sollten ihn in Ruhe lassen. Es haben bereits zu viele Menschen in diesem Spiel ihr Leben gelassen.«

»Tanya.« Traurig schüttelte er den Kopf, sein Ton war nun wieder sanft und fürsorglich. Er zog den Träger ihres Kleides von der Schulter und küsste ihre nackte Haut. »Du bist ein Lamm inmitten eines Rudels Wölfe. Hat Andrew etwas über den Wettbewerb gesagt?«

»Ja.« Sie stand auf. »Ich erzähle es dir gleich. Zuvor aber werde ich duschen und Kaffee bestellen.«

Sebastien betrachtete sie, während sie sich auszog und das Zimmer verließ. Er beugte sich über das Bett und hob ihren dünnen weißen Slip auf. Ein betörender Geruch ging davon aus, ihr Körpergeruch, schwach und erregend. Er drückte das Kleidungsstück an sich, dann ließ er es neben das Bett auf den Boden fallen. Hatte sie mit Andrew die Nacht verbracht? War sie mit ihm jetzt durch festere Bande als nur Freundschaft verbunden? Er starrte aus dem Fenster. War sie wie eine läufige Hündin von seinem Feind gedeckt worden? Sie würde es niemals zugeben, auch wenn es so gewesen war. Warum hatte sie ihn betrogen? Er hätte alles getan, damit es ihr gut gegangen wäre. Er hätte sie nie fallen lassen, wenn er zum Meister ernannt wurde. Tanya oder das Amt, was war ihm wichtiger?

In ein Handtuch gehüllt, kehrte sie mit dem Kaffee zurück, den der Zimmerservice mittlerweile gebracht hatte.

»Andrew hat mir vom Wettbewerb erzählt. Und von der Regel Nr. XIX.«

»Oh, welche Regel?« Sebastiens Augen wurden zu schmalen Schlitzen. Er stellte seine Tasse ab, ohne davon getrunken zu haben.

Tanya erklärte sie ihm.

»Andrew«, sagte er, »ist also in die Räume des Meisters eingedrungen. Ein umtriebiger Bursche.« Er ließ sich auf die Kissen fallen. »Lass mich nachdenken.« Er schloss die Augen.

»Glaubt Andrew, dass der Meister am Spiel beteiligt ist?«, fragte er schließlich.

»Nein.«

»Verstehe. Erzähl mir von Andrews Plänen, wie er an die zwanzig Millionen Dollar kommen will.«

Tanya berichtete ihm von Hew Li und Andrews Versuch, seinen Bruder freizubekommen.

Faszniert hörte Sebastien zu, dann sagte er: »Was sollst du für ihn tun?«

»Ich soll ihn frühmorgens in einem Schnellboot vor Matsu abholen.«

»Wirst du es tun?«

»Ich muss es tun. Obwohl ich nicht genau weiß, warum er mich dabeihaben möchte.«

»Aber ich weiß es, Tanya«, sagte er finster. Er setzte sich auf. »Um dich umzubringen. Wenn er seine zwanzig Millionen hat, bist du, wie er glaubt, die Einzige, die ihn noch davon abhalten könnte, Meister zu werden.«

»Nein.«

»Doch, Tanya. Lass dich nicht täuschen. Er will dich hinters Licht führen, so wie er es auch mit Rex getan hat. Und du lässt dich täuschen, weil er so ehrlich und so vernünftig klingt. Wir müssen ihn stoppen. Auf der Stelle erledigen.«

»Sebastien, ich kann ihn nicht töten«, erwiderte sie entschieden. »Und ich werde es nicht tun. Nicht einmal für das Amt des Meisters.«

Traurig schüttelte er den Kopf und küsste sie. »Tanya, Liebling, ich denke, du bist noch immer völlig durcheinander, und du weißt nicht, wer Rex und Ivan umgebracht hat. Du hast mich im Verdacht. Ich weiß es. Lüg mich nicht an. Ich sehe es an deinen Augen.« Abwehrend hob er die Hände. »Ich versichere dir, ich habe sie nicht getötet. Aber du glaubst mir nicht. Dann nur zu, lass dich auf das Rendezvous mit Andrew ein. Ich werde dir helfen. Aber nimm eine Waffe mit, denn ich schwöre dir, einer von euch beiden wird ermordet werden, und ich wette darauf, dass du es sein wirst. Du willst die Wahrheit erfahren? Schön. Geh und suche ihn. Töten oder getötet werden, Tanya, du hast die Wahl. Darum geht es bei diesem Spiel – dass man sich entscheidet.«

»Was wirst du tun?«, fragte sie.

»Ich werde den Meister besuchen«, antwortete Sebastien. »Um ihn zu warnen.« Er stand vom Bett auf und löste sanft das Handtuch, das sie um sich geschlungen hatte. »Ich liebe dich«, flüsterte er. »Lass uns miteinander schlafen.«

»Später«, erwiderte sie. »Jetzt nicht.«

29

Meine Worte sind sehr leicht zu verstehen,
sehr leicht auszuführen. Aber niemand auf Erden
kann sie verstehen, kann sie ausführen.
Die Worte haben einen Ahn. Die Taten haben einen Herrn.
Weil man dies nicht versteht, versteht man mich nicht.
Eben dass ich so selten verstanden werde,
darauf beruht mein Wert. Darum geht der Berufene
im härenen Gewand; aber im Busen birgt er ein Juwel.

Laotse, Tao Te King

22. *Dezember, taiwanesische Gewässer*

Die Wellen schlugen sanft gegen die Planken der Dschunke, friedlich schaukelte das Boot auf dem Wasser. Von den Sternen abgesehen, deren schwaches Funkeln vom aufziehenden Nebel verhüllt wurde, herrschte pechschwarze Finsternis.

Jedes Gefühl für Raum und Zeit ging verloren. Andrew fühlte sich wie in einer versiegelten Kapsel, aus der es kein Entkommen gab. So blieb es eine Stunde lang, bis eine zweite Dschunke langsam an sein Boot heranglitt. Beide Schiffe lagen, nicht weit von der Insel Matsu entfernt, knapp in taiwanesischen Hoheitsgewässern. Andrew erhob sich und streckte seine vom Seewind steifen Glieder. Er trat an die Reling, um Hew Li zu begrüßen.

Begleitet von zwei massig gebauten Leibwächtern, trat der alte Gangster an Deck seiner Dschunke. »Ihr tut nichts, bis ich es euch sage«, flüsterte er ihnen zu.

Er sah zu Andrew. Die beiden Schiffe waren keine drei Meter voneinander entfernt. Hew Li nestelte bedächtig an seiner Seidenjacke. Die beiden Wachmänner standen hinter ihm. Schließlich klatschte er in die Hände.

»Guten Morgen, Mr. Brandon. Ich hoffe um Ihretwillen, dass ich nicht umsonst gekommen bin«, sagte er mit nachdenklicher Miene.

Andrew sah ihm in die Augen. »Ihr Bruder ist an Bord. Er ruht sich von der langen Reise aus. Ich möchte, dass Sie nun die Zahlung der zwanzig Millionen Dollar anweisen.«

»Zeigen Sie mir zuerst meinen Bruder«, blaffte Hew Li.

Andrew nickte und ging unter Deck. Wenige Minuten später führte er eine gebrechliche Gestalt nach oben, die sich schwer auf seinen Arm stützte. Sie traten zur Reling, an der sich der Alte schnaufend fest hielt. Langsam hob er seinen Blick und starrte seinen Bruder an.

Lange sagte keiner von ihnen ein Wort. Hew Li betrachtete seinen Bruder, den er so viele Jahre nicht gesehen hatte.

»Geht es dir gut, mein Bruder?«, fragte er schließlich.

»Ich bin müde, aber mir geht es gut.«

Schleppend begannen sie sich in ihrem Dialekt zu unterhalten. Andrew ließ beide allein und reffte das Segel.

Eine Viertelstunde später rief Hew Li zu Andrew: »Mr. Brandon, Sie haben Ihre Sache ausgezeichnet gemacht. Ich bin beeindruckt. Nur der chinesische Premier konnte die Freilassung meines Bruders anordnen.«

»Was er auch getan hat«, erwiderte Andrew.

»Wie zuvorkommend von ihm. Offensichtlich ist er ein einfühlsamer Mensch«, rief Hew Li. »Mein Bruder muss sich ausruhen. Lassen Sie ihn auf meine Dschunke. Es war abgemacht, dass Sie ihn mir lebend und frei überstellen.«

»Einverstanden.« Er legte eine metallene Gangway zwischen die beiden Schiffe. »Aber erfüllen Sie auch Ihren Teil des Handels, Hew Li. Weisen Sie die Zahlung der Summe auf mein Konto an.«

Hew Li zögerte. Wenn er jetzt bereits angriff, konnte sein Bruder zu Schaden kommen. Einige Minuten noch musste er warten. Er zog ein Handy aus der Tasche, sprach seine Anweisung und gab das Passwort durch. Innerhalb einer Minute würden zwanzig Millionen Dollar von einem von Hew Li eröffneten Konto bei der Bank, an der David Chen arbeitete, auf Andrews Konto bei derselben Bank überwiesen werden. Hew Li verkündete Andrew, dass dies geschehen sei. Dann betrachtete er ihn eingehend, auf seinen Lippen ein hämisches Lächeln. Andrew rief David Chen an.

»Ist das Geld auf meinem Konto eingegangen?«

»Ja«, kam es von Chen, »und ich schicke es unverzüglich auf das Konto, das du mir genannt hast.« Es war das Konto des Kollegiums, was er aber nicht wusste.

Andrew klappte sein Handy zu. »Die Überweisung ist abgeschlossen.«

»Natürlich.« Der Gangster war überzeugt davon, dass Andrew die Anweisung bald widerrufen würde. »Jetzt geben Sie mir meinen Bruder.«

Hew Lis Bruder schritt über die Gangway zur anderen Dschunke hinüber. Als Andrew die Planke einzog, erschien Tanya in einem Motorboot. Sie hatte nicht weit von der Dschunke entfernt gewartet.

»Tja, Mr. Brandon«, kam es von Hew Li, »ich habe mich gefragt, wie Sie Ihre Flucht geplant haben. Ich kann Ihnen jetzt sagen, dass Sie keine Chance haben. Ich will meine zwanzig Millionen wieder haben.«

Andrew sprang zu Tanya ins Motorboot. »Wir haben eine Vereinbarung, Hew Li«, rief er. »Ich für meinen Teil habe mich daran gehalten. Ich habe Ihnen Ihren Bruder übergeben. Nun erfüllen Sie Ihren Teil.«

Wütend blitzten Hew Lis Augen. »Nein«, rief er ihm entgegen. »Nur Dummköpfe halten Verträge ein. Glauben Sie wirklich, ich würde Ihnen zwanzig Millionen Dollar zahlen? Jetzt, nachdem mein Bruder alt ist und nicht weiter gedemütigt werden kann, wollen Sie und die Kommunisten aus seinem klapprigen Körper noch Profit schlagen.«

»Ihr Bruder hat schreckliche Verbrechen begangen. Er hat seine Strafe abgesessen. Wir haben eine Vereinbarung getroffen, und Sie müssen Ihr Wort halten.« Andrew sah ihn regungslos an.

»Müssen?« Hew Li kochte vor Wut. »Müssen? Wer sind Sie, Sie erbärmlicher Wicht, dass Sie mir sagen wollen, was ich zu tun habe? Ich habe meinen Bruder, und ich werde mein Geld wiederbekommen. Sie wissen nicht, wer ich bin und über welchen Einfluss ich verfüge!«

Andrew seufzte. »Hew Li, die Chinesen schätzten Sie ganz richtig ein. Sie sagten mir, Sie würden sich nie ändern. Hören Sie mir jetzt gut zu. Sie haben bekommen, wofür Sie bezahlt haben. Versuchen Sie nicht, mich zu hintergehen, Sie können dabei nur verlieren.«

Hew Li warf den Kopf in den Nacken und gluckste vor Freude, als hätte er ein Kleinkind vor sich, das sich gegen seinen eigenen Vater auflehnte. »Sie werden mir das Geld zurückzahlen. Und Sie werden dafür bluten müssen.« Er betrachtete Tanya und verschlang sie mit seinen halb geschlossenen Augen. »Und ich werde mir dieses Mädchen vorknöpfen, Stück für Stück, und meinen Spaß daran haben.« Plötzlich gab er ein Signal. In der Ferne hörten sie Motoren aufheulen. Dann tauchten aus dem Nebel und der Dunkelheit fünf Schnellboote auf und kamen auf sie zugerast. Im Bug standen Hew Lis Männer, schwarz gekleidet, Maschinengewehre im Anschlag. Hew Li lachte. »Dann sehen Sie zu, dass Ihnen der Polizeichef von Taiwan zu Hilfe eilt! Das sind nämlich seine Boote.«

Andrew übernahm von Tanya das Steuer, gab Gas und lenkte das Boot von den Angreifern weg. Eines der anderen Schnellboote hielt kurz an, um Hew Li zusteigen zu lassen, und nahm dann mit den anderen die Verfolgung auf. Andrews Vorsprung schmolz bereits dahin.

»Nicht zurück nach Taiwan!«, rief Tanya und packte Andrew am Arm. »Nach China, das ist unsere einzige Chance.«

Andrew schüttelte den Kopf. Hew Li dürfte alles unternommen haben, um zu verhindern, dass sie die chinesische Küste erreichten. Er schrie ihr etwas zu, was sie im Motorenlärm und der spritzenden Gischt allerdings nicht verstand. Sie blickte zurück. Obwohl sie Höchstgeschwindigkeit fuhren, holten die anderen rasch auf und begannen sie in die Zange zu nehmen. In taiwanesischen Gewässern würden sie keine Chance haben. Sie versuchte das Steuerrad zu ergreifen, wurde von Andrew aber weggestoßen. Er deutete auf die dicht vor ihnen liegende Nebelbank, auf die sie geradewegs zurasten. Nach wenigen Minuten hatten sie sie durchquert. Und jetzt erkannte Tanya, warum er diese Richtung eingeschlagen hatte. Denn vor ihnen lag, hinter dem Nebel verborgen, ein kompletter Flottenverband der chinesischen Marine – zwanzig Kanonenboote und ein Zerstörer. Andrew fuhr durch ihre Reihen hindurch und verlangsamte daraufhin die Geschwindigkeit.

»Bald sind wir in Taiwan.«

»Was geschieht mit Hew Li?«, fragte Tanya.

»Er hat schreckliche Verbrechen begangen«, erwiderte Andrew. »Die Chinesen willigten ein, seinen Bruder freizulassen, da er seine Strafe abgesessen hat. Unter einer Bedingung allerdings: Sollte Hew Li versuchen, sich der Vereinbarung zu entziehen, und mich töten wollen, würden sie ihn gefangen nehmen.«

»Sie wussten, dass er sich nicht daran halten würde.«

»Natürlich. Und ich wusste es auch. Das Böse schaufelt sich letztendlich sein eigenes Grab, auch wenn es manchmal sehr lange dauert. Womit Hew Li nicht gerechnet hatte, war, dass chinesische Kriegsschiffe in taiwanesische Gewässer eindringen. Das war bislang unvorstellbar, es wäre einer Kriegserklärung gleichgekommen. Wenn nicht …«

»Wenn nicht?«

»Wenn nicht die Führung von Taiwan und China beschlossen hätten, Hew Li loszuwerden. Und das war für ihn unvorstellbar.«

Etwas abseits beobachteten sie, wie Hew Lis Boote auftauchten; direkt in die Hände der chinesischen Justiz.

Sie brauchten eine Dreiviertelstunde, um den Hafen von Taipeh zu erreichen. Tanya führte das Steuer, Andrew saß vorn, hatte ihr den Rücken zugewandt und blickte über das Wasser.

Als sie sich dem Land näherten, fragte Tanya: »Hast du die zwanzig Millionen Dollar bekommen?«

»Ja.«

»Verstehe.« Ihre Stimme klang flach und gefühllos. Sie stellte den Motor ab und ließ das Boot an die Anlegestelle treiben. Als er ein Geräusch hinter sich hörte, drehte er sich um.

»Tanya, wenn du mich umbringen willst, dann tu es jetzt.«

Er blickte zur Waffe in ihrer Hand, dann zu ihr. Sie wirkte mitgenommen, ihr Blick war ängstlich. »Ist Sebastien noch am Leben?«, fragte er leise.

Sie nickte.

»Das dachte ich mir. Und ich gehe davon aus, Sebastien hat dir erzählt, dass ich Rex und Ivan umgebracht habe.«

Wieder nickte sie.

Unverwandt sah er sie an. »Ich kann dich nicht vom Gegenteil überzeugen, und es gibt für dich wohl auch keinen Grund, mein Wort über das von Sebastien zu stellen, den du ja anscheinend liebst.«

Er richtete seinen Blick auf den vor ihm liegenden Hafen. Die Sonne war soeben über den Horizont gestiegen und erstrahlte am Himmel, so wie sie es am ersten Morgen allen Lebens getan hatte. Er sah sie nicht an – nicht aus Angst, sondern weil er es nicht ertrug, in ihre liebenswerten und doch so besorgten Augen zu blicken.

»Wenn du das wirklich glaubst, Tanya, dann bring mich jetzt um.«

Sie hielt die Pistole auf seinen Oberkörper gerichtet. Ihre

Gedanken, ihre Seele waren in Aufruhr, tiefe Trauer und Unentschlossenheit standen ihr ins Gesicht geschrieben. War es möglich, gleichzeitig zwei Männern zugetan zu sein, wenngleich aus unterschiedlichen Gründen? Auch wenn einer der beiden ein Mörder war, der sie umbringen wollte, damit sich sein Schicksal erfüllte? Liebe, Begehren, Tod und Verrat, die mächtigsten Gefühlsregungen der Menschen strömten, untrennbar ineinander verschlungen, durch sie hindurch, und sie konnte keine Lösung erkennen. Dazu hätte sie die visionäre Kraft des Meisters benötigt. Sie hätte dazu sehen müssen.

»Warum, glaubst du, nimmt der Meister nicht am Spiel teil?«, fragte sie schließlich.

Andrew hob müde die Hände. »Ich glaube es aufgrund dessen, was uns der Meister in jener Nacht, als er von der chinesischen Geheimschatulle sprach, gesagt hat. ›Alle Probleme haben eine Lösung. Wenn Menschen meinen, es gebe keine Lösung, dann heißt das nur, dass sie sie nicht sehen können. Die Lösung selbst ist dabei weder besonders schwierig noch überaus komplex. Es ist der Betrachter, der die Verwirrung in das von ihm betrachtete Objekt erst hineinlegt, und wenn er seine Begierden und Vorurteile nicht ablegen kann, wird seine Suche immer vergebens sein.‹ Unsere Suche, unsere Jagd nach dem Amt ist unser Problem. Aber der Meister hat uns auch die Lösung genannt.«

»Welche?«

»›Wer die Lösung und den Weg zu ihr finden möchte, muss zuerst sich selbst und seine Gedanken prüfen. Nur dadurch ist es möglich, eine gegebene Situation mit der ungetrübten Klarheit eines Spiegels zu betrachten.‹ Und als er auf das Rätsel zu sprechen kam, sagte er: ›Doch nur wir nehmen an, dies sei eine chinesische Geheimschatulle. Eine Annahme, die sich aus unserer vorgefassten Meinung ergibt. Ich glaube, die Antwort zu diesem Rätsel liegt nicht in dem Kästchen, sondern in uns selbst.‹«

»Ja, aber was bedeutet das?«, fragte Tanya verwirrt. »Es bedeutet«, sagte Andrew, »dass der Meister uns ganz am Anfang die Antwort auf den Wettbewerb gegeben hat, wir konnten sie nur nicht verstehen. Er hat uns die Wahrheit gesagt. So wie die Schatulle kein Rätsel birgt, birgt auch das Amt des Meisters kein Rätsel. Der Meister sagte uns: ›Schauen Sie in Ihre Herzen. Die Antwort auf alles liegt in Ihnen verborgen. Wenn Sie nach dem Amt streben, dann nicht um Ihretwegen. Das Amt des Meisters ist kein Preis, sondern eine schreckliche Bürde. Es ist eine Gabe der Macht. Und so wie Macht korrumpiert, geschieht dies auch durch das Streben danach. Denn Macht lässt die Menschen zunehmend blind werden für die Wahrheit. Sie ist wie ein Leiden, sie lähmt einen, sodass man die Wirklichkeit der Dinge nicht mehr sieht.‹«

Er sah zu Tanya. Tränen liefen ihr über die Wangen.

»Aber wir, dumm wie wir waren, stürzten einfach davon«, fuhr Andrew fort. »Nur darauf bedacht, das Spiel zu gewinnen, suchten wir nach Hinweisen, so wie wir das Bild auf dem Deckel der Geheimschatulle nach Hinweisen abgesucht haben, um ihr Rätsel zu lösen. Aber diese Hinweise haben keine Bedeutung. Alles, was wir wissen mussten, hatte der Meister uns bereits gesagt.«

»Der Meister spielt also nicht mit?«

»Genau. Auch was die Regeln besagen, hat keinerlei Bedeutung. Der Meister selbst hat uns die Lösung genannt. Er sagte, fünf Personen seien für das Amt nominiert worden. Wir fünf. Und nicht er … auch wenn es den Anschein haben könnte.«

»Kann das wirklich sein? Wie willst du das beweisen?«

»Ich kann es nicht beweisen. Das ist die Prüfung«, antwortete Andrew. »Wie bei der chinesischen Geheimschatulle ist es nicht möglich, die Wahrheit zu beweisen, ohne sie zu zerstören. Will man in das Innere der Schatulle sehen, muss man sie zerbrechen. Das Amt des Meisters zu erkennen beruht auf innerer Erkenntnis, auf Einsicht in das Wesen der Macht, die jedem von uns gegeben ist. Das Amt kann nicht erobert oder erkauft oder erschlichen werden. Es liegt in einem, oder es liegt nicht in einem. Der Meister ist das, was er scheint. Genau wie bei der Geheimschatulle, gibt es nichts darüber hinaus. Aber in diesem Nichts ist alles.« Und traurig fuhr er fort. »Aber daraus folgt noch etwas, das ich lange nicht verstanden habe.«

»Was?«

»So wie es kein Rätsel gibt, gibt es auch kein Spiel.«

Tanya hielt die Waffe weiterhin ausgestreckt. Ihre Hand zitterte.

Jetzt kannte sie die Wahrheit. Hätte sie wirklich die Worte des Meisters verstanden, wäre ihr von Anfang an klar gewesen, dass das Amt niemals durch üble oder illegale Mittel zu erlangen war. Die Position war eine Last, eine Bürde, und kein Preis, und daher bekam sie letztendlich jener zugesprochen, der sie am wenigsten begehrte. Aber das verstand nur, wer seine Selbstsucht überwand. Indem der Meister sah, was jeder unternahm, um das Amt zu gewinnen, konnte er entscheiden, wer sich wirklich als wert erwies, sein Nachfolger zu werden.

»Tanya ...«

»Halt!«, schrie sie, während ihr diese Gedanken und deren schreckliche Konsequenzen durch den Kopf gingen. »Hat Sebastien sich dem Bösen zugewandt? Ist er der Mörder?«

»Das musst du selbst entscheiden«, erwiderte Andrew. »Ich habe Rex und Ivan nicht umgebracht, und ich bin mir sicher, du auch nicht. Ich glaube, Sebastien hat sie getötet, weil er mehr als alle anderen Meister werden wollte. Er sieht in dem Amt den größten Preis, den es zu erreichen gibt und der jedes Mittel rechtfertigt. Um der Macht willen begehen die Menschen die fürchterlichsten Dinge – das sehen wir jeden Tag. Umso mehr, wenn es sich um die höchste Machtposition überhaupt handelt. Das ist etwas, das seinem Wesen nach alles einnimmt, das alles überwuchert. Und das Kollegium kann sich dagegen nur schützen, indem es Einsicht und Erkenntnis erlangt. Es muss das Übel bereits erkennen, auch wenn es sich verstohlen anschleicht und sich überaus verlockend präsentiert.«

»Wenn das stimmt, warum hat Sebastien dann mich nicht getötet?«

»Das weiß ich nicht, Tanya. Vielleicht, weil er dich liebt, vielleicht, weil er dich braucht, um das Spiel zu gewinnen. Das Einzige, das ich weiß, ist Folgendes: Ich werde nicht daran mitwirken, dem Meister Schaden zuzufügen. Er ist ein äußerst bemerkenswerter Mensch und jemand, der wirklich in der Lage ist, seine Aufgabe zu erfüllen, ohne Schaden anzurichten. Die Entscheidung liegt also bei dir. Töte mich, oder lass es sein. Darin liegt deine Macht, das ist deine Entscheidung, so wie Sebastien für sich seine Entscheidung zu treffen hat.«

Tanya überlegte. Ihr und Sebastiens Verlangen, das Amt zu gewinnen, hatte dazu geführt, dass sie erst kleinere und dann immer größere Verbrechen begingen, je näher sich Sebastien am Ziel wähnte. Doch dabei hatten sie sich immer weiter von ihm entfernt. Und schließlich wäre sie sogar bereit gewesen, einen Mord zu begehen. Warum? Weil es sie nach der Macht verlangte. Jetzt wusste sie, dass sie einer Illusion aufgesessen war. Sie war von ihr in Versuchung geführt und getäuscht worden, sogar jetzt noch, während sie sich auf dem Weg in die Verdammnis befand. Ivan hatte es verstanden. Er hatte ihr Leben geschont, weil er mit dem Mord eine Brücke überschritten hätte, die er auf dem Weg zum Amt des Meisters nicht überschreiten wollte. Als Ivan sie mit dem Schal würgte, hatte er ihr seine Macht demonstriert, er hatte aber auch eine Entscheidung getroffen: Er hatte sie zu warnen versucht, dass jener, den sie liebte, diese Brücke vielleicht bereits überschritten hatte.

Und jetzt befand sie sich auf ebendieser Brücke. Noch sah

sie das Amt des Meisters vor sich, doch es war weit, weit entfernt und so unerreichbar wie jeher. Ihr wurde bewusst, dass es ihr nicht gegeben war; sie verfügte nicht über die Einsicht und Erkenntnis, um es zu erlangen. Es würde sie zerstören, wenn sie danach greifen sollte.

Es gehörte einem anderen.

Mit der Waffe in der Hand befahl sie Andrew, vom Boot auf den Anlegesteg zu steigen.

»Wo willst du hin?«

»Zu Sebastien.«

»Nein, Tanya. Das darfst du nicht tun, auf keinen Fall. Ich komme mit«, rief Andrew alarmiert und wollte wieder ins Boot springen. Tanya gab etwas Gas und steuerte das Boot vom Steg weg. Wenn sie einen Flug von Taiwan nahm, könnte sie noch rechtzeitig vor den Schiedsmännern in Tirah erscheinen. Zuerst aber wollte sie, wie versprochen, Sebastien informieren und ihm mitteilen, was sie erfahren hatte.

»Wo ist er?«, rief Andrew vom Steg herab; er musste brüllen, um sich im Motorenlärm verständlich zu machen.

»Er ist gestern Abend geflogen, um sich mit dem Meister zu treffen. Er müsste bereits auf Tirah sein.« Eines war gewiss: Sie würde Sebastien davon überzeugen, dass das Amt des Meisters nicht für ihn bestimmt war, dass man es sich nicht einfach nehmen konnte. Er würde ihr zuhören. So viel Schuld er auch bereits auf sich geladen hatte, er würde ihr nichts antun. Er liebte sie. Notfalls würde sie ihn zwingen, sie zu verstehen.

»Tanya, stell das Boot ab«, schrie Andrew und begann wild zu gestikulieren. »Steig aus dem Boot«, doch im Motorenlärm hörte sie ihn nicht. Sie wendete das Boot und rief auf ihrem Handy Sebastien an.

Wie immer begrüßte er sie sanft und liebenswürdig, dann aber fragte er in kühlerem Ton: »Ist Andrew tot?«

»Ja.«

Plötzlich warf sich Andrew vom Steg ins Boot. Er landete im Bug, Tanya drehte sich um und sah ihn auf sich zukommen. Das Handy fiel ihr aus der Hand, während sie nach der Pistole griff. Ihr Widerstand aber war zwecklos, er packte sie und zerrte sie mit sich über Bord in das trübe Wasser. Und während sie eintauchten, drückte Sebastien auf einen Knopf seines Handys.

Verzweifelt wehrte sich Tanya, schlug wild um sich, doch Andrew zog sie so tief wie möglich in das verdreckte Wasser. Über ihnen ging die Sprengladung hoch, in einem gewaltigen Feuerschein explodierte das Boot; blaue, orangefarbene Flammen züngelten über die Wasseroberfläche und griffen nach ihr, wollten sie mit ihrer Wärme berühren und liebkosen, während Andrew sie tiefer und tiefer nach unten zog, um sie vor dem sicheren Tod zu bewahren.

In diesem Augenblick erstarb etwas in Tanya. Der Meister hatte ihnen vorausschauend, wie er war, gesagt, dass es keine Rätsel gebe. Während sie verzweifelt nach Luft rang, wurde ihr die Wahrheit dessen bewusst. Sie hatte Sebastien geliebt, er sie aber nicht – vor allem dann nicht, wenn seine Liebe in Konflikt mit dem geriet, was er wirklich begehrte: das Amt des Meisters. Auch die Lösung zu Rex' Tod hatte sie die ganze Zeit über vor Augen gehabt, aber sie hatte sich geweigert, sie zu sehen; sie hatte sich geweigert, sich mit ihrer Rolle in diesem schrecklichen Ereignis zu beschäftigen. Denn das Geheimnis von Rex' Tod lag in der Vergangenheit, ihrer gemeinsamen Vergangenheit. Rex war umgebracht worden, weil er sie geliebt hatte.

Tanya wusste nicht, dass Sebastien in Rex' Hotelzimmer in Erris den unvollendeten Brief gefunden hatte, in dem Rex Tanya von seiner unauslöschlichen Liebe schrieb, in dem er ihr mitteilte, dass er mit ihr zusammenarbeiten wollte, um das Amt zu erlangen, und in dem er seinen Befürchtungen zu Max Stanton Ausdruck verlieh. Tanya wusste nicht, dass Sebastien Rex umgebracht hatte – nicht nur, um das Amt zu gewinnen, sondern auch, weil er den Gedanken vollkommen unvorstellbar fand, sie an Rex verlieren zu können. Eifersucht war der Same gewesen, aus dem das Böse erwuchs; und sie hatte es nicht gesehen, sie hatte es nicht sehen wollen. Sie schloss die Augen.

Sebastien hatte Recht. Krieg war das Stärkste in der Welt. Ihre Liebe war nun unwiderruflich zerstört. Sie öffnete den Mund und sog das Wasser in ihre Lungen. Der Tod sollte ihr einziger Liebhaber sein.

Völlig erschöpft zerrte Andrew ihren bewusstlosen Körper aus dem Wasser hinauf zur Anlegestelle. Er rief um Hilfe und sah später zu, wie der Krankenwagen mit laut tönender Sirene zum Krankenhaus davonraste. Tanya mochte überleben, aber ein anderer würde sterben. Er begann zu laufen. Er musste den Meister benachrichtigen. Aber noch während er keuchend davoneilte, wusste er, dass es zu spät war.

Das Amt des Meisters war zerbrochen.

30

Dem eigenen Geist zu dienen
und weder Freude noch Trauer zuzulassen,
sondern das Unvermeidliche als Auftrag des Schicksals
zu sehen und dabei gelassen zu sein, das ist
die Vervollkommnung der Tugend, ist höchstes LEBEN.

Dschuang Dsi

23. Dezember, das Kollegium

Es war spätabends. Der Meister begab sich in den dritten Innenhof und setzte sich auf eine der Bänke im labyrinthisch angelegten Garten. Er blickte zu den Sternen hinauf. Die Nacht war klar, deutlich zeichnete sich das helle Band der Milchstraße ab. Wie viele seiner Vorgänger, fragte sich der Meister, hatten hier gesessen und ihren Blick empor zum Universum schweifen lassen, während sie mit den Problemen der Menschheit befasst waren.

Morgen würde das Bankett stattfinden. Ein trauriges Gefühl beschlich ihn; seine lange Reise näherte sich dem Ende. Wie ein Steuermann hieß er den Hafen willkommen, verspürte aber auch die Melancholie und wusste, dass niemand seine Reise wiederholen würde. Deutlich war ihm bewusst, wie zerstörerisch die Menschen waren, dennoch hielt er unbeirrt an seinem Kurs fest und ließ nur selten zu, dass Freude oder Trauer ihn von seinem Weg abbrachten. Er sehnte sich nach nichts. Lange Zeit beobachtete er den Himmel, ließ Gedanken und Eindrücke ungehindert strömen, während er die Leere in sich aufnahm, die ihn umgab. In ihr fand er Frieden.

Was hatte er erreicht? Das Amt des Meisters war eine Bürde, die zu tragen er sich niemals gewünscht hatte, die ihm allerdings auferlegt worden war. Dafür hatte er auf die Ehe, auf Kinder, auf Hoffnungen und Ängste eines normalen Lebens verzichtet. Die Last hatte im Lauf der Jahre immer weiter zugenommen. Denn er kannte die große Wahrheit. Macht ätzte sich wie eine Säure in die Menschen und fraß sie auf. Sie fraß sich in ihre Seelen, sie flüsterte ihnen falsche Versprechungen zu, sie betörte sie mit wunderbaren Illusionen, versprach leichte Siege; sie machte die Menschen böse und ließ sie, wie ein Leiden, zunehmend blind werden gegenüber der Wahrheit. Der Meister hatte dies so oft bei anderen gesehen und wusste, dass die ungeheure Macht seines Amtes ihn eines Tages zerstören würde.

Wodurch also konnten er und die Menschen erlöst werden? Die Antwort darauf war nicht in Büchern zu finden, nicht im Gelehrtentum, nicht in der Geschichte der Menschheit. Sie lag dort draußen. Jenseits allen Übels, jenseits des Schreckens, jenseits der Dunkelheit und des Elends – dort draußen im vollkommenen, vom Menschen unberührten Universum. Dieser Glaube hatte ihn aufrechterhalten während seiner einsamen Reise durch die Jahre; und wenn diese Antwort, allein indem er es sich so wünschte, wahr wurde, dann war sie wahr.

Er war wie ein Lehrer gewesen, obwohl er selbst ein Schüler anderer war, die über größere Einsicht und größere Weisheit verfügt hatten als er. Er dachte an die chinesische Geheimschatulle und die wunderbaren Vasen, die er nie mehr sehen würde. Er dachte an das Kollegium und die Richtung, die es in Zukunft einschlagen würde. An die kurze Zeitspanne seiner eigenen Existenz. Er dachte nicht mehr an das Amt, denn wie alle Namen und Titel stellte es lediglich eine Einschränkung dar. Namen und Titel, hieß es im Taoismus, sind nur der Schatten wahren Gewinns. Wie sehr hätte er sich gewünscht, sich mit dem einfachen Handwerker Chang zu unterhalten und mit dem Taoisten, der vom vollkommenen Menschen sagte:

»Der höchste Mensch gebraucht sein Herz wie einen Spiegel. Er geht den Dingen nicht nach und geht ihnen nicht entgegen; er spiegelt sie wider, aber hält sie nicht fest. Darum kann er die Welt überwinden und wird nicht verwundet.«

Wie leicht dies zu sagen und wie schwer dies zu leben war.

Der Meister erhob sich und ging in sein Arbeitszimmer. Morgen würde das Bankett stattfinden, doch selbst zu dieser späten Stunde war seine Arbeit noch nicht getan. Die letzte Prüfung stand noch bevor, bei der ein kleiner Junge behilflich sein sollte. Er hatte Symes zum Festland geschickt, er würde morgen zurück sein. Seufzend setzte er ein Dokument auf; das Amt des Meisters erlosch nicht mit dem Tod des Meisters.

Eine Weile später schlug die Uhr Mitternacht. Der Meister ging in die Bibliothek, um einige Papiere zu holen. Als er zurückkehrte, legte er einige Scheite auf das niedergebrannte Feuer. Hinter sich hörte er einen Schritt. Er drehte sich um. Im Lichtschein stand Sebastien vor ihm.

»Ich möchte mich entschuldigen, dass ich in Ihre Gemächer eingedrungen bin«, sagte er. »Aber es gibt wichtige Dinge zu besprechen.« Sie begaben sich in einen der Empfangsräume und setzten sich an einen Tisch.

»Vielleicht dachten Sie, ich sei tot«, begann Sebastien das Gespräch. »Es tut mir Leid, falls ich Sie beunruhigt haben sollte. Ich persönlich würde den Journalisten nämlich kein Wort glauben. Und den Pathologen auch nicht.«

»Das tue ich nicht«, erwiderte der Meister.

Sebastien lachte. »Nein, natürlich nicht. Bei Ihrer umfassenden Erfahrung mit dem Wesen des Menschen wissen Sie sicherlich, dass alle Menschen ihren Preis haben, eingeschlossen Pathologen. Allerdings kann ich Ihnen versichern, dass Rex und Ivan nicht mehr auftauchen werden.«

»Sie haben sie getötet?«

»Ja.«

Es herrschte Schweigen. Sie saßen sich gegenüber, der eine jung und stark, dynamisch und mit durchdringendem Blick, der andere sehr viel älter, in seinem Aussehen aber nicht weniger gebieterisch: ein junger und ein alter Löwe. Und doch war da ein Unterschied. Sebastiens Gesicht strahlte Dynamik und rastlose Aktivität aus, während das Antlitz des Meisters unbeweglich war und so klar wie Glas.

»Der Tod ist immer ein Unglück«, fuhr Sebastien fort. »In diesem Fall aber war er notwendig. Ein kleines Übel, um das große Ziel zu erreichen, von dem Sie, Meister, so vieles wissen.« Er zuckte mit den Schultern. »Wer hat nicht hochrangige Ämter erlangt, ohne Übles zu tun? Nur so lässt sich Macht gewinnen. Und je größer die Macht, umso größer das Übel. Wir sehen das tagtäglich in der Welt um uns herum. Beim Amt des Meisters, dem wahrscheinlich größten Preis, den man erringen kann, ist dies nicht anders. Ich habe den Wettbewerb genossen, Meister, und ich habe viel über Macht und ihren Gebrauch gelernt, eine wunderbare Erfahrung für die anstehenden Aufgaben. Letztendlich unterscheiden sich das Kollegium und die Welt nur graduell.«

»Was haben Sie gelernt?«

»Dass die großen Taktiker Recht hatten. Dass Sunzi Recht hatte. Der Krieg ist der Pfad, der zum Überleben oder zum Untergang eines Staates führt. Und das Kollegium ist ein Staat wie jeder andere und kann nur überleben, wenn er seine Nachbarn gegeneinander ausspielt.

Und Machiavelli hatte Recht. Willst du herrschen, dann vernichte jene, die den Willen oder die Macht besitzen, dir Schaden zuzufügen. Denn es ist sicherer, gefürchtet statt geliebt zu werden. Ähnlich lautet eine seiner Aussagen, die Sie, Meister, sicherlich wertschätzen, da Sie denselben Weg beschritten haben: ›Es zeigt die Erfahrung unserer Tage, dass die Fürsten, die sich aus Treu und Glauben wenig gemacht und die Gemüter der Menschen mit List zu betören verstanden haben, Großes geleistet und schließlich diejenigen, welche redlich handelten, überragt haben.‹ Das, Meister, ist unsere Welt, Ihre und meine, und diese Gelehrten behandeln sie als solche. Alles andere ist Täuschung und Heuchelei. Ihre Beschreibung der chinesischen Geheimschatulle war korrekt. Die Wirklichkeit der Macht ist Macht, und nicht Einsicht.«

Daraufhin erzählte er dem Meister von seinem Weg. Rex war der Einzige, den er von Anfang an vernichten wollte.

»Rex hätte mich zuerst getötet, wenn sich ihm die Gelegenheit geboten hätte. Er wollte gewinnen, ebenso sehr wie ich, und er wusste vom wahren Charakter des Spiels. Außerdem kann ich Ihnen versichern, lag in seinem Gesicht, als er sich umdrehte, bevor er vom Wagen erfasst wurde, ein Ausdruck großen Hasses – dass es ihm bestimmt war zu sterben und nicht mir. Ich bedauere es nicht im Geringsten. Rex' Glückssträhne war zu Ende, das war alles. Er hatte die Regel aller Taktiker vergessen: Schlage früh zu, und schlage hart zu.«

Der Meister betrachtete ihn sehr gespannt. »Da war noch etwas.«

»Noch etwas?«

»Ja. Sie haben Rex nicht nur umgebracht, weil er mehr über den Wettbewerb wusste als Sie.«

»Warum sagen Sie das?«, fragte Sebastien in merkwürdigem Tonfall.

»Weil Macht korrumpiert, was bereits im Innersten vorhanden ist. Der Mord an Rex wurde durch etwas anderes ausgelöst, nicht durch Ihren Wunsch nach Macht.«

»Wie einfühlsam von Ihnen, Meister«, antwortete Sebastien unwillig. »Wie gut Sie doch die menschliche Natur kennen. Ich denke, es kann nicht mehr schaden, wenn ich es Ihnen erzähle. Nach dem Abend, an dem Sie uns vom Wettbewerb erzählten, fuhr Rex nach Erris, um sich mit Ivan zu besprechen. Allerdings wollte er sich nicht mit ihm verbünden, sondern mit jemand anderem.«

»Mit Tanya.« – »Ja. Rex ließ in seinem Hotelzimmer einen unvollendeten Brief zurück, der an Tanya adressiert war. Es war klar, er liebte sie und hatte mit ihr eine Beziehung, von der mir Tanya niemals erzählt hatte. Und Rex schrieb, dass er am Wettbewerb teilnehmen und mit ihr zusammenarbeiten wollte. Tanya musste sich also zwischen ihm und mir entscheiden. Doch da gab es nichts zu entscheiden. Nicht für mich.«

»Aber Sie haben Tanya nicht die Wahl gelassen«, unterbrach ihn der Meister. »Vielleicht hätte sie sich für Sie entschieden, gegen Rex und gegen das Amt des Meisters. Vielleicht hätte sie Sie mehr geliebt.«

Lange sagte Sebastien nichts. Er wandte sich ab, ging schließlich zu einem Schränkchen und schenkte sich und dem Meister zu trinken ein. »Die anderen Morde«, fuhr er nach langer Pause fort, »waren tragisch, allerdings zu rechtfertigen. Ivan griff in meinem Schweizer Chalet Tanya an, um von ihr Informationen zu erhalten. Außerdem war er davon überzeugt, dass ich Rex umgebracht hatte. Beim Gedenkgottesdienst für Rex sagte er mir, er wisse nicht, wo sich Rex am Abend seines Todes aufgehalten hatte. Das stimmte nicht, da ich sie zusammen beim Essen gesehen hatte. Ivan hatte es nur gesagt, um mich zu testen, und etwas in meinem Blick musste mich verraten haben. Also musste ich mich um ihn kümmern. Ohne Zeugen.«

»Und Andrew und Tanya?«

Sebastien lächelte. »Ich schickte Tanya zu ihm, um ihn zu töten. Sie hat mich verraten. Schließlich konnte ich ihr nicht mehr vertrauen, sie war mit ihm ins Bett gegangen. Wie Ivan brachte ich die beiden durch eine Sprengladung um, diesmal ging sie auf einem Schnellboot hoch. Auf dem Weg zum Amt des Meisters darf man, wie beim perfekten Verbrechen, keine Spuren hinterlassen; keine Abdrücke im Sand. War es nicht auch so mit Max Stanton gewesen, Meister? Am Ende war Tanya nur noch eine entbehrliche Größe, eine jener Personen, die Sunzi einen Spion nennt: Jemand, dem man bewusst falsche Informationen gibt, damit er den Gegner verwirrt, und der dann entbehrlich wird. Tanya half mir, aber das letzte Stück zum Gipfel musste ich allein bewältigen. Niemand kann mir die Morde nachweisen, und niemand wird die zwanzig Millionen Dollar mit meiner Person in Verbindung bringen. Und niemand wird mich davon abhalten, den Wettbewerb um das Amt des Meisters zu gewinnen. Abgesehen von einer Person.«

»Und die wäre?«

»Sie, Meister.«

Der Meister sagte nichts.

Sebastien schritt im Raum auf und ab. »Ich muss zugeben, eine Frage hat mich während des gesamten Wettbewerbs beunruhigt. Wären Sie wirklich bereit, Ihre ungeheure Machtfülle einfach so aufzugeben? Für nichts?« Sebastien schüttelte den Kopf. »Wenn uns die Geschichte etwas lehrt, dann, dass niemand bereit ist, sich von seiner Macht zu trennen. Und je größer die Macht, desto weniger ist er dazu gewillt. Sie würden sich niemals kampflos von Ihrem Amt trennen. Ist dem nicht so?«

In diesem Augenblick klingelte ein Telefon. Der Meister erhob sich vom Tisch. »Wenn Sie mich entschuldigen wollen...«

»Natürlich, aber kommen Sie zurück.«

Der Meister ging in sein Arbeitszimmer und nahm den Hörer ab. Sebastien näherte sich der Tür und lauschte. Am Ende des kurzen Gesprächs sagte der Meister nur »Verstehe« und legte auf.

Er drückte einen Knopf, um sicherzustellen, dass diese Nacht keine weiteren Anrufe mehr durchgestellt wurden, und kehrte in den Empfangsraum zurück.

Sebastien nippte an seinem Cognac. »Wie ich gesagt habe, ich wusste, Sie würden niemals freiwillig auf das Amt verzichten. Zwei Informationen bestätigten dies.«

»Und die wären?« – »Die erste war die Information von Rex. Während Ihres Wettbewerbs um das Amt starb Max Stanton bei einem rätselhaften Unfall. Damit war bewiesen, was ich bereits vorher vermutet hatte: Es kann nur einen Gewinner geben, und der Tod spielt mit. Nicht dass ich dagegen etwas hätte«, fügte er fast entschuldigend hinzu. »Er gehört einfach zu unserer Welt.«

»Und die andere Information?«

»Die erhielt ich durch einen glücklichen Zufall, obwohl ich auch hier gewisse Vermutungen hegte. Andrew erzählte Tanya von den Regeln des Spiels, Regeln, die er in diesen Gemächern entdeckt hatte. Damit sind nur noch Sie, Meister, und ich übrig.«

Er hob sein Glas. »Auf Ihre Gesundheit«, sagte er. Sie tranken.

Nachdenklich musterte der Meister Sebastien; in seiner Stimme schwang ein Anflug von Abscheu mit.

»Sebastien, Sie glauben, der Wettbewerb sei ein tödliches Spiel. Damit befinden Sie sich im Unrecht. Sie selbst haben sich dafür entschieden, es so zu interpretieren. Es stimmt, dass Stanton während des Wettbewerbs ums Leben gekommen war. Aber es hat ihn niemand umgebracht, und ganz bestimmt nicht ich.«

»Und die Regel Nr. XIX?«

»Die Regeln besagen, der amtierende Meister kann am Wettbewerb um das Amt teilnehmen. Sie besagen, er *kann* es tun, aber er *muss* es nicht.«

»Und zweifellos haben Sie sich dafür entschieden, nicht teilzunehmen?«

»So ist es.«

Sebastien starrte ihn kurz an, dann warf er den Kopf zurück und brach in schallendes Gelächter aus. »Bravo, Meister. Eine hervorragende Vorstellung.« Er klatschte in die Hände.

»Bravissimo. So wie es von jemandem Ihres Genies zu erwarten war. Aber leider war sie nicht gut genug.« Er beugte sich vor. »Sie lügen«, raunzte er.

»Nein.«

»Sie lügen, Meister«, wiederholte Sebastien, »obwohl ich Ihnen gratulieren muss. Sie haben Ihre Rolle ausnehmend gut gespielt, und ich habe jede Minute davon genossen. Ihre Beschreibung der chinesischen Schatulle war eine *tour de force,* die mich zunächst von der richtigen Spur abgebracht hatte. Eine brillante Finte. Aber die Wirklichkeit ist so, wie sie immer schon gewesen ist. An diesem Wettbewerb ist nichts Rätselhaftes. Ihm haftet keine moralische Dimension an. Dieser Wettbewerb ist ein kriegerischer Akt.« Er klopfte mit dem Finger auf den Tisch. »Ein Krieg, in dem nur noch Sie und ich übrig sind. Ein Krieg, in dem es nur einen Gewinner geben kann.«

»Und was haben Sie nun vor?«, fragte der Meister.

Sebastien setzte sich und faltete die Hände, als wollte er beten. Der neue Meister.

»Das Problem ist gelöst, Meister, und auf die einzig mögliche Weise. Sie haben uns vieles über die Bedeutung und den Gebrauch der Macht gelehrt, vielleicht zu viel. Es ist daher nur passend, dass Ihr Abgang aus dieser Welt wie bei Sokrates vonstatten geht. Ihr Getränk war vergiftet, es bleiben Ihnen nur noch wenige Minuten, bis die Lähmung des Herzmuskels eintritt. In Anbetracht Ihres Alters wird man annehmen, dass Sie einem natürlichen Tod zum Opfer gefallen sind. Und morgen Abend, beim Bankett der Kollegiumsmitglieder, werde ich das Amt des Meisters übernehmen.« Freudige Erregung lag in seinen Worten. »Sie sehen, ich habe selbst Sie überlistet. Ich werde der neue Meister sein. Alles andere würde doch bedeuten, dass ich gescheitert wäre.«

»Nein. Es scheitert jener, der gegen sein wahres Wesen handelt«, entgegnete der Meister mit fester Stimme.

Sebastien betrachtete ihn. Die Wangen des Meisters begannen sich bereits leicht rötlich einzufärben, das tödliche

Gift begann zu wirken. Doch nicht das überraschte Sebastien, sondern der ruhige, ernste Blick; das Antlitz eines Menschen, der keinerlei Angst verspürte und mit sich im Reinen war. Ein Mensch, dem nichts Übles anlastete.

Eindringlich hielt Sebastien nach Anzeichen von Schwäche Ausschau. »Betrübt es Sie nicht, dass Sie verloren haben?«

Der Meister stöhnte auf, in seinem Brustkorb breiteten sich lähmende Schmerzen aus. Und in Gedanken sah er das Schiff vor sich, das sich dem Ende seiner Reise näherte.

»Sebastien, Sie verstehen noch immer nicht. Das Amt des Meisters kann man nicht erringen.«

Es herrschte Schweigen, eine tödliche Stille. Mit trübem Blick musterte der alte Mann Sebastien. Das Atmen fiel ihm schwer, stockend sagte er: »Sebastien, Sie dürfen nicht Meister werden. Was Sie über den Wettbewerb denken, ist falsch. Das Spiel ist weder gut noch böse. Sie sind derjenige, der sich dafür oder dagegen entschieden hat. Und die Mittel, die Sie gewählt haben, um das Ziel zu erreichen, sind die falschen. Sie haben es zugelassen, dass Ihr Ehrgeiz, Ihr Wunsch nach Macht alles andere beherrscht. Doch diese Dinge gehören nicht zum Amt des Meisters. Der Weg, dem Sie hätten folgen sollen, hat sich Ihnen entzogen. Sie können sich nicht mit Gewalt nehmen, was Ihnen nicht gehört.«

»Sie lügen, Sie lügen«, blaffte Sebastien. »Sie lügen, weil Sie verloren haben.«

»Sie sind im Unrecht.« Die Stimme des Meisters zitterte. Das Augenlicht versagte, sein Wille aber war so unerschütterlich wie immer. »Sebastien, ich flehe Sie an, denken Sie über meine Worte nach. Verschlimmern Sie nicht noch Ihren Irrtum.«

»Sie lügen. Das Amt gehört mir. Ich habe darum gekämpft, und ich habe gewonnen.«

»Krieg ist wie Feuer«, keuchte der Meister. »Wer nicht die Waffen ablegt, wird davon verschlungen. Man kann die Wahrheit nicht erkämpfen. Ich bitte Sie, denken Sie darüber nach. Das Amt des Meisters gründet nur auf Einsicht und Erkenntnis, nicht auf Krieg. Nur dadurch lässt sich große Machtfülle kontrollieren.«

Sebastien sah ihn an. Er wusste, der Meister log. Er stand auf und verließ den Raum.

Der Meister spürte die schrecklichen Schmerzen, während die Wirkung des Gifts zunahm. Nun, an der Schwelle des Todes, kamen ihm kurz Zweifel. Hatte Sebastien vielleicht doch Recht? Ist die Welt lediglich den grausamen Gesetzen unterworfen – gewinnen nur jene, die über Macht verfügen und vor Gewalt und Niedertracht nicht zurückschrecken? Und sind nur jene im Besitz der größten Macht, die sie am stärksten begehren? Ewig währende Unterdrückung? Hatten er und der Handwerker Chang Unrecht? Hatten sie ihr Leben in einem Traum zugebracht, wie Kinder, die verzweifelt etwas glauben wollten, das es nicht gab? Die Finsternis der menschlichen Seele legte sich auf ihn, während er die öden und trüben Gewässer passierte.

Plötzlich richtete er sich auf seinem Stuhl auf. Sein inneres Selbst war ein kleines Boot, das die Sicherheit des Hafens erreichte. Er warf die Ruder weg und überließ sich dem Universum, der Welt. Und die Welt ließ ihn nicht fallen. Denn der Meister verlor nichts, und er gewann nichts. Willentlich überließ er sich dem Kreislauf des Lebens und Sterbens.

Was er immer geglaubt hatte, das war wahr. Das Licht des vor ihm liegenden Leuchtturms war so stark, dass dessen Helligkeit sein Antlitz in Dunkelheit tauchte. Etwas in ihm brandete auf, und das Sein strömte aus ihm und über jede menschliche Erfahrung hinaus. Er hatte den WEG gefunden. Nun kannte er sein innerstes Wesen. Die leere Schatulle des einfachen Handwerkers enthielt wie das Grab kein Trugbild.

In diesem Nichts war alles. Das Mysterium der Ganzheit.

Die größte Macht hielt jener in Händen, der sie niemals

missbrauchte; die größte Macht konnte nicht erobert werden.

Sebastien wartete. Erst nach einer Weile betrat er wieder das Empfangszimmer. Der Meister lag zusammengesackt auf seinem Stuhl. Die Gestalt, die noch vor wenigen Minuten so aufrecht, gebieterisch dagesessen hatte, schrumpfte, schien sich geradezu in Luft auflösen zu wollen. Nur das Antlitz war so wie immer, voller Gewissheit und Frieden. Es strahlte die Macht der Weisheit aus. Einen Augenblick lang bekam es Sebastien mit der Angst zu tun. Er schob das Glas, in das er das Gift gegeben hatte, in seine Tasche.

Dann ging er in das angrenzende Arbeitszimmer und erblickte einige Blätter auf dem Schreibtisch; auf einem von ihnen hatte der Meister, kurz vor Sebastiens Ankunft, eine Botschaft geschrieben, ein Zitat aus Sunzi:

> »Ich kann voraussagen, welche Seite gewinnen und welche verlieren wird.«

Wütend packte Sebastien das Blatt und stopfte es zerknüllt in die Tasche. Dann eilte er aus dem Arbeitszimmer, hinauf zum Salon, in dem sich der Meister in jener schicksalhaften Nacht mit den fünf Auserwählten über die Geheimschatulle unterhalten hatte.

Er riss die Tür auf und sah sich um. Die Schatulle stand auf einem kleinen Tisch. Er packte sie; ein wirklich wunderbares Werk, die letzte und größte Leistung des einfachen Handwerkers. Kurz bewunderte Sebastien ihre Schönheit und Kunstfertigkeit. Dann warf er sie mit aller Gewalt zu Boden und trat mit dem Absatz darauf herum …

Ein Stöhnen, ein tierischer Laut kam über seine Lippen. Die zerschmetterte Schatulle war leer.

Nun kannte er die Wahrheit.

31

Also auch der Berufene: Wenn er seinen Leuten
voran sein will, so stellt er sich in seiner Person hintan.
Also auch: Er weilt in der Höhe,
und die Leute werden durch ihn nicht belastet.
Er weilt am ersten Platze,
und die Leute werden von ihm nicht verletzt.
Also auch: Die ganze Welt ist willig, ihn voranzubringen,
und wird nicht unwillig.
Weil er nicht streitet, kann niemand auf der Welt
mit ihm streiten.

Laotse, Tao Te King

Heiligabend

Es war grau und kalt am Tag des Banketts. Schneeschauer trieben über den dritten Innenhof hinweg, schwer lag der Schnee auf den Zweigen der Kirschbäume. Draußen herrschten Aufruhr und Chaos, innen aber war alles still. Nur die Schläge der Uhr waren zu hören und das gelegentliche Knarren der Eichendielen, die sich, nachdem das Feuer im Kamin erloschen war, in der Kälte verzogen. Sonst war alles ruhig in den Gemächern des Meisters. Eine Stille, die von einem Verlust kündete, der auf alles seinen Schatten warf. Das Kollegium lag in Trauer.

Symes war es, der ihn fand. In der Morgendämmerung kehrte er in seine Pförtnerloge zurück und schritt über den schneebedeckten Pfad zum Eingang der Gemächer. Er schloss hinter sich die Tür, stieg die Marmortreppe hinauf und ging durch die einzelnen Räume, um die Vorhänge zu öffnen, wie er es seit mehr als einer Generation jeden Tag getan hatte.

Zunächst glaubte er, der Meister schlafe. Erst als er ihn berührte, bemerkte er, dass er nicht mehr von dieser Welt war.

Symes, unfähig, das erschütternde Ereignis wirklich zu begreifen, fuhr mit seinen gewohnten Pflichten fort. Wie ein Geist schritt er durch die Räume – durch das Esszimmer mit der Bildergalerie und dem langen Tisch, in das Arbeitszimmer, dann in die Bibliothek mit ihren unzähligen Büchern. Schließlich begab er sich in die Küche und bereitete Tee zu, den er nach oben in das Schlafzimmer des Meisters brachte. Und erst da, als er auf sein Klopfen keine Antwort erhielt, wurde ihm wirklich bewusst, dass der Meister tot war.

Langsam stellte er das Tablett ab und betrat den Raum. Er setzte sich auf das unbenutzte Bett und sah durch das mit einem Mittelpfosten versehene Fenster. Plötzlich überkam ihn Trauer. Hätte ihn der Meister nicht zum Festland geschickt, wäre er in dessen letzter Stunde hier gewesen. Er bedauerte, dass es ihm nach so vielen Jahren nicht mehr vergönnt gewesen war, sich von ihm zu verabschieden, ihm, wie es so viele andere getan hatten, in einer kleinen Geste seinen Dank auszudrücken. Denn er wusste, der Meister hatte alles unternommen, um Zeit seines Lebens Frieden zu stiften. Symes war ein einfacher Mann, viele gab es, die sehr viel größer waren als er, doch in seiner Seele verstand er die einzigartige Demut des Menschen, um den er sich gekümmert hatte. Er wusste von Dingen, die anderen für immer verborgen bleiben würden.

Er betrachtete das Schlafzimmer des Mannes, dessen Worten die Großen und Mächtigen gelauscht hatten, dessen Erkenntnisse vielen geholfen hatten, das zu sehen, was sie allein nicht sehen konnten.

Das hier war sein Zimmer, das Zimmer eines wirklich mächtigen Mannes. Es enthielt nicht mehr als ein Bett und einen Stuhl.

Symes trat ans Fenster, drückte das Gesicht gegen das Glas und weinte.

In einem anderen Teil der Welt, weit entfernt vom Kollegium, trat Jack Caldwell ins Oval Office. Präsident Davison legte den Hörer auf und lächelte. Alles lief zufrieden stellend. Die Wirtschaft florierte, die Probleme vor einem Jahr waren längst vergessen. Dann bemerkte er, dass Caldwell ausgezehrt, nahezu krank aussah.

»Jack, alles in Ordnung? Ich dachte, Sie wollten heute in Urlaub fahren, nach Europa, um auszuspannen?«

»Ich werde fahren«, antwortete Caldwell mit brüchiger Stimme. »Allerdings, Mr. President, habe ich Ihnen sehr traurige Nachrichten zu überbringen. Das Kollegium hat es mir soeben mitgeteilt. Der Meister ist heute Morgen verschieden.«

Davison spürte, wie ihm Tränen in die Augen traten. »Verstehe«, sagte er leise.

»Mr. President«, fuhr Caldwell fort, »ich habe gestern noch einen Brief des Meisters erhalten, den ich Ihnen geben sollte.«

Davison betrachtete ihn. Er fragte nicht, warum der Brief ihm zugestellt worden war. Er war sich mittlerweile sicher, dass der Mann, der hier vor ihm stand, Mitglied des Kollegiums war. Aber das spielte keine Rolle. Das Geheimnis würde bei ihm gut aufgehoben sein. Was zählte, war, dass Jack und der Meister ihm einst eine große Hilfe gewesen waren. Jeder brauchte hin und wieder jemanden, der ihn beschützte; einen Besseren hätte er sich nicht wünschen können. Präsident Davison nahm den Brief entgegen. »Danke, Jack. Ich denke, Sie sollten jetzt Ihren Urlaub antreten.«

Caldwell nickte nur und ging zur Tür.

»Jack.«

Er drehte sich um.

»Er war ein sehr großer Mann«, sagte der Präsident.

Caldwell nickte. Der Präsident der Vereinigten Staaten öffnete den Brief und las. Dann stand er von seinem Schreibtisch auf, ging zum Fenster und sah über den Rasen des Weißen Hauses. Hatte der Meister gewusst, dass er sterben würde? Nein, dachte Präsident Davison. Denn es ist den Menschen nicht gegeben, den exakten Zeitpunkt zu kennen, an dem sie diese Welt betraten oder sich von ihr verabschiedeten. Natürlich würde die Bitte des Meisters erfüllt werden. Er konnte ihm, den er uneingeschränkt bewunderte, diesen Wunsch nicht abschlagen. Der Präsident nahm den Hörer zur Hand und gab die entsprechenden Anweisungen.

Eines Tages würde Obedi erfahren, dass die letzten Gedanken des Meisters ihm gegolten hatten; denn es war der Wunsch des Meisters, dass er ans Kollegium komme und Symes und dem neuen Meister helfe. Obedi sollte endlich Frieden finden in einer Welt, die sich ihm gegenüber alles andere als friedvoll gezeigt hatte, und unter Menschen sein, die seine Sicherheit garantieren würden.

Der Mann am anderen Ende der Leitung hatte Obedi nicht im Stich gelassen, so wie er andere nicht im Stich gelassen hatte. Wie James, der Begründer des Kollegiums, hatte der Meister gewusst, dass Frieden und Mitgefühl, und nicht Macht, zum Herzen der Welt und zur Seele Gottes führten.

An diesem Morgen erklärte Sebastien den vier Schiedsmännern, die zum Bankett im Kollegium erschienen waren – der fünfte wurde für später erwartet –, dass er bereit sei, das Amt anzutreten. Die Schiedsmänner bestätigten, dass Sebastien den ersten Teil des Wettbewerbs erfüllt und zwanzig Millionen überwiesen hatte. Allerdings musste er noch die zweite Bedingung erfüllen: Es war vorgesehen, dass er um 20 Uhr, vor dem Bankett, vor den Schiedsmännern erschien. Offensichtlich handelte es sich dabei um nichts weiter als um eine Formalität. Rex und Ivan waren tot, und von Tanya und Andrew hatten die Schiedsmänner bislang nichts gehört, obwohl es Berichte gab, die darauf hinwiesen, dass sie bei einem schrecklichen Bootsunglück in Taiwan ums Leben gekommen seien.

In den Gemächern des Meisters forderte der Oberste Schiedsmann Sebastien auf, den Eid zu lesen, den der ins Amt berufene Meister abzulegen hatte:

»Sollte Ihnen als Anwärter auf das Amt des Meisters angesichts der großen Bürde und Verantwortung, die diese Stellung mit sich bringt, ein Grund bekannt sein, der es Ihnen nicht erlaubt, das Amt anzutreten, so seien Sie hiermit aufgefordert, Ihre Anwartschaft zum Wohle des Kollegiums und der Welt zu widerrufen; damit sei gewährleistet, dass jemand bestimmt werden kann, der für das Amt besser geeignet ist. Schwören Sie, dass Ihnen keinerlei solche Gründe bekannt sind.«

Sebastien zögerte nur kurz, bevor er den Eid ablegte: »Ich schwöre.«

Danach zogen sich die übrigen Schiedsmänner zurück und ließen Sebastien mit dem Obersten Schiedsmann allein.

»Der Tradition gemäß ist es Aufgabe des Obersten Schiedsmannes«, begann dieser, »die Grabrede für den verschiedenen Meister zu halten. Ich habe meine Rede vorbereitet. Allerdings müssen Sie sie vortragen.«

»Ich würde Ihnen gern den Vortritt lassen«, antwortete Sebastien.

»Nein. Es war der ausdrückliche Wunsch des Meisters. Er wollte, wie er mir vor kurzem mitteilte, dass seine Rede vom gewählten Nachfolger im Amt gehalten werden sollte.«

Sebastien war verwirrt. »Der Meister dachte über seine Beerdigung nach?«

Der Oberste Schiedsmann blickte ihn durchdringend an. »Der Meister lag im Sterben. Er litt an Krebs. Er wusste es seit über einem Jahr.«

Die Mitglieder des Kollegiums versammelten sich in der kleinen, aus Granitstein erbauten Kapelle, wo vor nicht ganz einem Jahr der Gedenkgottesdienst für Rex abgehalten worden war. Hier wurde auch die Messe für die verstorbenen

Meister abgehalten, bevor sie innerhalb des Kollegiums zur letzten Ruhe gebettet wurden. Dicht fiel draußen der Schnee, die Landschaft lag tief verschneit. Das Kerzenlicht in der Kapelle vermochte nicht, die alles beherrschende, düstere Stimmung zu erhellen. Sebastien stand vor dem einfachen Holzsarg. Dann schritt er zum Pult, wo er die Grabrede halten sollte. Nach außen hin wirkte er ruhig und gefasst, innerlich aber unterzog sich der Mörder bereits selbst einer schrecklichen Strafe.

Er fühlte sich wie in einem Traum, als er durch den engen Gang nach vorn schritt. Alles schien so lange her zu sein. Vor seinem geistigen Auge tauchten alle wieder auf. Rex, der zum See ging, die Ruder über seiner mächtigen Schulter. Ivan, der, kühl, distanziert, von einem Kunstwerk aufblickt. Andrew, der in das ferne Afrika verschwand. Und der Meister, der weit vor ihm ohne Mühe einen Weg beschritt, der Sebastien immer versperrt bleiben würde. Und schließlich Tanya. Sie stand am Ufer, ihr Blick war traurig und verloren. Er schüttelte die Bilder ab; er konnte es nicht ertragen, sie vor sich zu sehen.

Dann stand er am Pult und las die Rede vor, die von jemandem verfasst worden war, der weiser war als er selbst. Er sprach vom Meister. Von einem bemerkenswerten Menschen, der die Sorgen des Kollegiums und die Pflichten seines Amtes über seine Person gestellt hatte; von einer Person, die treu und redlich ihr Amt erfüllt hatte und dennoch von der enormen Machtfülle und Autorität, die es beinhaltete, unberührt geblieben war. Ein moralisches und geistiges Leuchtfeuer in der Finsternis der Welt.

Und während er diese Worte vortrug, wurde ihm klar, welche Wahrheit in ihnen lag; ein Wissen, das, ihm erst nur undeutlich bewusst, bis in das Innerste seines Selbst vordrang und das er, so sehr er sich auch bemühte, auf seinem Weg dorthin nicht mehr aufhalten konnte. Denn der Meister war wirklich das gewesen, was er schien, und Sebastien hatte fürchterliches Unrecht begangen. Sein Wunsch, das Amt und seine Macht zu erringen, war zu einer krankhaften Begierde geworden, und ein Akt des Bösen hatte zu immer schlimmeren Taten geführt. Durch seine Hybris hatte er sich selbst der Verdammnis preisgegeben. Wie ein Blinder hatte er nicht mehr sehen können, wonach er am heftigsten gesucht hatte. Tränen bildeten sich in seinen Augen, Tränen, die den Tiefen seiner Seele entsprangen.

Dann kam er zu einer Passage, die auf ihn ebenso zutraf wie ehedem auf den Obersten Schiedsmann. »Einst zeigte mir der Meister eine chinesische Geheimschatulle, die vom berühmten Handwerker Chang hergestellt worden war. Ein chinesischer Kaiser hatte Chang gebeten, die schönste und schwierigste Geheimschatulle anzufertigen. Was aber ist für uns menschliche Wesen das schwierigste aller Rätsel? Geht es nicht darum, den Sinn unserer Existenz zu verstehen? Denn ihn versuchen wir doch ständig zu finden, während wir in unserem kurzen Leben blind durch unsere Erfolge und Misserfolge stolpern und dabei doch niemals wissen, was was ist. Doch nur wenige richten ihren Blick nach innen und denken darüber nach, dass ihre Handlungen und ihre Begierden sie nicht näher zu ihren Zielen führen, nach denen sie streben. Wie also lösen wir dieses Rätsel? Chang glaubte, dass dies nicht durch äußere, gewaltsam herbeigeführte Handlungen gelingt. Es liegt in uns. Wer wahrhaft seiner inneren Natur folgt, wird keine Sehnsucht verspüren. Er wird frei und bar jeder Illusion sein und sehen, wie sich in ihm die Welt und das Universum entfaltet.«

Sebastien sah zum Sarg. »Für den Meister, davon bin ich überzeugt, war es ebenso. Frei von jeglichem Besitzanspruch, blieb er unberührt von Besitz. An Macht nicht interessiert, war er wahrhaft geeignet, sie auszuüben. Mit der ungetrübten Klarheit eines Spiegels besaß er als Einziger die Einsicht, um anderen zu helfen, ihre Probleme zu lösen, an denen sie gescheitert waren. Als jemand, der leer war, ohne Begierden, stand es ihm frei, überall umherzuschweifen, wie es ihm beliebte.«

Sebastien hielt inne. Er sah zu den versammelten Mitgliedern, dann fuhr er mit vor Verzweiflung schwerer Stimme fort:

»Wie also lautete für den Meister die Antwort auf dieses Rätsel, den Sinn seines eigenen Lebens? Zu leben gemäß dem eigenen wahren Wesen.« Die letzten, abschließenden Worte stammelte Sebastien nur noch:

»Indem er nichts begehrte, gewann er alles.«

Nach der Messe blieb Sebastien in der Kapelle zurück, allein mit seiner Schuld und den Geistern jener, die er einst gekannt hatte. Die Kollegiumsmitglieder zogen sich zurück, um sich auf das Bankett vorzubereiten. Sebastien betrachtete die flackernden Lichtstreifen, die von den Kerzen an die Säulen der Kapelle geworfen wurden. Der Meister hatte schließlich doch gewonnen. Er hatte sein eigenes Leben gegeben, um Sebastien zu zeigen, dass er sich, was das Wesen des Amtes anbelangte, grundlegend geirrt hatte. Das Amt des Meisters war kein Preis, der zu erringen, sondern ein Mühlstein, der zu tragen war – es handelte sich um einen schmalen, gefährlichen Pfad, auf dem der Meister wandelte, um der Gesellschaft zu helfen, ohne dabei seine Macht zu missbrauchen. Alles, um den Frieden zu erreichen. Denn Frieden war nicht nur die Abwesenheit von Krieg; es war ein Zustand der Erleuchtung.

Er hob den Kopf. Vor ihm, in einiger Entfernung, stand der Oberste Schiedsmann.

»Ich habe nur eine Frage«, sagte Sebastien. »Wie ist Max Stanton umgekommen?«

»Wir glauben, er hat Selbstmord begangen«, erwiderte der Schiedsmann. »Er tötete während des Wettbewerbs einen Mitbewerber, weil er hoffte, sich dadurch das Amt sichern zu können. Doch der Weg zum Amt des Meisters ist ein anderer.« Er hielt inne. »Ich denke, Sie verstehen jetzt sein wahres Wesen, Sebastien, und die Folgen Ihres Tuns. Ich lasse Sie nun mit Ihren Gedanken allein.«

Sebastien lauschte den Schritten, die auf dem Stein allmählich verhallten.

Er verließ die Kapelle, ging zur Küste hinab und schlenderte am Strand entlang; die Erinnerungen an Tanya und die anderen verfolgten ihn wie Rachegeister. In seiner Selbstsucht hatte er zerstört, was er am meisten liebte. Jetzt wusste er, dass das Böse nur zu noch größerem Bösen führte und niemals zum Guten. Er sah andere Gestalten vor sich auf dem dunklen Pfad, die Diktatoren dieser Welt, die überzeugt waren, ihre Macht zum Guten einzusetzen, während sie damit in Wahrheit nur ihre eigene Begierde nach Herrschaft und Kontrolle erfüllten. Sebastien versuchte sich von diesem Albtraum abzuwenden. Was war mit den politischen Denkern, deren Gedanken er gefolgt war wie Millionen andere vor ihm zu ihrer Zeit? War nicht Sunzi, trotz aller Täuschungsmanöver und Finten, die er analysiert hatte, auch zu dem Schluss gekommen:

> »In all deinen Schlachten zu kämpfen und zu siegen ist nicht die größte Leistung. Die größte Leistung besteht darin, den Widerstand des Feindes ohne einen Kampf zu brechen.«

Und Machiavelli? Hatte er, obwohl er auf dem Weg zur Macht seinem Leser alle Spielarten des Übels anempfohlen hatte, nicht ebenfalls geschlossen:

> »Man kann es nicht Tugend nennen, seine Mitbürger zu ermorden, die Freunde zu verraten, ohne Treu und Glauben, ohne Menschlichkeit und Religion zu sein. Auf diese Art kann man wohl die Herrschaft, doch keinen Ruhm erwerben.«

Sebastien betrachtete die Spuren seiner Fußstapfen im feuchten Sand, die von der anbrechenden Flut wieder fortgewischt wurden. Er war einer Täuschung erlegen. Nicht das Amt des Meisters hatte er am meisten gewollt; er hatte wie der Meister sein wollen. Und auf dem Weg dorthin, während er seinem falschen Ziel hinterhergerannt war, hatte er Tanya getötet, jene, die er am meisten liebte. Macht beging an jenen Verrat, die sie begehrten, auch wenn sie in all ihrer Herrlichkeit erstrahlte. Er seufzte auf. Wie kurz das menschliche Leben doch war. Wie viel es zu lernen gab. Das Amt des Meisters gehörte ihm nicht, denn er hatte es nicht erkannt.

Ganz ruhig schritt er ins Meer.

32

Oh, die göttliche Kunst der Geschicklichkeit
und Verstohlenheit! Durch sie lernen wir,
unsichtbar zu sein,
durch sie sind wir unhörbar, und damit halten wir
das Schicksal des Feindes in unserer Hand.

Sunzi, Die Kunst des Krieges

Heiligabend, 19 Uhr 30

Das Feuer knisterte im Kamin, und sein warmer Schein erfüllte den Raum. In der Bibliothek im dritten Innenhof lehnten sich die Schiedsmänner auf ihren Stühlen zurück und hörten Andrew zu. Als er seine Geschichte zu Ende erzählt hatte, erhob sich der Oberste Schiedsmann.

»Wegen der enormen Machtfülle, die das Amt mit sich bringt, ist es von grundlegender Bedeutung, jemanden zum Meister zu ernennen, der sie nicht missbraucht. Was eine sehr schwierige Aufgabe ist. Das Auswahlverfahren ist seit der Gründung des Kollegiums gleich geblieben. Es wird ein Wettbewerb oder Spiel ausgerufen, dessen einziger Zweck darin liegt, herauszufinden, was die einzelnen Kandidaten unternehmen, um Meister zu werden. Dadurch können die Schiedsmänner entscheiden, welcher Bewerber am geeignetsten ist.«

»Die Kandidaten werden durch Los bestimmt?«, fragte Andrew.

»Ja. Wie es die Regeln vorschreiben, werden sie aus einer bestimmten Altersgruppe durch Los ausgewählt. Damit soll verhindert werden, dass jemand auf das Auswahlverfahren Einfluss nehmen kann. Worum es im Wettbewerb dann geht, wird von den Schiedsmännern bestimmt; diese können selbst nicht daran teilnehmen. Der Wettbewerb ändert sich nur selten. Man will damit sehen, wie sich die Kandidaten unter Extrembedingungen verhalten. Vor allem, ob sie auf üble Machenschaften zurückgreifen, um ihr Ziel zu erreichen. Niemand zweifelt daran, dass oftmals tragische Folgen daraus resultieren, doch ist dies die einzige Möglichkeit, die Integrität des Kollegiums und seinen wesentlichen Zweck zu gewährleisten – den Frieden zu wahren.«

»Und der Meister kann am Wettbewerb teilnehmen?«

»Ja, das kann er«, erwiderte der Oberste Schiedsmann, »doch das kommt niemals vor. Wer hat schon Interesse daran, diese Last noch länger zu tragen? Würden die Menschen wirklich verstehen, welchen Schaden die Macht mit sich bringt, würden sie sie nicht begehren.« Er seufzte. »Wir wünschten uns nichts mehr, als dass der Meister weiterhin sein Amt ausübe. Doch vor einem Jahr schrieb er mir, dass er dazu nicht in der Lage sei. Daher musste ein neuer bestimmt werden.«

»Aus welchen Gründen musste er abtreten?«, fragte Andrew.

»Es war so, wie Sie vermutet haben. Der Meister war unheilbar krank.«

Der Schiedsmann ging zum Fenster und sah hinaus. Im Garten unten suchte ein Rabe nach Nahrung, dann flog er an den von Schnee beladenen Zweigen vorbei. Er kannte die mittelalterliche Bedeutung des Vogels. Der Tod hatte Einkehr gehalten und hatte den Meister mit sich fortgenommen. Der Schiedsmann ging zum Kamin zurück.

»Es gibt kein Spiel, so wie es für gewöhnlich verstanden wird, und nicht das Ergebnis zählt, sondern die Mittel, die dabei Verwendung finden. Wer sich übler Machenschaften bedient oder es nur zur persönlichen Bereicherung betreibt, schließt sich damit selbst aus. In anderen Fällen bemerken die Bewerber, dass sie für das Amt nicht geeignet sind, und nehmen selbst davon Abstand.«

»Der Gewinner des Wettbewerbs wird also nicht zwingend auch der neue Meister?«

»Das ist richtig«, antwortete der Oberste Schiedsmann. »Die Schiedsmänner wählen den Kandidaten aus, der ihnen am geeignetsten erscheint, nachdem sie zuvor bewerten, wie die Bewerber die ihnen gestellte Aufgabe zu lösen versuchten. Alle Handlungen der Bewerber während des Spiels werden im Geheimen überwacht. Sebastien erkannte dies und die Ungeheuerlichkeit seiner Taten, bevor er sich umbrachte. Ich habe auch mit Tanya gesprochen; sie wünscht, vom Wettbewerb zurücktreten zu dürfen. Wenn sie sich von ihren Verletzungen erholt hat, wird sie sicherlich geeignet sein, in naher Zukunft eine Stelle als Schiedsfrau zu übernehmen. Denn es ist unser Wunsch, dass sie zum Kollegium zurückkehrt; die Weisheit, die sie erlangt hat, wird anderen behilflich sein.«

Er hielt kurz inne, dann fragte er Andrew: »Was hat der Meister Ihnen gesagt?«

»Ich rief ihn von Taiwan aus an«, antwortete er. »Ich bin mir sicher, dass zu diesem Zeitpunkt Sebastien bei ihm gewesen war. Ich erzählte ihm, dass Tanya und ich noch am Leben seien, und dass er sich in großer Gefahr befinde. Er antwortete nur, ›verstehe‹, das war alles.«

»Er war sein ganzes Leben lang ein Lehrer«, sagte der Oberste Schiedsmann. »Selbst wenn er unmittelbar mit dem Bösen konfrontiert wurde, versuchte er den Menschen ihren Irrtum aufzuzeigen.«

»Was war mit dem Wettbewerb, an dem der Meister damals teilgenommen hat?«

Der fünfte Schiedsmann – es war Jack Caldwell – beugte sich vor. »Es war wie diesmal auch. In meinem Fall, nachdem ich das Wesen des Amtes verstanden hatte, wusste ich, dass die Fortführung des Wettbewerbs allein meiner Selbsterhöhung dienen würde – und dass die Macht des Amtes mich zerstören würde. Beim Meister war es ganz anders. Er verstand von Anfang an, dass es sich um kein Spiel handelte, dass das Amt eine große Bürde darstellte. So nahm er am Wettbewerb nicht teil und akzeptierte nur widerstrebend seine Ernennung zum Meister.«

»Dann habe ich versagt«, sagte Andrew. »Erst nach vielen Mühen und Versuchen habe ich begonnen, die Bedeutung der chinesischen Geheimschatulle und des Amtes zu verstehen.«

»Das zu beurteilen ist nicht Ihre Aufgabe«, verkündete der Oberste Schiedsmann. »Die Entscheidung darüber obliegt uns. Nur wir bestimmen, wer die große Bürde zu tragen hat – und Sie haben sich während des Wettbewerbs nichts zuschulden kommen lassen.« Er stand auf »Wenn jemand versagt hat, dann ich. Ich habe es versäumt, dem Meister zu Beginn des Wettbewerbs für all das zu danken, was er für das Kollegium getan hat. Er wird als einer der größten Meister in die Geschichte des Kollegiums eingehen. Er hing nicht an der Macht, er trug sie nur aus Liebe zu den anderen und hätte sie sofort und ohne das geringste Bedauern niedergelegt. In diesem Sinne ist er auf dem Weg zur Vollkommenheit, wie ihn das Tao beschreibt, weit fortgeschritten: ›Der Berufene häuft keinen Besitz auf. Je mehr er für andere tut, desto mehr besitzt er. Je mehr er anderen gibt, desto mehr hat er. Des Himmels SINN ist fördern, ohne zu schaden. Des Berufenen SINN ist wirken, ohne zu streiten.‹«

Mehr gab es nicht zu sagen. Schweigend warteten sie einige Minuten, jeder in seine Gedanken versunken. Dann schlug die Glocke der Kapelle acht Mal. Symes betrat die Bibliothek, über seinen Arm hatte er die Robe des Meisters gebreitet. Die Schiedsmänner erhoben sich, und der Oberste Schiedsmann sprach:

»Andrew, es ist unser Wunsch, dass Sie der neue Meister werden.«

Sie traten einen Schritt zurück und verbeugten sich. »Meister«, erklärte Symes, »das Bankett wartet.«

Anmerkung des Autors

Dieser Roman handelt vom Wesen der Macht, ihrem korrumpierenden Einfluss und dem, wozu Menschen bereit sind, um sie zu erlangen, selbst wenn dies unweigerlich zu ihrem eigenen Untergang führt. Im Text werden einige politische Denker und Philosophen erwähnt, die sich mit dem Wesen der Macht beschäftigt haben – in Machiavellis Fall aus der abendländischen, im Fall der anderen aus der fernöstlichen Perspektive. Lesern, die an weiterführender Literatur interessiert sind, seien hier kurz einige Informationen an die Hand gegeben.

Niccolò Machiavelli

Machiavelli, einer der berühmtesten und berüchtigsten politischen Theoretiker des Westens, wurde 1469 als Sohn eines mäßig erfolgreichen Rechtsanwalts in Florenz geboren. Obwohl die Stadt nominell eine Republik war, wurde sie während seiner Jugendzeit letztlich von einer Familie, den Medici, regiert. 1498 kam es zur Einsetzung einer konstitutionellen Regierung, und Machiavelli, 29 Jahre alt, wurde Kanzler des Rats der Zehn, eine Stellung, die er bis 1512 innehatte und die ihn häufig zu diplomatischen Missionen ins Ausland führte. Unter anderem kam er dabei mit dem brillanten und skrupellosen Cesare Borgia zusammen, dem Sohn Papst Alexanders VI., der auf Kosten der Republik einen einheitlichen Staat in Mittelitalien zu errichten versuchte. Machiavellis Erfahrungen auf den Gebieten der Staatskunst und des Gebrauchs und Missbrauchs von Macht beruhen auf diesen Reisen.

1512 wurde in Florenz die Republik gestürzt, und die Medici gelangten erneut an die Herrschaft. Machiavelli verlor seine Staatsstellung und wurde inhaftiert. Nach seiner Freilassung zog er sich verarmt auf ein kleines, vom Vater geerbtes Landgut in der Nähe von Florenz zurück, wo er 1513 sein wohl berühmtestes Werk, *Der Fürst*, verfasste. Es war Lorenzo de' Medici gewidmet, allerdings gelang es ihm damit nicht, wie erhofft, die Gunst des Herrscherhauses zu gewinnen. Erst 1520, nach dem Tod Lorenzos, erhielt Machiavelli einen untergeordneten Posten als offizieller Historiograph der Republik. 1527, wenige Monate nach der Vertreibung der Medici aus der Stadt und der Wiederherstellung der Republik, starb Machiavelli.

Obwohl Machiavelli selbst als aufrichtiger Mensch galt, wurde sein Ruhm überschattet von dem skrupellosen Opportunismus und der von sittlichen Normen losgelösten Machtpolitik, wie sie in *Der Fürst* dargestellt werden. Sowohl um das Werk als auch um seinen Autor ranken sich daher kontroverse Diskussionen. Für manche ist er ein politischer Intrigant par excellence, der die Staatsinteressen über moralische Belange stellt. Andere sehen in ihm einen scharfsinnigen Denker und im Herzen wahrhaften Demokraten, der ohne zu beschönigen den Missbrauch der Macht zu seiner Zeit dargestellt hat.

Zitate in diesem Buch stammen aus Niccolà Machiavelli: *Der Fürst*, Insel Verlag, Frankfurt/Main 1990 (übersetzt von Friedrich von Oppeln-Bronikowski); und *Discorsi*, Insel Verlag, Frankfurt/Main 2000 (übersetzt von Friedrich von Oppeln-Bronikowski). Zur Person Machiavellis, siehe: Fink, H.: *Machiavelli. Eine Biographie,* München 1988; Barincou, E.: *Niccolò Machiavelli,* Reinbek 1993; Marcu, V.: *Machiavelli. Die Schule der Macht*, München 1994.

Sunzi (Meister Sun)

In seinen 91 v. Chr. vollendeten *Aufzeichnungen eines Historikers* schrieb Sima Qian, Sun Wu (so hieß Sunzi oder Sun

Tzu wirklich) sei ein Bewohner des Staates Qi gewesen. In den letzten Jahren der so genannten Epoche »Frühling und Herbst« (770-475 v. Chr.), als das Land den Übergang von der Sklaverei zum Feudalismus vollzog, soll er He Lu, dem König des Staates Wu, sein *Die Kunst des Krieges* vorgelegt haben. 1972 entdeckte man durch ein in einem alten chinesischen Grab aufgefundenes Bambusmanuskript, dass auch Sun Bin, der etwa 160 Jahre nach Sun Wu in der Zeit der »Streitenden Reiche« (475–221 v. Chr.) gelebt hatte, über die Kunst des Krieges geschrieben hatte; daraus geht deutlich hervor, dass die Analyse von Militärstrategien in diesen beiden Epochen von großer Bedeutung gewesen sein muss.

Ungeachtet der Frage, ob Sunzi wirklich gelebt hat und *Die Kunst des Krieges* tatsächlich aus seiner Feder stammt oder eine Zusammenstellung mehrerer unterschiedlicher Schriften ist, stellt das Werk eine grundlegende und anregende Studie zur Militärtaktik sowie zur Staatskunst dar. Seine wesentlichen Aussagen lauten: Der Sieg beruht nicht allein auf Kampf, sondern auf Geschicklichkeit und Täuschung; und wer diese Kunst am besten beherrscht, hat es nicht mehr nötig, in den Krieg zu ziehen. Er kann stattdessen den Gegner überlisten, indem er intrigiert oder überlegene Stärke und Geschicklichkeit vortäuscht. So beginnt das Werk zwar mit den Worten »Die Kunst des Krieges ist für den Staat von entscheidender Bedeutung…«, es stellt aber auch fest: »In all deinen Schlachten zu kämpfen und zu siegen ist nicht die größte Leistung. Die größte Leistung besteht darin, den Widerstand des Feindes ohne einen Kampf zu brechen.«

Zitate in diesem Buch stammen aus Sunzi, *Die Kunst des Krieges,* Knaur, München 2001/1988.

Taoismus – Laotse (Laozi) und Dschuang Dsi (Zhuangzi)

Der Taoismus ist eine philosophische Lehre aus China, zu der später religiöse Elemente hinzugekommen sind. Als Zentraltext gilt das *Tao Te King (Daodejing*, das »Buch von Dao und De«, dem Weg und der Macht). Es wird Laotse (Laozi, dem »alten Meister«) zugeschrieben, dem Vorsteher der kaiserlichen Archive; er soll das Buch in der Spätphase der Epoche »Frühling und Herbst« (770-475 v. Chr.) verfasst haben. Andere hingegen verweisen Laotse in das Reich der Legende oder meinen, sein Werk sei sehr viel später geschrieben worden. Ein weiterer klassischer taoistischer Text, *Das wahre Buch vom südlichen Blütenland* von Dschuang Dsi (Zhuangzi), entstand, wie sichere Quellen belegen, im dritten vorchristlichen Jahrhundert.

Im Zentrum der Lehre des Taoismus steht das unsichtbare und gestaltlose Tao (*Dao* – der Weg), das den Anfang und das Ende aller Dinge bildet und nur durch mystische Einsicht, nicht durch rationale Logik erfahren werden kann. Sinn der menschlichen Existenz ist die Harmonie mit dem innersten Wesen, das das Tao erkennen kann. Nur dann wird man sich von den menschlichen Begierden befreien und die Angst vor dem natürlichen Kreislauf von Leben und Tod verlieren. Wahre Herrscher verstehen dies. Sie suchen die Einfachheit im Äußeren und sind an Titeln und weltlicher Macht nicht interessiert. Wer nach gesellschaftlichen Werten und Weisheit strebt, befindet sich auf dem falschen Weg – »Je weiter einer hinausgeht, desto geringer wird sein Wissen. Darum braucht der Berufene nicht zu gehen und weiß doch alles.« Es kommt darauf an, menschliche Unzulänglichkeiten zu meiden, nicht, noch mehr sich davon anzueignen. Einsicht und Demut sind die wahren Ziele; und wer sich selbst für überlegen hält, ist für führende Positionen nicht geeignet.

Zitate in diesem Buch stammen aus Laotse, *Tao Te King*, Eugen Diederichs Verlag, München 1991 (übersetzt von Richard Wilhelm); und Dschuang Dsi, *Das wahre Buch vom südlichen Blütenland*, Eugen Diederichs Verlag, München 1996/1969 (übersetzt von Richard Wilhelm).

Weltbild Buchverlag – Originalausgaben –
Genehmigte Lizenzausgabe 2007 für
Verlagsgruppe Weltbild GmbH,
Steinerne Furt, 86167 Augsburg

Projektleitung: Dr. Ulrike Strerath-Bolz
Umschlagabbildung: mauritius images / Busse Yankushev
Satz: Uhl + Massopust GmbH, Aalen
Druck und Bindung: CPI Moravia Books s.r.o, Pohorelice
Gedruckt auf chlorfrei gebleichtem Papier

Printed in the EU

ISBN 978-3-89897-742-5